Der Sohn des Satyrs

LUCINDA BRANT BÜCHER

— Die Roxtons – die frühen Jahre —
DER EDLE SATYR
SEINE HERZOGIN
IHR HERZOG
IHRE GNADEN

— Roxton-Familiensaga —
HEIRAT UM MITTERNACHT
HERZOGIN DES HERBSTES
TEUFELSKERL DAIR
DIE STOLZE MARY
DER SOHN DES SATYRS
IN LIEBE
HERZLICHST

— Salt Hendon-Serie —
DIE BRAUT VON SALT HENDON
RÜCKKEHR NACH SALT HENDON

— Alec-Halsey-Krimis —
TÖDLICHE VERLOBUNG
TÖDLICHE AFFÄRE
TÖDLICHE GEFAHR
TÖDLICHE VERWANDTSCHAFT

WENN ICH NICHT IN MEINER SÄNFTE DURCH DAS LONDON DES 18. Jahrhunderts schaukele oder mit parfümierten Hofleuten mit Schönheitspflästerchen in den vergoldeten Salons von Versailles den neuesten Klatsch austausche, schreibe ich preisgekrönte historische Liebesgeschichten und Krimis (die auch ihre Liebesgeschichten enthalten) aus der georgianischen Zeit. Meine Bücher spielen im georgianischen England des 18. Jahrhunderts, mit gelegentlichen Ausflügen auf den europäischen Kontinent. Ich lege die Zügel bei der französischen Revolution, wo ich ein früheres Leben wegen meines unverzeihlichen hedonistischen Lebensstil als faule Aristokratin beendet habe, nieder.

lucindabrant@gmail.com	lucindabrant.com
pinterest.com/lucindabrant	twitter.com/lucindabrant
facebook.com/lucindabrantbooks	youtube.com/lucindabrantauthor

SUSANNE DÖRING

BÜCHER WAREN IMMER mein größtes Vergnügen; indem ich sie übersetze, kann ich sie auch mit denen teilen, die lieber auf Deutsch lesen. Ihre Meinung ist mir wichtig, Sie erreichen mich unter:

werrakind@gmail.com

Der Sohn des Satyrs

EIN LIEBESROMAN AUS DEM 18. JAHRHUNDERT

BUCH 5 DER REIHE ÜBER DIE GESCHICHTE DER FAMILIE ROXTON

Lucinda Brant

ÜBERSETZT VON SUSANNE DÖRING

Ein Sprigleaf-Buch
Veröffentlicht von Sprigleaf Pty Ltd

Dies ist ein Roman; Namen, Charaktere, Orte und Ereignisse
entstammen der Fantasie des Autors oder werden fiktiv verwendet.

für

Karen
Lucinda P.
&
Mari

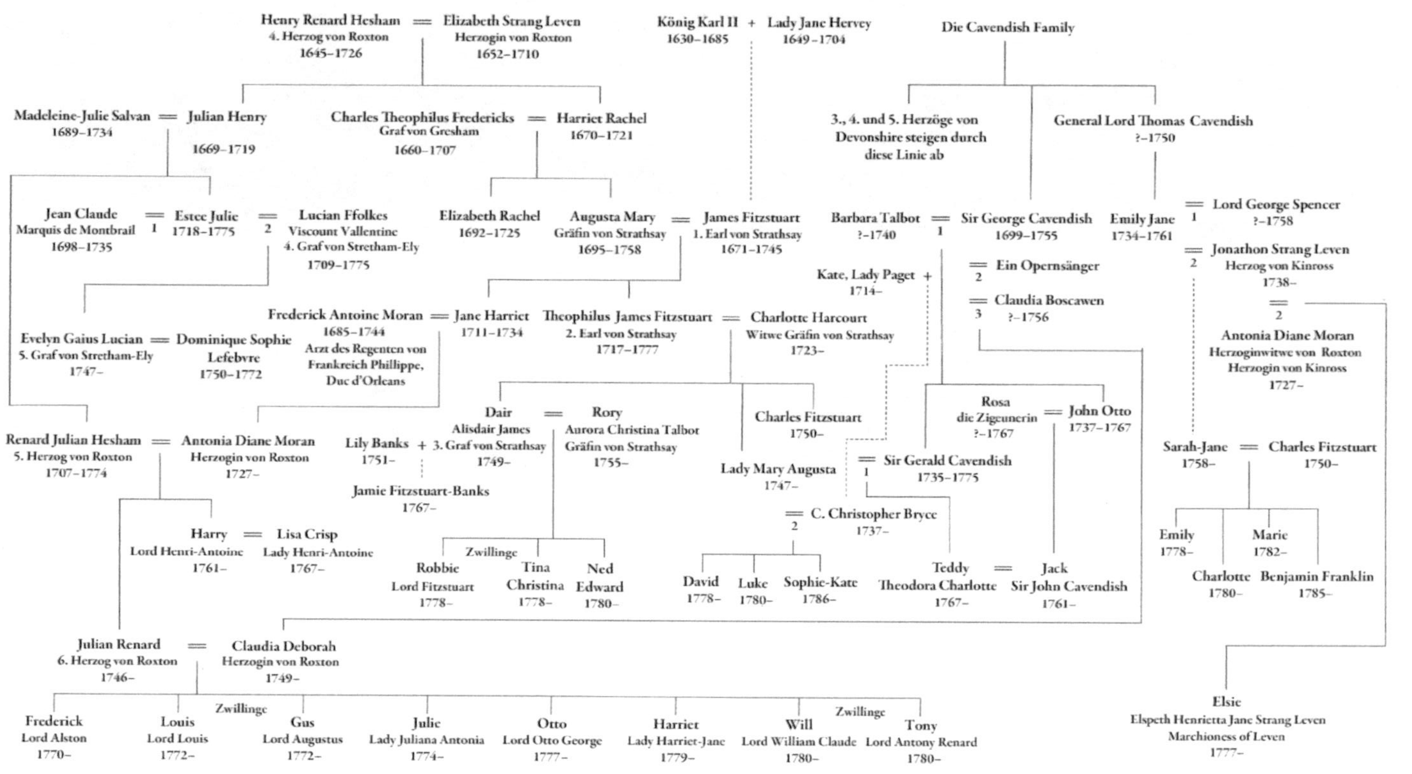

Henry Renard Hesham = Elizabeth Strang Leven
4. Herzog von Roxton
1645–1726
Herzogin von Roxton
1652–1710

König Karl II + Lady Jane Hervey
1630–1685   1649–1704

Die Cavendish Family

Madeleine-Julie Salvan = Julian Henry
1689–1734
1669–1719

Charles Theophilus Fredericks = Harriet Rachel
Graf von Gresham
1660–1707
1670–1721

3., 4. und 5. Herzöge von Devonshire steigen durch diese Linie ab

General Lord Thomas Cavendish
?–1750

Jean Claude
Marquis de Montbrail
1698–1735
= Estee Julie
1 1718–1775
= Lucian Ffolkes
2 Viscount Vallentine
4. Graf von Stretham-Ely
1709–1775

Elizabeth Rachel
1692–1725

Augusta Mary = James Fitzstuart
Gräfin von Strathsay   1. Earl von Strathsay
1695–1758   1671–1745

Barbara Talbot = Sir George Cavendish
?–1740   1   1699–1755

Emily Jane
1734–1761

= Lord George Spencer
1 ?–1758

= Jonathon Strang Leven
2 Herzog von Kinross
1738–

Kate, Lady Paget +
1714–

= Ein Opernsänger
2

= Claudia Boscawen
3 ?–1756

= 2

Antonia Diane Moran
Herzoginwitwe von Roxton
Herzogin von Kinross
1727–

Evelyn Gaius Lucian = Dominique Sophie
5. Graf von Stretham-Ely   Lefebvre
1747–   1750–1772

Frederick Antoine Moran = Jane Harriet
1685–1744   1711–1734
Arzt des Regenten von
Frankreich Phillippe,
Duc d'Orleans

Theophilus James Fitzstuart = Charlotte Harcourt
2. Earl von Strathsay   Witwe Gräfin von Strathsay
1717–1777   1723–

Rosa
die Zigeunerin = John Otto
?–1767   1737–1767

Renard Julian Hesham = Antonia Diane Moran
5. Herzog von Roxton   Herzogin von Roxton
1707–1774   1727–

Lily Banks + 3. Graf von Strathsay
1751–   1749–

Jamie Fitzstuart-Banks
1767–

Dair = Rory
Alisdair James   Aurora Christina Talbot
1749–   Gräfin von Strathsay
                  1755–

Charles Fitzstuart
1750–

Lady Mary Augusta
1747–

= Sir Gerald Cavendish
1 1735–1775

Sarah-Jane = Charles Fitzstuart
1758–   1750–

Harry = Lisa Crisp
Lord Henri-Antoine   Lady Henri-Antoine
1761–   1767–

Zwillinge
Robbie   Tina   Ned
Lord Fitzstuart   Christina   Edward
1778–   1778–   1780–

= C. Christopher Bryce
2 1737–

David   Luke   Sophie-Kate
1778–   1780–   1786–

Teddy = Jack
Theodora Charlotte   Sir John Cavendish
1767–   1761–

Emily   Marie
1778–   1782–

Charlotte   Benjamin Franklin
1780–   1785–

Julian Renard = Claudia Deborah
6. Herzog von Roxton   Herzogin von Roxton
1746–   1749–

Frederick
Lord Alston
1770–

Zwillinge
Louis   Gus
Lord Louis   Lord Augustus
1772–   1772–

Julie
Lady Juliana Antonia
1774–

Otto
Lord Otto George
1777–

Harriet
Lady Harriet-Jane
1779–

Zwillinge
Will   Tony
Lord William Claude   Lord Antony Renard
1780–   1780–

Elsie
Elspeth Henrietta Jane Strang Leven
Marchioness of Leven
1777–

TIEL I

DIE STADT

EINS

GERRARD STREET, LONDON, SOMMER 1786

Es war von Warners Krankenstation in der Gerrard Street, wo Miss Lisa Crisp mit Dr. und Mrs. Warner wohnte, nur ein kurzer Weg zum Leicester Square. Sie hoffte, dass sie die Besorgung erledigen könnte, bevor ihre Abwesenheit auffiele. Es war eine überflüssige Sorge. An einem Mittwochnachmittag würde niemand sie vermissen. Vielleicht an einem anderen Wochentag, wenn sie in der Krankenstation aushalf, aber nicht an einem Mittwoch, wo sie tun konnte, was ihr gefiel. Aber da sie arm war und keine Freunde hatte, gab es niemanden, den sie besuchen und keinen Ort, an den sie gehen konnte.

Dieser Mittwoch war eine Ausnahme.

Für die Warners war Lisa einfach da, wie ein Möbelstück, oder wie das Küchenmädchen, und daher dachten sie nur selten an sie. Vielleicht war dieses Urteil ein wenig hart, und entsprach mehr dem, wie sie ihre Lage empfand als dem, was die Warners von ihr hielten, da die Warners kein unfreundliches Paar waren. Es war nur so, dass sie nicht an andere dachten. Dr. Warner ging völlig in seiner medizinischen Krankenstation auf, was verständlich und lobenswert war, während Mrs. Warner so mit sich selbst beschäftigt war, dass an ihrem Tag nur wenig Zeit für andere blieb.

Robert Warner war ein hervorragender Arzt und Anatom, und wenn er sich nicht in seiner Krankenstation um Patienten kümmerte oder Hausbesuche bei einem seiner wohlhabenderen, kränkeren Patienten machte, schloss er sich auf dem Dachboden seines Stadthauses ein. Hier waren seine Anatomieschule und sein Labor, wo er während der Herbst-

und Wintermonate jungen, eifrigen Medizinstudenten die Geheimnisse enthüllte, die im menschlichen Körper zu finden waren.

Mrs. Warner ließ ihrem Mann so viel Freiheit, wie nötig war, dass er sich einzig auf sein medizinisches Fachwissen konzentrieren konnte. Das gab ihr die Freiheit, träge zu sein. Sie verließ ihr Schlafzimmer nie vor Mittag, einer Stunde, die in der feinen Gesellschaft sehr *à la mode* war. Sie las jedes bisschen Klatsch, das über diese eleganten Leute geschrieben wurde, mit geradezu religiösem Eifer, als ob sie einzig durch die Art, wie sie sich in die gesellschaftlichen Feinheiten des Adels und ihre Gewohnheiten vertiefte, das Recht auf Zutritt zu ihrer auserwählten Gesellschaft erlangen könnte. Sie tat ihr Bestes, um sie in jeder Kleinigkeit nachzuäffen.

Das Paar empfing häufig, Mrs. Warner ermutigte ihren Mann, Gäste zu Tisch einzuladen, um ihrer beider - aber vor allem ihre - gesellschaftlichen Ambitionen zu fördern. Ihr größter Wunsch, aus dem sie kein Geheimnis machte, war es, mit „Mylady" angesprochen zu werden. Schließlich war Dr. Warner ein medizinisches Genie und verdiente zumindest eine Baronie. Ihr Ehemann stimmte dem in aller Bescheidenheit zu. Und so, ihrem gemeinsamen gesellschaftlichen Ehrgeiz folgend, waren passende Personen mit entsprechenden gesellschaftlichen Verbindungen regelmäßig zu Gast im Stadthaus in der Gerrard Street.

Lisa war nicht dabei, wenn das Paar allein zu Abend aß oder wenn sie Gäste hatten. Sie verzehrte ihr Diner in dem kleinen Wohnzimmer an der Rückseite des Hauses. Denn obwohl sie keine Dienerin war, sondern eine Cousine Mrs. Warners, schlossen doch ihr ärmlicher Hintergrund und ihre schändliche Vergangenheit sie davon aus, am Tisch zwischen Personen mit erhöhter Empfindsamkeit zu sitzen.

Lisa akzeptierte dies mit Gleichmut, wie alles andere, was das Leben ihr zugemutet hatte, seit sie mit neun Jahren Waise geworden war. Aber da sie nicht gerne allein aß, achtete sie darauf, gut zu frühstücken, um ein einsames Essen zu vermeiden; das Nachtessen bestand regelmäßig nur aus einer Tasse Tee und einer Scheibe Brot auf einem Tablett in ihrem Zimmer. Wenn der Sohn der Warners noch wach war, schloss sie sich dem Kindermädchen an und half, Baby George zu trösten, der derzeit zahnte, bis er einschlief. Dann verbrachte sie den Rest ihres Abends mit Lesen oder damit, in ihr Tagebuch zu schreiben.

Wäre Lisa aufgebrochen, um den ganzen Weg nach Portsmouth zu laufen, war sie sicher, dass die Warners ihre Abwesenheit frühestens am nächsten Tag bemerkt hätten, wenn sie mit der Sonne aufstand, um am Frühstückstisch anwesend zu sein und für die Unterhaltung des Doktors zu sorgen, sollte er seine Zeitung senken und über ein für ihn wichtiges Thema dozieren wollen. Er fragte sie nie nach ihrer Meinung. Ob ein so großer Geist wie der seine sie logischer Argumentation für unfähig hielt und daher nicht in der Lage, eine seinem Intellekt würdige Antwort zu geben, war ihr nicht bekannt. Oder vielleicht lag es daran, dass sie eine Frau und ihr Platz daher war, zu lauschen, nicht mitzureden.

Welcher Grund es auch sein mochte, spielte für Lisa, die großen Wissensdurst besaß - ihre Lehrer hatten ihn unstillbar genannt - keine Rolle, und sie war es daher zufrieden, dem Arzt über ihrem Rührei, Toast und heißer Schokolade zuzuhören. Und Dr. Warner hatte viel zu sagen: Über den beklagenswerten Zustand der medizinischen Ausbildung in diesem Land, den hartnäckigen religiösen Widerstand gegen die Verwendung von Leichen zur Förderung medizinischen Wissens und dass den engstirnigen Politikern die Augen geöffnet werden müssten, um zu sehen, dass der einzige Weg, um die medizinische Wissenschaft voranzutreiben, in wissenschaftlicher Forschung bestünde. Und das hieße, dass man sich die Hände mit dem Blut und Schmutz befleckte, die Teil des Lebens waren. *Aufgeklärte Zeiten verlangten nach aufgeklärten Handlungen, nicht nur Gedanken.* Dieser Satz wurde häufig wiederholt und zeigte gewöhnlich das Ende der morgendlichen Tirade an. Dr. Warner zog sich dann wieder zu den Seiten seiner Zeitung zurück und hinterließ Totenstille, was für Lisa hieß, dass sie in Ruhe die von dem Arzt weggelegten Zeitungen lesen konnte.

Lisa lebte seit zwei Jahren jeden Tag gemäß dieses Musters, und während ihre Tagträume keine anderen waren als die jeden neunzehnjährigen jungen Mädchens - sich verlieben, heiraten und Herrin des eigenen Hauses sein - stand sie doch mit beiden Beinen fest genug auf dem Boden, um zu wissen, dass dies der Stoff war, aus dem Märchen bestanden, und was sie vernünftigerweise vom Leben erwarten konnte, waren ein Dach über ihrem Kopf, Kohle im Kamin und Essen auf dem Tisch. Was mehr war, als die überwiegende Mehrheit der Londoner sich erhoffen konnte, daher war sie nicht undankbar.

Und so, da weder Dr. noch Mrs. Warner sich wundern würden, wo sie an diesem schönen Sommertag war, fühlte Lisa sich nicht verpflichtet, ihnen oder dem Hauspersonal zu sagen, wohin sie ging. Obwohl sich die Augenbrauen der Dienerschaft hoben, und die Köchin während ihrer Unterhaltung mit der Haushälterin mitten im Satz innehielt, um sie durch die Küche und aus dem Dienstboteneingang hinausgehen zu sehen, gekleidet in ihre vernünftigen Stiefeletten, eine hohe Haube und Baumwollhandschuhe, um die Sonne davon abzuhalten, ihre weiße Haut zu bräunen.

Draußen traf sie in dem kleinen Hof, der unter der Ebene der Straße lag und offen für Luft und Lärm der Stadt war, Becky Bannister, Näherin und Hilfskraft eines Kurzwarenladens. Becky arbeitete hinter der Theke des Ladens ihrer Großtante, Humphreys Kurzwaren, an der Ecke von Gerrard und Princes Street, und wenn darum gebeten wurde, besuchte sie Kunden auch zu Hause. Das gut gebaute Mädchen mit dunklen Haaren und rosigen Wangen machte einen respektvollen Knicks und wollte schon den zu ihren Füßen stehenden Korb aufheben, begierig, sich auf den Weg zu machen. Aber Lisa war noch nicht bereit dazu, die Treppen in Lärm und Hitze der Stadt hinaufzugehen.

Als sie leere Mehlsäcke entdeckte, die auf einem Stapel Kisten zum Lüften lagen, nahm sie zwei und legte sie säuberlich auf die vorletzte Stufe, um ihre Röcke vor Schmutz zu schützen und lud Becky ein, sich neben sie zu setzen. Sie mussten reden, im Schatten und fort von dem unaufhörlichen Krach, der in Höhe der Straße auf sie wartete. Becky setzte sich bereitwillig, aber ihr Lächeln verwandelte sich in ein Stirnrunzeln, als Lisa energisch sagte: „Bevor wir Lord Westbys Haus einen Besuch abstatten, solltest du mir besser genau sagen, was geschehen ist und was du genommen hast.“

„Miss, das hab' ich Euch doch erzählt“, erklärte Becky. „Ich hab' nie nichts genommen. Das Buch ist einfach so in meinen Korb gefallen ...“

„... und du hast beschlossen, es dir auszuborgen. Ja. Das hast du mir heute Morgen erzählt, aber ich muss genau wissen, was passiert ist, wenn wir seine Lordschaft überzeugen wollen, dass er keine Anklage wegen Diebstahls gegen dich erhebt. Wenn du sagst, dass das Buch in deinen Korb gefallen sei, glaube ich dir. Bitte, Becky. Erzähle mir alles, und von Anfang an. Ich sagte, dass ich dir helfen würde, und das werde ich.“

Becky schniefte und nickte und ihre Besorgnis schwand ein wenig. Gestern, als sie ihren Korb hochgehoben hatte, im Wissen, dass das Buch darin war, hatte ihr einziger Gedanke der Vorstellung gegolten, dass sie es für den Schilling, den Peggy Markham, Lord Westbys Mätresse, ihr schuldete, eintauschen könnte. Aber nach einer Nacht ruhiger Überlegung verschwand ihr Vertrauen in einen solchen Plan, aus welchem Grund sie Miss Crisp, als diese in den Laden kam, um Garn zu kaufen, um Hilfe bat.

Obwohl diese junge Frau in ihrem Alter war, besaß Miss Crisp eine angeborene Reife, die weit über ihre Jahre hinaus reichte. Und Becky hatte sich, wie viele in der Gegend, die Grund hatten, die Warnersche Krankenstation zu besuchen, angewöhnt, sie als jemanden zu betrachten, dem man vertrauen konnte und der gut mit Problemen fertig wurde. Und weil Miss Crisp lesen *und* schreiben konnte, war sie die Hausschreiberin der Krankenstation, denn während die Mehrheit der Londoner sich rühmte, lesen zu können, hatten doch nur sehr wenige das Schreiben erlernt. Wenn also ein krankes Familienmitglied von einem Arzt der Krankenstation betreut wurde, saß ein anderes bei Miss

Crisp in einer dafür bestimmten Ecke des Wartezimmers - sie mit ihrer abgeschrägten Schreiberkiste, Tinte und Feder - und diktierte ihr einen Brief, den sie dann niederschrieb. Oft waren diese Briefe für Familienmitglieder in fernen Grafschaften bestimmt, gefüllt mit Einzelheiten über das neue Leben in der Hauptstadt. Manchmal waren es Briefe, die um eine Anstellung oder Protektion baten. Alle waren zutiefst persönlich und die Menschen vertrauten auf Miss Crisps Diskretion. Unabhängig vom Inhalt dieser Briefe fühlte sich der Absender immer zufrieden und innerlich besser, wenn er sah, wie Miss Crisp seine Worte in Tinte aufschrieb.

Daher wusste Becky, dass alles, was sie Miss Crisp anvertraute, mit Respekt und Verschwiegenheit behandelt werden würde. Aber so sehr sie sich auch bemühte, die Panik in ihrer Stimme nicht hören zu lassen, war sie doch dort und brodelte unter der Oberfläche, als sie wieder von ihrem Besuch im Stadthaus am Leicester Square erzählte, das von einem Lord Westby bewohnt wurde und wo auch seine Mätresse, die gefeierte Schauspielerin in Shakespeare-Tragödien, Mrs. Peggy Markham, lebte.

Die Schauspielerin hatte um eine Auswahl an Bändern, Strümpfen und Strumpfhaltern zu Humphreys geschickt, daher war Becky mit einem Korb, der verschiedene Schachteln der gewünschten Artikel für Mrs. Markham zur Ansicht enthielt, entsandt worden. Ihre Tante hatte ihr eingeschärft, dass sie dieses Mal keine Waren zurücklassen dürfte, ohne nicht zuerst Mrs. Markhams Unterschrift unter die Rechnung zu bekommen.

„Das is', weil sie drei Bänder genommen hat und dann nich' zugeben wollte, dass sie sie hat, und dann gesagt hat, dass ich beim Rechnen Fehler gemacht hab'", erklärte Becky Lisa. „Was ich nie tue, weil Tantchen mir einen Satz warme Ohren verpassen würde, wenn ich Geld bei irgendwas von unsern Sachen verlieren tät'. Also weiß ich, wie viele Bänder ich hatte, als ich aus dem Laden bin, und es waren nicht genauso viele, als ich sie wieder in meinen Korb gepackt habe!"

„Und dieses Mal ...?", drängte Lisa, als Becky böse schnaubend ihre Zähne zusammenbiss.

„'n Paar Strumpfbänder. Rosa Seide mit einer hübsch gemalten Blumenbordüre. Viel mehr wert als drei Bänder, und ich hab' meiner Tante noch nich' gesagt, dass die jetzt auch weg sind!"

„Und Mrs. Markham weigerte sich zuzugeben, dass sie die Strumpfbänder hat?"

„Jepp. Genau so. Ich sagte, ich würde sie auf die Rechnung setzen, zusammen mit den drei Bändern vom letzten Mal, und das machte sie wütend ..."

„Das kann ich mir vorstellen", murmelte Lisa.

„... und sie nannte mich ein keckes Fräulein und warf die Hände hoch. Sagte, wie ich es wagen könnte, ihr Wort anzuzweifeln. Sie befahl mir, meinen Kram zusammenzupacken und wies zur Tür, so dramatisch, wie Schauspielerinnen es halt tun. Aber ich blieb standhaft."

„Das war mutig."

Becky schaute Lisa verschmitzt an und gestand: „Nicht so mutig, wie Ihr denkt, Miss. Ich wäre lieber so schnell verschwunden wie ein Fuchs in der Jagdsaison, aber meine Beine wollten mich nicht tragen, wegen ihm, der da war."

Lisa runzelte die Stirn und versuchte, einen Sinn in Beckys Geschichte zu erkennen. „Da war jemand - es war ein Gentleman - Lord Westby - bei Mrs. Markham?"

Becky schüttelte den Kopf. „Er nich'. Ich weiß, wie seine Lordschaft aussieht, weil er da war, als ich das erste Mal kam. Diesmal verwöhnte sie einen anderen Gentleman, wenn Ihr versteht, was ich meine."

„Verwöhnte? Oh! Oh! Ich verstehe. Bist du sicher?"

„Ich bin nich' von gestern. Bei meiner Art von Arbeit kann ich mir sowas wie Rotwerden un' so nich' leisten. Ich gehe in Schlafzimmer, wo die meisten nich' reindürfen. Aber niemand kümmert sich um das Mädchen mit den Kurzwaren mehr als um einen Flohbiss, nich' wahr? Bin ja nich' sowas wie ein Besuch. Nich', dass sie ihr bestes Benehmen zeigen müssten."

„Ich wage zu behaupten, dass du recht hast ... Aber was ich meinte, war, bist du sicher, dass es ein anderer Gentleman war und nicht Lord Westby?"

„So sicher ich bin, dass Ihr eine echte Dame seid, Miss!"

Lisa wurde rot. „Wie lieb von dir, das zu sagen, Becky."

„Ich bin nich' die Einzige, die das sagt. Alle hier sagen das. *Eine echte Dame ist die Miss Crisp,* das sagen sie. Und genauso sicher kann ich Euch sagen, dass der Herr, der bei Mrs. Markham war, nicht ein und derselbe war, der ihr ein Dach über dem Kopf gibt. Er kam aus dem Schlafzimmer und war nur in ..."

„Danke, Becky. Ich brauche keine Einzelheiten."

„... Hemdsärmeln, und er hatte das Buch bei sich, das jetzt in meinem Korb liegt. Und deshalb erwähne ich ihn. Aber ich hab' das nich' gleich gesehen, weil ich ihn angestarrt hab' - kein Grund, sich zu schämen, Miss. Er war angezogen", versicherte sie Lisa und warf einen kurzen Blick unter Lisas Strohhaube, als diese den Kopf senkte und sich plötzlich für die Hände in ihrem Schoß interessierte. „Aber ich habe nicht wegen seiner Kleider gestarrt. Es war sein Gesicht. Ihr werdet glauben, dass ich Fieber hab', aber er is' umwerfend schön."

„Oh, Becky! Umwerfend? Wirklich?“, unterbrach Lisa mit einem Kichern.

„Ich übertreibe nie!“

„Natürlich nicht“, antwortete Lisa zerknirscht und presste die Lippen aufeinander, um weitere ungläubige Heiterkeit zu unterdrücken.

„Ihr würdet dasselbe denken, wenn Ihr ihn gesehen hättet. Augen und Haare schwärzer als eine Kohlengrube. Seine Nase sieht ein bisschen aus wie ein Schnabel, aber Ihr wisst, was man von Männern mit großer Nase sagt ... Aber nein, Ihr nicht ... Jedenfalls macht sein Mund seinen Schnabel mehr als wett. Zu schön für einen Mann.“ Sie grinste und gestand: „Ich wollte nur sein Gesicht zwischen meine Hände nehmen und es über und über küssen!“

Als Lisa nach Luft schnappte, wurde Beckys Blick finster.

„Nur, weil ich es mir wünschte, heißt das doch nich‘, dass ich es je tun würde. Ich kenne meinen Platz und ich weiß, dass so ein Herr Becky Bannister nich’ zweimal angucken würde, oder nich’ einmal Euch, Miss. Für jemand wie Euch oder mich könnt’ er genauso gut auf dem Mond leben. Aber ein Mädchen darf doch träumen, oder?“

„Ich habe dich schon recht verstanden“, erwiderte Lisa mit einem verständnisvollen Lächeln. „Ich stimme dir zu. Ich träume auch. Meine Überraschung hatte mehr mit deiner Beschreibung des Gentlemans zu tun als damit, dass ich deinen Wunsch, ihn zu küssen, missbilligte. Er klingt göttergleich, als ob er gut einen Platz auf dem Berg Olymp einnehmen könnte. Was praktisch der Mond ist, nicht wahr?“

„Ich weiß nix über Berg Oly- oder wie er heißt, aber Ihr habt recht. Mrs. Markham fühlt das Gleiche, denn er musste nur den Mund aufmachen, und sie kriegte Rehaugen und vergaß, dass ich da war, weil seine Stimme wie sein Aussehen eine Ohnmacht wert wären; tief und weich is’ sie, wie heiße Schokolade, wenn sie den Hals hinunterläuft ...“

„Eine Stimme wie heiße Schokolade? Liebe Güte, Becky, kannst du dich schön ausdrücken“, lobte Lisa sie und räusperte sich mit plötzlich trockener Kehle.

„Tante Humphreys sagt, das kommt davon, dass ich mit offenen Augen träume – *zu viel*. Aber in Mrs. Markhams Boudoir hab’ ich nich’ geträumt. Diesen Herrn hab’ ich mir nich’ nur eingebildet! Und auch wenn meine Knie weich wurden und meine Zunge trocken, meine Ohren haben noch funktioniert. Ich erinnere mich an das, was er gesagt hat. Er sagte, er könnte Theatralik nur auf der Bühne ertragen. Und sie sollte ins Bett zurückkommen und beenden, was sie angefangen hätte. Er müsste zu einer *Auktion*.“ Sie nickte, zufrieden, dass sie das, was der schöne Gentleman gesagt hatte, wiedergeben konnte und fügte zur Betonung, weil Miss Crisp sie jetzt mit geöffneten Lippen anschaute, hinzu: „Auktion. Das hat er gesagt. Er wollte auf eine *Auktion* gehen."

„Und er kam mit dem Buch, das jetzt in deinem Korb liegt, ins Zimmer?"

Becky nickte.

„Ja. Ich hatte es zuerst nicht bemerkt, weil ich damit zu tun hatte, ihn anzusehen. Aber dann machte ich weiter damit, die Bänder einzusammeln, und als ich sie einräumte, steht Mrs. Markham von ihrem Toilettenschemel auf - und das is' die Wahrheit, Gott is' mein Zeuge - zieht ihr Hemd aus und lässt es auf den Boden fallen. Einfach so! Und da sehe ich meine rosa Strumpfbänder, die ihre Strümpfe oben halten! Und ob sie sie genommen hat! Aber kann man ihn tadeln, dass er sein Buch vergessen hat? Er wirft einen Blick auf sie, nackt, und lässt das Buch in meinen Korb fallen, während sie ihm aus den Hosen hilft ...‘"

„Darf ich das Buch einmal sehen, Becky?", unterbrach Lisa und streckte eine Hand aus.

Sie war nicht prüde, aber sie interessierte sich auch nicht für das Intimleben anderer. Was sie hinter geschlossenen Türen taten, ging niemanden außer sie selbst etwas an. Ihr Schock hatte mehr mit der Unüberlegtheit und der Missachtung des Paares für die Dienerschaft zu tun. Wenn sie sich so benahmen, war es kein Wunder, dass Klatsch über die feine Gesellschaft es schaffte, den Weg in die Zeitungen zu finden, die ihre Cousine Minette dann bei Tee und Cremetorte verschlang. Sie hatte keinen Zweifel daran, dass geschäftstüchtige Diener sich durch die Weitergabe solch saftiger Details über ihre Herrschaft an die Zeitungsschreiber ein zweites Einkommen verschafften.

Sie schüttelte schnell alle Gedanken an Mrs. Markham und ihren namenlosen Liebhaber ab, um sich dem vorliegenden Problem zuzuwenden, da der Nachmittag näher rückte und sie noch immer auf den Stufen der Dienertreppe in der Gerrard Street saßen. Je früher sie das Buch wieder in Lord Westbys Stadthaus ablieferten, desto früher würden sie diese Angelegenheit wieder vergessen können.

Das Buch war größer und schwerer, als sie erwartet hatte, und als sie es öffnete, sagte ihr das Titelblatt fast alles, was sie wissen musste. Es war in der Tat ein Katalog, der die fürstliche Summe von fünf Schillingen wert war, und enthielt eine Liste des gesamten Inventars des Portland Museums, das einmal der Herzoginwitwe von Portland gehört hatte und jetzt, nach ihrem Tod, vom Auktionshaus Skinner und Co. versteigert wurde. Lisa hatte Berichte über die monatelange Auktion in Dr. Warners Ausgabe des *Gentleman's Magazine* gelesen. Die Herzoginwitwe war eine große Mäzenatin der Naturgeschichte gewesen und eine unersättliche Sammlerin von allem, was mit Wissenschaft zu tun hatte, von Korallen über alle Arten von Muscheln, Tieren, Insekten, Versteinerungen, Pflanzen, Mineralien und ähnlichen, damit in Zusammenhang stehenden Dingen.

Als sie die Seiten des Katalogs durchblätterte, bemerkte sie Randnotizen neben verkäuflichen Objekten und als sie zum Titelblatt zurückkehrte, sah sie, eingetragen in derselben, eleganten Handschrift, die Initialen H und A, getrennt von einem Bindestrich. Also gehörte der Katalog nicht Lord Westby, und dieser H-A war vielleicht Peggy Markhams Liebhaber? Ihr Interesse an dem Liebhaber der Schauspielerin wuchs um das Zehnfache, denn laut Becky war der Gentleman nicht nur weit schöner, als man von einem einfachen Sterblichen erwarten konnte, er hatte auch eine elegant schräge Handschrift, und den Markierungen im Katalog zufolge interessierte er sich für alte Schnupftabakdosen und Muscheln.

Was Lisa sofort in den Sinn kam und ihr Herz schneller schlagen ließ, waren zwei Dinge: Dass der Eigentümer den Katalog benötigte, um zur Auktion zugelassen zu werden und, da er bestimmte, noch nicht zum Verkauf gelangte Artikel angestrichen hatte, dass sie darauf vertrauen konnte, dass er mit einiger Sicherheit nach seinem fehlenden Katalog suchen würde. Zweitens, und das war beunruhigender, würde der Diebstahl des Katalogs, da er mehr als einen Schilling wert war, als schwerer Diebstahl betrachtet werden und ein Schuldspruch bedeutete ein Urteil auf Tod durch Erhängen.

In diesem Moment musste Becky nichts von alledem wissen, daher lächelte Lisa tapfer in der Hoffnung, sich ihre Ängste nicht anmerken zu lassen und gab ihr den Katalog zurück.

„Gibt es noch etwas, das du mir vor unserem Besuch in Lord Westbys Haus erzählen solltest? Oder über diesen Katalog, bevor wir uns auf Weg machen?" Als Becky den Kopf schüttelte, stand sie auf und schüttelte ihre Röcke aus, wobei sie in einem Ton, von dem sie hoffte, dass er Zuversicht ausstrahlte, sagte: „Gut. Wenn wir dann bei Lord Westbys Haus ankommen, überlässt du am besten mir das Reden."

Betty nickte lächelnd, hob ihren Korb auf, hängte ihn über ihren Arm und stieß einen tiefen Seufzer der Erleichterung aus.

„Vielen Dank, Miss. Ich wusste, wenn irgendjemand dieses Buch wieder dorthin bringen kann, ohne dass ich in eine riesige Klemme gerate, dann seid Ihr das!" Sie legte nachdenklich ihren Kopf zur Seite. „Glaubt Ihr, dass Ihr es schaffen könntet, dass sie auch ihr Zeichen auf die Rechnung setzt?"

„Nur ein kleines Wunder nach dem anderen, Becky", sagte Lisa mit falscher Fröhlichkeit und stieg die Stufen zur Straße hinauf.

LISA UND BECKY WANDERTEN IM GLEICHSCHRITT DIE GERRARD Street hinunter und die Princes Street zum Fluss hinauf. Lärm und Gedränge auf der Straße schlossen eine Unterhaltung aus, daher schwiegen sie, den Korb zwischen sich, und hielten zwischen den umherlaufenden Fußgängern und lautstarken Straßenhändlern Ausschau nach Taschendieben. Bald wurden die schmalen Straßen breiter und sie kamen an die Ecke eines weitläufigen, gepflasterten Platzes, der von Reihen eleganter Stadthäuser gesäumt war; das großartige Leicester House, einst das Heim verschiedener Mitglieder der königlichen Familie, das jetzt Sir Ashton Levers Museum für Naturgeschichte beherbergte, bildete die nördliche Grenze des Platzes. Die Mitte dieser großen Freifläche bestand aus einem großen Rasenviereck mit kiesbestreuten Fußwegen, das mit einer vergoldeten Statue des ersten König George geschmückt war. Hier, innerhalb eines Zauns aus eisernen Stäben, gingen die vornehmen Anwohner müßig spazieren und Kindermädchen überwachten Kinder an ledernen Gängelbändern oder andere, die im Sommersonnenschein mit ihren Reifen oder Drachen umherliefen. An jeder Ecke arbeitete ein Straßenkehrer und es gab genug Platz für Kutschen, Tragsessel, Reiter und Fußgänger, um problemlos aneinander vorbeizukommen.

Einst der Mittelpunkt der feinen Gesellschaft und noch immer Heim einiger alternder Überbleibsel des hannoverschen Königtums und seiner Anhänger, lag auf dem Platz nur noch ein Schatten seines früheren Glanzes. Die Stadt und ihre Emsigkeit hatten sich so weit in seine Eleganz hineingefressen, dass einige der Stadthäuser jetzt von Läden und Manufakturen genutzt wurden, ein Zeichen für sich ändernde Zeiten. Personen mit Titel, Vermögen und Einfluss waren vor mehr als einem Jahrzehnt oder früher fort und nach Westen in eine eher ländliche Umgebung gezogen, wo die prunkvollen Plätze in frischer Luft mit neuen Herrenhäusern gesäumt und ausschließlich von ihresgleichen bewohnt wurden. Wer noch in Leicester Square verblieben war, ob aus Mangel an Mitteln oder an Voraussicht, und dessen Stadthaus zwischen Geschäften eingezwängt wurde, tat sein Bestes, um die veränderte Umgebung und die Nachbarn aus dem Handelsstand zu ignorieren.

Lord Westby war einer dieser Bewohner. Seine Lordschaft, der Erbe des Herzogs von Osborne, bewohnte ein Stadthaus, das seinem Vater gehörte, der schon vor lange Zeit in die vornehme Umgebung von Westminster gezogen war und seinen Sohn zurückgelassen hatte, der in einem hohen, schmalen Stadthaus, das zwischen einer Teppichmanufaktur und der Residenz der verwitweten Marchioness von Fittleworth eingezwängt war, lebte. Wann immer seine Lordschaft auf den Platz hinaustrat, hatte er es sich zur Gewohnheit gemacht, nach Norden zu ihrem Wohnsitz zu schauen, nie nach Süden zu seinem anderen Nachbarn, dem Teppichfabrikanten.

Lisa, die nie zuvor Grund gehabt hatte, den Leicester Square aufzusuchen, war von all dem fasziniert. So vertieft war sie in die Vielfalt der Fußgänger und die unaufhörliche Reihe von Kutschen und Tragsesseln, die hin und her zogen, dass sie fast vergaß, warum sie hier war. Bis Becky vor Lord Westbys Haus anhielt.

„Der Dienstboteneingang ist dort unten in der Gasse und ..."

„Oh nein, Becky", sagte Lisa und hielt das Mädchen am Arm fest. „Wir gehen durch die Vordertür hinein oder gar nicht."

Becky riss die Augen auf und schluckte. Sie war noch nie durch die Vordertür in ein Haus gegangen, niemals.

Lisa ging die flache Stufe hinauf und hob den silbernen Klopfer, doch die Tür wurde aufgerissen, bevor sie klopfen konnte, als ob jemand in Erwartung ihrer Ankunft am Fenster gestanden und auf die Straße hinausgespäht hätte. Lisa stolperte erschrocken zurück auf die Pflastersteine.

Ein kleiner, gedrungener Mann mit hervorquellenden Augen und einer grauhaarigen Perücke tauchte aus der Dunkelheit auf.

„Ihr seid spät!", zischte er und öffnete die Tür weiter. „Kommt herein! Kommt herein! Schnell! Schnell!"

ZWEI

Der Portier trat beiseite, um sie eintreten zu lassen, aber als Lisa und Becky einfach dort stehenblieben, um sich vom Schock eines solchen Empfangs zu erholen, trat er eiligen Schrittes auf den Fußweg hinaus, schoss um sie herum und bewegte seine Hände tief vor seinen gebeugten Knien, als ob er eine Herde Gänse scheuchte.

„Geht hinein! Geht hinein! Steht nicht herum! Geht hinein!"

Die Mädchen tapsten vorwärts und schauten dabei über ihre Schulter zurück, um zu erkennen, was der kleine Mann im Sinne hatte. Als sie erst im Vestibül waren, knallte er die Tür zu, was sie zusammenzucken ließ. Sie klammerten sich noch fester aneinander und schauten sich um. Aber es herrschte ein entschiedener Mangel an Wachs in den Wandleuchtern und nach dem hellen Sonnenlicht eines Sommertages brauchten ihre Augen Zeit, um sich an die Dunkelheit zu gewöhnen. Diese wurde ihnen versagt, da ein großer, sehr dünner Mann mit langem Kinn und gerunzelter Stirn aus dem Dunkel heraus eilte. Er schaute aus großer Höhe finster auf sie herab, bevor er über ihre Köpfe hinwegschaute und herrisch zu wissen verlangte:

„Wo sind die anderen?"

„A-a-anderen?", stotterte Lisa mit einem raschen Blick unter ihrer spitzen Haube hervor.

Aber er hatte nicht sie angesprochen. Er sprach mit seinem untersetzten Kollegen.

„Keine Kutsche, Mr. Packer. Diese beiden sind zu Fuß gekommen."

„Keine Kutsche? *Zu Fuß?*"

Die hochgewachsene, herrische Persönlichkeit, die nach Lisas

Meinung der Butler dieses Anwesens sein musste, verdrehte die Augen und seufzte, als ob dies die schlechteste Nachricht wäre, die er je erhalten hatte. Er trat auf eine Seite der Treppe, ohne Lisa Zeit für Erklärungen zu geben, streckte einen knochigen Finger in die Richtung des ersten Stocks und sagte in einer Stimme, die so schwer war, als trüge er die Sorgen der Welt auf seinen knochigen Schultern: „Dann muss es zunächst mit euch beiden gehen - einstweilen. Hoch mit euch. Erster Stock. Zweite Tür links. Nicht nötig, zu klopfen. Geht einfach hinein.“

„Ich bitte um Verzeihung, aber da scheint ein Missverständ...“

„Mein liebes Mädchen. Bitte mich nicht um Verzeihung. Es ist nicht meine Sache oder deine oder die deiner apfelwangingen Freundin, sich über die Warums und Wozus oder, was das anlangt, die Wies, Gedanken zu machen. Ihr seid hier, nicht wahr? Seine Lordschaft und die Batoni-Bruderschaft sind es nicht gewohnt zu warten - auf nichts. Also hinauf mit euch.“

„Bat-Batoni-*Bruderschaft*?“

„Du bist aber neugierig, das muss man wohl sagen!“, schnaubte der Butler und musterte Lisa unhöflich von Kopf bis Fuß. „Lass dir raten, deine Zunge in Zaum zu halten. Du bist nicht deiner Konversation wegen hier.“

Lisa war es nicht gewöhnt, so vertraulich angesprochen zu werden und hob missbilligend eine Augenbraue. „Nein?“

„Wohl kaum! Obwohl, wenn man dich ansieht - Nun! Ihr habt ja alle verschiedene Gestalten und Größen und - äh - Talente, nicht wahr. Also ist es nicht an mir zu sagen ...“

„... weil Ihr auch nicht Eurer Konversation wegen hier seid?“, witzelte Lisa und begleitete diese Worte mit einem trügerisch süßen Lächeln.

„Ha! Das habe ich wohl verdient“, antwortete der Butler gutmütig. „Wenn ihr euch beeilt, könnt ihr euch eure Beute noch aussuchen, bevor eure Freundinnen kommen.“

Lisa hatte keine Ahnung, wovon er sprach. Sie schaute die Treppe hinauf, die ebenso schlecht beleuchtet war, wie das Vestibül, und lächelte dann Becky beruhigend an, die, wenn sie vor ihrem Eintritt in Lord Westbys Stadthaus überaus zuversichtlich bezüglich ihres Vorhabens gewesen war, jetzt keineswegs mehr so empfand. Sie hatte ihre rosige Farbe verloren und ihre Augen wirkten misstrauisch.

„Freundinnen?“

Der Butler verdrehte wieder die Augen und gab mit einem Blick auf Becky ein Schnauben von sich. „Wenn keine Freundinnen, dann eure Schwestern.“ Er deutete mit dem Daumen zur Treppe. „Jetzt nach oben mit euch! Schnell! Schnell!“

Lisa war sich nicht sicher, was sie dazu bewegte, so zu handeln, wie sie es tat, denn ihr erster Impuls war gewesen, dem gesprächigen Butler den Katalog auszuhändigen mit der Entschuldigung, dass sie ihn auf der Straße gefunden hätte, und dann mit Becky von diesem Ort zu fliehen, ohne preiszugeben, wer sie waren. Aber irgendetwas zwang sie dazu, standhaft zu bleiben - Neugier, Hartnäckigkeit, Impulsivität, sie war sich nicht sicher, was davon. Sie beschloss, dass es vielleicht ein wenig Abwechslung von der Normalität ihrer gegenwärtigen Existenz und vorhersagbaren Zukunft verschaffen und ihr ein lohnendes Abenteuer einbringen könnte, wenn sie diese Treppe hinaufging.

Es war derselbe abenteuerliche Zug - die Rektorin in Blacklands hatte es Impulsivität genannt - der sie dazu getrieben hatte, das Schulgelände zu verlassen, um einen Freund in der Chelsea Bäckerei zu treffen. Es war der dritte solche Besuch und der, der der Rektorin gemeldet wurde, und das wurde ihr zum Verhängnis. Sie wurde nur sechs Monate vor ihrem Abschluss von der Schule verwiesen. Der Vorfall mit der Chelsea Bäckerei hatte sie für immer in den Augen der Schule und ihrer Familie beschmutzt. Aber wenn sie über ihr Handeln nachdachte - und sie hatte zwei Jahre gehabt, um das zu tun - war sie überzeugt, dass sie nicht anders hätte handeln können. Und mit einem so beschädigten Ruf, dass er nie wieder seinen alten Glanz zurückerhalten würde, könnte es doch kaum Folgen haben, dieses Risiko einzugehen.

Jedoch hatte sie nicht den Wunsch, Becky in weitere Missgeschicke mit hineinzuziehen, daher tat sie ihr Bestes, sie davon abzuhalten, sich auch nach oben vorzuwagen.

„Gib mir den Katalog, Becky", flüsterte sie. „Du kannst hierbleiben, während ich …"

„Nein, Miss. Ich komme mit Euch!"

„Bitte. Ich habe keine Ahnung, wer oder was uns da oben erwartet. Sehr wahrscheinlich ein zorniger Lord und seine Mätresse. Und da sie mich nicht kennen, könnte ich sie vielleicht davon überzeugen, den Katalog ohne weitere Erklärungen anzunehmen. Daher wäre es besser für dich, hier unten zu bleiben …"

„Nein, Miss. Verzeihung. Ich hab' Euch hergebracht", stellte Becky starrköpfig fest und hielt ihren Korb fester. „Wir gehen beide nach oben oder gar nich'. Das is' meine Bedingung."

„Nun gut. Aber versprich mir, dass, wenn ich entscheide, dass wir gehen müssen - aus welchem Grund auch immer - wir gehen - sofort."

Als Becky nickte, löste Lisa die Bänder ihrer Haube und übergab sie dem Butler. Er hielt dieses weibliche Kleidungsstück zwischen Daumen und Zeigefinger, als ob es giftig wäre, und übergab es dem Portier. Lisa strich leicht die Haarsträhnen glatt, die sich aus ihren aufgerollten

Zöpfen gelöst hatten und fuhr dann mit ihren Baumwollhandschuhen über ihre schlanken Arme, als ob sie sich für das Gespräch stärken wollte. Schließlich nickte sie Becky zu, ohne dem Butler einen zweiten Blick zu gönnen, und ging die Treppe hinauf.

Sie folgten der Beschreibung des Butlers, und im ersten Stock nahm Lisa eine brennende Kerze mit ihrem Halter von einem Ecktisch, um ihren Weg durch den dunklen Gang zu beleuchten. An der zweiten Tür zu ihrer Linken hielten sie an. Becky hielt sich instinktiv zurück und Lisa übergab ihr die Kerze. Sie klopfte nicht, um ihr Kommen anzukündigen, sondern öffnete die Tür und ging direkt hinein.

Nicht in ihren kühnsten Träumen hätten sie vorhersehen können, was sie dort erwartete.

Vor einigen Stunden hatten sich die Mitglieder der Batoni-Bruderschaft zu ihrer regelmäßigen zweimonatlichen Versammlung getroffen, diesmal im Stadthaus Lord Westbys, der an der Reihe war, den Gastgeber zu spielen. Die Mitglieder der Bruderschaft waren eine Gruppe junger Gentlemen, die zusammen die Grand Tour absolviert hatten. Von ihren adligen Eltern mit Tutoren, Kammerdienern und Personal im Schlepptau losgeschickt, waren sie drei Jahre lang durch Frankreich, die Schweiz, die italienischen Staaten und Griechenland gereist. Als sie über die Mittelmeerküste und mit größerer Wertschätzung für ihre klassische Erziehung zurückkehrten, brachten sie Kisten voller Kunstgegenstände, Skulpturen, Bücher, elegant geschnittener Kleidung und alles andere an Antiquitäten, das ihnen gefallen hatte, mit.

Während sie im Ausland weilten, hatten diese Söhne der besten Familien der feinen Gesellschaft einen Pakt abgeschlossen, dass sie sich nach ihrer Rückkehr einmal im Monat treffen würden, um Erinnerungen auszutauschen, über ihre Sammlungen von *Objects d'Art* zu diskutieren und um einander unter den Tisch zu trinken. Diese Zusammenkünfte fanden nun bereits seit einem Jahr statt und wurden von allen Mitgliedern der Bruderschaft ungeduldig erwartet.

Aber die Batoni-Bruderschaft war dabei, sich für immer zu ändern. Sir John „Jack" Cavendish war der erste der vier, der den Sprung in die Ehe wagen wollte. Während ihnen die Unausweichlichkeit dieser Heirat bewusst gewesen war - Jack hatte sich fast unmittelbar nach seiner Rückkehr vom Kontinent mit seiner zukünftigen Braut verlobt - wollten sie es doch noch immer nicht wahrhaben. Die Hochzeit war für die ersten Tage des Frühlings angesetzt gewesen, aber verschoben worden, um es der Mutter der Braut zu erlauben, sich von der Geburt ihres vierten Kindes zu erholen.

Der Aufschub kam der Bruderschaft sehr entgegen. Niemand wünschte eine Veränderung, obwohl sie alle Jacks Wunsch, seine Jugendliebe zu heiraten, respektierten. Nur war es so, dass diese Zusammenkunft das letzte Mal war, dass sie sich als Junggesellen trafen. Und während alle entschlossen waren, sie um Jacks willen zu genießen, war da doch ein unterbewusstes Gefühl des Grolls, weil dies sehr wohl ihr letztes Treffen sein könnte.

Doch keines der Mitglieder hatte seine Bedenken offen ausgesprochen. Lord Henri-Antoine „Harry" Hesham, Jacks bester Freund, hatte kein Wort gesagt. Aber das war typisch für Lord Henri-Antoine, der seine Gedanken für sich behielt, sparsam mit seinen Worten und vernichtend mit seinen Bemerkungen war.

Die beiden anderen Mitglieder, Sebastian „Seb" Lord Westby und Lord Randal „Bully" Knatchbull, kannten Jack und Henri-Antoine seit Eton. Sie hielten Jack für einen freundlichen, unkomplizierten Kerl, der bis zum Letzten loyal war - ein wirklich zuverlässiger Freund. Seb und Bully verstanden Jack. Mit Henri-Antoine war es etwas völlig anderes. Er war schwarz, wo Jack weiß war, und so war es seit je her. Er war so offenherzig wie eine ungeöffnete Walnuss und ungefähr so freundlich wie ein Märzsturm. Sie hatten ihn oder auch nur die Freundschaft zwischen zwei so gegensätzlichen Naturen nie verstanden. Jack wollte kein Wort gegen Harry hören, nicht einmal, wenn sein bester Freund seine scharfen Bemerkungen gegen ihn richtete, was selten war, aber doch gelegentlich vorkam.

Lord Westby und Randal Knatchbull fürchteten Lord Henri-Antoine Hesham ein wenig. Nicht, dass er je in gewaltsamer Absicht einen Finger oder seine Stimme gehoben oder ihnen nicht notfalls aus einer Klemme geholfen hätte. Sie hatten jedes Vertrauen in seine Loyalität. Es war nur so, dass sie sich in seiner Gesellschaft, anders als bei Jack oder den Männern in ihrem weiteren Freundeskreis, nie völlig wohl fühlten. Sie fühlten sich unbehaglich, wenn sie einfach nur albern waren, und nur um des Witzes willen einen Streich zu spielen erschien unter Henri-Antoines starrem Blick idiotisch. Sein Schweigen sprach Bände. Es verursachte ihnen ein Kribbeln im Nacken.

Wenn es darum ging, eine Meinung über ein Thema zu äußern, das etwas ernsthafter war, wie Politik, Religion, eine Rechtsfrage oder das neueste Theaterstück, dachten sie in Henri-Antoines Gegenwart zweimal nach, bevor sie mit dem Ersten, was ihnen in den Sinn kam, herausplatzten. Es verursachte Bully Kopfschmerzen.

Bully hasste Konfrontationen jeder Art ebenso, wie er es hasste,

Gegenargumente zu formulieren, daher hatte er keine gegenteiligen Meinungen und stimmte allem zu, was andere sagten, was hieß, dass er mit niemandem übereinstimmte.

Und sie hüteten sich insbesondere, eine Meinung über die Franzosen auszusprechen - Henri-Antoines Name war französisch, ebenso wie seine Mama; die Hälfte seines Bluts stammte von der anderen Seite des Kanals. Um die Wahrheit zu sagen, sprach er besser Französisch als Englisch, und, wie sie zu ihrem augenrollenden Erstaunen feststellten, als sie im Ausland waren, konnte er auch fließend Italienisch.

Aber Lord Westbys Unbehagen über Henri-Antoine reichte viel tiefer. Direkt unter der Oberfläche seiner Liebenswürdigkeit tobte ein Strom kochender Lava aus Groll. Westby war auf Henri-Antoines gesamte Person neidisch, auf sein müheloses Auftreten, aber vor allem auf die Unabhängigkeit, die sein großer Reichtum ihm gewährte. Bully drückte es schärfer aus:

Sieh den Tatsachen ins Auge. Harry ist gutaussehend, arrogant und reich. Du bist nichts davon und wirst es nie sein. Er kleidet sich makellos; man könnte meinen, seine Stimme wäre mit Honig geglättet, sie lässt Frauen schmelzen; und sein alter Herr hat ihm ein Vermögen hinterlassen - Gerüchte schätzen es auf hunderttausend Pfund. Kannst du dir das vorstellen?! Ein-hundert-tausend Pfund. Womit er tun kann, was ihm beliebt.

Aber du, mein lieber Seb, musst von deinem alten Herrn betteln, borgen und stehlen, da du bis zum Hals in Schulden steckst und es auch immer so sein wird. Und wenn das nicht genug wäre, um dein Blut zum Kochen zu bringen, kann doch Harry jede Frau haben, die ihm gefällt und hat sie auch. Er muss nur in ihre Richtung schauen und sie stolpern über ihre eigenen Füße, um zuerst zu ihm zu gelangen! Daher ist es keine Überraschung, dass er mit mehr Frauen geschlafen hat, als alle anderen der Bruderschaft zusammen.

Der einzige Grund, warum du es schaffst, eine gefeierte Schauspielerin als Mätresse zu behalten, ist, weil du - du, Seb, nicht Harry - ihren Bedingungen zugestimmt hast. Wenn du sie nicht mit Harry teilst, ist sie weg! Du kannst so tun, als störe dich das nicht. Du sagst, dass im Geiste der Bruderschaft das, was dein sei, auch sein sei. Aber das ist völliger Mist. Es ist ein armseliges Abkommen, Seb, und du weißt es. Du erträgst es, weil du lieber deinen kahlen Mönch abschneiden würdest, als Harry merken zu lassen, dass es dich auch nur im Geringsten stören würde. Kein Wunder, dass du ihn hasst. Wenn ich an deiner Stelle wäre, würde ich ihn auch hassen. Aber wenn man es richtig bedenkt, ist nichts davon Harrys Schuld, nicht wahr? Und das frisst dich am meisten von innen her auf.

Trotz der Wahrheit in dem groben Urteil seines Freundes betrachtete Seb sich weiter als den Gekränkten bei der ganzen Sache. Und während er es normalerweise schaffte, seine bittere Eifersucht der Bruderschaft zuliebe zu verheimlichen, scheiterte er kläglich daran, wenn er berauscht war. Heute, nachdem er mit genug Rotwein, um ein Schiff flott zu halten, auf Jacks bevorstehende Hochzeit angestoßen hatte, war Seb betrunken genug, um jede Vorsicht außer Acht zu lassen. Bei der heutigen Zusammenkunft der Bruderschaft war er entschlossen, ehrlich zu sagen, was er dachte – und zum Teufel mit den Konsequenzen, und Henri-Antoine gleich mit ihnen. Heute würde er den Bedingungen, die seine Mätresse gestellt hatte, ein Ende bereiten und seinem Rivalen auf immer verbieten, ihre üppigen weiblichen Kurven je wieder zärtlich zu berühren. Er würde Henri-Antoine zeigen, wer der Herr hier im Hause war und es war nicht der verdammte Henri-Antoine, der verdammte hochnäsige Hesham.

Aber zuerst musste er sich mit noch ein paar Gläsern Rotwein stärken. Daher war es ein glücklicher Zufall, dass am Ende dieses Gedankengangs sein Butler das lange Gesicht zur Tür hereinstreckte.

„Mehr Flaschen, Packer! Und zwar schnell. Und lass dieses Durcheinander wegräumen. Zimmer stinkt wie Billingsgate. Kann doch Harris' Huren uns nicht für einen Haufen alter Seebären halten lassen ..."

„... oder für Piraten, Seb. Sie könnten uns für Piraten halten."

„Piraten, Bully? Na, es würde mir nichts ausmachen, für einen Piraten gehalten zu werden. Trotzdem. Will nicht wie einer stinken."

„Ganz sicher nicht."

„Piraten stinken nach Fisch."

„Und nach Austern, Bully. Fisch und Austern und - *Algen*."

„Aber wenn die Huren Seejungfrauen wären, na! Das wäre dann etwas ganz anderes, nicht wahr?", sagte Bully selbstsicher. „Ich wette, dann würde es ihnen gefallen, wenn wir nach Fisch riechen."

„Wie viel?"

„Wie viel was?"

„Wie viel willst du wetten?"

„Wetten?"

„Eine Guinee darauf, dass es den Huren egal ist, ob wir nach Fisch riechen."

„Und Austern, Seb. Wir riechen nach Austern."

„Also Austern. Eine Guinee, dass wir ..."

„Ein alter Seebär ist ein Pirat", warf Lord Henri-Antoine ein. „Und die Huren werden dafür bezahlt, dass sie dich ohne Rücksicht auf deinen Gestank bedienen. Packer? Werden Sie diese Abfälle los ... Brandy wäre angenehm."

„Ja, Mylord. Sofort", antwortete der Butler.

Packer sagte etwas über die Schulter, dann trat er zur Seite, um zwei Lakaien zu erlauben, die silbernen Tabletts voller Austernschalen und ausgepresster Zitronen, Körbe mit Semmelbröseln, Stapel schmutziger Teller und Mengen leerer Weinflaschen wegzuräumen. Und während das geschah, schielte er in den verrauchten Dunst, um die Anwesenden zu sehen, und fand Lord Westby auf einem Sofa zusammengesackt, wo seine zerzauste Person unter einem Berg von Karten und offenen Reiseführern lag. Das Halstuch seines Herrn war locker und er hielt ein leeres Weinglas in einer Hand und eine rauchende Zigarre in der anderen.

Die Freunde seiner Lordschaft lümmelten in ähnlicher Weise herum.

Mr. Knatchbull lag ausgestreckt auf dem Teppich zu Lord Westbys Füßen, seine kurzen Beine breit unter einem niedrigen Tisch ausgestreckt, der mit den Überbleibseln des Austernessens beladen war. Er blätterte in den Seiten eines kleinen Buchs, *Harris' Liste der Damen von Covent Garden,* das er fast auf Armeslänge von sich abhielt, und wie sein bester Freund war er in Hemdsärmeln. Er machte keine Anstalten, sich zu bewegen, um den Lakaien Platz zu machen und las weiter, während sie ihr Bestes taten, nicht auf ihn zu treten oder Austernschalen und Zitronen auf ihn fallen zu lassen.

Die anderen Anwesenden fläzten sich in Ohrensesseln auf beiden Seiten des kalten Kamins. Sir John Cavendish, Mitglied des Parlaments, dessen kupferfarbene Locken ihm in die Augen fielen, hatte seine langen Beine von sich gestreckt, die Absätze in die Dielen gegraben, anscheinend, um zu verhindern, dass er nach vorn aus dem Sessel rutschte. Währenddessen saß das einzige Mitglied der Bruderschaft, das nicht in Hemdsärmeln war, ihm mit gekreuzten Beinen gegenüber, und anders als bei seinen Freunden, die ihre Halstücher von ihren Hälsen gezogen hatten, als bräuchten sie mehr Luft, war seine Krawatte noch ordentlich um den Hals gebunden. In der Tat war der Butler nicht überrascht zu sehen, dass dieser Gentleman noch von so ordentlicher Erscheinung war, als hätte er sich gerade von seinem Kammerdiener verabschiedet.

Lord Henri-Antoine war an jedem Tag und zu jeder Stunde immer makellos gekleidet. Und während die Westen seiner Freunde von ihrer Austernschlemmerei zeugten, waren die schwarzen Merinoreithosen seiner Lordschaft ohne Falten und seine kunstvoll bestickte Weste und der Rock von unberührter Sauberkeit. Er schwenkte mit geschlossenen Augen den letzten Schluck Wein in seinem Glas, den Kopf nach hinten an den Sessel gelehnt. Doch es brauchte nur eine unüberlegte Bemerkung eines seiner Freunde, um sie erkennen zu lassen, dass seine Augen zwar geschlossen sein mochten, seine Ohren jedoch weit offen der Unterhaltung folgten. Was der Grund war, aus dem die Wette um eine

Guinee zwischen Seb und Bully aufgegeben wurde, bevor sie abgemacht war.

Wenn man die stetige Zufuhr von Alkohol über mehrere Stunden bedachte, war der Butler nicht überrascht, dass die Gentlemen leicht angeschlagen aussahen. Und auch wenn sie über die bevorstehende Ankunft einer Gruppe hochklassiger Huren sprechen mochten, der Rauch und die leeren Weinflaschen waren ein gutes Indiz für ihre körperliche Fähigkeit bei einem solchen Unterfangen. Er hatte keinen Zweifel daran, dass ihr Alkoholkonsum zur Folge hatte, dass sie ihre sexuelle Leistungsfähigkeit weit überschätzten.

Welchen Unterschied drei Stunden doch machten! Als Lord Westby seinem Butler begeistert eine Liste mit Namen und Adressen in die Hand gedrückt und befohlen hatte, dass eine Kutsche geschickt werden sollte, um Harris' Huren abzuholen, hatten die Gentlemen Austern geschlürft und in Erinnerungen über ihre Zeit auf dem Kontinent geschwelgt. Es wurde viel über einen bestimmten Vorfall in einem Bordell in Padua gekichert und gelacht und mit vorfreudigem Händereiben mehr als eine Ankündigung abgegeben, diese Eskapade hier zu wiederholen. Die Aussicht, alle Arten sexueller Gunstbeweise von den besten Damen, die Harris' Liste zu bieten hatte, zu erhalten, ließ Bully auf das Sofa springen, seine Perücke hochhalten und ein unzüchtiges Liedchen singen. Viel Gelächter war die Folge und Packer war mit der Liste aus dem Raum gegangen, die Augen zur Decke verdreht.

Aber als Packers Blick jetzt über das Schlachtfeld eines Nachmittags fortgesetzter Zecherei schweifte, fragte er sich, ob einer der Bruderschaft imstande wäre, ohne Stütze zu gehen und war überzeugt, dass sie dabei waren, die sechzig Pfund zu verschwenden, die sie ausgegeben hatten, um die Luxushuren dazu zu verlocken, ihre Arbeitsstellen zu verlassen und Lord Westbys Stadthaus aufzusuchen. Aber das war nicht sein Problem oder seine Angelegenheit, zu der er etwas zu sagen gehabt hätte, daher überließ er es den Gentlemen, die vom Tabakrauch dicke Luft zu atmen und schickte einen Lakaien in den Keller, um mehr Rotwein und eine Flasche Brandy zu holen.

DREI

Die Tür hatte sich kaum hinter dem Rücken des Butlers geschlossen, als Jack sein Kinn von der Brust hob und stirnrunzelnd zu seinem besten Freund hinübersah. „Meinst du, das war klug?" Als Henri-Antoine keinen Kommentar abgab, zischte er laut: „Harry?! Harry?! Denkst du ..."

„Ich tue mein Bestes, um *nicht* zu denken."

„... dass du nach so vielen Flaschen Rotwein Brandy trinken solltest?"

„Du hast gezählt."

„Nein! Natürlich nicht!"

Bei dieser heftigen Verneinung öffnete Henri-Antoine ein Auge. Die rasche Röte in den Wangen seines Freundes entlarvte die Schwindelei. Er starrte Jack lange genug an, um ihm seine Missbilligung bewusst zu machen und schloss dann das anklagende Auge wieder.

„Oh, schon gut! Ich gebe es zu", gestand Jack, zog seine Beine an und beugte sich vor, mit einem Blick zu Seb und Bully, die jetzt zusammen auf dem Sofa hockten und die Seiten von Harris' Liste durchblätterten. Zuversichtlich, dass sie anderweitig beschäftigt waren, fügte er rechtfertigend hinzu: „Du kannst mich nicht dafür tadeln, nicht wahr?"

„Es geht dich nichts an."

„Kein Dank dafür, dass ich auf dich aufpasse?"

„Du möchtest Dank?"

„Nein! Ja! Nein! Natürlich nicht! Aber vielleicht solltest du Michel holen lassen, damit er dich nach Hause bringt ..."

„... und dieses wundervolle Treffen ruinieren? Michel ist nicht da. Er ist auf der Portland-Auktion, Muscheln kaufen."

„Ist das vernünftig?"

„Vernünftig? Michel beim Kauf von Muscheln zu vertrauen?"

„Haha! Nein! Er dort; du hier."

Daraufhin öffnete Henri-Antoine mit einiger Mühe beide Augen. Das Pochen hinter seinen Schläfen wurde unerträglich. Aber er würde es ertragen und ignorieren und hoffen, dass es diesmal ausgehen würde. Dass alles gut würde, wenn er die Warnzeichen unter Kontrolle halten könnte. Aber das war eine vergebliche Hoffnung. Und doch, er hatte in den letzten Stunden genug Wein getrunken und genug Stumpen geraucht, um an Märchen zu glauben. Was ihn überraschte, war, dass er so lange durchgehalten hatte, ohne dass ein ausgewachsener Anfall auftrat. Aber er war entschlossen, den Nachmittag durchzustehen, weil es der Junggesellenabschied seines besten Freundes war und den gab es nur einmal im Leben. Daher wehrte er Jacks Sorge lässig ab, damit dieser sich keine Sorgen machte und um zu überspielen, wie er sich fühlte.

„Ich freue mich, dass du heiratest. Zeit, deine Sorgen gut zu nutzen ... für etwas Wahrhaftiges, nicht nur für nichts."

Jack beachtete die Ironie nicht. „Du bist nicht ,nichts', Harry", sagte er leise. „Das warst du nie und wirst du auch nie sein. Du hättest zu der Auktion gehen sollen."

„Ich war in den letzten drei Wochen jeden Tag dort. Genug Muscheln, Mineralien und tote Dinge gesehen, um den begeistertsten Sammler abstumpfen zu lassen. Aber Elsie wird ihre Muscheln bekommen ... Da war insbesondere eine ... Eine Meeresschnecke ... Ich hoffe, ich erinnere mich richtig ... Ich scheine ... Ich scheine meinen Katalog verlegt zu haben ..."

Jack fiel Henri-Antoines verzerrtes Gesicht auf und er ließ sich nicht täuschen, als dieser sich schnell erholte, indem er vorgab, Flusen vom Ärmelumschlag seines mit metallischen Fäden bestickten lila Seidenrockes zu bürsten. Er kannte ihn zu gut und kannte die Zeichen, auf die man achten musste. Er war Henri-Antoines bester Freund, seit sie beide neun Jahre alt gewesen waren, und er hatte nie sein Vertrauen missbraucht. Nicht, dass Henri-Antoine ihm etwas anvertraut hätte, aber Jack war einige Male zuvor Zeuge des Ausbruchs eines Anfalls geworden, bevor er von seinen Betreuern weggebracht worden war.

Henri-Antoines Leiden war während seiner Kindheit ein offenes Familiengeheimnis gewesen und wurde entsprechend behandelt. Der alte Herzog von Roxton hatte seinen Sohn mit Ärzten, Pflegern, Betreuern und Dienern umgeben. Und er wurde ständig von seinen Eltern, seinem Bruder und der engeren Familie beobachtet und war in seinem Leben keinen Tag allein gewesen. Jeder Mediziner, der behauptete, ein Experte in der Behandlung der Fallsucht zu sein, war konsultiert worden, von London bis Konstantinopel. Es gab kein bekanntes Heilmittel, aber als Henri-Antoine in seine Jugendjahre kam, hatte er es geschafft, seine Mutter und seinen Bruder davon zu überzeugen, dass seine Krankheit von allein ausgeheilt wäre.

Das war eine Lüge.

Jack hatte die Lüge akzeptiert, weil er wusste, wie wichtig es für seinen besten Freund war, dass man ihm genauso gegenübertrat wie jedem anderen jungen Mann seines Alters. Jedoch blieb es ein Geheimnis, wie er seinen Arzt davon hatte überzeugen können, ebenfalls zu lügen, und das vor seinen herzoglichen Eltern. Henri-Antoine hatte sogar seinem Vater gesagt, dass er geheilt wäre, und der alte Herzog hatte es ihm gnädig geglaubt. Aber Jack vermutete jetzt - und er war sicher, dass auch Henri-Antoine das tat - dass der alte Herzog ihm die Lüge abgenommen hatte, weil er im Sterben lag und sein junger Sohn hoffte, wenn er ihm erzählte, dass er geheilt wäre, es auch irgendwie den Krebs verschwinden lassen würde. Henri-Antoine hatte seinen Vater so sehr geliebt. Der alte Herzog starb ein paar Wochen später. Henri-Antoine sprach danach nie wieder über seinen Vater.

Aber der äußerst verschlossene jüngere Bruder des gegenwärtigen Herzogs von Roxton kämpfte immer noch mit der Fallsucht. Nicht jeden Tag, wie es der Fall gewesen war, als er noch ein Junge war, aber oft genug, dass er eine Gruppe von Dienern beschäftigte, die ihm halfen, die Illusion aufrechtzuerhalten, dass er ebenso kräftig und gesund wäre wie jeder andere junge Mann von fünfundzwanzig. Was er in jeder Hinsicht war, wenn er die Krankheit ignorierte, mit der er geboren war.

Jack verstand Henri-Antoines Bedürfnis nach Geheimhaltung, da die Fallsucht ein großes gesellschaftliches Stigma für die Leidenden und ihre Familien zur Folge hatte. Er erinnerte sich, wie sein bester Freund, als sie Jungen waren, Gegenstand leiser Gespräche und verstohlener Seitenblicke war. Unter der Dienerschaft wurde über eine verdorbene Blutlinie geflüstert; dass der alte Herzog die Schuld daran trüge und mit dem Leiden seines kleinen Sohnes für vergangene Sünden zahlte. Als ein Arzt Irrsinn erwähnt hatte, wurde er umgehend entlassen. Und als ein papistischer Priester teuflische Besessenheit vermutet und die Notwendigkeit eines Exorzismus vorgeschlagen hatte, wurde er aus dem Pariser Haus des Herzogs entfernt, ohne dass seine Füße auch nur das polierte Parkett berührten. Jack und Henri-Antoine hatten große Freude an der Austreibung, als sie hinter einer dicken Säule in der Bibliothek des alten Herzogs hervorspähten.

Jack wusste, dass es das Letzte war, was Henri-Antoine wünschte, wegen seines Leidens im Mittelpunkt eines Skandals zu stehen oder der Lächerlichkeit preisgegeben zu werden, und er daher alles tat, was sein Vermögen ihm gestattete, um dafür zu sorgen, dass seine Fallsucht ein wohlgehütetes Geheimnis blieb. Das bedeutete, dass Jack heimlich fast ebenso sorgfältig nach den Anzeichen eines Anfalls Ausschau hielt wie der Haushalt seines besten Freundes. Aber wenn er etwas getrunken hatte, verzehnfachte sich seine Sorge und er neigte dazu, sie in Worte zu fassen, sehr zu Henri-Antoines Verdruss.

„Es ist der Rauch ebenso sehr wie der Alkohol", predigte Jack mit einem weiteren verstohlenen Blick auf Seb und Bully. „Beides ist nicht gut für dich, aber zusammen ..."

„Deine Sorge ist rührend, aber unnötig."

„Lass mich ein Fenster öffnen und eine Karaffe abgekochtes Zitronenwasser für dich bestellen..."

„Um Gottes willen, Jack! Du sollst nicht ... solches *Aufhebens* machen."

Jack lehnte sich zurück, blieb aber unbeirrt und hartnäckig. „Es wird Zeit, dass du dich Roxton anvertraust ..."

„Nein!"

„... weil, worauf du zu Recht hinweist, ich nach meiner Heirat andere Dinge zu bedenken haben werde - eine Frau, und in hoffentlich nicht allzu ferner Zukunft, Kinder. Ich möchte Kinder, Harry. Das heißt, ich werde nicht mehr so viel da sein, und du brauchst ..."

„Was ich brauche, ist, dass du ..."

Henri-Antoine hielt inne und holte Atem, zwang sich, den Schmerz zu ignorieren. Er wandte sein Gesicht ab, womit er Jack einen Blick auf sein kräftiges, raubvogelähnliches Profil gab und starrte einen Moment lang den Kamin an, der voll Asche und mit den Enden eines halben Dutzends weggeworfener, abgerauchter indischer Stumpen übersät war.

„Was willst du, dass ich tun soll, Harry?", flüsterte Jack laut und hoffte wider Erwarten, dass Henri-Antoines Wachsamkeit durch den Alkohol ebenso wie bei ihm, nachgelassen hätte und er sich ihm anvertrauen würde. Es war eine leere Hoffnung und nach all diesen Jahren hätte er es besser wissen müssen. „Frag. Egal, was. Du weißt, dass ich für dich da bin - immer."

„Wenn du denkst, dass ich ohne dich nicht zurechtkomme ... dann denk noch einmal nach", sagte Henri-Antoine mit unterschwelliger Drohung, was viel wirksamer war, als hätte er geschrien. Aber er hob nie seine Stimme. „Ich bin nicht dein abgelegter Liebhaber ... ich weine nicht mein Kissen nass, weil du mich verlassen hast. Heb dir deine Sorgen für die auf, die sie verdienen. Lebe dein Leben ... mit deiner Braut und einem Haufen von Bälgern in den Cotswolds - wo zum

Teufel das auch immer sein mag - und verliere keinen Gedanken mehr an mich. Mein Leben ... Mein Leben wird ... wird auch ohne dich sehr gut weitergehen - Ah! Der Brandy!", verkündete er in völlig anderem Ton.

Er klopfte auf den Tisch neben seinem Ellenbogen, damit der Lakai das Silbertablett, auf dem Karaffe und Gläser standen, dort abstellen sollte. Dann bewegte er sich, um einen großzügigen Schuss der bernsteinfarbenen Flüssigkeit in jedes Glas zu gießen und bot Jack eines an. Aber als Jack zögerte, es zu nehmen, fasste Henri-Antoine ihn genauer ins Auge. Jack war rot geworden und unter seinen unordentlichen Locken wirkten seine Augen glasig; der Mund war zu einer dünnen Linie zusammengepresst.

„Nimm schon, Jack", drängte Henri-Antoine leise und mit einem seltenen Lächeln. „Ich möchte auf unsere Freundschaft anstoßen."

Jack nahm das Glas und schluckte den Kloß in seinem Hals mit hinunter. Aber seine Stimme war immer noch rau vor Emotion. „Manchmal kannst du abscheulich sein, Harry. Weißt du das?"

„Ich war nie etwas anderes, lieber Junge. Der Grund, warum du mein einziger Freund bist." Er hob sein Glas. „Auf Jack. Den Verlässlichen. Den Getreuen. Den Verantwortungsvollen. Den Liebenden ... Deine Braut verdient nur das Beste, und du bist der Beste, Jack."

Jack grinste verlegen, verlor seine Gereiztheit und die Freunde ließen ihre Gläser aneinander klingen. Sie kosteten den Brandy.

„Danke, Harry. Du warst immer mein bester Freund. Es ist nur ... es ist nur ..."

„... dass du deine Lebenspartnerin gefunden hast. Genauer gesagt, sie fand dich. Ich bin überaus glücklich für euch beide ... ich hoffe, ihr werdet mit einer ganzen Schar von Kindern gesegnet."

„Ich wünschte - ich wünschte, du könntest so glücklich sein wie ich es bin ... und auch deine Seelenpartnerin finden."

Henri-Antoine verzog das Gesicht. „*Ich*? Eine Seelenpartnerin? Und Feen gibt es wirklich! Ich muss ja sagen, ich bin erstklassiges Material für den Heiratsmarkt ... Aber welches arme Wesen würde freiwillig die Pflege und Versorgung einer so erbärmlichen Kreatur wie mir übernehmen?"

„Ich glaube, dass es irgendwo dort draußen jemanden für dich gibt. Wirklich", sagte Jack ernsthaft, während seine Augen wieder feucht wurden, da dies mehr war, als sein Freund je über die Schwäche durch sein Leiden zugegeben hatte. „Du hast sie einfach nicht gefunden - und sie hat dich nicht gefunden - noch nicht!"

„Oh, hör auf, traurig zu sein", sagte Henri-Antoine abweisend. „Ich bin nicht du. Ich kann mir nicht vorstellen, meinen fleischlichen Appetit auf eine einzige Frau zu beschränken. Es gibt zu viele Schönheiten, die meine - äh - *largesse* - verdienen. Was gibt es Bully?", fragte er gedehnt, als er Randal Knatchbull erblickte, der mit Harris' Liste über seinem Kopf herumwedelte, im Versuch, die Aufmerksamkeit auf sich zu lenken.

„Kommen sechs oder acht der Nymphchen, um uns zu erfreuen, Harry?

„Acht", antwortete Henri-Antoine. „Jack hat die erste Wahl ..."

Jacks Gesicht brannte. „Ich nicht. Nie wieder."

Henri-Antoine schaute auf den Schluck Brandy in seinem Glas, hob seinen Blick und neckte Jack gnadenlos.

„In der Tat?", fragte er sanft. „Aber ich meine mich zu erinnern ... Ja! Das waren genau deine Worte, als wir die Stufen zu Frau Dortmans Freudenhaus in Bern hinaufstolperten ... Du hast den gleichen lahmen Widerspruch im Foyer von Signora Lucias Bordell in Mailand von dir gegeben. Und während wir in Florenz waren - nun ja! Deine Versuche, dem Charme dieses hübschen Rotschopfs zu widerstehen waren bestenfalls schwach. Du ..."

„Halt die Klappe, Harry!", verlangte Jack hitzig und sprang auf die Füße. „Wenn du es wagst, noch ein Wort zu sagen ..."

„Deine Wünsche sind notiert. Ebenso deine Prüderie."

„Ich habe die Absicht, ein liebevoller Ehemann zu sein, und das weißt du."

„Oh ja." Henri-Antoine seufzte schwer. „Leider ist solche treue Ergebenheit eine Familienkrankheit." Er goss die letzten Tropfen Brandy hinunter. Als Jack weiter mit geballten Fäusten vor ihm stand, schloss er kurz die Augen. Wenn Jack einen Fehler hatte - nein, zwei - dann, dass er übermäßig ernst war und selten, wenn überhaupt, Henri-Antoines scherzhafte Provokationen zu schätzen wusste. Also sagte er, um ihn zu besänftigen: „Ich sehe schon, ich bin wieder böse ... ich bitte dich um Verzeihung."

„Jack? Erzähle mir nicht, dass Harry die erste Wahl unter den Schönen haben will?", rief Seb aus, glücklich, einen seltenen Streit zwischen den besten Freunden zu erleben. Er lachte höhnisch. „Überrascht es dich? Schließlich zahlt er für die ganze Truppe!"

Henri-Antoine machte eine träge Handbewegung in Sebs Richtung, ohne ihn anzusehen. „Du hast die Wahl, Westby. Ich lade dich ein."

„Eine, an der dir besonders liegt?", fragte Seb. „Ich vermute, du hast schon jede der Süßen, die hierherkommen, bis zum Grunde ausgekostet?"

„Ich will die traurige Mischung von Metaphern ignorieren und sagen, dass ich nie ein Gericht servieren würde, das ich nicht gekostet habe und empfehlen kann."

Seb zog an seinem Stumpen und blies einen Rauchring in die Richtung Henri-Antoines zur Decke. „Blume oder Gericht, das macht keinen Unterschied. Ich bin sicher, sie sind alle duftend und köstlich. Vielleicht probiere ich sie alle aus."

„Tu das nur", bemerkte Henri-Antoine trocken, wandte sich wieder dem Feuer zu und schloss die Augen.

„Harry?! Harry, sag mal!? Ist das dein Zeichen hinter der jamaikanischen Schönheit aus der Litchfield Street?", fragte Bully, dem, weil seine Nase in den Seiten des kleinen Buchs steckte, nicht bewusst war, dass Henri-Antoine sich von der Unterhaltung abgewandt hatte. „Es heißt hier, dass sie von großer Lüsternheit sei. Es heißt, sie habe weiße Zähne und dunkelbraune Locken."

Henri-Antoine rief zurück, ohne sich umzudrehen oder seine Augen zu öffnen:

„Miss Wilson wäre deine Zeit durchaus wert, Bully."

Randal Knatchbulls Augen wurden groß. „Wäre sie das? Tatsächlich? Danke. Ich hatte immer schon eine goldbraune Schönheit haben wollen, und hier steht, dass sie ..."

„Aber wird sie dich haben wollen, Bully?", unterbrach Seb mit einem abfälligen Schnauben. „Klingt ein bisschen exotisch für deinen einfachen Geschmack. Bleib besser bei deinem Leisten und nimm dir nicht mehr vor, als du bewältigen kannst."

Diese schneidende Bemerkung im Versuch, die anderen auf Bullys Kosten zu erheitern, ließ Henri-Antoine sich aufraffen und seinen spöttischen Blick auf Lord Westby richten.

„Wenn du dir die Mühe gemacht hättest, die ausgezeichnete Beschreibung Miss Wilsons zu lesen, Westby, hättest du den Mund gehalten. Nachdem du ihn jetzt aufgemacht hast ... obliegt es mir nun, darauf hinzuweisen, dass ihre - äh - *Börse* einen Liebhaber braucht, der ein *telum* von überlegener Länge und Umfang sein eigen nennt ..."

„Dein *telum*, vermute ich?", höhnte Seb.

„Natürlich. Ich würde nicht mein Geld verschwenden oder ihre Talente beleidigen, indem ich ihr weniger biete, als sie fordert."

„Harry hat recht, Seb", sagte Bully und kroch über das Sofa, um Lord Westby Harris' Liste ins Gesicht zu halten. „Sieh hier. Es steht geschrieben, dass Miss Wilson das größte Ding aufnehmen kann, das ein Gentleman ihr bieten kann, aber nicht das kleinste ..."

„Ich interessiere mich nicht für eine Hure mit einer kranken Möse", unterbrach Seb, schnappte sich das Buch und warf es zur Seite. „Oder irgendetwas zu erfahren, was ..."

„Nicht krank, Bully", versicherte Henri-Antoine seinem Freund, als Randal Knatchbull ihn um Beruhigung bittend anschaute. „Seb versucht, die liebreizende Miss Wilson zu verleumden, da er ihre Bedingungen nicht erfüllen kann."

„Verdammt will ich sein, wenn ich das nicht kann!", knurrte Seb und sprang auf, den Stumpen noch im Mundwinkel festgeklemmt. „Wenn das eine Herausforderung sein soll, nehme ich sie gerne an!"

„Wenn du willst, dass die Wahrheit in deinen Hosen begraben bleibt, wohin sie gehört, setz dich hin und sei ruhig!"

Schwankend drohte Seb mit einem Finger in Henri-Antoines Richtung. „Du bist der Richtige, um hier Ratschläge zu geben! Du tust gut daran, deinen in den Hosen zu lassen ..."

„Aber das ist es ja gerade, Westby", sagte Henri-Antoine affektiert mit einem leichten Zucken seiner Oberlippe. „Ich habe einen feinen Kerl. Sehr gefragt. Wie Miss Wilson - und andere, zu viele, um sie aufzuzählen - bestätigen kann. Frage sie. Obwohl ... wenn du weißt, was gut für dich ist ..."

„He? Wer bist du, dass du weißt, was gut für *mich* ist?"

„Seb! Seb! Sei doch kein kompletter Narr", zischte Bully, packte Westbys Hemdsärmel und versuchte, ihn wieder aufs Sofa zurück zu zerren. „Seb! Gegen Harry kannst du nie gewinnen! Niemals!"

„Halt dein Maul!", knurrte Seb und riss seinen Ärmel so heftig los, dass Bully das Gleichgewicht verlor und seitwärts in die Sofakissen fiel.

„Hey! Das war ein bisschen sehr grob, Seb!", beschwerte sich Jack. „Lass ihn nicht da liegen. Hilf ihm hoch, Seb!"

Aber Seb ignorierte Jack und Bully, der auf den Sofakissen liegend mit den Armen fuchtelte, denn seine ganze Aufmerksamkeit war auf Henri-Antoine gerichtet, der mit gekreuzten Beinen auf dem Ohrensessel saß, völlig ungerührt, und das Brandyglas zwischen den Spitzen seiner schlanken Finger drehte. Sein Freund triefte vor arroganter Selbstsicherheit. Und warum nicht, da er doch einen riesigen Batzen Geld von seinem Vater geerbt hatte, um davon zu leben, als wäre er der Sultan seines eigenen Reichs, wo er mehr Diener beschäftigte als die meisten herzoglichen Haushalte. Er verließ nie sein Haus ohne zwei von ihnen als seine ständigen Schatten. Jetzt waren sie unten und standen sich beim Warten die Beine in den Bauch.

Und als ob Henri-Antoines Reichtum und Arroganz nicht genug gewesen wären, um Seb von innen aufzufressen, schien es, dass jede Hure, die noch ein bisschen Leben in sich hatte, nicht genug von Harry Heshams *feinem Burschen* bekommen konnte. Und das galt auch für Sebs Mätresse. In der letzten Nacht hatte sie seine Annäherungsversuche zurückgewiesen und ihm, während sie sich auf dem Bett räkelte wie ein zufriedenes Kätzchen, das gerade einen Teller Sahne aufgeschleckt hat, frech erklärt, dass sie nach einem mit Lord Horn verbrachten Nachmittag völlig erschöpft wäre. Er wusste, wen und was sie meinte und war hinausgestürmt, während ihr rüdes Gelächter noch in seinen Ohren klang.

Als er jetzt weiter Henri-Antoine anstarrte, war das Wunder nur, dass nach all diesen Jahren eiternden Grolls seine inneren Organe nicht verfault waren.

„Was weißt du darüber, was in meinen Hosen ist, he?", fauchte Seb schließlich. „Nur über meine Leiche werde ich dir erlauben, mich so zu verleumden! Steh auf, Hesham! Lass uns das hier und jetzt klären! Jack? Bully! Möbel an die Wände!"

„Es ist keine Verleumdung, wenn es der Wahrheit entspricht", erklärte Henri-Antoine affektiert und ohne angesichts Sebs Drohung einen Muskel zu rühren. Obwohl er sich wohl bewusst war, dass seine nächsten Worte seinen Freund über alle Maßen reizen würden, sprach er sie trotzdem aus, weil Seb ein Narr war und mit Worten aus seiner Versklavung durch eine zweitrangige Schauspielerin geschüttelt werden musste, deren beste Rolle zwischen den Laken spielte. „Ich habe es aus bester Quelle, dass ich - ziemlich buchstäblich - zweimal so viel Manns bin wie du."

„Was, du - du- *Hurensohn*", wütete Seb mit brennendem Gesicht, als er über den niedrigen Tisch kletterte, um zu seiner Beute zu kommen. „Ich werde dir das Gesicht einschlagen, Hesham. Ich werde Matsch aus deinem Gesicht machen. Steh auf! Steh auf, sage ich!"

Er stürzte sich auf Henri-Antoine, als ob er von einem Steg in ein Boot spränge, beide Beine in der Luft und die Arme weit ausgebreitet.

Jack fing ihn ab, indem er gerade vor Seb trat, als dieser bei Henri-Antoines Sessel landete, während dieser sitzen blieb und nichts tat, um sich zu verteidigen. Aber das brauchte er auch nicht. Seb prallte gegen Jack und durch den Zusammenstoß wurden sie zur Seite geschleudert.

Jack warf seine Arme um Seb und kämpfte darum, ihn am Boden zu halten. Sie rangen, und während sie gegeneinander kämpften, wurde der niedrige Tisch umgeworfen und die verbliebenen Gläser und Flaschen, die die Diener nicht abgeräumt hatten, klirrten zu Boden. Stumpen, Karten, Bücher und mehrere kleine Zeichnungen, die an einem Ende aufgestapelt gelegen hatten, flogen in die Luft und wurden im Zimmer verstreut.

„Bully!? Bully!", krächzte Jack mit schwacher Stimme, da Sebs Finger sich in seinem Halstuch verkrampft hatten und auf seine Luftröhre drückten. „Komm - hier - her! Hilf mir!"

„Runter von *mir*! Verdammt sollst du sein!", forderte Seb und schlug um sich, weil Jack ihn jetzt auf dem türkischen Teppich festhielt. „Hör auf, den Hüter deines Bruders zu spielen! Er braucht eine Lektion! Jemand muss ihm ein bisschen Demut einprügeln! Verdammt noch mal, Jack!"

Jack bog Sebs um seine Kehle geklammerte Finger auf und sog die Luft ein. Während er hustete, rappelte sich Bully vom Sofa auf, wobei er das Möbelstück nach hinten rutschen und gegen das Fenster knallen ließ. Er kam durch den Raum herangehuscht, aber weit davon entfernt, einem seiner Freunde zu helfen, stand er nur da und musterte sie mit verschränkten Armen bei ihrem Kampf.

„Du bist so betrunken wie ein Kaiser, Seb", bemerkte Bully. „Die Kätzchen werden bald hier sein und du willst doch nicht wie ein Irrer aussehen, sonst haben sie vielleicht zu viel Angst, um in deine Nähe zu kommen."

„Zieh ihn von mir runter, Bully! Weg mit ihm!", forderte Seb, dessen Beine wild in die Luft traten, während Jack jetzt auf seiner Brust saß, um ihn am Boden zu halten.

„Tut mir leid, Seb. Das kann ich nicht. Kann dich nicht Harrys Nase brechen lassen. Ist die einzige, die er hat. Schätze, er hängt an ihr, auch wenn sie aussieht wie ein Schnabel."

Seb machte ein angewidertes Geräusch in seiner Kehle und entschied, dass der Einzige, der ihm helfen würde, er selbst war. Angetrieben von betrunkener Wut erkannte er, dass er über mehr Kraft verfügte, als er für möglich gehalten hätte, daher gab er Jack einen gewaltigen Stoß. Es half. Jack wurde mit solcher Kraft nach oben und von ihm hinunter gestoßen, dass er stürzte und mit seinem Gesäß auf den polierten Dielen landete.

„Jetzt bist du dran, Hesham!", verkündete Seb befriedigt, als er wieder auf den Beinen stand.

Nachdem er Jack erledigt hatte, war er streitlustig und zuversichtlich, mit Henri-Antoine fertig werden zu können. Aber er hatte noch nicht zwei Schritte getan, als Bully zum Leben erwachte. In letzter Minute sprang er auf Sebs Rücken im Versuch, ihn daran zu hindern, Gewalt gegen Henri-Antoine anzuwenden, der noch immer unbeweglich in seinem Ohrensessel saß, ein interessierter Zuschauer bei dem betrunkenen Ringkampf zwischen seinen Freunden.

Bully schlang seine Beine um Sebs Taille, verhakte seine bestrumpften Knöchel ineinander und hielt sich mit den Armen um Sebs Hals fest. Er ließ nicht los, ganz gleich, wie viele Male Seb sich in die ein oder andere Richtung wand. Zu guter Letzt packte Seb Bullys Handgelenke und riss sie auseinander. Und während sein Freund mit den Armen herumfuchtelte, zog er schnell die Knöchel von seiner Taille los. Dann schüttelte er Bully ab, als befreie er sich von einem Winterumhang.

Verblüfft darüber, so einfach abgeworfen zu werden, vergaß Bully, auf den Füßen zu landen und schlug mit einem dumpfen Schlag auf dem Fußboden auf. Er jaulte vor Schmerzen.

Henri-Antoine beschloss, dass es Zeit war, dieser Farce ein Ende zu bereiten.

In einer flüssigen Bewegung streckte er seine Beine und richtete sich zu seiner vollen Größe auf. Er war der Größte im Raum. Aber seine Länge täuschte, denn er war schlank und drahtig und verfügte über eine elegante, entspannte Lässigkeit, die nahezu geckenhaft wirkte. Seine Vorliebe für aufwändig bestickte Westen und Röcke in Tönen von Purpur und Blau verdeckten seinen Körper und daher wurde seine Sportlichkeit oft übersehen. Aber er hielt an dem täglichen körperlichen Training fest, auf dem sein Vater bestanden hatte, als er noch ein Junge war, alles, um seine Konstitution zu stärken in der Hoffnung, dass dies seine Anfälle verhindern, wenn nicht heilen würde.

Inzwischen sah er es nüchtern. Er glaubte nicht, dass er je geheilt werden könnte, und ganz egal, wie körperlich gestählt und sportlich er war, half das alles nichts, wenn er sich in den Klauen des *morbus caducus* befand. Vom Beginn eines Anfalls bis irgendwann, nachdem dieser abklang, nahm er ebenso wenig wahr wie ein Neugeborenes und war ebenso verletzlich. Und daher beschäftigte er Betreuer - seine Burschen, wie er sie nannte - um ihn an einen sicheren und abgeschiedenen Ort zu bringen und dort über ihm zu wachen, bis der Anfall vorbei war.

Der dumpfe Kopfschmerz und die plötzliche Lichtempfindlichkeit hätten Warnung genug sein sollen, und doch, weil es Jacks Junggesellenabschied war und wegen seines eigenen dickköpfigen Stolzes hatte er sich geweigert, die Anzeichen ernst zu nehmen und stattdessen weiter getrunken und geraucht. Umso schlimmer, denn jetzt war hier ein betrunkener Seb, der entschlossen war, ihm gewaltsam Schaden zuzufügen. Aber wenn er jetzt ginge, würde er mit Sicherheit wie ein Feigling dastehen. Gott bewahre, wenn sie ihn je für einen Feigling halten würden! Anstatt sich also zu entschuldigen, blieb er und wusste, dass er mit jeder vergehenden Minute mehr an Kontrolle verlor.

Und dann kam Seb auf ihn zu, stürzte sich auf ihn und holt mit der Faust aus. Henri-Antoine duckte sich und wich mit aller Grazie eines Meisterfechters dem Schlag aus. Sebs Schlag ging ins Leere und traf auf nichts. Aber hinter seinem betrunkenen Hieb lag solcher Schwung, dass er nicht innehalten konnte, herumwirbelte und das Gleichgewicht verlor. Er fiel seitwärts in den Ohrensessel, wo seine Schulter sich zwischen dem Rückenkissen und der Lehne einklemmte, was sein Hinterteil in die Luft ragen ließ.

Henri-Antoine hielt dies für ein schmähliches, aber passendes Ende eines einseitigen Kampfes, der glücklicherweise endete, bevor er begonnen hatte. Jack und Bully kamen eilig heran und betrachteten Seb, der in der Pferdehaarpolsterung erstickte Geräusche von sich gab, aber keiner machte Anstalten, ihm zu helfen. Jack und Bully schauten Seb und dann einander an und brachen in Gelächter aus. Sogar Henri-Antoine wagte zu lächeln.

Schließlich wischte Jack sich die Tränen aus den Augen und gab Randal Knatchbull einen Stoß.

„Komm schon, Bully, hilf mir, ihn da rauszuziehen." Er klopfte Seb auf den Rücken. „Keine Angst, Seb! „Wir befreien dich!"

„Warte eine Minute, Jack", schlug Bully schadenfroh vor. „Wenn das Blut ihm in den Kopf läuft, könnte das seinen Verstand von dieser Dummheit befreien – Du lieber Himmel! Harry? Geht es dir gut?", wollte er wissen, als Henri-Antoine die Augen schloss und schwankte. Er stieß Jack in die Rippen. „Jack! Harry ist so weiß wie frisch gefallener Schnee."

Bei dieser Ankündigung vergaß Jack Sebs missliche Lage und drehte sich zu Henri-Antoine um. „Lass mich dir helfen, dich hinzusetzen, Ha..."

„*Nicht hier*", sagte Henri-Antoine durch zusammengebissene Zähne.

„Ich lasse die Burschen holen."

„Mach - *das* ... *Mein Gott*", murmelte Henri-Antoine und zwang jede Faser seines Körpers, unter Kontrolle zu bleiben, obwohl er die plötzliche, eisige Kälte in der Handfläche seiner linken Hand nicht aufhalten konnte.

„Jack! Harry! Seb hat sich selbst befreit!", verkündete Bully mit dem Erstaunen eines Menschen, der seinen ersten Kometen gesehen hat. „Das war schlau. Jetzt gib Harry die Hand und entschuldige dich ..."

„Hände schütteln? *Mich entschuldigen*?", knurrt Seb. „Nachdem er mich verleumdet hat, und in meinem eigenen Haus? Er ist derjenige, der ..."

Henri-Antoine drehte sich um und schritt unter den ungestümen Protesten Sebs wegen des Affronts und dass er sofort zurückkommen sollte, davon, während Jack und Bully diesen festhielten.

Er hatte zu lange gewartet. Er hatte keine Kopfschmerzen mehr. Das war schlecht - *sehr schlecht*.

Er dufte nicht in Panik geraten.

Er musste seinen Verstand beisammenhalten, bis er an einem sicheren Ort war.

Er musste weiterhin *denken*.

Die tiefe Kälte war bis in sein Handgelenk vorgedrungen. Es war, als würde seine Hand in einen Eimer mit Eiswasser getaucht. Seine Zunge prickelte. Manchmal schwoll sie an. Er war sich nie sicher. Alles, was er wusste, war, dass er überhaupt nicht imstande sein würde zu sprechen, jedenfalls nicht auf eine Art und Weise, die jemandem verständlich machen könnte, was er sagen wollte. Er biss die Zähne zusammen.

Er würde nicht aufschreien.

Er durfte keinen Laut von sich geben.

Nicht hier. Nicht jetzt. Nicht vor den anderen.

Er hatte es geschafft, fünfundzwanzig zu werden, ohne sich öffentlich zu blamieren. Er hatte nicht vor, das jetzt zuzulassen.

Wo war Jack? Er brauchte ihn, um die Burschen zu holen. Warum hatte er Michel zur Portland-Auktion geschickt? Warum war der Raum von grellem Licht erfüllt? Er war ein solcher Narr, dass er den Brandy getrunken und nicht auf Jack gehört hatte. Jack hatte recht gehabt. Der liebe Jack ...

Er taumelte zur Tür, oder hinkte er? Er wusste es nicht.

Er musste weg von dem Licht. Er blinzelte, um etwas sehen zu können. Die Wände hatten begonnen, sich zu bewegen.

Die eisige Kälte hatte seine Schulter erreicht. Er hatte keinen linken Arm mehr. Er fühlte sich an, als ob er schlaff und nutzlos an seiner Seite hinge, aber er wusste, dass es in Wahrheit ganz anders aussah, als es sich anfühlte. Die Muskeln verkrampften sich und zwangen den Ellenbogen, sich zu beugen und seinen Arm, sich an seine Seite und seine Brust zu legen. Seine Hand verdrehte sich am Handgelenk; die Finger bogen sich nach innen. Die Muskeln an einer Seite seines Halses taten dasselbe, zerrten seinen Kopf nach links, während sein Mund schlaff wurde und er sabberte.

Der Anfall würde nicht lange dauern, aber wie lange, konnte er nicht ahnen, da er immer einen Blackout hatte, immer ins Nichts stürzte und der Gnade anderer überlassen war. Und solange es dauerte, war er ein verzerrtes Bündel Mensch - eine Laune der Natur - und eine monströse Entstellung seiner selbst. Und er wusste so sicher, wie der Nacht das Morgengrauen folgte, dass er den Rest seiner Tage Sklave dieses Leidens sein würde.

Er sah die Tür. Sie stand offen. Zum Glück.

Nur fort aus dem Zimmer.

Aber er konnte nicht hinaus.

Jemand stand ihm im Weg. Nein. Nicht jemand. Eine Frau. Ein Mädchen. War das eine von Harris' Huren? Selbst in seinem entstellten Zustand glaubte er das nicht. War sie ein Engel? Schwaches Licht leuchtete wie ein Heiligenschein um ihr Haar herum. Sie hatte große, blaue Augen in einem perfekten ovalen Gesicht und starrte ihn unverwandt an, oder war es Furcht? Kannte er sie? Nein! Er halluzinierte. *Sie* war eine Halluzination. Sein verwirrtes, verkrampftes, pulsierendes Gehirn verwechselte dieses Mädchen mit den Renaissancegemälden, die er in den italienischen Staaten so bewundert hatte. Prachtvolle Frauen von Botticelli mit beeindruckenden Gesichtszügen und fließendem Haar.

Wenn sie ein Botticelliengel war, den sein Anfall ihm nur vortäuschte, argumentierte er, könnte er einfach durch sie hindurch gehen. Er versuchte, genau das zu tun und stieß mit weichen, weiblichen Rundungen zusammen. Also war sie doch aus Fleisch und Blut. Kein ätherisches Wesen.

Sie sackte in seine Arme - ohnmächtig vor Angst, daran hatte er keinen Zweifel - und er warf schnell seinen noch brauchbaren Arm um ihre Taille, um sie vom Fallen abzuhalten. Sie erholte sich sofort und machte sich los. Aber sie blockierte noch immer seinen Fluchtweg. Also brachte er sein Gesicht direkt vor ihres und wollte fordern, dass sie ihm aus dem Weg gehen sollte. Was er knurrte, war etwas völlig anderes.

„J'ai désespérément besoin de faire pipi!"

Botticellis Engel verließ sofort rückwärts das Zimmer und verschwand in der Dunkelheit.

Henri-Antoine folgte ihr und brach prompt zu ihren Füßen zusammen.

VIER

Als Lisa die Tür öffnete, während Becky hinter ihr die einzelne Kerze hochhielt, betrat sie einen Salon voller Licht mit dem Dunst von Tabakrauch, der so dicht war wie der Morgennebel im Winter. Ihre Augen tränten sofort und ihre Nase juckte. Sie dachte, sie müsste niesen. Da war eine Menge Lärm und Männer, die schrien und sich schubsten und Möbelstücke wurden herumgestoßen. Sie schaffte es, einen flüchtigen Blick auf den chaotischen Zustand des Zimmers zu werfen und sah eine Gruppe von Männern hinten am Kamin mitten in einer Schlägerei begriffen. Sie beschloss, dass die beste Vorgehensweise wäre, den Katalog auf dem nächsten Stuhl abzulegen und ohne weitere Erklärungen zu fliehen.

Aber sie bekam keine Gelegenheit dazu, Becky um ihren Korb zu bitten, geschweige denn, den Katalog so hinzulegen, dass diese Männer ihn finden würden, da einer von ihnen sich von seinen Kumpanen abwandte und mit energischen Schritten auf sie zukam.

Ohne zu bemerken, dass sie und Becky noch in der Tür standen und den Ausgang verstellten, dachte Lisa nicht daran, zur Seite zu treten. Sie starrte den Mann an, der auf sie zu kam. Nicht direkt ihn, denn es war unhöflich, Fremden ins Gesicht zu starren, aber die kurzen Schöße seiner Weste und den dazu passenden Rock mit schmalen Aufschlägen, die beide aus lila Seide und mit metallischem Garn bestickt waren, dazu Pailletten auf den Taschenklappen, Aufschlägen und am Saum. Sie hatte noch nie Stickerei aus metallischem Garn gesehen oder so zartfarbene Seide an einem Mann. Geschliffene Kristallsteine bedeckten die Schnallen seiner polierten, schwarzen Lederschuhe, und sie war sich sicher, dass es Brillanten waren. Er war die Verkörperung eines Edelmannes aus den Märchen.

Und dann war der prachtvoll gekleidete Gentleman direkt vor ihr und Lisa hatte weder Zeit noch Platz zum Ausweichen. Er stürzte auf sie zu. Becky quietschte vor Schreck, ließ ihren Korb fallen, floh in den Gang zurück und überließ es Lisa, ihm allein entgegenzutreten. Instinktiv wusste sie, dass Becky sie im Stich gelassen hatte, ohne auch nur über die Schulter schauen zu müssen. Das wollte sie aber auch nicht. Der Fremde hielt ihre Aufmerksamkeit völlig gefangen.

Sie hatte einen Moment der Panik, er könnte ihr vielleicht etwas antun wollen, aber dieser verging ebenso schnell, wie der Gedanke in ihrem Kopf aufgetaucht war. Sie war nicht von Natur aus schüchtern und dachte auch nicht gleich das Schlechteste von den Menschen. Bei ihrer Hilfe in der Krankenstation hatte sie genug seltsame Leute getroffen, die mit Krankheiten und Nöten in unterschiedlichen Stadien von der Straße hereinkamen, dass dieser Tage nur noch sehr wenig sie überraschte, was Menschen oder das, was sie plagte, anbetraf. Und wenn sie etwas von Dr. Warners Patienten gelernt hatte, war es, dass Krankheit nicht zwischen den ärmsten, in Lumpen gekleideten Seelen und Gentlemen wie ihm, gekleidet in feinste Gewänder und Diamanten, unterschied. Alle verdienten ihr Mitgefühl und dass man sie mit Würde behandelte.

Sie fürchtete sich auch nicht vor ihm. Ein oberflächliches Urteil verriet ihr, dass er unfähig war, jemand anderem als sich selbst Schaden zuzufügen. Er hatte sich entweder um den Verstand getrunken, oder war erkrankt oder vom Wahnsinn ergriffen. Was immer seinen gegenwärtigen unseligen Zustand verursachte, er litt darunter. Die Qual war aus seinen Gesichtszügen, der Verkrampfung seiner Finger und der Überspannung seines Halses in dem feinen weißen Leinenhalstuch deutlich zu erkennen. Er brauchte medizinische Hilfe, etwas, um sein Leiden zu lindern und, wie sie zu spät erkannte, wie eine Statue in der Tür zu stehen, war nicht die richtige Art, um ihm behilflich zu sein.

Jedoch bevor sie sich bewegen konnte, kam er direkt auf sie zu, als wäre sie gar nicht vorhanden und trat auf ihren Fuß.

Das war so unerwartet, dass sie gegen ihn fiel und sich auf die Lippen biss, um einen Schmerzensschrei zu unterdrücken, da jedes plötzliche Geräusch ihn hätte erschrecken und unruhig werden lassen können. Dr. Warner hatte seine Medizinstudenten gewarnt, dass bei der Behandlung von Menschen, die nicht im Vollbesitz ihrer geistigen Fähigkeiten waren, jede plötzliche Bewegung oder jeder Lärm Irrsinnige in noch größere Verwirrung treiben könnte.

Dann erschreckte der Fremde sie, als er sie um die Taille packte.

Instinktiv riss sie sich aus seinem Griff los und war so schockiert durch die Berührung, dass sie erstarrte. Er antwortete, indem er sein Gesicht dicht vor ihres neigte und einen Befehl brüllte. Sie verstand seine Worte nicht, sie waren undeutlich und fast unverständlich. Und dann kam ihr plötzlich die Erleuchtung, dass er nicht Englisch, sondern Französisch sprach und das ließ sie ihre Augen aufreißen. Er sagte, er müsste urinieren, und zwar sofort. Das ließ Lisa über ihre eigenen Röcke stolpern, um ihm den Weg freizumachen. Doch kaum war sie in den Flur zurückgetreten, torkelte er hinter ihr her und brach zu ihren Füßen zusammen.

Als er mit einem dumpfen Schlag auf dem Boden landete, starrte sie fassungslos auf ihn hinab. Nicht nur wegen des Sturzes, sondern wegen des gesamten Vorfalls, der nach wenigen Augenblicken vorbei war.

Erst als Becky zu ihr gerannt kam und an ihrem Arm zerrte, wurde der Bann gebrochen.

„Kommt schon, Miss!", zischte sie. „Das ist unsere Gelegenheit! Ich nehme meinen Korb und wir verschwinden ..."

Lisa riss ihren Arm los und fiel neben dem Fremden auf die Knie.

„Halte die Kerze dichter. Ich muss sehen, ob er sich verletzt hat."

„Fasst ihn nicht an, Miss! Ihr wisst nicht, was er hat!"

„Er ist krank und braucht unsere Hilfe", versicherte Lisa ihr und blinzelte in den Schein der Kerze hinauf, die nur wenige Zoll von ihrem Gesicht entfernt war, da Becky tat, was ihr geheißen wurde und den Leuchter über Lisas Schulter hielt. „Komm etwas näher, damit ich sehen kann, ob er sich den Kopf aufgeschlagen oder anderweitig verletzt hat."

„So, wie der aussieht, is' er nich' ganz richtig im Kopf!"

Becky tat widerwillig, was man ihr sagte und der Schein der Kerze flackerte durch das Beben ihrer Hand. Trotzdem erlaubte er Lisa, den Fremden in dem weichen Licht besser zu untersuchen.

Sie beugte sich vorsichtig über ihn und strich sanft den Schopf seines lockigen, schwarzen Haars zurück, um sein Gesicht zu sehen und fragte sich, ob der Sturz auf den Boden ihn hatte ohnmächtig werden lassen. Aber seine Augen waren weit offen, die Pupillen erweitert und er schien geradeaus zu starren, ohne etwas zu sehen. Er reagierte jedenfalls nicht auf ihre Berührung oder ihre Nähe, daher war ihm nicht bewusst, dass sie da war. Er zitterte am ganzen Körper, aber im Gegensatz zu Becky, die das aus Furcht tat, war dies kein leichtes Beben, sondern eine Reihe ruckartiger Zuckungen in seinen Gliedern und seinem Rumpf, über die er keine Kontrolle zu haben schien. Die Muskeln an seinem Hals blieben verkrampft und sein Kopf auf die Seite gezogen. Sie wünschte, sie könnte seine Krawatte aufbinden - aber wo sollte sie bei dem komplizierten Knoten in den weichen Leinenfalten anfangen?

Er war auf die rechte Seite gefallen, sein Gehrock hatte sich unter ihm zusammengerollt, die Schöße fielen von seinen schwarzen Hosen. Er war alles andere als entspannt, was sie erwartet hätte, wenn er durch den Aufprall bewusstlos geworden wäre. Sein linker Arm blieb am Ellenbogen gebeugt und vor die Brust gezogen, seine Finger verkrampft und um ein paar der bezogenen Knöpfe seiner mit metallischem Garn besticken Weste gekrallt.

Lisa fragte sich angesichts dieser Verkrampfung, ob er Schmerzen litte. Aber er gab kaum ein Geräusch von sich. Sie beugte sich vor, bedeutete Becky, das Licht dichter zu halten, um sein Gesicht besser zu beleuchten. Sein Mund war verzogen, auf eine Seite gezerrt wie der Rest seines Körpers, die Lippen leicht geöffnet, zwischen denen ein leises Gurgeln hervorkam, aber keine verständlichen Worte.

Sie setzte sich auf ihre Schenkel zurück, grübelte, was zu tun wäre, und wurde durch Stimmen aus dem Salon abgelenkt, dessen Tür noch immer weit offen stand. Wenigstens brüllten die Gentlemen einander nicht mehr an oder stießen die Möbel herum.

Instinktiv wusste sie, dass das Letzte, was dieser Gentleman wollen würde, wäre, dass seine Freunde ihn in einem derart unwürdigen und verletzlichen Zustand sähen. Zweifellos war das der Grund, warum er in solcher Eile versucht hatte, das Zimmer zu verlassen. Daher ließ sie Becky leise die Tür schließen, in der Hoffnung, dass die Gentlemen zu sehr mit sich selbst beschäftigt wären, um auch nur zu bemerken, dass einer von ihnen nicht mehr dort war.

Und als er weitere Zuckungen hatte, wurde Lisa an den kleinen Joe, den Sohn einer Wäscherin aus der Nachbarschaft, einer Irin, erinnert, der ein Patient Dr. Warners war. Joes Mutter war davon überzeugt, dass die Anfälle ihres Sohnes Teufelswerk waren, eine Strafe dafür, dass er als Bastard geboren war. Dr. Warner hatte ihr energisch gesagt, dass sie nicht so töricht sein sollte. Joe wäre nicht von einem bösen Geist besessen. Er litte an der Fallsucht, wie viele Kinder, und es wäre weder ihre noch seine Schuld. Bei einem von Joes vielen Besuchen war Lisa Zeugin eines seiner Anfälle geworden. Er war plötzlich gekommen, ohne Vorwarnung, der kleine Körper hatte sich unter heftigen Zuckungen gewunden, die seine Glieder und sein Gesicht verzerrten. Ebenso plötzlich war er vorbei gewesen und hatte Joe schlaff und erschöpft hinterlassen, als ob alle Lebenskraft aus ihm herausgesogen worden wäre. Sie hatte nie gesehen, wie ein Erwachsener einen solchen Anfall hatte und fälschlich angenommen, dass die Fallsucht eine Kinderkrankheit wäre. Doch hier war dieser Gentleman, ein Mann der ansonsten völlig gesund zu sein schien, in fast dem gleichen elenden Zustand wie der arme Joe. Also war er nicht betrunken oder krank, sondern auch ein Leidender ...

Entschlossen schaute sie zu Becky auf, eine Hand auf der Schulter des Fremden, in der Hoffnung, dass eine Berührung ihm vermitteln würde, dass er nicht allein war, ebenso, wie sie es bei Joe getan hatte - obwohl sie keinen Grund zu der Annahme hatte, dass er sich ebenso wie Joe ihrer Anwesenheit bewusst war.

„Becky, such den Butler. Ich brauche eine Decke. Auch eine Schüssel mit warmem Wasser und ein sauberes Tuch."

Becky starrte auf Lisa herab, als ob sie ebenso verrückt wäre wie der Gentleman, der sich auf dem Boden wand.

„Aber - Miss! Das is' er!", zischte sie. „Das is' der Gent, der dem das Buch gehört. Ich hab's erst nich' gemerkt, aber wo ich ihn jetzt richtig anguck', is' es so. Die Nase erkenn' ich überall wieder. Un' deshalb können wir nich' hierbleiben ..."

Lisa verbarg ihr Erstaunen und sagte ruhig: „Ich werde ihn nicht alleinlassen. Er braucht Hilfe. Und ich habe vor zu bleiben, bis ..."

„Miss, wie könnt Ihr ihm helfen? Besser, ihn diesem Teufel oder was auch immer seine Seele gepackt hält, zu überlassen. Armer Trottel. Und wir wollen nich' in 'was hineingezogen werden ..."

„Er ist krank, nicht verrückt", unterbrach Lisa energisch. „Jetzt tue bitte, was ich gesagt habe und dann darfst du gehen, wenn du das wünschst. Ich bin hier sicher. Lege den Katalog auf den Tisch im Flur, wo er gefunden werden wird. Beeil dich, Becky. Geh!"

Kaum war Becky den Korridor hinab verschwunden, um zuerst das Buch loszuwerden und dann den Butler zu finden, als die Tür des Salons aufgerissen wurde. Ein Gentleman mit einem Schopf unordentlicher, kupferfarbener Locken stürzte aus dem raucherfüllten Salon, die Augen weit aufgerissen und suchend. Er sah Lisa nicht, die nur wenige Zoll neben seinen Füßen an der Wand hockte. Sein Blick blieb über ihrem Kopf und folgte dem dunklen Gang zuerst in die eine, dann die andere Richtung. Lisa hoffte, dass er sie nicht bemerken, sondern hinter Becky den Flur hinuntergehen oder in das Zimmer zurückkehren würde. Aber in seinem freundlichen Gesicht war etwas - eine innere Güte -, das ihr verriet, dass er ein anständiger Mann war und dass er nicht um seiner selbst willen neugierig war oder um boshaft zu sein, sondern weil ihm an dem neben ihr liegenden Mann gelegen war.

„Sir, Euer Freund ist hier unten bei mir", sagte sie ruhig.

Der Gentleman sprang hoch, wirbelte herum und stolperte fast über seine eigenen Füße. Das brachte Lisa kurz zum Lächeln, und dann lag er auf seinen Knien, über seinen Freund gebeugt, der sich weiter wand und bog und im Kerzenschein unverständliche Laute von sich gab.

„Harry? Harry? Ich bin's, Jack. Jack ist hier", sagte er sanft. „Du bist in Sicherheit. Niemand sonst ist hier. Nur wir und ..." Er warf einen Blick auf Lisa und hielt es dann für besser, ihre Anwesenheit nicht zu erwähnen. „Ich gehe schnell die Burschen holen ..."

Doch er kniete weiter neben seinem Freund, von einer solchen Mischung schmerzlicher Emotionen überwältigt, dass Lisa sich gezwungen sah, Trost anzubieten, obwohl sie nicht sicher war, ob ihm das helfen oder in seiner Not belasten würde.

Sie sprachen mit gedämpften Stimmen.

„Sir, ich habe nach einer Decke geschickt. Er muss warmgehalten werden und ich dachte, es würde auch helfen, ihn ... vor neugierigen Blicken zu schützen." Als Jack zerstreut nickte, fügte sie hinzu: „Wisst Ihr, wie lange seine Anfälle dauern?"

Jack schüttelte den Kopf. „Nein ..." Dann musterte er Lisa mit einer Falte zwischen den Brauen. „Seine Krämpfe erschrecken Euch nicht?"

„Verzeihung, Sir, warum sollte ich vom Leiden eines anderen erschrocken sein?"

„Ich meinte nicht ... ich hoffe, meine Bemerkung hat Euch nicht gekränkt. Es ist nur so, dass die meisten Menschen sich die größte Mühe geben, andere zu meiden, die ... *leiden.*"

„Ihr nicht. Und ich auch nicht. Aber ich muss gestehen, weniger besorgt zu sein, da ich bemerke, dass der Zustand Eures Freunde Euch nicht in Panik versetzt. Also darf ich annehmen, dass dies kein unge-wöhnliches Vorkommnis ist - dass er öfter unter solchen Anfällen leidet?"

„Von Zeit zu Zeit. Nicht oft, aber oft genug ...", antwortete Jack ausweichend, bevor er mit einem verlegenen Lächeln zugab: „Die Wahr-heit ist, ich wusste, dass er noch immer Anfälle hat, aber ich hatte keine Ahnung, dass sie immer noch schwer sind. So habe ich ihn nicht mehr erlebt, seit ... seit wir Jungen waren."

„Er hat die Fallsucht seit seiner Kindheit?"

„Ja, von Geburt an." Jack sah Lisa erstaunt an. „Ihr kennt den Namen dieses Leidens? Ja, es ist tatsächlich die Fallsucht."

„Dies ist nicht der erste Anfall, dessen Zeuge ich geworden bin."

„Nein? Ist einer Eurer Korinthiers ein Fallsüchtiger?"

Lisa runzelte die Stirn. „Korinthiers?"

„Kunden. Freier. Stammgäste. Ist doch alles dasselbe."

Lisa blinzelte ihn an. „Tatsächlich?"

Jack schrak zusammen, als ihm klar wurde, dass sie keine Ahnung hatte, wovon er sprach. Er schluckte schwer und betrachtete sie genauer. Keine Schminke. Naturbelassene Haare. Reine Haut. Ein hochgeschnit-tenes *Dekolleté* mit einem dem guten Anstand dienenden Fichu. Klare, selbstbewusste Wortwahl. Keine Spur von Koketterie an ihr. Auf keinen Fall eine Prostituierte. Und jung. Wenn er eine weitere Vermutung riskieren sollte, auch keine Dienstmagd. Aber wer war sie dann?

„Ihr seid nicht von Harris' Liste, oder?", platzte er heraus.

„Harris' Liste? Ich habe keine Ahnung, was das ist, und das dürfte Eure Frage beantworten. Aber ich kann Euch versichern, dass ich in Warners Krankenstation, wo ich aushelfe, bei all den Kranken oder Verletzten und ihren Leiden nicht in Panik gerate. Ich ekele mich auch nicht vor ihren Beschwerden oder - oder Körperflüssigkeiten. Täte ich das, wäre ich Dr. Warner und seinen Patienten zu nichts nutze. Sir, ich erzähle Euch das, damit Ihr beruhigt Euren Freund in der Obhut einer weiblichen Fremden, in meiner Obhut - lassen könnt, während Ihr die - die - *Burschen* holt?"

„Die Burschen! Ja! Danke! Ich muss sie holen. Das wenigstens kann ich für Harry tun." Er rappelte sich auf und schloss die Tür zum Salon, kam dann zurück und schaute auf Lisa hinab. „Wenn ein Gentleman aus diesem Zimmer kommen und Euch hier finden sollte ..."

„Ich werde mein Bestes tun, mir während Eurer Abwesenheit eine Ausrede einfallen zu lassen, um jeden wieder hineinscheuchen zu können."

Jack seufzte vor Erleichterung. „Vielen Dank, Miss - Miss ..."

„Lisa. Mein Name ist Lisa", sagte sie energisch, da sie ihren Nachnamen nicht nennen wollte, weil sie einerseits überhaupt nicht in Lord Westbys Stadthaus sein sollte und andererseits nicht wollte, dass ihr oder Beckys Name mit dem vermissten Katalog in Verbindung gebracht würde, sollten später Nachforschungen angestellt werden. Sie lächelte zu ihm auf und wollte nach seinem Namen fragen. Stattdessen sagte sie: „Die Burschen, Sir ...?"

JACK GING DEN GLEICHEN WEG ENTLANG, DEN BECKY GENOMMEN hatte und kam an einem Diener vorbei, der mit einer Decke die Treppe heraufkam, hinter ihm ein Mädchen mit rosigen Wangen, das eine Porzellan-Schüssel trug. Er hielt nicht an, und als er mit zwei kräftigen Männern zurückkam, lag Henri-Antoine gut eingewickelt unter der Decke. Sein Kopf war vom Boden hochgehoben und auf Lisas Schenkel gebettet worden, und sie wischte sein Gesicht sanft mit einem feuchten Tuch ab, während ihre rosenwangige Freundin neben ihr die Schüssel bereithielt.

„Die Krämpfe haben aufgehört und er schläft jetzt", teilte Lisa Jack mit leiser Stimme mit, als er sich auf der anderen Seite hinkniete. Sie schaute zu den beiden Männern auf, die ebenso breit wie groß waren -

sie wäre nicht überrascht gewesen, wenn ihre frühere Anstellung darin bestanden hätte, gefällte Baumstämme auf Karren zu heben. „Er hat ein paar Worte von sich gegeben, die nicht englisch waren. Ist Euer Freund Franzose?"

„Hattet Ihr irgendwelche Schwierigkeiten?", fragte er, der Frage ausweichend, mit einem Rucken seines Kopfes in Richtung der Salontür.

Lisa schüttelte den Kopf, schaute ihn aber nicht an. Ihr Blick hatte sich wieder dem Patienten zugewandt. „Er wurde aufgeregt, als die Krämpfe nachließen, und dann aufhörten, weshalb er auf Französisch sprach", erklärte sie zurückhaltend. „Aber dann beruhigte er sich wieder, um fast sofort in tiefen Schlaf zu fallen, als ich ihm versicherte, dass alles gut wäre und - und ..." Sie hielt inne, ihre Kehle war plötzlich trocken, als sie gestand: „... und begann, ihm vorsichtig übers Haar zu streichen, so wie ich es bei Joe tue - dem Jungen mit der Fallsucht in der Kranken-station. Er beruhigt sich merklich, wenn man ihm über das Haar streicht."

„Aha. Tatsächlich? Das ist gut zu wissen, aber was ich meinte, war, ob meine Freunde dort im Salon Euch irgendwie gestört hätten?"

„Oh! Oh! Nein. Nein, sie sind im Zimmer geblieben." Sie unter-drückte ein Lächeln. „Aber das lag daran, dass ein halbes Dutzend sehr interessante und lustige Frauen zu Euren Freunden stießen, nicht lange, nachdem Ihr die Burschen holen gegangen wart. Eine von ihnen erwähnte, dass sie eingeladen wären, um zu helfen, die letzte Woche der Freiheit für einen Gentleman vor seiner Hochzeit zu feiern ..."

„Jeder scheint zu denken, dass ich eingesperrt werden würde!", unterbrach Jack, dessen Gesicht plötzlich heiß geworden war, mit einem verlegenen Schnauben. „Und es war nicht meine Idee, sie einzuladen!"

Lisa sagte nichts dazu und fügte hinzu, als Jack weiter schuldbewusst wirkte: „Sie waren in so guter Stimmung, dass sie mich kaum bemerk-ten. Und ganz sicher bemerkten sie auch Euren Freund nicht, da er schon unter der Decke lag."

Jack stieß einen Seufzer aus und schaute zur Tür des Salons. Das Anschwellen weiblichen Gelächters und Geschnatters war ebenso hörbar wie Sebs und Bullys trunkene Prahlerei. Kein Zweifel, dass die beiden sich wie im siebten Himmel fühlten mit acht erstklassigen Prostituierten ganz für sich allein. Er ignorierte einstweilen, was dort drinnen vor sich ging und beugte sich vor, um einen erneuten Blick auf Henri-Antoine zu werfen. Er schlief friedlich, das Gesicht abgewandt, den Kopf bequem auf die Röcke des Mädchens gebettet, als wäre sie sein eigenes Federkissen.

Jack erinnerte sich daran, dass Henri-Antoine nach einem Anfall erschöpft und benommen war und er je nach Schwere danach bis zu mehr als vier Stunden schlief. Wenn er aufwachte, war er träge, gereizt und maulfaul, manchmal tagelang. Letzteres war nichts Neues, dachte er mit einem ironischen Lächeln. Aber das Lächeln erstarb, als er daran dachte, was sein bester Freund noch mehr hassen würde als alles andere - mit unnötigem Publikum aufzuwachen. Er würde es sicher nicht mögen, wenn Fremde sich um ihn kümmerten oder wussten, dass er an der Fallsucht litt, selbst wenn die junge Frau, die sein Gesicht wusch und ihm übers Haar strich, ein ungewöhnlicher Mensch war. Mit diesem Gedanken sagte er zu Lisa, wobei er auch Becky anschaute:

„Die Burschen können sich jetzt um ihn kümmern, Miss. Sie haben das gelernt. Sie werden ihn von hier fortbringen, es ihm bequem machen und über ihn wachen, bis er wieder mehr er selbst ist. Ihr und Eure Freundin könnt Euch um Eure eigenen Geschäfte kümmern. Vielen Dank, dass Ihr ihm zu Hilfe gekommen seid. Er wäre sehr dankbar und würde Euch das auch sagen, wenn er dazu in der Lage wäre.“

Lisa lächelte und nickte. Sie war nicht sicher, ob sie ihm das mit der Dankbarkeit seines Freundes glaubte. Er war nur höflich. Dass sein Freund Betreuer hatte, die sich in solchen Situationen um ihn kümmerten, ließ vermuten, dass sie dazu angestellt waren, Fremde daran zu hindern, sich einzumischen oder Zeugen eines Anfalls zu werden. Sie konnte ihm das nicht verübeln und er hatte Glück, einen solch fürsorglichen Freund zu haben und über die Mittel zu verfügen, um seine Lage so angenehm und erträglich wie möglich zu machen.

Es gab für sie nichts mehr zu sagen oder zu tun, daher löste sie sich behutsam aus ihrer Position als Kopfkissen, wobei Jack ihr rasch zu Hilfe kam. Sie ließ das Tuch, das sie benutzt hatte, um sein Gesicht abzuwischen, in die Schüssel fallen und erhob sich. Auch Becky stand auf. Und als Lisa die Falten aus ihren Röcken schüttelte, konnte sie nicht widerstehen, im gedämpften Licht der Kerzen einen letzten Blick auf ihren Patienten zu werfen. Seine Muskeln waren nicht länger verkrampft. Die Verzerrung seines Halses war fort, so wie der Krampf am Kiefer und der verzogene Mund. Die schönen Gesichtszüge mit der großen Nase lagen jetzt in Ruhe, das kantige Kinn sanft in die Falten der Leinenkrawatte gedrückt, die aufzuknoten und zu lockern sie nicht gewagt hatte. Und der Schopf dunklen Haars, den sie sanft aus seinen Augen gestrichen und gestreichelt hatte, um ihm Trost zu geben, fiel ihm jetzt ungehindert auf die Schultern. Sie konnte sehen, dass er auch hohe Wangenknochen hatte, aber es war sein Mund, auf dem ihr Blick am längsten ruhte. Seine Lippen waren schön geschwungen ... Becky hatte recht. Es war ein Mund, der absolut zum Küssen geschaffen war und er war ein außerordentlich schöner Mann.

Sie bezweifelte, dass sie je wieder jemanden wie ihn sehen würde und wünschte nur, die Gelegenheit gehabt zu haben, seine Stimme zu hören, wenn er nicht aufgeregt war. Sie war sicher, dass sie diesen glatten, tiefen Ton hatte, wie Becky erzählte. Ob sie so klang, wie heiße Schokolade schmeckte - reich, samtig und nur ein wenig sündhaft - das war auch etwas, wovon sie bezweifelte, dass sie die Ehre haben würde, es selbst herauszufinden.

Sie konnte nicht ahnen, dass sie in der Tat diese Dinge würde herausfinden können, und zwar auf die überraschendste Weise und noch innerhalb der nächsten Woche.

FÜNF

Lisa kam in der Gerrard Street an und traf auf den ungewöhnlichen Umstand, dass der gesamte Haushalt sich ihrer Abwesenheit bewusst war.

Sie kam durch den Dienstboteneingang in den tröstlichen Duft der Küche, wo sich die Küchenmädchen inmitten eines Aufruhrs von Kochen und Backen befanden, die Kekse gerade aus dem heißen Ofen kamen, mehrere Stück Geflügel am Spieß steckten und verschiedene Töpfe am Kochen waren. Die Köchin bellte von der Küchenbank aus Befehle, aber sobald sie Lisa sah, wischte sie schnell ihre mehligen Hände an der Schürze ab und sprang auf mit der Nachricht, dass die Herrin darum gebeten hatte, sie zu sehen, und das wäre vor mehr als einer Stunde gewesen.

Die Köchin warnte sie, dass sie am besten eine gute Geschichte vorzuweisen hätte, und fügte hinzu, dass die Laune der Herrin sich nicht durch die Ankunft von Mrs. Warners jüngerer Schwester, Mrs. Cobban, gebessert hätte, obwohl dies Mrs. Cobbans erster Besuch seit ihrer Rückkehr von der Hochzeitsreise nach Paris wäre.

Dann vertraute sie Lisa etwas an, was diese nicht wissen musste: Die erste Ladung Mandelkekse, die Mrs. Cobban so liebte, wären angebrannt und die zweite Ladung längst nicht knusprig genug. Daher würde die Köchin darauf zurückgreifen müssen, den Rührkuchen vom Vortag aufzuschneiden; sie hätte keine Zeit, einen neuen zu backen. Und dann etwas, das Lisa neu war: Dass jeder wüsste, das Geheimnis eines guten Rührkuchens wäre, dass die Zutaten gut zwei Stunden oder mehr in einer angewärmten Schüssel geschlagen werden müssten, bevor sie in die vorbereitete Form gegossen und dann in den Ofen geschoben würden.

Lisa blieb angemessen ernst und nickte in den richtigen Abständen und ging so weit zu sagen, dass, so sehr sie auch die Mandelkekse der Köchin mochte, ihr Rührkuchen doch der beste wäre, den sie je gekostet hätte. Und das wäre ja kein Wunder, wenn die Köchin so viel Liebe und Aufmerksamkeit auf seine Herstellung verwendete. Cousine Henriette - Mrs. Cobban - würde nicht enttäuscht sein. Woraufhin die Köchin grinste und dann zurückgab, dass sie nicht sicher wäre, ob Liebe etwas damit zu tun hätte, ein guter Teil Schweiß und Muskelarbeit aber schon. Dann warf sie die Hände in die Luft und hastete davon, um ein Küchenmädchen zu tadeln, das den Spieß nicht gleichmäßig drehte.

Lisa beeilte sich, aus der Küche herauszukommen, in der Absicht, direkt in das Boudoir ihrer Cousine zu gehen, wurde aber von der Haushälterin aufgehalten, bevor sie die Treppe erreichte. Zum Glück wiederholte diese nicht, was die Köchin ihr erzählt hatte, fragte jedoch, ob Lisa den Zustand ihrer Kleidung angeschaut hätte, seit sie von Gott weiß woher zurückgekommen wäre.

Das hatte sie nicht. Lisa dankte ihr für die Warnung, ihre Wangen glühten bei dem vielsagenden Blick der Frau auf den großen, nassen Fleck vorn auf ihrem einfachen, braunen Leinenrock. Lisa hatte alles andere vergessen, solange sie sich um ihren Patienten gekümmert hatte. Jetzt schien es, dass sie in der Eile, sein Gesicht zu säubern, das überschüssige Wasser aus dem Tuch nicht in die Schüssel, sondern vorn auf ihr Kleid gedrückt hatte. Sie hatte es auch unterlassen, ihre fingerlosen Handschuhe wieder zu richten, die sie über die Ellenbogen hinauf aus dem Weg geschoben hatte. Dies alles behielt sie für sich. Mit einem weiteren Dankeschön ging sie hinauf in ihr Zimmer und wechselte ihren Rock, tauschte ihre Stiefeletten gegen Hausschuhe aus und glättete ihr Haar vor dem Spiegel, den sie in einer Schublade des kleinen Schreibtischs am Fenster aufbewahrte.

Mrs. Warners vielgeplagte Zofe antwortete auf ihr Kratzen an der Tür und ließ sie durch ihr vielsagendes Heben der Augenbrauen zur Decke wissen, dass bei der Herrin nicht alles eitel Sonnenschein war. Lisa lächelte sie freundlich an und ging zum Boudoir durch, wo sie im Eingang stehenblieb, zuhörte und darauf wartete, bemerkt zu werden.

Minette Warner und Henriette Cobban - die de Crespigny-Schwestern - hätten nicht ungleicher sein können, wenn sie nicht verwandt gewesen wären. Minette war dunkelhaarig, groß und träge. Ihre jüngere Schwester, Henriette, eine kleine, kurvenreiche Blondine, neigte dazu, zappelig zu sein. Wenn sie eine Ähnlichkeit hatten, dann lag diese in der schönen ovalen Form ihrer Gesichter, vielleicht der einzige Zug, den Lisa und ihre Cousinen gemein hatten, und die Schwestern einigte ein gemeinsames, fehlgeleitetes Vertrauen darin, dass ihre Wahl in modischen Dingen die richtige wäre.

Cousine Minette lehnte sich auf dem Sofa zurück und gab ihr Bestes, um in einem seidenen Morgenkleid, dessen Farbe nur als orientalisches Orange zu beschreiben war, wie eine Sultanin des Osmanischen Reiches zu wirken. Ein kleiner Turban saß auf ihrem toupierten Haar und ihre Füße steckten in seidenen Pantöffelchen mit hochgebogenen Spitzen. Ihre Schwester Henriette saß mit aufrechtem Rücken in einer *Chemise à la Reine* am Ende des Sofas und die Lagen des durchscheinenden weißen Musselins wurden unter ihrem fülligen Busen durch eine zu einer Schleife gebundene, breite, blaue Schärpe zusammengehalten, an der sie herumzupfte; an ihren Füßen trug sie Pantöffelchen aus passender blauer Seide.

Lisa zermarterte sich das Hirn, warum sie sie zu sehen wünschten, außer, um sie wegen ihres unerlaubten Ausflugs in Lord Westbys Haus auszuschimpfen, wovon sie aber keine Ahnung haben konnten. Henriette hatte fast von dem Tag an, als Lisa zur Waise wurde, klar gemacht, dass sie unerwünscht wäre, und war feindselig geblieben, solange sie zusammen in der Schule waren, wenn sie zu Hause waren und wann immer sie das Haus ihrer Schwester besuchte.

Lisa war diese Abneigung gleichgültig, vor allem deshalb, weil sie mit Henriette nichts gemeinsam hatte, deren Unterhaltung sich fast ausschließlich um das Leben anderer Leute drehte. Sie schwatzte jetzt über den letzten Klatsch, der sich in den Pariser Salons verbreitete - der Prozess gegen jene, die in das verwickelt waren, was als die Halsbandaffäre bekannt geworden war.

Lisa hatte die Kette dieser sensationellen Vorfälle verfolgt, in die ein Kardinal, eine Betrügerin, ein angeblicher Zauberer und ein märchenhaftes Halsband, das für die Königin von Frankreich angefertigt, aber dann irgendwie nach London verbracht worden war, wo es zuerst im *Gentleman's Magazine* gezeigt wurde, verwickelt waren. Obwohl sie sich erinnern konnte, dass sie mehr an den Neuigkeiten über den letzten Ballonaufstieg interessiert gewesen war, diesmal in Edinburgh. Der Gedanke, in den Himmel aufzusteigen und wie ein Vogel auf die Welt hinabzusehen, war weit aufregender und faszinierender - obwohl sie wusste, dass ihre Cousinen dem nie zustimmen würden - als die Machenschaften eines Haufens von Betrügern auf der höchsten Ebene der französischen Gesellschaft.

„Trödele nicht herum, Lisa. Wir könnten denken, dass du lauschst", sagte Minette Warner in klagendem Ton und winkte sie mit dem trägen Wedeln eines spitzenbesetzten Taschentuchs vorwärts. Sie hielt es ihr zur

Ansicht hin. „Sind diese kleinen Vierecke nicht göttlich? Henriette erzählte mir, dass die elegantesten Leute in Paris heutzutage quadratische Taschentücher benutzen. Sie hat mir ein Dutzend gekauft."

„Es ist hübsch. Und sie sind quadratisch, weil König Louis es zum Gesetz gemacht hat ..."

„Gesetz? Welches Gesetz? Über *Taschentücher*?"

Lisa suchte sich ihren Weg über den Teppich zwischen geöffneten Geschenkschachteln und achtete darauf, nicht auf Deckel, Bänder und zerrissenes Seidenpapier zu treten. Zum Glück waren die Geschenke auf dem niedrigen Tisch vor dem Sofa aufgestapelt.

„Ja. König Louis hat es im letzten Jahr als Gesetz festschreiben lassen, dass alle in Frankreich hergestellten Taschentücher quadratisch sein müssen", antwortete Lisa einfach und küsste Henriette leicht auf die gepuderte und mit Rouge geschminkte Wange, die diese ihr hinhielt. „Ich bin froh, dass du sicher wieder zu Hause bist. Haben du und Mr. Cobban den Aufenthalt in Paris genossen?"

„La! Du weißt immer die absurdesten Dinge", sagte Minette, ohne sich zu ereifern, ließ das Taschentuch in seine Schachtel fallen und warf diese auf den Tisch. „Natürlich hat Henriette Paris genossen. Wer tut das nicht?"

„Ja", stimmte Cousine Henriette zu. „Mr. Cobban ist der aufmerksamste und großzügigste aller Ehemänner und ich bin mit einer Wagenladung neuer Kleider und Accessoires zurückgekommen, so dass meine Zofe mindestens eine Woche zum Auspacken brauchen wird."

„Aber wo warst du, Lisa?", fragte Minette im gleichen trägen Ton. „Wir wollten dich bereits seit einer Stunde oder länger sprechen. Und es ist doch nicht so, als hättest du etwas Dringendes zu tun, nicht wahr? Es ist keiner deiner Tage in der Krankenstation, also stehen die Armen nicht Schlange, um dich zu bitten, Briefe wegen Gott weiß was für Unsinn zu schreiben, oder?"

„Fällt sie noch immer in der Krankenstation zur Last?", fragte Henriette überrascht ohne einen Blick auf Lisa und fiel ins Französische, die Muttersprache der Schwestern, zurück.

„Oh, sie ist nicht lästig", entgegnete Minette. „Der liebe Dr. Warner hat über die Hilfe unserer Cousine nur Gutes zu sagen. Er sagt, sie sei sehr gut darin, das Miasma mit Duft aus den Räumen zu vertreiben, was alles ist, worauf es mir ankommt, und für *Ordnung* unter den Armen zu sorgen." Sie zuckte mit den Schultern. „Jemand muss es tun, also kann es genauso gut Lisa sein. Wie ich gerade sagte: Es ist ja nicht so, als hätte sie etwas anderes mit ihrer Zeit anzufangen und es gibt ihr etwas zu tun."

„Das muss aufhören", stellte Henriette fest. „Und zwar sofort. Es ist schlimm genug, dass ihre Finger voll Tintenflecken sind, was nichts ist, was durch kräftiges Schrubben mit Seife und Bimsstein nicht zu ändern wäre, aber was wäre, wenn sie sich beim Umgang mit all diesem Schmutz anstecken würde?"

„Daran habe ich nicht gedacht ... ich fürchte, du hast recht ..."

„Was, wenn sie von den Armen ein schreckliches Fieber bekäme, oder einen Ausschlag? Mama wäre nicht erfreut."

„Nein?", überlegte Minette laut. „Ich hätte gedacht, wenn Lisa eine Erkältung oder eine Grippe oder etwas Schlimmeres hätte, könnte Mama erleichtert aufatmen, und die Einladung, die sie für sie angenommen hat, mit reinem Gewissen ablehnen."

Henriettes Augen leuchteten auf. „Oh ja! Das käme uns zupass!"

„Aber es lohnt sich nicht, derartige Hoffnungen zu hegen. Lisa ist in ihrem Leben noch keinen Tag krank gewesen. Oder, Lisa?", fügte Minette laut und wieder auf Englisch hinzu, wobei sie jedes Wort betonte, als wäre ihre Cousine nicht in der Lage, sie zu verstehen. „Du bist noch keinen Tag in deinem Leben krank gewesen, nicht wahr?"

„Nein, Cousine Minette. Ich bin mit guter Gesundheit und einem guten Gehör gesegnet."

„Wie du siehst. So gesund wie ein Milchmädchen und die Kuh, die sie melkt", antwortete Minette Warner ihrer Schwester auf Französisch.

„Wie schade", sinnierte Henriette. „Die Einladung wegen schwacher Gesundheit abzulehnen, würde alle unsere Probleme lösen."

„Allerdings. Aber da das nicht eintreten wird, müssen wir tun, worum die arme Mama uns gebeten hat. Wir schulden es ihr und unserer edlen Gönnerin."

„Einladung? Darf ich fragen, was für eine Einladung das ist, die Tante de Crespigny für mich angenommen hat?", unterbrach Lisa höflich und auf Französisch und mit dem Hauch eines ironischen Lächelns über ihre Taktik, sie aus einer Unterhaltung auszuschließen, von der sie wohl wussten, dass sie sie verstehen konnte.

Die Schwestern drehten ihre Köpfe, um Lisa mit milder Feindseligkeit anzuschauen, weil sie es wagte, sich in ihr Gespräch einzumischen, und noch dazu auf Französisch. Mit ihr Englisch zu sprechen, während sie unter sich Französisch sprachen, war nur eine der vielen Methoden, mit der sie sich über die arme Verwandte erhoben, die für immer eine Peinlichkeit und eine Last für die Familie sein würde. Ebenso, wie sie sie absichtlich in der Mitte des Teppichs stehen ließen, da sie wussten, dass sie sich nicht hinsetzen durfte, bevor ihr dazu nicht die Erlaubnis erteilt worden wäre.

Dass ihre verarmte Cousine eine Einladung erhalten hatte, an einer Hochzeit teilzunehmen - einer Hochzeit, zu der niemand sonst aus der de Crespigny-Familie eingeladen worden war - und zwei Wochen auf einem Landsitz zu verbringen, war ein unwillkommener Bruch des sozialen Gefüges der Gesellschaft und der Lebensart, an die sich die feinsten Leute hielten und der ihre Anhänger nacheiferten. Die Hochzeit war keine gewöhnliche Hochzeit und der Landsitz kein gewöhnlicher Landsitz. Die Nichte des Herzogs von Roxton heiratete und die Hochzeitsfeierlichkeiten fanden in Treat, dem Stammsitz der Herzöge von Roxton, statt. Eine solche Feier wäre mit Sicherheit das gesellschaftliche Ereignis des Sommers, bevölkert von den titeltragenden und reichen Mitgliedern der feinen Gesellschaft, und würde überall in den Zeitungen beschrieben und in den besten Salons besprochen werden, man würde die goldgeränderten Einladungskarten stolz auf vielen vornehmen Kaminsimsen ausgestellt sehen, damit Gäste sie bemerken und voller Neid betrachten könnten.

Dass Lisa eine Einladung zu einer solchen Hochzeit erhielt, war für die Schwestern außergewöhnlich, unverständlich und beunruhigend. Eine verarmte Waise, die niemanden kannte und nirgendwo hinging, erhielt keine Einladungen zu solch bedeutsamen Anlässen. Das ging einfach nicht an. Und doch war es geschehen, und es gab nichts, was eine der Schwestern oder ihre liebe Mama oder die de Crespigny-Familie dagegen hätte tun können.

Und während die Schwestern sich angesichts dieser verblüffenden Wendung im Leben ihrer Cousine ohnmächtig und gekränkt fühlten, gab es etwas, das sie tun konnten, um ihr Missfallen zu zeigen und ihre Überlegenheit in diesem Moment zu beweisen, bevor sich ihre Cousine ihres neu erworbenen Glückes überhaupt gewahr wurde. Was der Grund war, aus dem beide Schwestern zum ersten Mal in ihrem selbstsüchtigen Leben untypisch und schlechtgelaunt Interesse für Lisa zeigten.

Minette übernahm es, Lisa auszufragen, wo sie in der letzten Stunde gewesen wäre, während Henriette ihrer Cousine gegenüber noch feindseliger auftrat als gewöhnlich.

„Lisa, du scheinst vergessen zu haben, dass du hier lebst, weil der liebe Dr. Warner und ich dich aufgenommen haben, als niemand sonst in der Familie dich wollte. Und da du noch nicht volljährig bist, muss ich mich von Zeit zu Zeit darum kümmern, dass du dein Leben gemäß den für dein Alter und deine Stellung angemessenen Grenzen führst. Mit neunzehn ist es dir nicht erlaubt, ohne meine Erlaubnis das Haus zu verlassen, noch viel weniger, in der Stadt herumzutrödeln. Und du hast nicht darum gebeten, obwohl du es ganz gewiss hättest tun sollen."

„Es tut mir leid, dass ich dich nicht um Erlaubnis gebeten habe, Cousine Minette", antwortete Lisa zerknirscht. „Aber ich wollte dich nicht stören und dachte nicht ..."

„Ganz bestimmt hast du nicht gedacht!", warf Henriette ihr an den Kopf, die es juckte, sich an dieser Strafpredigt zu beteiligen.

„... dass du etwas dagegen hättest, wenn ich eine Besorgung mit Becky Bannister erledige."

„Becky—*Bannister*? Kenne ich diese Person?"

„Ja, Cousine. Becky ist die Nichte und Aushilfe der Witwe Humphreys in Humphreys Kurzwarenladen. Sie war mehrfach mit ihren Waren hier und ..."

Henriette starrte sie entsetzt an. „Du wurdest in der Gesellschaft einer - einer *Aushilfe* eines Kurzwarenladens gesehen?" Sie schaute ihre Schwester an und fiel wieder ins Französische. „Wie sollen wir eine solche gesellschaftliche Unfähigkeit verbessern, und das in nur vierzehn Tagen? Das ist unmöglich! Unmöglich!"

„Ich wage zu behaupten, dass ihre gesellschaftliche Blindheit auf die Zeit, die sie in der Krankenstation verbringt, zurückzuführen ist", antwortete Minette widerwillig. „Der liebe Dr. Warner sagt, dass Krankheit ein großer Gleichmacher sei - dass Krankheit uns alle treffe, ohne Rücksicht auf unsere gesellschaftliche Stellung ..."

„Minette! Vergiss die Armen und die Zitate deines lieben Doktors für einen Moment, das hier ist weit wichtiger!", zischte Henriette. „Der Ruf der armen Mama - *unser Ruf* - steht auf dem Spiel. Und wenn Lulu noch lebte, würden wir nicht in dieser Klemme stecken, oder etwa nicht?"

Minette seufzte schwer. „Es hat keinen Sinn, uns mit Gedanken an die Vergangenheit vor Trauer krank zu machen. Wir müssen uns mit dem befassen, was vor uns liegt und unser Bestes tun."

Daraufhin drehten die Schwestern sich wieder um und musterten Lisa, dieses Mal mit dem gleichen Gedanken, von oben bis unten: wenn ihre jüngere Schwester Louise - liebevoll Lulu genannt - nicht an Scharlach gestorben wäre, wäre Lisa Crisp nie an Lulus Stelle ins Internat Blacklands geschickt worden. Und hätte Lisa nicht Blacklands besucht, wo sie sich unter Mädchen aufhielt, die weit über ihrem gesellschaftlichen Stand waren, Töchter und Schwestern von Politikern, Handelsfürsten und ähnlichen Leuten, hätte sie nie eine Einladung zu der Hochzeit des Jahres der feinen Gesellschaft erhalten - eine erstaunliche Wendung der Ereignisse, die niemand in der Familie hatte vorhersehen können.

„Setz dich. Wir müssen dir etwas äußerst Wichtiges erklären", sagte Minette auf Englisch und deutete auf einen mit leeren Geschenkschachteln und Bändern überhäuften Stuhl. Sie wartete, bis Lisa sich ganz an den Rand eines Kissens gesetzt und ihre Hände in den Schoß ihres Leinenkleids gelegt hatte, bevor sie einen Blick mit ihrer Schwester wechselte - die nach dem letzten Mandelkeks auf dem Teller griff. „Ich weiß nicht, warum der Rührkuchen noch nicht heraufgeschickt wurde ...“ Sie schaute Lisa an und holte Atem, als ob die bevorstehende Aufgabe extrem ermüdend sein würde. „Während Henriette in Paris war, hat sie Mama besucht - und bevor du danach fragst - Mama, Papa und Toinette haben ihren Aufenthalt immens genossen. Ich glaube, Toinette hat dir einen Brief geschrieben. Stimmt das, Henriette?“

„Ich habe ihn dir gegeben - oder habe ich ihn auf den Tisch gelegt? Egal. Wenn dein Mädchen alles aufräumt, wird er sich anfinden. Er ist unwichtig. Voll kindischem Geschwätz, zweifellos“, sagte Henriette abwertend über ihre zwölfjährig Schwester Toinette. „Papa verwöhnt sie unerträglich. Das hat er schon immer.“

„Sie war so aufgeregt, dass sie zum ersten Mal ihre französischen Cousinen besuchen würde“, sagte Lisa mit einem Lächeln. Aber sie erinnerte sich auch daran, welche Angst Toinette vor der Rückkehr nach England hatte, denn danach sollte sie zum ersten Mal nach Blacklands geschickt werden.

Lisa erinnerte sich lebhaft an ihre ersten paar Tage in Blacklands. Sie war mitten im Schuljahr angekommen, als alle Mädchen schon mitander vertraut waren und niemand sie kannte. Das Schlimmste war, dass ihre Cousinen sie vor Trauer um Lulus Ableben nicht mit neuen Kleidern ausgestattet hatten. Ihre Kleider waren sauber, aber abgetragen und geflickt und für eine solche Schule völlig unannehmbar. Und so hatte sie in den ersten Tagen unter den schrägen Blicken und dem spöttischen Geflüster ihrer Klassenkameradinnen ihr einziges Kleid und abgeschabte Stiefeletten tragen müssen, bis angemessenere Kleidung angefertigt werden konnte und ihr Onkel de Crespigny sich einverstanden erklärte, die Ausgaben für alles für eine Schülerin in Blacklands Notwendige zu tragen. Wenigstens würde Toinette einen besseren Beginn ihres Schuljahres haben.

„... Also musst du verstehen, warum du Mama nicht dafür tadeln kannst, dass sie solche Briefe zurückhält“, sagte Minette. „Sie dachte, dass es am besten wäre, deine Erwartungen nicht zu nähren, dass irgendetwas aus solch einer Freundschaft entstehen könnte.“

Lisa nickte geistesabwesend. Sie hatte den ersten Teil des Satzes ihrer Cousine nicht gehört und war deshalb nicht sicher, worüber Minette sprach, obwohl sie durch ihre abweisende Haltung - beide hatten das Kinn hochgereckt - spürte, dass ihre Cousinen erwarteten, dass sie auf eine Weise reagieren würde, die es erforderte, dass sie verteidigten, was ihre Mutter in Lisas Namen ohne ihr Wissen getan hatte. Aber sie hatte Minettes Erwähnung von Briefen gehört und war so überrascht, dass sie herausplatzte:

„Tante de Crespigny hat Briefe - Briefe *für mich*?"

„Sperr deine Ohren auf und hör zu!", gab Henriette unfreundlich zurück. „Wie sollst du dich in die gute Gesellschaft begeben und dich dort annehmbar benehmen und an allem, was um dich herum geschieht, interessiert zeigen, und höfliche Konversation betreiben, wenn du deinen Höhergestellten nicht zuhörst?"

„Mama hat die Briefe nur zu deinem eigenen und zu unserem Besten zurückgehalten", erklärte Minette geduldig. „Und wir - Henriette und ich - stimmten mit ihr überein. Wenn man die schockierende Art bedenkt, wie du der Schule in Blacklands verwiesen wurdest, hielten wir es für das Beste, dass du jene Tage - und alles, was mit der Schule zusammenhängt - für immer hinter dir lassen solltest."

Lisa schaute von einer Schwester zur anderen und sprach zu beiden. „Ich verstehe nicht. Jemand aus - aus *Blacklands* hat - hat *mir* geschrieben?"

Henriette verdrehte voller Verzweiflung die Augen und dachte, dass Lisa nicht nur gesellschaftlich, sondern auch geistig nicht geeignet wäre, das Haus ihrer Schwester zu verlassen, geschweige denn, sich in besserer Gesellschaft zu bewegen. Vielleicht hatte der Umgang mit den kranken Armen ihren Verstand beeinträchtigt?

„Wir waren ebenso überrascht wie du", gestand Minette, „dass ein Mädchen dich noch kennen wollen würde, nachdem du die Schule unter einer so dunklen Wolke verlassen musstest. Aber für dieses Ende kannst du ja nur dir allein die Schuld geben, nicht wahr? Und wenn du nur den Namen des Jungen genannt hättest, dem du es hinter der Bäckerei von Chelsea erlaubt hast, sich bei dir Freiheiten herauszunehmen, wäre die Direktorin bereit gewesen, dich bleiben zu lassen ..."

„*Freiheiten*?", brach es aus Lisa heraus, bevor sie sich zurückhalten konnte, und sie fügte in etwas gedämpfterer Stimme hinzu: „Es war nur ein Kuss. Das war alles. Ein Kuss."

„Nur ein Kuss? *Nur ein Kuss? Schämst* du dich nicht?", hauchte Henriette empört. „Dieser *Junge* hätte dich nicht einmal mit seinem kleinen Finger berühren dürfen. Und was das *Küssen* angeht ... Deine Lippen sind dazu bestimmt, von deinem zukünftigen Ehemann geküsst zu werden, von niemandem sonst."

„Es war ein *winziger* Kuss", beharrte Lisa, deren Stimme kaum lauter als ein Flüstern war und deren Wangen vor Scham brannten. „Und auch nicht auf die Lippen, sondern auf seine Wange ..."

„Dieser Kuss beendete deine Schulzeit und deine Chancen, jemals einen guten, anständigen Mann heiraten zu können", widersprach Henriette.

„Blacklands war deine einzige Gelegenheit, etwas aus dir zu

machen", sagte Minette mit einem tiefen Seufzer. „Wie schade, dass du das damals nicht erkannt hast. Aber *jetzt* musst du einsehen, dass dein schamloses Benehmen in der Bäckerei nicht nur gedankenlos, sondern auch selbstsüchtig war."

„Ja. Ja. Ihr habt recht", antwortete Lisa mit hängenden Schultern. „Es war gedankenlos und es war selbstsüchtig." Dann setzte sie sich auf und schaute zuerst die eine, dann die andere Schwester an und sagte fröhlich: „Aber ich habe die Hoffnung nicht verloren, dass es irgendwo dort draußen einen Gentleman gibt, der mich um meiner selbst willen lieben könnte ..."

„*Dich um deiner selbst willen lieben?* Sei nicht albern und - und *naïve!*", polterte Henriette und gab ein undamenhaftes, verächtliches Schnauben von sich. „Selbst, wenn ein solcher Mann existierte und er dir dein verdorbenes Benehmen verziehe, was hast du, was dich anderen jungen Mädchen gegenüber auszeichnen würde? Sieh den Tatsachen ins Auge: Du hast keine Mitgift. Du bist mittellos und hast einem möglichen Ehemann daher nichts zu bieten."

„Aber wenn dieser Gentleman mich um meiner selbst willen liebte, würde doch sicherlich meine finanzielle Lage wenig für ihn bedeuten ...?"

Minette und Henriette sahen sich an, schnitten Grimassen und dann brach Henriette wegen dem, was sie für eine unverschämte Erwartung hielt, in ungläubiges Kichern aus.

Während sie beide die Freiheit gehabt hatten, sich ihre Ehemänner aussuchen zu dürfen, hatten beide Schwestern dies mit dem nüchternen Pragmatismus getan, der dazu führte, eine Verbindung mit einem Mann einzugehen, der in erster Linie finanzielle Sicherheit und ein bequemes Leben bieten konnte; körperliche Anziehung und Verliebtheit waren zweitrangige Überlegungen. Und während beide hübsch waren, hatten sie doch jede eine Mitgift von zweitausend Pfund, was bedeutete, dass sie leicht Ehemänner hatten finden können. Der Gedanke, dass ihre verarmte Cousine einen Mann zum Heiraten finden könnte, der ihr nicht nur ein angenehmes Leben bieten könnte, sondern sich in sie verlieben würde, war im höchsten Maße lächerlich. Daher Henriettes Anfall ungläubiger Heiterkeit.

„Was für eine Närrin du bist, so etwas zu denken", verkündete Henriette, als sie sich endlich wieder gefasst hatte. „Aber wir sind nicht hier, um deinen Tagträumen zuzuhören oder deine vergangenen gedankenlosen Handlungen zu diskutieren. Was uns jetzt Sorgen macht, ist dein Benehmen jetzt und in Zukunft. Deshalb musst du die unglücklichen Folgen jenes Kusses im Kopf behalten, wenn du dich unter Menschen wiederfindest, deren Stellung im Leben so weit über deiner ist, dass sie genauso gut auf dem Mond leben könnten und du nur ein unwillkommener Besuch bist!"

Lisa wagte es beim Gebrauch des Wortes *Mond* durch ihre Cousine zu lächeln und darüber, dass ihre Analogie dem so ähnelte, was Becky früher am Tag über den Eigentümer des Katalogs gesagt hatte. Und nachdem sie ihn jetzt gesehen hatte, stimmte sie ihr zu. Mit so auffallend gutem Aussehen und in exquisiten Putz gekleidet wirkte er fast ätherisch - einer der Götter des Berges Olymp, ein Wolkenbewohner oder tatsächlich ein Bewohner des Mondes. Mit Sicherheit gehörte er nicht zwischen die irdischen, rauen Bewohner der schmutzigeren Straßen der Stadt. Sie fragte sich, wo er leben mochte ...

Und während sie darüber grübelte, wurde sie von einem Gefühl in ihrem Magen abgelenkt, dass sich ähnlich wie Nervosität anfühlte. Plötzlich fühlte sie sich benommen und ihr Blut pochte in ihren Schläfen. Vielleicht erlebte sie ihr erstes Fieber? Da sie nie krank gewesen war, fühlte es sich beunruhigend an, plötzlich von so ungewohnten Empfindungen überwältigt zu werden. Vielleicht lag es daran, dass sie mehr Aufregung als gewöhnlich an einem Tag in Lord Westbys Residenz erlebt hatte und dann zu einem Verhör in die Gerrard Street zurückgekommen war ... Sie wollte nur in ihr Zimmer gehen und sich hinlegen und vielleicht würde sie einschlafen, um von einem dunkelhaarigen Gentleman mit einem so küssenswerten Mund zu träumen ... Oh, liebe Güte, sie tat es schon wieder und dachte an Küsse ... Ihre Cousinen würden sicher wütend auf sie sein, wenn sie die Fähigkeit besäßen, ihre Gedanken zu lesen. Also zwang sie sich in die Gegenwart zurück und sagte höflich:

„Du sagtest etwas über Briefe, Cousine Minette?"

„Allerdings taten wir das, und du sollst sie haben, gegen unsere bessere Einsicht", stellte Minette fest. „Wenn es nach unserer Familie ginge, würde dir diese Korrespondenz weiter verborgen bleiben, und du würdest auch nichts über die Einladung erfahren, die an dich ergangen ist. Eine Einladung, die Mama liebend gerne in deinem Namen abgelehnt hätte, da wir es nicht für angemessen halten, dass du an einem so vornehmen Ereignis teilnimmst. Aber ...“

„... Mama wurde *dazu bewegt* - vielmehr wurde ihr von unserer edlen Wohltäterin *befohlen* - zu versprechen, dass du anwesend sein würdest", fuhr Henriette fort, indem sie Minette unterbrach, als diese eine Pause machte, um zu seufzen. „Und so wurden Mamas Wünsche übergangen und es gibt nichts, was wir daran ändern könnten."

„Dazu bewegt? Befohlen?", wiederholte Lisa, die noch immer nicht wusste, um welche Einladung oder welche edle Persönlichkeit es sich handelte, die, wie es der Ehrfurcht in der Stimme ihrer Cousine und der Tatsache nach, dass sie ihrer Tante de Crespigny befehlen konnte, ihren

Wünschen nachzukommen, schien, jemand wirklich sehr Wichtiges sein musste.

„Bist du so ein Schafskopf?", fauchte Henriette entnervt und war so verärgert, dass sie sich nach vorn setzte und Lisa böse anschaute. „Hast du nie den Namen unserer edlen Wohltäterin erfahren wollen, die so gütig unseren Eintritt in Blacklands unterstützte? Als Töchter eines Kaufmanns wären wir ohne den Segen ihrer Gnaden nie in einer so exklusiven Einrichtung zugelassen worden. Sie hat es auf sich genommen - so hoch schätzt die Herzogin von Roxton und Kinross unsere Mama - uns der Schule zu empfehlen. Und natürlich nahm die Schule uns auf. Wer könnte ihrer Gnaden etwas abschlagen?"

Lisas Augen weiteten sich angesichts dieses neuen Wissens. Warum hatte sie nie eins und eins zusammengezählt? Das ergab durchaus Sinn. Aber da die Familie die Worte „edle Wohltäterin" immer mit leiser Verehrung ausgesprochen und nie einen Namen erwähnt hatte, war sie davon ausgegangen, dass ihre Identität so etwas wie ein Familiengeheimnis wäre. Jetzt schien es, dass es ein offenes Geheimnis und sie die Einzige in der Familie war, die es nicht kannte.

Aber was sie wusste, war, dass ihre Tante die Herzogin von Roxton und Kinross verehrte, deren erste Kammerfrau sie vor ihrer Heirat mit M'sieur de Crespigny fast zwanzig Jahre lang gewesen war. Und aus diesen zwanzig Dienstjahren hatte sie einen unbegrenzten Vorrat von Anekdoten über ihr Leben in den Diensten der Herzogin; jedoch war ihre Tante stets darauf bedacht gewesen, nie das Vertrauen der Herzogin zu missbrauchen, und Lisa war sicher, dass sie zweimal so viele Geschichten verschwieg, wie sie ihrer Familie erzählte.

Als Lisa ihre Weihnachtsferien im Haus de Crespigny zu verbringen pflegte, war ihre Lieblingszeit der Abend, wenn sie bei Tee und Kuchen vor dem Feuer im Salon den Geschichten ihrer Tante lauschen durfte, über die Zeit, als sie in einem Palast voller Diener lebte, in Räumen mit genug Kerzen, um die Nacht zum Tage zu machen. Die Geschichten ihrer Tante waren voll prachtvoller Herrenhäuser aus Marmor, Kutschen, die von Araberpferden gezogen wurden und duftenden Gärten, übersät mit Springbrunnen und verspielten Schlösschen. Es gab Bälle unter hell leuchtenden Kronleuchtern, Routs in vergoldeten Salons, Maskeraden mit hunderten von Gästen und Picknicks an einem See. Und im Mittelpunkt all dessen eine schöne Elfenkönigin - die Herzogin - und direkt hinter ihr Lisas Tante, die Teil dieser von Herzögen und Herzoginnen, Königen und Prinzen, Adligen und ihren Damen bewohnten Märchenwelt war, und sie alle waren in prächtige Seidenstoffe und glänzenden Diamantschmuck gekleidet.

Lisa hatte keine Zweifel daran, dass ihre Tante im Herzen der

Herzogin einen besonderen Platz innehatte. Sie war nicht nur zwei Jahrzehnte bei ihr gewesen, sondern hatte ihr auch bei der Geburt der edlen Kinder beigestanden, wobei das letzte Kind erst vor neun Jahren und lange, nachdem ihre Tante aus dem Dienst der Herzogin ausgeschieden war, geboren worden war. Sie war zurückgerufen worden, um bei der Geburt bei ihrer Gnaden zu sein und in den ersten Tagen im Kinderzimmer auszuhelfen und hatte bei der Taufe einen hervorragenden Platz. Lisa erinnerte sich lebhaft daran, da es um die Weihnachtszeit herum gewesen war und ihre Tante einige Wochen ihrem Heim fern geblieben war, das erste Weihnachten, das ihre Familie ohne sie verbracht hatte. Aber niemand hatte es ihr übelgenommen, dass sie der Herzogin aufwartete; alle empfanden es als große Ehre. Daher verstand Lisa, warum die Herzogin, wenn sie darum gebeten wurde, ihrer Tante helfen und die Aufnahme der de Crespigny-Mädchen in einem exklusiven Internat für junge Damen unterstützen würde. Sie wusste auch, dass ihre Tante tun würde, was immer die Herzogin von ihr wünschte und zu Lisas Erstaunen schien die Herzogin gewollt zu haben, dass Lisa Briefe bekäme und eine Einladung annähme. Warum? Und sie fragte sich, warum ihre Tante hierüber nicht glücklich war.

„Ich würde nie etwas tun, um den Platz meiner Tante in der Zuneigung der Herzogin zu gefährden", versicherte Lisa ihren Cousinen. „Ihr müsst mir glauben, Minette, Henriette. Ich weiß, dass eure Mutter ihre Jahre im Dienste der Herzogin wie einen Schatz hütet ... Was ich nicht verstehe, ist, warum ihr denkt, ich könnte ..."

„Wenn du es *wagst*, etwas zu sagen oder - oder zu tun, das die spezielle Beziehung zwischen Mama und ihrer Gnaden verschlechtern oder gefährden könnte, werden wir dich für den Rest deines Lebens *hassen*!", fauchte Henriette sie an. „Hast du verstanden?"

Lisa nickte, über die giftige Art ihrer Cousine erschrocken. Sie sah zu Minette und fragte sich, ob diese genauso fühlte.

„Wenn du dich nicht benimmst, wenn du Mama den leisesten Ärger verursachst oder, schlimmer noch, etwas tust, das ihre Gnaden oder ein Mitglied ihrer Familie beleidigt, werden wir keine andere Wahl haben, als dich zu verstoßen", predigte Minette. „Wir wollen nicht, dass das geschieht oder dass wir dich hinauswerfen müssen, aber wir würden es tun. Nach deinem Verweis aus Blacklands hätten wir dich fast weggeschickt, aber wir überlegten es uns in Anbetracht deines jungen Alters anders. Papa hatte jedoch keine Skrupel, deinen Vater zu verstoßen. Toussaint de Crespigny war ein Dieb und ein Trinker. Er stahl von seiner Familie, vertrank seine Erbschaft und ließ dich und deine Mutter in einem Armenhaus verrotten. Das einzig Lobenswerte, das er je tat, war, seinen Namen zu Crisp zu ändern."

„Unsere Eltern haben dich vor dem Armenhaus bewahrt. Du schuldest es ihnen - und vor allem Mama - dich nicht vor der Herzogin von Roxton und Kinross und ihrer Familie zu blamieren." Henriette fügte zischend und äußerst betont hinzu: „Hast - du - das - verstanden?"

Lisa nickte wieder, diesmal etwas heftiger, obwohl ihr zutiefst übel war und sie zitterte, da sie so beschimpft wurde. Sie sah Henriettes Wut und Minettes Missfallen, aber sie konnte nicht verstehen, warum Groll und Bitterkeit in ihrem Zorn lagen.

„Ich muss - ich muss heute schwer von Begriff sein, weil ich - ich immer noch nicht verstehe, warum ihr denkt - wie ihr denken könnt - ich würde euren Eltern solche Sorge bereiten ... Ich habe die Herzogin nie kennengelernt und werde das wahrscheinlich wohl auch nie. Bitte. Ich möchte niemanden ... niemanden verärgern. Sagt mir - sagt mir, was ich tun soll, damit ich - euren Ärger lindern kann."

„Das kannst du nicht. Es liegt nicht mehr in unserer Hand", erklärte Minette. „Alles, was wir tun können, ist das, worum wir gebeten wurden und dich dann losschicken. Natürlich werden wir jeden einzelnen Tag, an dem du fort bist, beten, dass du dich so beträgst, dass du nicht unangenehm auffällst. Nur hast du dieses Talent, dich in Schwierigkeiten zu bringen und dann aufzufallen - aber nicht diesmal, Lisa. Hast du mich verstanden?" Bevor Lisa antworten konnte, sah Minette ihre Schwester an. „Gib ihr die Einladung und die Briefe, Henriette, und lass uns das hier zu Ende bringen."

„Aber das ist noch nicht das Ende, nicht wahr?", widersprach Henriette, aus deren Ton noch immer die Bitterkeit sprach, auf Französisch. „Wir haben den Auftrag, Kleider für sie zu beschaffen. Ich habe eine Reihe abgelegter Kleider - eines hatte ich meiner Zofe geben wollen - für den Tag. Sie können einfach genug geändert werden; sie hat weder Brust noch Hüften, also ist genug Stoff für eine Änderung da. Ich habe kein Dienstmädchen, das ich entbehren kann, um als ihre Zofe aufzutreten. Vielleicht kannst du ..."

„Eines meiner Dienstmädchen entbehren? Ich glaube nicht."

„Wenigstens wirst du keine ganze Reihe von Tanzmeistern oder Musiklehrern einstellen müssen. Sie kann singen und Klavier spielen, wenn es sein muss. So viel haben wir in Blacklands gelernt."

„Ja. Sie hält sich gut und versteht etwas von Sprachen", antwortete Minette und lehnte sich, eine Hand an der Stirn, in ihre Kissen zurück. „Von alledem habe ich jetzt Kopfschmerzen bekommen, Henriette..."

„Wir haben noch Glück im Unglück. Stell dir vor, sie spräche kein Französisch?", sinnierte Henriette widerwillig und beachtete die Kopfschmerzen ihrer Schwester nicht. „Das wäre eine Schande. Und wenn sie sich im Hintergrund hält und nicht vordrängt, wird keine Notwendigkeit für sie bestehen, in irgendeiner Sprache den Mund aufzumachen."

Minette raffte sich ein letztes Mal zusammen. *„Im Hintergrund bleiben?* Und wie, sag mir das bitte, soll das gehen, wenn die Einladung für zwei Wochen auf dem Lande gilt? Zwei Wochen, Henriette. Wenn es nur zwei Tage wären, könnten wir etwas Hoffnung haben, aber vierzehn Tage? Das wird nur Probleme geben. Erzähle Mama nicht, dass ich das gesagt habe. Sie ist schon krank vor Sorge ... Jetzt gib Lisa die Einladung und fertig. Der liebe Dr. Warner und ich haben Gäste zum Diner. Ich muss meinen armen Kopf ausruhen, bevor ich mein Kleid wechsele."

Henriette schnappte sich etwas vom Tisch und wedelte damit vor Lisas Gesicht herum. Es war ein kleiner Stapel Briefe, auf dem oben eine goldgeränderte Einladungskarte lag, alle mit einem schwarzen Seidenband zu einem sauberen Stapel zusammengebunden.

Lisa streckte ihre Hand aus, aber Henriette war noch nicht bereit, das Bündel loszulassen, ohne ihr die Art der Einladung zu verraten und damit eine letzte, höhnische Standpauke zu halten.

„Du bist eingeladen, zwei Wochen in Treat zu verbringen. Dieser Satz allein würde die meisten Mädchen - nein! jedes andere Mädchen - vor Aufregung in Ekstase versetzen, aber du hast überhaupt keine Ahnung davon, welch große Ehre dir zuteilwird! Du ..."

„Oh, das weiß ich sehr wohl, Henriette", versicherte Lisa ihr. „Treat ist der Stammsitz der Herzöge von Roxton. Tante de Crespigny erwähnt es oft. Es ist das größte Haus im Privatbesitz in ganz England und hat so viele Räume, dass selbst die, die dort wohnen, sich verirren können, wenn sie einen falschen Weg nehmen. Und es gibt einen See und Morgen um Morgen weißer Rosen, die von dem alten Herzog für ..."

„Ja! Ja! Wir haben alle Mamas Geschichten gehört", unterbrach Henriette verächtlich. „Deine Aufgabe ist es, die vierzehn Tage herumzubringen, ohne bemerkt zu werden. Zwei Wochen werden im Handumdrehen vergehen", sagte sie mit dem Schnippen zweier Finger. „Dein Besuch in Treat ist nur kurz. Kaum mehr als einen Herzschlag lang. Und wenn er vorbei ist, wirst du deinen Kopf aus den Wolken holen und zu deinem Leben hierher zurückkehren müssen. Vergiss das nie, Lisa: Du bist arm. Du hast keinen anderen Ort, an den du gehen könntest, und wir sind die einzige Familie, die du hast. Dein Leben findet hier in der Gerrard Street statt. Das Beste, was du vom Leben erhoffen kannst, ist, diesen ärmlichen Bettlern mit deinem Gekritzel etwas von Nutzen zu sein und in der Krankenstation zu helfen. Hast du verstanden?"

Lisa nickte gehorsam und musterte den Stapel Briefe, der vor ihr geschwenkt wurde. Sie wollte ihn an sich reißen, in die Einsamkeit ihres Zimmers laufen und dort das Band abreißen, um schnell jeden Brief zu lesen und dann noch einmal so langsam wie möglich. Obwohl man ihr die Identität des Briefeschreibers nicht verraten hatte, oder warum sie eine solch atemberaubende Einladung erhielt, dämmerte es ihr jedoch langsam. Jedoch wagte sie nicht zu hoffen, weil sie nicht wollte, dass ihre Ahnung sich als falsch herausstellte. Nur, wer sonst würde sie nach Treat einladen? Wen sonst kannte sie, der eine Verbindung zu einem so magischen Ort besaß, von der Verbindung ihrer Tante zur Herzogin einmal abgesehen?

Und Henriette klärte sie auf und bestätigte ihre Ahnung.

„Nicht alle deine Schulfreundinnen haben dich vergessen, wie es scheint. Und die, die dich nicht vergaß, hat zufällig hochgestellte und mächtige Verwandte. Und es gibt wohl niemand mächtigeren als den Herzog von Roxton, der Miss Cavendishs Onkel ist. Stell dir das vor! Was für ein Glück für dich! Du bist zu ihrer Hochzeit eingeladen und Mama hat in deinem Namen die Einladung angenommen. Also wirst du daran teilnehmen. Hier ist die Einladung", sagte sie und warf das Päckchen in Lisas Schoß. „Und da sind auch ein paar Briefe, die sie dir geschrieben hat. Jetzt geh und lass uns in Ruhe."

„Teddy! Ach, Teddy!", brach es atemlos aus Lisa heraus, und ihre überwältigende Überraschung war so groß, dass sie ohne zu knicksen aus dem Zimmer eilte, das Päckchen an ihren Busen gedrückt.

Teddy hatte ihr geschrieben.

Teddy würde heiraten.

Teddy hatte sie zu ihrer Hochzeit eingeladen.

Teddy hatte sie doch nicht vergessen.

Lisa brach in Tränen aus.

SECHS

Völlig durcheinander bei dem Gedanken, dass ihre beste
Freundin in Blacklands, Miss Theodora Charlotte Cavendish - Freunden
und Familie als Teddy bekannt - sie nicht vergessen hatte, fand sich Lisa
zurück in ihrem Zimmer, den Rücken an die geschlossene Tür gedrückt,
ohne sich erinnern zu können, wie sie dorthin gelangt war.

Sie nahm sich einen Moment Zeit, um sich zu fassen, schnell ihre
Wangen mit einem zitternden Handrücken abzuwischen und ein paar
tiefe Atemzüge zu machen, das Päckchen mit den Briefen noch immer
an ihre wogende Brust gepresst. Und dann konnte sie nicht länger
warten.

Sie schleuderte ihre Pantöffelchen fort und raffte ihre Röcke, um auf
ihr Bett zu klettern. Dort setzte sie sich im Schneidersitz hin und löste
mit zitternden Fingern das schwarze Band, das die Einladung und die
Sammlung von Briefen zusammenhielt. Mit nur einem flüchtigen Blick
auf die Einladung legte sie diese beiseite, begierig darauf, zuerst die
Briefe zu lesen. Als sie ihren Namen und ihre alte Adresse - Fournier
Street, Spitalfields - in der schrägen Handschrift ihrer Freundin
geschrieben sah, gab sie ein verweintes Kichern von sich, ihre Finger strichen liebevoll über diese tintengeschriebenen Buchstaben mit stau-
nendem Wiedererkennen, dass diese Briefe tatsächlich von Teddy waren.
Und mit dem Erkennen kamen Erinnerungen aus längst vergangenen
Tagen ...

· · ·

Wie viele Stunden hatten sie damit verbracht, Seite an Seite sitzend in ihren Übungsheften die runde Handschrift einer Blacklands-Schülerin zu üben? Wie viele formelle Briefe hatten sie in dieser Schrift abgeschrieben, in Englisch und Französisch, nur zur Übung, für die Zeit, wenn der Tag käme, an dem sie verheiratete Frauen sein würden und die Muße hätten, aus ihren tapezierten Boudoirs Briefe an Freunde und Familie zu schreiben. Teddy grummelte gutmütig über die Zeitverschwendung solch sinnloser Schönschreibübungen, denn wenn sie verheiratet wäre, würde sie nicht briefschreibend in einem Salon sitzen, sondern in der frischen Luft die Hügel hinauf und in die Täler hinabreiten. Teddy hatte beim Schreiben umso mehr Mühe, da sie mit ihrer linken Hand schrieb, was schon allein ein außergewöhnlicher Anblick war. Alle Mädchen schrieben mit der rechten Hand, und wer das nicht tat, dem wurde die linke hinter dem Rücken festgebunden, so dass sie doch rechts schreiben musste. Teddy nicht. Sie hatte die Erlaubnis, ihre linke Hand zu benutzen, so lange sie die Schrift so abschreiben konnte, wie sie geschrieben war und mit ihrer Hand nicht über die trocknende Tinte wischte.

Lisa hatte sich laut gewundert, warum Teddy die Erlaubnis hatte, ihre linke Hand zu benutzen, und Teddy hatte es ihr erzählt; obwohl sie die Antwort vermutet hatte. *Oh, das muss daran liegen, dass ich mächtige Verwandte habe, die mich lieben, Lisa,* hatte sie geflüstert und dann mit vorgebeugten Schultern gekichert. Aber sie hatte das nicht mir Selbstgefälligkeit oder einem Gefühl der Überlegenheit gesagt, nur einfach als Tatsache. Und eines Tages hatte sie Lisa anvertraut, *wie* mächtig sie waren. Ein Onkel war ein Herzog, ein anderer ein Earl. Ihre nächste Cousine war eine zweifache Herzogin und ihre Mama war eine Lady, die Tochter eines Earls. Lisa war vor Ehrfurcht erstarrt. Teddys Verwandte waren nicht einfach mächtig, sie gehörten zur Aristokratie und dort zur Spitze ihres Standes. Teddy ließ sie versprechen, dies als Geheimnis zu bewahren und nicht den anderen Mädchen gegenüber zu erwähnen. Sie wollte nicht, dass sie anders über sie denken sollten. Lisa versprach das und fragte, warum sie, wenn ihre Verwandten adlig waren, nach Blacklands geschickt worden war und keine Gouvernante hatte oder in eine Schule für die Töchter des Adels besuchte.

Teddy hatte nachdenklich ihre sommersprossige Nase gerümpft, dann mit den Schultern gezuckt und gesagt, dass ihre Mama und ihr Stiefpapa wollten, dass sie es bequem hätte, lernen sollte, Französisch wie eine Einheimische zu sprechen - wie alle in der Familie ihrer Mama - aber vor allem, dass sie glücklich wäre. Sie hatten gemeint, sie würde in Blacklands am glücklichsten sein. Und Teddy war glücklich. Lisa staunte über den Überschwang ihrer besten Freundin für das Leben, ihr Selbstvertrauen und ihr sonniges Gemüt.

Obwohl Teddy, als sie zuerst nach Blacklands gekommen war, für kurze Zeit sehr unglücklich gewesen war und Heimweh gehabt hatte; Lisa hatte sie getröstet.

Lisa war bereits seit vier Jahren in der Schule gewesen und da sie eine Waise war, die nur die Weihnachtsferien bei ihren Cousinen verbrachte, war Blacklands ihr Zuhause. Während Teddy noch nie zuvor von ihrer Familie getrennt, niemals von ihrer Mutter fortgewesen war, und dies ihr erster Aufenthalt in London war. Und obwohl Blacklands in Chelsea war, im Vorfeld der eleganten Straßen von Westminster, war es praktisch auf dem Land, gehörte aber *nicht wirklich* zum Land und würde das, soweit es Teddy anging, deren Heimat im weit entfernten Gloucestershire lag, nie tun.

Teddy erzählte Lisa alles über die Schönheit der Cotswolds, dieses magischen Rätselwalds mit seinen Feen und Reisenden und Waldbewohnern, das große, weitläufige Haus aus gelbem Mauerwerk, in dem sie mit ihrer Familie lebte und die Tuchmühlen, die ihrem Stiefpapa gehörten, der nicht nur ein wohlhabender Kaufmann, sondern ein wichtiger Landbesitzer in ihrer Ecke Englands war. Und sie lebte mit einem ganzen Zoo von Tieren in dem Haus: den Hunden ihres Stiefpapas, ihrem kleinen Windhund Nera, einer Reihe von Katzen und Singvögeln und draußen auf dem Hof gab es neben ihrer liebsten Stute Hühner, Milchkühe, Bienen und Schafe, die wegen ihres zottigen Fells als die Cotswold-Löwen bekannt waren.

Lisa konnte Teddys Geschichten über ihr Zuhause und ihrem Geplauder über das Land stundenlang zuhören, und das tat sie auch. Sie wünschte sich, einen so wundersamen Ort besuchen zu dürfen. Lisa war niemals weiter als bis nach Blacklands aus der Stadt herausgekommen. Teddy versprach, dass Lisa sie eines Tages wirklich besuchen und ihre Familie kennenlernen sollte, zu der nicht nur ihre Mama, ihr Stiefpapa, ihre Großmama Kate und zwei kleine Brüder gehörten, sondern da gab es auch noch Fran, Großmama Kates Gesellschafterin, und Silvia und Carlo, die aus Lucca stammten, was irgendwo in den italienischen Staaten lag. Von einem solchen Ort hatte Lisa noch nie gehört. Teddy versicherte ihr, dass er existierte, und wenn Lisa zu Besuch kommen würde, Silvia das köstlichste Essen bereiten würde, das sie je gekostet hätte und Gerichte aus Mehl und Eiern, die Pasta genannt wurden. Und wenn Teddy Jack heiraten und sich auf dem Abbeywood-Hof niederlassen würde, der im nächsten Tal neben ihrem Familiensitz lag, könnte Lisa kommen und so lange bleiben, wie sie mochte.

„Jack?", hatte Lisa gefragt, überrascht zu erfahren, dass Teddy wusste, wen sie heiraten würde.

Sie waren beide dreizehn Jahre alt und Lisa hatte noch nicht einmal an Jungen gedacht, geschweige denn, dass sie einen gekannt hätte, den sie eines Tages würde heiraten wollen.

„Mein Cousin. Ich werde ihn an meinem achtzehnten Geburtstag heiraten. Aber ich habe Mama versprochen, dass ich vorher zuerst ein paar Jahre nach Blacklands gehen würde. Das war eine der Bedingungen," vertraute Teddy ihr an. „Weil Mama möchte, dass ich eine Lady werde und ein wenig von der Welt kennenlerne, was, wie sie sagt, mich zu einer besseren Frau für Jack machen wird."

Lisa war fasziniert und hatte ihren Kopf auf dem Kissen gedreht, um Teddy im Mondlicht anzuschauen, das durch das unverhängte Fenster herein und über das schmale Bett strömte, in dem sie sich unter die Decke gekuschelt hatten, um einander warmzuhalten und wo sie sich flüsternd unterhalten konnten, ohne die Nachtwache zu stören.

Teddy hatte dies mit solcher Sicherheit gesagt, dass Lisa sich fragte, ob ihre Heirat mit Jack eine arrangierte Verbindung wäre. Lisa hatte von solchen Heiraten bei Leuten, die mächtige Verwandte hatten, gehört. Zur Antwort schüttelte Teddy den Kopf und presste die Lippen fest aufeinander, um ihr Kichern zu unterdrücken. Lisa sah das Lachen in ihren Augen und lächelte. Sie war froh, dass Teddy nicht zu einer Ehe gezwungen wurde. Selbst als Dreizehnjährige war sie schon romantisch.

„Weiß Jack, dass du ihn heiraten wirst?"

„Natürlich."

„Und seit wann weißt du das - dass du Jack heiraten willst?"

„Seit ich zehn war."

„*Zehn*? Zehn Jahre alt?"

Teddy nickte. „Und ich habe es ihm gesagt, als ich zwölf Jahre alt war."

Lisas Augen wurden groß und rund. „Als du zwölf warst, hast du ihm gesagt, dass du ihn heiraten würdest? War er überrascht? Was hat er gesagt?"

„Er war überrascht. Aber sagte, er würde mich heiraten, obwohl normalerweise die Jungen das Fragen übernähmen. Und wenn ich es ernst meinte, sollte ich ihn wieder fragen, wenn ich älter wäre. Er sagte, ich könnte vielleicht meine Meinung ändern."

„Glaubst du, dass du das wirst - deine Meinung ändern?"

Teddy schüttelte den Kopf auf dem Kissen. „Nein. Niemals."

„Wie alt ist Jack – jetzt?"

„Er ist neunzehn."

Also war er sechs Jahre älter als sie es waren, rechnete Lisa, was sie für ziemlich alt hielt, aber das sagte sie nicht.

Teddy verwechselte Lisas Faszination mit Ungläubigkeit.

„Es ist wahr. Und während ich hier in Blacklands bin, geht Jack auf eine Große Reise - nein! So heißt das nicht ... Oh! Er macht die *Grand Tour*. Ja. So wird das genannt. Das machen die Jungen, wenn sie aus Oxford kommen - das ist die Universität. Mama sagt, die Jungen reisen in Gruppen und wandern durch alte Paläste und Ruinen und verbringen viel Zeit damit, alte Gemälde zu betrachten."

„Könnte er das nicht hier tun? Es muss doch auch in England alte Gemälde zum Anschauen und Ruinen zum darin herumwandern geben."

„Mama sagt, junge Männer müssten ins Ausland reisen, um die alte Welt zu sehen und darüber nachzudenken. Sie sagt, es sei gut für sie, denn wenn sie nach Hause kämen, seien sie keine Jungen mehr und würden sesshaft werden wollen."

„Sesshaft ...?"

„Heiraten, Dummchen."

„Oh! Und wie lange wird er auf dieser Tour unterwegs sein?"

„Mama sagt, er wird jahrelang fortbleiben ..."

„*Jahre?*" Lisa war so überrascht, dass sie zu flüstern vergaß. Dann fügte sie mit einem Zischen hinzu: „Aber was, wenn er dich vergisst, während er fort ist?"

„Vergisst?" Teddy hob sich auf einen Ellenbogen und runzelte hinter einem Gewirr von Haaren die Stirn. „Er wird mich nicht vergessen. Das hat er versprochen. Außerdem habe ich ihm eine Locke von meinen Haaren gegeben, damit er mich nicht vergisst!"

„Teddy!", keuchte Lisa, die sich jetzt auch auf einen Ellenbogen stützte. „Oh, aber wie schön von dir!"

Teddy lächelte breit und nickte, dann legten sich beide schnell wieder hin und kuschelten sich unter die Decke, da Schritte und leise Stimmen zu hören waren. Sie lächelten einander an und schauten dann zu der vom Mondlicht beleuchteten Decke hinauf und blieben stumm und still und warteten. Sie warteten sehr lange, dass es wieder ruhig werden sollte, zum Schlafen waren sie zu aufgeregt. Es gab so vieles, was Lisa über Teddys Familie und Jack wissen wollte, und die wundervollen Dinge, die Jungen tun konnten, wenn sie Oxford verlassen hatten und zum Nachdenken ins Ausland gingen.

„Wirst du ihn vermissen, während er fort ist?", fragte Lisa schließlich und betrachtete Teddy, die noch immer an die Decke starrte.

„Schon - ein bisschen. Mama sagt, dass ich das nicht tun soll. Dass ich mich nicht *grämen* darf. Dass Jacks Abwesenheit mir viel Zeit geben wird, auch erwachsen zu werden. Und sie sagt, dass ich mir keine Sorgen um ihn machen soll, weil er mit seinem besten Freund, Harry, auf die Tour geht und sie einander Gesellschaft leisten und viel zu beschäftig sein werden, um an zu Hause zu denken."

„Ihre Eltern machen sich keine Sorgen, wenn sie für so lange Zeit von Zuhause fortgehen?"

„Sorgen? Warum sollten sie? Mama sagt, die Tour zu machen ist eine viel bessere Verwendung ihrer Zeit, als sie in Herrenclubs, beim Spielen, Rauchen und den ganzen Tag Trinken zu verschwenden ..."

„Das hat deine Mama zu dir gesagt?" Lisa hatte die Augen weit aufgerissen.

„Nein. Nicht zu mir. Ich habe gehört, wie sie es zu meinem Stief-papa sagte. Und er stimmte ihr zu. Sie sagte auch, dass wenig Möglich-keit bestünde, dass sie in zu viele Schwierigkeiten gerieten, wenn sie mit - mit einer ganzen *Truppe von Betreuern* unterwegs wären."

„Was - was ist diese *Truppe von Betreuern*?"

„Das sind die Leute, die zu ihrer Reisegruppe gehören, wie Groß-mama Kate mir erzählt."

„Diener, die ihre Sachen tragen?"

„Oh nein. Natürlich werden sie Diener bei sich haben, um solche Dienste zu verrichten, wie ihre Kisten zu tragen und nach den Kutschen und Pferden zu sehen und auf der Reise für ihre Sicherheit zu sorgen. Aber diese Truppe sind Leute, die sie *betreuen*, während sie unterwegs sind. Keine Diener im eigentlichen Sinne, wie Großmama Kate sagt. Jack und Harry werden ihren eigenen Arzt haben, der mit ihnen reist, und zwei Tutoren, einen Haushofmeister, der sich um alle Arrangements für Reise und Unterkunft kümmert und natürlich brauchen sie ihre Kammer-diener, um sie anzukleiden. Oh! Und ich vergaß fast, zwei ihrer Schul-freunde reisen auch mit, und sie haben ihre eigenen Begleiter dabei."

Lisas Augen hätten nicht größer werden können. Sie war neidisch auf solche Reisearrangements und wünschte, sie wäre reich und als Mann geboren worden, damit auch sie Teil eines so großen Abenteuers werden könnte.

„Stell dir Jack und Harry und seine Freunde und all diese Männer in Kutschen und zu Pferd vor, wie sie über Land und durch die Städte reisen", flüsterte Lisa aufgeregt. „Die Einheimischen werden sicher stehenbleiben und sie anstarren und die Kinder winken und auf und ab hüpfen, wenn sie eine so erstaunliche Prozession sehen! Wünschst du dir nicht, du könntest dabei sein? Alte Städte besichtigen, alte Gemälde ansehen und Leute kennenlernen?"

Teddy zuckte mit den Schultern und war weniger begeistert.

„Ich bin hier glücklich - nicht *hier*, sondern zu Hause. Wenn Jack heimkommt und wir heiraten, werden wir Cotswolds nie wieder verlassen."

„*Niemals?*"

„Außer, wenn Jack zum Parlament nach London kommt. Mein Onkel Roxton will ihn zum Parlamentsmitglied machen, wenn er aus dem Ausland zurückkommt, daher sagt Jack, er wird ein paar Monate jeden Jahres in London verbringen müssen, um zu tun, was auch immer Parlamentarier tun. Was der Grund ist, warum Mama sagt, dass ich lernen muss, eine Lady zu werden, damit ich Jack eine Hilfe sein kann", vertraute Teddy ihr an. „Ich weiß nicht, was es ihm helfen soll, wenn ich hier in der Schule bin, aber ich werde es versuchen. Mama sagt, wenn ich mich mit meiner Bildung beschäftige, werde ich nicht an Jacks Abwesenheit denken und die Zeit wird sehr schnell vergehen. Aber selbst, wenn ich tue, was sie sagt und mich aufs Äußerste anstrenge, kann ich doch nicht aufhören, an meine Familie zu denken ... Ich vermisse Mama jeden Tag und meinen Stiefpapa und - hast du noch Brüder und Schwestern, Lisa?"

Lisa tastete nach Teddys Hand und hielt sie fest, da sie spüren konnte, dass ihre Freundin den Tränen nahe war.

„Nein. Und meine Eltern sind beide tot. Ich habe Cousinen ... aber sie haben einander ... Und ich weiß, wenn ich eine Mama wie deine hätte und eine Familie wie deine, würde ich sie auch sehr vermissen. Magst du mir von deiner Familie erzählen? Ich möchte *alles* wissen. Lass *nichts* aus. Ich möchte *alles* über sie wissen."

Teddy blinzelte ihre Tränen fort, lächelte und kuschelte sich ein, ihre Hand gemütlich in Lisas Griff.

„Ich habe zwei Brüder. Sie sind nur Babys. Sie sind meine *Halbbrüder*, weil Mama wieder geheiratet und eine zweite Familie gegründet hat. Papa starb, als ich acht war und dann hat Mama Onkel Bryce - meinen Stiefpapa - geheiratet. Mein großer Babybruder heißt David und ist zwei Jahre alt. Er hat rotes Haar, genau wie meins. Großmama Kate nennt ihn ihr freches Äffchen. Mein kleiner Babybruder ist erst sechs Monate alt und heißt Luke. Er hat dunkle Haare wie mein Onkel Dair, Mamas Bruder. Aber er ist noch zu klein, als dass wir wissen könnten, ob er so frech wird wie David. Aber er lacht viel und ist ein glückliches Baby, deshalb denken Großmama Kate und ich, er könnte gut genauso frech werden. Ich habe keine Schwester - noch nicht. Ich habe Mama gefragt, ob das nächste Baby ein Mädchen sein könnte und sie sagte, sie würde ihr Bestes tun - Lisa! Ich habe eine wundervolle Idee. Du hast keine Brüder oder Schwestern, und ich habe keine Schwester ... *wir* können Schwestern sein! Magst du? Würdest du mich zur Schwester haben wollen?"

„ACH TEDDY, ICH HABE DICH SO SEHR, *SEHR* VERMISST", STIESS Lisa mit einem leisen Schluchzen hervor, als Teddys Handschrift ihr die Vertraulichkeiten ihrer Mädchenzeit, die sie mit ihrer besten Freundin geteilt hatte, wieder lebhaft in Erinnerung rief.

Solche wunderbaren Erinnerungen, solch glückliche Tage ... Bittersüße Tränen ergossen sich über ihre Wangen und ihre Herz schwoll vor Wärme, als sie kurz ihre Augen schloss, noch benommen von dem Gedanken, dass sie nicht nur Briefe ihrer Schulfreundin hatte, sondern auch eine Einladung zu ihrer Hochzeit, und das Beste von allem, dass sie Teddy bald wiedersehen würde.

Einstweilen lag sie auf ihrem Bett und las Teddys Briefe wieder und wieder, alle sechs, die in den zwei Jahren, seit Lisa Blacklands verlassen hatte, geschrieben worden waren. Dann schaute sie lange Zeit die Einladung mit einem breiten Lächeln an. Also würde Teddy endlich ihren Jack heiraten – genau genommen Sir John George Cavendish, Baronet - so, wie sie gesagt hatte, aber nicht an ihrem achtzehnten, sondern eher an ihrem neunzehnten Geburtstag, was das war, was ihre Eltern wünschten, wie Teddy in ihrem letzten Brief schrieb. Sie teilte Lisa auch die überraschende Nachricht mit, dass ihre Mama schließlich nach all diesen Jahren ihr eine Schwester geschenkt hätte - Sophie-Kate. Teddy hatte Lisa diesen Brief nur eine Woche nach der Geburt dieses Kindchens im Frühjahr geschrieben. Und an diese erfreuliche Nachricht hatte Teddy ein Postskriptum angehängt, dass sie die Hilfe der Cousine ihrer Mutter, der Herzogin von Kinross, erbeten hätte, um sicherzustellen, dass Lisa diesen Brief und die Einladung erhalten würde. Sie war fest entschlossen, ihre Schwester aus Blacklands auf ihrer Hochzeit zu sehen. Und die Herzogin hatte ihr versprochen, ihr Bestes zu tun, um das zu verwirklichen.

Lisa dachte voller Ehrfurcht darüber nach, wie weit Teddy gegangen war, um wieder mit ihr in Verbindung zu treten. Dass sie sogar eine Herzogin zu Hilfe gerufen hatte, grenzte an ein Märchen. Aber hier hielt sie den Brief in der Hand, und die Einladung, und endlich auch Teddys andere Briefe. Also war alles wahr, und in zwei Wochen würde sie nach Hampshire unterwegs sein, um Teddy wiederzusehen, ihre Familie kennenzulernen und an ihren Hochzeitsfeierlichkeiten teilzunehmen. Und sie würde der Herzogin von Kinross persönlich danken können, dass sie sich für sie solche Mühe gemacht hatte.

Zwei Wochen konnten für Lisa nicht schnell genug vergehen. Aber bis dahin würde noch viel zu tun sein, nicht zuletzt neue Kleider, Schuhe und Unterwäsche angemessen zu bekommen, dazu Firlefanz wie Fächer, Täschchen und zarte Spitzenfichus, wie Lisa sie noch nie gesehen hatte. Aber das hieße nicht, das sie ihre Pflichten in der Krankenstation vernachlässigen dürfte, predigte ihr Mrs. Warner Montagmorgen beim Frühstück.

Lisa nickte stumm, da sie so überrascht war, ihre Cousine zu solcher Stunde wach und im Frühstücksraum vorzufinden. Aber da saß sie und ihrem Kleid, der aufgetragenen Schminke und der sorgfältigen Frisur nach zu urteilen, war sie angekleidet, um das Haus zu verlassen.

Minette Warner teilte ihr mit, dass ihre Eltern und ihre Schwester aus Paris zurückgekehrt waren und sie für den Tag in die Fournier Street ginge, um sie zu Hause willkommen zu heißen und ihrer Mutter einen Bericht über den Stand der Vorbereitungen für Lisas Aufenthalt in Hampshire zu geben. Ihre Mutter musste darüber beruhigt werden, dass alles Mögliche getan worden war, um sicherzustellen, dass Lisa der de Crespigny-Familie Ehre machen würde. Es konnte kein Zweifel daran bestehen, dass sie für die verschiedenen Gelegenheiten während ihres zweiwöchigen Aufenthalts angemessen gekleidet sein würde, die Familie hatte dafür gesorgt, dass ihr Kleidung von ausreichend gutem Standard war, dass sie sich in der eleganten Atmosphäre von Treat sehen lassen konnte. Was ihr Benehmen in solch illustrer Gesellschaft anging, lag dies außerhalb ihrer Kontrolle und allein in Lisas Händen. Hatte sie das verstanden?

„Ja, Cousine", antwortete Lisa feierlich und richtete sich unter Mrs. Warners stetigem Blick instinktiv gerade auf.

Ihre Cousine ließ, seit Lisa die Einladung zu Teddys Hochzeit erhalten hatte, keine Gelegenheit aus, um ihr Mantra, dass Lisa ihr bestes Benehmen an den Tag legen müsste, sich nie in den Vordergrund spielen und nie auffallen dürfte, zu wiederholen. Wenn sie sich nicht rücksichtsvoll und bescheiden benähme, wenn sie wegen irgendeines gesellschaftlichen Missgriffs auffiele, würde ihre Tante sehr beschämt sein und die Familie ihr nie vergeben. Die Situation war für alle Beteiligten delikat. Die Nerven lagen bloß. Ruf und Freundschaften standen auf Messers Schneide. *Wie war es nur so weit gekommen?*, fragte sie sich seufzend.

Lisa, die geduldig die Monologe ihrer Cousine über korrektes Benehmen und die Konsequenzen ertrug und darauf achtete, ihre Begeisterung und ihr Glück in Zaum zu halten, sagte daher mit einem Lächeln: „Bitte richte meiner Tante und dem Onkel anlässlich ihrer guten Heimkehr meine besten Wünsche aus und auch Toinette. Und danke ihnen in meinem Namen, dass sie mir die Stoffe für meine

Kleider geschickt haben. Und du kannst meiner Tante sagen, dass wir uns ersparen, eine Zofe anzustellen, da Becky Bannister sich bereit erklärt hat, mich zu begleiten ...“

„Ja. Ja. Ich werde es ausrichten“, unterbrach Minette Warner mit einem Seufzer, als wäre es die anstrengendste Aufgabe ihres langen Tages, der noch nicht einmal begonnen hatte. „Wenigstens ist diese Becky Bannister sehr geschickt mit der Nadel, was mir erspart hat, meine eigene Schneiderin zu beschäftigen. Ich muss zugeben, das war ein glücklicher Zufall ... Oh! Und während ich heute nicht da bin, darfst du auf keinen Fall das Haus verlassen. Der Himmel möge verhüten, dass dir etwas zustößt, wo es keine vierzehn Tagen mehr bis zu deiner Reise sind, nach all den Kosten und der Mühe, die wir uns gemacht haben.“

„Lisa wird den ganzen Tag in der Krankenstation voll beschäftigt sein, wenn ich nach dem Gedränge von Menschen, die bereits an der Tür sind, gehen darf“, versicherte Dr. Warner seine Frau mit nur einem Ohr bei dem Gespräch und schaute über den Rand seiner Brillengläser von einem Brief auf, der all seine Gedanken zu beschäftigen schien. Er hatte seine übliche Morgenlektüre der Zeitungen unterbrochen.

„Gute Neuigkeiten, hoffe ich?“, fragte Mrs. Warner, die an ihrem Tee nippte und den Blick auf den Brief in seiner Hand senkte.

„Gute Neuigkeiten? Nein. Verflixt noch einmal!“, antwortete Dr. Warner mit ungewöhnlicher Heftigkeit. „Es sind keine guten Neuigkeiten, meine Liebe. Es sind die schlechtest möglichen Neuigkeiten!“

„Ach, du liebe Güte“, schmollte Mrs. Warner. „Ich mag es gar nicht, dich so außer dir zu sehen, Robert. Das bereitet mir Kopfschmerzen.“

„Verzeih’ mir, meine Liebe. Aber ich fürchte, dass meine Laune in der nächsten Zeit wenig Gelegenheit haben wird, sich zu ändern ...“

„Dann ist es ja gut, dass ich heute für den ganzen Tag ausgehe.“

Lisa schaute von Mrs. Warner, die wieder in ihre Teetasse sah, zu Dr. Warner, der seine Aufmerksamkeit wieder dem Brief zugewandt hatte und fragte in die Stille hinein: „Würdet Ihr uns gerne die Neuigkeiten mitteilen, so enttäuschend sie sein mögen, Sir?“

Mrs. Warner hätte ihrer Cousine am liebsten für diese Frage einen Tritt an das Schienbein versetzt, aber sie zwang sich zum Lächeln, sagte nichts und nahm eine mit Marmelade dick bestrichene Scheibe Brot auf. Und als Lisa sich vorbeugte und ihn weiter erwartungsvoll ansah, war das alle Ermutigung, die der Arzt brauchte, um seiner Frustration Ausdruck zu verleihen. Also erzählte er es ihnen.

Der Brief, den er herumschwenkte und dann auf den Stapel Zeitungen fallen ließ, kam von der Fournier-Stiftung. Hierbei spitzten sowohl Lisa als auch Mrs. Warner die Ohren, da das Haus der de Crespigny-Familie in der Fournier Street lag und Mrs. Warner nach dem Frühstück dorthin zu fahren beabsichtigte. Genau dort, sagte ihr Mann. Der Vorsitzende des Kuratoriums lebte in der Fournier Street, ein älterer Arzt namens Bailey. Und in der Fournier Street traf sich das Kuratorium, um über die Verteilung und Zuweisung von Mitteln, die jedes Jahr nur als begrenzter Betrag zur Verfügung standen, zu diskutieren und diese zu beschließen.

Die Stiftung gewährte Stipendien für Mitglieder der medizinischen Berufe, die sich um kranke Arme kümmerten, und wichtiger noch, für Ärzte, die sich mit anatomischer Forschung befassten. Es gab strenge Kriterien, die einzuhalten waren, und wenn der Antrag eines Kandidaten die erste Runde überstand, suchten die Kuratoriumsmitglieder der Stiftung die Niederlassung des Kandidaten auf, führten Gespräche mit den Leitern und bewerteten die Verdienste der Krankenstation und der durchgeführten Forschungen. Und da die Gelder für drei Jahre verteilt wurden, wobei jährliche Berichte zu erstatten und Ziele zu erreichen waren, stellte jeder Arzt in London und darüber hinaus einen Antrag auf Förderung. Jedes Jahr wurden nur drei Krankenstationen und Anatomieschulen gefördert und es gab in diesem Jahr auch Stipendien für die fünf vielversprechendsten Studenten der Medizin, um ihnen behilflich zu sein, ihre medizinische Ausbildung und Praktika ohne die Härten, die Studenten im Allgemeinen zu ertragen hatten, beenden zu können. Und wenn sie erst ihre Prüfungen vor der Gesellschaft der Chirurgen abgelegt hätten, würden diese Stipendiaten verpflichtet sein, die ersten drei Jahre ihres Berufslebens mit der Versorgung der kranken Armen zu verbringen.

„Die Arbeit dieser Stiftung ist …“, begann Lisa und der Satz wurde von ihrer Cousine beendet, aber keineswegs so, wie sie gedacht hatte.

„… teuer.“

„… ist enorm wichtig“, beendete Lisa, deren Begeisterung sie dazu brachte, ihre Cousine zu unterbrechen. „Es erlaubt jungen Männern doch bestimmt, sich besser auf ihre Studien zu konzentrieren, wenn man ihnen Mittel zur Verfügung stellt, um sich auf anatomische Forschungen zu konzentrieren, ohne dass ihre Gedanken von den alltäglichen Sorgen wegen Schulden beschäftigt werden - ob sie ihre knappen Mittel für Brot oder Bücher ausgeben sollen?“

„Das ist ganz richtig“, stimmte Dr. Warner mit einem Lächeln zu, und Lisas großes Interesse ließ den Kummer wegen des niederschmetternden Ergebnisses in dem Brief, der ihn niedergedrückt hatte, etwas leichter werden.

„Dieser Dr. Bailey muss wirklich ein sehr wohlhabender Gentleman sein“, fügte Mrs. Warner hinzu, weiter auf finanzielle Erwägungen konzentriert. „Solche Stipendien und Finanzmittel, die die Krankenstationen brauchen, müssen hunderte Pfund ausmachen, wenn nicht in manchem Jahr mehr als tausend."

„Dr. Bailey ist nur die Galionsfigur der Stiftung, meine Liebe", erklärte Dr. Warner. „Und während es das Kuratorium ist, das die Mittel bewilligt und verteilt, bleibt es jedoch für mich und meine Kollegen ein Geheimnis, woher diese Mittel ursprünglich stammen und wer die Fournier-Stiftung gegründet hat. Und wir werden voraussichtlich nie eine Antwort darauf bekommen, da der fragliche Gentleman, der diesem wohltätigen Unternehmen so großzügig die Mittel gespendet hat, im Dunkeln zu bleiben wünscht. Es ist nicht einmal sicher, ob Dr. Bailey die Identität dieses Mannes bekannt ist. Aber du hast völlig recht, meine Liebe, die wohltätigen Zahlungen der Stiftung dürften pro Jahr hunderte Pfund, wenn nicht tausend, ausmachen."

„Und du hast an die Stiftung geschrieben und um Finanzierung für deine Bemühungen gebeten", sagte Mrs. Warner mit einem breiten Lächeln.

„Ja", antwortete er, aber mit weniger Begeisterung, als sie in der Erwartung einer günstigen Antwort an den Tag gelegt hatte. „Ich hatte Gelder beantragt für einen Anatomielehrer und einen Anatomen. Der Erste würde meine Lehrverpflichtungen erleichtern und den Letzteren könnte ich damit beschäftigen, die Wachsmodelle, die für die Lehre erforderlich sind, anzufertigen. Es gibt eine neue Technik, bei der verschiedenfarbiges Wachs in unterschiedlichen Größen der Injektion verwendet wird. Die Injektionen müssen erhitzt werden, bis sie flüssig sind, dürfen aber nicht gekocht werden, da das wahrscheinlich das Gewebe der zu füllenden Behältnisse zerstören würde ..."

An diesem Punkt verlor der gute Doktor die volle Aufmerksamkeit seiner Frau, die jetzt nur noch mit einem Ohr der Konversation lauschte und im Wachen von dem mysteriösen Wohltäter der Fournier-Stiftung träumte, sich fragte, ob er ein Junggeselle wäre, oder ein verheirateter Mann, ein Kaufmann, der sein Vermögen mit allen Arten von Handel erworben hatte, oder ob er ein wohlwollender alter Edelmann ohne Kinder wäre, dessen Erbe nicht festgelegt war und zu guten Zwecken außerhalb seines Besitzes verwendet werden konnte ...

Und da sie vor sich hin träumte, machte Mrs. Warner keine Bemerkung, als ihr guter Doktor mit nach unten gezogenen Mundwinkeln zugab, dass sein Antrag mit der Begründung, dass die Stiftung in diesem Jahr bereits alle Mittel vergeben hätte, abgelehnt worden war. Es wurde höflich vorgeschlagen, Dr. Warner möchte doch im nächsten Finanzjahr einen neuen Antrag stellen, was noch ein ganzes Jahr dauern würde. Wertvolle Zeit und Gelegenheit, einzigartige anatomische Ressourcen zu erwerben - Lisa wusste, dass der Arzt sich auf menschliche Körper bezog

- würden in der Zwischenzeit verloren gehen. Und dies war der zweite Antrag, den er gestellt hatte und der abgelehnt worden war, und aus genau dem gleichen Grund; Dr. Warner hatte den Verdacht, dass seine Anträge nicht den richtigen Leuten unter die Nase gehalten würden.

„Ihr meint, unter Dr. Baileys Nase, Sir?", fragte Lisa, die völlig gefesselt zugehört hatte, während der Arzt in überflüssiger Detailliertheit die Methode des Farbmischens zum Zwecke der Injektion in die verschiedenen anatomischen Präparate beschrieb.

Dr. Warner schlug mit der flachen Hand auf seine Seite des Tisches, was seine unaufmerksame Frau aus ihren privaten Träumen riss. Er lächelte Lisa über den Tisch hinweg an. „Ganz genau! Das ist in der Tat die Nase, von der ich sprach."

„Liebe Güte, Dr. Warner! Du hast mich gerade so erschreckt", klagte Mrs. Warner, und, um ihre Unaufmerksamkeit zu verdecken, fügte sie mit einem mädchenhaften Schmollen hinzu: „Ich glaube, das hat meine Verdauung gestört."

„Ich bitte um Verzeihung, meine Liebe", antwortete der Arzt verlegen und schob seinen Teller mit halb gegessenem Ei und Toast zur Seite.

„Vielleicht, wenn Ihr Dr. Bailey zum Diner einladen würdet, Sir, könntet Ihr eine Gelegenheit finden, ihm den Sezierraum und Eure anatomische Arbeit zu zeigen?", schlug Lisa in das lange Schweigen zwischen den Ehegatten vor und schaute von dem Arzt zu ihrer Cousine und zurück. „Als ärztlicher Kollege müsste er doch sicher von Eurer großartigen Arbeit beeindruckt sein?"

„Eine ausgezeichnete Idee und eine, die ich ..."

„Warum haben wir Dr. Bailey tatsächlich noch nicht zum Diner eingeladen, Robert?", unterbrach Mrs. Warner, die es störte, dass es Lisa überlassen geblieben war, einen solchen Vorschlag zu unterbreiten. „Ich habe bis heute nichts über diese Fournier-Stiftung gehört und vielleicht, hätten wir die Kuratoriumsmitglieder früher eingeladen, hättet Ihr ein anderes Ergebnis bei Eurem Antrag erwarten können?"

„Dr. Bailey wurde bereits eingeladen, aber er lehnte bedauerlicherweise ab", erklärte Dr. Warner geduldig. „Ich wollte Euch dich mit dieser Enttäuschung belasten, meine Liebe ..."

„Du bist immer so aufmerksam, wenn es um meine Gefühle geht, mein lieber Dr. Warner", sagte seine Frau süß. „Mit Sicherheit würde er kein zweites Mal ablehnen, nicht, wenn wir noch ein paar deiner Kollegen einladen, die Dr. Bailey und seine Kuratoriumsmitglieder vielleicht kennen. Ich habe immer festgestellt, dass Männer nach einem guten Diner viel beeinflussbarer und leichter zu überzeugen sind, obwohl Überzeugung nicht immer zum Handeln führt ..."

„Ja. Ja. Gut. Gut. Wir werden diese Gelegenheit jetzt nicht haben",
polterte Dr. Warner mit leuchtenden Wangen und hustete in seine
Faust, da Lisa einer Unterhaltung aufmerksam lauschte, von der er jetzt
fand, dass sie die Grenze dessen, was am Frühstückstisch in Anwesenheit
eines neunzehnjährigen jungen Mädchens angemessen war, erreicht
hatte, obwohl er die detaillierte Besprechung medizinischer Einzelheiten
nie in diesem Licht betrachtet hatte. „Ich werde deinem Vorschlag folgen
und eine zweite Einladung aussprechen und hoffentlich wird er sie,
ungeachtet des Misserfolgs meines Antrags, annehmen."

„Er könnte die Einladung zum Diner als Geste guten Willens ansehen. Dass Ihr ihm trotz der Ablehnung Eures Antrags nichts nachtragt",
schlug Lisa vor und stellte ihren Becher mit heißer Schokolade schnell
beiseite, legte die Serviette weg und ließ ihren Stuhl zurückrutschen, als
ihre Cousine sich vom Tisch erhob. „Dann könnte er die Einladung
nicht guten Gewissens ablehnen."

Dr. Warner hatte sich ebenfalls erhoben und strahlte Lisa an. „Beim
Jupiter, das ist genau so, wie er es auffassen wird! Das überzeugt mich.
Ich werde Dr. Bailey heute Abend schreiben."

Minette Warner sah Lisa an und lächelte dünn. „Und ich dachte
immer, dass das Frühstück für dich eine so langweilige Angelegenheit
wäre ... Es scheint aber nicht so. Etwas, was nach deiner Rückkehr aus
Hampshire noch einmal überdacht werden sollte. Jetzt lauf; ich möchte
mit Dr. Warner noch unter vier Augen reden. Und du musst tausend
Dinge für den guten Doktor zu tun haben, bevor er den ersten Patienten
des Morgens empfängt."

Lisa knickste gehorsam und verschwand, wobei sie einen Becher mit
heißer Schokolade zurückließ, die sie noch nicht ausgetrunken hatte. Sie
holte ihre Schreiberkiste mit Federn, Tinte und Papier und begab sich
über den Gang und weiter zur Krankenstation, die in den vorderen
Räumen des Erdgeschosses des zweiflügligen Stadthauses lag. Dort stellte
sie die Schreiberkiste in ihre gewöhnliche Ecke, wo sie ihre Dienste als
Schreiberin jedem, der sie brauchte, anbot, nahm ihre Schürze vom
Haken und band sie rasch über ihr Kleid. Sie prüfte den Sitz der
Nadeln, die ihr Spitzenhäubchen oben auf ihrem Kopf hielten und
tummelte sich dann, um ihre Pflichten zu erledigen - nach den
Potpourris und Duftsträußchen zu sehen, darauf zu achten, ob die
Wasserkrüge gefüllt waren und Seife, Bimsstein und Handtücher in
jeder der durch Vorhänge abgeteilten Kabinen vorhanden waren - und
all dies, ohne den medizinischen Assistenten im Weg zu sein, die sich auf
den ersten Strom von Patienten vorbereiteten.

Als die Tür zur Krankenstation aufgeschlossen wurde, um die ersten
Patienten des Tages hereinzulassen, waren Lisas Gedanken völlig mit der

übernächsten Woche beschäftigt. In einer Woche würde sie unterwegs sein, um Teddy wiederzusehen, und an einen Ort reisen, der so völlig anders als dieser hier war, dass sie es schwierig fand, ihn sich vorzustellen. Bloße fünf Tage zuvor, als sie und Becky zum Leicester Square aufgebrochen waren, hätte sie sich nicht vorstellen können, was in den Wänden von Lord Westbys Stadthaus geschehen würde. Seit sie Teddys Briefe erhalten hatte, war ihr dieser Vorfall ihrem Gedächtnis völlig entfallen. Doch er kam ihr rasch wieder in den Sinn, als keine fünf Minuten nach der Öffnung der Krankenstation die Menge gezwungen wurde, sich zu teilen und zwei übergroßen Männern zu erlauben, vor jedem anderen in das Wartezimmer einzutreten.

Sie wirkten so fehl am Platze, dass Lisa blinzelte und dann zusammenschrak, als sie sie wiedererkannte. Sie waren *die Burschen*, die beiden Diener, nach denen geschickt worden war, um dem Gentleman beizustehen, dem sie in Lord Westbys Haus geholfen hatte. Mit Sicherheit waren sie nicht aus Fleisch und Blut, sondern nur das Produkt ihrer Fantasie, denn wie hätten sie wissen sollen, wo sie zu finden war? Nach einem raschen Blick durch das Zimmer blieb der Blick der beiden Männer auf ihr hängen, und derselbe Funken des Wiedererkennens spiegelte sich in ihren Augen. Lisa konnte nichts tun, außer sich aufzurichten und sie auf sich zu kommen zu lassen.

Breitschultrig und einen guten Kopf größer als alle um sie herum waren sie auch gesund, gerade gewachsen und beweglich, was in scharfem Gegensatz zu den Menschen stand, die hinter ihnen hereingeschlurft kamen. Ihre Größe und Stärke mochten dafür sorgen, dass ihnen alle Platz machten, aber es war ihre Kleidung, die die Leute sie anstarren ließen. Sie waren in schwarze Livreen mit kunstvollen Silberverschnürungen und silbernen Knöpfen gekleidet, was eine Darstellung von Reichtum und Wichtigkeit ihres Herrn bedeutete, und es verschaffte ihnen das Recht, dorthin zu gehen, wo sie wollten und zu sagen, was sie wollten, wobei ihre Gestalt und die Größe ihrer Fäuste dies nur noch unterstrichen.

Die beiden Burschen gingen direkt auf Lisa zu. Und als sie vor ihr standen, sprachen sie nicht, sondern traten zur Seite, um es einem Gentleman, den sie übersehen hatte, da er von diesen beiden hochgewachsenen Brocken verdeckt wurde, zu erlauben, vor sie zu treten und sich zu verbeugen. Sie hielt den Atem an und ihr Herz machte einen seltsamen kleinen Hüpfer, für einen Moment hoffte sie, dass es der gutaussehende Gentleman wäre, dem sie bei Lord Westby geholfen hatte. Und dann wurde ihr Puls schneller, aber nicht auf gute Weise, da sie sich fragte, ob er wegen des verlegten Katalogs für die Portland-Auktion auf der Suche nach ihr und Becky wäre. Dann nahm der Gentleman das parfümierte

Taschentuch weg, das er vor seine Nase gehalten hatte und sie stieß einen Seufzer aus, in dem sich Erleichterung und Enttäuschung mischten. Diesen Mann kannte sie überhaupt nicht.

Der Fremde hob herrisch seine Augenbrauen und fragte: „Seid Ihr Lisa?"

Sie nickte und knickste höflich. Dann fügte sie, als er sie weiter anschaute, als ob er mehr von ihr erwartete, hinzu: „Lisa Crisp."

Er beugte, für diese Information dankend, sein Haupt und sagte, bevor er sich auf dem Absatz umdrehte und erwartete, dass sie gehorchen würde:

„Folgt mir, Miss Crisp. Mein Herr wünscht, mit Euch ein Wort unter vier Augen zu sprechen, in seiner Kutsche."

SIEBEN

„Sie - *weigert* sich?“

„Ja, Mylord.“

Lord Henri-Antoine starrte seinen vom Fenster der Kutsche eingerahmten Haushofmeister an, als ob der Mann eine Sprache spräche, die er nicht verstand, und er verstand mindestens fünf. Er wartete auf eine weitere Erklärung.

„Miss Crisp ist nicht in der Lage, das Haus zu verlassen.“

„Nicht in der Lage?“

„Ja, Mylord.“

„Ist sie neuerdings ein Krüppel?“

„Kein Krüppel.“

„Dann ist sie nicht *nicht in der Lage*, sondern *nicht willens*.“

Michel Gallet wagte zu lächeln. „Ich habe sie auf diesen Unterschied hingewiesen. Jedoch rührt sie sich nicht von der Stelle.“

„Dann lasst sie heraustragen.“

„Schreiend und tretend ...“

„Sie gehört nicht zu denen, die schreien würden.“

„Nein, Mylord?“

Henri-Antoine ließ sich durch den leichtherzigen Ton der Nachfrage seines Haushofmeisters nicht täuschen. Er biss die Zähne zusammen und wartete darauf, dass das Lächeln des Mannes schwinden und er den Blick senken würde.

„Verzeihung, Mylord ... Was möchtet Ihr, das ich tue?“

Henri-Antoine blickte über die linke Schulter seines Haushofmeisters hinweg zu der kleinen Menschenmenge, die sich auf dem Bürgersteig an den Stufen zum Eingang zu Warners Krankenstation angesammelt hatte. Es war ein zerlumpter Haufen, mit schmutzigen, müden Gesichtern, deren Interesse an der glänzend schwarz lackierten *Berline* mit den zueinander passenden vier Grauen sich mit Misstrauen mischte, zweifellos wegen des Grundes, aus dem ein so eindrucksvolles Gefährt sich, noch dazu zu so früher Stunde, in diesem Teil der Stadt befinden mochte.

Er wagte sich selten in diesen Teil Londons - er hatte keinen Anlass dazu, und wenn doch, dann nur, um Westbys Unterkunft einen Besuch abzustatten. Und er kam nie in der Kutsche, sondern ließ bullige Sänftenträger, die für ihn arbeiteten, ihn in seiner privaten Sänfte tragen. Sein Stadthaus in der Park Street war mit einem solchen Transportmittel nur dreißig Minuten westlich gelegen, jedoch war Warners Krankenstation hier in der Gerrard Street eine Welt entfernt von den eleganten Häusern, breiten Straßen und ordentlichen, wohlgekleideten Fußgängern, die die eleganten Adressen in Westminster bewohnten, wo er lebte. Aber ein solches Transportmittel wäre für eine vertrauliche Unterhaltung mit Miss Lisa Crisp nicht geeignet gewesen. Es kam ihm nie in den Sinn, dass es die vier livrierten Vorreiter, die breitschultrigen Burschen und vor allem seine geschätzte Person waren, die mehr Aufmerksamkeit erregten als seine elegante Stadtkutsche.

Er lehnte mit einem verärgerten Seufzer seine Schultern an die Samtpolster und hatte beinahe Lust, mit seinen behandschuhten Knöcheln an das Brett zu klopfen und loszufahren. Was machte er hier überhaupt? Er hatte keine Verpflichtungen Miss Lisa Crisp gegenüber. Und wenn sie nicht die guten Manieren besaß, nach draußen zu kommen, damit er höflich mit ihr sprechen könnte - schließlich war er derjenige, der sie aufgesucht hatte - brauchte er sich keine weitere Mühe zu geben. Und das würde er auch nicht. Allein hierherzukommen war mehr als ein Anerkenntnis der guten Tat, die sie an ihm verrichtet hatte.

Und doch war da etwas - er konnte seinen Finger nicht genau darauflegen, *was* es war, aber es beunruhigte ihn sehr - das ihn dem Drang widerstehen ließ, dem Kutscher das Zeichen zur Weiterfahrt zu geben. Ein Teil davon war Ritterlichkeit, die ihm von der Wiege an anerzogen worden war, das Richtige zu tun, sich zu benehmen, wie es einem Gentleman zukam, und ihr persönlich zu danken. Ein Teil war Neugier, er wollte dem Namen, den Jack ihm gegeben hatte, ein Gesicht geben, das Gesicht des Mädchens, das ihm zu Hilfe gekommen war, als er sich in einem höchst bedauernswerten Zustand befunden hatte. Und wenn er Jack Glauben schenken durfte, war Miss Lisa Crisp eine ungewöhnliche Frau - ruhig, fähig, fröhlich und von seinem Zustand absolut nicht abgestoßen. Sicher lag das daran, dass sie unter den kranken

Armen arbeitete. Trotzdem. Er wollte sie selbst sehen. Er wollte wissen, ob sie der Botticelliengel war, der in seinem epileptischen Delirium erschienen war, als er aus Westbys Salon torkelte. Aber vor allem wollte er dieses Gefühl der Unruhe und Rastlosigkeit loswerden, ein Gefühl, das ihn völlig grundlos ängstigte. Und aus unerfindlichen Gründen hatte dieses Gefühl alles mit der unerschütterlichen Miss Crisp zu tun.

Er beugte sich vor, während sein Haushofmeister noch immer auf der Stufe der Kutsche vor dem Fenster stand und geduldig auf weitere Anweisungen wartete.

„Ich werde nicht dort hineingehen!", platzte er heraus, was mehr über seine verwirrten Gedanken als seine gegenwärtige Lage aussagte.

„Eine vernünftige Entscheidung, Mylord. Der Ort ist voll allerlei krankheitsbehaftetem Gesindel, und die Luft riecht übel."

„Und doch befindet sich Miss Crisp unter diesem Gesindel? Ist sie übelriechend, Michel?", fragte er in der Hoffnung auf eine bejahende Antwort; das würde ihm die Ausrede geben, die er brauchte, um sofort abzufahren.

„Nein, Mylord. Ganz im Gegenteil. Sie ist die Frühlingsblume, die zwischen verrottendem Abfall blüht."

„Natürlich ist sie das", murmelte Henri-Antoine.

„Soll ich noch einmal versuchen, ihr Vernunft beizubringen ...?"

Henri-Antoine nickte mit einer Falte zwischen seinen dunklen Brauen, seinen Blick auf die Tür der Krankenstation gerichtet, die sich mit erschreckender Regelmäßigkeit öffnete und schloss. „Tut das." Und mit einer völligen Kehrtwende fügte er hinzu: „Und Ihr solltet Euch besser größte Mühe geben, denn wenn Ihr sie nicht überreden könnt, und sie sich noch immer weigert, herauszukommen, muss ich zu ihr gehen."

„Wäre das klug, Mylord? An einem Ort wie einer Krankenstation muss eine solche Menge an Miasma vorhanden sein, dass es mehr ist, als ein gesunder Mann ertragen kann, der nicht daran gewöhnt ist, von Krankheiten umgeben zu sein. Wenn Ihr solche Luft atmet, würde das mit Sicherheit Eure Gesundheit ernsthaft gefährden und ich muss Euch daher davon abraten, Euch in eine überaus gefährliche Lage zu begeben."

Da war dieses verdammte Wort wieder - *klug* - das Jack, seine Diener, alle um ihn herum, zu oft benutzten. Wenn er klug wäre, hätte er sich nicht betrunken und so viele Stumpen geraucht, dass sein Hals brannte. Wenn er klug wäre, hätte er Westbys Salon lange vor dem Beginn eines Anfalls verlassen. Wenn er klug wäre, säße er jetzt nicht hier, vor einem Londoner *Hôtel-Dieu*.

„Dann solltet Ihr besser Eure größten Überredungskünste an den

Tag legen", stellte er fest und zog das Rollo vor seinem Haushofmeister und der Menge neugieriger Zuschauer herunter.

MICHEL GALLET KEHRTE MIT DER WILLKOMMENEN NACHRICHT zurück, dass Miss Crisp seiner Lordschaft ein paar Minuten ihrer Zeit widmen könnte. Sie verstünde das Zögern seines Herrn, Miasma einzuatmen, das ihm sehr wohl schaden könnte, aber sie könnte nicht zur Kutsche hinauskommen, diesbezüglich bliebe sie unerbittlich. Jedoch böte sie eine Lösung des Dilemmas an. Dr. Warner verfügte auf der anderen Seite des Ganges über ein privates Sprechzimmer, wo ihr Treffen stattfinden könnte. Das Sprechzimmer könnte durch eine Tür, die auf die Straße führte, betreten werden und wäre nur für die Nutzung durch Privatpatienten bestimmt. M'sieur Gallets Herr könnte durch diese Tür kommen und gehen, ohne in Kontakt mit dem Miasma zu geraten, das in der Krankenstation in der Luft lag.

Jedoch würde sie sich zuerst vorbereiten müssen, da Dr. Warner Regeln hatte, an die er selbst, seine medizinischen Assistenten, seine Schüler und Lisa sich zu halten hatten, wenn sie den Bereich der Krankenstation verließen. Schürze und Ärmelschoner mussten abgelegt, die Hände gewaschen und mit Seife geschrubbt werden, um alle Spuren des Geruchs der Kranken und der Sterbenden abzuwaschen. Ein paar Tropfen von Warners patentiertem Duft wurden dann auf die Haut gespritzt, um diesen Prozess zu unterstützen.

Vielleicht könnte einer der Burschen an dem privaten Eingang warten und wenn Miss Crisp fertig wäre, würde sie die Tür zum Sprechzimmer aufschließen und er könnte dann seinen Herrn informieren?

„Solch aufwendige Vorbereitungen, und das alles für ein Gespräch von zwei Minuten", murrte Henri-Antoine affektiert, den Kopf an das Polster gelehnt und die Augen geschlossen. Plötzlich fiel ihm etwas ein und er öffnete ein Auge, um Michel anzusehen, der noch immer am Fenster der Kutsche stand.

„Du hast darauf geachtet, meinen Namen nicht zu erwähnen."

„Ich habe ihn ihr nicht genannt und sie hat nicht gefragt, Mylord."

LISA STAND AM SCHREIBTISCH DES SPRECHZIMMERS, DIE TÜR, DIE zum Gang führte, war weit offen, so dass man vom Fuße der Treppe, die zu den Wohnräumen führte, wo sie mit Dr. und Mrs. Warner lebte, einen offenen Blick herein hatte. Hinter der Treppe, weiter unten am Gang, war eine geschlossene Tür mit dem Wort *Krankenstation* über dem oberen Balken. Neben dieser Tür saß Joseph, ein älterer Diener, der seit den Tagen der Hochzeit in den Diensten des Arztes stand und jetzt als Portier diente, wenn er nicht in seinem Stuhl döste.

Sie hatte die Tür zum Sprechzimmer weit offengelassen, damit Joseph hineinsehen und sie ihn sehen konnte, da junge Damen keine männlichen Besucher allein empfingen, die nicht direkte Verwandte oder ein Vormund waren. Wenn auch die bloße Vorstellung, dass dieser Gentleman gekommen war, um sie zu besuchen, so albern war, dass es ans Lächerliche grenzte. Und obwohl sie einem der Helfer in der Krankenstation gesagt hatte, wo sie sein und dass sie in der nächsten halben Stunde zurück sein würde, wusste sie, dass Cousine Minette überhaupt nicht erfreut sein würde, dass sie diesem Treffen zugestimmt hatte, ohne Dr. Warners Wissen oder Zustimmung.

Doch sie war nicht in der gleichen Weise nervös wie an dem Tag, als sie und Becky in Lord Westbys Residenz angekommen und gleich mit Dirnen verwechselt worden waren. Dies war eine andere Art der Nervosität. Es war eher eine freudige Erwartung, die ihr das Herz bis zum Hals pochen ließ. Sie ertappte sich dabei, sich Sorgen wegen ihrer Haare und des Sitzes ihres Spitzenhäubchens zu machen, und wegen der Tatsache, dass sie ein einfaches Kleid aus praktischem Leinen und ihre vernünftigen Stiefeletten trug. Und ganz gleich, wie lange oder fest sie ihre Hände schrubbte, die Tintenflecke von den Stunden, die sie als Schreiberin der Armen verbrachte, konnten nicht abgerieben werden. In der Vergangenheit hatte sie nichts davon je gestört. Es hätte sie auch jetzt nicht stören sollen. Aber das tat es.

Sie fühlte sich unzulänglich, unbedeutend und gewöhnlich. Und dann ging die Tür auf und nichts davon zählte mehr.

DER ERSTE, DER DEN RAUM BETRAT, WAR EINER DER BULLIGEN, livrierten Burschen. Er warf einen suchenden Blick um sich und öffnete dann die Tür weiter, um seinen Herrn einzulassen, der, gefolgt von dem anderen bulligen Burschen, hereinkam. Dieser Bursche schloss die Tür und blieb dort stehen, während sein Zwilling weiterging, um sich an die offene Tür, die Zugang zum Flur bot, zu stellen. Beide Ausgänge waren jetzt blockiert, was Lisa mit ihrem Besucher gefangen sein ließ. Nicht, dass sie sich gefangen gefühlt hätte. Leicht von der Anwesenheit solch massiger Männer nervös gemacht, ja, aber ihre Aufmerksamkeit wurde rasch von ihnen auf ihren Besucher gelenkt, der sich in dem kleinen Zimmer langsam umdrehte.

Er blieb vor ihr stehen, dicht genug, dass er nur seine Augen bewegen musste, um sie von oben bis unten anzusehen, ohne sich dabei anzustrengen. Dann senkte er das Ende seines Gehstocks neben der

Spitze seines Schuhs auf den Boden und ließ ihn, von seiner behandschuhten Hand über dem Elfenbeingriff mit seiner diamantbesetzten Spitze gehalten, nach außen fallen. Die Knöchel seiner rechten Hand stemmte er gegen seine Hüfte. Sein Kinn parallel zum Boden und den Blick direkt auf sie gerichtet, stellte er sich so dar und wartete, als wäre es sein Recht, die ihm von ihr zukommende Begrüßung zu empfangen.

Lisa bewegte sich nicht. Sie konnte es nicht. Sie war viel zu beeindruckt, um mehr zu tun als ihn mit offenem Mund anzustarren, als wäre er ein Theaterschauspieler. Nicht, dass sie je im Theater oder in der Oper gewesen wäre, aber sich hatte Berichte gelesen und ihre Cousinen immer wieder davon erzählen hören, wen sie in den Logen des Theaters in der Drury Lane gesehen hatten, wobei die Vorstellung gegenüber den berühmten Anwesenden zweitrangig zu sein schien.

Oh, aber er sah prachtvoll aus!

Er war ganz so, wie sie ihn sich vorgestellt hatte, wenn sie je die Gelegenheit haben würde, ihn zu sehen, wie er von anderen gesehen zu werden wünschte. Groß, schlank und kantig, mit einem dichten Schopf schwarzer Haare, die aus dem Gesicht zurückgekämmt waren, und seine kräftige Nase war so gebogen und doch gleichmäßig wie in ihrer Erinnerung. Und sein Mund ... so küssenswert wie je. Das kleine, horizontale Grübchen in seinem kantigen Kinn war eine Überraschung und etwas, das sie nicht bemerkt hatte, als sie sein Haar in der Hoffnung, dass das sein Leiden lindern möge, gestreichelt hatte. Das Kinn war auch schwerer, oder vielleicht lag es daran, dass es jetzt auf den Falten einer weißen Leinenkrawatte ruhte, die zu einer adretten Schleife gebunden war. Und während er bei Lord Westby in lila Seide gekleidet gewesen war, bestand sein Anzug heute aus himmelblauem Leinen, wobei die Vorderseiten der Weste mit einem Gewirr aus Weinranken und Blüten bestickt waren, und dazu passenden Knöpfen. Und darüber trug er einen meisterlich geschneiderten Rock aus demselben feinen Leinen mit einem hohen Kragen, engen Manschetten und kurzen Rockschößen, mit der gleichen Stickerei auf den bezogenen Knöpfen und Taschenklappen.

Sie nahm an, dass seine eng anliegenden schwarzen Kniehosen aus Sommerleinen gefertigt und dass die Edelsteine, mit denen die Schnallen seiner schwarzen Schuhe besetzt waren, Diamanten waren, aber da sie es bereits länger, als es höflich war, gewagt hatte, solch beeindruckende Männlichkeit in solch reicher Pracht zu bestaunen, hob sie zögernd ihren bewundernden Blick, um ihm in die Augen zu schauen und mit einem Gesichtsausdruck, von dem sie hoffte, dass er nicht all ihre Gedanken verriete.

Ein Paar schwarzer Kreise starrte sie mit unverwandter Direktheit an. Plötzlich fand sie, dass ihre Kehle unerklärlich trocken war. Sie presste die Lippen aufeinander, schluckte und zwang sich zum Atmen. Mit diesem festen Blick konnte er jede Frau zu sich locken, die ihm gefiel, und zweifellos tat er das, und oft; Missfallen zeigen, ohne ein Wort zu sagen; und er konnte eine Frau von Kopf bis Fuß abschätzen, ohne seine Gedanken offenzulegen.

Und genau das tat er jetzt - *bei ihr.*

Sie fragte sich, warum. Vielleicht suchte er in seinem Gedächtnis, ob er sich an sie von ihrem kurzen Zusammenstoß im Korridor von Lord Westbys Stadthaus erinnerte, oder vielleicht lag es daran, dass er nie zuvor Anlass gehabt hatte, sich mit gesellschaftlich unter ihm Stehenden zu befassen. Und dann fiel ihr das leise Zucken auf, das das Ende seiner Oberlippe hob. Es war eine winzige Bewegung und vielleicht eine, die ihm selbst nicht einmal bewusst war. Aber sie zweifelte nicht an ihrer Bedeutung. Sein Blick mochte seine Gedanken nicht verraten, aber dieses Zucken im Gesicht tat das wohl. Ihm war bewusst, dass sie ihn gerade bewundernd angestarrt hatte und es erheiterte ihn.

Sie war so überrascht, dass sie sich verraten hatte, dass sie unbewusst eine Hand flach auf den Schreibtisch legte, als ob sie sich stützen und ihre Knie vor dem Einknicken bewahren müsste. War es plötzlich heiß in diesem Zimmer? Aber im Kamin brannte kein Feuer, das war nie der Fall, außer an Dienstagen, wenn Dr. Warner Privatpatienten empfing.

Und dann tadelte sie sich für ihre Naivität. Bewundernde und einladende Blicke von Frauen zu erhalten war für ihn selbstverständlich, so natürlich wie das Atmen. Alles Teil seines täglichen Umgangs mit seiner Welt. Aber sie gehörte nicht zu seiner Welt und er war in der Gerrard Street auf jeden Fall nicht in der seinen. Und vielleicht amüsierte es ihn daher, sich von jemandem bewundern zu lassen, der gesellschaftlich weit unter ihm stand. Warum also war er hier und warum wollte er mit ihr sprechen? Der Portland-Katalog kam ihr in den Sinn, aber wenn er tatsächlich dachte, dass sie und Becky etwas mit seinem Verschwinden zu tun hatten, dann würde er doch sicher die Vögte geschickt haben und nicht persönlich gekommen sein, um sie des Diebstahls an seinem Eigentum zu beschuldigen.

Plötzlich bemerkte sie, dass er sie angesprochen hatte, und obwohl sie die Frage nicht gehört hatte, erriet sie sie und war dankbar, dass sie noch mit einer Hand auf dem Schreibtisch dort angelehnt stand. Denn wenn seine Person ihre Knie hatte weich werden lassen, verdiente seine Stimme - die Stimme, die sich wirklich so voll und weich wie heiße Schokolade anhörte - es wirklich, ohnmächtig auf eine Chaiselongue zu sinken. Aber die nächste Chaiselongue stand im Boudoir ihre Cousine, daher blieb sie stehen und, wie sie hoffte, gleichmütig genug, um ihm mit klarer Stimme zu antworten.

„Lisa Crisp, Sir", stellte sie fest und trat vom Schreibtisch weg, um sich endlich ihrer Manieren zu erinnern und einen Knicks zu machen, den Blick respektvoll auf die bestickte Vorderseite seiner Weste gesenkt.

„Ich kenne Euren Namen, Miss Crisp. Ich fragte nach Eurem Alter."

Dies ließ sie verwirrt ihre Augen zu seinem Gesicht heben. „Warum solltet Ihr mein Alter zu wissen wünschen, Sir?"

Er war verblüfft, weil sie ihm mit einer Gegenfrage antwortete. „Warum solltet Ihr es mir nicht sagen wollen?"

„Ich habe keinen besonderen Grund, es Euch zu verschweigen. Es ist nur - es ist eine ziemlich banale Frage - von Euch."

„Banal? *Von mir?* Welche Frage hattet Ihr erwartet, dass ich stellen würde?"

Sie lächelte über sein Stirnrunzeln und entspannte sich ein wenig. Verschwunden war der feste Blick, durch einen voll Verwirrung abgelöst, der ihn weit zugänglicher wirken ließ.

„Ich hatte an keine besondere Frage gedacht", antwortete sie und unfähig, sich zurückzuhalten, weil sie ihn nervös gemacht hatte, fügte sie scherzend hinzu: „Vielleicht fällt Euch eine ein, bevor Ihr wieder geht?"

„Fällt mir eine ein ...?"

Ihre Direktheit brachte ihn aus der Fassung. Er hatte dieses Gespräch kurz halten wollen. Er hatte beträchtliche Mühe aufgewendet, um sie mit den wenigen Informationen, die Jack ihm gegeben hatte, zu finden, und jetzt wollte er ihr für ihre Hilfe in seiner Stunde der Not danken und sich wieder auf den Weg machen. Aber die kurze Dankesrede, die ihm auf der Zunge lag, war wie eine platzende Seifenblase in dem Moment verschwunden, als er den Raum betrat und sie neben dem Schreibtisch stehen sah. Stattdessen hatte er nach ihrem Alter gefragt. Warum in Gottes Namen? Und sie war so unverschämt, es ihm nicht zu sagen. Er musste die Initiative wieder an sich reißen, bevor sie ihn erneut verblüffte. Er hätte nicht überrascht sein sollen, als sie seine Absicht wieder durchkreuzte, aber er war es.

„Miss Crisp, ich hatte gehofft, diese Unterhaltung in meiner Kutsche führen zu können, um nicht unerwünschte Aufmerksamkeit auf einen von uns beiden zu lenken."

„Aber das dürfte für Euch sicher ein unmögliches Unterfangen sein?"

„Unmöglich? Warum?"

Lisa blinzelte ihn an und ihre Überraschung war so groß, dass sie einen Schritt näher trat und sich fragte, ob die Frage ironisch gemeint wäre. Sie musste es erfragen.

„Scherzt Ihr mit mir, Sir?"

Jetzt war er nicht nur aus dem Konzept gebracht, sondern fühlte sich auch unbehaglich. Er biss die Zähne zusammen und der starre Blick kehrte zurück.

„Ich versichere Euch, Miss Crisp, dass ich nicht *scherze* - mit niemandem."

„Nein? Nie?"

Gereizt fragte er sich, ob sie einfältig wäre. Aber ein Blick in ihre blauen Augen und er wusste, dass ihre Ungläubigkeit aufrichtig war. Er wusste nicht, ob er verärgert oder geschmeichelt sein sollte.

„Sagt mir, Miss Crisp", säuselte er. „Warum sollte es für mich ein unmögliches Unterfangen sein, nicht aufzufallen?"

Lisa schluckte. „Ihr wollt, dass ich Euch das sage?"

„Ja."

„Nun gut. Wenn ich muss. Aber ich bezweifle keinen Moment, dass Ihr die Antwort kennt."

„Ich kenne sie nicht. Und ich hoffe, dass Eure Antwort, im Gegensatz zu meiner Frage, nicht banal sein wird."

Lisas blaue Augen funkelten und sie lächelte.

„Nun?", forderte er, als sie nicht sofort reagierte.

„Oh! Also wollt Ihr wirklich, dass ich es Euch sage?"

Als sein Blick zur Decke schoss und dann wieder auf ihr ruhte, er schweigend und erwartungsvoll dastand, verschwand ihr Lächeln und sie spürte, wie ihr die Röte am Hals hochkroch. Es gab keinen Ausweg. Sie würde es ihm sagen müssen.

„Weil Ihr so überaus gut ausseht, ist es nur natürlich, dass Ihr die Blicke der Menschen anzieht, wohin Ihr auch geht."

Schweigen breitete sich zwischen ihnen aus und er nickte ernsthaft. Das einzige Anzeichen, dass er von ihrer aufrichtigen Bewunderung in Verlegenheit gebracht worden wäre, war die plötzliche Farbe auf seinen hageren Wangen.

„So sagt man mir. Aber ich stamme aus einer Familie von außergewöhnlicher Schönheit. Ich bin nur der Dorn am Rosenstrauch."

Lisa schnappte nach Luft und kicherte dann, weil sie seine Antwort absurd fand. Nicht, dass sie ihm nicht glaubte, sie glaubte nur nicht, dass er in irgendeiner Familie ein Dorn sein könnte. Sie schlug rasch die Hand vor den Mund wegen ihrer unhöflichen Reaktion, konnte ihre Schultern aber nicht am Zucken hindern.

„Verzeihung, Miss Crisp", tönte er beleidigt. „Ich war absolut offen."

Lisa nickte, wischte rasch ihre feuchten Augen trocken und presste die Lippen zusammen, bevor sie Atem holte und leicht zitternd sagte: „Ich wollte nicht respektlos sein, Sir. Es ist nur so, dass Ihr kein Dorn am Rosenstrauch sein könnt, ganz gleich, wie schön der Rest Eurer Familienmitglieder sein mag."

Er hob zur Abwehr ihrer offenen Bewunderung eine behandschuhte Hand.

„Das mögt Ihr denken. Zweifellos wird in dieser berauschenden Umgebung jeder mit zwei gesunden Augen und einem geraden Rücken für eine Rose gehalten, die zum Rosenöl taugt."

Lisa verlor ihr Lächeln, ihre blauen Augen umwölkten sich und bei seinem Scherz verschwand ihre gute Laune. Vielleicht hatte er es als abschätzige Bemerkung gemeint, um seine Verlegenheit zu verbergen, weil er Komplimente über sein gutes Aussehen erhielt. Trotzdem gab ihm das keine Entschuldigung dafür, so abfällig über andere zu sprechen, und sein Stich schmerzte.

„Vielleicht hatte ich unrecht", sagte sie leise, aber fest. „Vielleicht seid Ihr ein Dorn. Wahre Schönheit trägt keine Maske. Sie scheint hell aus dem Herzen - und unabhängig davon, wo das Herz auf der Kompassnadel liegt." Sie knickste wieder. „Ich bin froh, Euch nach dem kürzlichen Anfall so wohlauf zu sehen, Sir. Jetzt müsst Ihr mich entschuldigen. Ich werde anderweitig gebraucht."

ACHT

Lord Henri-Antoine lief scharlachrot an.

Sie hatte *ihn* zurechtgewiesen und ihn dann entlassen, als wäre er ein Diener. Ein Mädchen in einem schlichten Kleid und abgestoßenen Schuhen, dessen Finger mit Tinte verschmiert waren, die Nägel bis aufs Nagelbett abgeschnitten, die Haut rau von der Arbeit, und dessen Familie vermutlich gerade einen Schritt aus der Gosse heraus war, hatte es gewagt, *ihn*, den Sohn eines Herzogs und einer zweifachen Herzogin und Bruder des mächtigsten Herzogs im Königreich, zu tadeln.

Er war empört. Er biss die Zähne zusammen, um sich davon abzuhalten, seinen Zorn in Worte zu fassen. Er umklammerte seinen Gehstock und zählte bis fünf, das war alles, was er tun konnte, um sich davon abzuhalten, auf dem Absatz kehrt zu machen und aus dem Raum zu stolzieren. Aber dann kühlte sein Ärger ebenso schnell wieder ab und Vernunft löste das Gefühl ab, als er sich, wie immer, wenn eine Situation es erforderte, an die weisen Worte seines Vaters erinnerte: Halte deine Emotionen in der Öffentlichkeit immer unter Kontrolle. Liebe und Lachen sind den wenigen Privilegierte vorbehalten. Arroganz ist das Vorrecht des Adels; aber ein wahrer Gentleman zieht es vor, demütig zu sein, wenn die Umstände es fordern. Vergiss nie, dass du mein Sohn bist; andere werden es nicht vergessen.

Er hatte ihre Zurechtweisung verdient.

Er hatte es seiner Anmaßung erlaubt, sein Urteilsvermögen zu beeinträchtigen und hatte es an guten Manieren fehlen lassen. Er hatte ihre unterschiedlichen Umstände betont, indem er ihre Umgebung und deren Menschen herabsetzte und er war Gast in ihrem Heim. Er hatte sich nicht wie ein Gentleman benommen, seine Reaktion war die eines eingebildeten Lackaffen gewesen. Sein Vater wäre entsetzt gewesen. Und bei all seiner herzoglichen Arroganz hätte M'sieur le Duc de Roxton vor allem nie das gesagt, was er gesagt hatte. Diesen gesellschaftlichen Fauxpas musste er wiedergutmachen.

Jack sagte, er schuldete diesem Mädchen, wenn nicht sein Leben, dann doch die Bewahrung seiner Würde. Sie hatte sich um ihn gekümmert, ihn vor neugierigen Blicken geschützt, ihn beruhigt, sogar sein Gesicht gewaschen, um Himmels willen ... Er musste ein trauriger Anblick gewesen sein ... Und Jack sagte, dass sie nicht zurückgezuckt wäre oder ihn im Stich gelassen hätte. Er hatte Jack nicht glauben wollen, obwohl er wusste, dass er die Wahrheit sagte, da er dachte, dieses Mädchen schiene zu gut, um wahr zu sein. Und dann hatte er entdeckt, wo sie wohnte und dass sie freiwillig in der Krankenstation arbeitete und das unterstützte alles, was Jack ihm erzählt hatte. Und dann war da noch etwas, etwas, das direkt nach dem Ende des Anfalls passiert war, wovon er wusste, dass Jack es nicht mitbekommen hatte, das Mädchen aber wohl. Es war so überaus persönlich, dass er mit jeder Faser seines Körpers wünschte, dass er allein gewesen wäre, dass sie nicht dort bei ihm gewesen wäre. Aber sie war dort gewesen und wusste es, und es nutzte nichts zu wünschen, dass es anders wäre, denn es gab nichts, was er daran ändern konnte.

Dieses Wissen und seine abstoßende Zurschaustellung von Arroganz verstärkten nur seinen Entschluss, es wieder gut zu machen. Und je eher, desto besser. Er konnte dann in die Park Street zurückkehren und dieses Mädchen und was er ihretwegen auch an Unbehagen fühlen mochte, hinter sich lassen. Sein Leben würde wieder zu seinem täglichen, geregelten Ablauf zurückkehren; die Fassade, die er aufrecht erhielt, dass er frei von Anfällen wäre, wieder errichtet, und ohne, dass jemand etwas ahnte.

Aber wenn es mit Miss Crisp zu tun hatte, das sollte er bald erfahren, waren die besten Pläne dazu bestimmt schiefzugehen.

„Miss Crisp - einen Moment, wenn ich bitten darf", bat er in beschwichtigendem Ton.

Lisa drehte sich wieder zum Zimmer um. Nicht, dass sie es hätte verlassen können, auch wenn sie es gewollt hätte. Der bullige Diener versperrte den Ausgang und hatte nicht vor, zur Seite zu treten, um sie vorbei zu lassen, bevor er dazu keine Anweisung bekam. Also blieb sie stehen, wo sie war. Daher ging er zu ihr hinüber. Er verbeugte sich vor ihr.

„Bitte nehmt meine ergebenste Bitte um Verzeihung für meine schlechten Manieren entgegen. Meine Bemerkung über diesen Ort und

die Menschen hier war unentschuldbar. Ihr habt recht. Ich trage tatsächlich eine Maske, und Ihr - Ihr habt dahinter gesehen."

„Ihr sprecht von Eurem Leiden."

„Ja." Leichthin fügte er hinzu, wobei wieder das leichte Zucken in
seinem Gesicht auftrat: „Ich bin immer noch ein Dorn, mit oder ohne
meine Maske. Ich habe ein stacheliges Temperament. Das kann meine
Familie bestätigen. Aber was sie Euch nicht sagen könnten, ist, was sich
hinter dieser Maske befindet, denn das wissen sie nicht."

Lisa trat einen Schritt näher, den Kopf vor Neugier zur Seite gelegt.
„Aber wie kann das sein? Ihr habt die Fallsucht seit Eurer Geburt. Das
hat mir Euer Freund anvertraut."

Henri-Antoines erster Reflex war, Jack für seine gedankenlose
Vertraulichkeit zu verfluchen, eine Hand zu heben und ihre Frage
beiseite zu wischen. Er widerstand der Versuchung. Sie verdiente
Aufrichtigkeit dafür, dass sie ihm zu Hilfe gekommen war. Er wollte
offen zu ihr sein, und er war nie irgendjemandem gegenüber offen.

„Ich ziehe es vor, meine Familie nicht mit meinem Zustand zu belasten. Und daher gebe ich mir größte Mühe, so gut ich kann dafür zu
sorgen, dass sie sich nicht einmischen und die ganze Welt nichtsahnend
bleibt."

„Ihr könnt Euch auf meine Diskretion verlassen, Sir", erklärte Lisa
ihm ernsthaft. Mit einem ironischen Lächeln fügte sie hinzu: „Obwohl
ich keine Ahnung habe, wer Eure Familie ist, und sie mich auch nicht
kennt. Unabhängig davon würde ich nie Euer Vertrauen missbrauchen."

„Vielen Dank. Ihr habt den - äh - Vorfall nicht dem Doktor gegenüber erwähnt, bei dem Ihr lebt?"

„Nein, Sir. Niemandem gegenüber. Obwohl ich nicht verstehe,
warum Ihr die Unterstützung Eurer Familie nicht wünschen solltet."

„Glaubt mir, Miss Crisp", sagte er affektiert. „Als Kind hatte ich so
viel Unterstützung, dass es für ein Dutzend Leben ausreichen würde."

Sie lächelte verständnisvoll.

„Kinder lassen sich gerne verwöhnen. Männer nicht - das heißt",
fügte sie mit einem schüchternen Lächeln hinzu, „nicht direkt."

„Verwöhnen, ja. Ersticken, nein", scherzte er und dann drang ihre
scharfsinnige Beobachtung in sein Bewusstsein und er betrachtete sie
intensiv mit einer Falte zwischen seinen schwarzen Brauen. „Was hattet
Ihr gesagt, wie alt Ihr wäret?"

Ihr Lächeln wurde breiter und sie hob den Kopf. In ihren Augen
funkelte ein spöttisches Lächeln. „Ich sagte gar nichts, Sir."

„Diese Unwilligkeit, mir Euer Alter zu nennen, ist ermüdend",
beklagte er sich. „Obwohl es unnötig ist, Euer Alter zu kennen, um zu
folgern, dass Ihr nicht hier in der Gerrard Street aufgewachsen seid."

Ihre Augen wurden rund vor Überraschung.

„Das ist wahr. Ich bin nicht hier aufgewachsen. Ab meinem neunten Lebensjahr habe ich ein Internat für junge Damen in Chelsea besucht. Aber woher wusstet Ihr das?"

„Ein Internat für junge Damen in Chelsea?", wiederholte er leicht geistesabwesend, was seine Überraschung verbarg. „Aber natürlich", murmelte er.

Ihm gefiel diese Eröffnung gar nicht, denn es wäre für sein Gewissen viel einfacher gewesen, sie zu vergessen, wenn sie nicht gebildet und sorgfältig erzogen gewesen wäre wie die Mädchen, von denen erwartet wurde, dass sie ihr Leben als Frauen und Mütter in aller Bequemlichkeit, wenn nicht im Reichtum, verbringen würden. Aber sobald sie ihm unter die Augen gekommen war, hatte ihm etwas gesagt, dass sie nicht einfach eine Dienerin des Arztes Warner war. In der Art, wie sie sich verhielt, lag nichts Serviles oder Kokettes. Sie hatte eine selbstbewusste Haltung und eine höfliche, wenn auch eher direkte Art, sich auszudrücken. Er bezweifelte, dass sie wusste, wie man kokettierte, und arroganter Weise war er froh darüber. Ihm gefiel die Vorstellung nicht, dass sie kokettierte - mit niemandem.

Er fragte sich, warum sie so jung in ein Internat geschickt worden war. Er wusste alles über Internate. Er hatte jede Minute seiner Zeit in Eton gehasst. Nicht, dass er seine Gefühle hätte erkennen lassen, denn es war nicht männlich zu heulen, weil man von den Eltern fort war, und er wollte doch so sehr einfach für einen Jungen wie alle anderen gehalten werden. Seine Fallsucht hatte das verhindert und ihn für immer abgesondert. Jedoch nur, solange er in Eton war, hatte er seine Anfälle als Segen betrachtet. Wenn er in einem Monat einen Anfall zu viel hatte, schickte sein Leibarzt, der ihm überall hin folgte, nach seinem Vater. M'sieur le Duc de Roxton pflegte dann in vollem Staat mit seiner großen, schwarzen Kutsche, vor die sechs feine Pferde gespannt waren, vorzufahren, um ihn nach Hause zu holen. Und alle Jungen und die Lehrer betrachteten diesen alten Aristokraten, der der König seines eigenen Reichs war, voller Ehrfurcht. Bis sein Vater ihm eines Tages mitteilte, dass er nicht nach Eton zurückkehren würde. Er und Jack würden ihre Erziehung zu Hause beenden. Es war einer der glücklichsten Tage seines Lebens gewesen, aber auch einer der traurigsten. Es war der Tag, an dem er seine Mutter vorgefunden hatte, die schluchzte, bis sie keine Luft mehr bekam, seines Vaters Ärzte um sie herum, die ihr die Nachricht überbracht hatten, dass keine Hoffnung mehr bestand; M'sieur le Duc, ihr Ehemann und sein Vater, war sterbenskrank ...

„Sir? Woher wusstet Ihr, dass ich nicht in der Gerrard Street aufgewachsen bin?", wiederholte Lisa und trat noch einen Schritt näher, als er nicht gleich antwortete.

„Woher...?", fragte er und brachte seine Gedanken mühsam aus der Vergangenheit zurück, um sich auf sie zu konzentrieren, was ein weit angenehmeres und wohltuenderes Erlebnis war, als die schmerzlichen Erinnerungen aus seiner Kindheit wieder zu durchleben.

Sie hatte ein liebliches Lächeln und ihre tiefblauen Augen waren leuchtend und offen. Er bezweifelte, dass sie nur einen Hauch von Falschheit in ihrem Körper hatte. Einem Körper, der zu dünn war, mit kaum sichtbarem Busen, aber das lenkte nicht von ihrer Schönheit ab. Ihr hübsches, ovales Gesicht, die schlanken Glieder und der anmutige Hals und die Art, wie sie sich hielt, waren äußerst attraktiv. Und während man sie nicht als atemberaubende Schönheit bezeichnen konnte, stach sie doch genug aus dem Gewöhnlichen heraus, um unvergesslich zu sein. Er fragte sich, ob sie zu dünn war, weil sie zu Krankheiten neigte. Wer mochte schon gut essen, wenn überhaupt, nachdem er den ganzen Tag unter den Ärmsten der Armen mit all ihren damit verbundenen Leiden, Krankheiten und Beschwerden verbracht hatte. Er war fasziniert, dass sie es überhaupt schaffte, in Anbetracht ihrer täglichen Routine gesund und so voller Leben zu bleiben.

„Sagt mir, Miss Crisp", verlangte er barscher, als er beabsichtigt hatte, zu wissen, denn ihm gefiel die Vorstellung nicht, dass eine so fröhliche junge Frau ihre Tage in einer Krankenstation voll krankheitsbehaftetem Miasma verschwenden sollte. „Wie lange arbeitet Ihr schon in der Krankenstation?"

Sie brauchte einen Moment, bis sie antworten konnte, denn sie hatte eine Antwort auf ihre Frage bezüglich ihres Aufwachsens in der Gerrard Street erwartet. Und sein plötzlicher Ärger überraschte sie.

„Zwei Jahre, vielleicht ein wenig länger ..."

„Zwei *Jahre*?" Er war fassungslos. Als sie nickte, fragte er: „Und wie oft in diesen zwei Jahren seid ihr mit Krankheit geschlagen gewesen oder habt Euch bei diesen Leuten angesteckt?"

„Niemals. Ich bin nie ..."

„*Niemals*? *Nicht einmal* eine Erkältung, oder ein Fieber, oder der kleinste Schnupfen?"

„Nein, Sir."

„Was ist mit Pocken, Auszehrung, Kinderkrankheiten, irgendwelchen Ansteckungen?"

Lisa schüttelte den Kopf. „Nein, Sir. Ich war in meinem Leben noch keinen Tag krank."

Es war an Henri-Antoine, jetzt einen Schritt näher zu treten, und er erlaubte es seinem Blick, mit ungewöhnlicher Direktheit über sie zu gleiten. Mit ihrer leuchtenden, makellosen Haut, dem glänzenden Haar und dem blitzenden Lächeln hielt er sie für das gesündeste Wesen, das er je den Vorzug kennenzulernen gehabt hatte. Doch er war ungläubig, denn es war, als könnte er nicht glauben, dass er etwas so Seltenes an diesem unwahrscheinlichsten aller Orte angetroffen hatte.

„Faszinierend."

Lisa machte einen Schritt von ihm fort, da sie sein Erstaunen für Zweifel hielt. „Es ist die Wahrheit, Sir. Dr. Warner wird es bezeugen. Er sagt, ich wäre einer eingehenderen Untersuchung wert."

Er nickte und, bevor er sich aufhalten konnte, murmelte er: „Ihr seid wirklich kostbar, Miss Crisp."

„Tatsächlich?" Sie war noch immer nicht sicher, ob sie geschmeichelt oder erschrocken sein sollte. Und da er sie auf eine Art und Weise betrachtete, die sie nervös machte, fügte sie hinzu, um das Schweigen zu brechen: „Auch Dr. Warner ist nie krank. Und er verbringt viel mehr Stunden als ich eingeschlossen mit seinen Patienten, und in der Mansarde, wo er seinen Sezierraum hat."

Die Erwähnung eines Sezierraums erweckte sein Interesse und riss ihn aus seiner Gedankenverlorenheit.

„Es gibt oben einen Sezierraum?"

„Und auch einen Anatomielehrsaal und einen Präparationsraum."

„Dr. Warner ist gut ausgestattet. Erstrecken sich Eure Pflichten außerhalb der Krankenstation auch darauf, dem Arzt in diesen Bereichen zu assistieren?"

Lisa lächelte, als hätte er etwas höchst Amüsantes gesagt. „Nur die Medizinstudenten und das Lehrpersonal *assistieren* Dr. Warner. Und wie Euch sicher bewusst ist, sind das alles Männer."

„Aber geht Ihr dort hinauf?"

„Um die Duftstoffe und Potpurries auszuwechseln. Neue Kerzen und Seife zu bringen und dafür zu sorgen, dass verschmutzte Kleidung für die Wäsche abgeholt wird. Das gehört alles zu meinen Pflichten, sowohl in der Krankenstation als auch im Obergeschoss."

Er hob eine Augenbraue. „Liebe Güte, welch' starke Konstitution Ihr habt, Miss Crisp. Ich bin sicher, der Gestank allein muss schrecklich sein, ganz zu schweigen von dem Anblick solch grausiger Dinge, die untersucht, seziert und von unseren medizinischen Wundermännern präpariert werden. Obwohl Ihr ihre Konzentrationsfähigkeit sehr auf die Probe stellen müsst, wenn Ihr zwischen den Leichen mit Euren Düften und Blumen herumhuscht."

Lisa richtete sich auf und legte die Hände vor sich zusammen.

„Ich versichere Euch, dass ich meine Pflichten sehr ernst nehme. Dr. Warner ist ein sehr guter Arzt. Er ist auch ein brillanter Lehrer und seine

Forschungen sind unübertroffen. Ich husche *nicht* herum und würde nie versuchen, jemanden abzulenken ...“

Er hielt eine behandschuhte Hand hoch. „Miss Crisp, das bezweifle ich nicht. Ich wollte Eure Hingabe an Eure Arbeit nicht verunglimpfen oder das Wissen und Können des guten Doktors. Ich wollte nur - wie sagtet Ihr? - mit Euch *scherzen.*“

„Oh! Oh! Ja, ich verstehe. So war das gemeint.“ Ihr Lächeln war schüchtern, aber in ihren Augen stand ein mutwilliges Funkeln. „Ein guter erster Versuch, aber Ihr müsst noch üben, wenn Ihr andere zum Lächeln bringen wollt.“

Später war er nicht sicher, was ihn dazu gebracht hatte, das zu sagen, das schüchterne Lächeln oder das Zwinkern in ihren blauen Augen, als er seine Gedanken aussprach: „Andere zum Lächeln zu bringen interessiert mich nicht. Ihr schon ...“

„Ja?“

„Und um Eure Frage von zuvor zu beantworten“, fuhr er glatt fort, aus seiner Trance erwachend, mit einem Blick auf das Perlmutterblatt seiner goldenen Taschenuhr, die er aus der Weste gezogen hatte, um ihm Zeit zu geben, sein Gleichgewicht zurückzugewinnen. Dann traf sein Blick wieder ihren, ohne dass er eine Ahnung gehabt hätte, welche Stunde oder Minute es war. „Ich bemerkte, dass Ihr nicht hier in der Gerrard Street aufgewachsen seid, weil Eure Sprache nicht den gleichen Klang hat wie die der anderen Menschen hier. Ihr habt, wenn überhaupt, nur einen Anflug von Akzent in Eurer Sprache. Es ist eine erlernte Art zu sprechen. Vielleicht aus Eurer Schulzeit? Ihr beherrscht sie sehr gut und den meisten würde es nicht auffallen. Ich höre es, weil ich ein ausgezeichnetes Ohr für Sprachen habe; das kommt davon, dass ich meine Kindheit damit verbracht habe, auf einem Sofa zu liegen und zuzuhören.“

„Wie faszinierend. Ich interessiere mich selbst für Sprachen. Ich habe in der Schule Italienisch gelernt, und meine erste Sprache als Kind war Französisch, nicht Englisch, was die Erklärung dafür sein mag, dass ich Englisch wie eine erlernte Sprache ohne Dialekt spreche. Meine Familie sind französische Emigranten. Habt Ihr fließend Französisch gelernt, während Ihr auf dem Sofa lagt?“

Sie antwortete ihm nur, indem sie höfliche Konversation machte. Das war es, was er sich selbst sagte. Aber als sie erwähnte, dass ihre Muttersprache Französisch wäre, änderte sich seine ganze Haltung. Er fragte sich, ob sie ihm das als versteckte Andeutung auf den zutiefst intimen Vorfall gesagt hatte, der geschehen war, als sie ihn in Westbys Haus versorgt hatte. Er hoffte, konnte aber nicht sicher sein, dass es eine unschuldige Bemerkung im Gespräch war, ohne weitere Bedeutung. Auf jeden Fall kam es als Erinnerung zur rechten Zeit an das, weshalb er überhaupt in Warners Krankenstation gekommen war: Nicht, um Höflichkeiten auszutauschen oder mehr als nötig über das Mädchen zu erfahren, sondern um ihr zu danken, dass sie ihm zu Hilfe gekommen war. Und nachdem er seine Pflicht getan hätte, würde er gehen und nie wieder an diesen peinlichen Vorfall denken, und auch nicht an sie.

Daher ignorierte er ihre Frage, obwohl er, als er sich vor ihr verbeugte und in ihre Augen sah, das Gefühl einer Enge in seiner Brust, so, als ob seine Krawatte zu eng um seinen Hals gebunden wäre, nicht ignorieren konnte. Er musste dieses Gespräch beenden und jetzt gehen, bevor er sich in etwas verfing, das er nicht beabsichtigt hatte und das völlig seiner Kontrolle entglitt.

„Vielen Dank, dass Ihr mir zu Hilfe gekommen seid", stellte er förmlich fest und hob einen Sekundenbruchteil später seinen Gehstock - das Zeichen, dass er zum Gehen bereit war, das die beiden Burschen sich zusammen an der Eingangstür aufstellen ließ. „Dass Ihr Zeugin des krampfhaften Zitterns meines gebrochenen, kranken Ichs wurdet war ein unglücklicher Umstand, den ich ..."

„Bitte, Sir, Ihr müsst Euch nicht entschuldigen", unterbrach Lisa. „Die Fallsucht ist mir nicht neu und wenn es Euch erleichtert, ich habe weit schlimmere Leiden und Krankheiten hier in der Krankenstation gesehen, als Ihr Euch vorstellen könnt."

„Mein liebes Mädchen, ich wollte mich keineswegs entschuldigen", erwiderte er. „Wäret Ihr nicht in Lord Westbys Residenz eingedrungen und hättet Euch in Gefahr gebracht, hättet Eure Freundin und Ihr Euch nicht mit meinem - meinem - befassen müssen, was Euch, ehrlich gesagt, nichts anging. Ich hasse es, mir vorzustellen, was Ihr dort und zu dieser Stunde tatet. Westbys Diener hielten Euch für Huren. Ha! Wenigstens hat Eure Einmischung bei meinem Zusammenbruch ..."

Lisa schnappte nach Luft. „*Einmischung?*"

„... Euch vor einer Situation bewahrt, die mit ziemlicher Sicherheit weit über Eurem Kenntnisstand lag."

„Ich bitte um Verzeihung, Sir, aber das verstehe ich nicht. Was habe ich gesagt, um Euch zu verärgern? Was ..."

„Guten Tag, Miss Crisp ... Lasst mich hier heraus!", knurrte er seine Betreuer an, als er sich auf dem Absatz umdrehte, wobei die kurzen Rockschöße um seine Oberschenkel wehten, seinen Gehstock hob und mit dem diamantenbesetzten Griff auf die Tür zeigte.

Lisa folgte ihm, aber er war schon aus der Tür, einer der Diener ihm voraus, einer hinter ihm, und sie blieb auf der Schwelle stehen, wo sie schweigend Zeugin seiner Abfahrt wurde.

Er überquerte den kurzen Abstand zu seiner Kutsche. Die livrierten

Vorreiter hielten die Menge gut in Zaum und sein Haushofmeister stand neben den heruntergeklappten Stufen auf dem Bürgersteig und wartete auf ihn.

„Kein Wort!"

Michel Gallet neigte den Kopf und folgte seinem Herrn schweigend in die Kutsche.

Lord Henri-Antoine lehnte sich gegen die gepolsterte Kopfstütze und schloss die Augen. Das Gefühl von Unruhe und Rastlosigkeit, das Gefühl, das ihn seit seinem Anfall bei Westby völlig grundlos geängstigt hatte, das Gefühl, von dem er gehofft hatte, dass es verschwinden würde, wenn er erst Miss Lisa Crisp gefunden und ihr gedankt hatte, war keineswegs verschwunden. Wenn überhaupt, war es jetzt zehnmal schlimmer. Und hinter seinen geschlossenen Augen blieb die gleiche Vision vor seinem inneren Auge - die einer Schönheit von Botticelli. Nur hatte die Schönheit jetzt einen Namen.

NEUN

Henri-Antoine schaute von der Seite, die er gerade las, auf, als ein Lakai die Tür zum Lesezimmer öffnete, um Jack einzulassen. Sein bester Freund kam über den dicken Teppich zum Kamin und fläzte sich in den gegenüberstehenden Sessel. Er runzelte die Stirn, und das tat Jack selten, wenn überhaupt.

„Kaffee?“, fragte Henri-Antoine milde, legte das offene Buch auf seine mit Seide bekleideten Knie und stellte seine Kaffeetasse auf dem Seitentisch ab. Er beugte sich vor, um die silberne Kaffeekanne vom Stövchen zu nehmen. „Oder brauchst du etwas Stärkeres ...?“ Als Jack nicht gleich antwortete, nickte er dem Lakaien zu. „Brandy—“

„Nein. Nein. Es ist zu früh. Kaffee wäre sehr willkommen“, antwortete Jack und setzte sich auf. Er strich sich die Haare aus den Augen, aber das Stirnrunzeln blieb. „Dieses Hauseinrichten ist kompliziert, nicht wahr?“

„Wenn du es ordentlich machen willst.“

„Es gibt zu viel Auswahl von ... von allem. Farben. Welches Holz. Welche Teppiche. Und wehe, du wählst eine Farbe für die Wand, die nicht zu den Vorhängen passt. Was die Polster der Möbel angeht - Uff. Ich habe Kopfschmerzen.“

Henri-Antoine fügte einen Tropfen Milch hinzu und benutzte die silberne Zange, um einen kleinen Klumpen Zucker in den Kaffee fallen zu lassen, genau so, wie Jack es mochte, rührte die Flüssigkeit kurz um und hielt ihm dann die auf der Untertasse stehende Tasse hin.

„Also hast du es geschafft, das Problem mit der Tapete zu lösen?“, fragte er und lehnte sich mit seiner Kaffeetasse in der Hand zurück, nachdem er das Buch geschlossen und zur Seite gelegt hatte. Er schaute zu, wie Jack das Gebräu herunterschluckte, ohne es wirklich zu schmecken. „Oder steht die Entscheidung noch aus?"

Jack trank den Kaffee aus, ohne es zu bemerken, dass er ihn getrunken hatte, hielt die leere Tasse hin, als wäre es ein Bierkrug, und stützte sich auf die gepolsterte Armlehne des bequemen Ohrensessels.

„Die Entscheidung steht noch aus? Ha! Gar keine Entscheidung!", antwortete Jack mit einem Schnauben und ließ seinen Blick durch das Lesezimmer schweifen, mit einer Wertschätzung für Innendekoration, die er erst seit dem Erhalt des Auftrags erworben hatte, das Stadthaus, das er nach der Heirat mit Teddy bewohnen würde, zu renovieren und zu möblieren. „Ich wünschte, ich hätte besser aufgepasst, als du dein Haus eingerichtet hast", fügte er hinzu, während sein Blick auf den vom Boden bis zur Decke reichenden Regalen ruhte.

Die Bände, die die Regalbretter füllten, waren in weiches Leder verschiedener Farben gebunden: Schwarz für englische Titel; blaue für französische Literatur; Werke italienischer Autoren waren gelb eingebunden; klassische griechische und lateinische Texte in Grün; und die in rotes Leder gebundenen Bände waren unterschiedliche Schriften über alles Mögliche, von Naturgeschichte zu Pharmakopöen bis zu medizinischen Abhandlungen.

Und ebenso wie in diesem Zimmer waren in jedem anderen Raum in diesem eleganten und geräumigen Stadthaus von Architekten, Innenarchitekten und Tischlern keine Kosten gespart worden. Doch die Pracht war von einer geschmackvollen und zurückhaltenden Eleganz. Und mit einem neu erwachten Verständnis für die Mühe und die Schwierigkeiten bei der guten Innenausstattung und Möblierung eines Hauses sah Jack die Anstrengungen seines Freundes mit neuen Augen. Die gesamte Wirkung dieses Stadthauses in der Park Street war von harmonischer Schlichtheit und bequemer Wohnlichkeit, und alles war Henri-Antoines gutem Geschmack und seiner Brillanz zuzuschreiben. Er hoffte, dass seine häuslichen Versuche für sich selbst und Teddy halb so erfolgreich sein würden.

„Du hast ein fachmännisches Auge für Farbe und Detail, Harry", sagte Jack mit einem Seufzer der Bewunderung. „Die Bezüge der Sofas und Stühle. Die Vorhänge mit ihren Raffhaltern. Die Teppiche, die das Parkett bedecken. Sie wirken als Ganzes zusammen. Du hast an alles gedacht, nicht wahr? Ich wette, du hast nichts dem Zufall überlassen und selbst die Farbe für die Täfelung in der Kammer des Butlers und dem Zimmer der Haushälterin ausgewählt."

„Danke für Ersteres. Was Letzteres angeht, muss ich dich enttäuschen. Ich habe meiner oberen Dienerschaft die Erlaubnis gegeben, die

Farbe für das Holz in ihren jeweiligen Räumen auszuwählen. Caldwell schätzt flohfarben. Mrs. Quigley ist in Flieder am glücklichsten. Keine Farben, die ich dir irgendwo in deinem Haus zu verwenden empfehlen würde. Aber ein glücklicher Butler und eine zufriedene Haushälterin sorgen für einen harmonischen Haushalt. Ich rate dir, dasselbe zu tun oder es Teddy tun zu lassen."

Jack hatte einen plötzlichen Einfall und schaute seinen besten Freund mit einem Gemisch aus leichter Panik und einer Portion Hoffnung an.

„Vielleicht könntest du in die Mount Street kommen und mir deine fachmännische Meinung geben - wegen der Tapete für das Frühstückszimmer und für Teddys Wohnzimmer. Und dann sind da noch die Vorhänge für ihr Schlafzimmer ..."

„Getrennte Betten, Jack?", erkundigte sich Henri-Antoine und nahm es sofort zurück. „Verzeih mir, mein Lieber. Vergiss, was ich gesagt habe ..."

„Das ist nicht, was ich wünsche. Und ich hoffe, es ist auch nicht, was sie wünscht. Aber es wäre falsch von mir, einfach davon auszugehen, nicht wahr?", antwortete Jack wahrheitsgemäß. „Es ist ihre Entscheidung. Es ist, was ein Gentleman tun sollte."

„So ist es", antwortete Henri-Antoine in der Hoffnung, überzeugend zu klingen.

Würde er die Frau heiraten, die er liebte, kämen getrennte Betten nicht in Frage - niemals. Wenn er aus dem Ehebett geworfen würde, dann geschähe ihm das recht und eine schlaflose Nacht auf der Chaiselongue in seinem Ankleidezimmer wäre sicher die gerechte Strafe für seine Vergehen. Seine Eltern hatten nie eine Nacht getrennt verbracht, geschweige denn in getrennten Betten geschlafen, und es war nicht so, dass sie nicht die Wahl gehabt hätten. Treat hatte fünfundzwanzig Gästeschlafzimmer, die für die unmittelbare Familie nicht mitgezählt. Eine seiner frühesten Erinnerungen war, wie er vom Kindermädchen in die Räume seiner Eltern gebracht wurde, unter dem Beifall seiner Mutter die Stufen zu ihrer Matratze ganz alleine hinaufkletterte - obwohl er sicher war, dass das Kindermädchen hinter ihm gestanden hatte - und sein Vater ihn dann hoch über seinen Kopf hielt, was ihn immer zum Kichern brachte. Danach hatte er sich immer zwischen sie in die Kissen gekuschelt, während sie ihre morgendliche heiße Schokolade zu sich nahmen und er die seine aus der Tülle einer mit Monogramm versehenen silbernen Tasse mit zwei Henkeln trank. Er musste ungefähr drei Jahre alt gewesen sein ...

„Was meinst du? Harry?", fragte Jack. „Dazu, dass du mit mir zur Mount Street kommst ...?"

„Mount Street ...?", wiederholte Henri-Antoine und schüttelte sich innerlich, um die Kindheitserinnerungen aus seinem Kopf zu vertreiben. Es war sehr lange her, dass er sich daran erinnert hatte, wie er im Bett seiner Eltern heiße Schokolade trank. Was hatte diese Erinnerung zurückgerufen? Vielleicht war Jacks bevorstehende Hochzeit schuld an all dieser Gefühlsduseligkeit? „Hat Teddy kein Interesse an der Ausstattung ihres zukünftigen Heims?"

„Du hast es vergessen, nicht wahr? Ich hatte dir von der Abmachung erzählt, die Teddy und ich wegen Mount Street und dem Abbeywood-Hof getroffen haben."

„Erinnere mich daran ...", sagte Henri-Antoine und setzte sich zurück, während er darauf wartete, dass Jack seine Bitte erfüllte, was dieser ohne Groll auch tat.

„Ich soll auf dem Abbeywood-Hof leben, so wie er ist, so, wie Teddy es wünscht, und sie wird in der Mount Street leben, wie sie sie vorfindet, so, wie es mir gefällt." Jack lächelte verlegen. „Du kennst Teddy. Nicht viel Interesse für Tapeten und Stoffmuster, oder gar Wandfarben, was das angeht. Aber frage sie über Wollerträge, Abholzungen für Feuerholz und Zuteilungen von Apfelwein für die Heuarbeiter in der Erntezeit, und sie ist dein Mann. Was auch gut ist, denn einer von uns muss in der Lage sein, mit dem Verwalter über die Führung des Hofes zu sprechen. Ich bin nur dankbar, dass ihr Stiefpapa offen dafür war, sie die Verwaltung des Stammsitzes zu lehren."

„*Deines* Stammsitzes, Jack", stellte Henri-Antoine ruhig fest. „Vergiss nie, dass du, als du beim Tod von Teddys Vater den Titel geerbt hast, auch Abbeywood erbtest. Es spielt keine Rolle, dass sie dort aufgewachsen ist. Ebenso, wie ich keinen Anspruch auf das Haus meiner Kindheit habe, und das zu Recht, da ich der zweite Sohn bin. Treat gehört Roxton, solange er lebt, und danach wird es Freddy gehören. Abbeywood ist dein, bis du es deinem Sohn vererbst, den Teddy dir, so Gott will, schenken wird. Auch wenn du, was in deinem Fall unüblich, aber in unseren Kreisen nicht ungewöhnlich ist, die Tochter deines Vorgängers, die zufällig deine Cousine ersten Grades ist, heiratest. Alle Parteien und beide Familien können eine höchst zufriedenstellende Verbindung feiern und Teddy muss ihr Heim nie verlassen, was die Erfüllung ihres größten Wunsches ist."

Jack starrte in seine Kaffeetasse, bemerkte, dass sie leer war und stellte sie neben sich auf das silberne Tablett mit dem Kaffeegeschirr. Er nahm sich einen Moment Zeit, um sie richtig anzuordnen, während er seine Gedanken ordnete und seinen Ärger besänftigte. Schließlich begegnete er Henri-Antoines Blick mit einem schiefen Lächeln.

„Erinnerst du dich, wie du mir davon abrietest, Teddy zu heiraten ...“

„Jack, meine Predigt über den Stammsitz deiner Familie war kein versteckter Versuch, in letzter Sekunde noch deine Verlobung zu lösen. Weit davon entfernt. Du und Teddy seid füreinander geschaffen und ich habe meinen Irrtum vor langer Zeit eingesehen. Und habe ich dir das nicht gesagt - unzählige Male?“

„Aber bei diesem ersten Mal, erinnerst du dich, dass du nicht in Frage stelltest, dass ich Teddy liebte, aber ob sie mich liebte. Du sagtest, ihre große Liebe wäre Abbeywood. Dass ich in ihrer Liebe immer den zweiten Platz hinter dem Gut einnehmen würde. Du sagtest, wenn ich sie heiratete, müsste ich darauf vorbereitet sein, mich damit abzufinden. Aber was du ...“

„Ich erinnere mich und ich bedaure, es gesagt zu haben. Meine einzige Sorge war wie immer dein Glück. Seit unserem neunten Lebensjahr sind wir die besten Freunde. Außer meiner Familie bedeutet mir niemand mehr als du, Jack. Natürlich möchte ich auch, dass Teddy glücklich ist. Ich möchte, dass ihr beide glücklich seid, zusammen.“

„Das weiß ich. Und ich - wir - wissen deine Unterstützung sehr zu schätzen. Ich bezweifle, dass ich mit Teddy völlig glücklich verheiratet sein könnte, wenn du gegen die Heirat wärst. Aber was du nicht zu verstehen scheinst oder wovon ich dich nicht überzeugen konnte, ist, dass ich völlig zufrieden damit bin, in Teddys Zuneigung an zweiter Stelle hinter Abbeywood zu stehen. Bitte! Hör mich bis zum Ende an“, fügte Jack ungehalten hinzu, was so böse war, wie er je werden konnte, als Henri-Antoine etwas einwerfen wollte. „Und es geht mir gut dabei, weil in Teddys Herz Raum sowohl für Abbeywood als auch für mich ist. Die Wahrheit ist, ich bin nur knapp der Zweite, denn wenn du die Cotswolds hinzurechnest, dann liegen wir drei dicht beieinander. Aber Teddys Herz ist groß und sie würde ohne Abbeywood nicht sie selbst sein. Und ich möchte so sehr, dass sie sie selbst ist, wenn das verständlich ist. Und die Cotswolds liegen ihr im Blut, nicht mir. Ich vermute, wenn es nach ihr ginge, würde sie Gloucestershire nie verlassen. Ich bin schon froh, dass sie zugestimmt hat, mit mir nach London zu kommen, wenn das Parlament zusammentritt. Und das mag nicht einmal ständig so sein, vor allem, wenn erst Kinder da sind. Sie möchte, dass sie auf dem Landsitz aufwachsen. Nicht hier in London. Ich bin einverstanden. Und ob sie sie dort zurücklässt, um während der Sitzungsperioden hier bei mir zu sein oder bei ihnen bleibt, das ist etwas, worüber wir sprechen müssen, wenn die Zeit kommt.“

„Liebe Güte. Wie zivilisiert und versöhnlich. Roxton wird dich noch zu einem vollendeten Parlamentarier machen. Und Teddy hat wirklich

Glück, dass sie einen so verständnisvollen und liebenswürdigen Burschen heiratet."

„Ha! Es geht nicht alles nach ihren Wünschen. Und das ist das bei Teddy und mir, wovon ich am dringendsten möchte, dass du es begreifst. Es ist nur gerecht, dass ich Verständnis für ihre Liebe zu Abbeywood habe, denn meine größte Liebe war immer die Musik und wird es immer bleiben. Teddy weiß das und akzeptiert es. Sie ist völlig zufrieden damit, mir zu erlauben, dass ich hier in London, wenn ich nicht meinen parlamentarischen Pflichten beschäftigt bin, meine Zeit damit verbringe, zu komponieren oder Bratsche oder Klavier zu spielen, oder auch in der Wildnis der Cotswolds, während sie den ganzen Tag mit Dingen, die mit dem Hof zu tun haben, verbringt, ob mit dem Verwalter oder mit ihren Eltern im nächsten Tal oder wenn sie in der Gegend herumzieht, wo sie am glücklichsten ist. Sie weiß, dass mein Herz so groß ist wie ihres, groß genug, um Platz für sie, unsere Kinder und meine Musik zu haben. Also siehst du, du musst dir um mich - oder Teddy - oder unsere Ehe keine Sorgen machen."

Henri-Antoine runzelte die Stirn und verzog das Gesicht bei dieser Beichte.

„Das hört sich alles sehr erwachsen an. Im Vergleich dazu bin ich ein Säugling." Er musterte Jack scharf. „Und ihr seid beide glücklich mit dieser Abmachung? Denn das ist es, was es darstellt, nicht wahr - eine Abmachung." Als Jack grinsend nickte, hob er eine Hand. „Nun gut. Dann soll es so sein. Obwohl", fügte er gereizt hinzu, weil Jack noch immer grinste, „ich keine Ahnung habe, warum du mich wie ein grinsender Insasse von Bedlam anstarrst, als ob mir entgangen wäre, dass hieran irgendetwas Witziges ist - habe ich etwas verpasst?"

„Nein. Nicht verpasst. Er ist nur ... Es ist nur - ich bin nicht wie du, Harry."

„Wie ich?" Henri-Antoine setzte sich stirnrunzelnd auf. „Da sei Gott Dank dafür. Du bist absolut nicht wie ich. Ich würde nie mit mir auskommen. Obwohl ich immer noch nicht verstehe, was es da zu grinsen gibt ..."

„Ich bin nicht so schlau oder weise oder klug wie du. War ich nie. Werde es auch nie sein. Ich werde es dir auch nie in modischer Eleganz in einem Ballsaal oder beim Fechten gleichtun können. Was deinen Ruf bei Frauen angeht, besitze ich keinesfalls deine Kaltblütigkeit ..."

„Bring mich nicht dazu, rot zu werden", murmelte Henri-Antoine und verdrehte die Augen.

„Aber ich bin sehr gut in meiner Musik und darin, dich besser zu kennen als jeder lebende Mensch ..."

„Beides richtig."

„Vermutlich besser, als du dich selbst kennst …“

„Unfug!“

„Du wärest mit einer solchen Abmachung nicht glücklich. Du akzeptierst sie, weil du möchtest, dass Teddy und ich glücklich sind, aber du verstehst sie nicht wirklich, und das ist der Grund, warum ich schmunzle. Weil es mich amüsiert, dass der Musiker es ist, der der Praktische ist, wenn es um Herzensdinge geht, während du, der du behauptest, nicht zum Heiraten geeignet zu sein, der grenzenlose Romantiker bist.“

Henri-Antoine starrte Jack finster und schockiert an. Er wurde schneeweiß. „Sei kein Idiot!“ Und weil Jack ihn weiter seltsam anschaute, setzte er sich zurecht und erhob sich aus dem Ohrensessel, um die Kohlen im Kamin mit einem Schürhaken zu stochern.

Jack schloss sich ihm dort an, verschränkte die Arme und lehnte sich mit einer Schulter gegen den Kaminsims.

„Du möchtest, dass wir glücklich sind, aber das ist, was ich auch für dich möchte“, sagte Jack ihm ruhig. „Du kannst versuchen, dich und andere davon zu überzeugen, dass du nicht an Seelenverwandtschaft glaubst …“

„Wir hatten dieses Gespräch bereits letzte Woche bei Westby …“ antwortete Henri-Antoine, ohne seinen Blick von den glühenden Kohlen abzuwenden.

„Da waren wir beide betrunken, jetzt nicht … Und ich werde dich damit nicht wieder belästigen …“

„Das ist wenigstens etwas.“

„… aber ich glaube, dass es irgendwo dort draußen jemanden für dich gibt und sie die große Liebe deines Lebens sein wird, denn das ist das, was du brauchst, Harry. Und es ist das, was du verdienst. Und weil du ein Romantiker bist, weiß ich, dass, wenn du dich einmal *verliebst*, es genauso sein wird, als würdest du von einem Felsen *stürzen*. Und wenn das geschieht, kämpfe nicht dagegen an; halte es fest. So! Genug gesagt. Und ich gebe dir mein Wort, dass ich es nicht wieder sagen werde.“

Henri-Antoine drehte sich zu Jack um.

„Weißt du, was ich glaube, Jack? Dass die bevorstehende Hochzeit dein Gehirn romantisch vernebelt hat.“ Als Jack lachte und den Kopf schüttelte, schenkte ihm Henri-Antoine ein bei ihm so seltenes Lächeln und klopfte ihm liebevoll auf die Schulter. „Vielen Dank. Du bist wirklich der netteste Mann, den ich kenne. Aber dein Gehirn ist immer noch weich. Lass uns zu den unmittelbareren Problemen zurückkehren: Tapeten für die Mount Street aussuchen.“

Jacks Augen leuchteten auf und er seufzte vor Erleichterung. „Würdest du das tun? Es sollte dich nicht mehr als eine Stunde Zeit kosten.“

„Eine Stunde?" Henri-Antoine verzog das Gesicht. „Sei nicht absurd. Wenn du willst, dass das Haus für deine Braut perfekt ist, dann solltest du dir besser einen halben Tag Zeit nehmen, um mir zu zeigen, was du bereits ausgesucht hast und die andere Hälfte, um diese Auswahl in Ordnung zu bringen."

„Wenn du das sagst."

„Aber das tue ich nur, wenn du mir dein Wort gibst, dass du Teddy nicht sagen wirst, dass ich meine Finger darin hatte. Deine Braut muss davon ausgehen, dass es allein deine Arbeit war, euer Nest zu bauen."

„Abgemacht. Obwohl es Eines gibt, was ich dir gestehen muss, dass ich ihr nicht verschweigen konnte - Teddy weiß, dass Mount Street dein Hochzeitsgeschenk für uns ist."

„Jack! Du hast mir dein Wort gegeben."

„Nein, habe ich nicht. Ich habe mich geweigert. Du dachtest, wenn du mir drohtest, dass du mich fordern würdest, wenn ich es ihr sagte, würde das ausreichen, mich deinen Bedingungen zustimmen zu lassen. So nicht, mein Freund. Ich sagte dir doch, dass ich dich besser kenne als du dich selbst. Zum einen würdest du mich nie fordern, und zum anderen, da du Romantiker bist, würdest du wollen, dass Teddy und ich für immer glücklich sind. Was nicht möglich wäre, wenn du mich fordern und töten würdest. Was du würdest, da du ein weit besserer Fechter bist."

„Außerdem", fuhr Jack mit einem endgültigen Schulterzucken fort, „hatte ich keine andere Wahl, als es ihr zu sagen. Ich könnte es mir nie leisten, ein Haus in der Mount Street zu mieten und könnte nur davon träumen, an einem solchen Ort zu wohnen. Teddy weiß das. Wir werden in Abbeywood ein bequemes Leben haben. Das Einkommen aus dem Hof und ihre Mitgift bedeuten, dass es uns an nichts fehlen wird. Aber unser Wohlstand liegt nicht auf der gleichen Ebene wie deiner. Du kannst dir jede extravagante Laune leisten, aber wir müssen darüber nachdenken, wie wir unser Geld ausgeben. Also stelle dir vor, ich würde sie in ein geräumiges Haus in der Mount Street bringen, im modernsten Stil gestrichen, tapeziert und möbliert, nur fünf Minuten zu Fuß von hier, und es ihr als unser Heim in London präsentieren? Sie würde sich zu Recht weigern, es zu betreten, weil sie durchaus Grund zur Annahme hätte, dass ich unsere finanziellen Mittel weit überschritten und uns in Schulden gestürzt hätte."

„Ihr seid beide so praktisch, dass es lästig ist", sagte Henri-Antoine gedehnt, ohne verärgert zu sein.

„Ja. Das müssen wir."

„Ich hoffe, dass Teddy das Hochzeitsgeschenk angenommen hat, ohne dass es der Überredung bedurfte?"

„Ja, sie sagte, dein Geschenk wäre übermäßig großzügig und eine große, romantische Geste, und wäre es von jemand anderem gekommen, hätte sie es abgelehnt. Aber weil es von dir ist, wird sie sich mit einem Kuss bei dir bedanken, wenn sie dich das nächste Mal sieht. Und wenn du mir befiehlst, es nicht zu verraten, würde sie jedem beim Hochzeitsfrühstück erzählen, dass du uns eine Vase, eine Muschel oder etwas so Minderwertiges geschenkt hättest, dass du als Geizhals dastehen würdest. Also solltest du dir besser mit einem Kuss von ihr danken lassen, wäre mein Rat."

„Sag Teddy, ich nehme den Kuss an, trotz ihrer Drohung mit Erpressung, aber dass mein Geschenk rein egoistische Gründe hatte. Ich will nicht, dass du zu weit weg ziehst."

„Ha! Das ist das, was sie mir sagte."

„So? Nun, sie hat recht. Obwohl ich hoffe, dass du ihr versichert hast, dass ich euch nicht belästigen werde, außer wenn ihr es wünscht ...?

„Du könntest uns nicht belästigen, selbst wenn du es wolltest, Harry", sagte Jack, plötzlich so von seinen Gefühlen überwältigt, dass ihm Tränen in den Augen standen. Er fragte sich, warum er, nach allem, was gerade zwischen ihnen gesagt worden war, sich jetzt in Tränen auflöste. Er wandte sich rasch ab, wischte sich mit der Hand über das Gesicht und goss sich eine weitere Tasse Kaffee ein. „Wäre morgen bald genug, um Mount Street zu besichtigen?", fragte er in einem, wie er hoffte, beiläufigen Ton.

„Das wird bis zum nächsten Tag warten müssen", antwortete Henri-Antoine und nahm, indem er seine Rockschöße nach außen schwenkte, wieder Platz. Als Jack die Kaffeekanne hochhielt, schüttelte er den Kopf. „Morgen tritt das Kuratorium der Fournier-Stiftung zusammen."

Jack war überrascht. „Tatsächlich? Ich dachte, alle Förderanträge wären geprüft worden. Die wenigen glücklichen medizinischen Einrichtungen, die einer Inspektion wert sind, wurden doch für den Beginn des Herbstsemesters eingeplant, oder nicht?"

„Das hatten wir beschlossen, aber es scheint, dass Bailey eine besondere Anfrage vom Schirmherrn der Stiftung erhalten hat, die nicht unbeachtet bleiben darf."

Jack nippte an seinem Kaffee. Er war bestenfalls lauwarm.

„Aha. Nun, in diesem Fall sollten wir uns besser darum kümmern. Worum geht es?"

Henri-Antoine öffnete die Seiten von Thucydides' *Geschichte des Peloponnesischen Krieges*, in dem er gelesen hatte, als Jack in den Raum kam, und zog einen Brief heraus, den er als Lesezeichen benutzte. Diesen überreichte er Jack. Es war von Dr. Bailey, dem Direktor der Stiftung.

„Bailey und die Treuhänder sind eingeladen, in Warners Krankenstation in der Gerrard Street zu Abend zu essen und die Räumlichkeiten zu besichtigen.“

Jack schaute von seiner Lektüre der kurzen Nachricht auf.

„Warners Krankenstation? Aber haben wir Dr. Warners Antrag nicht abgelehnt ... kann mich nicht erinnern, weshalb ...“

„Das überrascht mich nicht. Es gab über ein Dutzend Anträge. Er wurde gebeten, sich zum nächsten Termin wieder zu bewerben.“

Jack schrak auf. Er stellte schnell seine Kaffeetasse hin.

„Harry! Warners Krankenstation. Gerrard Street. Ich *wusste*, da war etwas mit dem Mädchen! Nicht gerade mit dem Mädchen, aber als sie Warners Krankenstation erwähnte, drehte sich hier ein Rädchen“, sagte er und tippte sich an die Stirn. „Ich konnte nur nicht einordnen, wo ich zuvor schon davon gehört hatte. Und um ehrlich zu sein, ich war mehr um dich besorgt und - Warst du auch so überrascht über den Zufall, dass wir genau die Krankenstation inspizieren sollen, wo dein pflegender Engel arbeitet?“

„Ja. Wenn ich Baileys Brief früher erhalten hätte, würde ich mir die Mühe gespart und ihr morgen gedankt haben.“

„Also hast du sie aufgesucht?“

„Vor einigen Tagen.“

„Und ...?“, drängte Jack, als Henri-Antoine nichts weiter sagte.

Henri-Antoine schaute seinen Freund ausdruckslos an. „Und - was?“

„Hast du sie gesehen? Hast du ihr gedankt? Wie fandest du sie?“

„Auf die beiden ersten Fragen: Ja. Auf die dritte: Das kannst du morgen selbst entscheiden.“

„Das werde ich. Aber was ich von dir wissen wollte, war, wie *du* sie fandest.“

Henri-Antoine zuckte mit den Schultern. „Das kann ich nicht beantworten.“

Jack musterte ihn und winkte dann mit einer Hand ab. „Nun gut. Wie du möchtest. Ich weiß, wann man dich nicht drängen darf, wenn es um Frauen geht ...“

„Ich kann dir nicht antworten, weil ich nicht weiß, was ich von Miss Crisp halten soll“, verkündete Henri-Antoine kalt und mit mehr Nachdruck, als er beabsichtigt hatte.

Und er sagte die Wahrheit. Er wusste es nicht. Eigentlich wollte er überhaupt nicht an Miss Crisp denken. Sie erregte in ihm Gefühle, die am besten unerforscht blieben und Reaktionen, die untypisch und unerwünscht waren. Beides hinterließ ihn verwirrt, verärgert und unruhig.

Er war in einer für einen Gentleman höchst unpassenden Art aus der Krankenstation gestürzt, entschlossen, dass seine Verpflichtungen Miss

Crisp gegenüber erledigt waren und er nie wieder an sie denken müsste. Und doch, durch eine wahnsinnige Laune, hatte er, als die Kutsche losfuhr, aus dem Fenster gespäht und in genau dem Moment, als sie an ihr vorbeirollte, so dass das Bild, wie sie wie eingerahmt in der Tür stand, sich jetzt in seinem Gedächtnis eingebrannt hatte. Wann immer er die Augen schloss, sah er sie: Schlanke Arme im rechten Winkel und die Hände unter ihrem hübschen Busen zusammengelegt. Die Füße nebeneinandergestellt, während die abgeschabten Spitzen ihrer Stiefeletten unter dem Saum ihres schlichten Kleides hervorragten. Die Haarlocke, die sich aus den Nadeln gelöst hatte, war hinter ein Ohr aus dem Weg gestrichen und kitzelte ihren weißen Hals. Und auf ihrem hübschen Gesicht war deutlich ihre Verwirrung zu lesen. Doch das waren alles kleine Details im Vergleich zu dem, was als Nächstes kam. Ihre blauen Augen funkelten in der Erkenntnis, dass er aus der Kutsche schaute. Sie lächelte und das brachte ihr ganzes Gesicht zum Leuchten. Sie glühte förmlich. Lieber Gott, wie schön sie war. In jenem Moment hatte er sich gewünscht, dass diese blauen Augen und dieses Lächeln nur für ihn und für ihn allein da wären. Und sein Wunsch wurde erfüllt. In diesem Moment versteinert fiel ihm nicht auf, dass sie ihn direkt anschaute, aber das tat sie.

Und wie hatte er reagiert? Er hatte ihr nicht grüßend kurz zugenickt und dann langsam das Rollo heruntergezogen. Was zu tun die Höflichkeit geboten hätte und die einzige Antwort gewesen wäre, die er ihr hätte geben müssen. Nein. Das hatte er nicht getan. Er hatte sich in höchst untypischer und feiger Weise benommen. Er hatte sich in die Polster zurückgeworfen, in den Schatten des Inneren der Kutsche, dorthin, wo sie ihn nicht sehen konnte. Mit rasendem Herzen und brennenden Wangen, als wäre er bei einer abscheulichen Tat erwischt worden; er fühlte sich eigenartig und lächerlich. Er vergaß zu atmen.

Er machte sich vor, dass es nicht sein Fehler und er ihr nichts schuldig wäre.

Sie ging ihn nichts an. Um sich zu beruhigen, sagte er sich das immer und immer wieder. Es gab nichts, was er tun konnte, um ihr zu helfen, nicht, dass sie um seine Hilfe gebeten oder diese benötigt hätte. Sie schien auf ihre Bemühungen, den kranken Armen zu helfen, stolz zu sein. Und doch gab sie ihm das Gefühl, als ob er etwas, irgendetwas, tun sollte, um ihre Lage zu verbessern. Sie war gebildet und in jeder Hinsicht eine Frau, die das Recht hatte, ein Leben weit von dem entfernt, das sie jetzt unten bei den Kranken und Unterdrückten führte, zu erwarten. Warum? Warum fühlte er das? Nur, weil sie ihm geholfen hatte? Oder gab es noch einen Grund? Einen, den er weder zugeben noch ergründen wollte? Er sagte sich, er würde sich nicht in etwas hineinziehen lassen, woraus er sich mit ziemlicher Sicherheit nicht ohne große persönliche und emotionale Kosten wieder würde befreien können. Was bedeutete sie ihm denn? Er war nicht für sie verantwortlich.

Und dennoch, in jeder Nacht, seit er sich so feige im Schatten seiner Kutsche versteckt hatte, sah er sie vor sich und wünschte, das nicht zu tun. Daher würde er etwas dagegen unternehmen; etwas für sich selbst. Etwas absolut Selbstsüchtiges, wovon er sicher war, dass es Miss Lisa Crisp vor seinem inneren Auge vertreiben und sein Leben vom Abgrund der Unsicherheit zurückholen würde. Etwas, das sein Leben wieder in seine natürliche Ordnung zurückführen würde, wo seine herausragende Stellung in der Gesellschaft als Sohn eines Herzogs nie in Frage gestellt wurde, so dass, wenn er Miss Lisa Crisp nächstes Mal sah, was er, wie er wusste, würde, wenn die Kuratoriumsmitglieder der Fournier-Stiftung Warners Krankenstation besuchten, er sie so sehen würde, wie sie anderen erschien: Ein Mädchen ohne besondere Herkunft, so weit unter ihm auf der gesellschaftlichen Leiter, dass er sie überhaupt nicht bemerken musste.

„Du bleibst heute Abend nicht zu Hause?“, erkundigte Jack sich, um Henri-Antoine aus seinem brütenden Schweigen zu reißen.

Er hatte bemerkt, dass sein bester Freund sich umgekleidet und den Rock und die Weste, die er getragen hatte, als sie früher am Tag zusammen gespeist hatten, gegen einen Anzug aus schwarzer Seide, der über und über mit silbernen Fäden und Saphirpailletten bestickt war, ausgetauscht hatte. Es war eine Aufmachung, die für die Öffentlichkeit bestimmt war, und unter blitzendem Kerzenlicht würde er prachtvoll aussehen.

„Wie bitte?“

Jacks freundliche Frage half und durchbrach Henri-Antoines Grübelei, und erst da wurde ihm klar, dass er sich aus seinem Sessel erhoben hatte, seine goldene Taschenuhr in der Hand hielt und auf deren Perlmutterblatt schaute. Er hatte keine Ahnung, wie viel Uhr es war.

„Du willst ausgehen?“, fragte Jack wieder.

„Ich habe bereits eine Verabredung in der Oper. Mrs. Markham hat etwas, wovon ich möchte ...“

„Ich wünschte, du würdest eine andere Ablenkung finden, und Seb meint das auch“, klagte Jack.

„Erlaube mir, den Satz zu beenden ... Mrs. Markham hat etwas, wovon ich möchte, dass *sie es mir zurückgibt*. Mein Portland-Katalog ist irgendwie in ihren Besitz gelangt ...“

„Ich kann mir vorstellen, wie das passieren konnte", murmelte Jack wenig beeindruckt.

„... und sie will ihn nur zurückgeben, wenn ich eine Loge in der Oper nehme. Wenn es dich heute Nacht besser schlafen lässt, sollst du wissen, dass dies die letzte Gelegenheit sein wird, zu der ich in ihrer Gesellschaft gesehen werde, öffentlich oder privat. Sebs alberne Mätzchen neulich Abend waren genug, um mich erkennen zu lassen, dass ihm trotz meiner Bemühungen, ihn die Tatsachen erkennen zu lassen, etwas an ihr liegt."

„Natürlich liegt ihm etwas an Peggy Markham. Das habe ich dir schon oft gesagt. Er ist in sie verliebt."

„Umso närrischer ist er. Aber ich sehe das jetzt ein ..."

„Siehst du jetzt auch ein, warum er in der Art, wie er es tat, auf deine aufreizenden Bemerkungen reagierte?", bohrte Jack nach.

Henri-Antoine starrte ihn an.

„Erspare mir die moralische Entrüstung. Du kennst mich gut genug, um zu wissen, dass ich mich nicht zwischen ein verliebtes Paar stellen würde. Seb mag in Peggy verliebt sein. Aber sie ist nicht in ihn verliebt. Wenn ich mich von ihr fernhalte, wird sich das nicht ändern. Aber Seb ist, bei alle seinem verbitterten Neid, doch mein Freund und ich habe nicht den Wunsch, ihn zu verletzen. Das wird sie ganz allein tun."

Es klopfte an der Tür und als Henri-Antoine nickte, öffnete der Lakai sie und ließ einen der Burschen - einen seiner Schatten - ein, die ihm überall hin folgten, wenn er aus dem Haus trat.

„Die Kutsche steht bereit, Mylord."

„Zwei Minuten." Henri-Antoine sah zu Jack, der sich noch immer in dem Sessel vor dem Feuer räkelte. „Ich komme am Morgen zurück. Wahrscheinlich nach dem Frühstück. Keine Panik. Michel weiß, wo ich zu finden bin und ich werde rechtzeitig genug zurück sein, damit Kyte mich für den Besuch in der Gerrard Street ankleiden kann."

„Michel kommt heute Abend nicht mit dir?"

„Nicht heute Abend. Keinem Mann unter einem Baronet ist es erlaubt, die Türen dieses besonderen Badehauses zu durchschreiten."

Jacks Brauen hoben sich überrascht. Er wusste, auf welches türkische Bad Henri-Antoine anspielte. Es war das exklusivste von London, und das teuerste. Aber blaues Blut reichte nicht aus, um einem Gentleman Zutritt zu verschaffen. Er musste direkter Abkömmling eines Adligen sein, einen eines Sultans würdigen Kredit genießen und, wie das Gerücht ging, musste sein Glied ebenso beeindruckend sein.

„Du gehst zu Burke's." Das war keine Frage.

„Ja."

„Und die Burschen? Wie sollen sie dort ein Auge auf dich haben?"

„Kein Auge. Niemals ein Auge, Jack."

„Du weißt, was ich meine."

Henri-Antoine seufzte müde. „Du machst dir zu viel Gedanken um Banalitäten, lieber Junge."

„Aber wenn du sie brauchst?"

„Sie werden in der Nähe sein ..."

„... in Fluren herumlungern, mit einem Ohr an den dünnen Wänden?", schnaubte Jack. „Das muss wohl sein, vermute ich."

Henri-Antoine blieb ungerührt, obwohl das leichte Zucken im Gesicht wieder auftrat. „Wie schade, dass du mir nicht erlaubst, für dich als Sponsor aufzutreten. Dann wüsstest du, dass es bei Burke's keine Innenwände gibt. Kolonnaden. Heiße und kalte Tauchbecken. Jede Menge verschwiegener Nischen." Er neckte seinen Freund. „Du kannst gerne mitkommen ... Um der alten Zeiten willen ...?"

„Guter Gott, nein! Ich habe nichts zu verbergen, aber ich bin nicht arrogant genug, an einem Ort herumzustolzieren, wo mehr Bullen der Stadt herumlaufen als auf dem Markt von Smithfield. Du schon. Obwohl ich bezweifle, dass du das, was du suchst, an einem Ort wie Burke's finden wirst."

Henri-Antoine drehte sich unter der Tür stirnrunzelnd um. „Was meinst du damit?"

Jack zuckte mit den Schultern.

„Um ganz ehrlich zu sein, bin ich mir nicht sicher. Aber ich wünschte, ich könnte es für dich finden."

„Es gibt Zeiten, Jack Cavendish, zu denen ich dich unergründlich finde. *Bonne nuit, mon cher ami.*"

Jack folgte ihm zum Treppenabsatz und blieb dort stehen, während sein bester Freund unten in der weitläufigen Eingangshalle Schwert und Schärpe umgelegt bekam, seine weichen Lederhandschuhe anzog und ihm sein Gehstock mit dem diamantenbesetzten Griff gereicht wurde. Jack beobachtete ihn mit einem sentimentalen Lächeln, da er an den alten Herzog von Roxton, Henri-Antoines Vater, denken musste, dem dieser stark ähnelte. Im Profil war er tatsächlich das Ebenbild des alten Aristokraten. Die Porträts, die Marmorbüsten und die eindrucksvolle Grabskulptur im Mausoleum von Roxton, die M'sieur le Duc de Roxton darstellten, bezeugten es alle. Ebenso wie Jacks Erinnerung an den alten Herzog. Als Jungen pflegten sie zwischen den Geländerstreben hindurch zu spähen, wenn der Herzog und die Herzogin sich vorbereiteten, um ins Theater oder die Oper zu gehen oder auf den ein oder anderen Ball. Der Herzog wirkte immer streng und befehlsgewohnt, die Herzogin war ein Wirbelwind aus funkelnden Lichtern.

Er fragte sich, ob es für seinen Freund eine unnötige Belastung darstellte, das lebende Abbild eines so unnahbaren und mächtigen Aristokraten zu sein, nicht nur im Aussehen, sondern auch in der Haltung, um so belastender, da er an der Fallsucht litt. Und während er begierig die nächste Phase seines Lebens, die er mit Teddy teilen würde, erwartete, war nicht zu leugnen, dass er Henri-Antoines Gesellschaft schrecklich vermissen würde. Sie waren sechzehn Jahre lang unzertrennlich gewesen, das war mehr als die Hälfte ihres Lebens. Und sie waren immer füreinander dagewesen. Er erinnerte sich kaum an eine Zeit vor Henri-Antoine, und es fiel ihm schwer, sich ein Leben ohne ihn vorzustellen.

Aber mit Teddy, und mit der Familie, die sie irgendwann haben würden, würde er ein neues Kapitel in seinem Leben beginnen, und zufrieden sein. Henri-Antoine musste seine Seelenfreundin noch finden, und Jack machte sich Sorgen, dass das nie geschehen könnte. Oder vielleicht würde er sie, wie der alte Herzog, zu spät im Leben finden und dann zu früh sterben, bevor seine Familie bereit war, ihn gehen zu lassen. Der Tod M'sieur le Ducs hatte große Auswirkung auf jeden gehabt und Henri-Antoine hatte sich, da war Jack überzeugt, nie ganz vom Verlust seines Vaters erholt.

Jack wollte nicht, dass sein bester Freund sein Leben allein verbrachte, ohne die Liebe und die Unterstützung einer Familie gegen sein Leiden kämpfte oder seine Zeit in emotionalen Wüsten wie Burke's verschwendete. Henri-Antoine hatte das Recht, seinen eigenen Weg zu gehen, aber was Jack sehr beunruhigte, war, wohin dieser Weg ihn führen könnte.

Er beobachtete, wie Henri-Antoine ohne sich umzusehen auf die Straße hinausging, in seine Kutsche stieg, wo die Burschen, so gewöhnlich und unsichtbar wie sein Schatten, hinter ihm hineinhüpften und die Tür schlossen. Er blieb lange Zeit an das Geländer gelehnt stehen und starrte ins Leere, nachdem der Portier ins Vestibül zurückgekommen und der Butler in den Tiefen des Dienstbotenflügels verschwunden war. Dann ging er in seine Räume zurück mit dem stillen Gebet, dass der Lebensweg, auf dem Henri-Antoine sich derzeit bewegte, ihn an die Kante eines Felsens führen möchte und er dort, am Rande des Abgrunds, ein Mädchen finden und mit ihr gemeinsam hinunterspringen würde.

ZEHN

Der Haushalt der Warners war in Aufruhr gewesen, seit der Brief von der Fournier-Stiftung angekommen war, der Dr. Warner informierte, dass die Kuratoren noch vor dem Ende der Woche einen Besuch in seiner Krankenstation und Anatomieschule einplanen wollten. Der Direktor, Dr. Bailey, schrieb, dass dies ein ungewöhnlicher Schritt wäre und sehr kurzfristig, aber wenn Dr. Warner hoffte, noch im laufenden Förderjahr berücksichtigt zu werden, dann müsste diese Besichtigung praktisch sofort stattfinden. Besondere Vorkehrungen wären nicht erforderlich. Die einzige Bedingung war, dass die Besichtigung an einem Tag stattzufinden hatte, wenn die Krankenstation für die kranken Armen geschlossen wäre, und dies war begründet. Ohne Patienten würden die Kuratoren sich leichter bei der Besichtigung der Einrichtungen bewegen können und würden Zeit haben, Dr. Warner und sein Personal ohne Unterbrechungen zu befragen.

Innerhalb einer Stunde schickte Dr. Warner eine Antwort, in der er allen Bedingungen zustimmte. Er drückte seiner Frau gegenüber sein Bedauern aus, dass die Kuratoren nicht die Gelegenheit haben würden zu sehen, wie effektiv die Krankenstation geführt wurde, musste aber einräumen, dass ohne Patienten die Behandlungsräume geschrubbt, von üblen Gerüchen befreit und parfümiert werden könnten, was die Wahrscheinlichkeit, dass die Kuratoren die schlechten Ausdünstungen der armen Kranken einatmen und selbst krank werden könnten, verringerte. Seine Frau stimmte dem zu und ergänzte, dass es sicher ein gutes Zeichen wäre, dass die Kuratoren Zeit haben wollten, um den lieben Doktor zu befragen, denn er würde sie zweifellos mit seinem Wissen und seinen Plänen für die Zukunft beeindrucken; es konnte nur helfen, ihnen auch ein gemütliches Essen zu servieren.

Daher wurden die Dienstmädchen damit beschäftigt, jede Oberfläche, sowohl in der Krankenstation als auch in den Wohnräumen, abzustauben, zu schrubben, zu polieren und zu parfümieren, von den Dielen bis zur silbernen Suppenterrine, während Mrs. Warner und die Haushälterin ein Menü mit mehreren Gängen, das für solche Ehrengäste passend war, zusammenstellten. Die Köchin schickte ihre Untergebenen im Morgengrauen zum Markt, um die frischesten Produkte zu bekommen, und in der Nacht vor der Besichtigung wurde in großem Umfang gebacken, gekocht und gebraten.

Während diese häuslichen Vorbereitungen voranschritten, machten sich der Arzt und sein medizinisches Personal daran, den Anatomielehrsaal und die Sezierräume zu ordnen. Verschiedene Präparate, medizinische Instrumente und wissenschaftliche Apparaturen, die er für seine Vorlesungen vor den Studenten verwendete, wurden zur Schau gestellt. Ebenso lagen eine Reihe seiner Bücher mit Forschungsprotokollen und Fallstudien von Patienten offen für die Einsichtnahme durch die Kuratoren bereit. Dr. Warner hoffte, dass all dies genug Material bieten würde, um die Besucher zu beeindrucken.

Der gute Doktor und seine Frau waren auch eifrig darauf bedacht, beim Diner einen guten Eindruck zu machen, und zu diesem Zweck war das Paar beim Ankleiden für diese Gelegenheit äußerst wählerisch.

„Ich weiß immer noch nicht, wie ich diese *anderen* Herren ansprechen soll, Robert", klagte Minette Warner, als sie einen letzten, kritischen Blick auf ihr Spiegelbild warf. Sie zupfte an der Spitze an ihren Ellenbogen, um sie gleichmäßig fallen zu lassen. „Der Direktor Dr. Bailey und zwei der Kuratoren sind Mediziner, und Ihr sagtet, im Brief wären sie benannt worden ...?"

„Allerdings. Dr. Willan ist Arzt am Fieberkrankenhaus und Dr. Blizard ist Facharzt am Londoner Krankenhaus. Beide sind mir nicht persönlich bekannt, da sie ihre Karriere ein Jahrzehnt später als ich begonnen haben, aber Willans Arbeit in der Krankenstation der Carey Street ist mir wohlbekannt."

„Aber die anderen Gentlemen, die keine Mediziner sind. Dr. Baileys Brief sagt, die Identität der drei übrigen Kuratoren solle während ihres Besuches geheim bleiben, selbst wenn sie mit uns zusammen essen. Aber wie soll ich sie dann anreden, Robert? Es ist äußerst ungewöhnlich und beunruhigend, die gesellschaftliche Stellung der Männer an meinem eigenen Tisch nicht zu kennen."

„Äußerst ungewöhnlich, mein Herz", stimmte Dr. Warner zu. „Aber wenn ich möchte, dass sie mich für eine Förderung in Betracht ziehen, müssen wir uns den Regeln ihrer Inspektion unterwerfen. Dr. Bailey hat diese Regeln seiner kurzen Nachricht hinzugefügt." Aus seiner Rocktasche zog er den Brief heraus und entfaltete ihn. „Wir sollen die Kuratoren, die namenlos bleiben, mit ‚Sir' anreden, ohne weitere Zusätze. Wir dürfen auch nicht nach ihren Namen oder Tätigkeiten oder ihrem Stand fragen. Sie sind einzig und allein hier, um den medizinischen Wert meiner Arbeit zu besichtigen und zu bewerten. Dass Dr. Bailey und die Kuratoren zugestimmt haben, zum Diner zu bleiben, ist tatsächlich eine Ehre. Obwohl ich befürchte, dass das Diner für dich eine langweilige Angelegenheit werden wird, meine Liebe", fügte er mit einem Blick hinzu, der, wie er hoffte, Enttäuschung ausdrückte. „Es wird wenig oder keine Gelegenheit geben, die Unterhaltung in eine andere Richtung zu lenken als in die von ihnen gewünschte. Ich muss mich ihnen anpassen. Ich würde es dir nicht übelnehmen, wenn du es vorzögest, dich uns nicht anzuschließen ..."

„Mich euch nicht anschließen?" Minette Warner war empört. „Aber - Robert ... Wann habe ich je nicht beim Diner am Kopfe meiner eigenen Tafel gesessen? Wann habe ich dich nicht bei all deinen Bemühungen unterstützt ..."

„Mein Herz, das weiß ich, und du bist mir immer eine große Hilfe. Es ist nur, dass bei dieser Gelegenheit die Gäste uns nicht bekannt und sie vielleicht nicht die fröhlichste Gesellschaft sind. In der Tat bin ich selbst recht nervös bei der Aussicht, Herren zu unterhalten, deren Namen und Ruf ein streng gehütetes Geheimnis bleiben. Ich kann mich jedoch wenigstens auf medizinischem Gebiet mit ihnen unterhalten ..."

„Dessen kann man sich nicht sicher sein, Robert. Sind diese namenlosen Herren Mediziner? Wenn ja, würden sie es doch sicher angeben, genauso wie die Doktoren Willan und Blizard?"

Sie wandte sich mit einem selbstzufriedenen Lächeln von ihrem Spiegelbild ab, sicher, dass sie alles getan hatte, was sie konnte, um ihren besten Eindruck als Modedame zu machen. Ihr sonnenblumengelbes Kleid *à la polonaise* war im neuesten Stil geschnitten und an Mieder und Ellenbogen üppig mit kleinen, kornblumenblauen Schleifen verziert. Die Seidenbänder, die in ihr hochgekämmtes Haar eingeflochten waren und ihre kornblumenblauen Seidenschuhe ergänzten ihre Aufmachung perfekt. Ihr Vertrauen in ihre Vorbereitungen und ihre Kleidung war so groß, dass sie überzeugt war, jeder an ihrem Tisch sitzende Gentleman würde von ihr fasziniert sein und die Unterhaltung würde vielleicht von medizinischen Themen abschweifen und ihr erlauben, etwas dazu beizutragen.

„Ich vermute, dass die anonymen Gentlemen gar keine Mediziner sind", sagte Minette Warner und sprach ihre Wunschvorstellungen laut aus, während sie ihren Fächer vom Frisiertisch nahm. „Was für mich umso mehr Grund ist, meinen gewöhnlichen Platz an unserem Tisch einzunehmen, mein Bestes zu tun, um äußerst interessiert an allem, was sie sagen, zu erscheinen - um Deinetwillen, lieber Robert.“

Dr. Warner faltete schnell den Brief zusammen, lächelte trotz aller Befürchtungen, die er hatte, dass seine junge Frau den Verlauf der Unterhaltung unverständlich finden könnte und küsste ihre Stirn. „Danke, mein liebes Herz. Das ist alles, was ich von dir verlangen kann.“

Das Paar ging nach unten, um ihre Gäste in der Bequemlichkeit ihres eigenen Salons zu erwarten, nervös, aber innerlich zuversichtlich, dass sie so gut wie irgend möglich auf den Besuch der Kuratoren der Fournier-Stiftung vorbereitet wären. Und, während der Haushalt um sie herum weiter geschäftig war, von der Küche bis ins Kinderzimmer, war die einzige Person, die nicht in irgendeiner Form mit Hilfe beauftragt war, Lisa. Ihre Cousine hatte sie angewiesen, während der Dauer des Besuchs in ihrem Zimmer zu bleiben und nicht herauszukommen, es sei denn, dass ihr befohlen oder das Haus über ihr zu brennen beginnen würde. Also war es für das Paar, vor allem für Mrs. Warner, ein Schock, als einer der Kuratoren nach der Ankunft und direkt, nachdem die Vorstellungen erledigt waren, fragte, wo Miss Crisp wäre.

Lisa hielt sich friedlich und mit gutem Anstand an die Anweisungen ihrer Cousine, wie bei allem im Haushalt der Warners. Außerdem gab es keinen Grund für sie, anwesend zu sein; was hätte sie den Kuratoren schon zu bieten? Und Becky Bannister machte noch kleinere Änderungen an der Länge, der Passform und dem Fall der Kleider, Unterröcke, Korsetts und Jäckchen, die sie zu ihrem Besuch in Hampshire mitnehmen würde. Diese Kleidungsstücke würden dann in die Reisekiste gepackt werden, die geöffnet an der Wand stand. Diese sollte, nachdem die Besucher gegangen waren, fertig zur Abreise in die Eingangshalle gebracht werden. Beckys kleiner Koffer war bereits in einer Ecke der Spülküche verstaut, zusammen mit ihrem Mantel und Hut, da sie die Nacht auf einem Lager in Lisas Zimmer verbringen würde.

Beide Mädchen sollten früh am Morgen geweckt und mit einer Droschke zu dem geschäftigen Bell Savage Gasthof in Ludgate Hill gebracht werden. Von dort fuhren zu allen Tages- und Nachtstunden an allen Wochentagen außer sonntags Postkutschen, Karren und Eilkutschen in die südlichen Grafschaften ab. Lisa und Becky würden die Postkutsche nehmen, die um vier Uhr früh nach Alston in Hampshire abfuhr. Diese bediente die Straße von London nach Portsmouth mit vielen Haltestellen auf dem Weg, um Passagiere aufzunehmen, die nach Southampton an der Küste unterwegs waren, es würde in Guildford einen Halt zum Pferdewechsel und für Erfrischungen geben und dann würde die Postkutsche nach Winchester weiterfahren.

Lisa und Becky sollten im Gasthof Swan in der High Street von Alston abgesetzt werden. Von dort sollten sie in einer privaten Kutsche weiterfahren, die bei ihrer Ankunft auf sie warten würde, um die letzten fünf Meilen der Reise über Land zum herzoglichen Sitz von Treat zurückzulegen. Insgesamt eine Reise von fast vierzig Meilen. Sie würden wahrscheinlich ihr Ziel nicht vor dem späten Nachmittag erreichen und den größten Teil der dreizehn Stunden auf dem Weg verbringen.

Beckys Begeisterung ließ sich nicht von der Aussicht, mit einem Haufen Fremder in einer Postkutsche eingesperrt zu sein und stundenlang herumgestoßen zu werden, dämpfen. In ihren wildesten Träumen hätte sie sich nie vorgestellt, dass sie aufs Land kommen könnte und eine Strecke von vierzig Meilen aus London hinaus zu reisen, würde das größte Abenteuer ihres jungen Lebens sein. Sie hatte ihre zwanzig Lebensjahre in der Gerrard Street und deren Umgebung verbracht und ihr Besuch in Lord Westbys Stadthaus, um der Mätresse des Adligen etwas zu liefern, war so nahe gewesen, wie sie Personen von Rang je gekommen war. Sich vorzustellen, dass sie Lisa als ihre Zofe zu der Hochzeit der Nichte eines Herzogs begleiten würde, war der Stoff, aus dem Träume waren.

Lisa war froh, Beckys Gesellschaft zu haben. Denn obwohl sie wusste, dass sie am Ende der Reise Teddy sehen würde, war es doch tröstlich, jemand Bekannten zu haben, der mit ihr reiste und in Treat, in einer Umgebung, die für sie so fremd war wie für Becky, bei ihr sein würde. Und weit besser, als wenn ihre Cousine eine Fremde für sie als Zofe eingestellt hätte. Becky hatte nicht nur ein sonniges Gemüt, sie war auch praktisch veranlagt und eine erfahrene Näherin. Es waren Becky, ihre Großtante und zwei von der Witwe Humphreys angestellte Näherinnen gewesen, die Wunder beim Aufarbeiten der vier abgelegten Kleider, die Lisa von ihren Cousinen erhalten hatte, vollbrachten. Sie hatten es nicht nur geschafft, Ensembles zu schaffen, die Lisas schlanker Gestalt standen, sondern ihr aus Stoffresten passende Handschuhe genäht und den Schuhmacher zwei Paar ihrer Schuhe beziehen lassen.

Die von ihrer Tante und ihrem Onkel geschickten Stoffe blieben unberührt. Das war Lisa recht, denn sie empfand den Seidenbrokat als zu schwer für den Sommer und die Stickerei aus Silberfäden als viel zu aufwändig für sie. Diese kostbaren Stoffe gespart zu haben hatte Minette Warner so gefallen, dass sie sich einverstanden erklärte, Becky ihren

halben Lohn im Voraus zu zahlen, die andere Hälfte nach ihrer Rück-
kehr aus Hampshire. Von diesem Geld konnte Becky ihrer Großtante
den Verlust durch die von Mrs. Markham gestohlenen Bänder und
Strumpfhalter ersetzen. Was die Witwe Humphreys angesichts des
Verlustes von Beckys Diensten während der zwei Wochen, die sie dem
Laden fernbleiben würde, in weit bessere Laune versetzte.

„Ich habe Euch nie schöner gesehen, Miss", verkündete Becky stolz,
als sie sich von ihren Knien erhob und zurücktrat, um den Saum von
Lisas frisch umgearbeitetem Kleid *à l'anglaise* aus indischer Baumwolle
zu mustern. Sie hatte ein kleines Stück des Saums abgesteckt und festge-
näht, das in der Eile, Lisas Kleider rechtzeitig fertigzustellen, übersehen
worden war. „Ein richtig sitzendes Kleid war genau das, was Ihr brauch-
tet, und mit einem hübschen Blumenmuster, und jetzt wette ich, Ihr
könntet einem Herzog den Kopf verdrehen, das könnt Ihr mir glauben."

Lisa errötete und knickste leicht. „Oh, vielen Dank. Alles dank
deiner Nähkünste, Becky. Ich hätte es nicht für möglich gehalten, genug
Stoff von so abgetragenen Kleidern retten zu können und sie dann in
etwas zu verwandeln, was mir passt, geschweige denn, es auch *à la mode*
wirken zu lassen."

Becky strahlte über solches Lob. „Es gibt bei Euch ja nicht viel anzupassen, nicht wahr? Also brauchte es nicht viele Yards."

„Das ist wohl wahr", stimmte Lisa mit einem Lächeln zu und ließ
ihre Hände über das enganliegende Mieder und über ihre schlanken
Hüften gleiten.

Sie versuchte, über ihre Schulter zu sehen, wo der Stoff fest in Form
eines V bis tief in ihren schmalen Rücken zusammengerafft war und
wünschte, sie hätte einen Spiegel, um selbst sehen zu können, wie das
Kleid saß. Sie fühlte sich auf jeden Fall hübscher, wenn sie so zarte und
farbige Stoffe trug, die eine willkommene Abwechslung von ihren nützli-
chen Leinenkleidern in trüben Braun- und Blautönen darstellten. Sie
hoffte nur, dass diese Kleider für ihren Aufenthalt in Trent passend
wären. Aber da sie nichts weiter an ihnen ändern konnte, verschwendete
sie keine Zeit auf unnötige Sorgen. Teddys Verwandtschaft würde sie
nehmen müssen, wie sie war und sie würde ihr Bestes tun, um im
Hintergrund zu bleiben, was hoffentlich bedeutete, dass niemand sie
oder die Kleider, die sie trug, bemerken würde.

„Es ist aber auch gut so, nicht wahr", fuhr Becky fort, während sie
ein kritisches Auge auf das Kleid und den Stoff warf, und entschlossen
war, ihren Kommentar über die hinterhältige Großzügigkeit von Lisas
Cousinen abzugeben. „Wenn Ihr mich fragt, hatten diese Kleider bessere
Tage gesehen und waren nicht mehr gut genug für die Spülküche,
geschweige denn für Euch ..."

„Ich habe dich nicht gefragt", antwortete Lisa immer noch lächelnd. „Und ich bin so dankbar, ihnen für alle geschenkten Kleider und dir und Mrs. Humphreys für alles, was ihr für mich getan habt. Vergiss nie, dass ich, obwohl ich in diesem Haus lebe, ärmer bin als Tina. Die Spülmagd wird wenigstens für ihre Dienste entlohnt."

Becky wollte gerade etwas sagen, als ein Klopfen an der Tür sie beide überraschte und ein Dienstmädchen hereinkam, um Lisa mitzuteilen, dass ihre Anwesenheit im Salon gewünscht würde. Das Mädchen wurde wegen der ausdrücklichen Anweisung ihrer Cousine, in ihrem Zimmer zu bleiben, gebeten, diese Einladung zu wiederholen.

„Madam war es nicht, die nach Euch gefragt hat, Miss", sagte das Dienstmädchen. „Es war einer der Gentlemen, der kam, um die medizinischen Räume des Herrn anzuschauen."

„Eines der Mitglieder der Fournier-Stiftung?" Lisa rätselte, warum sie gerufen werden sollte, um mit einem dieser Kuratoren zu sprechen.

„Ja, Miss. Denn sie kamen alle zusammen an. Aber als die anderen in die Krankenstation gingen, blieb dieser Herr zurück. Er hat seinen Namen nich' genannt. Fragte nur nach Euch, Miss. Er is' ein gutaussehender Gent mit …"

„Danke, Ann. Ich habe dich nicht um deine Meinung über ihn oder eine Beschreibung gebeten", sagte Lisa und wandte sich ab, um zu Becky zu sagen: „Beeil dich. Ich muss dieses Kleid ausziehen und …"

„Nein, Miss", sagte Becky energisch. „Ihr solltet so wie Ihr seid in den Salon gehen. Zeit, dass Ihr Euch daran gewöhnt, 'was Hübsches zu tragen. Und da Ihr diese Kleider die nächsten beiden Wochen tragen werdet, ist es gut, gleich jetzt damit anzufangen, bei diesem Besucher."

„Also soll ich ihm sagen …", fragte das Mädchen Ann, das noch in der Tür stand, ihr wurde jedoch der Satz abgeschnitten.

„Nicht notwendig. Ich komme gleich mit."

Und so kam es, dass Lisa schweigend das Wohnzimmer betrat, verlegen in ihrem neu geänderten Baumwollkleid, ein spitzenbesetztes Fichu in ihr Dekolleté gesteckt und ein kleines Spitzenhäubchen hoch auf dem Kopf befestigt. Wenn etwas an ihrer Kleidung nicht stimmte, dann waren es ihre Schuhe. Da sie nicht erwartet hatte, nach draußen zu gehen und ihre neuen Schuhe bereits in die Reisekiste gepackt hatte, hatte sie nur ihre Stiefeletten zur Hand, die bereit für die Reise neben dem Bett standen. Sie trug noch immer ihre ledernen Hauspantöffelchen an ihren bestrumpften Füßen, die, wenn sie Zeit gehabt hätte, an sich hinabzuschauen, unter ihrem Baumwollkleid ziemlich fehl am Platz gewirkt hätten.

Aber ihre Besorgnis ließ sie ihre Schuhe vergessen und eigentlich auch, wie sie in ihrem neuen Kleid wirkte, denn sie war tief in

Gedanken darüber versunken, warum ein Mitglied der Fournier-Stiftung sie rufen sollte. War etwas in der Krankenstation nicht in Ordnung und er wollte, dass sie ihm das selbst erklärte? Vielleicht waren es die Duftfläschchen, oder sie hatte nicht genug Potpourris aufgestellt, um die Gerüche zu verdecken? Aber sicher war doch jede Oberfläche geschrubbt worden, bis sie frei von Gerüchen war? Sie hoffte, Dr. Warner nicht irgendwie in Verlegenheit gebracht zu haben ... Vielleicht war ihre Sorge unbegründet und sie wollten ihr nur Fragen allgemeiner Natur stellen ...?

Sie war schon halb durch das Zimmer gegangen, als ihr klar wurde, dass es nicht leer und sie nicht allein war. Aber es war nicht das Gefühl, dass jemand dort war, das sie aufschrecken ließ, sondern weil sie angesprochen wurde. Sie war überrascht, nicht so sehr, weil jemand zu ihr sprach und ihre inneren Überlegungen störte, sondern wegen der Stimme selbst. Sie wusste sofort, wem sie gehörte. Sie war so glücklich, dass er in die Gerrard Street zurückgekommen war - als er davon gestürmt war, hatte sie kaum erwartet, ihn je wiederzusehen - dass es ihr nicht in den Sinn kam, etwas anderes vorzutäuschen. Sie drehte sich mit einem strahlenden Lächeln zu ihm um.

Henri-Antoine lächelte zurück. Er konnte nicht anders.

Ihre unverhohlene Freude entschied es.

Vor einer halben Stunde, in diesen paar Minuten, bevor er aus der Kutsche stieg, um sich dem Rest der Kuratoren anzuschließen, die auf dem Bürgersteig vor Warners Krankenstation herumstanden, hatte Henri-Antoine gezögert und sich gefragt, was er schon wieder hier täte. Aber er kannte die Antwort und hatte sich das selbst zuzuschreiben. Aber hierher zurückzukehren, ließ ihn an sich selbst zweifeln, und er pflegte nie an sich selbst zu zweifeln.

Warum hatte er dieses Zusammentreffen arrangiert, wenn er ... schlicht gesagt, wenn er Miss Crisp besser in Ruhe gelassen hätte? Dr. Warner hätte zu gegebener Zeit einen neuen Antrag eingereicht und vielleicht würde die Stiftung dieser dritten Vorlage ihre volle Aufmerksamkeit gewährt und ihren Weg hierher von allein gefunden haben. Aber diese Anträge und Besichtigungen wären erst gut sechs oder acht Monate später gewesen.

Also hatte er sich eingemischt. Und Bailey war immer zuvorkommend. Er hatte dafür sorgen müssen, dass diese Besichtigung stattfand, bevor er und Jack London verließen und nach Treat reisten. Er würde einen Monat nicht in der Stadt sein, vielleicht zwei. *Welchen Unterschied würden zwei Monate machen?*, fragte er sich. Miss Crisp würde noch immer hier sein. Wohin sonst hätte sie gehen können? Die Frage war nicht, ob sie noch hier sein würde, die Frage war, warum es für ihn eine Rolle spielte. Und das störte ihn genug, um ihn an sich selbst zweifeln zu lassen.

„Sollen wir jetzt zu ihnen gehen?", fragte Michel Gallet in die tiefe Stille mit einem Blick auf Sir John, dessen Blick auf Lord Henri-Antoine ruhte.

„Gebt uns eine Minute Zeit, Michel", sagte Jack ruhig und wartete, bis der Haushofmeister ausgestiegen und die Kutschentür geschlossen hatte, bevor er sprach. „Ich habe dich letzte Nacht kommen hören."

„Hast du ...?"

„Ich war noch wach. Im Musikzimmer. Mir ging diese Komposition seit Wochen nicht aus dem Kopf, ich musste sie aufschreiben, um sie loszuwerden und zu spielen, bevor wir nach Treat abreisen." Als Henri-Antoine keinen Kommentar abgab, fügte Jack hinzu, hoffend, dass er sich heiter anhörte: „Mit allem, was dort vor sich geht - den Feierlichkeiten vor der Hochzeit, Cricketspielen, Feuerwerk, dem Hochzeitstag, dem Ball am Abend - und wo es dort überall vor Familie und Freunden und zu vielen Kindern, als dass man sie zählen könnte, wimmelt, wird äußerst wenig Zeit für mein musikalisches Gekritzel bleiben, nicht wahr? Ich bezweifle, dass ich eine Gelegenheit bekommen werde, die Bratsche auch nur anzufassen. Nicht, dass mich das stört. Es war nur so, dass ich diese Komposition unbedingt aufschreiben musste ..."

„Und - hast du sie aufschreiben können?"

„Ja ... Es war gegen drei Uhr morgens, als ich dich hereinkommen hörte."

„Tatsächlich? Du warst kürzlich bei Toulmin und Gale's, nicht wahr?"

Diese Frage brachte Jack aus dem Konzept.

„Dem Laden in der New Bond Street, der Reisebedarf und Ähnliches verkauft? Direkt daneben ist ein Schreibwarenhändler. Ich habe eine neue Feder gekauft. Und Bully wollte ein Reiseschreibzeug für seinen Bruder."

„Ich schätze, meine Tinte und mein Papier müssen irgendwoher kommen", sinnierte Henri-Antoine. „Michel würde es wissen ... Toulmin und Gale haben eine hervorragende Schaufensterauslage, die mir auf meiner Fahrt zur Oper auffiel ... ich hatte eine erhellende Diskussion mit dem Eigentümer - über Reisetintenfässer. Es gibt eine neue Art von Stopfen, die die Tinte am Auslaufen hindert - genial ..."

Jack beäugte das mit schwarzem Band verschlossene Päckchen auf dem Sitz neben Henri-Antoine. Es hatte etwa die Größe eines großen

Buches und war auch etwa so dick. Aber er glaubte nicht, dass es ein Buch war. Er fragte sich, ob das, was auch immer in dieser Verpackung war, bei Toulmin und Gale gekauft worden war.

„Ist es das, was in diesem Päckchen ist - ein Tintenstand?"

Henri-Antoine schaute zu Jack. „Wohl kaum." Er bürstete leicht über den Ärmel seines cremefarbenen Leinenrocks und bemerkte: „Ich habe es nicht bis in die Oper geschafft."

„Du hast deine Verabredung mit Mrs. M. geschwänzt?" Jack hätte nicht glücklicher sein können, aber er gab einen leisen Pfiff von sich und schüttelte den Kopf. „Nun, das war ein öffentlicher Bruch, wenn es je einen gab."

„Es gab nichts zu brechen. Trotzdem. Kein Zweifel, dass es einen kleinen Kampf kosten wird, meinen Portland-Katalog wiederzubekommen, aber ich habe volles Vertrauen in Michel."

„Ha! Welche Belohnung hast du ihm versprochen? Mrs. M. ist für ihre Wutanfälle bekannt und es wird ihr nicht gefallen, wenn du Michel an deiner Stelle schickst. Es wird fliegende Haarbürsten geben."

„Ich werde ihm Urlaub geben, damit er seinen Zwillingsbruder besuchen kann, während wir in Hampshire sind."

Jack runzelte verwirrt die Stirn. „Sein Bruder ist in Hampshire. Michels Bruder Marc ist der Haushofmeister deiner Mutter."

„Ja. Das funktioniert recht gut."

Jack lachte bellend auf und sagte dann so beiläufig er konnte, als Henri-Antoine das Päckchen aufhob: „Und hast du es zu Burke's geschafft oder hast du den ganzen Abend damit verbracht, über Tintenfässer zu reden?"

„Ich - habe es zu Burke's geschafft. Und das beantwortet deine zweite Frage." Er tippte mit seinem Gehstock leicht gegen die Kutschentür. „Lassen wir unsere geschätzten Kollegen nicht warten. Ich bin sicher, dass sie mehr an das Diner nachher denken als an die faszinierenden Präparate in Gläsern, die uns in Warners Dachboden erwarten. Also je eher der Rundgang beendet ist, desto früher können wir zur Sache kommen."

Die Kutschentür öffnete sich und ein Lakai hielt sie auf. Ein anderer klappte die Stufen aus. Einer der Burschen erschien im Türrahmen und Henri-Antoine reichte ihm das Päckchen. Dann hielt er einen Moment inne, da er spürte, dass Jack unzufrieden mit ihm war. Ein Blick über seine Schulter und er wusste, dass er recht hatte. Jack lächelte nicht mehr.

„Es enttäuscht dich, dass ich zu Burke's ging." Er hielt dem Blick seines besten Freundes stand, in seine eigenen Gedanken vertieft, und fügte leise hinzu: „Vielleicht gibt es dir etwas Trost zu wissen, dass ich mich selbst enttäusche. Oft."

„Und das Päckchen ...?"

„Aha. Das ist das Erste, das ich zu erledigen habe, nicht du."

HENRI-ANTOINE LEGTE DAS PÄCKCHEN AUF DEM SOFA AB, NUR, UM es in der kurzen Zeit, die er darauf wartete, dass Miss Crisp kommen würde, auf den niedrigen Tisch zu legen und dann wieder zurück. Die Kuratoren waren gegangen, um die leere Krankenstation zu besichtigen, wo Dr. Warners medizinische Assistenten auf sie warteten, um sie herumzuführen. Mrs. Warner hatte zurückbleiben und die Gentlemen gemütlich in ihrem Salon erwarten wollen. Henri-Antoine erriet aus ihrem Benehmen, ihrem Kleid und der freizügigen Verwendung von Schminke, dass sie selten, wenn überhaupt, je in der Krankenstation ihres Mannes gewesen war. Ein Blick zu seinem Haushofmeister und Michel wusste, was er wollte. Bald war Mrs. Warner in ein Gespräch verwickelt. Sie war so in ein Thema vertieft, das Michel bei ihr angesprochen hatte, dass sie mit ihm aus dem Zimmer ging, den Kuratoren folgte, die Tür sich schloss und Henri-Antoine mit dem Päckchen und dessen Ablageort allein blieb.

Als Lisa wieder ins Zimmer kam, war das Päckchen wieder zurück auf dem niedrigen Tisch und Henri-Antoine stand am Fenster, schaute auf die Straße hinaus und auf die Menge, die sich gesammelt hatte, sich jetzt aber zerstreute, als seine Stadtkutsche fortfuhr, um erst zurückzukommen, wenn er nach ihr schickte.

Er drehte sich um und sah Lisa mit zielsicherem, aber leichtem Schritt durch den Raum kommen, die Ellenbogen angewinkelt und die Hände unter ihrem Busen zusammengelegt, in einer Art, wie man es sie im Internat gelehrt haben musste und die sich ihr so eingeprägt hatte, dass sie ihr zur Gewohnheit geworden war. Er mochte es und ihm gefiel es, wie sie sich hielt. Was ihn überraschte, war die Wirkung, die sie in ihrem einfachen Kleid aus indischer Baumwolle auf ihn hatte. Aber er ließ sich keine Zeit, darüber nachzugrübeln, indem er sie ansprach, damit sie bemerkte, dass er im Zimmer war, denn sie schien nicht gesehen zu haben, dass der Raum nicht leer war.

Und als sie sich beim Klang seiner Stimme umdrehte und ihn anlächelte, fühlte er zum ersten Mal in seinem Leben, wie sich sein Gesicht von ganz allein zu einem Grinsen verzog. Er konnte es absolut nicht ändern und fühlte sich unglaublich töricht. Nur Verrückte grinsten. Geistig gesunde Menschen - wie *er* - grinsten nicht. Er beherrschte stets sich selbst und seine Emotionen, denn es gab Zeiten - die Zeiten, wenn er das Opfer seines Leidens war - wenn er überhaupt keine Kontrolle über sich hatte. Und dennoch - und auch dies war für ihn neu - zum ersten Mal in seinem Leben war es ihm gleichgültig.

„Oh! Hallo." Sie knickste zur Begrüßung. „Ist Euer Besuch ein Zufall oder seid Ihr wirklich ein Kurator der Fournier-Stiftung?"

„Ich bin *wirklich* ein Kurator."

Da er nicht in der Lage schien, sich von dem Fenster zu trennen und sein Gehstock fest auf dem Boden aufstand, ging sie zu ihm hinüber.

„Oh! Tatsächlich?" Sie war so überrascht, dass sie damit herausplatzte, sich dann aber sofort entschuldigte. „Verzeiht mir. Ich weiß nicht, warum ich überrascht sein sollte. Natürlich könnt Ihr das sein. Nur, es schien, dass es ein zufälliges Zusammentreffen war ..."

„... weil Ihr gehofft hattet, dass ich gekommen wäre, um Euch zu sehen?"

Sie lächelte und errötete, aber sie war nicht dumm. „Ja. Wie habt Ihr das erraten?"

Das brachte ihn zum Lachen. Lieber Gott! Was war mit ihm los? Zuerst grinste er und jetzt lachte er laut. Die Neuheit dieser Erfahrung machte ihn plötzlich benommen.

Lisas Röte vertiefte sich. Er zeigte schöne weiße Zähne, wenn er lachte. Und das ließ sie wünschen, ihre Arme um seinen Hals zu werfen und ihn zu küssen. Natürlich tat sie das nicht. Sie hielt ihre Ellenbogen an den Seiten und die Hände zusammen, senkte den Kopf und wandte sich ab, um zu der Gruppe aus Sofa und Sesseln hinüberzugehen. Sie deutete auf das Sofa und sagte in einer Art, von der sie hoffte, dass sie Leichtigkeit ausstrahlte, obwohl sie alles andere als ruhig war: „Möchtet Ihr Euch nicht setzen? Möchtet Ihr, dass ich nach Tee klingele? Möchtet Ihr ..."

„... mir bitte erklären, wie es kommt, dass Ihr ein Kurator der Fournier-Stiftung seid? Das ist doch, was Ihr wissen möchtet, nicht wahr, Miss Crisp?", erwiderte er und kam zu ihr. Er hob die Schöße seines Rocks und setzte sich ans Ende des Sofas, einen Fuß leicht vorgestellt und seinen Gehstock zwischen den Knien. Dann deutete er auf den Rest des Sofas. „Bitte. Setzt Euch. Dann sage ich es Euch."

Sie setzte sich und schaute ihn an. Aber nicht an den äußersten Rand der Sitzfläche, sondern eher in die Mitte, so dass sie nahe beieinander waren. Nicht dicht genug, dass sie aufdringlich hätte wirken können, aber auch nicht so weit entfernt, dass sie den Eindruck einer frigiden Jungfer erweckt hätte. Dann legte sie ihre Hände in den Schoß und wartete.

„*Si vous êtes d'accord, je souhaite vous parler dans ma langue maternelle.*"

Sie holte rasch Atem und ihre blauen Augen wurden rund. „Französisch ist auch Eure Muttersprache?"

Sie hätte nicht überrascht sein sollen, aber sie war es. Es öffnete eine Büchse der Pandora mit Fragen, von denen sie keine stellte. Stattdessen lächelte sie und antwortete auf Französisch.

„Ich möchte sehr gerne mit Euch Französisch sprechen. Obwohl Ihr mir werdet verzeihen müssen, da ich in diesem Haus nur Englisch sprechen darf. Während ich also verstehen werde, was Ihr mir sagt, fehlt es mir an Übung beim Sprechen."

„*Tout ce dont vous avez besoin, c'est la pratique et la confiance. Plus nous conversons, j'espère que plus il deviendra facile pour vous. Oui?*"

Sie nickte und lächelte, antwortete aber nicht sofort. Nicht, weil sie ihn nicht verstand oder nicht antworten konnte, sondern weil sie einen Moment brauchte, um sich zu sammeln. Zuzuhören und ihn zu beobachten, wie die französische Sprache mit heiterer Leichtigkeit von seiner Zunge rollte, erfüllte sie mit Gefühlen, die sie nicht verstand und auch nicht sinnvoll hätte in Worte fassen können, wenn sie dazu aufgefordert worden wäre. Alles, was sie tun wollte, war, sich in die Kissen zurückzulehnen und ihn immer weiter sprechen zu lassen, damit die Worte über sie hinwegwehten und sie in eine warme Decke aus wundervoller Unterhaltung einhüllten. Ein Wort für diese Gefühl kam ihr in den Sinn - Euphorie.

„Das ist sehr wahr: Je mehr ich Französisch spreche, desto selbstbewusster werde ich beim Sprechen werden ... *mit Euch*", sagte sie und wiederholte fast, was er zu ihr gesagt hatte, wobei sie sich in ihrer Euphorie fast töricht anhörte. Sie faltete ihre Hände fast ein wenig zu fest, als ob sie dies davon abhalten könnte, weiter in eine Art lächerlicher Benommenheit abzurutschen. „Was war es, das Ihr mich fragen wolltet? Oh! Nein! Aber Ihr zuerst", fügte sie mit einem leichten Lachen über ihren eigenen Fehler hinzu. Sie beugte sich etwas vor. „Ihr hattet angeboten, mir zu erzählen, wie es kommt, dass Ihr ein Kurator der Fournier-Stiftung seid."

Er ahmte ihr Verhalten unbewusst nach und beugte sich auch zu ihr, als er sagte: „Ich sehe, dass Euch das freut."

Sie konnte es nicht leugnen, war aber auch von gemischten Gefühlen erfüllt: Überraschung, dass er die Freude so deutlich auf ihrem Gesicht las; Erleichterung, dass er glaubte, dass diese Freude aus einem gemeinsamen Interesse an der Förderung der medizinischen Forschung herrührte; und Schuldbewusstsein, da sie überhaupt nicht an die Stiftung dachte, sondern völlig selbstsüchtig in dieses Gefühl vertieft war, das er in ihr auslöste.

„Ja, Sir. Es überrascht mich nicht, dass Ihr Interesse an Medizin habt, da das jeder mit Eurem Leiden haben müsste. Jede Forschung, die die Geheimnisse und Wunder des menschlichen Körpers entschlüsselt, muss Euch und anderen etwas Hoffnung geben, dass die Ärzte eines Tages in der Lage sein werden, eine wirksame Behandlung, wenn nicht ein Heilmittel zu finden."

„In meiner Lebenszeit wird es kein Heilmittel für die Fallsucht geben, Miss Crisp."

„Was Euer Engagement in der Stiftung umso bewundernswerter macht."

„So? Es könnte ebenso gut als von Eigeninteresse motiviert betrachtet werden."

„Wie das?"

„Ich bin am Fortschritt der medizinischen Wissenschaft aus eigennützigen Zwecken interessiert. Alle anderen und ihre Leiden können - verzeiht mir, aber das werdet Ihr - zur Hölle gehen, soweit es mich betrifft."

Lisa verteidigte ihn nachdrücklich. So sehr, dass ihm leise Röte in die hageren Wangen stieg.

„Wenn das der Fall wäre, dann wäre alles, was ein Gentleman mit Eurem Vermögen tun müsste, darauf zu warten, bis die Medizin fortgeschritten ist, ohne einen Finger zu rühren, um zu helfen. Schließlich seid ihr in der glücklichen Lage, auf höchst zivilisierte Weise mit Eurem Leiden umzugehen und es Euch so bequem wie möglich zu machen. Ihr bräuchtet Euch nicht persönlich im medizinischen Bereich zu engagieren, insbesondere nicht eine wohltätige Stiftung zu betreiben, die danach strebt, den Armen die Last ihrer Krankheit abzunehmen, noch dazu kostenlos. Außerdem", plapperte sie weiter, als sie sich für ihr Thema erwärmte und weil sein Blick weiter fest auf ihre Augen gerichtet war, „müsste sich ein Gentleman wie Ihr überhaupt nicht für die kranken Armen interessieren. Es gibt jede Menge Wohltätigkeitsvereine, denen Ihr Eure Zeit und Aufmerksamkeit und Euer Vermögen widmen könntet, die nichts mit Armenhilfe oder Medizin zu tun haben. Und doch, hier seid Ihr, als Treuhänder der Fournier-Stiftung. Und daher glaube ich nicht, dass Ihr irgendjemanden zur Hölle verdammen wollt, am allerwenigsten die Armen, Sir."

„Und ich finde nicht, dass Ihr in irgendeiner Weise Bedenken wegen Eurer Beherrschung der französischen Sprache haben müsstet, Miss Crisp. Mit etwas Übung könnte ich Euch wie eine Einheimische sprechen lassen, so dass nicht einmal meine Mutter erraten könnte, dass Ihr von dieser Seite des Kanals seid."

„Oh! Wirklich? Könntet Ihr das? Ist Eure Mutter Französin?", fragte sie hastig, schüchtern wegen seines Lobes und weil die Erwähnung seiner Mutter ihr Gespräch so viel persönlicher machte. Und nicht zuletzt, weil sie drei Fragen nacheinander gestellt hatte. Aber sie erkannte das Absurde ihrer Reaktion, lachte hinter vorgehaltener Hand und gab zu: „Ihr würdet eine schlechte Schülerin in mir haben, Sir, weil ich es vorziehen würde, Euch zuzuhören."

„Aber ... ein schlechter Schüler ist doch sicher der, der gar nicht zuhört?"

Als er weiter nachdenklich die Stirn runzelte, errötete sie und sagte kleinlaut, bevor sie auf ihre Hände schaute: „Sehr wahr. Ich meinte etwas völlig anderes ..."

Es entstand eine so lange Stille zwischen ihnen, dass sie sich zwang, ihren Blick zu seinem Gesicht zu heben und sah, dass er sie eindringlich anschaute und sie bemerkte, dass er die eigentliche Bedeutung ihres Geständnisses verstanden hatte. Er lächelte schwach und etwas blitzte in seinen dunklen Augen auf.

„Vielleicht sollten wir eine Bewunderungsgesellschaft für Französischsprechende einrichten - nur für zwei?"

Sie erwiderte sein Lächeln und sagte verschmitzt: „Ich würde beitreten. Unter der Bedingung, dass Ihr das Sprechen besorgt."

Er lachte und hob sofort seine Hand zum Mund, um sich zurückzuhalten.

„Werdet Ihr mir erzählen, wie Euer Interesse an der Fournier-Stiftung zustande kam?", fragte sie leise, während ihr Blick seiner Hand hoch zu seinem Mund folgte und sie zum ersten Mal bemerkte, dass er seine Handschuhe ausgezogen hatte. Seine Finger waren lang und schmal, die Nägel manikürt und er trug einen schweren, goldenen Siegelring an seinem kleinen Finger, auf dem ein Wappen in einen Karneol graviert war.

„Auf die Gefahr hin, Euch zu langweilen ..."

„Ich bitte um Verzeihung, aber Ihr könnt mich nicht langweilen", unterbrach sie, ohne dass sie dessen gewahr wurde, da ihre Aufmerksamkeit noch immer von seinem Siegelring und der Bedeutung dieses Wappens gefesselt war. Und als er seine Hand bewegte und seinen Arm in ihre Richtung auf die Rückenlehne des Sofas legte, sammelte sie sich und sagte ernsthaft, was nicht zu dem Leuchten in ihren Augen passte: „Da wir jetzt Mitglieder dieser neu errichteten französischsprachigen Gesellschaft sind und ich unter der Bedingung beigetreten bin, dass Ihr das Sprechen besorgt, muss ich allem lauschen, was immer Ihr sagt. Also seht Ihr, ich werde nicht gelangweilt sein. Außerdem", fuhr sie fort, wohl wissend, dass sie plapperte, aber unfähig, aufzuhören, weil er sie auf so seltsame Art und Weise anschaute, die sie gleichzeitig glücklich und nervös machte, „habt Ihr eine so schöne Stimme, dass Ihr über gleich welches Thema und in gleich welcher Sprache Ihr wollt sprechen könntet, und ich würde zuhören. Obwohl ich mir sicher bin, dass solche Komplimente für Euch nichts Neues sind. Und obwohl ich Euch nur Englisch und Französisch habe sprechen hören, bin ich sicher, dass Ihr auch andere Sprachen sprechen müsst. Ihr seid zu sprachgewandt, um Euch auf zwei beschränkt zu haben. In Blacklands habe ich auch Dantes Sprache lesen, schreiben und sprechen gelernt. Aber seit ich bei den Warners lebe, hatte ich noch weniger Gelegenheit, diese Sprache sprechen zu üben als Französisch. Doch Ihr - ich könnte Euch den ganzen Tag zuhören, wenn Ihr Französisch sprecht ...“

Wieder dehnte sich das Schweigen, aber diesmal konnte sie es nicht über sich bringen aufzuschauen, um seine Reaktion zu sehen, so peinlich war es ihr, dass sie es sich erlaubt hatte, so zu schwätzen. Aber es war leicht, mit ihm auf Französisch ins Schwatzen zu geraten. Sie bezweifelte, dass sie auf Englisch so überschwänglich oder so offen gewesen wäre. Sie hielt ihren Blick auf die bestickte Vorderseite seiner Leinenweste gerichtet, auf die Sträußchen von Maiglöckchen und die passend bezogenen Knöpfe, und wartete darauf, dass er sprach. Schließlich hatte sie ihm ja erlaubt zu sprechen, ohne einen Beitrag von ihr zu erwarten.

Er nahm ihr Angebot an.

„Ich kann mich an keine Zeit erinnern, in der ich mich nicht für die medizinische Wissenschaft interessiert hätte“, überlegte er. „Vielleicht entstand mein Interesse anfangs wegen meines Leidens und weil ich ständig, fast von Geburt an, von Ärzten umgeben war. Der Schrank vor meinem Schlafzimmer war eine wahre Apotheke. Ich hatte bis in meine Jugendjahre einen Leibarzt und bin nie ohne meine Schatten irgendwohin gegangen oder habe ohne sie etwas unternommen. Ich habe drei. Einer ist der meine und die beiden anderen gehören den Burschen, eine sehr freundliche Bezeichnung für die beiden Aufpasser, die mir überallhin folgen. Und ich habe gelernt, sie als selbstverständlich zu akzeptieren. Ihre Anwesenheit lässt mich in der Gesellschaft etwas eigenartig erscheinen. Eine so selbstbezogene Existenz ist ebenso befreiend wie einschränkend.

„Ich habe das Glück, über genug Mittel zu verfügen, um mir das leisten zu können. Andere - die meisten anderen - werden nie solche Freiheit haben. Aber wie die Armen, die von der Fallsucht geschwächt sind und die ihr Stigma ein Leben lang tragen müssen, imstande sind, ohne jede Würde in unserer Gesellschaft zu arbeiten, kann ich mir nicht vorstellen ... Jedoch ist die *raison d'être* der Stiftung die Förderung der medizinischen Wissenschaft. Sie ist ein wohltätiges Treuhandvermögen für Ärzte, Krankenstationen, Chirurgen und Forscher und ihre Lehrlinge. Ich glaube - die Treuhänder glauben - dass der Fortschritt im

Wissen über die medizinischen Wissenschaften der einzige Weg ist, um Leiden zu mildern, nicht nur für die Armen, sondern für alle Menschen.

„Aber ich erkenne durchaus, dass meine Pflichten als Kurator nur eine minimale Mühe sind im Vergleich zu den Aufgaben derer, die ihr Leben der Behandlung der Kranken widmen und die ihre Tage damit verbringen, unter den barbarischsten Bedingungen zu schuften, bis zu den Ellenbogen in menschlichen Überbleibseln, alles, um unser Verständnis zu verbessern. Auch können meine Bemühungen sich nicht mit dem Trost und der Beruhigung vergleichen, die Ihr diesen Elenden bietet, wenn sie hilfesuchend in die Krankenstation kommen und nach Linderung, wenn nicht Heilung, ihrer Krankheiten suchen. Ein Lächeln und ein freundliches Wort müssen ihre Schmerzen sicher lindern, und wenn es nur für diesen kurzen Moment ist. Und für viele ist das mehr als genug, um sie zu stützen, zu wissen, dass man an sie denkt und ihnen ihr Leiden glaubt, selbst wenn sie so mit sich selbst beschäftigt sind, wie ich es als Kind war, und Euer Lächeln und Eure freundlichen Worte für selbstverständlich halten."

„Sir, Ihr seid zu freundlich ..."

„Ich bin niemals *zu freundlich*, Miss Crisp. Und Ihr solltet nicht so bescheiden sein. Ich lobe, wo es angebracht ist - nun, dieser Tage bin ich besser darin ... Nachdem ich kein launenhafter, ungebührlich verwöhnter Junge mehr bin."

„Launenhaft? Niemals! Verwöhnt? Ja", stimmte sie mit schiefgelegtem Kopf zu und lächelte ihn an. „Ich kann gut glauben, dass Ihr selbst als Junge einen Vorteil gegenüber Euren Kameraden hattet, was bedeutet, dass nicht nur Eure Eltern und Eure Geschwister Euch verwöhnten, sondern ich bin ziemlich sicher, dass alle, mit denen Ihr in Berührung kamt, nur zu gerne bereit waren, alles für Euch zu tun. Ich würde sogar wetten, dass selbst Euer Arzt, Euer Kindermädchen und Eure Schatten Eure jungenhaften Wünsche erfüllten."

Henri-Antoine verzog das Gesicht, aber er war nicht verärgert, trotz seines klagenden Tonfalls. „Deutlicher Vorteil? Jungenhafte Wünsche? Liebe Güte, Miss Crisp, was könnt Ihr meinen?"

„Oh, bitte, Sir! Ihr müsst mit mir scherzen. Ich habe es Euch bereits gesagt."

„Ich habe nicht die leiseste Vorstellung, wovon Ihr sprecht", sagte er mit einem Schulterzucken und bemühte sich, seinen Gesichtsausdruck neutral zu halten. „Und dies, obwohl ich der stolze Besitzer von drei mannshohen Spiegeln und fünf oder mehr Ankleidespiegeln bin." Als Lisa hinter vorgehaltener Hand kicherte, fügte er leise hinzu, während er sich zu ihr beugte: „Ich verlange, dass Ihr mir deutlicher erklärt, was Ihr gemeint habt."

Sein Tonfall war scherzhaft, aber sein Blick war so durchdringend, dass sie plötzlich vorsichtig wurde; sie erschauerte, schluckte und schaute weg.

„Bitte - bitte zwingt mich nicht", antwortete sie auf Englisch.

Das durchbrach den Zauber.

Er erkannte sofort, dass ihr verbales Geplänkel für sie zu weit gegangen war; dass sie trotz ihrer weltläufigen Fassade und der Reife, mit der sie mit den Patienten der Krankenstation und mit ihm, während er sich in den Klauen eines Anfalls befand, umging, ziemlich jung und unschuldig war. Zum zweiten Mal in ebenso vielen Wochen hatte er den Boden unter den Füßen verloren und war zu weit gegangen, was unverzeihlich war; sie hatte die Macht, ihn aus der Fassung zu bringen. Er erinnerte sich daran, dass sie allein waren und er Gast im Hause ihres Vormunds war. Wäre sie eine junge, unverheiratete Frau seines eigenen Standes gewesen, würde man sie unter keinen Umständen mit ihm allein gelassen haben, und das mit Recht.

Er lehnte sich zurück und ließ seinen Arm auf seine Knie fallen, dann erinnerte er sich an das Päckchen. Aber es schien ihm nicht passend, es ihr in diesem Moment zu geben, da sie seine Absicht missverstehen könnte. Also gab er sich große Mühe, eine Unterhaltung mit ihr zu führen, die sie beruhigen würde, damit sie sich in seiner Nähe wieder wohlfühlte. Er folgte ihrer Führung und verfiel wieder ins Englische.

„Mein Großvater, der Vater meiner Mutter, war Arzt, und aus Paris. Vielleicht habe ich von ihm mein Interesse an der medizinischen Wissenschaft geerbt ... Vielleicht liegt sie im Blut?", sinnierte er, den Blick auf den diamantenbesetzten Griff seines Gehstocks gerichtet. „Mein Großvater, der Chevalier, war ein begnadeter Heiler und sehr zum Entsetzen seiner adligen Eltern entschied er sich, Medizin und nicht Jus zu studieren. Schlimmer noch. Als er das Studium abgeschlossen hatte, eröffnete er keine private Krankenstation, um Menschen seines eigenen Standes zu behandeln, sondern nutzte seine Heilkunst, um den Ärmsten der Armen zu helfen, in dem Krankenhaus, das als *La Salpêtrière* bekannt ist, wo Frauen schlechtesten Rufs, Wahnsinnige und die, die an Fallsucht leiden, eingesperrt sind. Was nicht überraschend ist, wenn man bedenkt, dass viele annehmen, dass Epileptiker nur einen Schritt vom Wahnsinn entfernt sind ..."

„Das ist ein grundloses Vorurteil. Dr. Warner wird Euch das bestätigen."

„Dann ist er einer von unseren aufgeklärteren Medizinern."

„Oh ja, Sir. Aber verzeiht mir. Ich habe Eure Erzählung über Euren Großvater unterbrochen ..."

„Ich werde Euch nicht mit den Einzelheiten seiner medizinischen Laufbahn ermüden, so gut ich auch weiß, dass *Ihr* von diesen Einzelheiten fasziniert wäret. Mein Großvater wurde vom französischen Hof bemerkt und zum Leibarzt von Philipp dem Zweiten, dem Herzog von Orleans und Regenten Frankreichs während der Minderjährigkeit Ludwigs des Fünfzehnten, ernannt. Meine Urgroßeltern lebten lange genug, um diesen Tag zu erleben, aber glücklicherweise nicht lange genug, um Zeuge des Untergangs ihres Sohnes zu werden, daher starben sie glücklich ... Lasst mich wieder zu einem anderen Vorfall springen ... Eine Dame des Hofes, eine deutsche Prinzessin, die mit einem französischen Adligen verheiratet war, bekam vorzeitige Wehen. Mein Großvater kümmerte sich um sie, aber leider starb das Kind, ein Junge. Dieser Tod ruinierte die Karriere meines Großvaters. Er war gezwungen, Frankreich zu verlassen. Er zog sich in die italienischen Staaten zurück, wo er weiter als Arzt arbeitete und meine Mutter bis zu seinem Tod mit neunundfünfzig allein Jahren erzog. Meine Mutter glaubt - wenn sie an ihre Kindheit zurückdenkt und sich an bestimmte Gelegenheiten erinnert, wo ihr Vater sich einschloss - dass er sein Leiden versteckte ...“

Lisa schnappte nach Luft und ihre blauen Augen wurden groß. „Euer Großvater litt auch an der Fallsucht?“

„Das ist die Folgerung meiner Mutter. Zufällig trage ich einen seiner Namen ... Meine Eltern konnten bei meiner Geburt nicht ahnen, dass auch ich daran leiden würde ...“ Henri-Antoine war nachdenklich, und sagte dann mit einem Hauch des Erstaunens, wobei er seinen Blick von seinem Gehstock zu Lisa hob: „Ich habe seit vielen Jahren mit niemandem über meinen Großvater gesprochen ... Und ich habe mich auch nicht wie ein Gentleman benommen, als ich mich von Euch verabschiedete“, sprach er flüssig weiter, als er sah, dass sie sich in seiner Gesellschaft wieder wohlfühlte. „Ich bitte daher, dass Ihr dies als kleines Zeichen meiner Entschuldigung für meine unübliche Unhöflichkeit annehmt, und als Dank dafür, dass Ihr mir in Lord Westbys Haus zu Hilfe gekommen seid.“

Er nahm das Päckchen von dem niedrigen Tisch und legte es zwischen sie auf das Sofapolster.

„Für - für *mich*?“

„Für Euch.“

Lisa betrachtete stirnrunzelnd das mit einem schwarzen Band verpackte Päckchen.

„Bitte wartet mit dem Stirnrunzeln, bis Ihr es geöffnet habt und es Euch nicht gefällt.“

Lisas Stirnrunzeln verschwand und sie lächelte ihn an. „Ich bin ganz sicher, dass es mir gefallen wird, da es von Euch ist. Darf ich es auspacken?"

Henri-Antoine machte eine träge Handbewegung und seufzte, obwohl er heimlich über ihr unverhohlenes Entzücken erfreut und untypisch besorgt über ihre Reaktion auf das Geschenk war.

„Bitte. Es kann sich nicht selbst auspacken."

„Nun gut", sagte sie und zupfte an der Schleife. „Aber ich muss Euch warnen, dass ich nicht gewöhnt bin, Geschenke zu erhalten ..."

„Es ist nur eine Kleinigkeit."

„... *überhaupt* keine Geschenke. Daher vergieße ich vielleicht die ein oder andere Träne."

„Danke für die Warnung. Ich werde mein Taschentuch bereithalten."

Lisa kicherte und widmete dann ihre ganze Aufmerksamkeit dem Päckchen, als die Schleife aufging und das Tuch auseinanderfiel, um eine rechteckige Holzschachtel zu enthüllen. Aber sie war so ungewöhnlich, dass sie wirklich eine Seltenheit darstellte. So sehr, dass Lisa sprachlos erstarrte.

ELF

Als Lisa sich nicht rührte und kein Wort sagte, beugte Henri-Antoine sich stirnrunzelnd vor.

„Ist es nicht nach Eurem Geschmack, Miss Crisp?"

Lisa schüttelte den Kopf und schluckte. Sie hatte noch nie zuvor etwas so Schönes gesehen, und dies war eine Schreiberkiste. Zumindest war dies in Anbetracht des schrägen Zuschnitts des Deckels und der Griffe an jedem Ende ihre Vermutung, obwohl sie noch eine Erklärung oder Anweisung für die Funktionen brauchte. Sie hatte, als sie in Blacklands war, ein paar schön gearbeitete *Schreiberkisten* gesehen und die Mädchen beneidet, die so glücklich waren, sie zu besitzen. Ihre Kiste war von einem der Tischler der Schule gemacht worden, als Entgelt dafür, dass sie seinem Sohn Unterricht im Lesen und Schreiben gegeben hatte. Sie benutzte sie noch immer. Eine einfache Holzschachtel aus Verschnittholz, die schräge Schreibfläche mit einem Stück aufgearbeitetem Leder bedeckt und die Scharniere aus unscheinbarem Metall. Sie war dem Tischler dankbar dafür gewesen, dass er sie für sie angefertigt hatte, denn sie hätte nicht das Geld gehabt, um selbst eine zu kaufen.

Aber die Schreiberkiste auf dem Sofa ihrer Cousine ... Das war etwas so Schönes. Als Gegenstand so schmückend wie auch praktisch. Ein Kunstwerk, sorgfältig gestaltet, um ebenso zur Schau gestellt wie benutzt zu werden. Sie gehörte in das Boudoir einer großen Dame, die sie mitnehmen sollte, wenn sie in ihrer prächtigen vierspännigen Kutsche fortfuhr, vielleicht mit einem livrierten Diener, der nur zu dem Zweck angestellt war, einen solchen Schatz zu tragen und sich darum zu kümmern.

Lisas Ehrfurcht war so groß, dass sie zuerst nur zögernd und sacht über den Deckel strich, ihre Fingerspitzen fuhren über die glänzende, rötliche Pracht des Rosenholzes und den eingelegten Rand aus Perlmutt, die fachmännisch geschnittenen und polierten Ränder, die Laub darstellen sollten. Die Vorderseite war ebenso mit Intarsien verziert und hier befand sich auch ein Schloss aus Messing. Sie fragte sich, wo der Schlüssel sein mochte, denn es drängte sie, die Schachtel zu öffnen, um zu sehen, ob sie innen ebenso prachtvoll wäre.

Als ob sie spürte, dass Henri-Antoine den Schlüssel hatte, schaute sie durch einen Schleier aus Tränen zu ihm auf. Er hatte ihn tatsächlich, legte ihn aber beiseite, um in einer Rocktasche nach seinem Taschentuch zu graben. Dies hielt er ihr hin.

„D-danke", murmelte sie und schluckte schwer. Sie tupfte ihre Augen und Wangen trocken. „Es ... es tut mir leid. Sie ... sie ist *sehr* schön und muss Euch viel Geld gekostet haben, daher bin ich etwas davon überwältigt und davon, dass Ihr sie mir schenkt. Ich hatte nie eine Bezahlung irgendeiner Art dafür erwartet, dass ich Euch in Eurer Notlage beistand ..."

„Und ich würde Euch nicht durch eine Bezahlung beleidigen, Miss Crisp. Was die Kosten angeht, sind sie für einen Mann meines vulgären Reichtums von geringer Bedeutung. Und diese Schreiberkiste war nicht die teuerste im Angebot, aber die geschmackvollste. Ich hoffe, Ihr haltet es nicht für anmaßend, dass ich dachte, sie wäre perfekt für Euch. Aber das ist meine geringste Sorge. Was mir wirklich wichtig ist, ist die Wiederherstellung meines guten Rufs, der unbezahlbar ist", sagte er gedehnt in höchst überheblicher Manier. „Daher muss ich darauf beste-hen, dass Ihr diese symbolische Gabe akzeptiert, damit ich mich wieder besser fühlen kann."

Das leise Zucken in seinem Gesicht verriet ihn und Lisa lächelte und schüttelte den Kopf, ganz und gar nicht von seinem Hochmut getäuscht. Sie erkannte, dass er sein Bestes tat, um es ihr leicht zu machen.

„Sehr wohl, Sir. Ich würde gar nicht gerne der Grund für Euer weiteres Unbehagen sein. Daher werde ich Euer Geschenk - Verzeihung, *Eure symbolische Gabe* - mit Dankbarkeit annehmen. Obwohl es mir ein Rätsel ist, woher Ihr wisst, dass ich eine leidenschaftliche Briefschrei-berin bin. Oder habt Ihr vielleicht, während Ihr Dr. Warners Kranken-station für die Stiftung untersuchtet, entdeckt, dass ich die Schreiberin der Armen bin?"

„Eine Schreiberin für die Armen? In der Tat! Ihr hört nie auf, mich zu überraschen, Miss Crisp. Nein. Das wusste ich nicht. Und warum benötigen die Armen Eure Dienste als Schreiberin?"

Sie erklärte es ihm, war sich aber nicht sicher, was ihn mehr überraschte: Dass sie solche Dienste anbot oder dass die meisten Menschen, die in die Krankenstation kamen, zwar lesen, aber nicht schreiben konnten. Er war ein so bereitwilliger Zuhörer, dass sie fortfuhr zu erzählen, wie sie mit ihrer Schreiberkiste in der Ecke zu sitzen pflegte und die Armen Schlange standen, um ihre Dienste in Anspruch zu nehmen, indem sie ihr Briefe diktierten, die sie selbst nicht schreiben konnten.

„Also seht Ihr, diese schöne Schreiberkiste wird viel gebraucht und sehr gut gepflegt werden", sagte sie fröhlich zu ihm und erlaubte ihren Fingerspitzen, wieder über das Holz zu streichen, als ob sie den greifbaren Beweis dafür brauchte, dass es dort war und ihr gehörte.

Er konnte sehen, dass sein Geschenk sie sehr glücklich gemacht hatte und das erfüllte ihn mit einem Gefühl der Befriedigung; die unbehagliche Besorgnis, die er bei der Frage empfunden hatte, ob ihr das Schreibzeug gefallen würde, verschwand, als sein Blick ihren Fingern über das polierte Rosenholz und die Perlmutteinlage folgte.

„Es waren Eure Finger", gestand er leise. „Die Tintenflecken - die Tintenflecken an Euren Fingern erzählten mir von Eurem Briefschreiben - Nein! Ihr müsst sie nicht verstecken", sagte er barscher, als er beabsichtigt hatte, als sie ihre Hand schnell zurückzog und in ihrem Schoß zur Faust ballte. „Ihr solltet Euch nie durch ehrliche Arbeit verursachter, verräterischer Spuren schämen. Sie sind ein Ehrenzeichen, nicht wahr? Und nachdem Ihr mir jetzt über Eure Dienste als Schreiberin der Armen erzählt habt, bin ich noch viel erfreuter über mich selbst wegen der Angemessenheit meines Geschenks - Verzeihung, *meiner symbolischen Gabe.*"

„*Erfreut über mich selbst?*", wiederholte sie nach Luft schnappend und kicherte dann über die Absurdität dieser Aussage. Sie fragte lieb: „Wie kommt es, Sir, dass Ihr genau wisst, was Ihr sagen müsst, um es mir leicht zu machen?"

Henri-Antoine zuckte mit den Schultern, als hätte er keine Ahnung. Aber sein Versuch der Lässigkeit scheiterte, weil er sich nicht daran hindern konnte, über ihre unverhohlene Freude zu lächeln.

„Aha. An diesem Punkt *sollte* ich Euch erklären, dass ich Jahre damit verbracht habe, gesellschaftliche Leichtigkeit zu entwickeln. Aber ich weiß, dass Euch das nicht beeindrucken würde ..."

„Ihr habt recht. Das tut es nicht."

„... daher muss ich gestehen, dass ich keine Antwort habe, wenn es um Euch geht."

„Nein?"

Lisa schmollte, unfähig, ihre Enttäuschung zu verbergen und wieder ertappte Henri-Antoine sich beim Grinsen. Nur vergaß er dieses Mal, sich innerlich für sein loses Benehmen zu tadeln und fragte sie in leichtem Ton:

„Möchtet Ihr, dass ich Euch die Mechanik Eurer Schreiberkiste erkläre oder möchtet Ihr selbst entdecken, was ...“

„Oh ja! Ja! Bitte zeigt mir - *alles*“, unterbrach sie aufgeregt.

Sie hüpfte vom Sofa, schlüpfte aus ihren Pantoletten, damit sie besser mit untergeschlagenen Beinen sitzen konnte, und vorsichtig, um nicht die Röcke ihres Kleides zu zerknittern, setzte sie sich vor ihm auf den Teppich. Bevor er auch nur Zeit hatte, seinen Gehstock beiseite zu legen, hatte sie sich niedergelassen, mit geradem Rücken, Hände im Schoß, mit erhobenem Kopf und leuchtenden Augen wartete sie auf seine Erklärungen.

Er hielt ihr den Schlüssel hin. „Möchtet Ihr die Ehre haben?“

Lisa nickte und hob sich auf die Knie, um den kleinen, aber überraschend schweren Messingschlüssel im Schloss zu drehen. Und als er den Deckel aufschlug, bis er flach an seinen Messingscharnieren hing, beugte sie sich noch weiter vor, den Mund halb geöffnet vor Staunen darüber, dass das, was das Innere der Schreiberkiste enthüllte, sogar noch luxuriöser war als die äußere Hülle. Nachdem die beiden Hälften jetzt flach lagen, war die Schräge der Schreibfläche jetzt offensichtlich. Diese war mit hellrotem Leder bedeckt, das von einem fein gearbeiteten, vergoldeten Rahmen gehalten wurde. Hier war Platz genug, jedes Blatt Papier ablegen und bequem darauf schreiben zu können, und die rote Lederoberfläche saß in einem Rahmen aus Ebenholz, der mit filigranen Perlmutteinlagen verziert war. An einem Ende war ein langes, unterteiltes Fach, eines für Federkiele, ein anderes für Schreibfedern und andere Utensilien und an jedem Ende Platz für ein Tintenfass. Und es gab zwei davon, aus geschliffenem Glas mit silbernen Stopfen.

Henri-Antoine entfernte eines von seinem Platz, um Lisa zu zeigen, wie der Mechanismus in dem silbernen Deckel funktionierte, der die Tinte am Auslaufen hinderte, und wie man sie aufschraubte. Dann gab er es ihr, um es auszuprobieren, was ihr ohne Schwierigkeiten gelang. Aber als er die Hand ausstreckte, um das Tintenfass zu nehmen und zurückzustellen, zögerte sie und schaute ihn verwundert an. Ihre Stimme war kaum lauter als ein Flüstern.

„Ihr habt meine Initialen auf die Deckel gravieren lassen.“

„Ja. Hattet Ihr jemand anderen im Sinn ...?“

Sie schüttelte den Kopf, zu überwältigt, um mehr zu sagen, und drückte ihm die kleine Flasche wieder in die Hand.

Als Nächstes zog er sacht an einer kleinen, roten Lederlasche in der Mitte des oberen Randes der Schreiboberfläche, und die gesamte Hälfte der Schachtel öffnete sich wie ein zweiter Deckel, um ein Fach darunter zu öffnen.

„Ein Platz, um Euer Papier aufzubewahren", erklärte er ihr. „Aber wartet! Lasst mich Euch noch weiter in Erstaunen versetzen."

„Könnt Ihr das? Ich bin bereits mehr als nur ein wenig sprachlos."

„Das merke ich ...", scherzte er.

Er legte den Deckel wieder an seinen Platz und zog an einer weiteren Lasche am Ende vor dem Fach für Federkiele und Tintenfässer und hob die Schreibfläche so hoch wie zuvor. Auch diese Hälfte enthüllte ein Fach. Dann winkte er Lisa dichter heran, damit sie aufpasste, was er tat. Er ließ seine Finger über das Rosenholzpaneel unter dem Fach gleiten und gerade, als Lisa blinzelte, verschob sich das Paneel unter Henri-Antoines Fingern. Lisa holte überrascht Luft und ihre Augen wollten, wäre dies möglich gewesen, noch größer werden, als er das Paneel völlig wegnahm und ihr die Messingsprungfeder zeigte, die dieses Paneel an seinem Platz hielt. Wenn man auf einen bestimmten Punkt drückte, sprang die Feder auf und das Paneel wurde freigesetzt. Sie wollte ihn gerade fragen, warum und wann, aber als er das Paneel weggenommen hatte, wurde alles klar.

„Drei geheime Schubladen mit Horngriffen, die säuberlich hinter dem hölzernen Paneel versteckt sind. Winzig, aber groß genug, um kleine Briefchen oder Andenken aufzubewahren. Und nur Ihr wisst, dass sie dort sind ..."

„Und Ihr", sagte sie und lächelte ihn an. Sie griff hinein und ließ eine der Schubladen aufgleiten, versuchte dann die nächste und zog schließlich die letzte auf. „Oh", sagte sie und spähte mit gespielter Enttäuschung in jede der Schubladen. „Ich dachte ... ich dachte, vielleicht hättet Ihr mir eine Nachricht hinterlassen ..."

„Eine Nachricht? Dachtet Ihr? Ist diese Schreiberkiste nicht genug ... Oh! Ah! Ich verstehe!", murmelte er, als er, während sie ihre Hand vor den Mund schlug, um ihr Lächeln zu verbergen, zu spät erkannte, dass sie ihn neckte. Er erholte sich jedoch schnell und sagte affektiert, wobei sein Tonfall im Gegensatz zu der Heiterkeit in seinen dunklen Augen stand: „Wenn ich diese silbernen Deckel nicht schon hätte gravieren lassen, Ihr undankbares Frauenzimmer, würde ich darüber nachdenken, dieses Geschenk zurückzubringen ..."

„Oh nein, das werdet Ihr nicht!", sagte sie heftig und breitete ihre Hände besitzergreifend auf der ledernen Schreibfläche aus. Aber dann hatte sie einen plötzlichen Einfall und setzte sich wieder zurück, den Kopf erhoben, um hochnäsig zu sagen: „Aber auf jeden Fall, Sir. Nehmt sie. Obwohl ich Euch warnen muss, dass Ihr auf diese Weise jeden Nutzen verlieren werdet,

den Ihr hattet, und Ihr Euch nicht länger wohlfühlen werdet. „Und - *und*",
betonte sie, als er zu sprechen beginnen wollte und fuhr fort, als er die
Lippen aufeinanderpresste, obwohl es offensichtlich war, dass er ein Grinsen
zu unterdrücken versuchte, „ich kann aus einer so kleinlichen Revanche nur
einen Schluss ziehen. Dass Ihr, trotz aller Versicherungen des Gegenteils, so
launenhaft und verwöhnt seid, wie Ihr es nur je als Junge wart. Ich bin sicher,
dass das nicht ist, wie Ihr Euch mir gegenüber darstellen wollt, nicht wahr?"

Gehorsam schüttelte er den Kopf. Dann machte er eine Kehrtwendung, nickte, was sie nach Luft schnappen und sich, auf ihren Knien
balancierend, aufrichten und Gekränktheit vortäuschen ließ. Aber ihre
Darstellung war umsonst, als sie das Gleichgewicht verlor und nach vorn
fiel, nur, um von ihm an den Oberarmen aufgefangen zu werden. Und
als er sie einmal festhielt, ließ er sie nicht gleich wieder los, obwohl er sie
auf Armeslänge von sich entfernt hielt. Er starrte in ihr errötetes Gesicht,
alle Heiterkeit war erloschen.

„Es ist nur fair, wenn ich Euch warne, Miss Crisp", sagte er ruhig.
„Launenhaftigkeit und ein Benehmen wie ein verwöhnter Bengel sind
zwei meiner besseren Eigenschaften."

Sie hielt seinem Blick stand. „Ich glaube Euch nicht."

Er ließ sie los und setzte sich zurück, seine Augen wanderten überall
hin außer zu ihr. Sie blieb still und schwieg, das Gefühl seiner Hände
um ihre Arme blieb länger, als angenehm war. Und dann fasste sie sich
wieder, als ihr plötzlich bewusst wurde, wie die Zeit verging. Sie waren
so lange allein im Salon gewesen, dass sie sicher war, die Kuratoren
müssten genug Zeit gehabt haben, nicht nur eine vollständige Führung
durch die Krankenstation zu absolvieren, sondern auch, um zur Besichtigung des Anatomielehrsaals und der Präparationsräume nach oben
gegangen zu sein. Und er, wer auch immer er war, denn er musste ihr
seinen Namen erst noch anvertrauen und sie hatte ihn nie danach
gefragt, fiel mit Sicherheit durch seine Abwesenheit auf.

Die Schreiberkiste war noch immer offen und auseinandergezogen,
und als sie daran ging, sie wieder zusammenzusetzen, wurde er lebendig
und bot ihr seine Hilfe an. Sein Verhalten und sein Tonfall verrieten
keinen seiner Gedanken. Sie bat darum, dass er ihr zeigen möge, wie der
Sprungfederverschluss zu bedienen wäre, damit sie in der Lage wäre, das
Paneel, das die versteckten Schubladen verbarg, selbst zu öffnen. Er tat
ihr den Gefallen und ließ es sie mehrmals üben, bis sie es beherrschte.
Diese Ablenkung gab ihnen beiden Zeit und Gelegenheit, wieder zu
ihrem leichten Ton zurückzufinden, von dem sie festgestellt hatten, dass
sie ihn in der Gesellschaft des anderen genossen. So sehr, dass Henri-
Antoine und Lisa, als die Tür des Salons leise geöffnet wurde, um einen

der Kuratoren hereinzulassen, so in die Kiste und ineinander vertieft waren, dass sie alles andere vergessen hatten.

Lisa war auf den Knien, den Kopf über das Schreibzeug gebeugt, und übte ein letztes Mal, das versteckte Federschloss zu lösen, während Henri-Antoine so dicht bei ihr war, dass er jede dunkle Wimper zählen konnte, die ihre blauen Augen umrahmten. Und während er sich ihrer nur zu sehr bewusst war, war er sicher, dass sie ihn nicht beachtete. Ihre Konzentration war davon eingenommen, die Feder zu benutzen, um die verborgenen Fächer zu öffnen, und dann das Paneel erfolgreich wieder anzubringen. Er wandte seine Gedanken schnell wieder der vorliegenden Aufgabe zu und bald steckten sie ihre Köpfe zusammen, um in jede Ecke und Ritze der Schreiberkiste zu spähen, während er sich dabei ertappte, wie er ihr von seinem Besuch bei Toulmin und Gale in der New Bond Street erzählte und wie er noch in derselben Nacht zurückgekehrt war, um das Schreibzeug abzuholen, nachdem die silbernen Deckel der Tintenfässer graviert worden waren, da der Eigentümer nur zu gerne bereit gewesen war, seinen Laden bis in die frühen Morgenstunden offenzuhalten, um sicherzustellen, dass die Schreiberkiste den Wünschen seines Kunden entsprechend vorbereitet wurde.

Es war nicht überraschend, dass das Paar, als es angesprochen wurde, hochschrak und sich wie ein Wesen der Tür zuwandte.

„Verzeiht die Störung, aber man verlangt oben nach uns", sagte Jack im Plauderton zu Henri-Antoine.

Er hatte gewartet, bis sein bester Freund seine Erzählung über den Besuch bei Toulmin und Gale beendet hatte, was ihm auch Gelegenheit geboten hatte, das zu Henri-Antoines Füßen auf dem Teppich kniende Mädchen zu beobachten. Er hätte sie nach ihrem kurzen Zusammentreffen im Gang von Westbys Stadthaus nicht wiedererkannt. Er war von Henri-Antoines schlechtem Gesundheitszustand zu abgelenkt gewesen, um viel an ihr zu bemerken, außer, dass sie jung und hübsch und viel zu selbstbeherrscht für ein Mädchen war, das sich mit einer solchen Situation konfrontiert sah. Eine derartige Selbstbeherrschung erinnerte ihn an seine Tante Deb und er hätte nie gedacht, dass er je eine zweite Frau wie die Herzogin von Roxton kennenlernen würde.

Im Licht des Tages, die Wangen leicht gerötet und mit leuchtenden Augen, in ein einfaches, geblümtes Baumwollkleid gehüllt, das eng an ihren schlanken Armen und der schlanken Figur anlag, war dieses Mädchen noch hübscher, als er zuerst gedacht hatte. Und dann lächelte sie ihn an, als sie ihn wiedererkannte, und ihr schönes Lächeln erhellte ihre Züge. Er berichtigte sich innerlich selbst: Sie war nicht hübsch, sie war schön, so schön und sonnig wie ein Frühlingstag.

„Hallo", sagte sie und bemühte sich aufzustehen, wobei sie Henri-Antoine erlaubte, ihr zu helfen. Sie strich die Röcke ihres Kleides glatt und sah sich nach ihren Pantoletten um, ließ ihre bestrumpften Füße hineingleiten und kam durch den Raum zu ihm, um ihn mit einem einfachen Knicks zu begrüßen. „Heute ist ein Tag voller Überraschungen. Seid Ihr auch ein Kurator?"

Jack verbeugte sich und konnte nicht umhin zu lächeln. „Ja. Es tut mir nur leid, dass es mir die Bedingungen unseres Besuches nicht erlauben, mich ordnungsgemäß vorzustellen, Miss - Miss?"

„Miss Crisp. Egal. Euer Freund Harry hat sich ebenfalls nicht vorgestellt ..."

„Was zum Teufel!", explodierte Henri-Antoine, unfähig, seine Ungläubigkeit zurückzuhalten. Er war völlig perplex. Jacks dämliches Grinsen verbesserte seine Stimmung nicht. Er ging zu ihnen hinüber und während er Jack ignorierte, verlangte er von Lisa zu wissen: „Seit wann wisst Ihr schon ..."

„... Euren Namen? Seit meinem Besuch in Lord Westbys Residenz. Jack ..." Sie schaute Jack an. „Das ist Euer Name, nicht wahr, Sir?" Als er nickte, fuhr sie fort. „Jack nannte Euch Harry, und daher nahm ich an, dass das Euer Name wäre."

Aus Gründen, die er nicht ganz nachvollziehen konnte, gefiel es ihm nicht, seinen und Jacks Namen mit solcher Vertraulichkeit von ihren Lippen kommen zu hören. Es war eines, einen leichten Umgang mit ihr zu pflegen, wenn sie allein waren - obwohl der Gedanke daran ihm wegen dieses gesellschaftlichen Fauxpas' Unbehagen bereitete - und er ärgerte sich über Jack wegen der Störung, und über sie, weil sie sein Urteilsvermögen in Frage stellte. Daher versuchte er, die Ordnung wiederherzustellen - die Art, wie sein Leben geführt werden sollte - und scheiterte kläglich.

„Das ist nicht mein Name", verkündete er kalt. „Das ist, wie *er* mich nennt. Und Jack ist nicht *sein* Name. Das ist, wie ich *ihn* nenne. Also legt Euer selbstzufriedenes Lächeln ab und nein, Ihr dürft uns nicht in derart vertraulicher Weise anreden ..."

„Nun mal langsam, Harry", sagte Jack und eilte zur Verteidigung des Mädchens. „Jeder nennt mich Jack. Und ich bin nicht der Einzige, der dich Harry nennt. Der größte Teil der Familie tut das, außer deiner Mutter und ..."

„Halte dich da heraus!", fauchte Henri-Antoine, ohne seinen Blick von Lisa abzuwenden.

Jack warf die Arme hoch und trat zwei Schritt zurück. Aber er hätte sich nicht die Mühe machen müssen, zu Lisas Verteidigung zu kommen, denn sie wirkte überhaupt nicht betroffen. In der Tat, wenn er sich schon wie ein Eindringling gefühlt hatte, als er das Zimmer betrat, wusste er jetzt mit Sicherheit, dass er einer war, als er zusah, wie diese beiden verbal die Klingen kreuzten. Aber während sie jede Minute genoss, wurde Henri-Antoine zunehmend unruhiger, als die Sekunden verstrichen. Wenn jemand ihm diese Szene geschildert hätte, würde er es nicht für möglich gehalten haben, nicht mit Henri-Antoine, von dem er immer gedacht hatte, dass er ihn besser kennen würde als jeder andere - anscheinend jedoch nicht.

„Ihr seid gereizt, weil Ihr mir Euren Namen selbst sagen wolltet, und das könnt Ihr jetzt nicht mehr", antwortete Lisa Henri-Antoine. „Obwohl, warum Ihr Euren Namen geheim halten wollt ... Und Ihr könnt nicht die Regeln der Fournier-Stiftung als Ausrede benutzen. Dies ist Euer zweiter Besuch. Und ich war so nett, Euch meinen Namen bei Eurem ersten Besuch zu sagen ..."

„Aber nicht Euer Alter. Ihr habt mir noch immer nicht gesagt, wie alt Ihr seid. Nicht, dass ich sehe, dass daran etwas wäre, was Euch zum Lächeln bringen könnte", grummelte er. „Ich meine es völlig ernst."

Lisa trat einen Schritt näher, damit Jack sie nicht hören würde. „Ja, das sehe ich. Und zwei Eurer *besseren Eigenschaften* zu benutzen, um zu versuchen, dass ich Euren Wünschen nachkomme, wird nicht funktionieren. Ich werde mich nicht von solch unlauteren Mitteln zwingen lassen."

Trotz seiner besten Vorsätze, ernst zu bleiben, erkannte er schnell, dass er ihr nicht gewachsen war.

„Ihr, Miss Crisp, seid ein schamloses kleines Biest", erklärte er sanft und schaute zu ihrem erhobenen, lächelnden Gesicht hinab. „Aber Ihr könnt *mich* auch nicht mit Eurer Süße und Leichtigkeit bezwingen. Ich habe mir schon einmal zu oft die Finger verbrannt und bin gegen solche weiblichen Listen immun."

Lisa blinzelte ihn an. „Ich bin nicht ganz sicher, dass ich verstehe, was Ihr meint, Sir."

Er glaubte es ihr. Und er würde sich sehr wahrscheinlich wieder die Finger verbrennen, wenn er noch viel länger in der Nähe ihrer Flamme bliebe. Er wollte sie so gerne in die Arme nehmen und küssen ... Dieser Gedanke riss ihn aus seinen Träumereien. Und obwohl ihm Umgebung und Anlass wieder bewusst wurden, blieb doch ein Gefühl leichter Berauschtheit. Er fragte sich, ob er einen Anfall nahen spürte, da er so wirr im Kopf und so desorientiert war. Aber dieses Gefühl war anders als alles, was er je zuvor gefühlt hatte und das verstörte ihn am allermeisten. So sehr, dass er sich abwandte und zum Fenster hinüberging, da er

Raum und Zeit brauchte, um entscheiden zu können, ob er sich entschuldigen und nach den Burschen schicken müsste.

Die Tür des Salons öffnete sich dann, um Minette Warner einzulassen, und Michel Gallet war bei ihr. Sie ließ ihren Fächer flattern und sagte über ihre Schulter etwas zur Antwort auf den Haushofmeister. Aber als sie sich wieder dem Zimmer zuwandte und sich ihrer Cousine und zwei Gentlemen gegenübersah, erstarb ihr Lächeln. Röte überflutete ihr Gesicht und ihr Mund presste sich zu einem dünnen Strich zusammen. Sie musterte Lisa, warf Jack einen Blick zu, dann Henri-Antoine, und dann blieben ihre Augen auf dem Sofa und einer hübschen, filigran gearbeiteten Holzschachtel hängen, die auf einem Tuch und einem Stück schwarzen Band lag.

„Welche Überraschung, dich zu finden, wie du in meiner Abwesenheit unsere Gäste unterhältst", sagte Minette Warner mit einem gezwungenen Lächeln. „Du darfst in dein Zimmer zurückgehen, wo du bleiben solltest, wie dir gesagt wurde, und fertig für deine Reise packen. Und sieh zu, dass du dieses Kleid wechselst. Du willst doch nicht, dass es ruiniert wird, bevor du auch nur an deinem Ziel ankommst. Die Baumwolle ist empfindlich, bestenfalls dünn, wenn man bedenkt, wie oft Henriette es bereits getragen hat. Du könntest sehr wohl bereits Löcher in den Stoff gemacht haben."

Lisa machte einen Knicks, verlegen, weil sie von ihrer Cousine erwischt worden war, obwohl sie nichts Falsches getan hatte, und fühlte sich gedemütigt, weil die Tatsache, dass ihr Kleid aus zweiter Hand war, offen ausgesprochen worden war, und das vor einem Gentleman, der immer mit aller modischen Eleganz eines Mannes, der einen Ball besuchen wollte, gekleidet war. Jedoch hätte alles, was sie sagen konnte, kleinlich geklungen, und es war das Heim ihrer Cousine und sie war nur durch die Gnade der Warners ein Mitglied des Haushalts. Also blieb sie stumm und ging, um ihre Schreiberkiste vom Sofa zu holen.

„Lass das. Ich bin sicher, dass das nicht dir gehören kann ..."

„Verzeiht die Unterbrechung, Madam", sagte Henri-Antoine mit eisiger Höflichkeit. Er war sich nicht sicher, was sein Blut mehr zum Kochen brachte: Der herablassende Tonfall, mit dem diese Frau zu einem Mädchen sprach, das unter ihrem Dach lebte, aber offensichtlich kein Dienstbote war, oder zu sehen, wie das Licht in Lisas Augen erlosch, als sie so ausgeschimpft wurde. „Diese Schreiberkiste gehört tatsächlich Miss Crisp. Zweifellos wird sie sie bei ihren Pflichten als Schreiberin zu gutem Nutzen einsetzen ..."

Minette Warner war so überrascht, dass sie ihre guten Manieren vergaß und spottete: „Ich glaube kaum, dass man ein so teures und verziertes Schreibgerät braucht, um Briefe für die Armen zu schreiben.

Und ich bin sicher, dass Ihr mir verzeihen werdet, dass, da Lisa noch nicht volljährig ist, sie nicht berechtigt ist, Geschenke von Personen anzunehmen, die ihrem Vormund unbekannt sind."

Henri-Antoine neigte mit größter Höflichkeit seinen Kopf und lächelte dünn. Jack mochte das Lächeln überhaupt nicht und wartete darauf, dass sein Freund zum Angriff übergehen würde. Und wenn er das nicht tat, war er doch sicherlich bereit, dieses Geschöpf auf seinen Platz zu verweisen.

„Ich denke auch ...", begann Henri-Antoine und wurde rüde unterbrochen.

„Also Lisa. Nun lauf schon."

„Ich denke auch, dass Ihr Euch Eure Antwort nicht gut überlegt haben könnt", stellte Henri-Antoine, seinen Satz beendend, fest. „Und ich verzeihe Euch auch weder, dass Ihr auf das Offensichtliche hinweist, noch die Unterstellung, dass an dem Geschenk etwas Unpassendes sein könnte." Und während Minette Warner ihren Mund öffnete und schloss, um zu versuchen, Worte als Antwort auf einen solchen Tadel zu finden, wandte er sich an Lisa und sagte glatt: „Und wenn Ihr Eure Schreiberkiste weggeräumt habt, Miss Crisp, kommt zurück und schließt Euch uns im Speisezimmer an. Die Kuratoren könnten bezüglich Eurer Pflichten in der Krankenstation Fragen haben."

Lisa blieb vor ihm stehen, die Schreiberkiste hastig eingewickelt und an ihre Brust gedrückt.

„Ich bin schon in größeren Schwierigkeiten, als ich leicht erklären kann, weil ich hier in den Salon gekommen bin", flüsterte sie.

„Die gleichen Schwierigkeiten, in die Ihr geraten wäret, wenn Ihr zu meiner Kutsche hinausgekommen wäret, als ich Euch das erste Mal aufsuchte?"

Lisa nickte. „Und Ihr werdet das nur verschlimmern, wenn Ihr mich an der Abendgesellschaft teilnehmen lasst, zu der ich nicht eingeladen bin."

„Ich poche auf mein Recht als Kurator, um das zu verlangen. Und wenn der gute Doktor und sein Drachen von Ehefrau möchten, dass die Stiftung sein Unternehmen finanziert, werden sie nichts gegen Eure Anwesenheit beim Diner einwenden."

Lisa blieb standhaft.

„Sir, dies ist eine Schlacht, aus der Euch zurückzuziehen ich Euch bitten muss. Zwingt mich nicht zur Teilnahme am Essen. Das hätte - Folgen ... Und morgen trete ich eine Reise an, die meiner Cousine wenigstens die Zeit geben wird, meinen Ungehorsam zu verzeihen, wenn auch nicht zu vergessen."

Henri-Antoine sah ihr in die Augen. Sie blinzelte nicht und schaute auch nicht weg. „Wenn das Euer Wunsch ist."

„Ja."

„Nun gut. Dann werde ich auf Eure Gesellschaft verzichten ... Werdet Ihr lange fort bleiben?"

„Zwei Wochen."

„Werden es angenehme zwei Wochen sein?"

Lisas Lächeln kehrte zurück. „Oh ja. Ich fahre zur Hochzeit einer Freundin."

„Welch ein Zufall. Ich auch." Er machte eine Kopfbewegung in Jacks Richtung. „Ihm werden Zügel angelegt."

Lisa drehte sich um und schaute Jack an, und dann sah sie mit großen Augen wieder Henri-Antoine an, die Lippen leicht geöffnet, also ob ihr plötzlich etwas eingefallen wäre, was zu gut war, um wahr zu sein. Henri-Antoines leichtes Zucken im Gesicht tauchte auf, als er sie beobachtete. Sie schauten einander an und Lisa wusste, dass auch er den gleichen Gedanken hatte. Ihn auszusprechen war unnötig. Das Lächeln in ihren Gedanken war genug, um einen so ausgefallenen Gedanken zu übermitteln: Wäre es nicht der allerschönste Zufall, wenn sie an der gleichen Hochzeit teilnehmen würden!

Sie konnten kaum ahnen, dass ihr Wunsch in Erfüllung gehen und Freuden und Prüfungen mit sich bringen würde, die keiner von ihnen vorausahnen konnte, die aber am Ende ihr Leben für immer verändern würden.

ZWÖLF

Es war noch dunkel, als Lisa und Becky geweckt wurden, um sich bereitzumachen, zum Bell Savage Gasthof in Ludgate Hill gebracht zu werden, wo sie die Postkutsche nach Southampton für die lange Fahrt nach Hampshire besteigen sollten. Eine Droschke wartete auf der Straße auf sie und ihr Gepäck war schon festgeschnallt. Also spritzten sie sich kaltes Wasser in ihre Gesichter, glätteten ihre Haare und zogen sich an. Mit Umhängen, Hauben und Handschuhen bekleidet gingen sie nach unten und kletterten in die Droschke, nur, um sich in Gesellschaft Dr. Warners zu finden, der auf sie wartete und der dem Droschkenkutscher das Zeichen zur Abfahrt gab.

„Ich - wir - Mrs. Warner und ich - konnten euch nicht guten Gewissens erlauben, ganz allein abzureisen", gestand er. „Wir werden erleichtert sein, wenn ich mit eigenen Augen sehe, dass ihr in die Kutsche steigt, einen guten Platz im Innenraum bekommt, für den gezahlt wurde, und dass ihr alles habt, was man für eine angenehme Reise braucht."

„Vielen Dank, Sir. Das ist sehr freundlich", antwortete Lisa und unterdrückte ein Gähnen hinter ihrer behandschuhten Faust. Sie zwang sich, wacher zu sein als sie war. „Ich muss gestehen, dass ich wegen der Reise besorgt bin, mehr noch, wie wir uns in dem Gasthof zurechtfinden sollen. Eure Rücksichtnahme ist sehr willkommen. Wenn wir erst in der Kutsche sitzen, bin ich sicher, dass wir weniger ängstlich und in der Lage sein werden, die Landschaft zu genießen, wenn die Sonne erst aufgegangen ist. Wird der Bell Savage Gasthof zu dieser Stunde geschäftig sein?"

„Geschäftig? Auf mein Wort, ja, sehr sogar", antwortete der Arzt ernst und erwärmte sich für sein Thema. „Zu dieser Stunde werden die Nachtkutschen im Hof ankommen, während die am Tag fahrenden Kutschen mit ihren frischen Pferden in alle Richtungen abfahren. Der Gasthof selbst ist ein ansehnliches Haus, das sich rühmt, vierzig Gästezimmer und über hundert Pferde im Stall zu haben. Da sind nicht nur die ankommenden und abfahrenden Kutschen, sondern auch Karren, die mit allen Arten von Waren für die Grafschaften beladen sind, so hoch bepackt, dass es Gespannen von acht Pferden bedarf, um sie zu ziehen. Und Leute mit mehr Geld als Verstand mieten ihre eigenen Wagen, um sich hinbringen zu lassen, wohin sie möchten."

Lisa fragte sich, wie der Arzt so hellwach sein konnte, denn sicher hatte er nach einem ganzen Nachmittag und Abendessen mit den Kuratoren der Fournier-Stiftung nur wenig Schlaf bekommen. Und sie wusste, dass er immer einige Stunden am Abend damit verbrachte, seine Notizen zu verfassen oder das ein oder andere neue Experiment im Labor unter dem Dach aufzubauen. Doch hier war er um drei Uhr früh, als wäre es mitten am Tage, und wie immer bei ihr, geschwätzig. Sie tat ihr Bestes, um sich auf das zu konzentrieren, was er ihr erzählte.

„Und wenn das noch nicht ausreicht, um Augen und Ohren auch der am meisten übersättigten Reisenden zu blenden", sagte er, immer noch beim Thema des Bell Savage Gasthofs, „gibt es die Stallknechte, die einander über den Hof hinweg zurufen, wenn sie bei der Ankunft einer Kutsche lebendig werden, und die Angestellten des Gasthofs, die mit Gepäck und Erfrischungen für die Reisenden und Kutscher kommen und gehen. Dazu kommen Gruppen von Jungen, die herumlaufen und gegen ein Trinkgeld die Leute zur richtigen Kutsche bringen, mit den Portmanteaux helfen, wenn man sie lässt, und versuchen werden, einem eine Orange für die Fahrt zu einem horrenden Preis zu verkaufen. Während die Verkäufer von Orangen und Äpfeln, heißen Pasteten und Brot ihre Produkte lauthals schreiend zum halben Preis anbieten!" Er wurde nachdenklich. „Es ist ein so überaus geschäftiger und lärmender Ort, dass die dort häufig vorkommenden Unfälle nicht überraschend sind ... Vor vielen Jahren, bevor ich die zweite Mrs. Warner heiratete und in die Gerrard Street zog, hatte ich eine Praxis am Ludgate Hill ... Ich bekam die Leiche eines Jungen aus dem Bell Savage gebracht, sie war noch warm. Er war zwischen einem schwer beladenen Karren, der aus dem Hof fuhr, und der Wand eingequetscht und im Torbogen zerdrückt worden ... Sein Unterleib war plattgedrückt, die Beine gebrochen, die Füße von den Rädern abgetrennt worden ... Er starb fast augenblicklich. Zum Glück. Sie sagten, er wäre zehn Jahre alt gewesen, klein für sein Alter, aber meiner

Meinung nach konnte er nicht mehr als sechs Jahre alt gewesen sein. Perfekter Schädel mit hervorragenden Zähnen, und die zweiten Zähne waren noch im Kiefer, bereit zum Durchbrechen. Der Schädel des kleinen William hilft mir noch immer bei meinem Unterricht ...“

„Waren der Besuch der Kuratoren und das Abendessen ein Erfolg?“, fragte Lisa in der Hoffnung, das Thema vom Gerede über Leichen und perfekte Schädel abzulenken. Denn, auch wenn sie an solche Unterhaltungen beim Frühstück gewöhnt war, Becky war es nicht. Die Augen des Mädchens waren rund vor Entsetzen, und wenn sie bei ihrer Abfahrt in der Mietkutsche noch benommen vor Schläfrigkeit gewesen war, jetzt war sie es mit Sicherheit nicht mehr. „Denkt Ihr, dass sie entsprechend beeindruckt waren?“

„Besuch? Diner? Kuratoren? Oh ja!“, antwortete Dr. Warner, entsprechend abgelenkt. „Ich hatte eine sehr fruchtbare Diskussion mit meinen Kollegen, den Doktoren Willan und Blizard. Ich konnte sehen, dass sie mehr als nur ein bisschen neidisch auf die Einrichtungen waren, die ich meinen Anatomiestudenten biete. Was für ihren Bericht ein gutes Vorzeichen ist. Und Dr. Bailey ist ein sehr angesehener Arzt, mit den Manieren eines Gentlemans. Das hatte ich schon gehört, aber selbst in der Gegenwart des Mannes zu sein bestätigte dieses Gerücht. Und kein Wunder! Er war früher der Leibarzt keiner anderen erhabenen Persönlichkeit als des fünften Herzogs von Roxton, einem äußerst ehrfurchtgebietenden alten Aristokraten ...“

„... des Ehemannes der Herzogin von Roxton, bei der Tante de Crespigny Kammerfrau war?“

„Genau bei diesem. Du kannst dir vorstellen, wie erfreut Mrs. Warner über diese Neuigkeit war. Es war für uns beide eine große Freude, einen solchen Gentleman an unserem Tisch zu begrüßen und noch dazu jemanden, der mit der Familie Ihrer Gnaden vertraut ist. Natürlich war er ungemein verschwiegen wegen seiner Jahre mit dem Herzog und ließ sich über dieses Thema nicht ausfragen - er war in der Tat äußerst zurückhaltend - trotz Mrs. Warners bester Bemühungen, ihm eine oder zwei kleine Anekdoten zu entlocken.“

„Ich bin sicher, dass Cousine Minette ihr Bestes gab“, sagte Lisa mit so viel Ernst, wie sie in ihre Stimme legen konnte, alles, um sich daran zu hindern, bei der Vorstellung, wie ihre Cousine bei Tisch versuchte, Dr. Bailey dazu zu verlocken, über seine Jahre als Arzt eines Herzogs, und nicht irgendeines Herzogs, sondern genau des Herzogs, bei dem die Mutter ihrer Cousine gedient hatte, zu plaudern, laut herauszulachen. Und zweifellos hatte Cousine Minette den passenden Moment gefunden, um ihm und den anderen Kuratoren alles über ihre eigene Beziehung zu diesem herzoglichen Haus zu erzählen. Das dürfte sie bei niemandem beliebt gemacht haben.

Dr. Warner beugte sich mit einem Lächeln vor. „Und ich muss dir etwas mitteilen über den schätzenswerten jungen Gentleman mit dem Profil eines römischen Cäsaren, der so gütig war, mit dir im Salon zu sprechen, von dem ich sicher bin, dass es dich ebenso beeindrucken wird wie mich.“

„Ja, Sir?“, fragte Lisa und tat wieder ihr Bestes, um ernst zu wirken. Nur lag es dieses Mal daran, dass ihr Gesicht bei der Erwähnung dessen, der ihr noch immer seinen Namen verraten musste, obwohl sie wusste, dass Jack ihn Harry nannte, heiß wurde. Sie nahm nicht an, dass Dr. Warner seinen Namen entdeckt hatte ... „Was habt Ihr erfahren?“

„Nur, dass er *Dottore* Lazzaro Spallanzani persönlich kennengelernt hat!“

Lisa war ernüchtert und verwirrt.

„*Dottore*—Spallan—Spallan*zani*...?“

„Eben diesen Mann! Stell dir vor!“

„Ich wünschte, das könnte ich. Ihr werdet mir mehr über ihn erzählen müssen.“

„Spallanzani ist einer der brillantesten Lehrer und größten Geister unserer Zeit. Seine Theorie über die spontane Entstehung von Mikroben ist äußerst aufschlussreich. Aber seine größten Arbeiten liegen auf den Gebieten der Befruchtung und dem Prozess der menschlichen Verdauung. Er wurde für seine Beiträge zur Wissenschaft zum Mitglied unserer Königlichen Gesellschaft gemacht.“

„Eine äußerst passende Auszeichnung, seinen wissenschaftlichen Arbeiten nach zu urteilen“, warf Lisa ein, die nicht in der Lage war, etwas Wissenschaftliches zu der Unterhaltung beizutragen. Ein Blick auf Becky, auf deren Gesicht sich bei den Worten *menschliche Verdauung* ein Ausdruck des Abscheus ausgebreitet hatte, und sie musste sich zwingen, ein Lächeln zu unterdrücken. „Und einer der Kuratoren hatte die Ehre gehabt, ihn kennenzulernen, sagt Ihr?“

„Nicht einer, sondern zwei der Kuratoren. Während sie auf der Grand Tour waren, nahmen beide junge Gentlemen es auf sich, den guten *Dottore* aufzusuchen. Obwohl es der Gentleman mit dem Gesicht wie eine römische Münze war, der der Auslöser für diesen Besuch war. Er hat reges Interesse an Wissenschaft und Medizin.“

„Was vielleicht der Grund ist, warum er Kurator bei der Fournier-Stiftung ist?“

„In der Tat! Ja! Zweifellos“, antwortete der Arzt lebhaft, nur, um plötzlich ernst zu werden. Er beugte sich vor und fragte verschwörerisch: „Er hat dir nicht zufällig seinen Namen verraten?“ Als Lisa den Kopf

schüttelte, fügte er mit einem Nicken hinzu: „Ich dachte es auch nicht ...
aber Mrs. Warner fragte sich doch, und wollte, dass ich dich frage ... Sie
bemerkte, dass er einen Ring trug ...“

„... in den ein Karneol mit einem eingravierten Wappen eingelassen
ist.“

„Genau der! Mrs. Warner erkannte das Wappen sofort als das der
Familie Hesham, deren Oberhaupt der Herzog von Roxton ist. Sie sagte,
sie hätte es überall wiedererkannt, denn sie hatte es an der Seite der
Kutsche der Herzogin von Roxton aufgemalt gesehen, als diese ihre
Mutter gelegentlich besuchte ...“

„Er ist ein Mitglied der Familie des Herzogs von Roxton?“, platzte
Lisa heraus, bevor sie sich zurückhalten konnte.

„Das ist die wahrscheinlichste Erklärung dafür, dass er einen solchen
Ring trägt. Wer anders als ein Familienmitglied würde es sonst wagen,
das zu tun? Und wenn das so ist, würde es seine Verbindung zu Dr.
Bailey erklären und ein Grund dafür sein, warum er Kurator ist - Ach!
Wir sind da! Jetzt, bevor du aussteigst, musst du dies an dich nehmen“,
sagte er und überreichte ihr ein Päckchen, das Lisa nicht bemerkt hatte,
das aber neben ihm auf dem Sitz gelegen hatte. „Deine neue Schreiberkiste ...“

„Meine neue Schreiberkiste?“, unterbrach Lisa, die innerlich noch
verwirrt über die Neuigkeiten über den Eigentümer des goldgefassten
Karneolrings war und sich fragte, was seine genaue Beziehung zur
Familie Hesham sein mochte. „Verzeihung, Sir, aber Mrs. Warner sagte,
ich müsste sie in der Gerrard Street lassen, da sie zu kostbar wäre ...“

„Das sagte sie. Aber ich habe diesmal ihrer Entscheidung widersprochen, denn sie war falsch. Du musst und wirst dein Geschenk
behalten und mitnehmen. Es ist ein wunderschönes Schreibzeug und
diese Reise ist die perfekte Gelegenheit für dich, es zu benutzen. Ich
habe mir die Freiheit genommen, es mit ein paar Blatt Papier und
deinen Federkielen auszustatten und die Tintenfässer aufzufüllen - Ach!
Was ist das denn! Liebe Güte! Liebe Güte! Darüber musst du dich
doch nicht aufregen, liebes Mädchen“, sagte er mit einem nervösen
Lachen, als Lisa die Arme um seinen Hals warf und ihn umarmte,
wobei sie ihren Dank in den hochgeschlagenen Kragen seines Mantels
murmelte. Er tätschelte ihre Schulter, lehnte sich zurück und legte die
Schreiberkiste, die in einem Stoffbeutel verpackt war, in ihre behandschuhten Hände und fügte mit einem Lächeln hinzu: „Keine Tränen,
Lisa. Du sollst deine Zeit mit deiner Schulfreundin genießen. Hörst du
mir zu?“ Als sie schniefte und nickte, lächelte er und strich ihr rasch
über die gerötete Wange, um dann in seiner Manteltasche zu graben.
Er drückte ihr einen kleinen Samtbeutel in die Hand. „Das wirst du

auf deiner Reise vielleicht brauchen. Verwende es klug. Jetzt stecke es schnell weg, in eine Tasche unter deinem Unterrock, wenn du eine hast …"

„Sir, das ist viel zu viel", sagte Lisa kleinlaut, als sie das Gewicht des Beutels spürte. Als er mit seiner behandschuhten Hand abwehrte, grub sie schnell unter ihrem Cape nach dem Schlitz in ihren Röcken, durch den sie an die um ihre Taille gebundene Tasche kommen konnte. Sie steckte den Beutel ein und zog ihre Hand heraus, um die Schreiberkiste festzuhalten und sagte mit einem tränenerstickten Lächeln: „Vielen Dank, Sir. Ihr seid zu freundlich und zu großzügig."

Dr. Warner beugte sich zu ihr, um ihr ins Ohr zu flüstern. „Es sind ungefähr fünfzehn Schilling und ein paar Pennys. Gib dem Kutscher und dem Wachmann das übliche Trinkgeld, ein bisschen mehr, wenn du nett sein willst. Kaufe Erfrischungen für dich und Becky …"

„Aber Sir, die Köchin hat uns Äpfel und Orangen gegeben und wir haben Brot, Mandelkekse und Orangenkuchen dabei. Becky hat alles in ihrer Tasche. Wir brauchen keine …"

„Wenn du es jetzt nicht brauchst, könntest du doch später Verwendung dafür haben …"

Lisa blinzelte ihn an. In ihren Augen standen Tränen. „Es ist zu viel, Sir."

Er lächelte sie an und überraschte sie. „Es ist längst nicht genug für all die Stunden, die du in meiner Krankenstation damit verbracht hast, mir zu helfen und Patienten zu trösten. Glaube nie, dass ich mir deiner Bemühungen nicht bewusst wäre. In der Krankenstation und", fügte er mit einem Glucksen hinzu, als die Tür der Droschke aufgerissen wurde, „beim Frühstück, wenn ich am geschwätzigsten bin! Jetzt lass mich euch beide zur Kutsche nach Southampton bringen."

Der Hof des Bell Savage war genauso laut und geschäftig, wie der Arzt ihn beschrieben hatte. Der Lärm war noch dröhnender und schriller, das Gewühl von Tieren, Menschen und Gefährten noch hektischer und frenetischer, wenn das möglich war. Sie waren in der Mitte des Hofes der Poststation abgesetzt worden. Beide Mädchen schauten sofort an den Gebäuden hinauf, wo an zwei Stockwerken offene Galerien auf beiden Seiten entlangführten. Menschen kamen und gingen an ihnen entlang und Gäste hingen über dem Geländer, um die Vorgänge unten zu beobachten, alles im honiggelben Schein von hundert Laternen.

Sie wurden so abgelenkt, dass sie sich verirrt hätten, wenn Dr. Warner nicht Lisa am Arm gefasst und sie wiederum ihren anderen Arm durch Beckys geschoben hätte. Sie schlängelten sich durch das Getümmel der Passagiere und Diener, die anscheinend in alle Richtungen liefen, und folgten vier kleinen Jungen, die Lisas und Beckys

Reisekisten zwischen sich trugen und im Gehen einen Weg bahnten, indem sie aus aller Kraft ihrer Lungen *Weg da!* brüllten. *Weg da!*

Bald standen sie vor einer großen Kutsche, auf deren Dach schon Gepäck festgeschnallt war, und neben der Passagiere sich eifrig zum Aufsteigen drängten. Die Pferde wurden bereits gebracht, der Kutscher saß jedoch noch nicht auf seinem Bock, so dass noch Zeit für die zwei Mädchen war, sich einzurichten. In der Kutsche saßen bereits drei Personen, ein Ehepaar und zwischen ihnen ein kleiner Junge, nicht viel älter, als der arme Kleine William gewesen war, als er sein Leben verloren hatte und sein Schädel zum Lehrmaterial Dr. Warners wurde.

Der Arzt sprach mit dem Oberportier und dieser Gentleman lauschte mit dem Ernst eines Mannes, der von einem Herzog angesprochen wurde. Er schaute zu Lisa und Becky, die an einer Seite des Arztes standen, nickte und dann sah Lisa, wie Dr. Warner etwas auf die Handfläche des Mannes legte - zweifellos eine Münze für seine Hilfe - und wie dieser nickte und lächelte und verständnisvoll seinen Hut zog. Dann wurden Lisas und Beckys Reisekisten verladen, aber nicht aufs Dach zum Rest des Gepäcks, sondern in das Innere der Kutsche unter den Sitz, wo Lisa und Becky sitzen sollten. Nachdem ihr Gepäck sorgfältig verstaut und der Sitz wieder an seinem Platz war, wurden Lisa und Becky gebeten, einzusteigen. Es würde nicht lange dauern, bis der Kutscher auf seinem Bock wäre und wenn die noch draußen stehenden Passagiere ihre Plätze eingenommen hätten, könnte die Reise beginnen.

Becky kletterte nach drinnen und Lisa drehte sich zu Dr. Warner um, um ihn noch einmal dankbar zu umarmen.

„Ich werde schreiben, damit Ihr wisst, dass wir sicher angekommen sind."

„Tue das, meine Liebe. Wenn du Zeit findest. Aber verschwende sie nicht, um an uns zu schreiben. Genieße jede Minute deines Aufenthalts. Es könnte das einzige Mal sein, dass du Gelegenheit bekommst, dich in so erhabenen Kreisen zu bewegen und einen so wundersamen Ort wie Treat zu besuchen, wenn man glauben darf, dass Mrs. de Crespignys Beschreibungen der Wirklichkeit entsprechen. Merke dir alles, was du siehst und tust. Schreibe es auf. Lass und daran teilhaben, wenn du zurückkommst. Mrs. Warner kann es kaum erwarten, alles darüber zu erfahren."

Lisa lächelte und nickte, küsste rasch seine Wange und stieg mit einem kurzen Blick über ihre Schulter in die Kutsche. Die Tür wurde hinter ihr geschlossen, bevor sie sich hingesetzt und ihre Schreiberkiste in dem Stoffbeutel zwischen sich und Becky auf den Sitz gelegt hatte. Es gab keine weiteren Passagiere im Innenraum, so dass sie den Luxus von mehr Platz hatten, wofür sie, wie Lisa bewusst war, dem guten Doktor zu danken hatten. Sie nickte dem Paar und dessen Sohn zu, die zurück nickten, aber sie hatten solch mürrische Gesichter und sie war zu müde und überwältigt, um ein Gespräch zu beginnen, dass sie stumm blieb. Stattdessen konzentrierte sie sich auf das, was draußen vor sich ging; Becky und sie zuckten beide erschrocken zusammen, als die Passagiere auf das Dach zu klettern begannen und die Kutsche bei diesen Bewegungen hin und her schaukelte. Das Paar ihnen gegenüber lächelte wissend, sagte aber nichts, als ob es für sie nichts Neues wäre.

Lisa hielt Ausschau nach Dr. Warner, aber er hatte sich in dem Gedränge der Menge von Passagieren verloren, denen, die eilig einstiegen und denen, die ausgestiegen und auf ihrem Weg nach draußen waren. Zweifellos wollte der Arzt gerne so schnell wie möglich nach Hause zurückfahren, zu seinem Frühstück, seinen Zeitungen und seinem Tag in der Krankenstation und vielleicht auch, bevor seine Frau erfuhr, wo er gewesen war. Lisa war sicher, dass er mitgekommen war, um sie zu verabschieden, ohne dass Cousine Minette etwas davon ahnte. Und dafür würde Lisa ewig dankbar sein. Sie fragte sich, wann man ihm mitteilen würde, ob sein Antrag auf Förderung angenommen oder abgelehnt würde. Und das ließ sie an ihren gutaussehenden Gentleman mit dem Profil eines römischen Cäsaren und seiner Verbindung zur Familie Hesham denken. Es überraschte sie nicht, dass er ein Mitglied einer herzoglichen Familie war. Er hatte das Auftreten, die Manieren und die arrogante Selbstsicherheit - und nach seiner Kleidung und Ausstattung, auch das Vermögen - eines Herzogs. Aber der Herzog von Roxton war der erste Herzog im Königreich. Er hatte nicht nur Vermögen und Macht, er war der Inbegriff von beidem. Und das ließ das Geheimnis der Verbindung ihres Gentlemans mit einem solch berühmten Edelmann noch tiefer werden. Am meisten jedoch fragte sie sich, ob sie ihn je wiedersehen würde. Als ob sie einen greifbaren Beweis dafür suchte, dass er sie aufsuchen würde, legte sie ihre Hand auf die Schreiberkiste, und das verschaffte ihr ein wenig Trost, dass sie ihn nicht zum letzten Mal gesehen hatte.

Aber zuvörderst in ihren Gedanken war, während die letzten Vorbereitungen bei Pferden, Kutsche und Kutscher gemacht wurden, dass sie auf dem Weg war, um wieder bei Teddy zu sein. Das erschien ihr noch immer wie ein Traum, obwohl sie jetzt in der schon zur Abfahrt vom Bell Savage bereiten Kutsche saß. Dieser Gedanke ließ sie lächeln, und sie kuschelte sich in die Ecke des Innenraums, sich des Lärms und der Geschäftigkeit draußen in dem überfüllten Hof wohl bewusst, die jedoch langsam zu einem verschwommenen Gedröhn verschmolzen. Das Gepolter über ihrem Kopf hatte aufgehört, also waren auch die draußen sitzenden Passagiere zur Abfahrt bereit. Dann endlich kam

Bewegung in die Kutsche, als die Pferde anzogen, das Fahrzeug einen Satz nach vorn machte und der Kutscher die Pferde ans Ende einer Reihe von Kutschen lenkte, die alle unter dem Torbogen auf die Abfahrt warteten. Sie würden dann ihren jeweiligen Weg hinaus in die Umgebung von Ludgate Hill nehmen, weiter durch die Straßen einer Stadt, die niemals schlief, und die Southampton-Kutsche würde nach Südwesten in eine Landschaft fahren, die beiden Mädchen neu war und von ihnen mit Spannung erwartet wurde.

Endlich waren Lisa und Becky unterwegs.

ALS LISA AUFWACHTE, HATTE DIE KUTSCHE DIE STADT HINTER sich gelassen. Sie hatte keine Ahnung, wie lange sie geschlafen hatte, obwohl ihr vage bewusst war, dass die Kutsche bei mehreren Gelegenheiten zum Stehen gekommen war, dass es über ihr gepoltert hatte und Leute hinab und wieder hinaufgestiegen waren. Aber sie war zu müde und schläfrig gewesen, um ganz wach zu werden. Becky schlief noch immer in ihrer Ecke, jedoch das Ehepaar ihnen gegenüber war hellwach, der Junge lehnte mit geschlossenen Augen an seiner Mutter, die den Arm um ihn gelegt hatte.

Lisa war noch müde, aber wach genug, um aus dem Fenster zum Morgenhimmel zu spähen, über den Wolken zogen. Aber es war ein schöner, sonniger Tag ohne ein Anzeichen von Regen. Dies versprach Gutes für eine Reise auf trockenen Straßen und für die Passagiere, die sich über ihrem Kopf festhielten, dass sie weiter trockene Kleider haben würde und kein Regen zu der Last des Reisens im Freien beitragen würde.

Das frische Grün des Sommers war überall am Straßenrand zu sehen, in den Hecken, den freien Flächen der sanften Hügel und den Wäldern weiter abseits. Überraschend für Lisa war die Straße nicht menschenleer. Aber dafür gab es auch jeden Grund, denn die Kutsche ratterte über die Straße von London nach Portsmouth, eine der geschäftigsten Landstraßen des Königreichs, und würde auf dieser Straße bis Guildford und einem Pferdewechsel bleiben. Diese Stadt war noch Stunden entfernt. Die meisten Reisenden, an denen sie vorbeikamen, waren zu Fuß und Richtung Stadt unterwegs. Möglicherweise waren sie die ganze Nacht gewandert. Ein paar Reiter überholten sie. Und dann machte die Kutsche einen Bogen, um einen offenen, langsam von acht Pferden gezogenen Wagen zu überholen, der voll zechender Männer war.

„Seeleute, die zu ihren Schiffen unterwegs sind", stellte die Frau zur Antwort auf Lisas nachdenkliches Stirnrunzeln fest, als sie sich zurücklehnte. „Es wird gut drei Tage dauern, bis sie den Hafen sehen, und wenn sie wieder an Bord sind, werden sie monatelang auf See bleiben."

„Vielen Dank. Ich kann verstehen, dass sie die Zeit genießen wollen, wenn sie an Land sind ..."

Ein langes Schweigen entstand, aber Lisa spürte, dass die Frau sie noch immer musterte, als ob sie versuchte, sie einzuschätzen. Ihr wurde klar, dass dem so war, als die Frau fragte: „Wenn es Euch nicht stört, Euch zu unterhalten, reist Ihr und Eure Freundin die ganze Strecke bis nach Southampton?"

„Nein. Wir steigen in Alston aus."

„Alston? Nun, das ist ein schönes Städtchen in einem hübschen Teil von Hampshire. Nicht wahr, lieber Mann?", fügte sie mit lauter Stimme hinzu, mit wenig Rücksicht auf ihren Sohn oder Becky, die noch schliefen. Wenn der Mann noch gedöst hatte, dann tat er es jetzt nicht mehr. „Alston - das ist ein hübsches Städtchen."

„Jepp. Sehr hübsch. Die Kirche mit ihren Glocken ist eine Besichtigung besonders wert. Und die Stadt ist nicht allzu weit von Treat, dem Sitz des Herzogs von Roxton, entfernt. Ich glaube, in *Paterson's* steht die genaue Entfernung."

„Ein so großartiges Anwesen wie das, in dem seine Gnaden lebt, muss in jedem Reiseführer des Landes verzeichnet sein", meinte die Frau. „Nun, wenn es zu König Harrys Zeit bereits gestanden hätte, würde er einen Vorwand gefunden haben, es für sich zu beschlagnahmen, irre dich da nicht. Er liebte es nicht, von seinen Adligen übertrumpft zu werden. Vermutlich hätte er den Herzog wegen Hochverrats einsperren lassen."

„Aber nicht den derzeitigen Herzog, Weib. Seine Gnaden ist ein gottesfürchtiger Familienvater, genau wie seine Majestät. Und noch dazu ist er bescheiden und hält auch schon einmal in der Crown an, um ein Pint Bier zu trinken. Nicht wahr, Weib? König Harry hätte ihn zum Freund genommen, würde ich wetten."

„Da kann ich nicht widersprechen, Mann. Aber König Harry wäre trotzdem neidisch bei dem Gedanken gewesen, dass der Herzog ein schöneres Haus hätte, als er je besaß. Und er wäre neidisch gewesen, dass seine Gnaden acht Kinder gezeugt hat, und sechs davon auch noch gesunde Söhne. Stell dir das vor!", sagte seine Frau, die sich für ihr Thema erwärmte. „Obwohl er den fünfzehn Kindern seiner Majestät keine Konkurrenz machen kann. Daher hat unser jetziger König keinen Grund, an diesem Punkt eifersüchtig zu sein. Meine Großmutter war die Eigentümerin der Crown in Alston, nachdem mein Großvater starb", vertraute sie Lisa an. „Und dann übernahmen wir sie für eine Weile, nicht wahr, Mann? Und aus diesem Grund kann er sagen, dass der Herzog für einen Adligen ein bescheidener, gottesfürchtiger Mann ist, denn er war derjenige, der ihm dieses Pint Bier einschenkte. Nicht wahr, Mann?" Und dann sagte sie mit einem überlegenen Lächeln zu Lisa: „Und das ist der Grund, aus dem wir so viel über seine Gnaden und Alston wissen, seht Ihr. So ein hübsches Städtchen ..."

„Hier, Weib. Ich habe es im *Paterson's* markiert. Lass es mich dir vorlesen", sagte der Ehemann, nachdem er in seiner Manteltasche gewühlt und *Paterson's British Itinerary* herausgezogen hatte. Er blätterte die Seiten durch. „Treat ist zwischen den Landsitzen von Traine und Trebursey aufgelistet. Und auch auf der Karte verzeichnet." Er entfernte ein gefaltetes Stück Papier, das dort hineingesteckt gewesen war, um diese bestimmte Seite zu kennzeichnen und sah zu seiner Frau, um dann zu Lisa zu sagen: „Aber *Paterson's* gibt keine gute Beschreibung dieser schönen Landsitze der Adligen. Nur, wo sie liegen. Aber dies wohl, daher hatte ich es behalten, da ich daran dachte, eines Tages einen Ausflug zu dieser Anlage zu machen. Denn obwohl wir nur ein paar Meilen von dem Anwesen entfernt lebten, haben wir es nie besichtigt. Nicht wahr, Weib? Wir dachten, wir würden noch viel Zeit dafür haben ... Aber dann bekamen wir den Jungen, und er ist nicht immer ganz gesund ..."

„Seeluft. Das war, was er nach des Doktors Meinung brauchte", warf die Frau ein. „Eines Tages wird er putzmunter sein."

„... daher zogen wir nach Southampton", sagte der Mann, um seinen Satz zu beenden. „Wir besitzen dort eine Pension an der Canute Road ..."

„... die zu dem eleganten Teil der Stadt gehört. Sie ist immer auf Wochen im Voraus ausgebucht. Es ist ein schönes, anständiges Haus. Jeden Tag wird Frühstück und Abendessen serviert und am Sonntag ein besonderes Abendessen."

„Wir halten auf unserem Weg von und nach Southampton in Winchester an, um unsere Tochter Sally zu besuchen, die mit einem Hilfspfarrer verheiratet ist. Unsere andere Tochter, Molly, unsere älteste, sie und ihr Mann Fred kümmern sich um unsere Pension, wenn wir den Jungen mit nach London nehmen, um zu sehen, was die Ärzte dort für ihn tun können ..."

„Aber es gibt keine Veränderung bei ihm. Was ein gutes Zeichen ist. Wie die Ärzte sagen. Es geht ihm nicht schlechter und nicht besser."

„Wenn es warm genug ist, nehme ich ihn mit in die Seebäder", sagte der Mann. „Ich mache mir nicht allzu viel aus dem Salzwasser, aber er liebt es ..."

„... und den Geruch des Salzes. Er würde die ganze Nacht das

Fenster offenlassen, selbst an kalten Wintertagen, wenn es nach ihm ginge ..."

Lisa betrachtete den Jungen mit einem sanften Lächeln. Er sah aus, als würde er schlafen, was sie nicht überraschte, wenn man ihren frühen Aufbruch berücksichtigte, aber sie fragte sich, ob er wach wäre und lauschte, es aber vorzöge, an seine Mutter gekuschelt zu bleiben, die sich warm und tröstlich anfühlen musste, insbesondere, wenn es ihm nicht gut ginge. Das Rütteln der Kutsche würde ihn sich nicht besser fühlen lassen. Die Eltern hielten ihr Stirnrunzeln für ein Zeichen, dass sie ihrer selbst wegen besorgt wäre und wollten sie rasch beruhigen.

„Der Arzt sagt, man kann sich mit dem, was er hat, nicht anstecken."

„Nun, Mutter. Das ist nicht ganz richtig. Einer seiner Ärzte sagt, man *könne* sich anstecken, und ein anderer sagt, nein, weil es alles in seinem Kopf ist. Nicht, dass er sich nur einbildet, was er hat, sondern dass es sein Gehirn ist, das daran schuld ist. Um die Wahrheit zu sagen, ich glaube, sie wissen selbst nicht, warum er solche Kopfschmerzen bekommt. Aber die hat er. Und was ich Euch sagen kann, ist, dass wir es nie von ihm bekommen haben, auch Sally und Molly und ihre Familien nicht. Und keiner unserer Gäste hat sich je über Anfälle von Bewusstlosigkeit oder ähnliches beklagt. Nicht, dass er viel in der Nähe der Gäste wäre ..."

„Wenn Ihr mir die Frage verzeiht, leidet Euer Sohn unter Kindheitsmigräne oder sind seine Symptome eher denen ähnlich, die an Fallsucht Leidende haben?"

Mutter und Vater schauten einander an und dann wieder Lisa. Ihre verblüfften und misstrauischen Blicke fragten wortlos, was sie, die kaum mehr als ein kleines Mädchen war, von solchen Dingen wusste.

Lisa fühlte sich daher gezwungen, ihnen ein wenig über Dr. Warners Krankenstation und über Dr. Warner zu erzählen und fügte mit einem beruhigenden Lächeln hinzu: „Daher seht Ihr, dass ich mir gar keine Sorgen wegen meiner oder der Gesundheit meiner Begleiterin mache. Und ich würde sehr gerne wissen, was auf diesem Papier über das Anwesen des Herzogs von Roxton steht ..."

„Ja! Ja! Das Papier", sagte der Mann und wandte seinen Blick von Lisa ab, die er für eine außergewöhnlich selbstbewusste junge Frau hielt und es als absolute Schande empfand, dass eine solche Schönheit darauf verschwendet wurde, die kranken Armen zu pflegen. Dennoch, wäre er krank, könnte er sich nichts Netteres vorstellen, als diesen helfenden Engel seine Leiden lindern zu sehen. Bei diesem Gedanken räusperte er sich rasch und las laut die Beschreibung des Stammsitzes der Herzöge von Roxton vor:

„Treat. Sitz der Herzöge von Roxton. Fünf Meilen südwestlich des Städtchens Alston in der Grafschaft Hampshire gelegen. Ein prachtvolles Herrenhaus im palladianischen Stil, erbaut vom Architekten William Kent. Es soll das größte im Privatbesitz stehende Herrenhaus in England sein. Ursprünglich ein elisabethanisches Herrenhaus. Durch Henry, den vierten Herzog von Roxton, den ‚Architekten-Herzog‘ um die Jahrhundertwende umfänglich umgebaut und in all seiner Pracht vollendet durch Renard, den fünften Herzog von Roxton. Die Große Galerie verfügt über eine exzellente Auswahl an Gemälden von bekannten Künstlern von Holbein bis Kneller und viele prächtige Porträts der Familie. Besonders hervorzuheben ist das lebensgroße Porträt der fünften Herzogin durch den französischen Künstler Jean-Honoré Fragonard. Die Bibliothek erstreckt sich über zwei Stockwerke und soll im Königreich nicht ihresgleichen haben. Ein prachtvoller Ballsaal mit drei Kronleuchtern, ein vergoldetes Musikzimmer und verschiedene öffentliche Empfangsräume sind an bestimmten Tagen für die Öffentlichkeit zugänglich.

„Das Gelände wurde seit der Zeit der Königin Anne sehr verändert. Gärten, See und die umliegende Parklandschaft sind das Werk von Capability Brown. Viele Zierschlösschen in verschiedenen, fantasievollen Stilrichtungen können in der ausgedehnten Landschaft gefunden werden und die nicht verschlossenen können von der Öffentlichkeit besichtigt werden. Es gibt einen künstlichen See von beträchtlichem Ausmaß, der an verschiedenen Stellen über eine der drei Steinbrücken überquert werden kann. Kleine Inseln sind im Überfluss vorhanden, die größte, die Schwaneninsel, war einst Heim eines Einsiedlers und es heißt, es gehe dort ein Geist um. Erwähnenswert ist das wundervolle Mausoleum der Familie, die letzte Ruhestätte der Herzöge von Roxton und verschiedener Verwandter der Familie Hesham. Es hat ein großartiges Kuppeldach mit eingelassenen, runden Glasfenstern und ist am höchsten Punkt des Anwesens errichtet. Das Mausoleum, das einen guten Aussichtspunkt bietet, um einen Überblick über die umliegende Landschaft zu bekommen, ist ein Wahrzeichen für Reisende, denn es kann aus vielen Meilen Entfernung gesehen werden. Das Innere wird von einer lebensgroßen Statue des fünften Herzogs beherrscht. Es ist nicht öffentlich zugänglich, außer am Nationalfeiertag. Es wird erwartet, dass die Haushälterin für die Führung durch die der Öffentlichkeit zugänglichen Räume im Haus eine kleine Entlohnung erhält. Das Gelände kann betreten werden, solange die Familie nicht im Hause ist, indem man sich an die Loge des Tores bei der nördlichen Zufahrt wendet. Crecy Hall, ein restauriertes Herrenhaus aus der elisabethanischen Zeit und sein Park liegen an der Ostseite des Sees und waren früher Teil des Roxton-Anwesens. Derzeit ist es der englische Wohnsitz der Herzöge von Kinross und das ganze Jahr über ist das Betreten verboten. Keine Ausnahmen."

„Oh, sieh doch!", rief die Frau aus, bevor Lisa Zeit hatte, dem Mann zu danken, dass er eine höchst aufschlussreiche Beschreibung ihres Zielortes vorgelesen hatte oder etwas dazu zu sagen. Dann deutete die Frau aus dem Fenster. Ihr Mann und Lisa folgten ihrem ausgestreckten Finger. „Dort! Dort, zwischen den Bäumen. Seht Ihr es?"

Und sie sahen es. Ein prachtvolles Gebäude mit einem ebenso prachtvollen Porticus, der von vier dicken Säulen gestützt wurde. Es stand stolz auf einem Hügel über einem Rasenhang, viel höher als die es umgebenden Bäume, so dass es von der Straße aus gut zu sehen war und zweifellos auch aus Meilen in der Runde. Mann und Frau erzählten Lisa über das Herrenhaus und seine Geschichte, während sie den Blick weiter aus dem Fenster gerichtet hielt.

„Das ist Claremont ..."

„... es wurde von einem reichen Nabob gebaut. Wie hieß er noch ...?"

„Clive. Lord Clive von Indien."

„Ach ja! Das stimmt! Er hat sein Vermögen auf dem Subkontinent gemacht und hierher mitgebracht und dieses Haus gebaut.

„Es heißt, dass man vom obersten Stockwerk bis nach London und St. Paul sehen kann ..."

„Bis nach St. Paul?"

„Die ganze Strecke bis nach St. Paul, Weib. Und du musst mir das nicht aufs Wort glauben. Der Onkel von Mollys Fred sagt es. Du kannst Fred fragen, wenn wir nach Hause kommen, ob es nicht so ist. Aber trotz allem glaube ich nicht, dass Clives Anwesen mit dem Landsitz konkurrieren kann, der seiner Gnaden von Roxton gehört."

Lisa wandte sich mit einem Lächeln vom Fenster ab, während das Haus jetzt hinter einem Wäldchen verschwand, als die Postkutsche um eine Kurve bog.

„Der Beschreibung nach, die Ihr mir vorgelesen habt, kann ich das nicht bezweifeln, Sir. Der Sitz des Herzogs von Roxton übersteigt mein Vorstellungsvermögen."

„Wenn Ihr Zeit und Gelegenheit habt und das Geld, um die Haushälterin zu bezahlen, bin ich sicher, dass es den Weg dorthin wert wäre. Ihr würdet es nicht bereuen."

„Oh, ich glaube Euch, Sir. Und ich werde es sicher nicht bereuen."

DIE REISE VON CLAREMONT, DAS SICH AM STADTRAND VON ESHER befand, bis zur Stadt Guildford, dem nächsten geplanten Halt, bot den

Insassen der Postkutsche viele Stunden lang Gelegenheit, um sich besser miteinander bekannt zu machen. Lisa und Becky teilten ihr Obst, Orangenschnitzen und Mandelkekse mit dem Mann und seiner Frau, die sich formell als Mr. und Mrs. Fuller und ihren Sohn, Master Samuel, vorstellten. Zu diesem Festmahl trugen die Fullers Brot, Käse, Chutney und auch etwas Obst bei. Und dann spielten Samuel und Becky mehrere Partien Snap mit Spielkarten, die der Junge in London von seinem Taschengeld gekauft hatte, während das Paar döste und Lisa die Aussicht bewunderte, bis auch sie beim Schaukeln der Kutsche einschlief.

Als sie aufwachte, war die Postkutsche vor dem White Heart Gasthof in Guildford vorgefahren, um die Pferde zu wechseln und Passagiere aussteigen zu lassen und andere, die weiter nach Süden fahren wollten, aufzunehmen. Alle Passagiere verließen die Kutsche, um die Einrichtungen zu benutzen, um sich zu einer Mahlzeit hinzusetzen und einen Spaziergang entlang der High Street zu machen, um sich die Beine zu vertreten, bevor sie wieder aufstiegen und einen Sitz auf dem Dach einnahmen, oder für die Fullers, Lisa und Becky, um ihre Plätze im relativ bequemen Innenraum wieder einzunehmen.

Jedoch wurde die angenehme Gesellschaft, die die Mädchen und die Familie Fuller nach vielen Stunden der gemeinsamen Reise auf so engem Raum gebildet hatten, gestört, als sie beim Wiedereinsteigen in die Kutsche diese von einem in einer Ecke sitzenden Gentleman besetzt fanden, der seinen Mantelkragen bis zu den Ohren hochgezogen und einen Filzhut ins Gesicht gezogen hatte. Sein Kinn lag auf seiner Brust und er sah aus, als schliefe er.

Die Mädchen und die Fullers schauten einander an, Mrs. Fuller murmelte, was die anderen nur dachten.

„Meine Güte. Das ist wirklich höchst bedauerlich."

Die Fullers nahmen ihre Plätze wieder ein und Lisa ließ Becky am Fenster sitzen, während sie den mittleren Sitz neben dem schlafenden Gentleman einnahm. Nicht einmal das Gepolter über ihren Köpfen, als die im Freien reisenden Passagiere nach oben kletterten, um Platz auf dem Dach zu finden, störten den Fremden in seiner Ecke. Und fiel Lisa etwas auf, etwas, das ihr tiefste Übelkeit bereitete und ihr Herz rasen ließ.

„Meine Schreiberkiste! Becky! Ich habe sie auf dem Sitz gelassen. Sie - sie ist nicht da!"

„Sie muss da sein, Miss", sagte Becky. „Niemand würde es wagen, sie anzufassen."

Jeder außer dem Fremden rutschte auf der Suche nach dem betreffenden Gegenstand herum, obwohl es unwahrscheinlich war, dass irgendjemand sich auf etwas gesetzt hatte, das wirklich groß genug war, um ihm auszuweichen. Und gerade, als Lisa sich beraubt fühlte und sich fragte, wie sie dem Schenker je einen solchen Verlust erklären sollte, setzte der Fremde sich auf und zog den Stoffbeutel, in dem Lisas Schreiberkiste sich befand, unter seinem Arm hervor.

„Oh, vielen Dank!", rief Lisa aus und lächelte den Gentleman an, während sie die Schreiberkiste an ihr Mieder drückte.

Er tippte an den Rand seines Hutes und schien ohne ein weiteres Wort wieder einschlafen zu wollen. Dies erwies sich jedoch als unmöglich, denn kaum hatte er sein Kinn gesenkt, als draußen im Hof ein ansteigender Lärm entstand, den man unmöglich ignorieren konnte. Stallknechte liefen in alle Richtungen und riefen Befehle, viele der Passagiere auf dem Kutschendach bewegten sich, um besser sehen zu können und störten das empfindliche Gleichgewicht der gesamten Gruppe, während der Kutscher all seine Kraft und seine Kunst benötigte, um seine sechs Pferde fest im Griff zu halten, die von dem unerwarteten Erscheinen der neuen Ankömmlinge aufgestört wurden.

Eine glänzende, hochliegende Kutsche, die von vier Vollblütern gezogen und von sechs livrierten Vorreitern begleitet wurde, kam mit der Geschwindigkeit und der Arroganz in den Hof, die sich Vorrang vor jedem und allem herausnahm. Dass die Kutsche neben einer Postkutsche hereinrauschte, die gerade abfahren wollte, wurde von ihrem Fahrer, den Vorreitern und den Insassen dieses Gefährts kaum zur Kenntnis genommen. Alles bei diesem neuesten Ankömmling im White Heart Gasthof verriet einen Herrn von Vermögen und gesellschaftlichem Rang, angefangen bei der modernsten Bauart der Kutsche, deren leichter Korpus auf Federn ruhte, um die Fahrt bequemer zu machen, den schwarzlackierten und goldbemalten Verzierungen bis zu den Pferden, prachtvollen, zueinander passenden Grauen, in ihrem glänzend polierten Messinggeschirr und den Vorreitern in ihren schmucken schwarzsilbernen Livreen. Aus diesem Grund beugten sich die Passagiere der Postkutsche vor, um einen besseren Blick auf die Kutsche und die Pferde zu werfen und vor allem zu entdecken, wer in solchem Staat durch das Land reiste.

Die Passagiere auf dem Dach der Postkutsche hatten eine bessere Sicht als die im Inneren, denn obwohl die Kutsche zwischen der Postkutsche und dem Gasthof einfuhr, kam sie erst etwas weiter zum Stehen und überließ es der Familie Fuller, Lisa und Becky und dem Fremden, der sich aufgesetzt hatte, zuzuschauen, wie die Vorreiter vor ihren Fenstern abstiegen und davonschritten, und dies, während die Postkutsche langsam vom Gasthof abfuhr und die Straße einschlug, die südlich nach Winchester führte. Es gab keine Gelegenheit, die neu Angekommenen zu sehen, da sie auf der anderen Seite ausstiegen. Jedoch ihr Lachen, als sie auf den festen Boden traten, war über den Hof hinweg zu hören, verklang jedoch bald in dem gleichzeitigen Lärm der sich in Bewegung setzenden Postkutsche.

Jeder in der Postkutsche lehnte sich unbefriedigt zurück. Lisa jedoch musste die Neuankömmlinge nicht sehen, um eine Vorstellung davon zu bekommen, wem diese Kutsche gehörte. Sie erkannte die Livree und zwei der Vorreiter. Es waren dieselben zwei bärenstarken Lakaien, die den Gentleman, der ihr die wundervolle Schreiberkiste geschenkt hatte, begleitet hatten, als er die Gerrard Street aufsuchte. Sie irrte sich nicht und begann sich zu fragen, ob ihr Wunsch tatsächlich in Erfüllung gehen könnte und sie auf derselben Hochzeit zu Gast sein würden. Denn warum sonst würden er und seine Diener auf derselben Straße Richtung Alston unterwegs sein? Und hatte nicht Mrs. Warner das Wappen auf seinem Karneolring als das dem Herzogs von Roxton gehörende erkannt? Und wenn er also ein Familienmitglied war, stand tatsächlich zu vermuten, dass er wahrhaftig an der Hochzeit ihrer besten Freundin Teddy teilnehmen würde. Und wenn es sein Freund war, der die „Ehefesseln" angelegt bekäme, dann konnte dieser Freund niemand anders sein als Sir John Cavendish, Teddys Zukünftiger. Er hatte gesagt, sein Name wäre Jack ... sie hatte Teddys zukünftigen Ehemann kennengelernt. Lisa riss vor Erstaunen und Schreck über diesen unwahrscheinlichen Zufall die Augen auf. Sie wandte sich ab, um aus dem gegenüberliegenden Fenster zu sehen, damit die Fullers nicht denken sollten, dass sie sie anstarre.

Und gerade, als die Postkutsche den Gasthof vollends verlassen hatte und auf der Straße entlangrollte, als sie dachte, dass nichts sie mehr überraschen könnte, nahm der Fremde seinen Hut ab und zauste seine Haare, so dass sie nicht länger an seiner Kopfhaut klebten. Lisas Blick flog von der Aussicht zu dem dicken Haarschopf des Fremden. Er war von einem lebhaften Kupferrot, der gleichen Farbe wie Teddys. Sie musste ihn direkt angestarrt haben, denn er drehte sich um und sah sie an und sie schrak erneut zusammen. Nicht nur hatten seine Haare dieselbe Farbe wie Teddys, sondern er besaß auch dieselbe gerade, kleine Nase, die ihrem Geschmack nach für einen Mann zu feminin war, obwohl sie bei Teddy sehr gut aussah. Trotzdem hatte ihre beste Freundin die gleichen Haare und die gleiche Nase wie dieser Gentleman, der aussah, als wäre er Mitte oder Ende der Dreißiger, wenn ihre Schätzung stimmte. Er musste irgendwie mit Teddy verwandt sein. Sie war sich so sicher und so erstaunt darüber, dass sie ihn geradeheraus fragte.

„Verzeiht meine Keckheit, Sir, aber ich muss Euch etwas fragen: Seid Ihr auf dem Weg, um an der Hochzeit von Miss Cavendish und Sir John Cavendish teilzunehmen?"

DREIZEHN

Der Fremde schrak auf, als er so angesprochen wurde. Er
warf den anderen Insassen der Kutsche einen Blick zu und sah, dass das
Paar sich bei der Frage des Mädchens vorgebeugt hatte.

Lisa wartete auf seine Antwort. Als er die Schultern hochzog und das
Gesicht verzog, wurde ihr klar, dass er verneinen würde, irgendetwas
über die Hochzeit und Miss Cavendish zu wissen, obwohl sie seine
erschrockene Reaktion auf ihre Frage bemerkt hatte. Er tat dies, indem
er vorgab, kein Wort von dem verstanden zu haben, was sie gesagt hatte.

„Excusez-moi, mademoiselle. Je ne comprends pas l'anglais."

Lisa war mehr denn je überzeugt, dass er genau wusste, was sie
gesagt hatte. Außerdem, als sie ausgerufen hatte, dass sie ihre Schreiberkiste vermisste, hatte er sie schnell neben sich auf dem Sitz gefunden.
Und als sie ihm gedankt hatte, zur Antwort an seinen Hut getippt. Also
verstand er genug Englisch, um ihre Frage zu verstehen. Vielleicht war er
nur vorsichtig, weil er seine Privatangelegenheiten nicht unter Fremden
besprechen wollte. Schließlich kannte er sie nicht und die Fullers ganz
bestimmt auch nicht. Sie war sicher, auch wenn die Fullers etwas Französisch verstanden, würden sie es nicht so sprechen wie sie, daher
drängte sie den Fremden weiter und redete ihn in seiner eigenen Sprache
an. Sie dachte, wenn sie wahrheitsgemäß und offen zu ihm sprach,
könnte er eigentlich dasselbe tun.

„Dann hoffe ich, dass es Euch nichts ausmacht, wenn ich beharrlich
bleibe und meine Frage in der von Euch bevorzugten Sprache stelle",
antwortete sie auf Französisch und fuhr nahtlos fort, als ob sie seine

Überraschung oder den Blick, mit dem er sie scharf musterte, nicht bemerkt hätte. „Der Grund, warum ich fragte, ob Ihr zu Miss Cavendishs Hochzeit reist, ist, dass ich das tue. Ich bitte um Verzeihung. Mein Name ist Miss Crisp. Ich war mit Miss Cavendish - Teddy - in der Schule und ich habe sie seit zwei Jahren nicht gesehen. Aber ich habe ein ausgezeichnetes Gedächtnis für Namen und Gesichter. Und ich kann mich erinnern, dass Teddy mir von einem in Frankreich lebenden Onkel erzählte. Sie hatte ihn nie kennengelernt, aber ihre Mutter erzählte ihr, dass dieser Onkel - der der Bruder ihrer Mutter ist - die gleiche Haarfarbe hätte wie Teddy und ihre Mutter. Sie nannte diese Farbe ‚das Feuer der Fitzstuarts‘. Sie erzählte mir auch, dass es in der Familie einen Ring gäbe, der ‚Feuer und Eis‘ genannt würde, das Feuer dargestellt durch einen Rubin, das Eis durch einen Diamanten. Aber verzeiht mir, ich rede einfach weiter auf Euch ein. Und wenn Ihr nicht Teddys französischer Onkel seid, müsst Ihr mich für ein ziemlich hohlköpfiges oder doch zumindest sehr vorwitziges Frauenzimmer halten, dass ich so offen mit Euch spreche und Ihr hättet recht, wenn Ihr mich zurechtweisen würdet.“

Der Fremde fuhr ein paar Sekunden weiter fort, Lisa zu betrachten, und dann, nach einem Blick auf die anderen, die entweder wieder dösten oder die Aussicht genossen, antwortete er auf Französisch, wobei er den Hauch eines Lächelns zeigte:

„Ihr habt ein erstaunliches Gedächtnis, Miss Crisp. Ebenso bemerkenswert wie Eure französischen Sprachkenntnisse. Es ist erfreulich zu erfahren, dass Teddy eine Schule besuchte, die so hervorragenden Unterricht in dieser Sprache erteilte.“

„Ja. Aber das heißt nicht, dass alle Mädchen von dem Angebot profitierten, oder in der Tat eine natürliche Begabung für Sprachen hatten. Ich schon. Ich sage das nicht mit falschem Stolz, M’sieur, sondern als Tatsache. Aber wenn Ihr wirklich etwas über Teddy wisst, ist Euch bekannt, dass ihre Interessen überall anders als in einem Schulzimmer liegen.“

Der Fremde gab unwillkürlich ein bellendes Gelächter von sich. Aber bald hatte er seine Gesichtszüge wieder unter Kontrolle, und alles, was er sagte, war: „Wenn Ihr mich entschuldigen wollt, Miss Crisp, werde ich mich bis Alston zurückziehen. Ich hatte eine lange, beschwerliche Reise von Cheltenham, wo ich Zeit bei einem Besuch meiner kranken Mutter verbrachte, die ich viele Jahre lang nicht mehr gesehen habe. Aber wenn Ihr Lust habt, unsere Unterhaltung auf dem Weg zu unserem Ziel fortzusetzen, halte ich gerne mit.“

Lisa war ohne weiteres einverstanden und ließ den Fremden schlafen, was er in seiner Ecke auch geräuschlos tat, bis sie Alston erreichten, was in der Tat ein malerisches Städtchen war, wie die Fullers gesagt hatten.

Lisa und Becky und ihre Reisekisten, sowie der Fremde mit seiner Tasche wurden vor dem Swan Gasthof an der High Street abgesetzt. Die Mädchen verabschiedeten sich von den Fullers und von Sam, der Becky überraschend umarmte und sie versprechen ließ, dass sie ihn in Southampton besuchen würde. Die Fullers gaben Lisa noch ihre Geschäftskarte, Lisa dankte ihnen und Becky sagte, sie würde schreiben. Der Abschied geschah in Eile, was Lisa zupass kam, da sie nicht gewusst hätte, was sie den Fullers hätte antworten sollen, wenn diese gefragt hätten, warum sie ihnen ihr Reiseziel nicht verraten hatte, als sie vom Landsitz des Herzogs von Roxton sprachen.

Denn kaum hatten Lisa und Becky sich von den Fullers verabschiedet, als sie bereits von einem Gentleman in der dunklen Kleidung eines Mitglieds der oberen Dienerschaft, gefolgt von zwei Lakaien in Livree, angesprochen wurden. Die Fullers wussten sofort, wem diese Livree gehörte und sie starrten Lisa und Becky ungläubig an, als sie sahen, wie sie von den Dienern des Herzogs von Roxton begrüßt wurden. Im Hof des Swan Gasthofs wartete eine Kutsche auf die Mädchen, bereit, sie nach Treat zu bringen.

Lisa lud den Fremden ein, sich ihnen anzuschließen, was er gerne annahm, obwohl er weder ihr noch dem gehobenen Diener seinen Namen nannte, als er in die Kutsche stieg. Und wieder saß er in seiner Ecke, während der Diener, der sich als der Assistent des Sekretärs seiner Gnaden von Roxton vorstellte, ohne seinen Namen zu nennen, ausführlich mit Lisa über ihren Aufenthalt auf dem Landsitz und die bevorstehende Vermählung von Miss Cavendish mit Sir John Cavendish sprach. Sie musste sich einmal zu viel in dem Innenraum der Kutsche umgeschaut haben, die ein kompaktes Gefährt, aber wunderschön ausgestattet war, mit blauen Samtpolstern, Satinknöpfen in der Polsterung und seidenen Vorhängen mit zarten Fransen, denn der Hilfssekretär fühlte sich gezwungen, etwas anzumerken.

„Dies ist die Kutsche ihrer Gnaden auf dem Landsitz, sie wird nur für kurze Fahrten benutzt, ins Dorf an Feiertagen, zu besonderen Tagen zur Schule von Alston, deren Schirmherrin ihre Gnaden ist und um solche Persönlichkeiten in der Umgebung zu besuchen, die ihre Gnaden ihrer Zeit für würdig hält.“

„Es ist ein schön ausgestattetes Gefährt“, antwortete Lisa mit einem Lächeln und hielt ihre behandschuhten Hände im Schoß. „Und man fährt überaus angenehm darin.“

„Dies ist eine besonders gute Straße“, witzelte der Fremde in der Ecke, noch dazu in perfektem Englisch, ohne die Augen zu öffnen.

Niemand sagte etwas dazu, obwohl Lisa Mühe hatte, ihr Schmunzeln nicht zu breit werden zu lassen. Der Hilfssekretär übergab Lisa dann ein versiegeltes Päckchen, von dem er sagte, dass sie es nicht jetzt zu öffnen brauchte, es aber nützlich für sie sein würde, sich mit dem gesamten Inhalt und dem Protokollblatt und den beiden Karten vertraut zu machen, sobald es nach ihrer Ankunft in der Gatehouse Lodge, wo sie während ihres Aufenthalts wohnen würde, machbar wäre.

Lisa starrte das dicke Bündel und das Wachssiegel an, und dann auf den Hilfsschreiber gegenüber.

„Protokollblatt? Karten?", erkundigte sie sich und wollte mehr Informationen, um zu verstehen, wovon er sprach. „Verzeiht mir. Es war ein langer Tag und ich bin etwas müde."

Der Assistent hüstelte in seine behandschuhte Hand und erklärte es.

„Ein Protokollblatt ist ein höchst notwendiges und lehrreiches Mittel, wenn man mit den - äh - *Feinheiten* der Sitten und der Rangordnung und den Einzelheiten der täglichen Umgangs mit Personen von Rang auf einem großen Landsitz nicht vertraut ist, insbesondere auf dem Landsitz eines Herzogs, dessen Mutter eine zweifache Herzogin ist und dessen Stiefvater auch selbst ein Herzog ist. Und ich bin sicher, dass Ihr, Miss Crisp, Euch vorstellen könnt, dass die Gästeliste eine lange Liste von titeltragenden Verwandten und Freunden ist, wenn die Nichte eines Herzogs heiratet. Alle kennen einander und es ist daher für diejenigen, die wenig oder keinen - *Umgang* - mit solch hochgestellten Persönlichkeiten hatten, hilfreich, den Unterschied zu kennen, wenn man, sagen wir, einen Earl anspricht oder einen Viscount ..."

„Das wäre es, aber die Beispiele, die Ihr gebt, sind nicht gut", stellte der Fremde fest und öffnete die Augen. „Beide werden mit ‚Mylord' angesprochen, ob sie der Earl der großen Reithosen oder der Viscount Hitzkopf sind. Also woher sollte sie das wissen? Wie sollte es irgendjemand wissen, es sei denn, dass man mit Lord große Reithosen oder Lord Hitzkopf verwandt ist?"

Lisa schlug die Hand vor den Mund, um sich daran zu hindern, laut herauszulachen. Aber das Funkeln in ihren Augen konnte sie nicht unterdrücken. Der Fremde, der ihr gegenübersaß, lächelte und blinzelte ihr zu, bevor er sein Lächeln unterließ und zu dem beleidigten Hilfssekretär sagte: „Bitte, lasst Euch von mir bei Eurer Unterrichtung nicht stören. Obwohl ich zu Miss Crisps Beruhigung hinzufügen möchte, damit sie sich vielleicht etwas wohler fühlt, dass, da dies eine Hochzeit in der Familie ist und der Herzog von Roxton zuerst ein Familienmensch und an zweiter Stelle ein Adliger ist, er bei seinen Gästen nicht auf Zeremoniell pochen wird, ungeachtet des Earls der großen Reithosen oder des Viscount Hitzkopfs. Wenn ich irgendetwas von dem Mann weiß, schätzt er gute Manieren und Aufrichtigkeit mehr als Vorrang und Posen."

„Und Ihr kennt seine Gnaden gut, Sir?", fragte der Hilfssekretär steif, ohne eine Antwort zu erwarten.

„Das sollte ich wohl. Ich bin sein Cousin ersten Grades."

Der Hilfssekretär glotzte ihn an und dann, als ihm sein schlechtes Benehmen bewusst wurde, schaute er schnell fort und auf seine Hände. Ein langes Schweigen entstand, währenddessen der Fremde sich abwandte, um aus dem Fenster zu schauen; dann sagte der Assistent zaghaft zu Lisa: „In dem Päckchen befindet sich auch ein Tagesplan, auf dem bestimmte Veranstaltungen bis zur Hochzeitszeremonie und dem Hochzeitsfrühstück und dem Ball verzeichnet sind. Die Gäste sind nicht verpflichtet, an irgendetwas davon teilzunehmen, aber es wird sehr begrüßt, wenn sie mitmachen, wenn es möglich ist, oder auch nur zuschauen, wenn es solche Dinge sind wie das Cricketmatch der Gentlemen. Ihr werdet sehen, dass ein oder zwei Veranstaltungen zu Eurer Aufmerksamkeit besonders markiert worden sind, an diesen solltet Ihr als Gast der Braut teilnehmen.

„Außerdem sind zwei Karten diesem Päckchen beigefügt, von denen ich hoffe, dass Ihr sie sehr nützlich finden werdet. Eine zeigt die unmittelbare das Anwesen umgebende Landschaft mit verschiedenen Sehenswürdigkeiten und Ziergebäuden, und dort sind auch andere interessante Punkte eingezeichnet, die Ihr besichtigen könnt, soweit Ihr während Eures Aufenthalts Zeit dazu findet. Die zweite ist ein Lageplan des großen Hauses - so wird das von seiner Gnaden und seiner Familie bewohnte Haus innerhalb der Familie genannt, um es von ...",

„... dem kleinen Haus zu unterscheiden?", schlug der Fremde in einem Ton vor, der Lisa und dem geplagten Hilfssekretär verriet, dass er witzig sein wollte.

„... von Crecy Hall, dem Heim der Mutter seiner Gnaden, der Herzogin von Kinross und ihrem Ehemann, dem Herzog von Kinross, zu unterscheiden", fuhr der Hilfssekretär fort, als hätte der Fremde nichts gesagt. „Die beigefügte Karte zeigt die Räume im großen Haus, die den Gästen offenstehen, so dass Ihr, wenn Ihr Euch verirrt habt oder Schwierigkeiten, Euren Weg zu finden, diesen Lageplan sehr nützlich finden werdet."

„Was?", fragte der Fremde. „Was ist mit der Armee von Lakaien passiert, oder ist Roxton dazu übergegangen, nur noch Stumme für solche Dienste einzustellen?"

„Keineswegs, Sir. Es wurde nur gedacht, dass einige Gäste sich weniger eingeschüchtert fühlen könnten, wenn sie einen Lageplan hätten, um ihren Weg selbst finden zu können, als einen Lakaien zu fragen, der seinen Posten nicht verlassen darf, um ihnen den Weg zu zeigen."

„Oh ja, einen Lageplan zu haben ist eine ausgezeichnete Idee. Vielen Dank", sagte Lisa, die das Gefühl hatte, etwas zur Rechtfertigung der Stunden, die es gekostet haben musste, solche Karten und Lagepläne für die mit dem Landsitz nicht vertrauten Gäste vorzubereiten und zu zeichnen. „Und Ihr habt völlig recht. Sich an einen Lakaien in all seiner Pracht zu wenden, wäre eine beunruhigende Erfahrung. Und ich wage zu sagen", fügte sie mit einem kecken Lächeln und einem Blick zu dem Fremden gegenüber hinzu, „sollten Lord große Reithosen und sein Freund Lord Hitzkopf nicht regelmäßige Gäste seiner Gnaden sein, auch sie von einem solchen Plan nur profitieren würden."

Der Fremde lachte schnaubend.

„Damit sie durch die Räume rauschen können, als wären sie wirklich mit dem Haus vertraut?" Er beugte sich vor und vertraute Lisa an: „Die Sache ist die, dass selbst Familienmitglieder sich in einem derart ungeheuer großen Anwesen bisweilen verirren, daher ist es keine Schande, wenn Ihr die Karte ständig mitführt." Er schaute zu dem Hilfssekretär hinüber. „Gibt es noch etwas, das Ihr Miss Crisp mitteilen müsst?"

„Nein, Sir. Alles andere ist in diesem Paket in allen Einzelheiten erklärt."

„Gut. Wie ist Euer Französisch?

„Pardon, Sir? Mein Französisch?"

„Sprecht Ihr es?"

„Ein wenig."

„Aber nicht gut?"

„Nicht gut, Sir."

„Dann müsst Ihr Miss Crisp und mich für die nächste kurze Zeit entschuldigen", sagte er und sprach dann wieder in Französisch ausschließlich zu Lisa. „Ich bitte um Verzeihung, dass ich in der Postkutsche nicht offener war. Ich weiß nicht, wie viel Teddy weiß oder was sie Euch über ihren französischen Onkel erzählt hat, aber vielleicht seid Ihr so freundlich, mir zu sagen, was Ihr wisst, damit ich mich nicht wiederholen muss. Und ich würde Eure Offenheit zu schätzen wissen, Miss Crisp."

„Sehr wohl, Sir. Teddy und ich hatten in der Schule keine Geheimnisse voreinander. Sie weiß nur, was ihre Mutter ihr über Euch zu erzählen entschied. Daher weiß ich von Eurer gleichen Haarfarbe und dass Ihr in Frankreich lebt." Lisa begegnete seinem festen Blick. „Eines, worauf ihre Mutter besonders bestand, war, dass Ihr kein - kein *Verräter* an Eurem Gewissen geworden wäret, ganz gleich, welche - welche *verräterischen* Handlungen gegenüber seiner Majestät Ihr während des Krieges in den amerikanischen Kolonien auch vollbracht hättet. Und dass Ihr in Abwesenheit nach der Unterzeichnung des Vertrags von Paris begnadigt worden wäret, weil, wie Teddy es ausdrückte, Ihr praktisch mit jedem verwandt wäret, der in der Regierung sitzt."

„Vielen Dank. Letzteres entspricht nicht ganz der Wahrheit. Ich wurde wegen meiner Handlungen bei der Hilfe in der amerikanischen Angelegenheit begnadigt, aber ich bin nur mit der Hälfte der an der Regierung Beteiligten verwandt und bei den meisten würde ich nicht zugeben, dass ich sie kenne."

Lisa runzelte nachdenklich die Stirn.

„Ihr müsst nicht antworten, wenn Ihr nicht mögt, Sir, aber wenn Ihr begnadigt worden seid, wie kommt es, dass Ihr Euch zu verstecken oder doch zumindest heimlich durchs Land zu reisen scheint?"

„Wie scharfsinnig von Euch, Miss Crisp. Alte Gewohnheit. Obwohl das auch nicht ganz der Wahrheit entspricht. Es gibt in der Regierung immer noch Leute, die mir schaden wollen, da ich in ihren Augen wegen meiner Unterstützung für die Kolonisten für immer ein Verräter bleibe. Ich werde die Ansichten solcher Männer nie ändern können. Aber ich bemühe mich auch nicht darum. Um die Wahrheit zu sagen hatte ich, als ich aus England fort nach Frankreich ging, weder den Wunsch, zurückzukehren, noch erwartete ich es. Ich wurde von meinem Cousin und meinem Schwiegervater bei ihrem letzten Besuch in Frankreich dazu überredet."

„Zu Teddys Hochzeit?"

„Ja. Es schien die perfekte Gelegenheit zu sein, die Mitglieder der Familie zu sehen, bevor ich meine Familie mitnehme, um dauerhaft in den neuen Vereinigten Staaten von Amerika zu leben. Und um meine Mutter ein letztes Mal zu sehen; es geht ihr gar nicht gut. Um mit meiner Schwester wiedervereint zu sein, um mich mit meinem Bruder auszusöhnen ..."

„... dem Kriegshelden der Revolution?"

„Aha. Also kennt ihr meine Familiengeschichte *wirklich*! Ja. Und ihre Familien kennenzulernen. Ich würde Euch meinen Namen sagen", fügte er in entschuldigendem Ton hinzu, „aber ich fürchte, wenn ich das tue, würde er bald weitergesagt, nicht von Euch, sondern seine bloße Erwähnung wird andere Ohren in diesem engen Raum aufhorchen lassen und wiederum M'sieur le Duc, meinen Cousin, benachrichtigen, und ich möchte derjenige sein, der sie überrascht."

„Und das solltet Ihr, Sir." Lisa lächelte. „Teddys Hochzeit wird sicher für alle ein unvergessliches Ereignis werden."

„Genau so, Miss Crisp", sagte Teddys Onkel und fiel wieder ins Englische, und dann, nach einem kurzen Blick aus dem Fenster, überraschte er die Insassen damit, dass er an die Wand über seinem Kopf pochte, das Signal für den Kutscher, die Pferde zu zügeln. Er nahm seine Tasche, drückte den Hut fest auf sein rotes Haar und sagte zu Lisa: „Weiter vorn wird die Kutsche die Allee verlassen und nach links abbiegen, um Euch in die Gatehouse Lodge zu bringen. Wenn Ihr aus dem rechten Fenster seht, habt Ihr einen ungestörten Ausblick über den See auf das große Haus. Es ist ein atemberaubender Anblick und wird nie langweilig. Ich beneide Euch um Euren ersten Blick auf Treat. Ganz gleich, was Ihr gelesen habt oder was man Euch erzählt hat, nichts kann einen je auf das schiere Ausmaß dieses Anwesens vorbereiten. Es ist einfach unvorstellbar, und das sagt ein Mann, der die letzten neun Jahre damit verbracht hat, auf der Schwelle des Schlosses von Versailles zu leben. Ach, wenn Louis sehen könnte, wie der Herzog von Roxton lebt!" Er tippte an seine Hutkrempe. „Wir werden uns bald wiedersehen, Miss Crisp."

Damit sprang Teddys Onkel aus der Kutsche und verschwand durch die Baumreihen auf der anderen Straßenseite. Der Hilfssekretär klopfte wieder, damit der Kutscher weiterfahren sollte. Lisa wollte nicht den ersten Anblick des großen Hauses verpassen, aber ihr Blick ging noch immer aus dem linken Fenster und sie sprach ihren Gedanken aus, ohne eine Antwort zu erwarten.

„Ich frage mich, wohin er geht ..."

„Es gibt ein Wegerecht direkt hinter diesen Bäumen entlang des Walls, der den ganzen Weg bis zum angrenzenden Landsitz von Crecy Hall führt", informierte sie der Hilfssekretär. „Das Heim des Herzogs und der Herzogin von Kinross ..."

„Oh! Oh! Miss! Miss! Seht nur! *Seht!*", platzte Becky heraus und schnappte nach Luft, rutschte auf dem Sitz entlang und kam dann zum gegenüberliegenden Sitz, damit auch sie einen guten Ausblick durch die Fenster zur Rechten hatte.

Die beiden Mädchen drückten wie hypnotisiert die Nasen an die Fensterscheiben. Es war genauso, wie Teddys Onkel gesagt hatte, und doch schien alles, was er gesagt hatte, unzulänglich angesichts des Anblicks, der sich ihnen bot. Als die Kutsche nach links abbog und die Allee verließ, die weiter zum See hin führte, rollte sie einen kiesbestreuten Weg entlang, der einen offenen Blick über weitläufige Rasenflächen bis zu dem breiten blauen Gewässer unten bot. Auf der anderen Seite des Sees stieg die Rasenfläche zu einem Hügel an, auf dessen Gipfel ein Palast thronte. Denn das war es. Ein großes, zentrales palladianisches Gebäude mit enorm dicken Säulen, die von einer prachtvollen Treppe aus, die fast so breit wie das Gebäude war, drei Stockwerke hoch aufstiegen, und ein beeindruckenden Giebel trugen, der, mit Statuen geschmückt, stolz vorn in der Mitte dieser kolossalen Ansammlung von Gebäuden saß, die sich rechts und links von diesem imposanten Mittelbau erstreckten. Auch sie waren drei Stockwerke hoch und besaßen Reihen und Reihen von Fenstern, die sich ewig hinzuziehen schienen, bevor sie um eine Ecke bogen und weitergingen, wie weit, konnte Lisa nicht sehen. Ihre Aussicht wurde von einer zweiten Allee unterbrochen, von wo aus sie den Palast auf seinem Hügel nur immer wieder zwischen dem grünen Laub erspähen konnte. Und dann überquerte die Kutsche eine steinerne Brücke und fuhr durch ein Paar Torflügel in eine geschwungene Auffahrt ein, die von hochstämmigen weißen Rosenstöcken gesäumt wurde. Sie kam vor einem anheimelnden - alles andere, was man nach dem Palast von Treat zu sehen bekam, konnte nicht anders bezeichnet werden - elisabethanischen, zweistöckigen Cottage mit gewundenen Schornsteintöpfen und Wasserspeiern auf den fantasievollen Zinnen zum Stehen.

Die Kutsche war nicht die einzige, die vor dem Eingang zur Gatehouse Lodge stand. Ein anderes Gefährt, ein offener, von zwei Pferden gezogener Buggy mit einem Kutscher vorn und zwei livrierten Lakaien hinten, wartete geduldig auf seine Insassen.

Lisa und Becky wurden mit ihren Reisekisten hinter diesem Gefährt abgesetzt und sie warteten dort, während sie sahen, wie ihre Kutsche abfuhr, und schon fast den Toreingang erreicht hatte, bevor sich in dem Herrenhaus etwas rührte. Und dann geschah sehr viel sehr schnell, was Lisa und Becky als müde und stumme, aber faszinierte Zuschauer bei einem Abschied der Familie zurückließ.

Ein Junge mit einem Schopf roter Locken stürzte aus dem Haus in den Sonnenschein und kletterte in den wartenden Buggy, wo er den Sitz bis zum Rand entlangrutschte. Ein zweiter, kleinerer Junge mit einem Kopf voller schwarzer Locken kam kein halbes Dutzend Schritte hinter ihm und kletterte mühsam an Bord. Als er dabei Schwierigkeiten hatte, rutschte der ältere Junge schnell den Sitz entlang zurück, streckte seine Hand aus und zog den kleineren Jungen nach oben neben sich. Er machte dabei übertrieben stöhnende Geräusche, um seinen Bruder zu beeindrucken. Beide Jungen setzten sich nicht, sondern standen wartend da und schauten mit vor Aufregung großen Augen zum Haus zurück, als ob ihre Gruppe für das, was ein großes Abenteuer werden sollte, noch nicht vollständig wäre.

Ein Diener erschien als Nächstes mit zwei kleinen Ledertaschen, die er hinter dem Sitz zu Füßen der livrierten Lakaien abstellte; ein anderer folgte mit einer größeren Tasche, die auch zu den anderen gepackt wurde. Dann schritt ein großer, gut gebauter Gentleman in mittleren Jahren aus dem Haus, gekleidet in einen einfachen Leinenrock und Stulpenstiefel. Er hob eine Hand zu den beiden Jungen, die vor Aufregung auf und ab hüpften und ihrem Papa zuriefen, dass er sich beeilen möge! *Schnell!* Aber ihr Papa ging nicht sofort zu ihnen. Er drehte sich zum Haus um und wartete, bis eine kleine Frau mit dichtem, kupferrotem Haar sich ihm anschloss, die einen Säugling auf ihrer Hüfte trug. Er küsste die rosige Wange des Babys und dann eine mollige Hand, die ihm hingestreckt wurde, bevor er sanft die Stirn der Frau küsste und sich hinabbeugte, um ihren Mund zu küssen. Es war ein langer Kuss und er ließ die Röte in Lisas Wangen steigen. Sie wagte nicht, Becky anzuschauen und konnte die Augen nicht von dem Paar abwenden, das offensichtlich sehr verliebt war.

„Zwei Nächte in Zelten im Wald schlafen", stellte der Gentleman mit einem Lächeln und einem Kopfschütteln fest. „Ich kann nicht glauben, dass ich Roxton und Strathsay erlaubt habe, mich dazu zu überreden. Ich weiß nicht, wer aufgeregter ist, sie oder unsere zusammen sieben Lausbuben. Du weißt, wo ich lieber wäre."

„Ja. Aber das heißt nicht, dass du nicht jede Minute davon genießen wirst, ebenso wie Roxton und mein Bruder", warf ihm die Frau lachend vor und berührte seine Wange. „Und du könntest deine Söhne nicht enttäuschen. Sie haben seit Tagen über kaum etwas anderes gesprochen. Aber sei vorsichtig. Und wenn es auch nur einen Hauch von Regen gibt, kommt zurück. Ich könnte es nicht ertragen, wenn einer von euch sich direkt vor Teddys großem Tag eine Erkältung holten würde. Jetzt gib deiner Tochter noch einen Kuss und los mit euch, bevor David und Luke so lange hüpfen, bis sie aus dieser Kutsche fallen."

Der Gentleman hielt den Säugling mit ausgestreckten Armen hoch, was ihn nach Luft schnappen und dann kichern ließ, bevor er das kleine Mädchen herunternahm, um zuerst ihre dicke Wange zu küssen und sie dann wieder ihrer Mutter zu übergeben. Er ignorierte die Rufe seiner Söhne, um zu seiner Frau zu sagen:

„Weißt du, dass dies das erste Mal sein wird, dass wir getrennt schlafen, seit ..."

„... seit wir geheiratet haben. Ja, das weiß ich", antwortete sie sanft und hob sich auf Zehenspitzen, um seine Wange zu küssen. „Ich werde mich sehr einsam fühlen."

Dann ging sie an ihm vorbei und zu der Kutsche hinüber, um dafür zu sorgen, dass ihre Söhne sich hinsetzten, während der Säugling in ihren Armen entzückt quietschte, als seine Brüder Grimassen schnitten, um ihn zum Kichern zu bringen.

Das plötzliche Geräusch eines Fensters, das mit Wucht aufgerissen wurde, ließ alle zum Haus und zum ersten Stock hinaufschauen. Halb aus einem offenen Fenster mit auf beiden Seiten ihres Kopfes herabhängendem rotem Haar und den auf und ab wedelnden Armen, mit denen sie die Aufmerksamkeit der unten Stehenden auf sich lenken wollte, schaute eine junge Frau mit leuchtenden Augen und noch fröhlicherem Lächeln heraus.

„Papa! David! Luke!", rief sie und rief dann ihre Namen noch einmal, bis sie alle nach oben schauten. „Habt ganz, ganz viel Spaß! Schlaft keinen Moment! Ich liebe euch! Ich werde euch alle vermissen!"

Die beiden Jungen winkten und riefen zurück. Der Gentleman warf ihr eine Kusshand zu. Ihre Babyschwester kicherte - sie schaute immer noch zu, wie ihre Brüder Grimassen zogen und die zierliche Dame, die das Baby hielt, holte tief Atem und lächelte, sagte aber nichts.

Der Buggy verschwand den Kiesweg hinunter und Frieden legte sich wieder über die Gatehouse Lodge, das Mädchen mit den langen, roten Haaren blieb am Fenster, die Arme auf dem Sims verschränkt, das Kinn auf die Faust gestützt und den Blick in die Ferne gerichtet.

Lisa und Becky waren die ganze Zeit während des Abschieds der Familie unbemerkt geblieben und stumm mit dem Rücken zur Wand und den Reisekisten zu Füßen stehengeblieben. Aber sie blieben nicht lange unsichtbar. Denn kaum hatte Davids und Lukes Mama sich umgewandt, um mit ihrem kleinen Töchterchen wieder ins Haus zu gehen, als sie die beiden reisemüden Mädchen erblickte. Lisa schaute zu dem Mädchen im Fenster hinauf. Becky starrte die schöne, zierliche Lady in ihren mit Blumen bemalten Röcken und dem glücklichen Baby in ihren Armen an.

Und dann wollte das Mädchen am Fenster die Scheibe schließen und schaute zufällig nach unten, direkt in das nach oben gereckte, lächelnde Gesicht ihrer besten Freundin aus Blacklands, die ihr zuwinkte. Sie traute ihren Augen nicht. Sie riss das Fenster wieder auf und beugte sich hinaus.

„Lisa! Lisa! Lisa! Endlich bist du da! Mama! Mama! Es ist Lisa Crisp! Es ist Lisa! Wartet! Ich bin gleich da."

TIEL II

DAS LAND

VIERZEHN

TREAT, STAMMSITZ DER HERZÖGE VON ROXTON

„Meine Güte. Habt Ihr schon lange hier gestanden?", entschuldigte Lady Mary sich und kam, um Lisa zu begrüßen. Sie lächelte. „Also seid Ihr Lisa Crisp. Endlich hier. Hattet Ihr eine angenehme Reise?"

Lisa machte einen respektvollen Knicks, da sie schnell erkannt hatte, als Teddy aus dem Fenster rief, dass diese faszinierende kleine Lady ihrer Mutter war, und, wie ihr einfiel, die Tochter eines Earls; Becky folgte ihrem Beispiel.

„Noch nicht lange, Mylady", antwortete Lisa. „Und ja, wir hatten eine sehr angenehme Reise. Vielen Dank."

„Lasst Eure Reisekisten und Eure Tasche bei Eurer Zofe - die Haushälterin wird sich um sie kümmern - und kommt herein."

„Ich bitte um Verzeihung, Mylady", sagte Lisa höflich, aber bestimmt und blieb neben Becky stehen, als Lady Mary sich abwandte. „Becky ist nicht meine Zofe im engeren Sinne des Wortes. Sie ist Schneiderin und hat sich bereit erklärt, mich zu diesem Aufenthalt hier zu begleiten und - und mir zu helfen."

„Oh! Ich verstehe", antwortete Lady Mary mit einem Blick zu Becky. „Dann sollten wir besser ein Mädchen finden, das Becky dabei behilflich ist. Vielleicht kann Becky trotzdem bei den Kisten bleiben, bis die Haushälterin kommt, die ihr zeigen wird, wo alles sich befindet, damit sie sich einrichten und Euch während Eures Aufenthalts behilflich sein kann."

„Mir macht es nichts aus, in dieser Zeit Miss Crisps Zofe zu sein", warf Becky ein, die das Gefühl hatte, etwas sagen zu müssen, nachdem

Lisa klargestellt hatte, dass sie *im engeren Sinne des Wortes* keine Dienstbotin war. „Es ist alles neu für mich und ich freue mich, hier zu sein."

Lady Mary zwinkerte, sie war nicht daran gewöhnt, von einem Dienstboten angesprochen zu werden, mit dem sie nicht gesprochen hatte, lächelte dann aber schwach und sagte gleichmütig: „Ja, das sehe ich ..." Dann sagte sie zu Lisa, während sie das Baby auf den anderen Arm nahm: „Ich habe sehr viel über Euch gehört, Miss Crisp."

„Ja, Mylady?", antwortete Lisa höflich und übergab Becky den Stoffbeutel, der ihre Schreiberkiste enthielt, zur Aufbewahrung, um rasch neben Lady Mary herzugehen, die sich umgedreht hatte, um nach drinnen zu gehen.

„Alles natürlich von Teddy und daher ausschließlich Lobendes. Meine Tochter sagt, sie hätte die Zeit in Blacklands ohne Eure Freundschaft nicht überstanden. Also bin ich schon allein dafür auf ewig dankbar. Sie hat Euch immer als ihre Schwester aus Blacklands bezeichnet ..."

„Und jetzt hat sie wirklich eine Schwester."

„Ja! Eine Überraschung für uns alle, aber in der Tat die wundervollste Überraschung. Dies ist Sophie-Kate und sie ist heute fünf Monate alt."

„Sie ist ein schönes Baby, Mylady."

„Ja ... ja, das ist sie", sagte Lady Mary mit einem glücklichen Seufzer und wandte sich an die Haushälterin, die, gefolgt von einem männlichen Diener, in die Vorhalle herausgekommen war. „Mrs. Rogers, hier ist Miss Crisp, die endlich auch angekommen ist. Ihre Freundin Becky ist bei ihr, die ihr als Zofe dienen wird. Wenn Ihr nach Becky sehen würdet und eines der Zimmermädchen suchen, damit sie sich um sie kümmert - vielleicht könnte Meg das tun - damit sie weiß, was zu tun ist und wo sich alles befindet, wäre das für uns alle eine große Hilfe."

Mrs. Rogers warf Lisa einen raschen Blick zu, mit dem sie sie von ihren Stiefeletten bis zu ihrer kleinen, spitzen Haube musterte und dann Becky, die draußen gehorsam bei zwei Reisekisten stand, die bereits bessere Tage gesehen hatten, und während sie ihrer Herrin zunickte, ohne ihren Gesichtsausdruck zu ändern, bemerkte Lisa die Ablehnung in ihren Augen.

Ihre Kehle wurde eng, als sie sich so abschätzig gemustert und dann abgelehnt fand. Das unangenehme Gefühl schwand jedoch in dem Moment, als sie das kleine Vestibül hinter Lady Mary betrat und beim Anblick von Teddy, die die Wendeltreppe herabgelaufen kam, so glücklich, sie zu sehen, dass ihr die Tränen in die Augen stiegen.

Teddy riss Lisa in die Arme und beide Mädchen umarmten sich und weinten und umarmten sich wieder, als sie sich nach einer zweijährigen Trennung wiedervereint fanden. Im ganzen Vestibül gab es kein trockenes Auge, Lady Mary lächelte durch ihre Tränen, ihre Tochter so glücklich zu sehen, als sie ihr Baby der Amme übergab, die auch eine Träne im Auge hatte.

„Darf ich Lisa vor dem Abendessen mit in mein Zimmer nehmen, Mama?", fragte Teddy und hielt Lisas Hand fest. „Wir haben so viel, worüber wir reden müssen und ich muss ihr erzählen ..."

„Vielleicht solltest du Miss Crisp erlauben ..."

„Lisa. Mama, du musst sie Lisa nennen, schließlich ist sie meine Blacklands-Schwester. Nicht wahr, Lisa?"

„Nun gut. Lisa hat eine für einen Tag lange Reise gemacht", antwortete Lady Mary geduldig. „Daher solltest du so höflich sein, ihr zu erlauben, sich zu erfrischen und vielleicht eine Tasse Tee zu trinken ..."

„Wir können all das in meinem Zimmer tun ..."

„Was ich gerade vorschlagen wollte, aber ..."

Teddy küsste ihre Mutter auf die Wange. „Du bist die wundervollste Mama der Welt!"

„Danke, mein Schatz. Aber ermüde Lisa an ihrem ersten Tag nicht zu sehr. Ihr beide werdet genug Zeit haben, um eure Freundschaft aufzufrischen. Und kommt nicht zu spät zum Essen. Du weißt, dass Großmama Kate Wert auf Pünktlichkeit legt und wie begierig sie ist, deine Freundin aus deiner Schulzeit kennenzulernen."

„Versprochen!", verkündete Teddy. Sie lächelte Lisa an. „Komm, Blacklands-Schwester! Ich habe dir so viel zu erzählen! Aber zuerst", fügte sie hinzu, nachdem sie Lisa die schmale Wendeltreppe zum nächsten Stock hinaufgeführt hatte und die erste Tür zur rechten Seite öffnete, wo ihre Zimmer waren, „möchte ich alles wissen, was du getan hast, seit ich dich zuletzt sah. Und ich meine *alles*."

Lisa schaffte es, sich Gesicht und Hände zu waschen und ihre Haare in Ordnung zu bringen, eine Tasse Tee und ein Stück Rührkuchen zu genießen, während sie Teddy einen Bericht über die letzten zwei Jahre gab, die sie bei den Warners in der Gerrard Street verbracht hatte. Teddy hatte sich auf dem Fenstersitz zusammengerollt und hörte aufmerksam zu, und, was auch immer sie persönlich darüber denken mochte, dass ihre Freundin in einer Krankenstation den kranken Armen half, galt ihre größte Abneigung doch dem Leben in der Stadt, unfähig, sich vorzustellen, wie jemand an einem Ort leben konnte, wo es nur wenig freien Raum gab, wo es so viele Menschen gab, dass man den Massen einfach nicht entkommen konnte und wo es mehr Gebäude als Bäume gab. Sie hatte Chelsea bereits zu überlaufen gefunden und es nicht erwarten können, zu Frieden, Gleichmaß und Ruhe der Cotswolds zurückkehren zu dürfen.

Es war Großmama Kate - die ehrfurchtgebietende Mama von Teddys Stiefvater - die ein lebhaftes Interesse an Lisas Pflichten in einer Krankenstation zeigte und ihr beim Abendessen alle möglichen Fragen stellte, höchst beeindruckt davon, dass sie als Schreiberin der Armen arbeitete. Und Lisa konnte den Grund verstehen, da Großmama Kate blind war und es für sie daher sehr wichtig war, jemanden zu haben, der ihr Briefe vorlas und für sie schrieb. Sie erzählte Lisa, dass sie ihrer Gesellschafterin alle Briefe diktierte, die ihr auch die Antworten vorlas, wobei Teddy oft diese Aufgabe übernahm, wenn sie darum gebeten wurde.

„Aber ich bekomme nur Briefe zum Vorlesen, die Mama, Papa und Fran - das ist Großmama Kates Gesellschafterin - mir erlauben", verriet Terry. „Die alle sehr interessant sind, aber nicht so interessant wie die von Großmamas besonderen Briefschreibern, die einen Austausch skandalöser Anekdoten aus ihrer Jugendzeit zu Papier bringen, die daher für die Augen einer jungen Lady ungeeignet wären, wie Mama mir sagt."

„Deine Mama hat völlig recht, Teddy", antwortete Großmama Kate sittsam. „Aber ich glaube, du wirst feststellen, dass dieser Anstandsbolzen nicht so sehr deine Mama, sondern dein Stiefpapa ist. Er hat mir eine strenge Warnung gegeben, dass diese Briefpartner und solche Anekdoten nur für meine Ohren und ganz bestimmt nicht für deine Augen bestimmt sind."

„Aber wenn es Anekdoten aus deiner Jugendzeit sind, Großmama, dann musst du doch zu der Zeit, in der du dich so skandalös benommen hast, eine junge Dame gewesen sein."

Großmama Kate kicherte in sich hinein und hatte keine Antwort darauf. Lady Mary auch nicht.

„Teddy, es ist an der Zeit, das Gespräch in eine andere Richtung zu lenken", riet ihre Mutter sanft, legte ihr silbernes Messer und die Gabel weg und schob den Teller fort. Sie nickte dem Butler zu als Zeichen, dass es Zeit war, die Teller abzuräumen und die Kaffeekanne zu bringen.

„Ich weiß nicht, was dich mehr überrascht, Teddy", sagte Großmama Kate und ignorierte die Anweisung ihrer Schwiegertochter. „Dass ich einmal jung war oder dass ich je in skandalöses Verhalten verwickelt gewesen sein könnte."

Teddy drückte die Hand der alten Dame, küsste sie auf die Wange und flüsterte dicht an ihrem Ohr: „Ich glaube beides." Dann setzte sie sich wieder und schob ihre Serviette beiseite. „Und eines Tages, nachdem ich verheiratet bin, werde ich kein Nein als Antwort akzeptieren und du wirst mir *alles* darüber erzählen. Dürfen wir uns entschuldigen, Mama? Lisa hatte einen so anstrengenden Tag und ist erschöpft und wir haben noch so viel zu erzählen ... ich hoffe, es macht dir nichts aus, mein Bett zu teilen", fragte sie Lisa, als sie wieder im oberen Stockwerk und bereit zum Schlafengehen waren.

Ein Zimmermädchen hatte die Bettlaken mit der kupfernen Wärmepfanne angewärmt, ein Feuer knisterte im Kamin, obwohl es schon der erste Monat des Sommers war und ein Tablett mit zwei Bechern heißer Milch war auf die Fensterbank gestellt worden. Beide Mädchen waren in Nachthemd und Morgenrock und Teddy stand vor ihrem Frisiertisch, um ihre Haare auszubürsten.

„Warum sollte es mir etwas ausmachen?", antwortete Lisa mit einem Lächeln; sie saß auf dem Rand der Matratze des Himmelbetts und schaute zu, wie Teddy ihre Haare bürstete und dann flocht. „Es wird wie in alten Zeiten sein. Obwohl dieses Bett viel größer ist als die schmalen Betten, in denen wir in der Schule schliefen. Es tut mir nur leid, dich so zu stören."

„Du störst nicht. Es ist nur so, dass dies ein so kleines Haus ist ..."

„Ist es das?"

„Es ist ein Torhüterhaus. Das gesamte Gebäude würde in einen von den Flügeln von Papas Haus daheim passen, und Abbeywood muss dreimal so groß sein. Aber auf die Größe kommt es nicht an. Wir können hier als Familie wohnen und ich wollte dich hier bei uns haben. Weshalb wir alle unsere Zimmer teilen. Der Rest der weiteren Familie und die Gäste sind drüben im großen Haus." Teddy gab ein schnaubendes Lachen von sich. „Großes Haus! Was für eine gigantische Untertreibung! Das musst du dir auch gedacht haben, als du es zuerst gesehen hast. Ich bin ziemlich sicher, wenn ich in einem von Signore Lunardis Ballons aufsteigen und auf die Erde hinabschauen würde, wäre Treat immer noch das riesigste Bauwerk, das man auf Meilen und Meilen sehen könnte! Und ich kann es nicht erwarten, dass du das Innere von Onkel Roxtons Palast siehst! Du wirst von den funkelnden Lichtern der Kronleuchter im Ballsaal allein geblendet sein."

„Ich bin schon geblendet und habe den Palast nur von der anderen Seite des Sees gesehen. Zweifellos wird der Ballsaal mich sprachlos machen."

„Oh ja. Aber du darfst dich nicht zu überwältigt fühlen, weil ich erwarte, dass du mit jedem Gentleman tanzt, der dich auffordert."

„Es ist lieb von dir zu denken, dass ich aufgefordert werde. Aber ich bin so außer Übung ..."

„Dann müssen wir dafür sorgen, dass du bis zum Ball Übung bekommst. Ich werde dich nicht in einer Ecke sitzen lassen, Lisa Crisp! Nicht, wenn du das klügste und hübscheste Mädchen im Saal bist. Du bist dran“, verkündete sie, warf die Haarbürste auf den Frisiertisch und zog den Hocker heran, damit Lisa sich darauf setzen konnte. Sie klopfte auf den gepolsterten Sitz. „Komm schon, oder unsere Milch wird kalt. Oh! Ich habe eine bessere Idee!“ Sie holte das Tablett zum Frisiertisch. „Wir trinken sie, während ich deine Haare bürste.“ Als Lisa sich gehorsam vor den Spiegel setzte, nahm sie das kleine Spitzenhäubchen der Freundin ab und begann dann, die Vielzahl der Nadeln herauszunehmen, die Lisas taillenlange Haare aufgerollt hielten. Plötzlich hielt sie inne und schaute Lisas Spiegelbild an. Die Lippen ihrer Freundin zitterten von ganz allein und sie hatte den Blick gesenkt, so dass ihre dunklen Wimpern ihre Augen bedeckten. „Möchtest du nicht, dass ich dir die Haare bürste?“, fragte Teddy neugierig.

Lisa schüttelte den Kopf und konnte dann die aufgestauten Gefühle bei diesem lange ersehnten Wiedersehen nicht länger zurückhalten. Sie bedeckte ihr Gesicht mit den Händen und weinte. Es war eine so schlichte Geste - Teddy, die anbot, ihre Haare zu bürsten - die sie so stark an ihre Freundschaft als Schulmädchen erinnerte, dass es die ganze Welt für sie bedeutete. Sie schnüffelte, setzte sich auf und schaute Teddy durch den Spiegel an, wobei sie ihr Bestes tat zu lächeln.

„Doch“, sagte sie mit einem Lächeln unter Tränen. „*Sehr sogar* ... Es ist nur ... Niemand hat ... Niemand, seit der Schule, seit *dir* und ... verzeih mir“, entschuldigte sie sich und senkte den Blick. „Ich benehme mich albern ... ich muss müde sein ...“

Teddy legte die Haarbürste weg, fiel neben dem Hocker auf die Knie, nahm Lisa in die Arme und drückte sie an sich. Sie küsste sie, setzte sich dann auf und lächelte.

„Niemals albern, liebste Lisa. Ich erinnere mich, wie du mir einmal erzähltest, dass du als Kind nie umarmt und geküsst wurdest.“

„Nicht, bis ich dich kennenlernte, und seither nicht mehr, meine liebste Teddy.“

So blieben sie noch ein paar Augenblicke, und nachdem Lisa ihr Gesicht mit einem von Teddys Taschentüchern getrocknet hatte und sie beide ein paar Schlückchen warme Milch getrunken hatten, machte Teddy sich daran, Lisas Haare zu bürsten. Und währen die Borsten ihrer Bürste wiederholt mit langen, gleichmäßigen Strichen durch Lisas Haare glitten, erzählte Teddy Lisa, was sie die ganze Zeit getan hatte, seit sie Blacklands vor ungefähr achtzehn Monaten verlassen hatte. Mit einem Seufzer fügte sie hinzu: „Mein Leben ist nicht halb so aufregend oder interessant, wie einem Arzt in seiner Krankenstation auszuhelfen, nicht wahr? Und ich dachte, ich würde Jack heiraten, sobald ich die Schule verlasse. Ich konnte keinen Grund sehen, noch zu warten. Worauf? Jack war von seinen Jahren im Ausland zurückgekehrt und war bereit, sich niederzulassen ...“

„... nach all diesen Jahren, in denen er Gemälde betrachtete?“, fragte Lisa obenhin mit einem kecken, wissenden Lächeln.

Teddy blinzelte und hielt mitten in einem Bürstenstrich an und schnappte nach Luft. Und dann brach sie in Gelächter aus.

„Ach du liebe Güte! Wie ähnlich es dir sieht, mir vorzuhalten, was Mama mir erzählt hatte. Waren wir so naive kleine Wesen, um zu glauben, dass der Grund, warum die Jungen so wild darauf waren, ins Ausland abzuhauen, dass sie vor einem Haufen muffiger alter Gemälde stehen könnten?“ Sie schnaubte ungläubig und bürstete weiter. „Wenn Jack Cavendish irgendetwas besichtigt hat, war es nicht in einer Kunstgalerie. Besonders dann nicht, wenn diese Besichtigung in Harrys Gesellschaft stattfand. Ich wette, Harry hat mehr Geld in Bordellen in Frankreich und Italien und jedem Land dazwischen gelassen, als jeder andere junge Mann seines Alters.“

Jetzt schnappte Lisa nach Luft.

„Teddy! Wie kannst du sagen ...“

„Weil ich Jack kenne und weil ich Harry kenne. Es hat einen guten Grund, warum Harry sich den Spitznamen ‚Satyrs Sohn‘ verdient hat. Nicht nur, weil er seinem verstorbenen Vater sehr ähnlich sieht. Sein lüsternes Verhalten mit Schauspielerinnen und den Mätressen anderer Männer und sein Benehmen, während er im Ausland war, lässt darauf schließen, dass er völlig die Absicht hat, die legendären, skandalösen Gewohnheiten von M’sieur le Duc nachzuahmen, bevor dieser die Cousine Herzogin heiratete.“

„Wie-wie kannst du das wissen?“

Teddy bemerkte Lisas nachdenkliches Stirnrunzeln in ihrem Spiegelbild, zuckte dann mit den Schultern und sagte: „Du glaubst, als Braut sollte ich nichts über die Gewohnheiten viriler junger Männer wissen? Dass ich, nur weil ich in der Wildnis der Cotswolds lebe, wo es wenige Menschen gibt, keine Ahnung haben würde, wie Jungen sich benehmen, wenn sie endlich zu jungen Männern geworden sind?“

„Ich bestreite nicht, dass wir etwas über junge Männer und ihre Gewohnheiten wissen. Und ich bin nicht blind. Ich sehe die armen Mädchen, die auf den Straßen herumlaufen und ihre Gunst verkaufen. Und ich habe in den Zeitungen über titeltragende Männer und ihre Mätressen gelesen. Aber ich gebe zu, dass ich gänzlich unwissend bin, was den-den *Vorgang* ...“ Sie schaute Teddy unter ihren Wimpern hervor an und fügte mit brennenden Ohren hinzu: „Du hast mir einmal gesagt, dass du durch das Aufwachsen auf einem Hof immer schon wusstest, wie Leben ... *beginnt*. Daher, nein, ich glaube nicht, dass du unwissend bist. Doch ich vermute, dass du als junge Lady deinen Blick von solchen *Vorgängen* abwenden solltest ...“

„Als junge Lady, ja. Aber was für ein schlechter Grundbesitzer wäre ich, wenn ich das täte? Ein Landwirt muss das Zuchtverhalten seiner Tiere kennen - seiner preisgekrönten Bullen, Widder und Hengste - ebenso wie er - oder in meinem Falle, *sie* - wissen muss, wann die Felder zu bestellen sind und mit welchen Feldfrüchten.“

„Du warst immer so praktisch veranlagt, Teddy.“

„Und du, Lisa Crisp, warst immer eine solche Romantikerin.“

Beide Mädchen lächelten und kicherten dann, und nachdem Lisas Haare jetzt gebürstet und mit einem Band zusammengebunden waren, kletterten sie in das Himmelbett und kuschelten sich unter die Decken; das einzige Licht in dem sonst stillen, warmen Raum kam von einem einzelnen, silbernen Kerzenleuchter auf dem Nachttisch und dem Feuer im Kamin. Sie waren glücklich, nur dazuliegen und sich anzusehen, ihr Wiedersehen und die Erneuerung einer Freundschaft zu genießen, die bis zu ihrem zwölften Lebensjahr zurückreichte.

„Also bist du wegen deiner Hochzeitsnacht gar nicht besorgt?“, fragte Lisa in die Stille hinein.

„Nicht besorgt. Nervös. Ich kann mir nicht vorstellen, völlig unwissend zu sein. Das würde die Aussicht auf diese erste Nacht unerträglich machen. Und ich wäre sehr besorgt, wenn Jack nicht seine Zeit auf dem Kontinent mit *Besichtigungen* verbracht hätte. Mama sagt, es ist wichtig, dass ein Ehemann weiß, was er tut, wenn er seine Frau liebt ...“

„Du hast darüber gesprochen, wie man sich liebt - mit deiner *Mutter*?“ Lisa war erstaunt. Sie konnte sich die selbstbeherrschte Lady Mary nicht vorstellen, wie sie über etwas so Intimes wie das Liebesspiel sprach, noch dazu mit ihrer Tochter.

Teddy war unbeirrt. „Wen sonst sollte ich fragen? Mama sagt, ich könne sie alles fragen, also tue ich das.“

„Oh, ich glaube, deine Mutter ist ein äußerst wunderbarer Mensch, Teddy. Du hast wirklich Glück.“

Teddy schmunzelte. „Ja. Eine wundervollere Mama könnte ich mir nicht wünschen.“ Und dann wurde sie wieder ernst und sagte ruhig: „Mama sagt, es sei wichtig für Ehemänner zu wissen, wie man Lust bereitet und wie man sich von seiner Frau Lust bereiten lässt. Sie sagt, ich solle mir keine Sorgen machen, wenn in der ersten Nacht nicht alles nach Plan verläuft, aber wenn Jack und ich aufrichtig und sanft miteinander umgingen, würde schließlich alles gut gehen. Sie sagt, mit der Liebe sei es beim ersten Mal wie beim ersten Mal, wenn man einen Kuchen backe.“

„Ei-einen *Kuchen* backe?“

„Ja. Dass, auch wenn man alle die richtigen Zutaten habe und sich an das Rezept für den allerschönsten Kuchen, den man sich vorstellen könne, halte, es doch nicht heiße, dass der Kuchen ganz genauso ausfiele, wie man erwarte. Und man dürfe nicht über das Ergebnis enttäuscht sein. Es sei trotzdem ein Kuchen. Und dass es für einen so wunderbaren Kuchen manchmal Übung brauche, und wenn man erst die Zutaten und das Rezept zur Vollkommenheit gebracht habe, werde es ein wunderbarer Kuchen sein. Sie sagt, dass das Wichtigste, woran man sich erinnern müsse, wie schön es gewesen sei, diesen Kuchen zusammen zu backen.“

Lisa dachte einen Moment darüber nach, runzelte die Stirn und gestand dann: „Ich habe keine Ahnung, wie man einen Kuchen backt, oder, was das angeht, von der Liebe, aber ich bin überzeugt, dass der Rat deiner Mutter sehr weise ist. Und aus dem wenigen zu schließen, was ich von ihr und deinem Stiefpapa sah, als er und deine Brüder zu ihrem Ausflug in die Wälder aufbrachen, lieben sie sich sehr.“

„Sehr. Und ihr Kuchenrezept scheint genau richtig zu sein, nicht wahr, denn ich habe jetzt zwei jüngere Brüder und eine kleine Schwester.“

Die Mädchen kicherten, schüttelten ihre daunengefüllten Kissen auf und legten sich wieder hin. Ein langes Schweigen breitete sich aus und dann flüsterte Teddy:

„Bist du noch wach?“

„Ja.“

„Ich halte dich doch nicht vom Schlafen ab, oder? Ich weiß, du hattest einen sehr langen Tag ...“

„Ich möchte so lange wach bleiben, wie ich kann, damit wir so viel Zeit wie möglich zusammen haben. Zwei Wochen gehen sonst zu schnell herum.“

„Mach dir darum erst einmal keine Sorgen“, beruhigte Teddy sie. „Ich muss dir etwas erzählen, aber ich muss es zuerst mit Jack besprechen. Und nachdem Mama dich jetzt kennengelernt hat, glaubt sie, es könnte funktionieren ...“

„Plan? Funktionieren? Wegen *mir*?“

„Ja. Ich bin sicher, Jack wird einverstanden sein. Er ist so nett und liebevoll und eine so sanfte Seele.“

„Ist es nicht erstaunlich, dass alles, was du mir erzählt hast, als wir in der Schule waren, so gekommen ist, wie du es gesagt hast? Du sagtest, du würdest Jack heiraten und hier stehst du jetzt kurz vor deiner Hochzeit mit ihm! Ich freue mich so für dich, Teddy. Das weißt du, nicht wahr?“

„Ja. Du weißt besser als jeder andere, wie sehr ich wünschte, dass dies alles wahr werden würde." Teddy kicherte in ihr Kissen. „Es ist nur gut, dass ich es mag, wie er küsst, sonst wäre ich vielleicht nicht so glücklich."

Lisa stützte sich auf einen Ellenbogen hoch. „Wie er küsst? Du hast Jack geküsst? Wann? Oh! Antworte nicht! Verzeih mir. Ich hätte nicht fragen sollen ..."

„Natürlich haben wir uns geküsst, Dummchen. Aber vielleicht bist du schockiert, wenn ich dir erzähle, wann wir uns zum ersten Mal geküsst haben - ich habe dir das in der Schule nicht erzählt, weil ich wusste, dass du mich für schamlos halten würdest."

„Oh! Warum sollte ich dich für schamlos halten?", fragte Lisa kleinlaut und legte sich wieder auf ihr Kissen.

„Weil du, meine liebste Blacklands-Schwester, immer jemand warst, der alles richtig machte. Du hältst dich an Regeln und du tust nie etwas, das andere verärgert."

„Du meinst, ich war so ziemlich das uninteressanteste Mädchen in der Klasse."

„Aber das klügste und schönste von uns allen."

„Teddy, das ist das zweite Mal, dass du mir das heute Abend sagst und ich liebe dich dafür, und du hast mir das auch schon in der Schule gesagt. Aber du bist meine beste Freundin und beste Freundinnen finden einander schön, so wie ich dich. Jemand anders hat mir noch nie gesagt, dass ich schön wäre."

„Mama sagte es. Heute Abend, genauer gesagt. Ich hörte, wie sie dich Großmama Kate beschrieb. Sie verwendete das Wort schön und sagte, du hättest ein ungewöhnliches Gesicht. Die Art von Gesicht, die sie an ein Gemälde erinnerte, das sie einmal im großen Haus in der Galerie gesehen hätte. Ein Gesicht, dass es wert wäre, gemalt zu werden."

„Wie lieb von ihr! Ich glaube, ich werde deine Mama bitten, mich zu adoptieren. Aber bitte, wir haben nicht über mich geredet, sondern vom ersten Mal, als du Jack geküsst hast."

„Ich war vierzehn ..."

„*Vierzehn.*"

„Ich wusste es doch! Du *bist* schockiert."

„Ich bin nicht - Oh! Na gut. Ja. Aber nur, weil ich dachte, dass der erste Junge, den du je geküsst hast, Jamie Banks hinter der Bäckerei von Chelsea war."

Jetzt stützte Teddy sich auf einen Ellenbogen hoch. Sie war überrascht und verwirrt. „Jamie? Jamie Banks? Was hat dich glauben lassen, ich hätte Jamie geküsst? *Du* mochtest Jamie."

„Wir haben gerne über Naturwissenschaft geredet und seinen

Wunsch, an der Universität Medizin zu studieren. Und wir haben über seine Lehre im Physic Garden gesprochen. Themen, die dich zu Tode gelangweilt hätten, Teddy."

„Er hatte dich sehr gern, Lisa."

„Ich mochte ihn. Dummerweise küsste ich ihn auf die Wange …"

„Das hat Violet mir erzählt."

„Ja?"

„Aber wer immer gesagt hat, dass ich Jamie hinter der Bäckerei von Chelsea geküsst hätte, ist ein Lügner. Ich könnte Jamie ebenso wenig so küssen, wie ich Jack küsse, wie ich meinen eigenen Bruder so küssen könnte, wenn er im gleichen Alter wäre. Es wäre absolut widerlich. Ich mag Jamie. Aber er ist mein Cousin …"

„Ich weiß. Er ist der leibliche Sohn deines Onkels Dair. Ich erinnere mich daran, dass du mir alles über ihn erzählt hast, bevor du mich ihm an dem Tag, als wir in der Bäckerei waren und er mit seinen Schulfreunden dort war, vorgestellt hast. Aber Teddy, Jack ist auch dein Cousin und du wirst ihn heiraten."

„Aber mit Jack ist es etwas anderes. Ich liebe Jack, seit ich zehn Jahre alt war - wenn eine Zehnjährige wissen kann, dass sie jemanden liebt. Aber als ich vierzehn war, wusste ich es. Jamie ist aber wie ein Bruder. Und warum sollte ich Jamie küssen, wenn ich doch Jack liebe? Glaubst du, das könnte ich Jack antun?"

„Nein. Ich könnte es mir nicht vorstellen … Aber ich erinnere mich, wie verärgert du warst, als er dir von seinen Plänen erzählte, wegzugehen und durchs Ausland zu ziehen und dass er jahrelang fort sein würde. Und Jamie sieht gut aus …"

„Ja. Sehr. Aber ich möchte ihn trotzdem nicht *auf diese Weise* küssen."

Lisa streckte ihre Hand nach Teddy aus und sie verflochten ihre Finger. „Ich hätte es nie für möglich gehalten, wenn ich es nicht von jemandem erzählt bekommen hätte, dem ich es glaubte. Aber wenn ich an diese Geschichte zurückdenke, was ich öfter getan habe, als vermutlich gesund ist, glaube ich jetzt, dass man mir das erzählt hat, um mir das Gefühl zu geben, dass mein Kuss weniger wert war. Ergibt das für dich einen Sinn?"

„Ja. Mädchen können grässliche Geschöpfe sein, wenn sie eifersüchtig sind. Wenn man bedenkt, dass eine boshafte Katze der Direktorin von deinem Kuss erzählt hat … ich war außer mir vor Kummer, als du gezwungen wurdest, Blacklands zu verlassen. Weißt du, dass ich versucht habe, dich nach deiner Abreise zu finden?"

„Ich habe jetzt alle deine Briefe bekommen und sie viele Male gelesen. Danke, dass du nicht aufgegeben hast. Danke, dass du mich gefunden hast."

„Ich habe dich nicht gefunden. Cousine Herzogin - die Cousine meiner Mutter - hat dich für mich gefunden. Sie ist die gutherzigste, liebevollste gute Fee und Patin in der ganzen Welt, wenn du sie kennenlernst, wirst du mir zustimmen. Sie kann es nicht erwarten, dich zu sehen."

„Ich kann es nicht erwarten, ihr dafür zu danken, dass sie mich gefunden hat, denn ich bin sicher, dass wir ohne ihre Bemühungen diese Wiedersehen nicht erleben würden. Und ich würde nicht hier bei dir sein und dich bald endlich deinen Jack heiraten sehen."

„Wie könnte ich Jack heiraten, wenn du nicht hier an meiner Seite wärest, liebste Lisa? Du bist meine beste Freundin und du hast dich in der Schule um mich gekümmert, ich hätte ohne deine Nachhilfe keine einzige Prüfung bestanden. Wenn Mädchen ihren Verstand ebenso benutzen dürften wie Jungen, hättest du genauso viel erreichen können wie Jamie. Er steht im Begriff, zur Universität zu gehen und zu studieren, um Arzt zu werden und ich wünschte, du hättest auch gehen und mit ihm studieren können."

„Ich freue mich sehr für ihn. Und danke, dass du mich für klug hältst. Aber seitdem ich in der Krankenstation aushelfe, glaube ich nicht, dass ich Ärztin sein könnte. Ein freundliches, mitfühlendes Ohr für die Probleme anderer, ja, aber ich habe nicht den Mut für die Anatomie ..."

„Jamie ist zur Hochzeit hier. Er ist einer von Jacks Trauzeugen. Ich weiß, dass er begierig darauf wartet, dich wiederzusehen."

„Ja?", antwortete Lisa ruhig. Als Teddy ihre Brauen hob und lächelte, erwiderte sie das Lächeln nicht, sondern sagte ernst: „Ich möchte ihn auch sehen. Aber bitte, Teddy, du musst mir versprechen, nicht zu versuchen, eine Ehe zwischen mir und deinem Cousin zu stiften. Er war nur ein Freund und das ist alles, was er je sein wird. Und ich bin sicher, dass er dasselbe fühlt."

„Wie du meinst. Aber ich wünsche es mir doch so, dass du dich verliebst und heiratest, Lisa Crisp. Dass du so glücklich wirst wie ich."

„Das wünsche ich mir auch. Aber ich fürchte, das ist eher Wunschdenken als ein wahrscheinliches Ende."

„Warum sagst du das? Wenn du dich verliebst und heiratest, können wir einander alles anvertrauen, wie in der Schule, aber als verheiratete Frauen, über unsere Männer, über unsere Babys und ..."

„Ich kann mir wünschen, eines Tages verheiratet zu sein, und das könnte wahr werden. Aber ich fürchte, die Babys muss ich dir überlassen, Liebes ..."

Wieder breitete sich Schweigen zwischen ihnen aus und dann sagte Teddy kleinlaut: „Hat sich seit der Schulzeit bei dir nichts verändert?"

„Keine Veränderung."

Wieder Schweigen und dann seufzte Teddy und drückte Lisas Hand und sagte mit einer Fröhlichkeit, die sie ganz und gar nicht empfand: „In gewisser Weise macht dich das noch mehr zu etwas Besonderem. Die monatliche Regel ist scheußlich und ich verstehe nicht, warum Frauen so etwas Grausiges ertragen müssen, während weibliche Tiere das nicht müssen. Aber ich werde sie ertragen, weil ich Babys möchte ..."

„Und ich möchte, dass du Babys bekommst, weil ich dann Tante werde ... sozusagen."

„Oh ja! Und Patentante. Ich möchte dich als Patentante für mein Baby."

„Das wäre wunderschön und mir eine Ehre. Vielen Dank."

„Also welche gemeine Kröte von einem Mädchen hat dir erzählt, dass ich Jamie geküsst hätte?", fragte Teddy, die es für das Beste hielt, nicht weiter über Babys zu reden, da sie wusste, dass Lisa wahrscheinlich niemals ein Baby haben würde, obwohl Teddy nicht ohne Hoffnung war, dass ihre Freundin das doch noch schaffen würde, wenn sie erst einen Mann fände, der sie heiraten würde.

Lisa rollte sich auf den Rücken und starrte an den gefältelten Betthimmel hinauf. Sie zögerte mit der Antwort, denn die Wahrheit würde die Verräterin als Lügnerin entlarven. Und diese Lügnerin war eine von Teddys Freundinnen, Violet Knatchbull. Sie und Margaret Medway waren der Fluch von Lisas Leben in der Schule gewesen, nur, weil sie sie nicht ihrer Freundschaft für wert hielten und mit Sicherheit nicht wert, die Freundin von Theodora Cavendish, der Nichte eines Herzogs, zu sein. Und nachdem Teddy bestritten hatte, Jamie geküsst zu haben, war Lisa sich sicher, dass Violet diesen Kuss erfunden hatte in der Hoffnung, einen Keil in Lisas und Teddys Freundschaft zu treiben.

Fast von ihrem ersten Tag in Blacklands an hatte Violet es sich zur Aufgabe gemacht, Teddy und Lisa zu trennen. Etwas, das ihr nicht gelang bis ins letzte Jahr, als sie beobachtete, wie Lisa Jamie Banks auf die Wange küsste und dies der Direktorin erzählte. Woher Lisa das wusste? Weil Violet damit angegeben hatte, dass sie diejenige war, die Lisa hatte von der Schule verweisen lassen.

Lisa war sicher, dass Violet und Margaret auf der Hochzeit sein würden, wenn sie nicht schon hier waren, um die zwei Wochen der Festlichkeiten mitzumachen, daher würde es keinen Zweck haben, Violet als Lügnerin zu entlarven und sie wollte keinen Schatten auf Teddys Fest fallen lassen. Also unterdrückte sie ein Gähnen, schloss ihre Augen und kuschelte sich ein, in der Hoffnung, dass Teddy das als Zeichen dafür annehmen würde, dass sie zu müde war, um weitere Vertraulichkeiten auszutauschen.

Sie konzentrierte sich auf morgen und den Beginn ihrer magischen zwei Wochen an diesem magischen Ort und bald schon sank sie in den Schlaf, wo sie nicht von Palästen und Ballsälen, sondern von einer Schreiberkiste aus Rosenholz träumte und dem gutaussehenden Gentleman mit den schönen, dunklen Augen, der sie ihr geschenkt hatte. Wenn er sie in einer bestimmten Art und Weise ansah, machte er sie glücklicher, als sie es je für möglich gehalten hätte. Sie hoffte, dass Jack und Harry, die sie in Lord Westbys Stadthaus kennengelernt und die in die Gerrard Street gekommen waren, dieselben Jack und Harry waren, von denen Teddy sprach und die hier in Treat sein würden; Jack, der Mann, den Teddy heiraten würde und Harry, sein bester Freund mit seiner samtenen Stimme und dem Gesicht wie von einer römischen Münze, den Lisa zu küssen träumte und in den sie sich, da war sie sich sicher, gerade verliebte.

Wenn doch Träume nur wahr werden könnten ...

FÜNFZEHN

LISA WACHTE SPÄT AUF. SIE HATTE NOCH NIE SO FEST GESCHLAFEN, noch war sie je aufgewacht, wenn die Sonne schon so hoch am Himmel stand. In ihrer Erinnerung war Teddy aufgestanden, sie hatte Wasser plätschern hören und Frauen, die mit gedämpften Stimmen sprachen. Und dann, wie in großer Entfernung, wurden Türen geöffnet und geschlossen und draußen auf der kiesbestreuten Auffahrt gab es Bewegung. Eine Kutsche kam an und fuhr wieder ab. Aber das schien vor Stunden geschehen zu sein.

Als sie in das kleine Ankleidezimmer hinübertapste, fand sie ihre Kleider auf dem Stuhl ausgelegt: Eines der geblümten Kleider, das Becky fachmännisch geändert hatte, Korsett, Unterröcke, passende Handschuhe und ihre Stiefeletten, die poliert und mit einem Paar frischer Strümpfe bereitgestellt worden waren. Ebenso waren ihr neue Sachen bereitgelegt worden: Eine hauchdünne, weiße Schürze aus feinstem Leinen, ein breitrandiger Strohhut und ein zusammenfaltbarer Fächer. Sie hatte nie zuvor einen Fächer besessen, obwohl man sie in der Schule gelehrt hatte, dieses wichtigste weibliche Requisit zu benutzen. Andere Mädchen hatten es genossen zu üben, wie man wie eine Lady mit einem Fächer flatterte. Lisa hatte es als große Verschwendung ihrer Zeit empfunden. Jetzt war sie froh, dass sie wenigstens aufgepasst hatte.

„Ihr seid wach, Miss!", rief Becky aus und kam mit einer Kupferkanne heißen Wassers durch die Dienstbotentür. Sie trat beiseite, um ein Mädchen mit einer breitrandigen Haube, das ungefähr im gleichen Alter war und eine ähnliche Kanne trug, hinter sich hereinzulassen. „Dies ist Meg, sie ist so hilfsbereit. Hinter dem Paravent in Eurem Rücken, Miss, befindet sich eine Badewanne und wenn wir Euch erst gebadet und angekleidet haben, hole ich Euer Frühstück, das Ihr in Anbetracht der späten Stunde in Eurem Zimmer einnehmen sollt. Miss Cavendish sagte, Ihr solltet Euch keine Sorgen machen, weil Ihr ‚lange geschlafen hättet‘. Sie wollte es so. Sie ist zu dem großen Haus hinübergegangen mit ihrer Mama und ihrer Oma, um neu angekommene Gäste zu begrüßen. Jetzt lasst Euch fertigmachen. Ihr habt einen großen Tag vor Euch.“

„Seid Ihr sicher, dass Lady Mary sagte, zum Pavillon?“, fragte Lisa Becky, als sie eine grüne Allee hinaufging, die die Gatehouse Lodge mit dem Anwesen der Kinross‘, Crecy Hall, verband.

„Ja, Miss“, stellte Becky ohne zu zögern fest. „Alles, was mir gesagt wurde, war, dass wir diesem Weg bis zum Ende folgen sollten und von dort aus würden wir den Weg sehen. Ist das nicht ein wunderschöner Spaziergang?“, setzte sie mit einem Seufzer hinzu, als sie zu den hohen Buchen an den Straßenrändern aufschaute. „So etwas habe ich noch nie gesehen. Nun ja, ich habe noch nie irgendwo etwas anderes gesehen.“

„Es ist sehr schön, wirklich zauberhaft“, stimmte Lisa mit einem Lächeln zu und ignorierte ihre Nervosität wegen ihres ersten öffentlichen Auftretens, um den Moment zu genießen. Denn es war ein vollkommener Sommertag, mit puderblauem Himmel, an dem leichte, weiße Wolken vorbeizogen. Eine leichte Brise vom See bewegte die tiefgrünen Blätter an dünnen schwarzen Zweigen der Buchen, die kühlen Schatten gegen die heiße Sonne spendeten.

Sie vermutete, dass sie nicht so nervös gewesen wäre, wenn sie nicht von Becky erfahren hätte, dass Lady Marys Zofe, während Becky und Meg sich daran gemacht hatten, am Abend zuvor ihre Reisekiste auszupacken, sie dabei unterbrochen und sich den gesamten Inhalt angeschaut hatte, bevor sie zu ihrer Herrin marschierte, um sie über fehlende Dinge zu informieren. Daher der Strohhut, der jetzt auf Lisas frisch gewaschenem und geflochtenem Haar festgebunden war, die hauchdünne Schürze, die die Vorderseite ihres geblümten Kleides bedeckte und der Fächer, der an seiner Kordel von ihrem Handgelenk baumelte. Andere Gegenstände sollten noch folgen und Betty zufolge hatte Lady Marys Zofe vor allem das Kleid kritisiert, das Lisa zur Hochzeit und auf den Ball hatte tragen wollen. Es wäre absolut unzulänglich und man müsste etwas unternehmen.

Lisa hoffte nur, dass sie selbst, im Gegensatz zu ihrer Garderobe, nicht auch eine traurige Enttäuschung für Teddys Verwandte und Freunde darstellte. Aber Beckys ansteckendes Staunen hatte sie bald diese Bedenken in ihren Hinterkopf verbannen lassen, als sie ans Ende der Allee kamen und auf eine weit offene Fläche und zum wundersamen Anblick eines elisabethanischen Herrenhauses kamen, dessen Reihen längs geteilter Fenster in der Sonne glänzten. Das Herrenhaus mit seinen gedrehten Schornsteintöpfen und fantasievollen Wasserspeiern an jeder Ecke war eine viel größere Version der Gatehouse Lodge, oder vielmehr war die Lodge eine winzige Version dieses ansehnlichen Gebäudes. Auf einem terrassierten Duftgarten erbaut, der Blick über den See bot, erlaubte der Weg durch die baumbestandene Straße, aus dem Lisa und Becky heraustraten, die Aussicht auf endlose grüne Rasenflächen, die zum Ufer abfielen, wo Ruderboote an einem Steg schaukelten.

Lisa und Becky starrten einander an, als ob sie sich gegenseitig bestätigen müssten, dass sie wirklich beide diese idyllische Szene sähen. Und als sie aus dem kühlen Schatten in die Sonne herauskamen, stieg ihr Staunen, als ein hübscher Pavillon in Sicht kam. Er stand auf einem kleinen Hügel mit Blick auf den See und besaß ein hoch gewölbtes Dach, das von Marmorsäulen getragen wurde, und eine Reihe weiter Stufen, die für die Elemente offen waren und Zutritt zu seinem größeren Innenraum gewährten.

„Seid nicht nervös, Miss", sagte Becky ermutigend, als Lisa in der Mitte des Rasens stehenblieb, tief Atem holte und ihre Schultern straffte. „Ihr seht aus wie ein Bild. Niemand könnte etwas anderes sagen."

„Danke, Becky. Wenn wir diesen ersten Tag der Vorstellungen überstehen, bin ich sicher, dass wir alles nur umso besser werden genießen können. Sehen wir, wer uns erwartet ...""

Aber als sie im Pavillon ankamen, fanden sie ihn leer von Familienmitgliedern und Gästen und nur Diener waren dabei, dicke Säulen mit Bändern zu schmücken und Stühle und Tische an ihre Plätze zu stellen. Lisa und Becky nutzten die Gelegenheit, den hübschen Pavillon von den Treppenstufen aus zu bewundern und zu der bemalten Decke hinauf und über den Marmorboden zu den mit teuren Stoffen bezogenen Chaiselongues und Stühlen zu schauen, und auf die an einer Seite an einem langen Tisch aus poliertem Mahagoni verstreuten dicken Polster. Sie konnten sich nur über den Verbleib der Gäste, die zu diesem späten Mittagsmahl eingeladen waren, wundern, und sich fragen, ob sie viel zu früh für diese Veranstaltung eingetroffen waren.

Bevor Lisa die Frage stellen konnte, bekräftigte Becky: „Lady Mary sagte, zum Pavillon. Vielleicht sind alle anderen noch im Haus?"

„Vielleicht, ja. Bleib du hier im Schatten, während ich über die Terrasse gehe. Es könnte sein, dass ich ein paar Gäste finde, die hier herumlaufen. Sollten Leute hier eintreffen, hole mich. Andernfalls werde ich bald wieder da sein."

Becky fühlte sich nicht wohl dabei, auf einem der Möbelstücke zu sitzen, alles war zu prachtvoll und was, wenn ein Gast einträfe und sie dort fände? Also wartete sie, bis Lisa über den Rasen hinweg verschwunden war und setzte sich auf die oberste Treppenstufe, den Rücken an eine dicke Säule gelehnt, beachtete das Getümmel der Diener nicht, die ihren Pflichten nachgingen, und bewunderte die Aussicht. Sie war fest entschlossen, alles in ihrem Gedächtnis zu bewahren, damit sie es Tante Humphreys bei ihrer Rückkehr in die Stadt erzählen könnte.

Und während Becky zuschaute, wie Schwäne vorbeiglitten und Enten in und um den Steg und die hüpfenden Ruderboote schwammen, ging Lisa zu der Terrasse hinüber, wo sie gewundene Steinstufen fand, die durch den Garten zum Haus führten. Aber etwas ließ sie sich von den Stufen abwenden und weiter am Rande des Gartens entlang gehen, bis sie zu einer großen Eiche kam, die halb zwischen dem Garten und dem See stand. Es war ein majestätischer Baum und sehr alt und dort, gestützt auf die schweren, unteren Äste, befand sich ein Baumhaus, das so gebaut war, dass es dem Achterdeck eines Segelschiffes ähnelte. Sie war so davon fasziniert, dass sie unter den Ästen der Eiche herumging, um einen genaueren Blick darauf zu werfen, und als sie feststellte, dass ihr Strohhut ihr teilweise die Sicht versperrte, zog sie ihn ab und ließ ihn an seinen Bändern an ihrer Seite hinabbaumeln. Sie war mit nach oben gerichtetem Gesicht halb um den Baum herumgegangen, bevor ihr bewusst wurde, dass sie nicht allein war.

Ein kleines Mädchen beobachtete sie. Es stand neben einer Schaukel und hielt sich an einem der beiden Seile, die an einem damastbezogenen Sitz befestigt waren, fest; die Seile reichten hoch in die Zweige der Eiche hinauf, wo sie befestigt waren. Es bewegte sich nicht und sprach Lisa auch nicht an. In der Tat hatte sich seine Stirn in Falten gelegt und sein Blick war ernst. Es war ein hübsches Kind mit großen, braunen Augen, die leicht schräg waren, wie die einer Katze, und einem Mund wie eine Rosenknospe in einem herzförmigen Gesicht, das von Locken in der Farbe dunklen Honigs umrahmt wurde, die mit dicken Seidenbändern geflochten waren. Aber bei all seiner Schönheit starrte Lisa vor allem auf ihre Kleidung. Das Mädchen trug ein Hängekleid aus feinster Baumwolle, die mit lebhaften, bunten Bildern von Kirschblüten und kleinen Singvögeln bemalt war. Unter diesem Kleid sah man weiße, mit feinen Spitzen besetzte Baumwollunterröcke, und an ihren Füßen trug sie passende Schühchen aus dem gleichen Stoff wie das Kleid, mit Seidenschleifen zugebunden, die zu den dunkelrosa Haarbändern passten. Es sah aus, als wäre es für einen großen Anlass gekleidet, aber Lisa vermutete, dass solch exquisite Kleidung für die Kinder, die an einem so magischen Ort lebten, Alltag war.

Lisa ging zu ihr hinüber.

„Hallo. Ich heiße Lisa."

„Hallo."

„Wie heißt du denn?"

„Weißt du nicht, wer ich bin?"

„Nein. Aber das sollte ich wohl, nicht wahr?"

„Jeder weiß, wer ich bin."

„Ja? Jeder außer mir, wie es scheint."

Das kleine Mädchen musterte Lisa von Kopf bis Fuß. „Bist du eine Zofe?"

„Nein. Ich bin zu Gast im Gatehouse. Ich bin gestern zu Miss Cavendishs Hochzeit angekommen."

„Ich bin noch nie jemandem begegnet, der nicht weiß, wer ich bin."

„Was für ein Glück ich habe, die erste Fremde zu sein, die du kennenlernst", antwortete Lisa lächelnd und tat ihr Bestes, um sich von der ernsten, fragenden Art des Kindes nicht aus der Ruhe bringen zu lassen.

Aber sie hatte in der Krankenstation mit Schlimmerem zu tun gehabt, wenn Kinder, krank oder verletzt, nichts mit jemandem zu tun haben wollten, der sie sich schlechter fühlen lassen könnte, als sie es ohnehin schon taten. Sie fragte sich, warum das Kind allein war, denn sicher würde ein Kind, das mit solch edlem Selbstbewusstsein ausgestattet und in die teure Kleidung der privilegierten kleinen Oberschicht gekleidet war, von einer wahren Armee von Ammen und Kindermädchen umringt sein.

„Möchtest du allein hier sein oder hast du Freunde, die zu dir an die Schaukel kommen werden?", fragte sie.

Das Mädchen überraschte sie, weil es auf Französisch antwortete und das ließ Lisa sich fragen, ob das Mädchen, wenn es launenhaft war, in der Sprache redete, die ihr eine zweite Natur war.

„Ich wollte allein sein, weil ich nie allein bin. Deshalb bin ich weggelaufen."

Lisa ließ sich von der Behauptung des Mädchens, dass es weggelaufen wäre, nicht beunruhigen. In diesem Idyll hier schien es keinen Ort zu geben, an den es weglaufen konnte, ohne nicht leicht wiedergefunden zu werden. Es sei denn, dass es zu der Insel in der Mitte des Sees schwimmen oder die Ruder nehmen und sich selbst davonrudern würde.

„Dann werde ich dich deinem Alleinsein überlassen", antwortete Lisa gleichmütig auf Französisch und wandte sich wieder dem Pavillon zu.

„*Attendez! Ne pars pas!*"

Lisa wandte sich bei dem Befehl des Mädchens, dass sie stehenbleiben sollte, um und wartete.

„Ich möchte, dass du bleibst, bitte." Sie betrachtete Lisa neugierig und fragte wieder: „Weißt du *ehrlich* nicht, wer ich bin?"

„Ganz ehrlich." Lisa lächelte. „Es sei denn natürlich, dass du einen Feenprinzessin bist, die hier unter der Eiche lebt. Und da ich niemals formell einer Feenprinzessin vorgestellt worden bin, weiß ich nicht, ob es höflich ist, einen Knicks zu machen, oder soll ich auch deine Hand küssen?"

Etwas von dem, was Lisa sagte, ließ das Mädchen kichern. Es schüttelte den Kopf und sagte dann mit erhobenem Kopf und einem überlegenen Lächeln voller Geheimnisse: „Ich lebe nicht unter einem - einem *Baum*. Ich lebe dort in diesem Haus."

„Ja, natürlich. Es ist ein wunderschönes Haus. Eine Feenprinzessin könnte in einem solchen Haus leben."

„Aber ich bin keine Feenprinzessin. Ich bin eine *Marchioness*, und eines Tages werde ich eine Herzogin sein."

Lisa hoffte, dass sie nicht so erschrocken aussah, wie sie sich fühlte, als sie entdeckte, dass ein Mädchen, das kaum mehr als sieben oder acht Jahre alt zu sein schien, nicht nur adlig, sondern sich seines Ranges auch durchaus bewusst war. Doch hörte sich seine Erklärung keineswegs eingebildet an. Es sagte das völlig sachlich. Genau wie die Annahme, dass jeder wissen müsste, wer es war.

„Wie großartig", antwortete Lisa mit einem Lächeln, um ihr Erstaunen zu verbergen. Sie machte viel Aufhebens, als sie den breitkrempigen Strohhut und ihrer Fächer beiseitelegte, ihre Röcke bis zu den Knöcheln hochhob, um ins Gras sinken und dann zu dem Mädchen aufschauen zu können. „Möchtest du dich neben mich setzen? Hier, setz dich auf mein Kleid, damit du dir deine hübschen Röcke nicht ruinierst." Und sie fügte hinzu, als das Mädchen eifrig auf ihr Angebot einging: „Ich denke aber, als Marchioness, die eines Tages Herzogin werden wird, musst du doch trotzdem einen Vornamen haben, nicht wahr? Vielleicht magst du ihn mir sagen, nachdem wir uns jetzt nicht mehr fremd sind ...?"

Das Mädchen dachte lange darüber nach und sein Gesichtsausdruck war so ernsthaft, dass Lisa rasch ein Lächeln unterdrücken musste, damit das Kind sie nicht für unaufrichtig hielte oder dachte, sie würde über es lachen. Sie konnte sehen, dass das Mädchen abwog, ob es dieser Fremden eine Information anvertrauen sollte, die jeder andere in seiner Welt selbstverständlich kannte. Doch nachdem sie sich entschlossen hatte, Lisa ihr Vertrauen zu schenken, gab es für ihre Vertraulichkeiten kein Halten mehr. Es war, als müsste es die Erklärung aussprechen, damit sie für es selbst einen Sinn ergab. Lisa war sicher, dass das Mädchen nie zuvor über seine familiären Verbindungen hatte intensiv nachdenken müssen; diese Verbindungen waren wie die Existenz von Sonne und Mond, waren einfach da, und jeder in seiner Welt wusste das. Aber jetzt, als es darüber nachdachte und versuchte, sie jemand anderem zu erklären, wurde ihm klar, dass ihre familiären Bindungen möglicherweise das Verständnis einer Fremden überstiegen. Also versuchte es sein Bestes, und Lisa lauschte geduldig und widmete sich der verwickelten Erklärung mit dem Ernst, der ihr gebührte. Überraschenderweise ergab es am Ende für beide durchaus vollendeten Sinn.

„Ich habe drei Vornamen", erklärte das Mädchen. „Elspeth. Henrietta. Jane. Maman und Papa nennen mich Elsie. Meine großen Brüder auch. Ich habe zwei. Roxton ist viel älter als ich. Er ist ein Herzog. Henri-Antoine ist mein jüngerer Bruder, aber er ist auch viel älter. Und ich habe auch eine große Schwester, sie heißt Sarah-Jane. Aber sie ist nicht Roxtons und Henri-Antoines Schwester. Sie ist Papas Tochter, aber nicht Mamans. Sie lebt in Frankreich und hat vier Kinder, drei Mädchen und einen Jungen. Ihr Ehemann, Cousin Charles, ist zu Teddys Hochzeit hergekommen. Aber Sarah-Jane konnte nicht kommen, da sie noch ihr Baby stillt. Sein Name ist Benjamin Franklin Fitzstuart, und Papa sagt, Baby Benjamin wurde nach einem sehr wichtigen Mann namens Benjamin Franklin benannt. Papa sagt, er wäre viel wichtiger als er, obwohl mein Papa auch ein Herzog ist. Und jeder weiß, dass nach dem König und seinen Ministern die Herzöge die wichtigsten Männer im Land sind."

Sie beugte sich zu Lisa und sagte vertraulich: „Mama hat mir erzählt, dass sie mit Benjamin Franklin korrespondiert - nicht dem Baby, dem alten Mann. Und dass, ganz gleich wie groß Benjamin Franklin in der Welt wäre, Papa doch immer der wichtigste Mann der ganzen Welt für uns bliebe."

„So sollte es auch sein", antwortete Lisa ernsthaft und sagte nicht mehr, da sie sehen konnte, dass das Mädchen noch mehr zu erzählen hatte.

„Als wir im Frühling in Frankreich waren, lebten Maman und Papa in einem Haus in der Nähe von Sarah-Jane und Charles und wir gingen jeden Tag die Avenue hinauf, um sie zu besuchen. Die Häuser dort haben blaue Fensterläden an den Fenstern und hohe Bögen über der Einfahrt, so dass die Kutsche direkt bis zur Tür fahren kann, die nicht an der Vorderseite des Hauses ist, sondern an der Seite zum Hof. Das Haus lag in der Nähe des Palastes, wo der französische König lebt und wo Cousin Charles wichtige Arbeit für sein neues Land leistet. Maman hat einmal in diesem Palast gelebt, aber das war vor langer Zeit, als noch ein anderer König über Frankreich herrschte.

„Wir sind nach Frankreich gereist, damit Papa seine Enkel sehen und ich meine Schwester kennenlernen konnte. Papa weinte, als er Sarah-Jane sah, und das brachte mich auch zum Weinen. Aber Papa sagte, seinen Tränen wären Freudentränen, also sollte ich nicht traurig sein. Er sagte mir, er hätte Sarah-Jane seit der Zeit, bevor ich geboren wurde, nicht mehr gesehen. Es ist seltsam, dass ich einen Papa habe, der ein *Groß*papa ist, wenn er nicht wie ein Großpapa aussieht. Er hat überhaupt keine grauen Haare, obwohl Maman viele hat. Aber ihre sind silbern. Und sie ist eine Großmama, seit Freddie geboren wurde, und er ist doppelt so alt wie ich.

„Sarah-Jane und Charles nennen mich Elsie. Roxtons Kinder tun das auch. Sie leben drüben im großen Haus. Maman sagt, da die meisten der Kinder meines Bruders viele Jahre vor mir geboren wurden, ist es höflich, wenn ich sie mich Elsie nennen lasse und nicht Tante Elsie. Maman lebte in dem großen Haus, als meine Brüder so klein waren wie ich und sie die Herzogin von Roxton war. Aber jetzt ist sie die Herzogin von Kinross und daher leben wir hier, manchmal leben wir in London und dann gibt es Zeiten, wenn wir zu einem großen Haus mit Türmchen reisen, das an einem See liegt, der Loch genannt wird, sehr weit fort in einem Land namens Schottland. Aber es ist trotzdem nicht so groß wie das große Haus, in dem Roxton lebt. Ich bin am liebsten hier in diesem Haus, obwohl es drüben im großen Haus viel bessere Stellen gibt, wo man sich verstecken kann. Henri-Antoine kennt die besten Verstecke, und Jack auch. Du kannst mich jetzt Elsie nennen, denn wir sind ja nicht länger Fremde. Und weil ich dich gerne zur Freundin hätte ... wenn du meine Freundin sein magst ...?"

„Vielen Dank. Ich wäre sehr gerne deine Freundin. Und weil wir Freundinnen sind, kannst du mich Lisa nennen. Und danke, dass du mir alles über deine Familie erzählt hast, was ich sehr interessant fand, da ich keine eigene Familie habe ..."

„Keine Familie?" Elsie riss die Augen auf. Sie war fasziniert. „Gar keine?"

„Keine Brüder oder Schwestern, keine Mutter oder Vater. Meine Eltern starben, als ich ungefähr in deinem Alter war ..."

„Ich bin acht Jahre und sechs Monate alt."

„Dann ja, ungefähr in deinem Alter."

„Und Cousins und Cousinen? Hast du Cousins oder Cousinen?"

„Ich habe drei Cousinen. Zwei sind verheiratet und die jüngste ist zwölf ..."

„Julie ist zwölf und sie möchte eines Tages Herzogin sein, so wie ich. Deshalb ist sie manchmal nicht nett zu mir. Maman sagt, das liegt daran, dass ich Herzogin sein werde, unabhängig davon, wen ich heirate, aber Julie muss einen Herzog finden, der sie heiratet. Ich denke, sie wird einen Herzog finden, weil Julie sehr hübsch ist und meiner Maman sehr ähnlich sieht; alle sagen das."

„Dann bin ich sicher, dass ein Herzog sie heiraten wollen wird."

„Bist du traurig, keine Brüder und Schwestern und Eltern zu haben?"

„Als ich so alt war wie du, war ich traurig. Aber jetzt nicht, weil ich mich damit beschäftige, anderen Menschen zu helfen und ich habe Freunde, und meine beste Freundin in der ganzen Welt ist Miss Theodora Cavendish. Ich bin sicher, dass du sie kennst."

Elsie lächelte und nickte. „Teddy? Oh ja! Ich mag Teddy sehr gerne. Sie bringt mich zum Lachen."

„Mich auch. Sie ist immer fröhlich. Also siehst du, dass ich mit einer so guten Freundin gesegnet bin und du bist damit gesegnet, eine Maman und einen Papa zu haben, und zwei Brüder und eine Schwester und viele Cousins und Cousinen. Die du alle sehr liebhaben musst. Ich kann es kaum erwarten, sie alle kennenzulernen."

Und es gab ein Mitglied von Elsies Familie im Besonderen, dem wieder zu begegnen sie sich vor allem freute und von dem sie überzeugt war, dass es ihr seinen Adelsrang absichtlich verschwiegen hatte, aus Gründen, über die sie nur rätseln konnte. Vielleicht hatte er wie Elsie angenommen, dass sie wissen würde, wer er war, ohne dass er ihr das sagen müsste? Vielleicht hatte er keine Veranlassung gesehen, sich jemandem vorzustellen, der gesellschaftlich unter ihm stand. Vielleicht hatte er sich nur mit ihr amüsiert ... Aber ihre Intuition sagte ihr, dass diese Entschuldigungen nicht wahr klangen, dass er sie mochte, und ebenso mochte, wie sie ihn, und daher musste es einen anderen Grund geben, warum er sich solche Mühe gegeben hatte, anonym zu bleiben. Welcher Grund das auch sein mochte, sie würde nicht weiter darüber rätseln, sondern darauf warten, dass er es ihr selbst sagte ... Sie schaute zur Schaukel.

„Da wir jetzt Freunde sind, möchtest du, dass ich dich auf der Schaukel anstoße?"

„Ich darf nicht alleine schaukeln. Zwei meiner Mädchen und ein Lakai müssen bei mir sein."

Lisa verzog als Reaktion auf so überzogene Verwöhnung den Mund, bevor ihr klar wurde, was sie tat. Elsie sah es und kicherte.

„Henri-Antoine guckt auch so. Papa auch. Aber sie lassen es Maman nicht sehen, weil sie sie nicht verärgern möchten. Wenn sie mit ihr zusammen sind, tun sie, was ihnen gesagt wird ..."

„... und wenn nicht, sind sie manchmal unartig?"

Elsie legte einen Finger auf ihre Lippen und sagte in lautem Flüsterton: „Das darf ich nicht verraten ...“ Sie schmunzelte und nickte. „Sehr unartig.“

„Ich weiß nicht, wieviel Zeit uns bleibt, bis wir entdeckt werden ... Aber vielleicht könnten wir auch ein bisschen unartig sein?“, fragte Lisa leichthin mit einem vielsagenden Seitenblick zur Schaukel.

Elsie sprang von Lisas Röcken auf, aber anstatt sich zur Schaukel zu wenden, eilte sie zum Fuß der Eiche und hob zwei Puppen auf, die Lisa nicht an den Baumstamm gelehnt hatte sitzen sehen. Beide waren in höfische, mit Pailletten bestickte Kleider aus Seide gehüllt, die jede erwachsene Frau hätten neidisch machen können. Eine Puppe hatte schwarze Haare und war in pflaumenfarbenen Brokat gekleidet, die andere war blond und trug ein Kleid aus elfenbeinfarbener Seide und beide wurden sehr geliebt.

„Dies ist Mademoiselle Yvette“, sagte Elsie und hielt die Puppe mit dem blonden Haar hoch. „Und dies“, sagte sie, als sie die Puppe mit dem schwarzen Haar hochhielt, „ist Signorina Simonetta.“

Lisa knickste. „Es ist mir ein Vergnügen, deine beiden Freundinnen kennenzulernen.“ Sollen wir sie einfach dort vor die Schaukel setzen, damit sie dir zuschauen können, oder sollen sie sich mit dir abwechseln?“

„Sie wechseln sich ab. Mademoiselle Yvette kommt zuerst an die Reihe, da sie meine neueste Puppe ist und Simonetta schon so oft geschaukelt hat.“

„Das ist gerecht.“

Elsie setzte Signorina Simonetta ein paar Schritte vor der Schaukel auf den Boden, legte ihr Kleid zurecht, damit es ihre bestrumpften Beine bedeckte, und legte die Hände der Puppe in ihren Schoß. Dann kam sie zu Lisa zurück, die Mademoiselle Yvette hielt. Und als Lisa sich verge-wissert hatte, dass Elsie sicher auf dem gepolsterten Damastsitz der Schaukel saß und ihre Hände fest um das mit Bändern bedeckte Seil gelegt hatte, setzte sie die Puppe neben Elsie und bereitete ihr einen festen Sitz mit etwas von den Baumwollunterröcken des Mädchens.

Sie hatten genug Zeit, dass Signorina Simonetta und Mademoiselle Yvette sich beim Schaukeln mit Elsie abwechseln konnten und beim dritten Mal schauten beide Puppen zu, wie Elsie höher schaukelte, als sie es je getan hatte. Sie war so aufgeregt, dass sie wie jedes andere Kind war, das den Wind in den Haaren genoss und die Spannung, so hoch in die Luft zu fliegen, dass die Spitzen ihrer Schuhe das Blau des Himmels berührten, mit rasendem Herzen und angehaltenem Atem, und sie wusste, dass nach einem Wimpernschlag die Schaukel wieder nach hinten fallen und sie den Fall in ihrem Magen spüren und jedes Mal nach Luft schnappen würde.

Lisa kam zur Vorderseite der Schaukel und ließ sie von selbst langsamer werden, setzte sich im Schneidersitz ins Gras, mit beiden Puppen in ihrem Schoß und schaute zu, wie Elsie ihre Freiheit genoss. Und weil sie der Schaukel gegenüber saß, war sie blind für das, was sich hinter ihr abspielte. Wenn Elsie die kleine Truppe von Frauen sah, die auf sie zukam, zog sie es vor, sie nicht zu beachten, in der Absicht, so lange wie möglich auf der Schaukel zu bleiben und mit der Bewegung ihrer bestrumpften Beine ihr Bestes zu tun, um das Schaukeln so lange wie möglich andauern zu lassen, nachdem sie nicht mehr angestoßen wurde.

Lisa war so darin vertieft, Elsie zu beobachten, wie sie sich ohne jede Sorge auf der Welt vergnügte, dass sie erste bemerkte, nicht mehr allein zu sein, als eine Wolke vor die Sonne in ihrem Rücken trat, wie es schien, und sie in Schatten tauchte. Tatsächlich hatte sich jemand direkt hinter sie gestellt und blockierte das Sonnenlicht. Und dann, bevor sie sich umdrehen konnte, um zu sehen, wer den Schatten über sie geworfen hatte, rollte eine Welle von Frauen an ihren beiden Seiten vorbei, mit wehenden und raschelnden Röcken und besorgtem Geplapper, alles auf Französisch.

Sie krabbelte auf ihre Füße, wobei ihr eine feste Hand am Oberarm behilflich war. Als sie losgelassen wurde, schüttelte sie ihre Röcke aus, bevor sie sich umdrehte und aufschaute und direkt in das Gesicht des Gentlemans sah, der ihre Träume erfüllte und nie weit von ihren Gedanken entfernt war.

 und mit etwas der unverschämten Art, mit der er sie an dem Tag in der Gerrard Street begrüßt hatte, als er als Kurator der Fournier-Stiftung zu Besuch kam. Wenn er überrascht war, sie hier im Heim seiner Familie zu sehen, unternahm eine herkulische Anstrengung, das nicht zu zeigen.

„Hallo“, gab sie zurück und blieb ebenfalls ruhig und beherrscht, vor allem, weil sie überhaupt nicht überrascht war, ihn zu sehen. Dennoch war sie in seiner Gegenwart und solcher Nähe nicht in der Lage, mehr zu sagen, und daher erlaubte sie es ihrem Blick, vom Leinenhalstuch bis zu den Stulpenstiefeln über ihn zu huschen.

Sie hatte seine modische Pracht reich bestickter Röcke und Westen in seiner städtischen Umgebung bewundert, aber hier draußen auf dem Lande zwischen all dem Grün und in der frischen Luft wirkte er entspannt und sein schmales Gesicht hatte einen gesunden Glanz. Er war durchaus in seinem Element und obwohl er bequem mit engen Reithosen und einer blass zitronengelben Weste über einem weißen Hemd und schlichten Halstuch gekleidet war, sah er nicht weniger großartig aus. Aber vor allem sein frei herabhängendes Haar ließ die Wärme an ihrem Hals aufsteigen. Ohne Pomade und Bänder fiel es locker über seine Stirn und seine Schultern hinab. Bei jedem andern Mann hätte ein solcher Mangel an Ordnung verweichlicht gewirkt, ihn ließ es vor Männlichkeit förmlich knistern.

„Ist dies ein zufälliges Zusammentreffen, Miss Crisp?", fragte er näselnd. „Oder ein spektakulärer Zufall? Seid Ihr ein Gast bei der Cavendish-Hochzeit?"

„Ja", sagte sie gleichmütig, da sie sich seiner Neckerei bewusst war, hielt die Hände hinter ihrem Rücken und lächelte ihm in die dunklen Augen. Wenn sie nicht von anderen umringt gewesen wären, hätte sie ihn an Ort und Stelle geküsst. „Und Schicksal kann man nicht beeinflussen, nicht wahr?"

Er trat einen Schritt näher. „Schicksal? Ich neige zu der Annahme, dass Ihr die schwarze Kunst ausübt und eine Hexe seid."

„Eine Hexe? Aber Ihr seid es, der eine magische Welt bewohnt, die durch Zauberei heraufbeschworen wird. Seid Ihr dann kein Zauberer?"

„Touché. Sagt mir noch einmal: wie alt sagtet Ihr, dass Ihr seid ...?"

Ihr Lächeln wurde breiter. „Und mit welchem Namen, sagtet Ihr, dass ich Euch anreden sollte - Mylord?"

Er zuckte nicht zusammen. „Wenn Ihr das wisst", murmelte er, „dann wisst Ihr auch den Rest, *Hexe*."

Lisa unterdrückte ein Schmunzeln und hob verwirrt ihre Brauen, aber das Leuchten des Triumphes in ihren Augen konnte sie nicht verbergen. „Aber es wäre klug, die Informationen, die man mir mitgeteilt hat, bestätigt zu erhalten. Obwohl ich sicher bin, dass meine Quelle einwandfrei ist."

Sein Ton verlor seine Verspieltheit. „Ich hätte es Euch gesagt - irgendwann."

Sie neckte ihn weiter. „Hier? Oder anderswo? Und wann?"

„Ihr seid die Hexe, sagt es mir."

„Ah, aber als Zauberer solltet Ihr die Antworten kennen."

Seine Oberlippe zuckte und ihr Blick glitt von seinen dunklen Augen zu seinem Mund. Diesem Mund, den sie unbedingt küssen wollte. Würde. Musste. Es war kein Wunsch, es war eine Notwendigkeit. Sie hob ihren Blick wieder und schnappte nach Luft. Der Ausdruck in seinen dunklen Augen war nicht weniger hungrig. Er hatte die gleichen schlimmen Gedanken. Statt schockiert zu sein, war sie hocherfreut.

„Ich wusste nicht, dass Ihr hier sein würdet", gestand er. „Aber ich wagte es, meine Hoffnung in Wunschdenken zu setzen."

„Das ist Schicksal."

Sie traten einander einen Schritt näher und standen sich nur eine

Handspanne voneinander entfernt gegenüber, waren sich des anderen voll bewusst, aber auch, dass sie sich im öffentlichen Raum befanden. Ihre intime Verträumtheit wurde unterbrochen und sie wurden abrupt wieder ins Hier und Jetzt versetzt, als Elsie sich von dem Aufhebens, das ihre Ammen und Kindermädchen um sie machten, losriss. Sie drückte ihre Puppen einem Mädchen in die Hand und eilte zu dem Paar herüber, wo sie ihre Hand zwischen die Finger ihres Bruders schob.

Die Berührung ließ ihn von Lisa weg und zu seiner Schwester neben sich hinabschauen.

„Henri-Antoine, dies ist meine neue Freundin Lisa. Ich möchte, dass sie zu Mamans Picknick in den Pavillon eingeladen wird."

„Als Gast ist sie das bereits, *ma petit chou*", antwortete er sanft.

„Bleibst du zum Picknick?", fragte sie hoffnungsvoll.

Als die Schar Frauen einen Schritt auf ihren Schützling zu machte, hielt Henri-Antoine sie mit einem finsteren Blick davon ab und sie zogen sich schnell unter die Eiche zurück, um auf Befehle seiner Lordschaft zu warten, und wo zwei seine allgegenwärtigen Schatten in respektvollem Abstand warteten. Er hockte sich vor seiner Schwester hin, ohne sich darum zu kümmern, dass Lisa daneben stand und jedes Wort von ihrer Unterhaltung hören würde. Er sprach Französisch mit Elsie, ihrer bevorzugten Sprache.

„Mamans Picknick ist nur für Damen, für alle Freundinnen und Verwandten von Teddy, und damit bist natürlich auch du gemeint."

„Aber Maman würde dich bleiben lassen, wenn du sie bätest. Papa ist zu Hause."

„Ja. Aber dein Papa wird tun, was man ihm sagt und sich während des Picknicks hübsch vom Pavillon fernhalten. Und ich muss Mamans Wünsche auch respektieren. Erinnerst du dich an die Drohung beim Frühstück?"

Elsie kicherte.

„Maman würde Papa nie zum Schlafen ins Ankleidezimmer verbannen, Dummchen. Da steht kein Bett für ihn."

„Ich denke auch, dass das eine leere Drohung war." Er küsste ihren Handrücken. „Ich verstehe deinen Wunsch, allein zu sein, besser als jeder andere, *ma petit chou*. Aber wenn du wegläufst, ohne jemandem etwas zu sagen, und deine Damen dich nicht finden können, gerät Maman außer sich. Ich weiß, dass sie aufzuregen das Letzte ist, was du willst."

„Ich möchte Maman nicht aufregen, und ich versuche, es so zu machen, wie du sagst und sie alle zu ignorieren", sagte sie mit einem Blick über ihre Schulter auf das halbe Dutzend Frauen, die gehorsam am Baumstamm warteten. „Aber sie machen zu viel Aufhebens. Ich sage ihnen, sie sollen es lassen, aber sie hören nicht auf mich. Deshalb renne ich weg, um atmen zu können. Du musst machen, dass Maman das versteht."

„Sie versucht ihr Bestes, dir Luft zum Atmen zu geben, *ma chérie*. Du bist für sie und deinen Papa das Kostbarste auf der Welt. Sie hat keine andere Tochter als dich und du bist die einzige Erbin deines Papas. Weshalb deine Damen dich bis zum Ersticken beschützen. Aber ich werde noch einmal mit Maman sprechen und mit deinem Papa, und vielleicht können wir dir das Atmen etwas leichter machen, *hein*? Alles, worum Maman bittet, ist, dass du ihr oder jemand anderem sagst, wenn du weglaufen möchtest."

„Aber wie ist das noch weglaufen, wenn ich es jemandem erzähle? Hast du es Maman erzählt, wenn du in dem großen Haus weggelaufen bist und dich versteckt hast?"

Henri-Antoine konnte sein Lächeln nicht unterdrücken. Er schüttelte den Kopf.

„Nein. Aber ich hatte immer Jack bei mir, daher machte Maman sich keine solchen Sorgen. Wenn mir etwas passiert wäre, hätte Jack immer noch Alarm schlagen können. Wenn du ganz allein weggehst, wer ist da, um das für dich zu tun?"

„Aber du warst ein sehr kranker, kleiner Junge, Henri-Antoine. Das hat Maman mir erzählt. Also hatte sie Grund, sich Sorgen zu machen. Ich bin nicht krank. Papa sagt, ich wäre eine bessere Schwimmerin als Sarah-Jane es je war. Er sagt, ich hätte das Herz eines Tigers! Und du ruderst nicht einmal auf dem See, ohne deinen Bären im Rücken zu haben ..."

„Bären?" Er schnipste sie an ihre gerötete Wange. „So sehen die Burschen für dich aus?"

Elsie nickte lächelnd. „Aber sie tanzen nicht so wie die Bären, dich ich in Paris gesehen habe."

Er zwinkerte ihr zu. „Wenn ich es ihnen befehlen würde, schon."

Elsie kicherte, schüttelte aber den Kopf. „Du würdest sie nicht dazu zwingen. Maman sagt, deine Burschen helfen *ihr*, atmen zu können."

„Ja. Was ein guter Grund ist, sie als meine Schatten zu haben."

„Und falls du je wieder krank werden solltest, ja?"

„Ja. Falls ich wieder krank werden sollte."

„Ich habe dich nie ohne sie gesehen, außer bei Tisch, wenn sie vor der Tür warten. Ich möchte, dass du sie hast, weil sie sich um dich kümmern, aber wünschst du dir nicht manchmal, du könntest ohne sie atmen?"

Henri-Antoine richtete sich mit einem Seufzer zu seiner vollen Höhe auf, den Blick noch immer auf seine Schwester gerichtet.

„Das habe mich mir jeden Tag gewünscht, als ich in deinem Alter war, *ma petit chou*. Aber ich bin alt genug, um weise die Wahrheit zu erkennen: ich kann ohne sie nicht atmen, und unsere Maman auch nicht. Also nehme ich sie hin und tue mein Bestes, ihre Anwesenheit nicht zu beachten. Dein Leben wird aber ganz anders sein als meines. Bei meiner Ehre. Eines Tages wirst du alt genug sein, um zu tun, was dir gefällt und niemand wird dich davon abhalten dürfen, aus dem Schatten deiner Damen fortzuwandern. Einstweilen jedoch - Maman und deinem Papa zuliebe - musst du das Beste tun, deine Schatten zu ignorieren, ohne dabei grausam oder unfreundlich zu sein, weil ihnen nur dein Bestes am Herzen liegt und sie tun, was man ihnen befiehlt. Wenn du akzeptierst, dass dies die Art ist, wie du leben musst, bis du älter wirst, dann werden sie irgendwann einfach so verschwunden sein", sagte er mit einem Fingerschnippen. „Wie durch Zauberei wirst du sie nicht länger sehen, obwohl sie noch da sind. Kannst du das verstehen?"

Elsie legte ihren Kopf schräg und zwinkerte nachdenklich. „Du meinst, so, wie die Lakaien, die alle Türen öffnen, und die Zimmermädchen, die vor Morgengrauen die Kaminroste saubermachen, und die Wäscherinnen, die unserer Kleider waschen, die ich alle nicht sehe, die aber jeden Tag da sind und von denen Maman sagt, dass sie für unsere Bequemlichkeit äußerst wichtig sind und daher unsere Dankbarkeit verdienen?"

Henri-Antoine berührte leicht Elsies kleine Nasenspitze und wackelte sanft damit. „Ich sehe, dass du es verstehst."

Elsie lächelte, ergriff die Hand ihres Bruders und drückte sie an seine Wange. „Ich wünschte, du würdest zum Picknick bleiben."

Henri-Antoine warf einen Blick auf Lisa, sagte aber zu seiner Schwester: „Das wünschte ich mir auch. Aber Jack und Freddie und die Zwillinge warten im Großen Haus auf mich. Wir werden unser eigenes - äh - Picknick - im Billardzimmer haben." Er schaute zu Elsies Kindermädchen hinüber und nickte zum Zeichen, dass sie näherkommen dürften. „Aber ich sehe dich in ein oder zwei Tagen wieder - tut mir leid, *ma petite*, aber Miss Crisp muss hierbleiben", fügte er hinzu, als Elsie nach Lisas Hand griff, bevor ihre Damen sie zu ihrer Mutter zurückbringen konnten. „Ich werde sie nicht lange aufhalten. Und dann kommt sie zu dir in den Pavillon."

„Versprochen."

„Versprochen."

Er schaute zu, als Elsie ihre Puppen von einem ihrer Kindermädchen zurückholte und mit ihrem weiblichen Gefolge dicht hinter ihr über den Rasen davonging. Dann gab er den Burschen, die noch bei der Eiche herumstanden, ein Zeichen zum Weitergehen, was sie auch taten, um dann bei den Weiden am Uferrand anzuhalten. Sie waren am Tag zuvor mit einem Ruderboot nach Crecy Hall gekommen und würden genauso wieder zum großen Haus zurückkehren. Sein Kammerdiener Kyte und seine Tasche mit Kleidung für die Nacht hatten schon zu Pferd das Gleiche getan. Er wusste, dass nicht nur Jack und seine drei Neffen auf ihn warten würden, sondern auch Seb und Bully, aber er hatte noch etwas mit Miss Crisp zu besprechen und sie konnten warten; dies nicht.

„Kommt mit mir", befahl er, nahm ihre Hand und ging auf die Eiche zu.

„Euch ist klar, Mylord, dass, wenn durch Elsie bekannt wird, dass ich hier bin und Ihr hier seid und wir allein sind, es zu Fragen führen wird. Ich könnte mich in der unangenehmen Lage wiederfinden, Rechenschaft ablegen zu müssen."

Unbeeindruckt ging er weiter bis zur anderen Seite des riesigen Baums, wo er sich umschaute, als hätte er etwas verloren, während er noch immer ihre Hand hielt.

„Euch in eine unangenehme Lage zu bringen, schien Euch nicht zu stören, als Ihr einfach in Westbys Stadthaus ginget."

Lisa starrte auf seinen Rücken. Ihr Mund arbeitete einige Sekunden, dann platzte sie schuldbewusst und eilig heraus: „Verzeihung, Mylord, aber ..."

„Mylord? Nein, nein, nein, Miss Crisp. Das geht nicht. Ich zog es weitaus vor, als Ihr mich Sir nanntet ..."

„... das war unter völlig anderen Umständen - oh? Wirklich?"

„Ja. Aber ich würde noch lieber haben, dass Ihr mich auch nicht Sir nennt. Und Ihr habt recht. In Westbys Haus zu gehen war etwas völlig anderes. Eure Freundin hatte mir etwas gestohlen ..."

„Gestohlen? Nichts dergleichen! In Eurer Zerstreutheit ließt Ihr den Katalog in ihren Korb fallen. Sie hatte keine Ahnung und ich bot ihr an, ihr beim Zurückbringen zu helfen, bevor sie fälschlich des Diebstahls beschuldigt würde ..." Lisa blinzelte. „Wenn ich Euch nicht Mylord oder Sir nennen soll, wie soll ich Euch dann anreden?"

Er ließ ihre Hand los, sicher, dass sie weder vom Haus oder von irgendjemandem, der aus der Richtung des Pavillons käme, gesehen werden könnten. Er machte einen Schritt auf sie zu, sie trat zurück und stieß hart an den Baumstamm. Er lächelte in sich hinein. Er hatte sie genau da, wo er sie haben wollte.

„In meiner Zerstreutheit?", fragte er mit einem verständnislosen Stirnrunzeln. „Was könnt Ihr damit nur meinen, Miss Crisp?"

Lisa beschloss, dass dies nicht der Zeitpunkt für höfliche Heuchelei war. Sie begegnete offen seinem Blick.

„Es ist kaum überraschend, dass Ihr den Katalog in Beckys Korb fallen ließet, als Eure Mätresse nackt bis auf ein Paar mit rosa Strumpf-haltern befestigten Strümpfen vor Euch stand ..."

„Rosa Strumpfhalter? Tatsächlich?"

Er trat einen Schritt näher.

„Ja! Sie waren rosa und Eure Mätresse hatte sie von Becky gestohlen ..."

„Sie ist nicht meine Mätresse."

„Ich bitte um Verzeihung. Das ist wohl wahr. Sie ist Lord Westbys Mätresse und Eure Geliebte."

„Und ich muss Eure Verzeihung erbitten. Sie ist nicht länger meine Geliebte."

„Oh! Ich verstehe."

„Das glaube ich nicht."

„Ich mag in vielen Dingen unwissend sein, aber ich verstehe, dass Gentlemen - Adlige - Mätressen haben und sich Geliebte nehmen und das geht mich nichts an, Mylor... Sir ..."

„Henri-Antoine. So heiße ich. Und so möchte ich, dass Ihr mich nennt."

„Ich kann Euch nicht bei Eurem Vornamen nennen!"

„Warum das? Wenn wir allein sind, nenne ich Euch Lisa, und dann könnt Ihr mich doch sicher Henri-Antoine nennen?"

Lisa schüttelte unbewusst den Kopf, schloss dann aber für einen winzigen Moment die Augen, als sie ihn ihren Namen aussprechen hörte. Sie wünschte, er würde ihn noch einmal sagen, so dass sie wusste, dass es wirklich so war, dass er ihn tatsächlich ausgesprochen hatte, denn plötzlich fühlte sie sich durch seine Nähe wie berauscht. Er hatte die Hand am Baumstamm, den Blick fest auf sie gerichtet, und sein Haar fiel ihm in die Augen. Sie war sicher, dass ihr Herz schneller schlug; dass ihr Blut zu heftig durch ihre Adern wallte und in ihren Ohren dröhnte. Becky hätte gesagt, dass sie fiebrig wäre. Wie hatte Becky ihn genannt - „betörend gutaussehend?" Das war er, und viel mehr. Und wenn sie sich nicht in diesem Moment aus seiner Nähe entfernte, würde sie, da war sie sich sicher, etwas tun, das sie später bereuen müsste, dessentwegen sie jedoch im Augenblick nicht an die Zukunft, an Reue oder Folgen dachte. Sie dachte überhaupt nicht logisch. Alles, was sie wusste, war, dass sie einfach verrückt werden würde, gäbe sie ihrem Impuls nicht nach und befriedigte dieses Verlangen. In einem letzten verzweifelten Versuch, sich vom Rande des gesellschaftlichen Ruins zu retten, schluckte sie energisch und fragte neugierig:

„Was meint Ihr damit: *Ich glaube nicht, dass Ihr das versteht?*"

„Ich habe derzeit keine Mätresse, und ich habe auch keine Geliebte mehr gehabt, seit dem Abend, an dem Ihr und Eure Freundin, die

Schneiderhelferin, den Katalog zurückbrachtet, den sie nicht gestohlen
hat …"

„Becky hat nichts gestohlen - Oh! Das sagtet Ihr ja." Sie blinzelte ihn
an und widerstand dem Verlangen, ihm das Haar aus den Augen zu
streichen. „Warum - warum erzählt Ihr mir das?"

Er kam näher. „Weil das alles Eure Schuld ist, Lisa Crisp."

„Meine Schuld?" Sie war verblüfft.

Er nickte langsam, den Blick fest auf sie gerichtet. Seine Oberlippe
zuckte und sein Mund öffnete sich leicht, als er versuchte, ein Grinsen
über ihre völlige Ahnungslosigkeit, was die Bedeutung seiner Worte
anging, zu unterdrücken. Er versuchte, enttäuscht zu klingen, und ließ
noch dazu einen gekonnten Seufzer hören.

„Was soll ich nur mit Euch machen?"

„Machen? Mit mir machen?"

Sie wusste, was sie mit ihm machen wollte, und das war, diesen
perfekten Mund zu küssen, und zum Teufel mit den Konsequenzen.
Kein Wunder, dass seine Mätresse - die nicht länger seine Mätresse war -
ihre Kleider an Ort und Stelle für ihn hatte fallen lassen. Zu ihrem
Erstaunen empfand sie das Bedürfnis, genau das zu tun, hier, in diesem
Moment. Aber sie würde sich mit einem Kuss zufriedengeben. Ein Kuss
würde die Folgen wert sein, wie sie auch aussehen mochten - sie würde
das bald genug herausfinden - wenn er nur hülfe, dieses alles verzehrende
Verlangen zu stillen, das ihren Körper und ihre Seele zu überwältigen
drohte.

Und dann geschah es. Der Verstand unterlag dem Wollen, wie durch
Magie - sie eine Hexe und er ein Zauberer an diesem magischen Ort. In
einer einzigen flüssigen Bewegung glitten ihre Arme nach oben um
seinen Hals und sie lehnte sich an ihn. Auf Zehenspitzen, ihren Körper
an seinen gepresst, als ob sie des Halts bedürfte, hob sie ihr Kinn, schloss
die Augen und ließ ihren Mund den seinen finden.

Hingabe.

SECHZEHN

E R WURDE, WENN ÜBERHAUPT, DANN NUR SELTEN ÜBERRASCHT, aber sie überraschte ihn. Und das seit ihrem ersten Zusammentreffen in der Gerrard Street. Jetzt dies. Sie hatte ihn zuerst geküsst!

Er hatte durchaus die Absicht gehabt, sie zu küssen. Der Grund, warum er sie auf die abgelegene Seite der Eiche gebracht hatte, fort von möglichen neugierigen Blicken der Gäste und Diener beim Picknick im Pavillon. Aber diese Absicht hatte ihn nur behindert. Er hatte gewollt, dass ihr erster Kuss und alles an diesem Moment perfekt wäre. Es sollte für sie eine Erinnerung sein, die sie schätzen würden. Und dann hatte sie ihm die Initiative abgenommen und ihn geküsst.

Erschrocken reagierte er zu langsam, nicht nur, weil ihr Kuss unerwartet und daher der Augenblick, den er geplant hatte, verloren war, sondern weil er noch nie zuerst und nie auf den Mund geküsst worden war. Und nie auf eine so spontane, eher unbeholfene Weise, so, wie er annahm, dass mögliche Verliebte, die noch nie geküsst hatten, einen ersten Kuss teilen würden. Es war eine kaum spürbare Berührung ihrer Lippen auf seinen und ließ ihn sich fragen, ob sie je zuvor geküsst worden wäre, und er nahm an, dass dem nicht so war. Ebenso wie er annahm, dass sie, was die fleischlichen Freuden des Schlafzimmers anging, unschuldig war. Aus welchem Grund er gezögert hatte und warum er die Ausführung dieses, ihres ersten Kusses, so geplant hatte.

Und dann überraschte er sich selbst. Denn obwohl er sich für einen aufmerksamen und erfahrenen Liebhaber hielt, wusste er, dass er in bestimmten Dingen festgelegt war, und daraus resultierte das Zögern. Er hatte sich nie die Extravaganz erlaubt, jemanden auf den Mund zu küssen. Das war viel zu persönlich. Und intensive Emotionen hatten bei der Befriedigung seiner fleischlichen Gelüste nie eine Rolle gespielt, bis jetzt. Was der Grund war, warum dieser Moment mit Miss Lisa Crisp eine solche Bedeutung für ihn hatte. Er wollte sie nicht nur küssen, er musste es einfach tun, und auf eine Art ehrfürchtiger Weise, dass sie nicht nur ebenso viel Freude daran haben würde, sondern auch ein wenig die Tiefe seiner Gefühle verstehen könnte.

Er überraschte sich selbst weiter, als er erkannte, dass er absolut egoistisch war bei dem Wunsch, dass sie ihm nicht die Initiative abgenommen hätte. Sie hatte großen Mut gebraucht, ihn als Erste zu küssen, ihre Gefühle auf diese Weise bloßzulegen. Indem sie das tat, gab sie ihm die Wahl, sie anzunehmen oder zurückzuweisen, und ohne Konsequenzen für ihn selbst, denn sie gehörte nicht zu seiner Welt. In seiner Welt fand ein Mädchen sich nicht allein mit einem Mann wieder und erlaubte ihm nie, sie zu küssen, es sei denn, sie waren verlobt, oder, wie in Jacks und Teddys Fall, das Versprechen einer Verlobung zwischen Cousins hatte seit Jahren am Horizont gewartet und wurde von beiden Familien begrüßt, so dass es ohnehin keinen anderen Weg gab.

Aber nicht bei ihm. Er war ein freier Mensch. Er konnte küssen, wen er wollte und zur Hölle mit den Konsequenzen, besonders mit einem Mädchen wie Lisa, ohne Familie, ohne Stammbaum und mit nichts, was sie ihm zu bieten hätte. Sie könnte von ihm nichts im Gegenzug erwarten, mit Sicherheit keine Ehe. Seine Ehre verpflichtete ihn nicht, ihr seinen Namen anzubieten. Wäre sie aus seiner Welt gewesen, dort gab es kein Mädchen, das nicht den Sohn eines Herzogs, und nicht irgendeines Herzogs und nicht irgendeinen Sohn, hätte heiraten wollen. Sein Bruder war ein Herzog, sein Neffe würde ein Herzog sein, sein Stiefvater war ein Herzog und seine Halbschwester würde eines Tages eine Herzogin aus eigenem Recht sein, und da war seine Maman, die eine doppelte Herzogin war. Er war so tief von aristokratischen Privilegien durchdrungen, wie es nur möglich war und er könnte ganz zu Recht jedes weibliche Wesen in sein Bett nehmen, wenn sie ein Mitglied dieser gehobenen Klasse von Huren wäre, die Männern seiner Art dienten, oder sie heiraten, wenn sie eine Tochter des Adels mit einer Abstammung wäre, die der seinen entspräche. Aber er wollte nicht mit einer Hure schlafen und er wollte nicht die Tochter eines Adligen heiraten. Er hatte seinen Entschluss gefasst. Niemand würde zu ihm passen, außer Miss Lisa Crisp aus der Gerrard Street in Soho ...

All dies raste ihm durch den Kopf, als sie ihre Arme von seinem Nacken fallen ließ, um einen Schritt zurückzutreten, wo sie feststellte, dass sie nirgendwohin ausweichen konnte, mit der Eiche hinter und ihm so dicht vor sich. Er bemerkte die Verwirrung und die Verletztheit in ihren blauen Augen, als sie ihre Wimpern und ihr Kinn senkte, um mit kleinlauter Stimme zu sagen, während ihr Hals und ihre Wangen von verlegener Röte befleckt wurden:

„Das-das Picknick ... Sie müssen sich fragen, wo ich ...“

„Lisa, Euer ...“

„Ihr - Ihr müsst nichts sagen. Ich war diejenige, die sich angemaßt hat ...“

„... Euer Kuss war wunderschön.“

Ihr Blick blitzte zu ihm hinauf, wo sie sah, dass er sie anlächelte. Es war ein sanftes Lächeln, das sein ganzes Gesicht weicher werden und ihr Herz einen seltsamen Sprung machen ließ. Ihre Stirn glättete sich und die Verletztheit schwand. Sie lächelte zögernd. „Oh! J-ja?“

Er nickte. „Ich bin der unbeholfene Trottel; ich zögerte.“

„Warum?“

Er schnaubte, grinste dann und schüttelte den Kopf.

Ihr Lächeln verblasste. „Hätte ich nicht fragen sollen? Ist das unhöflich? Verzeiht mit, wenn ich die Regeln nicht kenne oder wie genau ich mich verhalten sollte, denn ich bin erst gestern angekommen und muss noch viel lernen über ...“

„Kritisiert Euch nicht selbst. Wie Euer Kuss seid Ihr vollkommen und wundervoll. Ich möchte nicht, dass Ihr etwas anderes seid, als Ihr selbst.“ Er streichelte ihre Wange mit der Rückseite seiner Finger. „Miss Crisp, derzeit aus Gerrard Street, früher aus der Blacklands-Schule für junge Damen, wo Ihr, wie ich annehme, Teddys Freundin wurdet?“

Als sie aufschrak und das Offensichtliche bestätigte, grinste er.

„Ja. Wir sind beste Freundinnen.“

„Natürlich.“

„Aber woher ...“

„... ich das wusste? Man brauchte keinen Verstand in der Größe des Mondes, um die Stücke zusammenzusetzen, nachdem Ihr mir erzählt hattet, dass Ihr ein Internat für junge Damen in Chelsea besucht hättet. Nur ein Internat - Blacklands - war angemessen. Und nur ein Mädchen, das Blacklands besuchte und ungefähr in Eurem Alter ist - was ich jetzt auf achtzehn oder neunzehn rechne - heiratet diese Woche auf dem Land - Theodora Cavendish, die unbezähmbare Teddy.“

„Ich bin so erleichtert, dass Ihr alles über Teddy und meine Freundschaft mit ihr wisst, denn obwohl mein Verstand nicht einmal die Größe eines-eines Balls hat, viel weniger des Mondes, hatte ich mich gefragt, ob der Jack, den Teddy heiratet, derselbe Jack wäre, der Euer bester Freund ist. Ihr seht, ich glaube nicht än Schicksal, selbst wenn Ihr mich für eine-eine Hexe haltet.“

„Ihr habt mich verhext!“

„Ja?"

Wieder lachte er, diesmal über das Staunen in ihrer Stimme. Er tupfte sie unter ihr Kinn. „Was sonst solltet Ihr denken? Vielleicht verratet Ihr mir jetzt Euer Alter?"

Sie rümpfte ihre kleine Nase. „Mit Sicherheit muss ich das nicht, denn als Zauberer mit einem Verstand, der nicht ganz so groß ist wie der Mond, solltet Ihr über diese Information bereits verfügen."

Er beugte den Kopf bei dieser Argumentation. „Nun gut. Befriedigt meine Neugier und beruhigt mich dahingehend, dass Ihr neunzehn seid oder dichter an diesem Alter als an achtzehn."

„Ich sehe jünger aus als ich bin ..."

„Was!?" Er zuckte theatralisch zusammen, die Hand an der Brust und täuschte vor, entsetzt zu sein. „Sagt es nicht! Ihr seid fünfunddreißig?"

Lisa gab ein undamenhaftes Schnauben von sich und ließ den Kopf hängen.

„Das ist keine Angelegenheit, über die man lachen sollte, Miss Crisp! Ihr seid eine Hexe und habt mich in den Bann geschlagen, wenn Ihr wirklich eine Frau mittleren Alters seid ..."

„... mit Warzen auf den Händen und einer Warzennase!" Sie wurde ernst. „Teddy ist neunzehn und Jack muss in Eurem Alter sein ..."

„Ich bin achtunddreißig. Ich sehe auch jünger aus, als ich bin."

„Macht Euch nicht lächerlich. Wenn Ihr ein Zauberer wäret und mir sagtet, Ihr wäret einhundertachtunddreißig Jahre alt, würde ich Euch geglaubt haben. Achtunddreißig? Davon bin ich nicht überzeugt. Jack ist fünfundzwanzig, also müsst Ihr das auch sein."

„Würde es Euch stören, wenn ich achtunddreißig wäre?", fragte er stirnrunzelnd, schüttelte dann den Kopf und hob die Hand. „Ihr braucht nicht zu antworten. Ich *benehme* mich lächerlich."

„Weil das das Alter Eures Vaters war, als er sich in Eure Mutter verliebte und sie dann heiratete?"

Er fragte nicht, woher er dies wusste, da er annahm, dass Teddy ihr das gesagt hätte, aber er nickte und aus irgendeinem Grund schnürten ihm seine Emotionen bei selbst diesem einfachen Geständnis die Kehle ab. „Er - er starbt zu früh, und sie - sie war zu jung ..."

Sie sah ihn schwer schlucken und spürte, dass es nicht einfach für ihn war, über seine Eltern zu sprechen, insbesondere nicht über seinen Vater.

„Was spielt Liebe - oder ein anderes Hindernis - für eine Rolle, wenn zwei Menschen sich verlieben? Es kommt doch nur darauf an, dass sie zusammen sind."

Er starrte sie hart an und sie war von der Heftigkeit seines Gesichtsausdrucks verblüfft.

„Eine egoistische Erwartung ohne jeden Gedanken an die Konsequenzen."

„Sie konnten die Zukunft nicht vorhersehen, als sie sich verliebten. Alles, was sie hatten, war die Erwartung - egoistisch oder nicht, obwohl ich es nicht egoistisch finde, sich dem Schicksal zu fügen - dass ihr zukünftiges Glück voneinander abhängen würde."

Seine Härte verschwand und er kniff sie ins Kinn. „Da ist dieses Wort wieder", sagte er mit einem Seufzer. „Schicksal." Er musterte sie. „Also seid Ihr neunzehn?"

Als sie bei seiner Hartnäckigkeit die Augen verdrehte, lachte er laut auf. Sie gab selbst einen geübten Seufzer von sich.

„Wenn Ihr aufhört, wegen dieses Themas weiter in mich zu dringen, werde ich Euch bestätigen, dass ich in der Tat neunzehn bin, aber ich bin älter als meine Jahre. Dr. Warner sagt, ich trüge einen alten Kopf auf jungen Schultern."

„Liebe Güte", sagte er affektiert und trat einen Schritt zurück, um es seinem Blick zu erlauben, von ihren Stiefelchen bis zu ihren aufgerollten Zöpfen über sie zu gleiten. „Wenn ein alter Kopf so aussieht, bin ich gespannt auf das, was mich unterhalb Eurer schönen Schultern erwartet - *Mon Dieu*. Das habe ich laut ausgesprochen", murmelte er auf Französisch, als sie vor Erstaunen, ihn sein Sehnen in Worte fassen zu hören, die Hand vor den Mund schlug. Er biss sich auf die Unterlippe, sein Gesicht lief feuerrot an. Zum ersten Mal in seinem Leben fühlte er sich so *gauche* wie ein betrunkener Seemann. „Verzeiht mir ... ich hätte nicht ..."

„... die Wahrheit sagen dürfen?"

„... mich wie ein ungehobelter Kerl benehmen dürfen."

„Ist es ungehobelt, Eurem Verlangen nach mir Ausdruck zu verleihen? Denn dann könnte ich das sicher auch tun, Euch gegenüber?" Sie lächelte und fügte scheu hinzu: „Ich finde, ihr seid vollkommen liebenswert - in jeder Hinsicht."

„Ihr habt wirklich einen alten Kopf auf diesen Schultern", witzelte er, beruhigt dadurch, dass er sie nicht schockiert hatte. „Ich bin noch nie zuvor liebenswert genannt worden und nehme Euer Kompliment an, da es aufrichtig und ungekünstelt ausgesprochen wurde."

„Ihr sagtet, ich sollte nur ich selbst sein", neckte sie ihn. „Also werdet Ihr auch meine Komplimente ertragen müssen." Sie legte den Kopf schräg und fragte nachdenklich: „Ihr werdet Ihr selbst mit mir sein - immer - nicht wahr?"

Er erwiderte offen ihren Blick. Er wusste, dass ihre Einschränkung sich auf seine Anfälle von Fallsucht bezog. Er wusste auch, seit er sie an der Hand genommen und hinter die Eiche geführt hatte, dass es kein Zurück gab, daher zögerte er nicht mit seiner Antwort.

„Ich will mein Bestes tun. Es wird Zeit brauchen, denn ich bin von Natur aus zurückhaltend. Und ich tue mein Allermöglichstes, um meine Anfälle vor meiner Familie geheim zu halten und habe das seit Jahren getan. Es *nicht* zu tun - bei Euch, wird einige *Gewöhnung* erfordern. Seltsamerweise stelle ich fest, dass ich nicht das Bedürfnis habe, etwas vor Euch zu verstecken."

Sie trat wieder einen Schritt näher und ließ ihre Handflächen leicht auf der Vorderseite seiner Leinenweste ruhen. Sie war sich sicher, dass in ihren Augen Tränen standen.

„Vielen Dank. Danke für Eure Aufrichtigkeit und dafür, dass Ihr mir vertraut. Das macht mich sehr glücklich."

Er hob ihr Kinn mit seinem angewinkelten Finger und sah in ihre mit Tränen gefüllten, blauen Augen. „Ihr, Lisa Crisp, macht mich glücklich. Sind dies Glückstränen ...?"

Sie nickte und lächelte zittrig. „Also warum - warum habt Ihr gezögert, mich zu küssen?"

Er beugte sich vor und sein Atem kribbelte auf ihren Lippen, als er flüsterte: „Weil ich wollte, dass mein Kuss vollkommen sein soll."

„Vollkommen?", wiederholte sie leise. „Mit einem so küssenswerten Mund, wie könnte es anders sein?"

„Küssenswert? Ist er das?", murmelte er, nahm ihr Gesicht sanft zwischen seine Hände und senkte seinen Mund auf ihren. „Dann lasst uns sehen, ob ich Euren Erwartungen gerecht werden kann ..."

Wenn ihnen etwas bewusst war, dann nicht Zeit oder Ort, sondern nur der jeweils andere. Sie blieben durch den dicken Stamm der alten Eiche geschützt und ungesehen, die Leiber aneinandergepresst, Lisa in Henri-Antoines Umarmung, ihre Arme wieder um seinen Nacken geschlungen. Und nachdem sie ihren ersten, vorsichtigen Kuss genossen hatten, gaben Zärtlichkeit und Zögern der Erfüllung des Verlangens Raum. Das Paar gab sich einer glühenden Sehnsucht hin, die seit seinem ersten Besuch in der Gerrard Street geglimmt hatte und nichts und niemand hätte sie davon abhalten können, diesen Moment zu genießen. Und als er sanft seinen Mund über ihrem öffnete und sie seinem Beispiel folgte, durchfuhr sie ein Stich der Lust bis ins Innerste, der so stark war, dass er fast wie ein Schmerz wirkte. Sie hatte nie etwas dergleichen erlebt und dachte, sie würde in Ohnmacht fallen.

Er spürte, wie sie an ihm erbebte und wäre sie nicht in diesem

Moment ruhig gewesen und hätte nicht diesen wundervollen, tastenden Kuss ebenso genossen wie er, hätte er ihn sofort abgebrochen, da er dachte, er hätte diesen ersten Kuss einen Schritt zu weit gehen lassen. Oder vielleicht war ihr bewusst geworden, dass sie jetzt nicht allein waren, dass sein feiner Kerl ihn wissen ließ, auch wenn er begriffe, dass es hier unter dieser Eiche für ihn keine Erlösung geben würde, er doch noch am Leben wäre, stolz und kräftig, und dies trotz einer elenden Leistung bei Burke's, wo er an den ihm gebotenen exotischen Schönheiten nicht das leiseste Interesse gezeigt hatte. Und Henri-Antoine hatte sich ernsthaft gefragt, ob etwas mit ihm nicht in Ordnung wäre.

Es war nur seine eigene Schuld. Purer Eigensinn hatte ihn nach dem ungeplanten Besuch, um die Schreiberkiste aus Rosenholz zu kaufen, zu Burke's gehen lassen. Dass er hatte glauben können, er könnte seine fleischlichen Gelüste befriedigen, wenn seine Gedanken von einem Mädchen in einem schlichten Leinenkleid mit tintenbefleckten Fingern beherrscht wurden, konnte er nur seinem unbezähmbaren Stolz zuschreiben. Er hatte es durch die Tür des Badehauses geschafft, ihm wurden die schönsten der Schönheiten der Nacht angeboten und er war halb ausgezogen, als seine Gedanken zu der Gravur der Silberstöpsel der Tintenfässer wanderten; er konnte es nicht erwarten, ihr sein Geschenk zu überreichen und hoffte, sie würde sich darüber freuen. Das war es dann. Er hatte das Interesse an Burke's verloren, daran, von einer Schar schöner Huren, ganz gleich, wie begabt, befriedigt zu werden oder sie zu befriedigen. Er warf seine Kleider über und verließ das Etablissement, erschreckte seine Schatten, die sich auf eine ihrer Erwartung nach lange Nacht eingerichtet hatten und hinter ihm herliefen, als er die Straße hinabschritt, um einen klaren Kopf zu bekommen. Um seinen verletzten Stolz noch weiter zu beleidigen, wachte er am nächsten Morgen auf und seine Träume waren von Miss Lisa Crisp erobert worden, während sein feiner Kerl in beträchtlicher Größe ihn wissen ließ, dass das Problem nicht bei ihm lag.

Dieses köstliche Wesen in seinen Armen zu küssen war der erste Schritt von vielen, bis sie sein werden würde, mit Körper und Seele. Noch nie hatte er jemanden wie sie getroffen und war sicher, dass das auch nie wieder geschehen würde. Denn in nur einigen wenigen Wochen hatte sie es geschafft, ihn zu verärgern, zu enervieren, zu stören, zu entzücken, zu bezaubern, zu faszinieren und schließlich jeden seiner wachen Gedanken zu beschäftigen. Es war an der Zeit für ihn, ihr die Kontrolle zu entreißen, oder er würde verrückt werden, und er hatte die perfekte Lösung, eine, die für sie beide gut sein würde.

. . .

„WENN ICH DIE WAHL HÄTTE, WÜRDE ICH MIT DIR UNTER DIESER Eiche bleiben, bis die Sterne herauskommen", sagte er zu ihr, lehnte seine Stirn an ihre und lächelte in ihre Augen. „Aber noch ein wenig länger, bis Jack und Teddy verheiratet sind, müssen wir uns dem Diktat anderer fügen. Danach werden wir alle Zeit der Welt haben."

„Ja?", fragte sie träge und zwang sich aus der Benommenheit des wunderbarsten Gefühls, das sie je empfunden hatte, aufzutauchen. Sie war sicher, dass ihre Lippen geschwollen waren. Jedenfalls kribbelten sie. Alles an ihr kribbelte.

„Ja", versicherte er ihr. „Ich habe über deine Lage ..."

„Lage?"

„... wie du in diesem Haus lebst mit diesen Leuten, viel nachgedacht. Es wird dir doch nichts ausmanchen, das aufzugeben, nicht wahr?"

„Es aufgeben? Was?", fragte sie und löste sich endlich vollends aus diesem köstlichen Nebel. Sie lehnte am Baum, die Hände mitten in ihrem Rücken und holte tief Atem. Sie schüttelte innerlich ihr Hirn, um zu versuchen, den Sinn dessen, was er zu ihr sagte, zu verstehen. „Ich - ich verstehe nicht."

„In der Krankenstation helfen. Schreiberin der Armen zu sein. Es wird dir nichts ausmachen, das nicht mehr zu tun."

„Warum sollte ich das aufgeben? Doch, es würde mir etwas ausmachen."

„Ich verstehe ..."

„Nein, das glaube ich nicht. In der Krankenstation zu helfen, gibt meinem Leben einen Sinn. Ohne das habe ich keinen. Meine Erziehung in Blacklands, wenn ich ehrlich bin, war ausgezeichnet für ein Mädchen, das hoffte, Frau und Helferin eines Kaufmanns, eines Bankiers oder eines - eines Diplomaten zu werden. Oder wenn meine Cousinen mir das erlaubt hätten, eine Stelle als Gouvernante anzutreten. Aber fließende Beherrschung der französischen und italienischen Sprache ist zu nichts nutze, wenn ich nichts bin ..."

„Sag das nie", unterbrach er kalt. „Wenn du dich weiter mit solchen Projekten beschäftigen willst, werde ich das arrangieren, aber du wirst es in leitender Stellung tun müssen, nicht in den alltäglichen Aufgaben einer Krankenstation."

„Oh! Könnte ich das?"

„Aber sicher. Krankenstationen mit Patienten, die die Dienste einer Schreiberin brauchen, müssten noch ausgewählt werden. Nach meinem - unserem Besuch in Warners Krankenstation wurde der Nutzen für die kranken Armen, Zugang zu einem Schreiber zu haben, deutlich. Warner legt großen Wert auf die innere Kraft eines Patienten, zur Genesung beizutragen. Wenn die Kranken sich innerlich besser fühlen, reagieren sie eher auf die Behandlung und genesen umso schneller.“

„Dem stimme ich zu. Die kranken Armen können sich kaum das Essen leisten und sicherlich nicht für medizinische Behandlung zahlen, wie könnten sie sich dann einen Schreiber leisten? Aber ein Brief nach Hause zu einem geliebten Menschen, an die Familie, in ihren eigenen Worten, lässt sie sich besser fühlen. Ich habe es oft und oft erlebt. Es ist ein kleiner Dienst, aber bedeutet ihnen so viel.“

„Warner hätte es nicht für möglich gehalten oder seine Beobachtungen über den Nutzen der inneren Kräfte beim Heilungsprozess machen können, wenn du nicht wärest. Und das gab er beim Diner bereitwillig zu.“

„Das hat er getan?“

„Ja. Wie hätte er es nicht tun können? Er geht in seinem Beruf auf und ist ein ausgezeichneter Beobachter.“

„Ihr widmet den kranken Armen auch einen guten Teil Eurer Gedanken.“

„Das überrascht dich. Weil ich ein Adliger bin?“

„Ich habe keine Vorurteile. Egoistische Missachtung anderer ist nicht für Euren Stand reserviert“, sagte sie mit einem kecken Lächeln, das seine Stirn augenblicklich glättete. „Meine Cousinen sind ausschließlich mit sich selbst beschäftigt. Minette heiratete Dr. Warner, der sein Leben den kranken Armen und ihren Krankheiten gewidmet hat, trotz seines gewählten Berufes. Er ist wohlhabend und sehr angesehen und sie wünschte sich ein bequemes Leben.“

„Dafür verurteile ich sie nicht. Wohl aber für ihr gehässiges Verhalten dir gegenüber.“

„Sie ist die nettere meiner beiden Cousinen. Sie versucht, ihre eifersüchtige Bosheit in Zaum zu halten. Henriette nicht.“ Sie schüttelte den Gedanken an ihre Cousinen ab, sie wollte nicht, dass er ihr die Zeit an diesem magischen Ort verdürbe, und sagte daher: „Ihr könntet diese Schreiber bezahlen lassen ...“

„Durch meine - durch die Fournier-Stiftung.“

„Und ich könnte Euch - die Stiftung - bei diesem Vorhaben unterstützen?“

„Ja. Es gibt viel zu tun und eine Vielzahl von Projekten, die ich - die die Kuratoren prüfen und zu finanzieren wünschen. Ich dachte, du würdest dich vielleicht gerne daran beteiligen?“

„Und wenn ich nicht länger in Dr. Warners Krankenstation helfen soll, wie und wo würde ich an Euren - an der Wohltätigkeitsarbeit der Stiftung mitwirken?“

„Von Bath aus.“

Lisa richtete sich fassungslos auf. „*Bath*? Warum Bath?"

„Ich besitze am Rande der Stadt ein kleines Anwesen. Ein malerisches Haus im Queen-Anne-Stil in einer Parklandschaft. Am Ende des Gartens fließt ein Bach, es ist von Wald umgeben und dazu gehören etliche Hektar Farmland, das verpachtet ist."

„Es klingt wunderbar, aber warum würde ich nach Bath gehen müssen?"

Er begegnete offen ihrem Blick und sagte rundheraus: „Du könntest nicht in London bleiben. Ich würde dich nicht dem Klatsch aussetzen. Ich möchte nicht, dass dein Leben so aussieht ..."

„Mein Leben?"

„... als meine Mätresse."

Und da war es heraus, stand offen zwischen ihnen. Seine Ehrlichkeit zeigte ihr eine Zukunft. Was sonst hatte sie von ihm erwartet? Heirat? Vielleicht, eine flüchtige Sekunde lang, hatte sie gehofft, dass er sie bitten würde, ihn zu heiraten. Aber sie war besonnen genug, um zu wissen, dass dies unmöglich war. Dennoch, es ihn nur sagen zu hören. Ihn bitten zu hören, seine Frau zu werden, hätte die Tiefe seiner Gefühle für sie bewiesen. Auf der anderen Seite hätte sie ihn aus Gewissensgründen abweisen müssen und das wäre nicht leicht gewesen, weder für ihn noch für sie.

Sie war gleichzeitig begeistert und enttäuscht, aber am Ende war sie glücklich, weil sein Angebot einer Liebeserklärung und Verpflichtung so nahe kam, wie ein verwaister, mittelloser Niemand ohne Familie je von einem reichen, begehrten Junggesellen, der der zweite Sohn eines Herzogs aus einer der ältesten Familien Englands war, erwarten konnte.

Sie wollte unbedingt mit ihm zusammen sein, und wenn das hieße, seine Mätresse zu werden und in einem malerischen Haus am Rande von Bath zu leben, dann sollte es so sein. Ihre einzige Sorge war jetzt, wie sie Teddy diese Neuigkeit beibringen sollte und ob, nachdem Teddy sie erfahren hatte, sie je wieder mit ihr sprechen würde? Sie hatte keinen Zweifel daran, dass Jack und Henri-Antoine die besten Freunde bleiben würden, aber konnte Lady Cavendish, die Nichte eines Herzogs, mit der Mätresse des besten Freundes ihres Ehemannes befreundet bleiben? Der Gedanke daran, Teddy zu verlieren, nachdem sie sie gerade erst wiedergefunden hatte, ließ die Tränen wieder in ihren Augen aufsteigen. Schnell blinzelte sie sie fort und versuchte zu lächeln. Jetzt war nicht die Zeit, an Teddy zu denken, dieses Dilemma konnte auf einen anderen Tag warten, eventuell, nachdem Teddy geheiratet hatte. Sie würde die Hochzeitsfeierlichkeiten oder Teddys und Jacks großen Tag nicht mit ihrem sofortigen Fall in Ungnade verderben. Zweifellos erwartete Henri-Antoine eine Antwort auf sein Angebot, daher beendete sie ihre Gedankengänge und schaute zu ihm auf - und erschrak.

Alles Blut war aus seinem Gesicht gewichen. Er war kreideweiß. Sie fragte sich, ob er gleich einen Anfall erleiden würde. Aber er schien beherrscht, zu beherrscht. Sein Mund war zusammengepresst und seine dunklen Augen betrachteten sie unverwandt. Es war, als zwänge er sich, ruhig zu bleiben, wenn er doch alles andere war. Tatsächlich wirkte er angsterfüllt. Eine aufblitzende Erkenntnis verschaffte ihr die Antwort. Er war starr vor Angst, wie ihre Antwort lauten würde, dass sie sein Angebot ablehnen könnte ... Er liebte sie wirklich und innig. Es stand deutlich auf seinem Gesicht geschrieben. Sie küsste impulsiv seine Wange.

„Und Ihr werdet mich in diesem malerischen Haus am Rande der Stadt besuchen", sagte sie lebhaft.

Er stieß einen Seufzer der Erleichterung aus und schloss kurz die Augen, seine Hand strich über sein schönes Gesicht. Er nickte.

„Ich hoffe, Ihr werdet mich oft besuchen", sagte sie in das Schweigen hinein, weil er noch zu erschüttert war, um zu sprechen.

Er legte seine Hände an ihre Taille und zog sie an sich, Farbe kehrte in sein Gesicht zurück. Er küsste ihre Stirn.

„So oft, dass es nicht wirken wird, als würden wir getrennt, sondern in diesem Haus zusammen leben. Ich habe vor, wochenlang zu bleiben ..."

„Wenn Ihr nicht hier, bei Eurer Familie, oder in London gebraucht werdet?"

Er nickte. „Wir werden in jeder Hinsicht ein Paar sein."

„In jeder Hinsicht...?", fragte sie neugierig.

„In jeder Hinsicht, auf die es ankommt."

„Oh! Ja, ich verstehe ..."

Er begann, Pläne für ihre Zukunft zu machen und sagte laut: „Du wirst Haushaltsgeld brauchen."

„Ja?"

„Ja. Du musst eine bestimmte Summe haben, damit du über eigenes Geld verfügst."

„Und Ihr wollt mir diese Summe geben - dieses Haushaltsgeld?"

„Ja."

Sie würde so viel davon sparen, wie sie konnte, für den Tag, an dem er nicht mehr kommen würde. Denn ein Gentleman mit Stammbaum musste heiraten, eine gute Verbindung eingehen, und eines Tages würde er eine eigene Familie haben wollen.

„Und Kleidergeld", verkündete er. „Für so viele Kleider, wie du dir wünschst. Ich möchte dich gerne in Satin und Seide sehen."

„Das wäre schön."

Gut. Sie würde auch das meiste von diesem Geld sparen. Wie viel Kleider würde sie draußen auf dem Land brauchen? Vielleicht, wenn sie genug sparte, könnte sie auf den Kontinent reisen? Sie hatte immer Konstantinopel besuchen wollen, eine wundersame Stadt am Rande der zivilisierten Welt und ein Ort voller medizinischer Wunder und Gelehrsamkeit, wie Dr. Warner sagte.

„Und du musst eine eigene Zofe haben."

„Ich hatte noch nie eine Zofe. Vielleicht auch noch eine Gesellschafterin? Wenn Ihr nicht bei mir seid ..."

„Eine Gesellschafterin. Eine Zofe. Ein Zimmermädchen. Einen Butler. Eine Haushälterin. Eine Köchin, einen Lakai. Es wird mir große Freude machen, mein Geld für dich auszugeben."

„Ihr überwältigt mich mit Eurer Großzügigkeit..." Sie schaute ihn scharf an. „Aber meint Ihr es auch so - dass ich Euch bei der Arbeit der Fournier-Stiftung behilflich sein darf - denn ich kann nicht müßig in Bath herumsitzen und ich habe viele Ideen, die ich mit Euch teilen möchte und mit der Stiftung, wie man am besten die Krankenstationen und Ärzte unterstützt ..."

„Nachdem sie ein solches Angebot erhalten hat, würde *jedes* Mädchen rechnen, wie sie am besten meine Großzügigkeit für sich selbst nutzt, aber nicht Miss Crisp", unterbrach er sie und zögerte bei ihrem Anschein von Zögern und dem unsicheren Blick. Er berührte sanft ihre Nasenspitze mit seiner. „Sie überlegt, wie sie am besten meiner Stiftung dienen und mir helfen kann, meinen Reichtum unter den kranken Armen zu verteilen."

„Ist das so falsch?", fragte sie und der Hauch des Zögerns lag noch immer in ihrer Stimme, weil er sie auf eine Weise anschaute, die sie nicht genau einordnen konnte.

Er schüttelte den Kopf. „Nein. Alles ist richtig daran ... alles ist richtig an dir ..."

Sie lächelte und küsste ihn auf den Mund und er nahm sie in seine Arme und sie teilten einen lang dauernden Kuss, um ihren Handel abzuschließen. Dann ließ er sie gehen und sie trat einige Schritte von der Eiche fort, schüttelte die hauchdünne Schürze und ihre Röcke aus und zupfte an ihren Haaren. Es war, als ob diese banalen Handlungen sie beruhigen sollten, denn sie hatte gerade die bedeutsamste Entscheidung ihres jungen Lebens getroffen. Vielleicht war sie an diesem magischen Ort eine Hexe und er ein Zauberer, denn sie konnte sich nicht vorstellen, dass sie in London auf einen so skandalösen Vorschlag, die Mätresse eines Edelmannes zu werden, eingegangen wäre.

Aber sie dachte überhaupt nicht daran, es sich anders zu überlegen.

Nicht einmal, als sie sich trennten und Henri-Antoine zum Steg ging und sie den langen Weg zum Pavillon über die terrassierten Gärten einschlug. Jeder Schritt näher an den Pavillon und die Geräusche weiblichen Geplauders war ein Schritt fort von ihm und sie wünschte sich von ganzem Herzen, dass sie noch immer in seinen Armen wäre und sie unter der Eiche hätten bleiben können, bis die Sterne aufgingen.

SIEBZEHN

Der schöne Pavillon am See war mit einer Unzahl von seidenen Bändern in Pastelltönen aus Rosa, Gelb und Blau geschmückt. Die dicken Marmorsäulen waren mit zu großen Schleifen gebundenen Schärpen umwickelt, die Stühle waren ähnlich geschmückt, ebenso die großen Kübel, die von den Farben und dem schweren Duft der Sommerblumen überquollen. Ladys in fließenden Gewändern aus bemalter Baumwolle mit Schichten durchscheinender Unterröcke und Kaskaden zarter Spitzen, die vom Ellenbogen zu den Handgelenken abfielen hatten sich auf den Stühlen oder auf gobelinbestickten Ottomanen platziert und flatterten träge mit ihren Fächern, um die vom See kommende kühle Luft über ihre weißen *décolletages* zu fächeln, während sie sich mit den ihnen am nächsten Sitzenden unterhielten. Der niedrige Mahagonitisch war unter dem Gewicht von Körben mit Früchten der Saison, hübschen, kleinen Kuchen, Makronen und von der Hand eines Meisterpatissiers geschaffenen gebackenen Köstlichkeiten verloren. Und alles wurde auf goldgeränderten Tellern serviert, die das herzogliche Wappen der Herzöge von Kinross trugen.

Auf dem Rasen, im Schatten am Fuße der Stufen, war eine Decke ausgebreitet und mit Kissen bestreut, auf der Elsie und drei kleine Mädchen ungefähr im gleichen Alter saßen. Sie hatten ihre Puppen bei sich und Kind und Puppe waren in den gleichen Sommerputz gehüllt, ihre Kleider und ihre Fülle glänzenden Haares ein Miniatur-Spiegelbild der Kleider und Frisuren ihrer Mütter, Tanten und Cousinen oben im Pavillon. Sie genossen ihr eigenes Festmahl mit kleinen Tellern und Tassen, die zum Porzellan-Tafelservice von Kinross passten, beaufsichtigt von Ammen, Kindermädchen und Gouvernanten, die in diskreter Entfernung herumstanden - nicht zu dicht bei ihren Schützlingen, aber dicht genug, um gerufen zu werden, wenn es nötig war.

Und um diese verwöhnten und privilegierten Frauen herum, im Pavillon und auf dem Rasen, schlängelte sich ein kleines Bataillon livrierter Diener in ihren unverwechselbaren pfauengrünen Wollröcken mit silbernen Tressen und Knöpfen, die Tabletts mit Köstlichkeiten, Becher mit Fruchtpunsch und aromatisiertem Eis anboten. Sie kamen und gingen in einem stetigen Strom mit Essen und Trinken vom Haupthaus oben auf der Terrasse, fast wie Ameisen von ihrem Nest kommen und gehen.

Lisa traf auf sie, als sie den Pfad auf der zweiten Stufe der Terrasse entlangkam zwischen den Hecken und den gepflegten Gartenbeeten und sie hielt sich zurück, als mehrere Lakaien auf der Suche nach mehr Eis vom Eishaus die Stufen der Terrasse hinaufeilten. Als der Weg frei war, nahm sie die Stufen zum Rasen hinab und fand dort mehrere weitere Lakaien mit leeren Tabletts, die darauf warteten, dass sie vorbeiging.

Sie hielt den Kopf gesenkt, dankbar, dass sie den breitkrempigen Strohhut trug. Er bedeckte ihr zerzaustes Haar und schützte ihr Gesicht vor der Sonne und flüchtigen, verstohlenen Blicken der Lakaien und Mädchen. Sie fragte sich, ob ihre Lippen geschwollen und gerötet waren, denn so fühlten sie sich an. Sie prickelten noch immer von seinen Küssen. Sie presste die Lippen aufeinander und hoffte, irgendwie ihren Mund und die verräterischen Zeichen ihres schamlosen Benehmens verbergen zu können, was eine wirklich durch und durch dumme Idee war, die sie über ihre eigene Naivität erröten ließ. Was bedeutete ein leidenschaftlicher Kuss hinter einem Baum, wenn sie einer unmoralischen Beziehung mit Lord Henri-Antoine zugestimmt hatte?

Plötzlich war sie durstig und hoffte, dass einer aus der Armee von Lakaien ihr einen Becher mit kühlem Zitronenwasser anbieten würde. Dann würde sie einen Platz am Ende des Pavillons finden, um sich zu setzen, wo niemand sie bemerken und niemand sie in ein Gespräch verwickeln würde. Und sie würde dort von ihrer Ecke aus schweigend das blendende Schauspiel von Schönheiten mit frischer, porzellangleicher Haut in ihren üppigen Stoffen von unschätzbarem Preis beobachten. Ihre mit Seide und Perlen durchflochtenen Haare. Und als ob es etwas Alltägliches wäre, hingen Ketten aus Perlen um ihre Handgelenke und Hälse und waren an ihre seidenen Mieder und auf ihre Pantöffelchen gestickt. Mit ihren flatternden Fächern aus Elfenbein und Schildpatt lag eine Eleganz und Leichtigkeit in ihren Handgelenken und ihren schwanengleichen Hälsen, dass es Lisa schien, als wäre sie Zeuge eines sorgfältig choreographierten Theaterstücks, das aristokratische Privilegien und Wohlstand darstellte.

Was sie nicht vorhergesehen hatte, war, dass das kleine Mädchen, mit dem sie sich an der Schaukel angefreundet hatte, wartete und nach ihrem Kommen Ausschau hielt. Die Auswirkungen, dass sie die neue beste Freundin des wichtigsten kleinen Mädchens auf der Gesellschaft, ebenso wie die beste Freundin der zukünftigen Braut war, wurden bald offensichtlich, als sie sich im Zentrum der Aufmerksamkeit fand und alle Gespräche verstummten und jedes Paar Augen in ihre Richtung blickte.

Sobald Elsie Lisa die Terrassenstufen herabkommen sah, legte sie ihre Puppen beiseite und sprang auf die Füße. Sie eilte über den Rasen, schüttelte im Laufen ihre zerknitterten Röcke aus und fiel fast kopfüber ins Gras, so groß war ihre Aufregung. Ihre drei jungen Verwandten schauten sich um, was der Anlass wäre und ihre erste Zofe schickte zwei Kindermädchen, um hinter ihr her zu laufen. Ihr Weglaufen wurde im Pavillon nicht gleich bemerkt, aber dann sprang eines der drei kleinen Mädchen auch auf, nicht, um Elsies Fußstapfen zu folgen, sondern um auf die Suche nach ihrer Mutter, Deborah, der Herzogin von Roxton, zu gehen, mit der Neuigkeit über die neueste Angekommene, bevor jemand anders das verkünden konnte.

„Ich habe so lange gewartet, dass du kommst", stellte Elsie fest und stand mit besorgtem Stirnrunzeln vor Lisa. „Hast du dich verlaufen?"

„Ja. Ein wenig", schwindelte Lisa und hoffte, dass ihr Lächeln wenigstens echt wirkte. „Es tut mir leid, dass du warten musstest. Ich muss im Garten rechts statt links abgebogen sein. Ich war mit den Himmelsrichtungen noch nie sehr gut."

Elsie akzeptierte die Erklärung und ergriff Lisas Hand, als sie mit ihr über den Rasen ging.

„Wir hatten Pistazieneis und es gibt Mengen von Kuchen. Julie hat zwei Portionen Vanille gegessen. Tina mag die Zitronentörtchen am liebsten. Sie ist acht. Harriet ist sechs. Sie hat Erdbeerpunsch auf ihr Kleid verschüttet und geweint, weil es ihr allerbestes Kleid ist. Möchtest du ein Stück Schokoladenkuchen oder magst du lieber Vanille, wie Julie?"

„Vielleicht, nachdem ich etwas zu trinken hatte. Dieses Herumlaufen in den Gärten und in der Sonne hat mich ausgetrocknet." Sie schaute zu Elsie hinab und sagte verschwörerisch mit einem raschen Vorbeugen ihrer Schultern: „Vielleicht nehme ich ein Stück von jedem."

Das brachte Elsie zum Lächeln und sie führte Lisa zum Rand der Decke und stellte ihr Lady Christina Fitzstuart vor, die jeder Tina nannte, und Lady Harriet Hesham, die jeder Harriet nannte. Sie konnte nicht sagen, wohin Lady Juliana gelaufen war. Tina wusste es. Sie verkündete, dass Julie im Pavillon wäre und fügte zur Erklärung für Lisa hinzu, die ein so schönes Gesicht hatte, dass sie sicher war, dass es nicht schlimm wäre, es ihr anzuvertrauen: „Julie mag nicht bei uns sitzen. Sie sagt, nur Babys spielen mit Puppen und da sie jetzt zwölf Jahre alt geworden sei, sei sie erwachsen. Aber ihre Mama lässt sie hier sitzen, weil sie noch keine Erwachsene ist ...“

„Mama sagt, sie muss ein Auge auf mich haben, weil ich ihre kleine Schwester bin“, fügte Harriet hinzu und blinzelte zu Lisa auf.

„Und sie spielt mit unseren Puppen“, sagte Elsie zu Tinas und Harriets Unterstützung. „Du kannst bei uns sitzen und Punsch trinken, obwohl du erwachsen bist, nicht wahr, Lisa? Teddy tut das.“

Lisa wurde von zwei Lakaien aufgeschreckt, die plötzlich an ihrem Ellenbogen auftauchten. Einer hielt ein Tablett mit Bechern und einen Krug Fruchtpunsch, der andere war da, um einzuschenken und ihr den Becher zu reichen. Sie war so durstig, dass sie eine Schluck Fruchtpunsch nahm, ohne ihn wirklich zu schmecken; er betäubte ihre Zunge und ihre Lippen ein wenig, bevor sie in den Becher schaute und das geschabte Eis auf ihrem Getränk schwimmen sah. Sie hatte noch nie Eis in einem Getränk servieren sehen. Tatsächlich hatte sie auch noch nie aromatisiertes Eis oder Eiskrem gegessen. Ihre Cousine Minette hatte einen äußerst exotischen Porzellaneimer zum Lagern von Eiskreme als Hochzeitsgeschenk erhalten, und Lisa mitgeteilt, dass Eiskreme, aromatisiertes Eis und zerstoßenes Eis, um es in den Sommermonaten in Getränke zu tun, beim Adel, der auf den Landsitzen Eishäuser baute, um Eis zu lagern, der letzte Schrei wären. Lisa war sicher, dass dieser Landsitz ein Eishaus haben musste und zweifellos hatte das Große Haus auf der anderen Seite des Sees auch eines. Sie achtete darauf, diese neue Erfahrung zu genießen, und trank den Rest ihres Fruchtpunschs langsam, da er köstlich erfrischend war und genau das, was sie nach ihrer Wanderung durch die terrassierten Gärten brauchte, und half, sie nach ihrer Begegnung mit Henri-Antoine zu beruhigen.

Und da die breite Krempe ihres Strohhuts ihr Gesicht schützte, hielt sie ihren Kopf gesenkt in der Hoffnung, niemandem dort oben im Pavillon ins Auge zu fallen und ein wenig Zeit mit Elsie und ihren jungen Verwandten verbringen und ihre Verspätung wiedergutmachen zu können. Aber sie bekam keine Gelegenheit, Elsies Angebot anzunehmen, zusammen auf der Decke Kuchen zu essen, weil Teddy sich auf sie stürzte. Sie war die Treppe heruntergeeilt gekommen und schlang die Arme um sie.

„Da bist du ja! Wir dachten alle, du hättest dich verlaufen und

wollten eine Suchtruppe losschicken." Sie löste die Bänder, die Lisas
Strohhut hielten und nahm ihn weg, um rasch Lisas Haare zu ordnen,
indem sie ein paar Strähnen, die sich aus ihren Nadeln gelöst hatten,
wieder feststeckte. „Wir müssen sehen, dass du so gut wie möglich
aussiehst, wenn du meine Cousine, die Herzogin und Tante Deb und
Tante Rory kennenlernst. Und dann habe ich noch eine Überraschung
für dich." Sie drehte sich um, beugte sich hinab, umarmte Elsie und
sagte liebevoll zu ihr: „Danke, dass ich mir deine neue Freundin für eine
Weile ausborgen darf. Ich möchte, dass sie deine Mama kennenlernt.
Und wenn alle Vorstellungen vorbei sind, vielleicht kannst du hoch in
den Pavillon kommen und bei uns sitzen, während wir unseren Kaffee
trinken? Julie ist schon dort." Und bevor Elsie Zeit hatte, zustimmend
zu nicken, küsste Teddy sie flüchtig auf die Wange und zog Lisa fort, die
Stufen hinauf und in den Pavillon, um sie ihren weiblichen Verwandten
vorzustellen.

All dies wurde in nur Minuten erledigt, ohne dass Lisa Zeit
bekommen hätte, intensiv nachzudenken oder sich darauf vorzubereiten,
die eine Person zu treffen, die in ihrem Leben einen solchen Unterschied
bewirkt hatte. Nicht nur hatte die Herzogin von Kinross ihre Aufnahme
in Blacklands bewirkt, sie hatte sich dann die Mühe gemacht, ihren
Aufenthaltsort ausfindig zu machen und Lisas Tante befohlen zuzusi-
chern, dass sie an Teddys Hochzeit teilnehmen würde. Was sagte man zu
einer so wundervollen Frau? Ein einfaches Dankeschön schien völlig
unzureichend zu sein. Und als ob das alles nicht genug gewesen wäre,
um Lisa zu beängstigen, waren da die Jahre, in denen sie Tante de
Crespignys Geschichten über die Märchenwelt, in der sie als Kammerfrau dieser wunderschönen, freundlichen und liebevollen Edeldame
gelebt hatte, und durch die Mme la Duchesse im Haushalt de Crespigny
zu mythischem Status erhoben worden war. Und hier war Lisa, die nie
erwartet hatte, je zu erfahren, wie ein solch mythisches Wesen aussehen
könnte, geschweige denn, in ihrer Gegenwart zu sein, und sollte ihr
gleich vorgestellt werden.

„Hier ist sie, Cousine Herzogin!", verkündete Teddy fröhlich, als sie
Lisa herbeibrachte, um sie vor vier Frauen und ein junges Mädchen zu
bringen, die alle dicht beieinander auf einer bequemen Sitzgruppe aus
Sesseln und einer Chaiselongue saßen.

Lisa schaffte es zu knicksen, ohne zu schwanken, wusste aber nicht,
auf welche der adligen Damen sie ihren Blick richten sollte. Die
Warnungen ihrer Cousinen hallten noch in ihren Ohren und ließen sie
völlig verstummen: *Wenn du es wagst, etwas zu sagen oder - oder zu tun,
das die spezielle Beziehung zwischen Mama und ihrer Gnaden verschlech-*

tern oder gefährden könnte, werden wir dich für den Rest deines Lebens hassen.

Die einzige Frau, die Lisa erkannte, war Teddys Mutter. Lady Mary saß an einem Ende einer gepolsterten Liege, ein Kissen stützte ihren Arm, mit dem sie ihre kleine Tochter an die Brust hielt. Lisa starrte sie an und schaute dann schnell zu dem Babykorb neben Lady Marys seidenen Pantöffelchen. Nicht, weil sie nie zuvor ein säugendes Baby gesehen hätte - in die Krankenstation kamen oft Frauen, denen ein Kind an den Röcken hing und ein Baby an der Brust - sondern, weil sie nie erwartet hätte, dass eine in Lagen kostbarer Seidenstoffe gehüllte Adlige ihren Säugling mit aufgehaktem Mieder bei einer Gesellschaft stillen würde.

Teddy drückte Lisas Hand beruhigend, was sie ihren Blick von Lady Marys seidenen Pantöffelchen heben ließ und erledigte die notwendigen Vorstellungen.

„Dies ist meine gute Fee, meine Patin, Mme la Duchesse de Kinross. Sie ist die freundlichste, liebevollste Patin, die ein Mädchen sich nur wünschen könnte und ich werde ihr nie genug für alles, was sie für mich getan hat, danken können, vor allem aber dafür, dass sie dich wiedergefunden hat, Lisa."

Als Antonia Kinross ihr einen Kuss zuwarf, schmunzelte sie und warf ihr einen zurück; Lisas Blick huschte über die Herzogin, die am anderen Ende in Kissen zurückgelehnt und in einer Wolke von Baumwollröcken saß, ein weit ausgeschnittenes Caraco-Jäckchen über ihrem üppigen Busen zugeknöpft. Ihre Masse honigblonden Haares war dicht mit Silber durchzogen, vor allem an den Schläfen, und sie besaß schöne, grüne Augen, die in der Form, wenn auch nicht in der Farbe, Elsies ähnelten. Aber es war ihr Mund - der Amorbogen - der Lisas Blick am meisten anzog. Hier war die weibliche Version von Henri-Antoines so sehr küssenswertem Mund.

„Und meine allerwunderbarste Mama hast du schon kennengelernt, oh! und Sophie-Kate, natürlich", fuhr Teddy fort, was Lisa dazu brachte, schnell von der Herzogin fortzuschauen, um einer zweiten Herzogin vorgestellt zu werden. „Und das ist meine Tante Deb, die Herzogin von Roxton, die auch Jacks Tante ist. Was sie zu etwas ganz Besonderem macht. Sie und Onkel Roxton haben acht Kinder. Stell dir vor! *Acht.* Fast ein Cricket-Team…"

„Nicht ganz, liebe Teddy", sagte Deb Roxton mit einem leichten Lachen.

„Und ich bin Lady Juliana Antonia, die älteste Tochter", meldete sich ein sehr schönes, junges Mädchen, das sich an den Stuhl der Herzogin von Roxton lehnte. Sie hatte honigblondes Haar und grüne

Augen wie ihre Großmutter und trug ein Hängekleid aus blassrosa
Seide. Sie hatte die Nase ihrer Mutter, aber in jeder anderen Hinsicht
war sie eine Miniaturversion von Antonia Kinross. „Alle nennen mich
Julie. Das könnt Ihr auch tun."

Lisa versank in einem Knicks und schaffte es, ruhig zu sagen:
„Danke, Julie."

Lisa warf einen Blick auf Julies Mutter und dachte, dass diese
Herzogin wunderschöne, dunkelrote Haare hatte und freundliche
Augen, die ihr leicht bekannt vorkamen, und dann fiel ihr ein, dass
Teddy erwähnt hatte, ihre Tante Deb wäre auch Jacks Tante (obwohl sie
dafür zu jung aussah) und erkannte, dass Jack dieselben Augen hatte. Sie
fand es schwer zu glauben, dass eine so majestätische Frau mit frischem
Gesicht Mutter von acht Kindern sein sollte.

„Was du hättest sagen sollen, *ma belle-fille chérie*, ist, dass es - noch -
nicht ganz ein Cricket-Team ist", scherzte Antonia Kinross, deren grüne
Augen vor Übermut funkelten. „Ich bin ziemlich sicher, dass mein Sohn
Julian sich vorstellt, die Zahl zu einem Cricket-Team zu erhöhen, und es
gibt nicht viel, was du dagegen tun könntest, meine liebste Deborah. Es
ist so, wie es ist."

Dies ließ die anderen adligen Damen hinter ihren Fächern kichern
und Deb Roxton öffnete den Mund, um eine Bemerkung zu machen,
überlegte es sich dann aber anders und presste den Mund zu, die
Wangen gerötet.

„Und diese hübsche Fee ist meine Tante Rory", sagte Teddy und
wandte sich einer Edeldame mit weißblonden Haaren, feinen Gesichtszügen und freundlichen blauen Augen zu, die in zitronengelbe Seide
gekleidet war. Sie ließ einen Fächer flattern, von dem Lisa sicher war,
dass, hätte sie die Zeit gehabt, ihn eingehender zu untersuchen, sie ihn
über und über mit Ananaspflanzen bemalt gefunden hätte. „Tante Rory
ist Lady Strathsay und mit meinem Onkel Dair verheiratet. Wir glauben, Onkel Dair muss sie in seinem Garten gepflückt haben, denn sie ist
die hübscheste Blume, die ich je gesehen habe."

„Und du bist auf der ganzen Welt meine Lieblingsnichte, liebste
Teddy", antwortete die Gräfin von Strathsay mit einem Lächeln, und
weil sie am nächsten bei Teddy saß, streckte sie den Arm aus, griff nach
Teddys Hand und drückte sie. „Ich - wir - sind alle so glücklich, dass
Mme la Duchesse imstande war, deine Freundin zu finden, und noch
rechtzeitig für die Hochzeit."

Diese adligen Damen - einschließlich Lady Mary, die vom Füttern
ihres Kindes, das an ihrer Brust eingeschlafen war, aufschaute - richteten
ihre Blicke auf Lisa und lächelten gütig und schwiegen, zweifellos erwarteten sie eine passende Antwort von Lisa. Aber Lisa blieb stumm,

obwohl sie Lady Juliana geantwortet hatte. Das lag nicht nur daran, dass sie nervös war, weil sie zwei Herzoginnen, einer Gräfin, der Tochter einer Herzogin und der Tochter eines Earls vorgestellt wurde - vor ihr saß mehr Adel als sie erwartet hätte, je in ihrem ganzen Leben kennenzulernen, geschweige denn auf einmal - aber auch, weil diese Frauen lieb, freundlich und bescheiden wirkten. Zweifellos verlieh ihre herausragende Stellung an der Spitze der Gesellschaft ihnen das Selbstvertrauen, sie selbst zu sein und davon auszugehen, dass die Welt sie mit dem Respekt und der Ehrfurcht behandeln würde, die ihrem Rang zukamen. Aber für Lisa war es ihre Echtheit, nicht ihr Rang, was sie am meisten erstaunte. Sie kannte wenige Frauen in ihrem Leben, die unprätentiös waren, und noch weniger solche, die ihr wirkliche Wärme und Freundlichkeit erwiesen hatten, Teddy war eine davon, die andere Becky, und das ließ bittersüße Tränen des Glücks aufsteigen.

Teil einer solchen Welt zu sein, war für Lisa unvorstellbar. An ihrem Rand zu stehen und sie zu betrachten, war bezaubernd genug und sie war für diesen, wenn auch kurzen Einblick dankbar. Es würde ihr Erinnerungen für das ganze Leben bieten und, praktisch, wie sie war, eine grundlegende Vorstellung von Henri-Antoines Familie geben, wenn er je von seinen Verwandten sprechen wollte bei seinen Besuchen bei ihr in seinem Queen-Anne-Haus am Rande von Bath.

Sie wusste jetzt, was Henri-Antoine meinte, als er bemerkt hatte, er stammte aus einer Familie von außergewöhnlicher Schönheit. Und kein Wunder, dass er gekränkt gewesen war, als sie gekichert hatte, weil sie seine Antwort absurd fand. Aber seine Behauptung war nicht unvernünftig. Er hatte bei seinen weiblichen Familienmitgliedern nicht übertrieben. Trotzdem hielt sie ihn nicht für einen Dorn am Rosenstrauch. Es machte sie darauf begierig, die Ehemänner, Väter, Brüder und Cousins dieser Frauen kennenzulernen, um zu sehen, ob sie die männlichen Gegenstücke waren, würdig, diese Märchenwelt zu bewohnen.

Lisas Gedankenverlorenheit dauerte nur Sekunden in der anhaltenden Stille und Teddy wollte bereits etwas sagen, um ihrer Freundin, die keinen Ton herausbrachte, zu helfen, als Antonia Lisa auf Englisch mit ihrer deutlich französischen Aussprache ansprach: „Hattet Ihr denn eine gute Reise, *chère fille?*"

Dies ließ Lisa die Augen wieder zum Gesicht der Herzogin heben und sie weiteten sich kurz vor Überraschung über die Direktheit in Antonias Blick. Die Sanftheit im Ton der Herzogin und die Freundlichkeit in ihrem Lächeln waren echt, aber sie verbargen auch eine Absicht, denn Lisa war sich sicher, dass Henri-Antoines Mutter sie eingehend prüfte. Sie fragte sich, ob mehr daran wäre, als nur genau zu entdecken, mit welcher Art von Mädchen ihre Patentochter Teddy sich in Black-

lands angefreundet hatte und ob das, was ihre Tante de Crespigny vielleicht über sie gesagt hatte, bestätigt oder verworfen werden könnte.
Größer war ihre Sorge, ob die Herzogin etwas von dem Interesse ihres
Sohnes an ihr ahnte und sie wäre nicht überrascht gewesen, hätte Elsie
ihrer Mutter erzählt, dass sie ihren Bruder im Gespräch mit ihrer
neuesten Freundin zurückgelassen hatte. Dies steigerte Lisas Nervosität
um das Zehnfache.

„Vielen - vielen Dank, Mme la Duchesse, ich - ich hatte eine sehr
angenehme Reise", antwortete Lisa stockend, obwohl sie ihr Bestes tat,
um ihre Unruhe zu unterdrücken und schwer schluckte, um ihren Hals
zu glätten, was ihre Stimme atemloser klingen ließ, als es ihre Absicht
war. Sie knickste wieder, ihr Blick huschte wieder zu diesen stetigen
grünen Augen, bevor sie höflich die Wimpern senkte; die Hitze in ihrem
Gesicht hatte nichts mit dem warmen Sommerwetter zu tun.

„Teddy erzählte uns, dass Ihr mit der gewöhnlichen Postkutsche
hierher gereist wäret, Miss Crisp", sagte die Herzogin von Roxton in
ihrer offenen, aber angenehmen Art.

„*Quelle? Cela ne peut pas l'être!*", erregte sich Antonia und verfiel
wieder in ihre Muttersprache. „Wie ist es möglich, dass Ihr in die
gewöhnliche Postkutsche gesetzt wurdet, wo ich Gabrielle - Eure Tante -
speziell angewiesen hatte, eine private Kutsche zu mieten, um Euch hier-
herzubringen."

„Ich versichere Euch, Mme la Duchesse, es hat mir keine Unbe-
quemlichkeiten bereitet, die Postkutsche zu nehmen", antwortete Lisa
diplomatisch auf Französisch.

„Aber war sie nicht mit allen möglichen Reisenden überfüllt?", fragte
die Herzogin von Roxton besorgt. „Die Postkutschen, die ich auf der
Straße von London gesehen habe, sind so überbucht, dass die Leute auf
dem Dach sitzen, das kann nicht sicher sein."

„Verzeihung, Euer Gnaden, aber die Passagiere, die auf dem Dach
sitzen, tun das, weil es das Einzige ist, was sie sich leisten können oder
freiwillig, weil es das doppelte kostet, wenn man einen Sitz im Innenraum haben möchte."

„Liebe Güte. Ich hatte keine Ahnung", antwortete die Herzogin von
Roxton aufrichtig erschrocken.

„Gabrielle hätte Euch nicht in eine gewöhnliche Kutsche setzen
dürfen, und dafür gibt es keine Entschuldigung", murrte Antonia. „Ein
Wunder, dass sie Euch nicht auf dem Dach sitzen ließ."

Lisa unterdrückte ein Lächeln. „Um meiner Tante gegenüber gerecht
zu sein, Mme la Duchesse, muss ich sagen, dass ich nicht glaube, dass sie
etwas mit meinen Reiseplänen zu tun hatte."

„Das glaube ich, *ma petite*!", erwiderte Antonia. „Zweifellos hat sie deine Reisevorbereitungen ihren Töchtern überlassen."

„Ja, Mme la Duchesse", antwortete Lisa, deren Nervosität sich bei der Empörung der Herzogin wegen ihres Wohlergehens verflüchtigte. „So spannend ein Platz auf dem Dach der Kutsche gewesen wäre, jedenfalls für fünf Minuten, die anderen dreizehn Stunden wären furchtbar gewesen. Daher bin ich Dr. Warner dankbar, dass er Plätze für uns im Innenraum besorgt hat."

Antonia beugte sich vor, die Hände im Schoß auf den vielen Lagen ihrer Baumwollröcke, die grünen Augen vor Entsetzen weit aufgerissen. „*Dreizehn* Stunden? *Mon Dieu*! Aber das ist teuflisch!"

Teddy kicherte bei Antonias angeekeltem Blick. „Vielleicht für dich, Cousine Herzogin, da du die luxuriöseste Kutsche des Königreichs besitzt." Sie vertraute Lisa an: „Mme la Duchesses Kutsche hat Sitze, die man nicht nur in ein, sondern zwei Betten verwandeln kann!", bevor sie verkündete: „Ich würde so gerne auf dem Dach einer Kutsche reisen, wenigstens einmal. Wie spannend zu denken, dass die Kutsche jeden Moment und in jeder Kurve umkippen kann und wir alle im Gebüsch landen!"

„Mit gebrochenen Knochen oder einem eingeschlagenen Schädel oder gar keinem Kopf", stellte Lady Mary schaudernd fest. Sie wandte sich hilfesuchend an Lisa. „Nicht wahr, Miss Cr-Lisa?"

„Ja, Mylady", stimmte Lisa zu. Sie packte Teddys Arm und drehte sie zu sich herum. „Versprich mir und deiner Mama, deiner Patin und deinen Tanten, dass du nie in einer gewöhnlichen Postkutsche und *niemals* auf dem Dach reisen wirst!"

Teddy verdrehte die Augen und schaute trotzig drein, aber dann lächelte sie und küsste Lisas Wange, bevor sie sich zu ihren ältesten weiblichen Verwandten umdrehte. Sie machte einen Knicks. „Ich verspreche es hoch und heilig!"

Als alle erleichtert aufseufzten, sagte Teddy zu Lisa: „Cousine Herzogin mag nie auf einem Kutschdach gereist sein, aber sie hat etwas viel Spannenderes getan - sie wurde von einem Wegelagerer überfallen und angeschossen! Nicht wahr, Mme la Duchesse?"

„Ja. Aber das war vor sehr langer Zeit."

„Sie war erst *siebzehn* ..."

„Fast achtzehn", unterbrach Antonia sanft.

„*Fast* achtzehn", berichtigte Teddy, fast ohne Atem zu holen. „Wegelagerer überfielen die Kutsche von M'sieur le Duc auf der Straße nach Versailles. Und sie schossen sie an, hier." Sie legte ihre Handfläche auf ihr Schlüsselbein. „Und M'sieur le Duc, er musste die Blutung stillen und Cousine Herzogin so schnell wie möglich nach Paris schaffen, damit ein Arzt die Kugel entfernen konnte."

„Das muss entsetzlich für Euch gewesen sein, Mme la Duchesse", sagte Lisa atemlos mit weit aufgerissenen Augen. Sie konnte es kaum für möglich halten.

„Das war es", gab Antonia zu, überraschte Lisa dann aber, als sie lächelte und mit den Schultern zuckte. „Aber erst, nachdem die Kugel mich getroffen hatte. Davor, als wir von den Wegelagerern überfallen wurden, dachte ich, die ganze Geschichte wäre das Aufregendste, was ich je erlebt hätte! Und natürlich war ich überhaupt nicht besorgt, da ich mit Monseigneur zusammen war ..."

„... der diese Bestien erschoss!", sagte Teddy genüsslich. „Und das zu Recht."

„Wie blutrünstig du bist, Teddy", klagte Antonia ohne Nachdruck und hob schnell ihren Fächer, um ein sich auf ihrem Gesicht ausbreitendes Lächeln zu verstecken. Aber nichts konnte das Funkeln in ihren Augen verbergen.

„Jetzt weiß ich, woher sie ihren Geschmack für Abenteuer hat", bemerkte Lady Mary nüchtern. „Ich hoffe, es macht dir nichts aus, dass ich Teddy alles über dein Missgeschick erzählt habe, Cousine Herzogin."

„Aber überhaupt nicht, Mary." Antonias grüne Augen funkelten und sie zeigte ihr Lächeln. „Ich kann mir vorstellen, dass M'sieur le Duc dir diese Geschichte erzählt hat, als du ein kleines Mädchen warst und du ebenso fasziniert davon warst wie Teddy. Obwohl dein erster Gedanke vielleicht nicht der Wunsch war, du wärest von Wegelagerern überfallen worden."

„So ist es, Cousine Herzogin. Aber ich bin ziemlich sicher, dass es Teddys erster Gedanke war."

„Mama! Wie kannst du das sagen", klagte Teddy mit einem Schmollen, dann lachte sie hinter vorgehaltener Hand und gestand: „Das war mein *zweiter* Gedanke. Mein erster war der Wunsch, dass ich von M'sieur le Duc de Roxton aus dem Palast von Versailles entführt worden wäre!"

Antonia verdrehte die Augen und seufzte. „Wie viele Male ist diese Geschichte erzählt worden und wie viele Male musste ich sie korrigieren. Ich wurde ..."

„...*nicht von Monseigneur entführt. Ich brachte Monseigneur dazu, mich zu entführen*", wiederholten Deb Roxton, Lady Mary und Lady Strathsay unabhängig voneinander, aber einstimmig. Sie zuckten zusammen, schnappten überrascht von ihrer einmütigen Antwort nach Luft und kicherten dann alle gemeinsam.

Antonia lächelte voller Genugtuung, als sie ihre eigenen Worte wiederholt hörte, auf ihren porzellanweißen Wangen lag leichte Röte. Aber in ihrer Haltung lag nichts Eingebildetes.

„*Bon*. Das ist die Wahrheit."

Die Heiterkeit unter diesen Doyennen der Gesellschaft unterbrach die Unterhaltung in den Kreisen der anderen weiblichen Gäste, die sich anstrengten zu verstehen, was an der Chaiselongue der Herzogin von Kinross gesagt wurde. Ihr Interesse war bereits durch die Ankunft von Theodora Cavendishs Freundin aus ihrer Schulzeit geweckt worden, einem Mädchen, dessen Gesicht und Name nicht zuzuordnen war, deren familiäre Verbindungen ihnen daher unbekannt waren. Dieser Umstand war nicht nur noch nie vorgekommen, sondern rätselhaft. Aber zwei unter ihnen, die ebenfalls Teddys Schulfreundinnen waren, konnten der Fremden einen Namen geben. Und während Lisa Teddys weiblichen Verwandten vorgestellt wurde, übernahmen sie es, alles, was sie über Miss Lisa Crisp wussten, jedem zu erzählen, der zuhörte, und das waren alle, die um sie herumsaßen.

Daher war zu dem Zeitpunkt, als die Herzogin von Kinross Lisa über ihre Reise nach Treat befragte, jedes Ohr im Pavillon der neu Angekommenen zugewandt und jedes Auge urteilte über sie, von ihren einfachen Stiefeletten bis zu ihren verblassten, geblümten Röcken, dem erstaunlichen Anblick von Tintenflecken an den Fingern ihrer rechten Hand bis hin zu ihrem schmucklosen Haar. Und mit dem neu erhaltenen Wissen, dass Miss Lisa Crisp eine Waise ohne besondere Familie war und, wenn man den beiden Schulfreundinnen glauben durfte, Blacklands unter unerfreulichen Umständen verlassen hatte. Die einzige Erklärung, warum Miss Cavendish sich mit einem solchen Mädchen angefreundet hatte, musste ein Gefühl der Barmherzigkeit sein, und das war lobenswert. Trotzdem war es beunruhigend, diese Lisa Crisp jetzt bei ihnen zu sehen. Es war nur gut, dass sie einen gesunden, sauberen und reinen Teint hatte und besser aussah als der Durchschnitt. Dies half, das allgemeine Unbehagen zu lindern, wenn auch Teddys beide Schulfreundinnen durch diese widerwillige Beurteilung gereizt waren, denn obwohl sie mit sich zufrieden waren, weil sie Klatsch über Lisa Crisp verbreitet hatten, missfiel es ihnen, sie als *überraschend hübsch und erfreulich gesund für ein armes Mädchen* beschreiben zu hören, wenn die Kosten ihres eigenen Haarschmucks allein Lisa Crisp ein Jahr lang mit Nahrung und Unterkunft hätte versorgen können.

Antonia richtete ihren Blick wieder auf Lisa und fragte, noch immer wegen ihrer Reise besorgt: „Bitte versichert mir, *ma petite*, dass Eure vielen Stunden in der gewöhnlichen Kutsche ohne Zwischenfälle verliefen, ja?"

„Aber ja, Mme la Duchesse", antwortete Lisa, die sich jetzt wohler fühlte, seit diese illustren Damen einen Lachanfall erlitten hatten, als sie die Versicherung der Herzogin von Kinross über ihre Entführung auf der Straße von Versailles wiederholten. „Ich bin noch nie weiter als Chelsea aus London herausgekommen, daher erregte alles am Wege mein Interesse."

„Ich hoffe, Ihr und Eure Begleiterin wurdet nicht zu sehr gestört, indem Ihr Eure Kutsche mit anderen teilen musstet?"

„Überhaupt nicht. In der Kutsche befanden sich nur ein Paar mit seinem kleinen Sohn bei uns, Mme la Duchesse. Sie waren auf dem Rückweg nach Southampton von London, wohin sie ihren Sohn zu einem Besuch bei seinen Ärzten gebracht hatten."

„Das ist eine ziemliche Reise, um einen Arzt aufzusuchen."

„Ja, Mme la Duchesse. Aber meiner beschränkten Erfahrung nach würden liebende Eltern alles Erdenkliche tun, in der Hoffnung, dass ein Arzt ihnen ein Heilmittel für das Leiden eines Kindes oder zumindest eine Erleichterung durch Arznei zu bieten vermag ..."

„Leiden?"

„Der kleine Junge leidet an Migräne", erklärte Lisa. „Seine Ärzte sind nicht sicher, aber sie haben die Theorie, dass seine Kopfschmerzen eine andere Erscheinungsform der Fallsucht sein könnten."

Antonia setzte sich auf, die Finger fest um die Stäbchen ihres Fächers geschlossen.

„Wenn es die Fallsucht ist, dann kann ich sie nur bemitleiden, denn es gibt kein Heilmittel", stellte sie unverblümt fest. „Man kann bis nach Konstantinopel gehen, und die Ärzte dort haben auch keine klarere Vorstellung davon als die hiesigen, wie man eine solch abscheuliche Krankheit behandeln könnte."

Lisa begegnete offen ihrem Blick, sie wurde sich der Möglichkeit bewusst, dass die Herzogin, die verkündete, dass es kein Heilmittel gäbe, sich sehr wohl darüber im Klaren war, dass ihr Sohn noch immer Anfälle erlitt. Und dies trotz der Vorsichtsmaßnahmen, die er getroffen hatte, um sie vor seiner Familie, speziell seiner Mutter, zu verbergen. Und wenn sie darüber nachdachte, warum sollte sie, als liebende Mutter, nicht davon wissen? Die Aristokratie lebte mit einer Armee von Dienern, die sich um jedes Bedürfnis und jeden Wunsch kümmerte. Nur ein Diener musste das Vertrauen seines Herrn missbrauchen, damit seine Mutter weiterhin alles erfuhr. Und wenn die Herzogin ihrer kleinen Tochter kaum zu atmen erlaubte - wie Elsie die übermäßige Behütung durch ihre Mutter beschrieb - würde sie sicher ebenso besorgt und beschützend über einen Sohn, der an einer unheilbaren Krankheit litt, wachen, wenn auch aus der Ferne, jetzt, wo er erwachsen war.

Lisa beschloss, ihre Folgerungen zu überprüfen und fügte leise hinzu, wobei sie Antonias Blick standhielt:

„Ich kann mir vorstellen, dass es für einen Elternteil herzzerreißend ist, zuschauen zu müssen, wie ein Kind solche Anfälle erleidet, und schweigender Zeuge zu sein, wenn dieses Kind sich dafür entscheidet, allein zu leiden, muss unerträglich schwer sein ...“

Antonias Fächer hielt mitten im Flattern an, grüne Augen ruhten auf Lisa. Wenn sie von dieser direkten Anspielung auf Henri-Antoines Krankheit verblüfft war, war sie noch überraschter zu entdecken, dass Lisa genaue Kenntnis davon hatte. Und doch zwang sie sich, unbeteiligt zu wirken. Als sie daher sprach, änderte sich der Klang ihrer Stimme nicht und sie lenkte die Unterhaltung schnell und geschickt in eine andere Richtung.

„Das ist sehr wahr. Eure Französischkenntnisse sind sehr gut. Ich hatte angenommen, dass Ihr in Blacklands, da es ein französisches Internat ist, ausgezeichnete Lehrer in dieser Sprache haben würdet.“

„Oh ja, Mme la Duchesse“, antwortete Lisa. „Und darf ich noch einmal sagen, wie dankbar ich Euch bin, dass Ihr mir die - die Aufnahme ermöglicht habt und - und ...“ Sie holte zittrig tief Luft und wischte Tränen fort, „... und weil Ihr mich gefunden habt ...“

Antonia beugte sich mit einem Lächeln vor. „Ich hoffe, das sind Freudentränen, *ma petite*. Und jetzt müsst Ihr aufhören, mir zu danken und Eure Zeit hier genießen - Teddy, *ma chérie*“, sagte sie zu Teddy, die jetzt ihre kleine Schwester auf dem Arm hielt, „eure Schulfreundinnen müssen schon sehnlichst darauf warten, Mlle Crisp wiederzusehen, ja?“

„Oh ja! Komm, Lisa. Ich habe eine Überraschung für dich!“, antwortete Teddy und gab Sophie-Kate ihrer Mutter zurück.

Sie warf ihren weiblichen Verwandten eine Kusshand zu, wandte sich ab und nahm Lisa bei der Hand. Sie führte sie durch die Menge, suchte sich ihren Weg zwischen Ottomanen und Sesseln und kleinen Gruppen von Gästen, jungen und alten, die die Teller mit Küchlein, Süßigkeiten und geeisten Getränken genossen und weiter hinten im Pavillon saßen, wo es kühler war und der leichte Wind vom See einen Weg zwischen den dicken Säulen hereinfand. Schließlich kam sie vor einer Matrone in einer übergroßen, gerüschten Haube zum Stehen, die mit zwei jungen Frauen in Teddys und Lisas Alter dort saß.

Lisa kannte die beiden: die ehrenwerte Violet Knatchbull und die ehrenwerte Margaret Medway. In der Schule als die *honorables* bekannt, insgeheim von Lisa die *horribles* getauft. Sie war nicht überrascht, dass sie zu Gast auf Teddys Hochzeit waren, obwohl ein kleiner

Teil von ihr gehofft hatte, sie würden nicht kommen können, damit ihr der Besuch nicht verdorben würde. Sie tat ihr Bestes, ihre Enttäuschung zu verbergen, denn wenn es in Blacklands zwei Mädchen gegeben hatte, die ihr den größten Kummer verursacht hatten, waren es Vi und Meg gewesen. Beide waren die Töchter von im Ausland stationierten Karrierediplomaten und waren nach Blacklands geschickt worden, weil keine andere Schule für junge Damen sie hatte aufnehmen wollen. Sie waren Unruhestifterinnen und entfernte Cousinen und taten ihr Möglichstes, um ihre unfreundliche Veranlagung und ihre Abneigung gegen Lisa vor Teddy zu verstecken. Da Teddy keine bösartige Faser in ihrem Körper hatte, vermochte sie die wahre Natur der *horribles* nicht zu bemerken. Lisa war der letzte Mensch, der Teddy erzählt hätte, dass Violet und Meg die Klatschbasen waren, die die Schuldirektorin informiert hatten, dass Lisa gesehen worden war, wie sie hinter der Bäckerei von Chelsea einen Apotheker-Lehrling geküsst hatte.

Sie vermutete, dass es zu viel verlangt wäre zu erwarten, dass die *horribles* sich in den zweieinhalb Jahren, seit sie Blacklands verlassen hatte, zum Besseren gewandelt hätten. Innerhalb weniger Minuten ihrer Unterhaltung erkannte Lisa, dass das Wunschdenken war. Sie tat ihr Bestes, ihre abfälligen Bemerkungen zu ignorieren. Sie würde es ihnen nicht erlauben, ihren Aufenthalt hier zu verderben.

„Was für eine Überraschung, dich wiederzusehen, Lisa. Teddy erzählte uns, dass man dich gefunden hätte", sagte Violet Knatchbull mit einem spröden Lächeln. „Meg und ich konnten die Nachricht kaum glauben, als Teddy sie uns schrieb! London ist eine so große Stadt, dass du in jeder Hintergasse hättest leben und sonst etwas tun könntest, ohne je wieder gesehen zu werden. Aber hier bist du!"

„Keine Hintergasse. Eine Krankenstation für die kranken Armen."

„Ach du - meine Güte!" Violet zuckte zusammen, eine Hand vor Schreck auf dem Busen. „Du bist aber nicht ansteckend, oder?"

„Was? Lisa und krank?" Teddy lachte spöttisch. „Sie ist nie krank gewesen, niemals. Nein, Dummchen. Lisa half dem Arzt in der Krankenstation."

Violet und Meg starrten Teddy sprachlos an, dann Lisa, bis Violet ihre Stimme wiederfand, um aalglatt zu sagen:

„Mit den Armen zu arbeiten hat dir nicht geschadet. Du hast dich überhaupt nicht verändert, nicht einmal deine Kleider. Ich bin sicher, dieses Kleid war dein bestes Sonntagskleid, als wir in der Schule waren, nicht wahr?"

„Du hast dich auch nicht verändert, Violet", bemerkte Lisa mit ungerührtem Gesicht und einem raschen Lächeln. „Dein Kleid ist sehr schön und in genau dem richtigen Grünton. Grün stand dir schon immer."

Meg unterdrückte ein Lachen hinter ihrer Hand über dieses hintergründige Kompliment und stieß Violet an, bevor sie zu ihrer Tante sagte, die Lisa von oben bis unten durch ihr Lorgnon betrachtete:

„Dies ist das arme Mädchen, von dem ich dir erzählt habe, Tante. Sie war mit Vi und mir und Teddy in Blacklands. Miss Crisp war angeblich das klügste Mädchen in der Schule, was sie sein musste, wie ich vermute, wenn man bedenkt, wie es ist, wenn man arm ist und nichts Besseres mit seiner Zeit zu tun hat, als den Kopf mit dem Unsinn vollzustopfen, den man uns lehrte, ..."

„Klugheit hat noch keinem Mädchen irgendetwas Erstrebenswertes eingebracht", verkündete die Matrone schrill. Sie musterte Lisa mit einem vergrößerten Auge. „Das Wunder ist nur - wie kommen Arme in ein so geschätztes Etablissement?"

„Genauso, wie alle anderen", antwortete Lisa fröhlich. „Durch die Vordertür."

Die Matrone zuckte zusammen und holte Luft, auch Violet und Meg hielten den Atem an, in der Hoffnung zu erleben, wie Miss Lisa Crisp von der verwitweten Marchioness von Fittleworth die gerechte Strafe für ihre unverschämte Antwort erhalten würde. Aber dann brach die Lady in Gelächter aus. Es war ein so aufrichtiges, so gutgelauntes Lachen, das Lisa entscheiden ließ, die Tante wäre, anders als ihre Nichten, auch aufrichtig, und sie mochte sie dafür nur noch mehr.

„Hahahaha! Durch die Vordertür. Hahahaha! Mir gefällt ein Mädel mit einem Sinn für Humor!"

Lisa lächelte und knickste vor der Lady und nachdem sie die perfekte Entschuldigung gefunden hatte, um die Gesellschaft der mit säuerlichen Gesichtern dort sitzenden Nichten der Matrone zu verlassen, sagte sie zu Teddy: „Entschuldige mich bitte, Liebes. Ich sehe Becky und ich muss dafür sorgen, dass sich jemand um sie kümmert ..."

Und sie schritt von dannen, mit geradem Rücken und die Hände unter ihrem kleinen Busen zusammengelegt, suchte sich ihren Weg durch die Menge quer durch den Pavillon dorthin, wo die Mädchen, Ammen und Lakaien zusammenstanden und darauf warteten, zu bedienen und zu Diensten zu sein. Und als sie ihre Hand zu Becky hob und Becky zurückwinkte, konnten Violet und Meg ihren Augen kaum trauen, dass Lisa Crisp sie verlassen hatte, um die Gesellschaft von Bediensteten vorzuziehen. Sie hofften beide, dass die verwitwete Marchioness diesen gesellschaftlichen Fauxpas ebenfalls bemerken würde, aber zu ihrer Frustration hatte ihre Tante ihr Lorgnon wieder an seinem Band hinabfallen lassen und sprach mit Teddy.

„Ich hoffte, deine Großmutter würde hier sein, Teddy. Ich habe sie
da oben in dem großen Haus nicht gesehen. Andererseits ist der Bau so
riesig, dass man eine Woche lang herumlaufen könnte, ohne einen
anderen Gast zu sehen! Oder kommt sie in den nächsten ein oder zwei
Tagen?"

„Oma wird nicht zur Hochzeit kommen, Mylady", erklärte Teddy
knapp.

Lady Fittleworth setzte sich auf. „Was? Die verwitwete Gräfin von
Strathsay nimmt *nicht* an der Hochzeit ihrer Enkelin teil? Das ist das
Ereignis der Saison! Ist sie krank?"

„Nein. Oh, ich sollte mich verbessern. Nicht so krank, dass sie nicht
die Anstrengung hätte auf sich nehmen können, teilzunehmen."

„Was sagt deine Mama dazu?", verlangte Lady Fittleworth streng zu
wissen. „Wichtiger noch, was sagt seine Gnaden von Roxton dazu? Was
sagt *seine* Mutter dazu? Welche mögliche Ausrede könnte Charlotte
Strathsay dafür haben, *nicht* hier zu sein?

„Oma besteht darauf, dass mich Onkel Dair in der Kirche zum Altar
führt, da er als der Earl von Strathsay das Oberhaupt meiner Familie sei.
Und wenn nicht Onkel Dair, dann Onkel Roxton, weil er das Ober-
haupt aller unserer Familien sei. Oma sagt, dass es hieße, unsere Verbin-
dung und unsere Gäste mit weniger als dem Respekt, den unsere
Vorfahren oder die Vorfahren unserer Gäste verdienen, zu behandeln,
wenn ein Mann, der weniger als ein Earl oder ein Herzog ist, mich zum
Altar führe. Jedenfalls ist es das, was ich *glaube*, dass sie in ihrem
Beschwerdebrief an Mama schrieb, den sie auch an Onkel Roxton und
Onkel Dair sandte."

„Und was war ihre Antwort auf einen so ernsthaften Beschwerdebrief?" Lady Fittleworth ließ ein respektloses Schnauben hören und
beantwortete ihre eigene Frage. „Ich kann mir vorstellen, was dein
Onkel Dair ihr erzählt hat. Als früherer Kommandeur des Militärs
dürfte er offen bis hin zur Unhöflichkeit gewesen sein. Und dein Onkel
Roxton, auch wenn er diplomatischer ist, dürfte Charlotte an ihren Platz
verwiesen haben."

Teddy lächelte. „Allerdings. Vor allem, da Oma Mama für meine
Wahl tadelt, wobei es ja meine Wahl war. Schließlich bin ich diejenige,
die heiratet!"

„Natürlich, mein Kind. Also wer führt dich den Gang in der Kirche
hinab und übergibt dich am Altar deinem Bräutigam?"

„Mein Stiefpapa natürlich. Onkel Dair und Onkel Roxton stimmen
auch zu, dass er diese Ehre haben sollte. Und Mama und Jack denken
das natürlich auch. Und das ist alles, worauf es ankommt."

„Alles, worauf es ankommt", stimmte Lady Fittleworth mit einem

Lächeln zu und schaute sich absichtlich auffällig um, als ob sie etwas oder jemanden verloren hätte. „Ich sehe deine Großmama Kate nicht ...“

„Oh! Das erinnert mich an etwas, Mylady“, unterbrach Teddy. „Großmama Kate ist hier, aber nicht beim Picknick, da sie findet, dass sie dieser Tage Menschenmengen nicht verträgt. Aber sie möchte sehr gerne, dass Ihr sie besucht. Daher soll ich Euch für morgen Abend zum Diner in der Gatehouse Lodge einladen. Silvia kocht ihr bestes Menü und Großmama Kate erzählte mir, wie sehr Ihr alles Italienische genießt, vor allem das Essen und wie Ihr früher in Livorno gelebt hättet ...“

„Die besten Jahre meines Lebens!“, rief Lady Fittleworth mit einem Seufzer aus und faltete die Hände. „Vielen Dank, Kind. Ich nehme die Einladung mit großer Freude an. Ich erinnere mich daran, was für eine liebenswürdige Gastgeberin deine Großmama Kate ist. Und als Fittleworth Konsul in Florenz war, hatten wir sie oft zu Gast bei uns.“ Sie ergriff Teddys Hand, zog sie näher und sagte vertraulich: „Du musst mich nicht missverstehen, meine Liebe, denn ich genieße gelegentlich rein weibliche Gesellschaften, aber der absolute Mangel an männlicher Gesellschaft hier macht es zu einer langweiligen Angelegenheit, besonders für meine Nichten. Sie brauchen alle und jede Gelegenheit, die ihnen geboten wird, um geeignete Bewerber kennenzulernen und einen günstigen Eindruck auf sie zu machen. Sie sind hübsch genug, haben aber spitze Zungen und zu ihrem großen Unglück verfügen sie nicht über eine hervorstechende Eigenschaft - wie deine prachtvollen, roten Locken oder Miss Crisps Schönheit. Deine Freundin mag arm sein, aber sie hat ein Gesicht, das jeder Maler mit seinem Pinsel gerne unsterblich machen würde. Und ich mag ihre direkte Art; Männer vermutlich ebenfalls.“

„Tante! Wie unfreundlich du bist“, jammerte Meg Medway errötend. „Anders als Miss Crisp, bei der ich sehr sicher bin, dass sie noch nie einen Heiratsantrag erhalten hat, trotz ihrer - ihrer *Schönheit* - denn wie können Arme Anträge erhalten, wenn sie nichts zu bieten haben - habe ich erst letzte Woche einen bekommen ...“

„Den du hättest annehmen sollen“, stellte Lady Fittleworth unverblümt fest. „Knatchbull ist nicht das hellste Licht im Kronleuchter - schließlich hat er *dir* einen Antrag gemacht - aber er hat Tausend im Jahr als Einkommen und alle Aussichten, das Gemäuer seines Vaters zu erben, selbst, wenn es dringend reparaturbedürftig ist; der Wind in Wales ist brutal zu Menschen, Tieren und Gebäuden!“

Meg verzog angeekelt das Gesicht. „Vis Bruder heiraten? Ich kann etwas Besseres finden als Bully Knatchbull.“

Violet schaute ihre Freundin böse an. „Du hast mir nicht erzählt, dass Bully dir einen Antrag gemacht hat. Ich bin froh, dass du ihn nicht angenommen hast. Bully kann Besseres finden. Viel Besseres."

„Genug, ihr Wespen!", forderte Lady Fittleworth und klopfte jedem der Mädchen mit den zusammengefalteten Stäbchen ihres Fächers auf den Handrücken. Sie wandte sich mit einem Augenrollen an Teddy.

„Wie du diese beiden in der Schule ertragen hast, werde ich nie verstehen! Aber du darfst mich bemitleiden, weil ich angewiesen wurde, sie zu verheiraten, bevor ihre Eltern im neuen Jahr aus dem Ausland zurückkommen. Daher hoffe ich, dass Roxton und die anderen Väter und ihre Welpen jetzt von ihrem Ausflug in die Wälder zurückgekommen sind, damit all die Gentlemen sich den Ladys für den Rest der Veranstaltungen in dieser Woche anschließen können, bevor die Hochzeitszeremonie und der Ball stattfinden."

Teddy lächelte Violet und Meg an, die ihre verärgerte Haltung bei der Aussicht auf männliche Gesellschaft bei weiteren gesellschaftlichen Zusammenkünften abgelegt hatten und versicherte ihnen und ihrer Tante:

„Das ist die einzige rein weibliche Gesellschaft, das kann ich euch beiden versichern. Von morgen an werden alle Männer und Jungen sich uns für die organisierten Veranstaltungen anschließen, und da ihr im großen Haus wohnt, könntet ihr sie sogar am Frühstückstisch und ganz sicher bei allen Diners sehen."

„Ich habe gehört, dass ein Cricketmatch erwähnt wurde?", fragte Violet hoffnungsvoll.

„Zwischen der Mannschaft des Herzogs und der Mannschaft der Gäste", erklärte Teddy ihnen.

„Vi hofft, dass Lord Henri-Antoine spielen wird."

„Ja. Mit Jack, in der Mannschaft des Herzogs", sagte Teddy zu Meg.

„Hast du das gehört, Vi?", neckte Meg sie mit einem spöttischen Kichern. „Lord Henri-Antoine wird am Cricketmatch teilnehmen. Vielleicht wird er dich nach dem Ende des Spiels bitten, ihn zu heiraten?"

Violet errötete, aber die Verlegenheit hinderte sie nicht daran zu erwidern: „Vielleicht wird er das! Die Chance ist größer, dass er *mir* einen Antrag macht, als dass er *dir* einen machen würde!"

„Westby sagt, wenn Lord Henri-Antoine dir irgendetwas anbietet, solltest du es nicht annehmen, weil es mit deinem Verderben enden würde", gab Meg zurück. „Und dass es mit Sicherheit nicht damit enden würde, dass er dir seinen Namen gäbe ..."

„Liebe Güte, Mädchen! Das reicht", verlangte Lady Fittleworth. „Was auch immer Lord Henri-Antoines anstößige Neigungen sein mögen, dies ist weder der Ort noch der Zeitpunkt, um sich darüber auszulassen! Ihr vergesst, dass wir in Hörweite seiner lieben Mama und seiner Tanten sind, und Teddy ist seine Cousine."

„Danke für Eure Rücksicht, Mylady. Aber was Meg sagt, ist wahr", stellte Teddy unverblümt, aber ohne Groll fest. „Henri-Antoine ist nicht die Art von Mann, die sich zum Heiraten eignet, und sollte er doch irgendwann sesshaft werden, wird es wohl nicht sein, bevor er ein mittleres Alter erreicht, wie sein Papa zuvor."

„Ich habe versucht, dich zu warnen", quälte Meg Violet. „Dass Roxtons Bruder dir einen Antrag macht, ist so wahrscheinlich wie - oh! So wahrscheinlich, wie er irgendeiner anderen Frau in London die Ehe anbieten könnte - Na, selbst die arme Lisa Crisp hat ebenso gute Chancen wie du ...“

„*Lisa Crisp hat so gute Chancen wie ich?*" Violet war beleidigt und lachte höhnisch. „Manchmal stellst du die empörendsten Behauptungen auf, Meg. Dein Gehirn hat die Größe eines - eines *Pfefferkorns*. Wenigstens ist Lord Henri-Antoine sich dessen bewusst, wer ich bin. Während er Lisa Crisp nicht von - von einem *Igel* unterscheiden könnte! Bestimmt ahnt er nicht einmal, dass sie existiert."

Violet Knatchbulls emotionaler Ausruf wurde am nächsten Abend auf die Probe gestellt, als Henri-Antoine, Jack und Lady Fittleworth beim Diner zu Gast in der Gatehouse Lodge waren. Jedoch niemand, der Silvias exzellente italienische Gerichte genoss, hätte vorhersehen können, dass die Ereignisse an diesem Abend zu einer Konfrontation bei dem Cricketmatch am folgenden Tag führen würden, die weitreichende Konsequenzen haben würde, für Lisa, für Henri-Antoine, für Teddy, für Jack und für die bevorstehende Hochzeit des Paares.

ACHTZEHN

Nach der Rückkehr von Mr. Bryce und seinen beiden kleinen Söhnen von im Wald verbrachten zwei Tagen und Nächten war die Gatehouse Lodge nicht länger friedlich und still. Männliche und weibliche Dienstboten rannten treppauf, treppab, um Sitzwannen mit Seifenwasser zu füllen. Kindermädchen schrubbten die schmerzenden und müden Körper ihrer jungen Schützlinge ab, während ihr Vater einen Moment der Ruhe in einer Badewanne in seinem Ankleidezimmer fand. In der Küche bereiteten Silvia und ihre Helfer ein italienisches Festmahl vor, während Lakaien unter der Anleitung des Butlers ihr Bestes versuchten, die erforderliche Anzahl an Stühlen, Gedecken, Besteck und Gläsern um einen Tisch herum zu ordnen, an dem für gewöhnlich nur die halbe Zahl an Speisenden saß. Dieses Problem wurde etwas erleichtert, als Großmama Kates Gesellschafterin sich früh zurückzog und Lady Mary beschloss, dass ihre Söhne in den zwei Tagen genug Aufregungen gehabt hätten, dass es für den Rest des Jahres reichen würde. Die Jungen würden ihre Mahlzeit in ihrem Zimmer einnehmen und direkt zu Bett gebracht werden. Ein warmes Bad und heißes Essen würde sie zum Einschlafen bringen, bevor die Gäste ankamen.

„Darf ich mich auch entschuldigen?", neckte Christopher seine Frau, als sie ihm erzählte, dass ihre Söhne jetzt im Bett wären, nachdem sie eine große Portion von Silvias Pasta genossen hätten. „Ich möchte, dass du mich auch ins Bett bringst."

Lady Mary küsste ihn und lächelte. Sie war ins Ankleidezimmer gekommen, um zu sehen, ob er in seiner Badewanne eingeschlafen war, und fand ihn in Hemdsärmeln vor, seine feuchten, kastanienbraunen Locken fielen ihm um die Schultern und er hielt das Haarband zwischen den Fingern. Sie nahm ihm das Band ab und raffte damit seine Locken zurück.

„Du siehst müde aus. Aber nein, du kannst dich nicht entschuldigen. Wir haben Gäste zum Diner.“

„Bist du überrascht, dass ich müde bin nach zwei schlaflosen Nächten mit einem Rudel Blagen, die überhaupt nicht geschlafen haben! Roxton und deinem Bruder erging es weit besser als mir ...“

„Sie sind jünger als du ...“

„Danke, dass du mich daran erinnerst, Liebling. Aber ich muss dir mitteilen, dass ich die beiden in der zweiten Nacht überlebte und derjenige war, der das Feuer am Brennen hielt.“

„Natürlich.“ Lady Mary küsste ihn wieder, als er sie in die Arme zog. „Und zweifellos sind sie jetzt beide in ihren Wannen eingeschlafen ...“

„Dair, vielleicht, aber Roxton nicht“, sagte Christopher mit einem schnaubenden Lachen. „Der arme Kerl traf bei der Rückkehr auf einen Sturm. Seine drei Ältesten haben die Nacht mit Jack und Harry und ihren Freunden verbracht und sich beim Trinken und Rauchen übertroffen, bis ihnen übel wurde.“

„Wie nur ein Sechzehnjähriger und seine beiden vierzehnjährigen Brüder es können! Aber bei Frederick bin ich überrascht. Er war immer der besonnene, älteste Sohn.“

„Das ist er wohl immer noch. Aber selbst Roxton war einmal jung! Frederick hat die Stimme verloren, weil er zu viele Stumpen geraucht hat und die Zwillinge - nun, einer hat genug getrunken, um auf einer Hintertreppe bewusstlos zu werden und konnte mehrere Stunden nicht gefunden werden; der andere hat sich quer über den Billardtisch seines Vaters erbrochen.“

„Meine Güte. Armer Roxton. Arme Deb ...“

Christopher schnappte sich den braunen Leinenrock von dem Stuhl, auf den sein Kammerdiener ihn gehängt hatte.

„Und nachdem, was Deborah uns über die Anzahl der geleerten Wein- und Brandyflaschen erzählte, bin ich ziemlich sicher, dass Jack, Harry und ihre Freunde heute alle unter Kopfschmerzen leiden.“

„Das geschieht ihnen recht, aber heute Abend sollten sie sich besser nicht als schlechte Gesellschafter erweisen. Teddy freut sich so darauf, Jack zu sehen und sie und ihre Schulfreundin haben sich den ganzen Nachmittag mit der Frage beschäftigt, welche Kleider sie tragen sollen.“

„Das ist eine große Veränderung bei Teddy, die dir einige Freude bereiten sollte, denn sie nimmt sich selten Zeit für solch weiblichen Firlefanz, wenn wir zu Hause sind.“

Mary nahm Christopher den Rock ab und half ihm, ihn sich überzustreifen.

„Ich wünschte, ich könnte behaupten, etwas damit zu tun zu haben, aber das ist alles der Einfluss von Lisa. Teddy ist entschlossen, sie so gekleidet zu sehen, wie es zu ihrer Schönheit passt. Das arme Mädchen brachte Kleider mit, die keine anständige Zofe tragen würde. Ich bin sicher, sie sind allenfalls aus dritter Hand. Obwohl sie dankbar dafür zu sein scheint, sie zu haben, was mich überlegen lässt, welche schönen Kleider, wenn überhaupt, sie in London zur Verfügung hatte.“

Christopher wandte sich an seine Frau.

„Habe ich Teddy sagen hören, dass das Mädchen irgendwie in den Behandlungsräumen eines Arztes hilft?“

„Einer Krankenstation für kranke Arme. Ich schätze, es ist kaum ein Wunder, dass sie keine Kleider hat, die noch irgendeinen Wert haben.“

„Dann bist du sicher mit Teddys Plänen für die Zukunft ihrer Freundin einverstanden?“

Lady Mary war überrascht. „Oh! Woher weißt du davon? Teddy erzählte mir erst gestern Abend davon und du warst weit weg im Wald.“ Als Christopher sie anlächelte und dann einen leichten Kuss auf die Stirn gab, stieß sie einen kleinen Seufzer aus. „Natürlich. Das hat sie vor jedem anderen mit dir besprochen, vor mir und vor Jack. Ist in Ordnung. Es ist mir recht. Ich bin froh, dass sie dir vertraut. Und zweifellos war sie besorgt darüber, was ich denken würde, daher hat sie es zuerst dir erzählt.“

„Ja. Und du hast erst gerade Sophie-Kate bekommen ... Aber sie war vor allem besorgt, was Jack denken würde.“

„Tatsächlich? Jack will immer nur das, was Teddy glücklich macht. In dieser Hinsicht hat sie großes Glück.“

„In jeder Hinsicht. Jack wird ein hingebungsvoller Ehemann sein, ein großartiger Schwiegersohn und zu gegebener Zeit ein wundervoller Vater. Wir könnten uns keinen besseren Partner für unsere Tochter wünschen.“

Lady Mary nickte und machte sich gedankenverloren daran, mechanisch die Schleife der Krawatte ihres Ehemannes zu richten.

„Das weiß ich. Ich hoffe nur ... Als frisch verheiratetes Paar ... Ob diese Idee Teddys für Miss Crisp zu diesem Zeitpunkt das Richtige ist ...“

„Ich muss dieses Aschenbrödel erst noch kennenlernen, aber ich werde es Teddy mit Sicherheit wissen lassen, wenn ich diesbezüglich Vorbehalte habe. Jack muss in allen Dingen an erster Stelle stehen, und ihre Ehe ist das Wichtigste. Obwohl“, fügte er hinzu, ergriff die Finger seiner Frau und drückte seine Lippen auf ihren Handrücken, „Es gibt meiner Meinung nach etwas sehr viel Wichtigeres in dieser Minute ...“

„So sehr ich mir wünschen würde, mit dir ins Bett zu fallen, Mr. Bryce, wir haben eine Gesellschaft zum Diner ...“

Christopher setzte einen Ausdruck selbstgefälliger Befriedigung auf. „Meine liebe Lady Mary, deine Leidenschaft entzückt mich, aber dieses eine Mal dachte ich mit einem völlig anderen Organ. Ich bin am Verhungern.“

Lady Mary verdrehte die Augen und gab ihm einen spielerischen Schubs. „Männer! Wenn es nicht das eine Organ ist, dann ist es das andere!“ Sie eilte zur Tür, drehte sich um und sagte: „Habe ich erwähnt, dass deine Mutter außer deinem zukünftigen Schwiegersohn und Harry auch Lady Fittleworth zum Diner eingeladen hat?“

Christopher runzelte die Stirn. „Fittleworth? Wo habe ich diesen Namen schon zuvor gehört?“

„Ihr Mann war Konsul in Florenz ... Sie und deine Mutter besuchten sich, als ihr in Livorno lebtet ...“

Lady Mary unterdrückte bei Christophers schlechtem Erinnerungsvermögen ein Grinsen, ihre Wangen waren leicht gerötet. Sie hatte alles über die Fittleworths von Kate gehört, insbesondere über Fanny Fittleworths Vernarrtheit in einen viel jüngeren Christopher, die seine Mutter äußerst erheiternd gefunden hatte. Mary hatte erwartet, dass die Reaktion ihres Mannes das völlige Gegenteil sein würde und hatte die Befriedigung zu sehen, wie das Blut aus seinem Gesicht wich, als er endlich die Verbindung hergestellt hatte. Sie schloss vor seiner explosionsgeladenen Erwiderung schnell die Tür.

LISA UND TEDDY HATTEN DEN NACHMITTAG IN TEDDYS Schlafzimmer verbracht, wo sie Lisa eine Reihe von Kleidern hatten anprobieren lassen, die, wie es Lisa schien, wie aus Feenstaub herbeigezaubert worden waren, aber in Wirklichkeit aus den Garderoben der Herzogin von Roxton, der Gräfin von Strathsay und Teddys eigenem Kleiderschrank stammten, da alle drei etwa Lisas Größe hatten. Die Kleider waren aus äußerst dünnen Baumwollstoffen und unglaublich leichter Seide gemacht, in den leuchtendsten Farben, die sie je gesehen hatte, mit zarter Stickerei aus Pailletten und metallischem Garn an Ärmeln, Mieder und Säumen. Und für jedes Kleid waren so viele Yards von Stoff verwendet worden, dass Lisa sicher war, in jedem anderen Haushalt könnten drei Kleider daraus geschneidert werden. Mit diesen Kleidern kam eine Auswahl an passenden Unterröcken, zarten, weißen *engageantes*, von seidenen *eschelles* bedeckte Vorsteckmieder, ebenso wie mehrere Hemden mit Spitzenbordüren, die in den tiefen *décolletages* zu sehen sein würden.

Teddy bestand darauf, dass Lisa sich drei Kleider auswählte, die alle so geändert werden sollten, dass sie ihrer schlanken Gestalt passten. Das am reichsten mit Paillettenstickerei geschmückte sollte für die Hochzeit und den Ball nach dem Hochzeitsfrühstück aufgehoben werden, das zweite und sofort verfügbare Kleid am gleichen Abend getragen und ein drittes aus sommerlicher Baumwolle war perfekt für das Cricketmatch am nächsten Tag. Und nachdem die Kleider von Teddy und Lisa ausgewählt worden waren, wurden Lady Mary und ihre Zofe dazu gebeten, um ihre endgültige Zustimmung zu geben. Und dann musste Becky sich mit ihren Stecknadeln, Nähnadel und Faden und ihrer Erfahrung an die Arbeit machen.

Bis Becky damit fertig war, das erste Kleid zu ändern und zu nähen, war es Zeit, Lisa damit zu bekleiden. Genau, wie die von Becky geänderten abgelegten Kleider, die die Cousinen Lisa gegeben hatten, passte dieses Gewand *à l'anglaise* aus schokoladenbrauner Seide Lisas geschmeidiger Gestalt perfekt, die bis zu den Ellenbogen reichenden Ärmel schmiegten sich an ihre langen, schlanken Arme und das Mieder umfing ihren schmalen Rücken und ihre kleinen Brüste, wobei die schmale Kante weißer Spitze des Hemdes am Ausschnitt gerade vor ihrer weißen Haut sichtbar war. Mit Kaskaden von Spitzen und blauen Seidenschleifen an ihren Ellenbogen und einem Vorsteckmieder, das mit passenden Schleifen besetzt war, sah Lisa tatsächlich wie die Freundin der Nichte eines Herzogs aus.

Sie war nervös, weil sie mit der Familie an einem italienischen Festmahl teilnehmen sollte. Es würde seit den Tagen des gemeinsamen Abendessens in der Schule ihr erstes formelles Diner sein, keine Mahlzeit allein im hinteren Wohnzimmer der Gerrard Street. Und es würde das erste Mal sein, dass Gentlemen und Gäste anwesend sein würden. Sie war besonders gespannt darauf, Teddys Stiefvater kennenzulernen, nachdem sie alles über den mürrischen Squire Bryce gehört hatte, der es gewagt hatte, sich über seine Welt zu erheben, um die Tochter eines Earls zu heiraten, sehr zum Missfallen von Teddys Großmutter Strathsay, und weil Teddy ihn so liebte, als ob er wirklich ihr Vater wäre. Aber was sie noch nervöser machte, war die Entdeckung, dass Jack und Henri-Antoine zum Diner kommen würden. Sie fragte sich, welchen Empfang ihr der erstere bereiten würde, und wie sie sich gegenüber dem Letzteren benehmen sollte und was er von ihr halten würde, wenn sie in Seide gekleidet war.

Teddy spürte ihre Nervosität, schob ihren Arm durch Lisas und sie kamen Arm in Arm die Treppe herab und gingen in den Salon. Lisa konnte sich nicht erinnern, je das Geräusch vom Lachen Erwachsener oder solch unablässiges Geplauder in einem Salon gehört zu haben. Alle tranken etwas vor dem Diner und sprachen nicht Englisch oder Französisch, sondern Italienisch.

„Mach dir keine Sorgen, ich kann die Sprache nicht so gut sprechen, wie ich sollte, kann aber viel besser verstehen, was gesagt wird", gestand Teddy an Lisas Ohr. „Wie ich mich erinnere, hast du deine Italienisch-Kenntnisse mit dem Zeichenlehrer geübt. Oh! Und hier ist Jack. Er wird Englisch mit dir sprechen. Sein Italienisch ist schlechter als meines und da er auf der Grand Tour war, hat er nicht einmal eine Entschuldigung dafür." Ihr Lächeln erstarb, als sie die Müdigkeit in den Augen ihres Verlobten bemerkte und sagte, als sie an ihn herantrat, stirnrunzelnd: „Du siehst grün aus, Sir John."

Er verbeugte sich und küsste ihre Hand. „Stimmt, Theodora, aber ich verdiene kein Mitgefühl. Gestern Abend haben Harry, Seb, Bully und der Rest der Jungs es geschafft, mich so betrunken zu machen wie einen Seemann."

Teddy küsste ihn rasch auf die Wange. „Dann bekommst du sicher kein Mitgefühl von mir oder von Miss Crisp. Und hier ist sie." Teddy wandte sich an Lisa, hielt aber noch immer Jack Hand. „Du musst dir keine Sorgen machen, dass du formell sein müsstest, nur weil wir es sind. Nur, da alle uns Jack und Teddy nennen, dachten wir, wir nennen einander Sir John und Theodora. Und da ich niemandem sonst erlauben würde, mich mit diesem abscheulichen Namen anzureden, sagt Jack, dass ihn das zu etwas Besonderem machen würde. Aber da du meine beste Freundin bist und ich sicher bin, dass er einverstanden sein wird, musst du ihn Jack nennen. Und du", fügte sie hinzu und wandte sich wieder Jack zu, der Lisa lächelnd anschaute, „mein lieber Sir John, wirst sie Lisa nennen, wenn ihr euch besser kennt."

„Miss Crisp! Wie wundervoll, Euch hier zu sehen!", verkündete Jack mit einer Verbeugung. „Als Harry mir erzählte, dass Miss Crisp aus der Gerrard Street in Soho dieselbe Lisa Crisp wäre, die die beste Freundin meiner Theodora ist, na, ich dachte, er wäre betrunken! Ich kann gar nicht sagen, wie sehr ich mich für Euch beide freue. Und darüber, dass Ihr an unserer Hochzeitsfeier teilnehmen werdet."

„Gleichfalls, Sir John", antwortete Lisa lächelnd und knickste. „Hier bei Teddy zu sein ... zu sehen, wie sie Euch heiratet ... an Eurem Glück teilhaben zu dürfen ... Es ist ein wahrwerdender Traum für ..."

„... uns alle!", verkündete Teddy. „Ich hoffe, du hast deine Bratsche mitgebracht?", fragte sie Jack. „Wir wollen nach dem Diner tanzen und ich möchte so gerne, dass Lisa dich spielen hört. Er ist ein hervorragender Musiker", sagte sie zu Lisa. „Und er hat etwas nur für mich komponiert, was ich vor unserem Hochzeitstag nicht hören darf."

„Wie kann es ein Hochzeitsgeschenk sein, wenn du es vor der Hochzeit hörst?", sagte Jack mit einem Grinsen. „Und wann habe ich meine Bratsche nicht dabei?" Er sah Lisa an, warf einen Blick auf Teddy und sprach seine Gedanken aus. „Ich hoffe, Ihr werdet es mir nicht übelnehmen, wenn ich das sage, Miss Crisp, aber dieser Braunton betont Eure Haare höchst vorteilhaft. Und die blauen Seidenbänder passen perfekt zu Euren Augen."

Lisa dankte ihm voller Glück für das Kompliment. Es war ein wundervoller Tag gewesen, genau wie der vorherige. Sie hatte ihn mit Teddy verbracht, als Teil ihrer Familie, sie und Jack so glücklich zusammen gesehen und jetzt diese Dinergesellschaft. Sie war sich nicht sicher, ob es an dem warmen Empfang lag, den man ihr bereitet hatte, und der Tatsache, dass Teddy so liebevoll und großzügig war oder an diesem Kleid und dem Gefühl von Seide zwischen ihren Fingern, aber plötzlich fühlte sie sich wie etwas Besonderes, fast schön, und Jacks Kompliment ließ ihr Herz weit werden. Alles, was noch fehlte, um es perfekt zu machen, war, sich während des Essens neben Henri-Antoine gesetzt zu sehen.

„Siehst du, Lisa!", rief Teddy triumphierend aus. „Ich sagte dir doch, dass das Braun und Blau gut an dir wirken würden. Sie sieht in schokoladenbrauner Seide göttlich aus, nicht wahr, Sir John?"

„Göttlich", stimmte Jack zu, beugte sich dann aber zu Teddys Ohr und sagte im Flüsterton: „Obwohl für mich nichts über deine rubinroten Locken und diese Sommersprossen auf deiner Nase geht."

Teddy drehte ihren Kopf und schaute ihm in die Augen. „Noch fünfmal schlafen. Zählst du auch schon?"

Er nickte, und sie hätten sich geküsst, wenn nicht Lisa sie unbeabsichtigt unterbrochen und hätte auseinanderschrecken lassen, als sie einen Knicks machte und fröhlich sagte:

„Vielen Dank, Sir John ..."

„Jack. Ihr müsst mich Jack nennen", unterbrach er standhaft. Er schaute sich im Zimmer um auf der Suche nach Henri-Antoine und sagte dann lächelnd zu Lisa: „Ich bestehe darauf. Ihr seid doch praktisch ein Familienmitglied, nicht wahr, Theodora?"

„Das ist sie, aber du musst über dieses Thema jetzt noch den Mund halten, oder du verdirbst uns die Überraschung", sagte Teddy eindringlich zu ihm, einen Finger auf die Lippen gelegt und mit einem vielsagenden Blick auf Lisa. Aber sie hätte nicht befürchten müssen, dass ihr beste Freundin ihre Warnung hätte mitanhören können, da ihre Mutter sich mit ihrem Stiefvater näherte und sie einander vorstellte.

Jack wiederum schaute sich um, was Henri-Antoine im Schilde führen mochte, denn er war an seiner Seite gewesen, als die beiden Mädchen durch die Tür gerauscht kamen und dann verschwunden. Er hätte so gerne Harrys Reaktion auf Miss Crisp in ihrem Seidenkleid sehen wollen. Sie war in ihren geblümten Röcken recht hübsch gewesen, als er als Teil der Fournier-Stiftung die Gerrard Street besucht hatte, aber dieses Kleid stellte ihre schöne Gestalt heraus und zeigte, dass sie gar nicht hübsch, sondern atemberaubend schön war.

Erst, als alle schon zum Speisezimmer durchgegangen waren und Platz nahmen, erschien Henri-Antoine wieder, gefolgt von einem seiner Burschen, der ein großes, von einem Tuch verhülltes Paket trug, das die Form einer gerahmten Leinwand hatte. Dies wurde ohne weiteren Kommentar an eine Wand neben der Anrichte gelehnt, wo es keinen Schaden nehmen konnte, und Henri-Antoine an Lisas Rechter platziert, während Lady Fittleworth zu ihrer Linken saß. Teddy und Jack mit Großmama Kate saßen gegenüber, während zu Lady Marys Rechter ein Stuhl leer blieb. Lisa erhielt keine Zeit, in Henri-Antoines Richtung zu schauen, denn während alle ihre Plätze eingenommen hatten, blieb Jack stehen und wartete darauf, dass die Gespräche verstummten. Als er aller Aufmerksamkeit hatte, schaute er den Tisch hinunter zu Christopher Bryce und nachdem er von diesem ein Nicken erhalten hatte, wandte er sich an die Versammelten.

„Ich weiß, wir freuen uns alle darauf, Silvias köstliche Gerichte zu kosten, daher will ich es kurz machen", sagte er und sah sich an der Tafel um. „Obwohl ich nicht für die Folgen dieser Rede verantwortlich gemacht werden kann, habe ich daher Silvia schon im Voraus um Verzeihung gebeten, falls wir ein paar Minuten brauchen würden, um uns zu fassen und unseren Appetit wiederzufinden. Und ich will auch für mich, Onkel Bryce und Harry um Verzeihung bitten, weil wir wussten, was du, meine liebe Tante Mary und du, liebste Theodora und du, Groß-mama Kate nicht wusstet, und es euch drei Nächte lang vorenthalten haben. Aber ich bin sicher, dass nichts davon eine Rolle spielen wird, wenn die Überraschung erst enthüllt ist."

„Überraschung?", unterbrach Teddy mit großen Augen. „Oh, ich liebe Überraschungen. Tier oder Pflanze? Sollen wir alle raten?"

„Es wird kein Rätselraten brauchen, Teddy", sagte ihr Stiefpapa ruhig. „Obwohl, Jack, vielleicht möchtest du Lady Mary eine einfache Frage stellen ...?"

„Ja, Sir." Jack wandte sich an Lady Mary. „Tante Mary, was sagtest du seit Monaten, was als Einziges fehlte, das, könnte man es erlangen, unsere Hochzeitsfeierlichkeiten in jeder Weise perfekt machen würde?"

Lady Mary schaute über die Länge der Tafel zu ihrem Mann, dann zu ihrer Tochter gegenüber, bevor sie zu Jack aufschaute. Sie zögerte nicht mit ihrer Antwort.

„Meinen Bruder - Teddys Onkel Charles - hier bei uns zu haben."

Stille breitete sich im Raum aus. Niemand sprach oder bewegte sich. Alle, außer Lady Mary, schauten über ihre Schultern hinweg zu der Tür hinter ihr. Bei der Erwähnung des Namens ihres Bruders öffnete ein Lakai diese Tür und in den Raum trat ein Mann mittlerer Größe mit einem Schopf flammendroter Haare, die überdeutlich seine Verwandtschaft darlegten. Und da er die gleiche Nase hatte wie seine ältere Schwester, konnte kein Irrtum über seine Verwandtschaft bestehen. Hier war der Fremde, der mit Lisa von Alston nach Treat die Kutsche geteilt, ihr aber nicht seinen Namen gesagt hatte, und vor den schwarzgoldenen Toren ausgestiegen war, um in die Richtung von Crecy Hall zu wandern.

„Mary?"

Lady Marys Name war kaum verklungen, als Teddy auf die Füße sprang. Aber sie ging nicht nach vorn. Dieses Widersehen war vor allem eines zwischen Bruder und Schwester, und niemand wollte diesen Moment verderben.

Mit weit aufgerissenen Augen wirbelte Lady Mary bebend auf ihrem Stuhl herum, als ihr Name von einer geliebten Stimme ausgesprochen wurde, die sie in ihrem Leben nie wieder zu hören geglaubt hatte. Sie sah den Gentleman, der direkt in der Tür stand, und erstarrte. Sie konnte es nicht glauben. Doch als er lächelte und einen Schritt nach vorn machte, sprang sie so schnell von ihrem Stuhl auf, dass dieser nach hinten kippte und zu Boden fiel. Sie eilte auf ihren Bruder zu, warf sich in seine Arme und wurde von seiner liebevollen Umarmung aufgefangen.

Sie schluchzte und er ertrug ihren Ausbruch von Freude, Erleichterung und Unglauben, von diesem Empfang überwältigt, der weit emotionaler war als sein Wiedersehen mit seinem älteren Bruder, dem Earl von Strathsay, seinem Cousin, dem Herzog von Roxton und seine erste Begegnung mit seinem Schwager, Mr. Christopher Bryce. Alle drei Männer hatten sich gefreut. Es war das erste Mal seit fast einem Jahrzehnt, dass Bruder und Cousin Charles gesehen hatten und Christopher freute sich, endlich seinen Schwager kennenlernen zu dürfen. Aber wie es mit Männern ist, sie bezähmten ihre tieferen Gefühle unter sich und vor anderen, insbesondere wegen der Anwesenheit ihrer kleinen Söhne, die alle im Wald um das Lagerfeuer herum kauerten, ein großäugiges Publikum von sieben kleinen Jungen.

Christopher Bryce kam vor, schüttelte Charles' Hand und bot seiner Frau sein Taschentuch an. Lady Mary war noch so überwältigt davon, ihren jüngsten Bruder zu sehen, dass sie nur zu glücklich war, sich von ihrem Ehemann beruhigen zu lassen, während Teddy herbeieilte, um dem Onkel, über den sie so viel gehört, den sie aber nie kennengelernt hatte, vorgestellt zu werden. Und kurze Zeit nach Charles Fitzstuarts überraschender Ankunft in der Gatehouse Lodge wurde er linker Hand von seiner Schwester platziert, das Diner war auf dem Tisch und jeder genoss Silvias köstliche Gerichte.

Während Bruder und Schwester sich wieder näherkamen und Nachrichten austauschten, die es in den Jahren nicht in ihre Korrespondenz geschafft haben mochten oder erst noch geschrieben werden wollten, hielten sie sich an den Händen. Lady Mary berührte gelegentlich Charles' Wange, er drückte ihre Hand oder küsste den Handrücken, als ob Berührungen notwendig wären, um sich zu versichern, dass dies kein Traum war, dass sie tatsächlich zusammen im selben Zimmer waren. Und beide konnten nicht aufhören zu lächeln.

Man ließ sie in Ruhe, alle anderen machten weiter mit Essen, Trinken und unterhielten sich untereinander. Unter dem Deckmantel dieses allgemeinen Geplauders, als Lady Fittleworth sich an eine bestimmte Anekdote von einer Hochzeit erinnerte, an der sie und Großmama Kate vom Konsulat in Florenz aus teilgenommen hatten, und während die Lakaien mit abgedeckten Schüsseln kamen und gingen und Weingläser nachfüllten, wandte Henri-Antoine sich endlich an Lisa und zog sie in ein Gespräch, hatte das silberne Messer und die Gabel auf seinen Teller gelegt und diesen beiseitegeschoben.

Lisa war ebenso von dem Wiedersehen der Geschwister gefesselt gewesen wie der Rest der Gäste des Diners, aber mit Essen und Unterhaltung wurde ihr wieder akut bewusst, dass Henri-Antoine zu ihrer Rechten saß. Sie täuschte Interesse am Essen vor, aber ein Seitenblick auf ihn und sie verlor ihren Appetit auf die mit Pilzen gefüllte Pasta. Wenn die Ärmelumschläge seines lavendelfarbenen, seidenen Rocks ein Hinweis waren, musste er prachtvoll gekleidet sein. Die Seide war bedeckt mit einer komplizierten Stickerei von Geißblatt, Weinlaub und winzigen Bienen, und die weiße Spitzenrüsche, die seine Handgelenke bedeckte, war zart und papierdünn. Als sie sich beim Nennen ihres Namens umdrehte, blieben ihre Lider gesenkt und sie bemerkte, dass die Vorderseiten und Knöpfe seines Rocks gleichermaßen bestickt waren und die Spitzenkrawatte unter seinem Kinn aus der gleichen Spitze war wie die an seinen Handgelenken. Und wie hätten ihre Augen nicht an seinem Mund hängenbleiben können, nachdem er kurz eine Leinenserviette an seine Lippen gehoben hatte.

„Ihr starrt mich ohne zu zwinkern an, Miss Crisp", bemerkte er, als er die Serviette beiseite legte. „Was mich überlegen lässt - habe ich Spinat zwischen meinen Zähnen stecken?"

Lisas Blick flog verblüfft nach oben zu seinen Augen und dann schlug sie die Hand vor den Mund, um ein Kichern zu unterdrücken.

Er lächelte und zwinkerte. „Schon besser. Ich mag es, wenn Ihr mir ins Auge seht. Es erlaubt mir, Eure schönen Augen zu bewundern. Und jetzt sehe ich, dass sie wirklich zu den blauen Seidenschleifen an Eurem Kleid passen. Das im Übrigen sehr hübsch ist."

„Teddy und ihre Mutter waren äußerst großzügig."

„Und auch mit den Fähigkeiten ihrer Schneiderin. Ich hatte keine Ahnung, dass Euer Rücken so schmal ist ..."

„Mylord! Ihr könnt nicht sagen ..."

„Das habe ich doch gerade. Jetzt zuckt nicht zusammen. Gebt mir Eure Hand."

Er ließ seine Hand unter den Tisch gleiten und sie folgte seinem Beispiel. Und als ihre Hände nacheinander tasteten, sich fanden und dann festhielten, konnte keiner von ihnen ein Lächeln unterdrücken. Und während er nach ihrer Hand suchte, achtete er darauf, in die andere Richtung zu schauen und sein Glas einem Lakaien zum Nachfüllen hinzuhalten. Er ließ ihre verschlungenen Finger auf dem Schoß seines Rocks ruhen, der seinen seidenverhüllten Oberschenkel bedeckte, stellte das Glas ab, nachdem er daran genippt hatte und wandte sich mit einem Gesichtsausdruck ihr zu, als ob sie nur flüchtigste Bekannte wären.

Bevor er ein Wort sagen konnte, scherzte sie: „Gekonnt gemacht. So gekonnt in der Tat, dass ich vermute, dass Ihr so etwas schon früher gemacht habt. Möglicherweise nicht mit einem jungen Mädchen, aber mit einer Mätresse oder vielleicht der Frau eines anderen Mannes ...?"

Verblüfft hätte er fast seinen Wein über den Tisch gespuckt, er schaffte es knapp, ihn im letzten Moment herunterzuschlucken und dann in seine Faust zu husten, bevor er tief Luft holte. Er ließ einen weiteren Schluck aus seinem Glas folgen, um sich zu beruhigen. Er drückte ihre Finger, und als er wieder sprechen konnte, sagte er schroff:

„Seid nicht absurd! Ich habe nie ..."

„Gut. Das ist erfreulich." Sie runzelte die Stirn und drückte ebenfalls seine Finger und musterte ihn mit so ernstem Gesichtsausdruck, dass er sich fragte, was los wäre. „Nachdem ich Euch geküsst habe, macht mich der Gedanke, dass Ihr Euch mit jemand anderem an der Hand halten könntet, traurig."

„Ja?", sagte er affektiert und bemühte sich, seine Gesichtszüge nichtssagend zu halten, obwohl er einen plötzlichen Anfall von Benommenheit bei ihrem Geständnis nicht aufhalten konnte.

Er fragte sich, ob er noch immer die Auswirkungen der vergangenen Nacht spürte, denn obwohl er sein Trinken und Rauchen gemäßigt hatte, um sicher zu sein, dass seine Gesundheit es aushalten würde, war er nicht vor Morgengrauen ins Bett gefallen und hatte dann den größten Teil des Tages verschlafen. Dann jedoch erkannte er, dass dieses Gefühl nichts mit raucherfüllten Räumen und späten Nächten, aber alles mit Miss Lisa Crisp zu tun hatte. Als sie ihn weiter stirnrunzelnd betrachtete, sagte er sanft:

„Ich möchte nie, dass Ihr traurig seid. Das wisst Ihr, nicht wahr?"

Sie nickte und ihre Stirn glättete sich. Sie warf einen raschen Blick über den Tisch, sah, dass alle anderweitig beschäftigt waren und sagte fröhlich: „Vielleicht ist es der Wein, der mich traurig macht oder glücklich oder beides. Ich habe ein wenig zu viel und zu schnell getrunken. Es ist nicht dasselbe, als wenn man Tee oder Kaffee oder Fruchtpunsch trinkt, nicht wahr?"

„Durftet Ihr in der Gerrard Street keinen Wein trinken?"

„Es gab dort keinen Grund für mich, welchen zu trinken. Ich habe nie im Speisezimmer gegessen. Und ich vermute, die Warners wollten nicht, dass ich ganz allein Wein trinke."

„Ihr habt immer allein gegessen?"

Als sie nickte, war die Reihe an ihm, die Stirn zu runzeln, aber wie bei ihr hielt das nicht lange an. Er genoss es zu sehr, ihre Hand zu halten, um seinen Ärger über die Warners und ihr Leben mit ihnen ihren Abend ruinieren zu lassen. Er beugte sich zur Seite, als er sein Glas aufnahm und hoffte, dass diese Handlung seine Absicht, ihr vertraulich etwas zu sagen, verbergen würde, und sagte, während er über den Tisch und nicht zu ihr schaute:

„Ich habe Eure Gesellschaft heute vermisst."

Ihre Finger bewegten sich in seinen, was ihn sie ansehen ließ. Sie lächelte und gestand:

„Und ich habe Euch vermisst ... Ich hatte gehofft, dass Ihr zum Mittagsimbiss in Crecy kommen würdet."

„Das war meine Absicht. Aber meine Tage hier gehören nicht mir selbst, solange Hochzeitsgäste da sind. Elsies Enttäuschung über meine Abwesenheit wurde durch Eure Anwesenheit gelindert. Sie mag Euch."

„Ich mag sie. Und sie liebt Euch sehr. Ihr seid ein wundervoller Bruder."

„Sie ist meine Schwester. Wie könnte ich sie nicht lieben?"

Lisa schaute am Tisch hinab, dorthin, wo Lady Mary und Charles Fitzstuart in ein Gespräch vertieft waren, die Köpfe zusammensteckten und ein winziges Porträt in einem goldenen Rahmen betrachteten. Drei gleiche Porträts lagen auf dem Tisch vor ihnen. Lisa vermutete, dass diese seine in Frankreich bei ihrer Mutter gebliebenen Kinder darstellten. Sie wandte sich lächelnd Henri-Antoine zu.

„Ich muss Euren ältesten Bruder noch kennenlernen, aber ich nehme an, Ihr und er steht Euch auch nahe."

„Gefühlmäßig ja, im Alter nicht. Er ist fünfzehn Jahre älter als ich und ich bin fünfzehn Jahre älter als Elsie. In vieler Hinsicht wuchsen wir alle auf wie Ihr."

„Wie ich?"

„Als Einzelkind."

„Der große Altersunterschied erlaubte es Eurer Mutter, sich jedem von Euch in seiner Kindheit besonders zu widmen. Aber ungeachtet des Altersabstands werdet Ihr immer einander haben."

„Ich habe Elsie besucht, bevor ich heute Abend hierherkam, um mich dafür zu entschuldigen, dass ich zu Mittag nicht gekommen bin, und sie konnte es nicht abwarten, mir von Eurer guten Tat zu berichten."

„Meiner guten Tat?"

„Als Schreiberin für Simone, ihr Kindermädchen für die Nacht."

„Das sollte ein Geheimnis zwischen Simone, Elsie und mir sein."

„Meine Schwester hält nichts vor ihren Eltern oder ihren Brüdern geheim."

Lisa senkte daraufhin ihren Kopf. „Das hatte ich auch nicht erwartet, aber gehofft, sie würde es um Simone willen tun. Das arme Mädchen ist vor Angst außer sich, dass sie ihre Stelle im Haushalt Eurer Mutter verlieren und nach Frankreich zurückgeschickt werden könnte …"

„Warum das? Nur, weil sie nicht schreiben kann? Meine Mutter wäre nie aus diesem Grund allein so gefühllos. Simone sollte das wissen, ebenso wie alle anderen Dienstboten im Haushalt meiner Mutter."

„Aber Simone weiß, welche Wichtigkeit Eure Mutter - und Elsies Papa - der Bildung beimessen, vor allem der Bildung ihrer Tochter, die eines Tages die Herzogin sein wird. Sie weiß auch, dass Elsie von Menschen umgeben ist, von denen ihre Erziehung profitieren kann. Als jemand, der zwar lesen, aber nicht schreiben kann, fühlt sie sich unzulänglich."

„Meine Mutter und Kinross legen großen Wert auf Bildung, das ist wahr, aber ebenso wichtig sind ihnen Wahrhaftigkeit, Loyalität und - und Gefühl. Was ist die Bildung wert, wenn jemand ein Lügner, ein Betrüger ist und ein Herz aus Stein hat? Aber schaut nicht so besorgt. Man wird Simone das Schreiben lehren, dafür wird meine Mutter sorgen, und dann wird sie imstande sein, ihrer Familie zu schreiben und sie wird sich wohler fühlen." Er nippte an seinem Wein und fügte hinzu, wobei er sein Lächeln nicht verbergen konnte: „Elsie war besonders von Eurer schönen Schreiberkiste angetan. Danke, dass Ihr sie ihr gezeigt habt. Jetzt möchte sie eine eigene und sie muss ebenso schön sein und so viele geheime Fächer haben wie die, die ihre Freundin Lisa besitzt."

„Vielleicht bekommt sie eine zu ihrem neunten Geburtstag? Und warum sollte sie sich keine eigene wünschen. Es ist die schönste Schreiberkiste in ganz England, und ich werde sie immer in Ehren halten, und weil sie ein Geschenk ..."

„Eine bloße Kleinigkeit."

„... Geschenk von Euch war", schloss sie und drückte seine Finger etwas härter als beabsichtigt, was ihn überrascht zusammenzucken ließ. Sie kicherte. „Verzeiht mir, aber es ist ein Geschenk, nicht nur eine *bloße* Kleinigkeit!"

„Meine liebe Miss Crisp, Ihr habt vielleicht gerade meine Finger zerdrückt und ich soll morgen bei dem Cricketmatch schlagen ..."

„Ihr schlagt mit der linken Hand? Teddy ist auch Linkshänderin."

„Ich sehe, dass es Euch wichtiger ist, welche meiner Hände stärker ist, als dass Ihr meine Finger zerquetscht habt."

„Unfug!", gab sie zurück und schmollte. „Ihr habt schöne Hände, aber Eure Finger sind immer noch viel stärker als meine, also ...."

„Schöne Hände? So schön wie mein *küssenswerter* Mund ...?"

Lisa spürte, wie ihr Gesicht unter seinem festen Blick heiß wurde. Also wandte sie ihm das Profil zu, das Gesicht gerade dem Tisch zugedreht. „Ich werde Eure Eitelkeit nicht fördern, ob Ihr ein Dorn seid oder nicht!"

Weit davon entfernt, gekränkt zu sein, lachte er laut heraus, bevor er sich zurückhalten konnte und zischte ihr ins Ohr: „Hexe! Je eher ich Euch nach Bath bringen kann, desto besser!"

Sie wandte ihm daraufhin ihren Kopf zu und fand sein Gesicht so dicht an ihrem, dass ihre Nasen sich fast berührten. Sie starrten einander an, mit angehaltenem Atem, und sie sagte im Flüsterton etwas, das ihn verblüfft und mit einer Frage zurückließ.

„Das ist vielleicht nicht bald genug für ..."

„Harry? Harry!"

Es war Jack, und er war nicht der Einzige, der über den Tisch hinweg zu Henri-Antoine und Lisa Crisp sah, in der Erwartung, ihre Aufmerksamkeit zu erhalten. Der Pudding war auf- und abgetragen worden, der Tisch von allem außer Kaffeekanne und Tassen abgeräumt worden. Als sie seinen Namen hörten, fuhr das Paar auseinander, ihre verschlungenen Finger lösten sich, beide ließen aber ihre Hände unter dem Tisch, als ob sie verräterische Zeichen ihres unerlaubten Händchenhaltens zeigen würden, wenn sie sichtbar würden.

„Onkel Bryce sagt, du hättest eine Ankündigung zu machen", sagte Jack mit einem verlegenen Lächeln zu den beiden. „Und jetzt ist vielleicht der beste Zeitpunkt dafür, denn nach dem Kaffee gehen wir alle wieder zurück in den Salon. Anscheinend soll getanzt werden und ich soll das Menuett üben ..."

„... für den Ball", unterbrach Teddy. „Großmama Kate und Papa haben sich einverstanden erklärt, das Orchester zu spielen. Obwohl ich glaube - und Mama stimmt mir da zu - dass es eine ausgezeichnete Idee wäre, wenn Papa und ich das Menuett zuerst tanzen würden, damit Jack sieht, wie es richtig geht."

„Ja? Bin ich ein so schlechter Tänzer?", fragte Jack empört.

Henri-Antoine schob seinen Stuhl zurück und stand auf. „Ja, Jack. Du hast zwei linke Füße. Mr. Bryce könnte dir ein paar Tipps geben."

„Vielen Dank! *Besonders* vielen Dank!", sagte Jack ohne Zorn, aber sein Gesichtsausdruck zeigte solche Gekränktheit, dass jeder auf seine Kosten lachen musste.

„Was hast du denn da, Harry?", fragte Teddy neugierig, als Henri-Antoine das große, in ein Tuch gehüllte Paket herbeiholte, das einer seiner Burschen früher ins Zimmer gebracht hatte; er stellte es gegen die Lehne eines Stuhls, der dem Tisch gegenüberstand. „Ist das eine andere Überraschung?"

„Ja. Eine weitere Überraschung." Jacks zwei linke Füße waren sofort vergessen. „Aber eher eine kleine Überraschung. Nichts kann mit dem Erscheinen von Cousin Charles konkurrieren."

„Das ist nur zu wahr", stimmte Teddy zu und beugte sich hinüber, um ihrem Onkel einen raschen Kuss auf die Wange zu drücken. „Nichts wird uns wieder überraschen, Onkel Charles. Nicht wahr, Mama?"

Lady Mary lächelte und schüttelte den Kopf. „Nein. Nichts, mein Liebling ... Aber es tut mir leid wegen des armen Harrys ..."

„Oh, macht Euch keine Sorgen um den *armen* Harry!", spottete Jack. „Anscheinend bin *ich* derjenige, der nicht tanzen kann!"

Das löste allgemeines Gelächter aus, was die Stimmung erheblich lockerte und aller Aufmerksamkeit richtete sich wieder auf das Paket. Henri-Antoine sah zu Teddy hinüber.

„Dies ist für euch beide, aber vor allem für dich, Teddy. Daher bin ich zuversichtlich, dass Jack dir die Ehre gönnen wird, es auszupacken."

Teddy und Jack sahen zuerst einander, dann Henri-Antoine an. Es war Teddy, die in Worte fasste, was auch Jack dachte.

„Aber du bist schon so übermäßig großzügig zu uns gewesen, Harry. So sehr, dass Jack und ich dir nie genug werden danken können für alles, was du für uns getan hast, und dies Geschenk ist mit Sicherheit zu viel."

„Dies ist nur eine Kleinigkeit ..."

„Seine Lordschaft befasst sich nur mit Kleinigkeiten, nicht mit Geschenken", scherzte Lisa.

Erst, nachdem sie gesprochen hatte und es eine schwere Stille gab, wo aller Augen sie überrascht anschauten, wurde Lisa klar, dass sie ihre spielerische Neckerei laut ausgesprochen hatte. So viel dazu, keine Aufmerksamkeit auf sich zu ziehen und im Hintergrund zu bleiben, wie ihre Cousinen ihr befohlen hatten. Was würde Henri-Antoine von ihrer Vorwitzigkeit denken? Was würde Teddys Familie denken? Sie wagte nicht, ihn anzusehen. Ihr Gesicht fühlte sich heiß an, sie senkte ihre Lider und schaute auf ihre im Schoß liegenden Hände.

„Nur zu wahr, Miss Crisp", stimmte Jack lebhaft zu und durchbrach das Schweigen. Und in einem Versuch, sie sich wieder wohler fühlen und ihren Ausbruch alltäglich wirken zu lassen, fügte er mit einem Grinsen und einem Blick auf seinen besten Freund hinzu: „Kleinigkeiten oder Geschenke, nenne sie, wie du willst, du warst immer der treueste und großzügigste aller Freunde, Harry. Und ich erhebe meine Kaffeetasse darauf."

Henri-Antoine machte eine knappe Verbeugung. „Vielleicht solltest du dir dein Urteil vorbehalten, bis du siehst, was unter dem Tuch ist. Daher, bevor ihr es enthüllt, habe ich eine Bedingung: Dies soll in eurem Stadthaus in der Mount Street hängen." Er schaute Teddy an, die gekommen war, um sich neben ihn zu stellen. „Nicht, damit du Heimweh bekommst, Teddy, sondern damit du dich mehr zu Hause fühlst."

Alle beugten sich in ihren Stühlen vor, als Teddy, mit Henri-Antoines Hilfe, vorsichtig die Kordel entfernte und dann die Stoffumhüllung abzog. Sie enthüllte ein Gemälde in einem schweren, vergoldeten Rahmen. Es war ein Landschaftsbild, eine Morgenszene, mit spektakulärem Einsatz des Kontrasts zwischen Hell und Dunkel, um das Strahlen der Morgenstimmung einzufangen. Licht sickerte durch Bäume und über die welligen Hügel einer Cotswold-Landschaft im Vorfrühling und zog das Auge über die Leinwand zu einem elisabethanischen Herrenhaus, das aus einheimischem gelben Stein erbaut war, der förmlich zu leuchten schien.

Großmama Kate fragte brummig, was nur wenige am Tisch nicht erkannten:

„Würde jemand diese blinde alte Dame darüber aufklären, was wir alle betrachten?"

Christopher entschuldigte sich schnell bei ihr und beschrieb ihr mit leisen Worten das Gemälde, während Teddy nach dem ersten Schock, als sie das schönste Kunstwerk erblickte, das sie je gesehen hatte, ihre Arme um Henri-Antoine warf. Jack war von seinem Stuhl aufgesprungen und tat dasselbe. Beide hatten so viele Fragen, ebenso wie die anderen am Tisch, dass Henri-Antoine gedrängt wurde, ihnen alles zu erzählen, was er über das Gemälde wusste. Aber dann schaute Teddy ihren Stiefvater an und dann ihre Mutter, schließlich Henri-Antoine und sagte mit einem wissenden Lachen:

„Ha! Dieser Gentleman, von dem ihr mir sagtet, er wäre ein Landvermesser, der gekommen wäre, um die Grenzen zu überprüfen und für dich in Brycecombe Hall Arbeiten zu erledigen, er war gar kein Landvermesser, nicht wahr?"

Christopher lächelte, mit einem Blick auf Lady Mary. „Nein. Ich fragte mich schon, wann du fragen würdest, warum ein Landvermesser mit einem auffälligen schwarzen Filzhut herumliefe und einen Skizzenblock dabei hätte, aber nicht seine Messinstrumente? Und wie ich mich erinnere, warst du recht grob zu ihm, als er seine Staffelei und die Farben aufstellte."

„Er wollte mir nicht zeigen, was er vorhatte", entgegnete Teddy schmollend. Sie schaute zu Henri-Antoine. „Und du hast diesen Kerl im schwarzen Hut geschickt, um Abbeywood zu malen?"

„Ich habe Joseph Wright beauftragt, ja", sagte Henri-Antoine zu ihr.

„Lieber - Gott! Wright von Derby war unten in Abbeywood?", rief Jack aus. „Das ist zu viel. Viel, viel zu viel, Harry", murmelte er und schüttelte den Kopf, als er weiter das Gemälde betrachtete.

„Jetzt ist es getan. Und es ist recht hübsch geworden", antwortete Henri-Antoine, bei dem nur leicht gerötete Flecken auf seinen Wangen seine Verlegenheit bei so überschwänglichem Dank als Reaktion auf sein Geschenk merken ließen. „Und Jack hat den perfekten Ort, um es aufzuhängen, Teddy. Im Morgenzimmer, damit du es beim Frühstück sehen kannst. Die Farbpalette wird vollkommen von den Vorhängen und Tapeten, die Jack ausgesucht hat, ergänzt."

„Ja? Tatsächlich? Die ich ausgewählt habe?" Und als seine Familie lachte, die sich sehr wohl dessen bewusst war, dass es Harry und nicht Jack gewesen sein dürfte, der den größten Anteil an der Einrichtung des Stadthauses in der Mount Street gehabt haben dürfte, stieß er aus: „Ja! Ja! Den perfekten Platz! Den perfekten Platz für dieses wunderbare Werk." Er beugte sich zu seinem besten Freund und murmelte ihm zu: „Jetzt weiß ich, warum du dafür gesorgt hast, dass ich den Platz über der Anrichte freihalte ..."

Teddy hörte diese Seitenbemerkung nicht, da sie zu Lisa hinübergegangen war, sie aus dem Stuhl hoch- und mit sich gezogen hatte, um sich mit ihr vor das Gemälde zu stellen, einen Arm um ihre Taille gelegt, mit dem sie sie an sich drückte.

Alle folgten ihrem Beispiel und jetzt stand die gesamte Familie,

außer Lady Fittleworth, die es vorzog, neben Großmama Kate sitzenzubleiben und Tee zu trinken und ihr laufend zu berichten, was sie sah, in
einem Halbkreis und bewunderten das Gemälde.

„Was hältst du von unserem Gemälde, Lisa?", fragte Teddy.

Lisa blickte auf die in Öl gemalte Landschaft.

„Es ist wunderschön, Teddy, und Mr. Wright ist ein begabter Maler.
Ich kann durch dieses Bild sehen, warum du Abbeywood so sehr liebst.
Es ist ein ebenso bezaubernder Ort wie Treat, aber auf eine andere Art -
eine ungezähmte Art, so wie von Gott gewollt."

„Gut ausgedrückt, Miss Crisp", stimmte Christopher Bryce zu. „Das
ist sehr wahr."

Teddy hob die Brauen und lächelte Lisa an, ein Lächeln, das sie aus
ihren Schultagen kannte und das andeutete, dass sie davor stand, gleich
etwas Ungeheuerliches zu sagen oder zu tun. Es warnte Lisa und sie
spürte, wie sich ihr Lächeln in der Erwartung dessen vertiefte.

„Ist dieser Wright von Derby ein bedeutender Maler?", fragte Teddy
mit vorgetäuschtem Erstaunen. „Ich kann *sehen*, dass er ein großer
Künstler ist, aber ich liebe Abbeywood, daher finde ich alles, was mit
Abbeywood zu tun hat, wundervoll, und ich bin die Erste, die zugeben
muss, keine Ahnung von Malerei zu haben, daher bin ich nicht die
Beste, um das zu beurteilen."

„Bedeutender Maler?", wiederholte Jack fast schrill. „Theodora!
Der Mann hat in der Königlichen Akademie ausgestellt. Er hat *Das
Planetarium* gemalt, und *Ein Experiment mit Vogel auf Luftpumpe* und
…

Teddy schauderte. „Klingt furchtbar."

„… meiner Meinung nach", fügte Jack hinzu, der sich für sein
Thema erwärmte, „ist das der größte lebende Vertreter von *Chiaroscuro*,
den es gibt! Nicht wahr, Harry?"

„Ja, Jack."

„Chiar- *oscuro*, Jack?", fragte Teddy mit einem erneuten mutwilligen
Seitenblick zu Lisa. „Was kann nur *Chiaroscuro* sein?"

„Ein Begriff der Malerei für eine Technik, wie ein Künstler Licht
und Dunkelheit verwendet, um einen Gegenstand seiner Arbeit zu beto-
nen", erklärte Jack ernsthaft, und war anscheinend der Einzige, dem
nicht bewusst war, dass Teddy ihn neckte. Selbst Großmama Kate hörte
den Unterton in ihrer Stimme, der sie auf Teddys Spielchen aufmerksam
machte. „Wenn du hierher schaust, auf die Art, wie er es geschafft hat,
den Kontrast zwischen dem Licht und dem Schatten auf dem Mauerwerk einzufangen …"

„Liebe Güte, Sir John Cavendish", unterbrach Teddy. „Ich bin
unglaublich beeindruckt. Also waren doch all die Jahre des Herumzie-

hens im Ausland zu etwas gut. Du hast also doch Gemälde betrachtet, während ich die ganze Zeit annahm ...“

„Teddy!“, schaltete sich ihre Mutter scharf ein.

„Was? Was hast du gedacht?“, fragte Jack, dessen Gesicht bei Teddys breiter werdendem Lächeln erglühte. Er sagte zu Henri-Antoine: „Was hast du in deinen Briefen nach Hause geschrieben?“

„Mein lieber Junge“, sagte Henri-Antoine affektiert, beleidigt, obwohl seine Oberlippe zuckte. „Ich habe keine Ahnung, wovon du oder Teddy redet.“

Teddy und Lisa wurden angesichts Jacks verlegenem, rotem Gesicht von hilflosem Kichern geschüttelt und umarmten einander. Sie konnten sich nicht beherrschen. Aber niemanden störte es. In der Tat lächelten alle, als sie die beiden Freundinnen so glücklich sahen und bald hatten sich die Mädchen beruhigt und tupften ihre Augen trocken.

Christopher Bryce schlug vor, dass alle sich in den Salon zurückziehen sollten, wo die Möbel inzwischen an die Wand gerückt, die Teppiche aufgerollt und alles fürs Tanzen vorbereitet worden war.

Teddy ergriff Jacks Hand.

„Lass es uns ihr und allen jetzt sagen, vor dem Tanzen.“

Jack nickte lächelnd. „Wenn das dein Wunsch ist.“

„Jack und ich haben eine letzte Überraschung für euch“, verkündete Teddy.

Sie wartete, bis ihre Familie verstummte und zu ihr schaute, dann nahm sie Lisas Hand und zog sie wieder an ihre Seite. Sie schob ihren Arm durch Jacks und nachdem sie sich lächelnd umgeschaut hatte, verkündete sie, zwischen ihrem Ehemann und ihrer besten Freundin stehend:

„Jack und ich haben diesen Entschluss gefasst und wir möchten, dass ihr alle damit einverstanden seid. Wir hoffen, dass er für niemanden von euch überraschend kommt und hoffen aufrichtig, nachdem ihr gut über unsere Entscheidung nachgedacht habt, dass ihr erkennen werdet, dass es das Allerbeste für uns ist.“ Sie lächelte Lisa an und wandte sich wieder an ihre Familie. „Jack und ich haben beschlossen, unser Eheleben damit zu beginnen, dass wir es mit noch jemandem teilen, jemandem, der für mich wie eine Schwester ist, auch wenn wir nicht blutsverwandt sind. Lisa soll kommen und bei uns leben, Teil unseres Lebens sein und alles teilen, was wir tun. Nicht als Gesellschafterin oder Dienerin oder als Abhängige, sondern als eine von uns.“ Sie schaute Jack an und küsste ihn dann impulsiv auf die Wange. „Von allen Hochzeitsgeschenken, die Jack mir hätte machen können, ist dies das, was ich mir am meisten gewünscht habe. Wir hoffen, ihr werdet der gleichen Meinung sein.“

NEUNZEHN

Es war ein prachtvoller, sonniger Tag ohne eine Wolke am Himmel. Die Luft war frisch. Ein leichter Wind rauschte in den Baumwipfeln. Schwäne glitten über die Oberfläche des Sees. Kinder rannten spielend und lachend auf dem sanften Rasenhang herum, bewacht von Kindermädchen und Aufwärterinnen, während ihre Eltern unter Markisen im Schatten saßen. Diener, die beim Losziehen Glück gehabt hatten und nicht ihre Herrschaften bedienen mussten, waren frei, ein Picknick unter ihrem eigenen Zeltdach einzunehmen. Alle konzentrierten sich auf das auf dem südlichen Rasen laufenden Cricketmatch. Die Mannschaft des Herzogs, deren Kapitän sein Sohn und Erbe war und die aus Familienmitgliedern und Dienern des Hauses bestand, war draußen im Feld, während die aus adligen Gästen zusammengesetzte Mannschaft mit Lord Strathsay als Kapitän den Münzwurf gewonnen und sich für den Abschlag entschieden hatte.

Der Lunch wurde angekündigt, als gerade der beste Schlagmann des Gästeteams, Jamie Fitzstuart-Banks, und Bully Knatchbull eine Partnerschaft von fünfzig Läufen erreicht hatten. Beide Teams kamen unter großem Applaus vom Feld und schlossen sich den Zuschauern für ein wohlverdientes Festmahl und eine willkommene Pause im Schatten an.

Lisa und Teddy, die unter der dem Feld am nächsten stehenden Markise waren, fanden sich bald in der Gesellschaft von Mitgliedern des Gästeteams - Lord Westby, Bully Knatchbull, Jamie Fitzstuart-Banks und einigen ihrer Teamkollegen, den beiden Schulfreundinnen von Teddy, Vi und Meg, wobei die beiden Letzteren ihr Bestes taten, die Zeit jener Gentlemen zu beanspruchen, die sie für ihrer Aufmerksamkeit würdig hielten. Insbesondere fehlten in dieser Gruppe Jack und Henri-Antoine, denn obwohl sie Teil der Mannschaft des Herzogs waren, hatte Teddy erwartet, dass ihr Verlobter nach ihr suchen würde und Lisa hatte gehofft, dass Henri-Antoine das ebenfalls tun würde, da sie noch keine Gelegenheit gehabt hatte, mit ihm nach Teddys schockierender Ankündigung bei ihrer Familie am Abend zuvor zu sprechen.

Lisa war zutiefst erstaunt gewesen. Sie hatte keine Worte für Teddys und Jacks Großmut, für die bereitwillige Akzeptanz ihrer Familie, sie zum Teil ihres Lebens zu machen, aber vor allem hatte sie keine Ahnung, was sie Henri-Antoine sagen sollte. Bevor sie jedoch auch nur in seine Richtung hatte sehen können, waren alle auf sie zugekommen, um sie in der Familie willkommen zu heißen und er war in die Nacht hinaus verschwunden.

Sie konnte sich nicht daran erinnern, mit Mr. Bryce oder Jack getanzt zu haben, aber das hatte sie. Und sie hatte auch mit Teddys Onkel Charles getanzt. Es gab viel Gelächter und Musik und alle waren so glücklich.

Später in der Nacht, als sie und Teddy langsam, in Teddys Bett gekuschelt, einschliefen, war ihre Freundin so voller Aufregung über eine Zukunft gewesen, in der sie jetzt bei allen Plänen mit eingeschlossen war, dass Lisa nicht das Herz gehabt hatte, ihre Begeisterung zu dämpfen. Sie war in einem solchen Zustand emotionalen Aufruhrs, dass sie sich kaum vorstellen konnte, was ihre Zukunft bringen würde.

Ihre verzwickte Lage machte es ihr unmöglich zu entscheiden, was sie tun oder sagen sollte, denn was auch immer sie sagte oder tat, würde sicherlich missverstanden werden.

Sie hatte gehofft, dass eine Nacht guten Schlafs ihre Gedanken klären würden, was ihr erlauben würde, vernünftig zu denken und eine Plan zu fassen. Aber der Morgen hatte ihr keine Klarheit oder Erleichterung gebracht und bald wurde sie im Kielwasser von Teddys Glück fortgerissen. Was konnte sie sagen oder tun, als sich ihr anzuschließen und zu hoffen, dass sich nach der Hochzeit eine Antwort finden würde, denn sie würde um nichts in der Welt Teddys und Jacks großen Tag ruinieren wollen. Entschlossen tat sie ihr Bestes, alles mitzumachen und daran zu denken, wo sie war und bei wem. Der Tag war wolkenlos, die Aussicht auf das monolithische, palladianische Haus als Kulisse für diese Sommeridylle bezaubernd und alles in allem hatte sie sich nie hübscher gefühlt als in ihrem neuen, geblümten Kleid oder glücklicher als in der Gesellschaft von Menschen, die sie mochten.

Sie hatte gerade ihren Teller einem Lakaien übergeben und einen Becher geeisten Punsch entgegengenommen, als sie von einem breitschultrigen, jungen Mann und einem Kopf voller kohlschwarzer Locken, die ihm um sein gutaussehendes, kantiges Gesicht fielen, aus ihren Träumereien gerissen wurde. Er kam ihr bekannt vor ... Sie zuckte zusammen. Sie wusste, wer er war, aber obwohl man ihn ihr gezeigt hatte, als er mitten im Feld Bälle schlug, erkannte sie erst jetzt, als er vor ihr stand, ihren Freund aus den Schultagen in Chelsea. Sie freute sich so, ihn zu sehen.

„Mr. Banks! Ich habe Euch kaum erkannt. Wie schnell Jungen zu Männern werden."

Jamie Fitzstuart-Banks lächelte und wurde rot. Er verbeugte sich kurz vor ihr.

„Das Vergnügen ist ganz auf meiner Seite. Ihr habt Euch überhaupt nicht verändert."

Lisa lachte. „Liebe Güte! Sollte ich mir Sorgen machen?", neckte sie ihn.

„Ich fand immer, Ihr wäret das hübscheste Mädchen, das je aus den Toren von Blacklands trat", stellte er fest. „Und was für mich am wichtigsten war, Ihr wart das klügste."

Wie immer sprach er offen ohne Hauch von Anzüglichkeit in seinen Worten oder seinem Auftreten. Er nahm sie, wie sie war und hatte sie nie als Mädchen behandelt. Sie war jemand, mit dem er über seine Interessen sprechen konnte, was vermutlich der Grund war, warum sie sich in seiner Gesellschaft immer wohlgefühlt hatte.

„Würdet Ihr mit mir spazieren gehen, Miss Crisp?"

Sie konnte keinen Grund sehen, warum sie nicht mit ihm herumgehen sollte, nachdem die Mahlzeit nun zu Ende war und Teddy sich in eine Unterhaltung mit den *horribles* und einigen anderen Gästen, mit denen sie selbst noch nicht bekannt war, vertieft hatte. Außerdem wollte sie alle Neuigkeiten von ihm hören und sie konnten nicht offen reden, solange Vi und Meg ihrem Gespräch mit einem Ohr zuhörten.

„Ja, sehr gerne. Lasst mich meinen Hut holen."

Sie verließen die Markise ohne ein weiteres Wort oder einen Blick zu den anderen, im Schatten versammelten jungen Leuten, Lisa hatte ihren breitkrempigen Strohhut mit einem zu einer Schleife gebundenen Seidenband über ihren im Nacken zusammengerollten Zöpfen befestigt. Sie hielt den Becher mit Punsch vor ihrem Mieder und Jack ging neben ihr mit hinter seinem Rücken gefalteten Händen, die Hemdsärmel bis zu den Ellenbogen aufgerollt, die Weste aufgeknöpft und lose hängend, da er nach seiner Runde auf dem Spielfeld noch die Wirkung des Sommertags fühlte.

Bald waren sie so in ihre Unterhaltung vertieft, während sie am Rand des Cricketfelds entlangbummelten, sich an ihre Schultage und die Besuche in der Bäckerei von Chelsea erinnerten, dass keiner von beiden bemerkte, wie weit sie sich von der Markise entfernt hatten oder dass es fast schon Zeit war, dass das Spiel weitergehen würde und Jamie aufs Feld zurückkehren müsste, um mit Bully Knatchbull weiter zu schlagen. Sie waren sich auch der Aufmerksamkeit nicht bewusst, die sie erregt hatten, nicht nur von der Markise aus, wo ihre gemeinsamen Freunde unter sich klatschten, sondern auch bei den älteren Mitgliedern der Familie Roxton. Und insbesondere von einem der Familienmitglieder, dessen brütendes Schweigen seiner Familie nichts Neues war, aber dessen deutliches Interesse an Miss Lisa Crisp nicht nur von seinem Bruder und seiner Mutter, sondern auch von seinem besten Freund intensiv beobachtet wurde.

„ICH MUSS ZUGEBEN", SAGTE JAMIE MIT EINEM SCHÜCHTERNEN Lächeln, „als Teddy mir schrieb und erzählte, dass Euer Aufenthaltsort gefunden worden wäre, war ich überglücklich, für Euch beide, aber auch meinetwegen. Ihr hattet Euch nicht von mir verabschiedet. In der Tat wart Ihr so völlig aus Blacklands verschwunden, als ob Ihr nie dagewesen wäret."

Lisa war zerknirscht. „Es tut mir leid, dass ich mich nicht verabschieden konnte. Ich durfte Euch keinen Brief hinterlassen. Ich habe daran gedacht, Euch nach Banks House zu schreiben. Ich wusste, Eure Familie würde Euch einen Brief von mir weiterleiten, aber ... ich dachte, es wäre das Beste, wenn ich alle Verbindungen abbräche."

Er blieb im Schatten einer Baumgruppe stehen und schaute sie an. Aber da er ihr Gesicht nicht sehen konnte, beugte er seine Knie, um unter die Hutkrempe blicken zu können.

„Aber - Miss Crisp ..."

„Lisa. Und ich habe Euch seit unserer Schulzeit Jamie genannt. Das sollte sich doch sicher nicht ändern, wo wir jetzt älter sind?"

„Ja, natürlich. Lisa. Warum sollte es für mich am besten sein, alle Verbindungen abzubrechen? Wir waren gute Freunde. Nein! Wir waren die besten Freunde. Ich habe nie einen so guten Freund gehabt wie Euch. Außer meiner Mutter, die zuhört, wie nur eine Mutter es kann, wart Ihr der einzige Mensch, der mich bei meinem Wunsch, Arzt zu werden, ermutigt hat. Dachtet Ihr, Euer Verweis aus Blacklands würde etwas an unserer Freundschaft ändern?"

Sie schüttelte den Kopf und hob ihr Kinn, so dass er gerade stehen und doch ihr Gesicht sehen konnte.

„Nein. Aber ich wusste, wenn Ihr herausfändet, warum ich der Schule verwiesen wurde, würdet Ihr etwas Ritterliches tun, und das wäre töricht gewesen. Ich durfte nicht zulassen, dass Ihr Eure Ausbildung gefährdetet. Ihr seid bei Weitem der klügste Junge - verzeiht - *junge Mann* - den ich kenne. Und Ihr müsst Euren Wunsch, Arzt zu werden, wahr werden lassen. Sagt: Ihr habt jetzt Eure Lehrzeit im Physic Garden abgeschlossen, oder?"

Er lächelte. „Ja. Und da ich weiß, dass es Euch etwas bedeuten wird ..." Sein Lächeln vertiefte sich zu einem Grinsen. „Ich habe für meine Leistungen die Hans-Sloane-Medaille erhalten."

„Oh, Jamie! Das sind wundervolle Neuigkeiten! So wundervolle Neuigkeiten." Sie stellte den Becher zu ihren Füßen ab und klatschte in die Hände, und drückte impulsiv seinen Arm. „Ich bin so stolz auf Euch!"

Er ergriff ihre Hand und hielt sie einen Moment fest.

„Ich wusste, dass Ihr Euch für mich freuen würdet. Vielen Dank."

„Eure Eltern müssen auch so stolz sein."

„Oh ja. Ich glaube, ich bin der Erste in der Familie meiner Mutter, der einen Abschluss erworben hat. Was Papa angeht ... Seine Lordschaft lachte laut. Nicht abwertend, da er meine wissenschaftlichen Bemühungen stets unterstützt hat, sondern weil, wie er sagte, seine Lehrer ihm eine Medaille gegeben hätten, wenn er es geschafft hätte, mehr als fünf Minuten ruhig in einem Schulzimmer zu sitzen."

„Und Euer Stiefvater, der Botaniker. Er muss sich freuen, einen weiteren Wissenschaftler in der Familie zu haben."

„Ja. Und zwei meiner Brüder sind in meine Fußstapfen getreten und jetzt als Lehrlinge im Physic Garden. Jedoch die Person, die die größte Begeisterung zeigte, so wie Ihr, ist meine Stiefmama ..."

„Lady Strathsay?"

Jamie nickte. „Erinnert Ihr Euch daran, wie Ihr mir von Myladys Ananaszucht erzählt habt? Ich glaube, sie hatte heimlich gehofft, dass ich weiter Botanik studieren und vielleicht die Verwaltung ihrer Ananasplantage übernehmen würde."

„Wenn auch vielleicht nur, um Eurem Vater näher zu sein und Eure Halbbrüder und -schwestern besser kennenzulernen?"

Jamies Stirnrunzeln legte sich. „Daran hatte ich nicht gedacht ... Daran könnte etwas Wahres sein ..."

„Und nachdem Ihr jetzt Eure Lehrzeit beendet habt, höre ich, dass Ihr noch immer gerne Euer Medizinstudium fortsetzen wollt?"

„Mein Entschluss hat sich nicht geändert. Und ich freue mich, berichten zu können, dass ich an der medizinischen Fakultät der Glasgower Universität angenommen wurde und im Herbst nach Norden abreisen werde."

„Ich freue mich so für Euch. Ich weiß, wie sehr Ihr Euch das

gewünscht habt. Ich bin sicher, Eure Familie hat sich mit Eurer Berufs-
wahl abgefunden und unterstützen Euch?"

„Oh ja. Und obwohl Papa ein Held der Armee war, möchte er doch
nicht, dass einer seiner Söhne zur Armee geht. Jedoch bin ich nicht
davon überzeugt, dass er die Medizin für den idealen Beruf für den Sohn
eines Adligen hält, ungeachtet meiner illegitimen Geburt. Recht oder
Kirche, oder sogar das Auswärtige Amt hätte er vorgezogen. Und zweifellos hätte er mir mit einem Wort die Tür dazu öffnen können. Aber er
ist nicht gegen meine Wahl und hat zugestimmt, meine Studien zu
finanzieren."

„Es freut mich, dass er das tut", versicherte Lisa ihm. „Es gibt in
jedem Bereich der Medizin so viel zu tun, dass Euer wissenschaftlicher
Verstand nicht an einen anderen Bereich des Wissens verloren gehen
darf. Und ich hoffe, wenn sein Sohn Medizin studiert, wird Lord
Strathsay - und überhaupt Eure Verwandten in der Roxton-Familie -
größeres Interesse an der medizinischen Wissenschaft entwickeln. Es
könnte viel erreicht werden, wenn nur die, die sich in Stellungen von
Macht und Einfluss befinden und die Mittel haben, die Schutzherrschaft
so lohnender medizinischer Anstrengungen übernehmen würden."

„Gut gesagt, Miss - Lisa! Ihr wart immer leidenschaftlich dafür,
denen zu helfen, die weniger glücklich sind als wir selbst."

„Oh, verzeiht, wenn ich predige", entschuldigte sich Lisa mit einem
leisen Lachen. „Ich vermute, es liegt daran, dass ich aus Erfahrung weiß,
wie es ist, wenn man nichts hat. Und ich habe durch die Vorträge Dr.
Warners am Frühstückstisch aus erster Hand über die miserable Finanzierung gehört, die für medizinische Forschung zur Verfügung gestellt
wird."

„Als Teddy mir anvertraute, dass Ihr in Warners Krankenstation für
die kranken Armen helft, muss ich zugeben, dass mich das nicht überrascht hat. Eure Sorge um die Nöte der Armen zusammen mit Eurem
Interesse an meinem gewählten Beruf hat mich oft wünschen lassen,
dass, wenn irgendjemand zusammen mit mir die medizinische Fakultät
besuchen könnte, Ihr das wäret."

„Ihr werdet einen weit besseren Arzt abgeben, als ich es je sein
könnte. Wie ich zu Teddy sagte, ich habe nicht den Magen für die
Anatomie, während Ihr, wenn ich mich recht erinnere, großes
Vergnügen daran hattet, mir zu erzählen, wie Ihr die inneren Organe
einer Kuh untersucht habt, die Euer Großvater gerade geschlachtet hatte
…"

„Eines Schafs. Ha! Ja! Euer Gesicht wurde grün, obwohl Ihr Euch
Mühe gabt, interessiert zu bleiben. Ich muss manchmal ein fürchterli-
cher Langweiler gewesen sein."

„Ein Langweiler - niemals. Obwohl mir eine kürzere Beschreibung davon, wie Ihr, um den Inhalt des Magens zu untersuchen, die Eingeweide herausgezogen habt, als sie noch warm waren und sich bewegten, gereicht hätte."

Sie lachten und in seiner Freude über ihre erneuerte lockere Kameradschaft, die er seit ihren Schultagen vermisst hate und weil er sie immer wie eine Schwester angesehen hatte, vertraute er ihr an: „Ihr mögt den Mangel an Schirmherrschaft für die medizinischen Wissenschaft durch unsere gesellschaftlich Höhergestellten anprangern, aber es wird Euch sicher freuen zu hören, dass es unter meinen geehrten adligen Verwandten auch solche gibt, die bereits ein aufrichtiges Interesse an ihren Fortschritten haben. Ich habe Verschwiegenheit geschworen, aber ich werde mein Schweigen für Euch brechen, weil ich weiß, wie viel Euch das bedeuten wird. Man hat mir nach meiner Immatrikulation für mein Medizinstudium eine Stellung als Kurator der Fournier-Stiftung angeboten, die ..."

„... Mittel für Ärzte zur Verfügung stellt, die die armen Kranken betreuen und für Anatomieschulen. Ja, mir ist die Arbeit der Stiftung bekannt. Dr. Warner hat Antrag auf solche Mittel gestellt und ich hatte die Gelegenheit, einige der Kuratoren kennenzulernen."

„Dann ist Euch bekannt, dass die Stiftung vollständig vom Bruder des Herzogs von Roxton finanziert wird ..."

„... Lord Henri-Antoine?", unterbrach Lisa und hoffte, dass ihre Stimme trotz der Überraschung fest bleiben würde. „Ich hatte einen Verdacht ... Obwohl mir nicht bewusst war, dass sein Vermögen allein die Mittel zur Verfügung stellt, die die Stiftung zum Arbeiten braucht."

„Der Vater seiner Lordschaft vermachte ihm ein Riesenvermögen, man sagt, weil er wusste, dass sein Sohn wegen seines Leidens nie in der Lage sein würde, eine der üblicherweise zweiten Söhnen offenen Karrieren zu verfolgen. Ihr wisst ..."

„Ja."

„Gut. Ich nahm an, dass Euch als Teddys Freundin das bekannt sein würde. Es ist ein offenes Geheimnis in der Familie. Jeder weiß davon, aber niemand erwähnt es je. Ich erinnere mich daran, dass ich als Junge fragte, warum seiner Lordschaft, wohin er auch geht, überall diese Burschen folgen, die aussehen wie Goliath und warum niemand sonst sie zur Kenntnis nimmt, wenn sie im Schatten herumlungern. Ich schätze, ich dachte, ich hätte sie beschworen! Papa klärte mich auf."

„Und seine Lordschaft hat Euch auch wegen der Fournier-Stiftung ins Vertrauen gezogen?"

„Ja. Erst kürzlich. Sobald er erfuhr, dass ich nach Glasgow gehen würde. Ich schätze, er wollte sichergehen, dass es mir damit ernst war, eine Laufbahn als Arzt einzuschlagen."

„Ich freue mich so. Einen Medizinstudenten im Vorstand zu haben, ist eine großartige Idee. Denn woher sollen die Kuratoren sonst die Nöte der Medizinstudenten kennenlernen, wenn nicht von einem, der selbst studiert?"

„Wisst Ihr, das ist genau, was er - was Lord Henri-Antoine gesagt hat! Er hat die Idee, Studenten, die als hervorragende Kandidaten für ein Medizinstudium erkannt werden, aber damit kämpfen müssen, wie sie es finanzieren sollen, Stipendien anzubieten. Und wenn sie ihre Studien beendet haben, würden sie verpflichtet sein, eine Reihe von Jahren für eine Krankenstation oder ein Hospital zu arbeiten, als eine Art Rückzahlung an die Stiftung für die finanzielle Unterstützung. Ich kenne bereits ein paar Studienkollegen, die von einem solchen Plan unglaublich profitieren könnten."

Lisa lächelte und nickte und fühlte sich plötzlich unerklärlich gerührt zu erfahren, dass Henri-Antoine einen solchen Plan umsetzen wollte.

„Das ist - das ist eine so sinnvolle Verwendung der Mittel der Stiftung ... Ich ... ich freue mich so, das zu hören. Ich hoffe - ich hoffe, er wird in der Lage sein, die Mittel zu finden, um solche Stipendien einzurichten ..."

„Oh, darum müsst Ihr Euch keine Sorgen machen!", sagte Jamie grinsend. „Allein die Zinsen des Kapitals, das er investiert hat, werfen im Jahr über zweitausend Pfund für die Arbeit der Stiftung ab. Und das, ohne die Zinsen des Hauptkapitals anzugreifen, von denen er selbst lebt. Also möchte ich meinen, dass Lord Henri-Antoine tun kann, was auch immer er möchte, ohne je Probleme zu haben, meint Ihr nicht auch?"

Lisa riss die Augen auf. Sie konnte eine so schwindelerregende Summe von Zinsen kaum glauben, sie sah sich nicht in der Lage, das Kapital zu berechnen oder es auch nur zu wollen. Sie hatte angenommen, dass Henri-Antoine reich war, aber nicht in solchem Ausmaß. Irgendwie schien es unhöflich und zu persönlich, sich mit solchen Einzelheiten zu beschäftigen. Aber sie fragte sich, wie Jamie an solche Zahlen kam und er erzählte es ihr, ohne dass sie fragen musste.

„Liebe Güte!", murmelte sie. „Ich hatte keine Ahnung ..."

„Das hat kaum jemand. Er hat es mir nicht erzählt. Warum sollte er? Ich habe mitangehört, wie mein Vater und seine Gnaden über die Stiftung sprachen und habe natürlich die Ohren gespitzt. Aber ich weiß, dass Ihr nie etwas verraten würdet, was Ihr im Vertrauen gesagt bekommt ..."

„Niemals ..." Sie sah ihn an. „Ich denke, es wird am besten sein, wenn Ihr niemandem gegenüber erwähnt, dass wir über die Stiftung gesprochen haben oder dass Ihr etwas über Lord Henri-Antoines persönliche Finanzlage wisst. Um seinet-, ebenso wie um Euretwillen ..."

Er verbeugte sich knapp. „Ihr habt mein Wort."

Sie lächelte und nickte. „Vielleicht sollten wir zurückgehen? Werdet Ihr nicht bald zum Weiterspielen gerufen?"

„Ja! Ja! Wir müssen gehen! Ich hatte das Match völlig vergessen."

Er hob ihren leeren Becher auf und behielt ihn in der Hand, so dass sie ihn nicht würde tragen müssen, dann wandten sie sich um und begannen, den Weg zurückzugehen, den sie gekommen waren, Jamie an Lisas rechter Seite, um sie vor der Sonne zu schützen.

„Ich kann Euch nicht sagen, wie oft ich in die Bäckerei ging in der Hoffnung, Euch dort zu sehen", gestand er. „Ich wünschte mir, dass Ihr wie durch ein Wunder dort auftauchen würdet. Ich habe zahllose Brötchen gekauft in der Hoffnung, Ihr würdet ..."

„Viele Male habe ich mir auch gewünscht, zur Bäckerei in Chelsea zu gehen, nur um zu sehen, ob Ihr dort wäret. Aber Ihr müsst mir glauben, dass es das Beste war, dass ich fortblieb."

In freundschaftlichem Schweigen gingen sie weiter und als sie nur noch ein paar Fuß vom Schatten der Markise entfernt waren, wandte Jamie sich an Lisa und drehte der Versammlung der Menschen, die sie aufmerksam beobachteten, den Rücken zu.

„Ich frage mich, ob Ihr mir die Ehre erweisen würdet, mir zu erlauben, Euch aus Glasgow zu schreiben?"

„Das fände ich sehr schön."

„Aber Ihr werdet mir nicht sagen, was geschah, das Euch zwang, Blacklands zu verlassen, nicht wahr?"

Lisa löste die Bänder ihres Strohhuts und nahm ihn ab, um mit einem Lächeln zu ihm und einem Kopfschütteln zu sagen: „Das ist unwichtig. Wichtig ist, dass wir uns wiedergefunden haben und unsere Freundschaft fortsetzen können."

„He! Banks!"

Das war Bully Knatchbull und er war, einen Cricketschläger unter jedem Arm, aus dem Schatten der Markise getreten. Er verbeugte sich kurz grüßend vor Lisa und warf dann Jamie einen der Schläger zu.

„Los! Das Spiel wartet und unser Kapitän will etwas sagen ..."

EINIGE DER WEIBLICHEN GÄSTE, DARUNTER VIOLET KNATCHBULL und Meg Medway, folgten den Spielern an den Rand des Spielfelds, wo Vorbereitungen für die Fortsetzung des Matches im Gange waren, direkt vor der Markise, wo die ranghöchsten Mitglieder der Roxton-Familie saßen. Und während sie ihre Fächer im Sommersonnenschein bewegten und miteinander plauderten und Desinteresse am Spiel vortäuschten, waren ihre bewundernden Seitenblicke unter ihren Strohhüten hervor auf beide Teams gerichtet, die ganz in der Nähe waren. Die Fülle männlicher Körper zeigte sich vorteilhaft in gewirkten Kniehosen und Hemdbrüsten ohne Krawatten, bis zu den Ellenbogen aufgerollte Hemdsärmel ließen jede Menge bloße Haut sehen und steigerte die Geschwindigkeit der Fächelbewegungen.

Bully Knatchbull und Jamie Fitzstuart-Banks standen im Gespräch mit Lord Strathsay, während Jack, der den Ball hatte, mit seinem Kapitän, Freddy, Lord Alston, sprach. Dies gab Vi und Meg die Gelegenheit, sich auf Lord Westby und Henri-Antoine zu stürzen, die sich am Rande der Gruppe bereitmachten. Sie wurden von Lord Westby ermutigt, näherzukommen, nicht, weil er daran interessiert gewesen wäre, mit einer von ihnen zu flirten, sondern weil er sie benutzen wollte, um sich an Lord Henri-Antoine zu rächen. Er hatte sehr lange Zeit auf diese Gelegenheit gewartet und er war sich sicher, jetzt das Mittel zu haben, seinem Freund die Art von Schmerz zu bereiten, die er erlitten hatte, als Henri-Antoines unverschämte Liaison mit Peggy Markham ihn zum Hahnrei gemacht hatte.

Er hatte Lisa fast in dem Moment bemerkt, als sie beim Cricketmatch auftauchte und Erkundigungen über die anziehende kleine Schönheit eingezogen. Aber es war das, was Vi und Meg jedem, der es hören wollte, über das Mädchen zu erzählen hatten, zusammen mit Henri-Antoines Interesse - während der gesamten Mahlzeit hatte er in brütendem Schweigen dagesessen und beobachtet, wie Jamie Fitzstuart-Banks und Miss Crisp am Rande des Rasens entlangschlenderten - das ihn zu seiner gegenwärtigen Vorgehensweise veranlasste. Er warf Henri-Antoine einen Blick zu und tatsächlich hing dessen Blick an dem Mädchen - wenn das keine Vernarrtheit war, wusste er nicht, was sonst! Da er wusste, das Vi und Meg in Hörweite waren, fragte er mit in lautem, aber unbeteiligtem Ton:

„Jack! Sag mal! Wer ist dieses hübsche, kleine Ding, das mit deiner Braut spricht?"

Jack schaute von dem Cricketball auf, den er gemustert hatte, übergab ihn Freddy und kam herüber, um sich Henri-Antoine und Seb Westby anzuschließen. Er folgte Westbys Blick hinüber zu Teddy und Lisa, aber bevor er ihn bitten konnte, seine Frage zu wiederholen, antwortete Violet Knatchbull.

„Habe ich Euch doch erzählt, Westby. Sie ist das arme Mädchen, das mit uns in Blacklands war ..."

„... und von der Schule verwiesen wurde", setzte Meg Medway spöttisch kichernd hinzu.

„Wie hat sie das denn angestellt?", fragte Westby mit vorgetäuschter Überraschung mit einem Blick zu Henri-Antoine. „Sie sieht nicht aus wie der Typ, der sich in Schwierigkeiten bringt ... Und wo sie eine Bettlerin ist, konnte sie sich das nicht erlauben, oder? Während Ihr, meine liebe Vi", sagte er affektiert und blinzelte Bully Knatchbulls Schwester zu, „ganz hübsch wild seid, Ihr beide, Ihr und Meg. Und zweifellos hat es Eure Papas auch eine hübsche Summe gekostet, um Euch aus den Schwierigkeiten wieder herauszuholen."

Beide Mädchen kicherten und gaben sich hinter flatternden Fächern den Anschein der Verlegenheit.

„Sie ist deiner Mühe nicht wert, Westby", stellte Henri-Antoine trocken fest, riss seinen Blick von Lisa los und täuschte vor, dass er damit beschäftigt wäre, die diamantenbesetzte Hemdschnalle zu richten, die sein Hemd geschlossen hielt.

Westby hob seine Brauen. „Nicht, Harry? Und natürlich weißt du das - *woher*?"

„Jamie Fitzstuart-Banks denkt offensichtlich, dass sie es ist", warf Meg mit einem süffisanten Lächeln ein, doch als Henri-Antoine sie böse anschaute, hörte sie auf zu lächeln und senkte den Blick.

„Warum sollte Banks ...", begann Westby und wurde unterbrochen.

„Du wirst langweilig, Westby", stellte Henri-Antoine eisig fest.

Jack schaute von Henri-Antoine zu Seb und wieder zurück und zischte in das Ohr seines besten Freundes: „Was geht hier vor? Welche Bettlerin? Wer wurde von wo verwiesen?"

„Spielt keine Rolle", sagte Henri-Antoine durch zusammengebissene Zähne. „Vergiss es."

„Ich habe sie erwischt, wie sie Jamie Banks hinter der Bäckerei von Chelsea küsste!", platzte Violet in viel lauterer Stimme heraus, als sie beabsichtigt hatte und lachte unfreiwillig nervös auf.

„Nein, wirklich, Vi?", schnurrte Westby und ermutigte sie mit einem Heben seiner Brauen fortzufahren.

„Ich war noch nie so schockiert und die Schulleiterin auch nicht. Und hat die stolze, kleine Bettlerin es abgestritten? Sie doch nicht! Sie gestand es. Frech wie nichts. Und dann weigerte sie sich, *ihn* zu verraten, um sich zu retten. Sie hätte in Blacklands bleiben dürfen, wenn sie nur seinen Namen gesagt hätte. So ein Dummkopf!"

„Liebe Güte, Vi", fuhr Westby affektiert mit einem schweren Seufzer falscher Aufrichtigkeit fort. „So ein Dummkopf, allerdings."

„Ich weiß nicht, über wen ihr hier Klatsch erzählt, aber es gefällt mir überhaupt nicht", grummelte Jack.

„Und das Schlimmste ist", fügte Vi in atemlosem Flüstern hinzu und ignorierte Jacks Kritik, nachdem jetzt mehrere Paare männlicher Augen auf ihr ruhten, einschließlich des unverwandten Blicks von Lord Henri-Antoine. „Es geschah mehr als einmal. Wir haben sie unzählige Male hinter dem Laden gesehen. Stimmt das nicht, Meg?!"

Meg schaute sich unter den schweigenden Gesichtern um, dann zu ihrer Freundin, die sie in einer Weise anfunkelte, die ihr sagte, dass sie zuzustimmen hätte oder die Folgen ihres Missfallens später zu ertragen haben würde. „Ja! Ja! Es stimmt alles. Jedes Wort." Sie nickte, nickte noch einmal und fügte mit verächtlichem Schnüffeln hinzu: „Und es war kein Brötchen, was sie sich hinter dem Laden teilten, wenn Ihr wisst, was ich meine."

„Nun!", sagte Westby übertrieben betont und fügte mit deutlich hörbarem Spott und einem weiteren Seitenblick zu Henri-Antoine hinzu: „Es scheint, als ob der Held der Stunde nicht nur weiß, wie man seinen Schläger benutzt, sondern auch seine Zunge ..."

„Halt den Mund, Westby!", fauchte Henri-Antoine, sein Blick ruhte auf Vi und Meg. „Was Euch beide angeht ..."

Vi und Meg lächelten keck, drängten sich aneinander und knicksten. Kühn geworden durch Lord Westbys unangebrachte Ermutigung waren sie entzückt, dass Englands reichster Junggeselle und Bruder des Herzogs von Roxton ihnen endlich seine geschätzte Aufmerksamkeit zuwandte. Sie hatten seine Stimmung völlig falsch eingeschätzt, was sein schroffes Urteil nur um so verheerender machte.

Er sah Meg an. „Ihr seid ein gemeines Miststück. Und Ihr", sagte er mit unverhohlenem Abscheu, als er seinen Blick zu Vi weiterwandern ließ, „Ihr seid schlimmer. Ihr seid ein gemeines Miststück und eine Verräterin. Zum Teufel mit Euch beiden."

„Guter Gott, Harry, das war aber nicht nötig, oder?", klagte Westby mit einem traurigen Kopfschütteln, als Meg Medway und Violet Knatchbull in Tränen ausbrachen und heulend den Rasenhang zu den Markisen hinauf flohen. Innerlich genoss er jede Sekunde des Kummers seines Freundes. „Es sei denn", stichelte er, „dass du, wie unser Held Banks, eine ... äh ... frühere *Erfahrung* mit Miss Crisp und ihren mündlichen Vorzügen gemacht hast, die du mit uns teilen möchtest ..."

„Das reicht, Westby...", knurrte Henri-Antoine und trat mit geballten Fäusten einen Schritt auf Westby zu.

Aber bei der Erwähnung von Lisas Namen wurde Jack lebendig, drängte sich an Henri-Antoine vorbei und stellte sich Lord Westby in den Weg.

„Niemand hat irgendetwas über Miss Crisp mitzuteilen", fauchte er kochend und funkelte Westby an. Er holte bedrohlich aus. „Niemand.

Nicht jetzt. Noch irgendwann sonst. Oder ich werde dich zur Rechenschaft ziehen. Verstanden?"

In der Gruppe entstand eine tödliche Stille, die im völligen Gegensatz zu dem Lärm und der Aktivität um sie herum stand. Und da, gerade als Teddy und Lisa lächelnd und mit geröteten Wangen herankamen, fuhr Henri-Antoine mit höhnischem Lachen auf Jack los, die Hände noch immer zu Fäusten geballt.

„Verstanden? Oh ja, du hast uns gerade alle vollständig darüber aufgeklärt, worauf du dich eingelassen hast, Jack Cavendish."

Jack blinzelte. Er lief bei der Anspielung scharlachrot an. Und als Henri-Antoine sich abwandte, packte er ihn am Arm und zog ihn wieder zu sich herum.

„Mir gefällt dein Ton nicht!"

„Das ist mir verdammt egal!"

„Nimm zurück, was du gesagt hast! Nimm es zurück!"

Henri-Antoine riss seinen Arm los. „Fahr zur Hölle!"

Er stürmte davon. Jack wäre ihm gefolgt, aber Teddy erwischte ihn am Arm und hielt ihn fest. Es war Lisa, die hinter Henri-Antoine her lief. Sie hob ihre Röcke und eilte über den Rasen, als er auf das Cricketfeld zu schritt. Sie schaffte es erst, ihn einzuholen, als er plötzlich anhielt, zum Himmel aufschaute, die Augen schloss und tief Luft holte. Er stand einige Sekunden lang so da wie eine Statue, sein Gesicht von der Sonne erwärmt, bis er spürte, dass jemand hinter ihm stand. Er senkte den Kopf und stieß den Atem aus.

„Geh weg! Verdammt sollst du sein! Lass mich in Ruhe!"

ZWANZIG

„Ja. Wenn es das ist, was Ihr wollt. Aber vorher müssen wir reden."

Henri-Antoine fuhr herum, wo er sich Lisa gegenübersah. Aber wenn er überrascht war, dass sie es gewesen war, die ihm folgte, zeigte er es nicht. Tatsächlich starrte er sie an, seine dunklen Augen waren ausdruckslos, als ob sie eine Fremde wäre und er hielt seine Lippen fest aufeinandergepresst. Er würde das Gespräch nicht beginnen, nicht mit ihr.

Sie schluckte ihre Nervosität hinunter und weigerte sich, einen Rückzieher zu machen. Es war Zeit, tapfer zu sein. Also kam sie näher, löste ihre Finger aus den Röcken, richtete sich auf und hielt ihre Hände dicht vor das Mieder. Sie hoffte, dass sie, indem sie sich eine Pose der Gefasstheit gab, die Kontrolle behalten könnte und ihren Gefühlen nicht erlauben würde, überzukochen und sie zu überwältigen. In gewisser Weise half ihr seine Reserviertheit; ihr Leben mit der Herzlosigkeit ihrer Cousinen hatte dazu geführt, dass sie Kränkungen gegenüber nicht empfindlich war und sich nicht leicht überwältigen ließ.

„Ihr habt das Diner früh verlassen. Ich hoffe, es war nicht meinetwegen, oder weil Ihr Euch unwohl fühltet."

Er starrte sie so lange an, dass sie dachte, er würde nicht antworten. Und als er das tat, ließ seine Antwort ihr Herz sinken, doch sie wollte ihn nicht sehen lassen, wie sehr er sie verletzt hatte.

„Ich ging, weil es dort nichts mehr gab, um mich zu halten."

„Oh? Die Aussicht darauf, Jack mit seinen zwei linken Füßen tanzen zu sehen oder mit mir zu tanzen war nicht Anreiz genug?"

„Nein!"

„Ich wünschte, Ihr wäret geblieben."

Wieder sagte er nichts und wieder wartete sie. Sie standen ein paar Fuß voneinander entfernt, beide mit so viel zu sagen und dennoch sprach keiner ein Wort. Dass sie jetzt die Schauspieler eines zutiefst persönlichen Dramas waren, das auf einer Freilichtbühne vor einem gefesselten Publikum spielte, kam ihnen nicht in den Sinn. Aller Augen, von denen der Cricketspieler am Feldrand bis zu Familie und Gästen unter den Markisen auf dem Hügel, der Handvoll oberer Dienerschaft an den Fenstern und denen unter ihrer eigenen Markise bis zu den sich im Schatten ausruhenden Gärtnern und den einheimischen Pächtern und ihren Familien, die herübergewandert waren, um auf Einladung des Herzogs an diesem Tag teilzunehmen, waren auf den geheimnisvollen Bruder des Herzogs von Roxton und das arme Mädchen aus Soho gerichtet.

Es war Lisa, die das Schweigen brach.

„Ihr seid zornig auf mich. Ich weiß nicht warum, wo ich ..."

„Erspart mir Eure Empörung, Miss Crisp. Ich habe weder Lust noch Geduld für Eure gestammelten Entschuldigungen."

„Meine - meine *gestammelten* - Entschuldigungen? Ich habe nicht die leiseste Ahnung, welche Entschuldigungen, gestammelt oder andere, Ihr von mir zu erwarten meint."

„Lasst uns das an Ort und Stelle beenden. Einfacher ausgedrückt: Ihr habt ein besseres Angebot angenommen."

„Ein besseres - *Angebot* angenommen?"

Er verdrehte die Augen und biss die Zähne zusammen. „Müsst Ihr alles wiederholen, was ich sage?"

„Ich denke ja, weil ich keine Ahnung habe, wovon Ihr sprecht."

„Wie Ihr gerade sagtet, Miss Crisp ..."

„Bin ich nicht länger Lisa für Euch?"

Seine Stimme war kalt. „Ihr seid nicht länger irgendetwas für mich, Miss Crisp."

Jetzt war sie es, die ihre Lippen zusammenpresste, um ein Schluchzen zu unterdrücken. Sie versuchte zu verbergen, dass seine Worte sie tief trafen, aber sie konnte die Verzweiflung in ihren Augen, die sich sofort mit Tränen füllten, nicht verbergen. Sie versuchte, sie fortzublinzeln und holte tief Luft, aber sie konnte sie nicht daran hindern, über ihre Wangen zu rollen. Sie hielt ihren Blick auf seine Brust und die kleine, diamantenbesetzte, herzförmigen Hemdnadel gerichtet.

„Seine Lordschaft ... zieht sein Angebot eines Hauses auf dem Lande, Nadelgeld und eine Gesellschafterin zurück?", fragte sie, in einem Ton, von dem sie hoffte, dass er leicht wäre, und mit einem feuchten Schnüffeln. „Hat seine Lordschaft vergessen, dass er ein solches Angebot gemacht hat und ich es in gutem Glauben annahm?"

Er trat einen Schritt näher. „Zurücknehmen? *In gutem Glauben?* Ihr wagt es, Euch einzubilden, dass Ihr die Verletzte wäret? Sagt es, wie es ist. Ihr habt ein besseres Angebot bekommen und angenommen."

„Nein. Das w-werde ich nicht. Ihr könnte mich nicht dazu bringen, etwas zu sagen, das nicht - nicht stimmt."

Er hob frustriert eine Hand. Plötzlich war seine Kehle trocken und die Sonne, die auf ihn herabbrannte, ließ seine Augen schmerzen und seine Schläfen pochen. Schlimmer noch, sie weinte, und er hasste sich, weil er sie unglücklich machte. Aber so, wie er sich körperlich fühlte und die unabänderliche Tatsache, dass man sie ihm genommen hatte, ließ ihn schroff sagen: „Um Himmels willen! Wollt Ihr vorgeben, es nicht gewusst zu haben? Dass Ihr keine Ahnung hattet, was gestern Abend geschehen sollte? Dass die Ankündigung Euch wie ein Blitzschlag aus dem Nichts traf? Ihr könnt mich nicht für einen solchen Dummkopf halten!"

„Es *war*, wie Ihr sagt - ein Blitzschlag, und er - er - *traf* mich, wie Euch, plötzlich und ohne Vorwarnung. Es war ein - ein Schock. Und es war *kein* Angebot. Wie kann es ein Angebot sein, wenn mir keine Wahl gelassen wurde?"

Er grunzte ungläubig.

„Ihr habt nicht widersprochen."

Ihr Blick flog zu ihm und sie blinzelte ihre Tränen fort. Ihre Stimme war klar und fest und voller Empörung.

„Und wie denken Seine Lordschaft sich, dass ich das hätte tun sollen? Ich war schockiert. Das war nicht die Zeit oder der Ort, um etwas Gegenteiliges zu sagen. Teddy und Jack waren so glücklich und ihre Familie auch. Das müsst Ihr doch sicher einsehen?"

Er sah es ein und sie sprach durchaus vernünftig, aber er wollte es nicht einsehen und nichts schien ihm mehr vernünftig. Er stand selbst unter Schock. Teddys Ankündigung hatte ihn selbst wie ein Blitzschlag getroffen. In einer Minute sah er eine Zukunft, wie er sein Landhaus mit Lisa teilte, und in der nächsten wurden ihm diese Zukunft und sie weggenommen und er blieb mit nichts zurück. Er fühlte sich betrogen und der Dämon auf seiner Schulter wollte ihn glauben machen, dass sie nicht völlig unschuldig sein konnte, dass sie von Teddys Vorschlag etwas gewusst haben musste - schließlich waren sie die besten Freundinnen. Und so ließ er sich von dem Dämon überzeugen, dass sie ihn an der Nase herumgeführt hatte; sie war einfach wie alle anderen Frauen der geringeren Stände, die sich ihm an den Hals warfen. Sie wollten alles, was sie aus ihm herausbekommen konnten. Sie wollten ihn nicht um seiner selbst willen und würden ihn sicher nicht wollen, wenn sie wussten, dass er mit dem Fluch der Fallsucht belegt war. Und hätte er weder Rang noch Reichtum, was wäre er, und wie begehrt würde er sein? Aber er war pragmatisch. Er wollte auch, was sie ihm geben konnten, und das hatte seinem fleischlichen Hunger bislang gut gedient.

Aber Lisa ... er hatte sie in jeder Hinsicht für anders gehalten ...

Intuition. Gesunder Menschenverstand. Seine feineren Gefühle. Alles warnte ihn, dass sein Dämon sich irrte. Aber nach dem saftigen Klatsch, den man ihm gerade über Lisa und Jamie Banks serviert hatte - den er für grundlos gehalten hätte, wenn er nicht gerade eine halbe Stunde des Brütens damit verbracht hätte zuzuschauen, wie die beiden zusammen spazieren gingen - neigte er dazu zu vermuten, dass ein Körnchen Wahrheit darin enthalten war. Sie waren eng nebeneinander gegangen und mehrfach hatte sie seinen Arm berührt und er ihren, und sie hatten geredet und geredet und nicht angehalten, um Atem zu holen. Jamie hatte ihren Becher für sie getragen und er war ein strammer junger Mann, genau wie sein Vater und sah ebenso gut aus, und da er ihren Hintergrund kannte, war er sicher, dass sie ein gemeinsames Interesse an der medizinischen Wissenschaft teilten.

Sein schlechter werdender Gesundheitszustand, Teddys wie ein Schock kommende Ankündigung beim Diner und das innere Bild, wie Lisa gemütlich in eine Unterhaltung mit dem körperlich robusten Jamie Fitzstuart-Banks vertieft war, ließ ihn den Weg der Selbstzerstörung einschlagen. Er ließ dem Dämon freien Lauf.

„Bravo, Miss Crisp. Eure Vorstellung hat mich fast überzeugt. So überzeugt, wie ich bei der Eiche war, als Ihr mich glauben ließet, dass Ihr nie einen anderen geküsst hättet. Aber auch dort erlaubte ich mir, mich täuschen zu lassen."

Lisa blinzelte ihn zutiefst verletzt an.

„Ihr glaubt - Ihr glaubt, ich hätte - ich hätte einen anderen so ge-*geküsst* wie Euch?"

„Nicht?"

„Müsst Ihr mich das fragen?"

Er hob das Kinn. „Müsst Ihr zögern? Entweder habt Ihr es getan oder nicht."

Sie schluckte, ließ voller Traurigkeit ihre Schultern hängen und die Tränen frei über ihre Wangen rinnen. Ihre Stimme war kaum lauter als ein Flüstern.

„Das habe ich nicht, Sir."

Er hob überrascht seine Brauen.

„Tatsächlich. Vielleicht nicht hinter einer Eiche, aber hinter der Bäckerei von Chelsea ...?

„Hinter der ..." Ihr Blick flog wieder hoch zu seinem und ihre Kehle wurde sofort trocken. „Ihr wollt mir einen Kuss zwischen einem Jungen und einem Mädchen vorwerfen, die einander als Bruder und Schwester betrachten?"

„Bruder? Und - und *Schwester*? Ich habe Euch beobachtet, wie Ihr mit dem Helden des Cricketmatchs einen Spaziergang unternahmt - wie alle anderen hier. Ich bezweifle, dass irgendjemand dachte, dass da ‚ein Bruder mit seiner Schwester' geht ..."

„Es ist mir gleich, was andere denken - mir ist nur wichtig, was *Ihr* denkt."

Er lachte spöttisch. Aber weit davon entfernt, dass ihre Worte seine Eifersucht beschwichtigt hätten, von der er unterbewusst erkannte, dass sie aufs Äußerste lächerlich war, fühlte er sich durch seine eigenen, absurden Beschuldigungen gegen sie nur noch elender. *Was war mit ihm los? Warum benahm er sich wie ein solches Monster?* Dass er sich seines eigenen abscheulichen Verhaltens ihr gegenüber bewusst war, hielt ihn nicht davon ab, weiterzumachen.

„Vielleicht hättet Ihr an *mich* denken sollen, bevor ihr einen Spaziergang mit *ihm* machtet."

„Ich war mir nicht bewusst, dass ich Eure Erlaubnis bräuchte, um ... um ... Oh! Irgendetwas zu tun! Aber ich bin froh, dass das nun offen zwischen uns ausgesprochen wurde, denn ich habe vor, meine Bekanntschaft mit Jamie - und ja, ich nenne ihn Jamie und er mich Lisa - fortzusetzen, weil er ein lieber Freund ist ..."

„Den Ihr hinter der Bäckerei von Chelsea geküsst habt. Feine Freundschaft."

„Ich war siebzehn, er genauso alt und ich habe ihn auf die Wange geküsst. Er war - er ist noch immer - nur ein Junge."

„Wenn Ihr so darauf bedacht seid, dass ich von dieser *Freundschaft* zwischen Euch beiden wissen soll, sagt mir, warum Ihr Euch geweigert habt, der Schulleiterin von Blacklands seinen Namen zu sagen."

Lisa schnüffelte und grub in ihren Röcken, um das Taschentuch aus der Tasche zu ziehen, die unter ihren Röcken um ihre Taille gebunden war. Sie betupfte ihre Augen und wischte ihre Wangen trocken, bevor sie fortfuhr.

„Ihr scheint zu unterstellen, dass ich mich wegen etwas schämen müsste. Nein. Wenn ich seinen Namen angegeben hätte, würde Jamie höchstwahrscheinlich seine Lehrstelle als Apotheker verloren haben. Es war den Lehrlingen von Physic Garden und den Mädchen von Blacklands verboten, irgendwie miteinander zu verkehren. Weshalb wir, wenn wir uns an einem Sonntag in der Bäckerei von Chelsea trafen, unsere Brötchen in die Gasse hinter dem Laden mitzunehmen und dort zu sitzen, zu essen und zu reden pflegten, oh! über alle möglichen Themen, aber hauptsächlich über Wissenschaft."

Henri-Antoine schaute sie stirnrunzelnd und ungläubig an.

„Ihr habt freiwillig Eure Ausbildung aufgegeben - Euch hinauswerfen lassen - nur, um Jamie vor einem Rauswurf zu schützen?"

Sie wurde scharlachrot, nicht wegen seiner Ungläubigkeit, sondern weil sie in seinem Tonfall spürte, dass er ihr Handeln, weit davon entfernt, edel zu sein, töricht fand.

„Ja. Es war das Richtige, also musste ich es tun, und ich stehe zu meiner Entscheidung. Jamie wird eines Tages ein hervorragender Arzt sein. Das habe ich immer gedacht."

„Dem stimme ich zu. Er ist auch ein überaus gutaussehender junger Mann."

Lisa unterdrückte ihr Verlangen, bei seinem männlichen Beharren auf der Betonung von Jamies Äußerem die Augen zu verdrehen und nahm an, dass dies alles Teil seiner männlichen Argumentation wäre, warum sie mit Jamie befreundet sein wollte. Sie dachte auch daran, darauf hinzuweisen, dass Jamie bei ihrem ersten Zusammentreffen vor fünf Jahren schmalschulterig und pickelgesichtig gewesen war. Stattdessen tat sie ihr Bestes, ihn aus seiner mürrischen Laune herauszuholen, und hoffte, dass er nach einigem spielerischen Necken sich genügend beruhigen würde, um endlich zur Vernunft zu kommen. Denn sie könnten nur mit kühlem Kopf besprechen, was sie wegen der unangenehmen Lage, in der sie sich nun seit Teddys Ankündigung am Vortag befanden, unternehmen sollten.

„Ich kann Euch nicht widersprechen. Aber ..." Sie musterte ihn mit einem Heben ihres Kinns und einem zittrigen Lächeln ... „er hat keinen küssenswerten Mund. Ich habe nicht den Wunsch, von ihm so geküsst zu werden wie Ihr mich geküsst habt ... ich frage mich nur ... da Ihr jetzt wisst, wen ich geküsst habe, würdet Ihr mir gerne die Namen der Frauen mitteilen, die Ihr während all der Jahre geküsst habt?"

Er starrte sie empört an, als ob sie zwei Köpfe hättet.

„Seid nicht absurd!"

„Weil Ihr es mir nicht sagen könnt oder nicht wollt?"

„Das werde ich nicht tun."

„Aber erinnert Ihr Euch an die Namen?"

„Ich habe das Küssen nie für etwas Alltägliches gehalten. Also erinnere ich mich natürlich daran."

„Ich könnte mir dann vorstellen, dass es noch weniger alltäglich ist, sich zu lieben, oder ich hatte zumindest gehofft, das herauszufinden - mit Euch. Obwohl Ihr viele Geliebte hattet, nicht wahr?"

„Wenn Ihr erwartet, dass ich Euch meine Geliebten aufzähle, erwartet Euch eine große Enttäuschung!"

„Oh? Weil es zu viele oder zu wenige waren?"

Als ihm die Kinnlade herunterfiel und er sie mit empörtem Staunen anschaute, dass sie es wagen konnte, einen solchen Vorschlag zu machen, fühlte sie, wie das Lachen in ihrem Hals aufstieg und schlug rasch die Hand vor den Mund, um ihr Kichern zu unterdrücken.

Ihr Lachen war ansteckend und er ertappte sich, wie er lächelte. Sie hatte ein so schönes Lachen. Und ein schönes Lächeln. Und so wunderschöne Augen. Sie war klug und edelmütig und alles, was in der Welt gut war. Er wollte sie hochheben, sie in seinen Armen spüren und mit Küssen ersticken. Und sie hatte diese Gabe, diese Art und Weise, seinen Zorn und seine Frustration anzunehmen und umzudrehen, so dass er sah, wie launisch und kleinlich und durch und durch unvernünftig er war. Alles, was er wollte, war, mit ihr zusammen darüber zu lachen.

Aber er musste etwas tun, um die Situation, in der sie sich jetzt befanden, zu verändern, da er überzeugt davon war, es würde ihr ohne ihn besser gehen, und Teddys Angebot wäre das richtige für sie. Denn trotz seines Schocks und seines Ärgers, des Schmerzes und der Bitterkeit bei der Aussicht, sie zu verlieren, hatte er die vorige Nacht damit verbracht, einen einzigen Grund zu finden, warum sie nicht bei Teddy und Jack leben sollte. Und da er beschlossen hatte, dass ihr Leben so verlaufen sollte, nicht so, wie er es sich wünschte, musste er dies jetzt und hier tun, damit sie ihm den Rücken kehren würde im Wissen, die richtige Entscheidung getroffen zu haben. Dann würde er aufhören können, sich um seiner selbst willen so elend zu fühlen, aber vor allem könnte er aufhören, irgendetwas für sie zu empfinden.

„Es scheint, dass große Erfahrung mit Frauen zu haben einen Mann nicht immun gegen die Listen eines gierigen Frauenzimmers macht, vor allem eines, das hübsch ist und dem es noch an Erfahrung mangelt", äußerte er affektiert und vermied es, sie anzuschauen. „Darin lag zweifellos mein Verderben. Ich bin von meinen üblichen Vorlieben abgewichen, habe den Kopf verloren und ein Angebot gemacht, das ich nicht gemacht hätte, wenn ich nicht mit meinem Herzen gedacht hätte."

Lisas Lächeln verblasste.

„Ich bin nicht ganz sicher, wovon Ihr sprecht, aber ich habe das Gefühl, dass Ihr glaubt, ich hätte Euch irgendwie durch eine List dazu verleitet, mir ein Haus auf dem Lande anzubieten, wo ich als Eure Mätresse leben sollte?"

Ihre unverblümte Zusammenfassung ließ ihn absurd klingen, und es war absurd, aber er erlaubte seiner Bitterkeit, seinen Dämon zu nähren. Er neigte zustimmend den Kopf und fügte dann der Absurdität noch Weiteres hinzu, indem er mit einem verächtlichen Schnauben sagte:

„Zweifellos waren für jemanden wie Euch mein Titel, mein Stammbaum und mein Reichtum wie glänzende Objekte, die man vor einer Katze baumeln lässt: Unwiderstehlich und bereit, eingefangen zu werden.“

„Für jemanden wie mich? Oh! Ihr meint, als verwaiste Bettlerin, die von den Almosen ihrer Verwandten lebt. Was unwiderstehlich und einfangen betrifft ...“ Sie errötete, von seiner empörenden Behauptung erzürnt. „Ich weiß nicht, was mich mehr betrübt: Dass Ihr mich für einen so oberflächlichen Charakter haltet, dass ich zustimmte, Eure Mätresse zu werden, weil ich von Eurem Reichtum und Eurem Privilegien geblendet war, oder dass Ihr so oberflächlich von Charakter seid, dass Ihr Eure Einbildung dadurch stärken müsst, indem Ihr Euch auf eure Abstammung als Sohn eines Herzogs beruft. Was Euren Reichtum angeht - er ist für mich, offen gesagt, unbegreiflich. Ich habe ganze fünfzehn Shilling, die ich mein Eigen nenne, und sie wurden mit äußerst großzügig von Dr. Warner gegeben. Also habe ich in Wahrheit nicht einmal einen Penny, der wirklich mein wäre.“

Er widersprach sich selbst, als er eisig sagte: „Als wir uns zuerst begegneten, habe ich meinen Namen oder meine Wichtigkeit nicht hervorgehoben oder, wie Ihr es ausdrückt, *herumtrompetet*. In der Tat hattet Ihr keine Ahnung von meiner Identität.“

„Als wir uns zuerst begegneten“, erinnerte sie ihn sanft, „wart Ihr nicht in der Lage, mir irgendetwas ins Gesicht zu werfen.“

Nun war er an der Reihe, scharlachrot zu werden. Sie hatte recht. Ihre erste Begegnung war nicht in Warners Krankenstation gewesen, als sie sich geweigert hatte, nach draußen zu seiner Kutsche zu kommen, sondern in Westbys Stadthaus, als er sich in den Klauen eines ausgewachsenen Anfalls befand. Sie verdiente seinen Dank und seine Anerkennung dafür, dass sie sich um ihn gekümmert hatte, aber in seinem derzeitigen destruktiven Gemütszustand und während die Sonne ihm in die Augen schien und seine Kehle jede Minute trockener wurde, ließ er zu, dass er sich zu seinem Benehmen wie in der Zeit vor seines Vaters Tod zurückfallen ließ, als er ein mürrischer, launischer Junge gewesen war, voller Groll und Selbsthass, der insgeheim verzweifelt wünschte, wie jeder andere Junge, aber vor allem wie sein bester Freund Jack zu sein, und mit bitterer Gewissheit wusste, dass er das nie sein würde.

„Ach ja! Da ist es! Endlich ausgesprochen! Ich fragte mich schon, wann Miss Crisp, die Helferin in der Krankenstation, die in ihrem Leben keinen Tag krank gewesen ist, den Moment finden würde, um seine Lordschaft daran zu erinnern, dass er, obwohl er der Sohn eines Herzogs ist und so reich, dass es ihren Verstand übersteigt, er weniger als ein ganzer Mann ist und mit Sicherheit nicht *gesund*. Er hat häufig Augenblicke, in denen Wahnsinn ihn zu einem Monster macht, etwas, das er nicht zu kontrollieren vermag und nie wird kontrollieren können, und er wird den Rest seiner Tage als Sklave seines Leidens verbringen. Und wären nicht seine illustren Beziehungen, würde er in Bedlam eingewiesen worden und jetzt dort bei den Irren angekettet sein, dort gelassen, um zu verrotten, ein Schaustück für neugierige, zahlende Besucher. Vielen Dank, Miss Crisp. Vielen Dank für Eure rechtzeitige Mahnung. Das kann Euch als Grund zum Rücktritt dienen. Ihr könnt vor Erleichterung seufzen im Wissen, dass Ihr das bessere Angebot angenommen habt. Euer Leben mit Teddy und Jack wird völlig anders sein als das, dass ich Euch hätte ertragen lassen und Ihr könnt leben, ohne …"

„Ihr suhlt Euch grundlos in Selbstmitleid und ich werde nicht zulassen, dass Ihr Euch selbst oder mich mit solchem Unsinn entwürdigt!"

Ihre Klugheit ließ ihn wünschen, über seine eigene Unvernunft lachen zu können und ihre Tränen ließen ihn sich elend fühlen. Er wollte auf die Knie fallen und zu ihren Füßen weinen wegen einer solch lächerlichen Zurschaustellung kindischen Verhaltens. Er hatte keine Ahnung, was über ihn gekommen war, dass er sich erlaubte, derart pure Emotionen offen sehen zu lassen. Sein Benehmen war nicht nur kindisch und schändlich, es war unverzeihlich. Und da war sie, verhielt sich, wie sie es immer tat, mit äußerstem Anstand und Würde. Vielleicht gehörte er nach Bedlam. Zumindest von guter Gesellschaft weggesperrt und vor allem weit, weit fort von ihr. Er verdiente sie nicht und sie verdiente mit Sicherheit Besseres als ihn. Und mit dröhnend pochendem Kopf und schmerzenden Augen, sowie der aufkommenden Panik, dass er jeden Moment außer Kontrolle geraten könnte, überzeugte er sich, dass er sie für immer verloren hätte und machte sich daran, seinen selbstzerstörerischen Trieb zu befriedigen.

„Ihr solltet geschmeichelt sein, dass Ihr in zwei Tagen zwei Angebote erhalten habt. Ich habe noch nie einer Frau angeboten, was ich Euch anbot, und Teddy würde sicher keiner anderen Frau als Euch anbieten, was sie und Jack Euch bieten wollen."

„Ihr könnt diese beiden Dinge nicht vergleichen."

Sein Blick flog über sie und blieb auf der kleinen Spitzenkante ihres Hemdes hängen, die gerade über dem Rand ihres tief ausgeschnittenen Mieders hervor sah und das Auge einlud, ihre perfekten, kleinen Brüste zu liebkosen. Er lachte spöttisch auf und schaute ihr mit unverhüllter Lust in die Augen.

„Ihr habt recht. Für Teddy müsstet Ihr nicht auf dem Rücken arbeiten."

Seine vulgäre Andeutung versagte. „Auf - auf meinem *Rücken* arbeiten ...?"

Oh Gott. Wie hatte er sich zu solcher Rohheit herablassen können, und das bei ihr? Er wäre mit keiner Hure so derb gewesen. Er war ein Ungeheuer. Ganz sicher war er kein Gentleman. Er fühlte sich krank und erbärmlich und völlig hilflos. Er spürte, dass das letztere Gefühl weniger mit ihr, aber alles mit seinem Zustand körperlicher Auflösung zu tun hatte. Und in diesem Bewusstsein tat er, was sein Vater ihm immer geraten hatte zu tun, wenn er in der Öffentlichkeit stand: Ruhig bleiben. Das Zeichen geben, Hilfe zu brauchen, wie man es ihm gezeigt hatte. Ruhig atmen. Bald würde er sich an einem sicheren Ort befinden, fort von neugierigen Blicken und Gefahren.

Aus dem Augenwinkel heraus sah er, dass sie Gesellschaft hatten, und sein erster Gedanke war, dass die Burschen gekommen wären, um ihn fortzubringen. Aber er musste ihnen erst noch das Zeichen geben. Und dann wurde seine Konfrontation mit Lisa abrupt unterbrochen. Plötzlich und ohne Warnung kam Jack auf sie zu marschiert. Er packte Henri-Antoine am Kragen und zog ihn nach hinten, so weit fort von Lisa, wie er konnte, ohne dass sie beide gestolpert und zu Boden gefallen wären. Sie folgte ihnen und versuchte, eine Erklärung zu geben, aber Jack war nicht in der Stimmung zuzuhören, nicht einmal ihr.

„Das war ein widerliches Dreckswort, das ich nie aus dem Mund eines Gentlemans zu hören gedacht hätte", knurrte Jack in Henri-Antoines Ohr. „Mein Gott! Diesmal hast du dich selbst übertroffen, Harry! Du hast dich in die Jauchegrube hinabgelassen!"

DIE MANNSCHAFT DES HERZOGS WAR AUFS SPIELFELD GEKOMMEN. Die Schlagmänner für die Mannschaft der Gentlemen, Bully und Jamie, waren am Abschlag und schwangen ihre Schläger, bereit zum Spiel. Mr. Frew, der amtierende Schiedsrichter, stand am Bowler's End, hinter dem Wicket. Marc Gallet hatte den Ball, bereit zum Wurf. Nur mussten Lord Henri-Antoine und Miss Crisp noch von einer Stelle entfernt werden, wo sie vom Ball getroffen werden könnten, damit das Spiel beginnen konnte. Jack entschied sich, ihren heftigen Streit zu beenden. Er war vor dem Rest der Spieler hergegangen, um sie zu warnen, dass sie nicht nur den Klatsch nährten und der Familie Sorgen bereiteten, sondern dass auch ein Cricketmatch im Gange war.

Er kam rechtzeitig in die Nähe des Paares, um das Ende von Henri-Antoines hitziger Schmährede mit anzuhören, gefolgt von Miss Crisps

maßvoller Antwort. Er war stehengeblieben, um auf seine Anwesenheit
aufmerksam zu machen, als er etwas aus dem Mund seines besten
Freundes hörte, von dem er nie geglaubt hätte, es je einen Gentleman zu
irgendeiner Frau sagen zu hören, schon gar nicht zu Teddys bester
Freundin. Lisa Crisp mochte nicht von adligen Eltern geboren worden
sein, sie mochte nicht die Tochter eines Gentlemans oder auch nur die
Tochter eines Gutsherrn sein, was das anging, aber soweit es ihn betraf,
hatte sie sich in jeder Hinsicht wie eine echte Lady benommen und
besser als manche mit einem Titel geborene Frauen.

Dass das Paar sich inmitten von etwas befand, was eindeutig der
Streit eines Liebespaares war, ließ ihn die Augen aufreißen, und er war
bereit gewesen, ihnen etwas Raum zu geben und hatte daher ein paar
Augenblicke gewartet, bis in ihrem Wortwechsel eine Pause eintrat. Aber
Henri-Antoines geschmacklose Unterstellung veranlasste ihn zum
Handeln, und wenn er nicht schon zornig genug darüber gewesen wäre,
dass Miss Crisp durch einen vor aller Augen öffentlich geführten Streit
Gegenstand des grundlosen Klatsches geworden war, brachte ihr tränen-
beflecktes Gesicht und ihr offensichtliches Elend sein Blut zum Kochen.

Was also ein hitziger Streit zwischen einem Paar in der Mitte eines
Spielfelds gewesen war, hatte sich jetzt zu einer wütenden Auseinandersetzung zwischen den beiden besten Freunden entwickelt, der Miss
Crisp hilflos zusah, verzweifelt, der Anlass für ihre zornige Meinungsverschiedenheit zu sein. Und es trug sich dort mitten auf dem Feld, mitten
im Cricketmatch zu, wo Familie und Freunde, Diener und Pächter
anwesend waren, die die Bequemlichkeit und den Schatten der Markisen
verließen, um wie ein Mann auf das Feld zu Jack und Henri-Antoine
und Lisa Crisp zu schwärmen, um besser sehen und hoffentlich hören zu
können, worum es bei der ganzen Aufregung ging. Die Einzigen, die
diese überraschende Ablenkung verpassten, waren die Kinder, da die
Herzogin von Roxton die Geistesgegenwart gehabt hatte, den Ammen
und Kindermädchen zu befehlen, jeden kleinen Menschen, der zwölf
Jahre oder jünger war, zusammen zu holen und zu Eiskreme und
Kuchen nach drinnen zu bringen.

Henri-Antoine entwand sich Jacks Griff und stiess ihn
fort.

„Wenn du deine Nase nicht hereingesteckt hättest, wo sie nicht
erwünscht ist, wäre dir meine schmutzige Zunge erspart geblieben! Weg
mit dir, Jack", klagte Henri-Antoine. „Ich will dich nicht hier haben.
Das hier ist - war - zwischen Miss Crisp und mir und geht dich nichts
an, also ab durch die Mitte ...“

„*Verdammt*, wenn es mich nichts angeht!", schnaubte Jack. Er stellte sich direkt vor Henri-Antoine und sagte leise, in der Hoffnung, dass Lisa ihn nicht verstehen würde: „Du erzählst mir lieber, welche Absichten du bei Miss Crisp verfolgst."

„Absichten?" Henri-Antoine zuckte mit den Schultern. „Ich habe keine."

„Gut. Dann halte dich von ihr fern."

Henri-Antoine vollführte eine innerliche Kehrtwendung und starrte Jack überrascht an.

„*Du* forderst *mich* auf, mich von *ihr* fernzuhalten?"

„Verdammt richtig, das tue ich!"

Henri-Antoine warf einen Blick auf Lisa, die ein paar Fuß entfernt stand und ihre Arme verzweifelt um sich geschlungen hatte und in einem Augenblick blendender Klarheit sah er in Jack das Mittel, seinen guten Ruf endgültig zu zerstören, um jedes Band zu Miss Lisa Crisp zu durchtrennen. Er stachelte Jack mit leiser, vor Arroganz triefender Stimme auf: „Ein bisschen spät am Tage, um Ritterlichkeit zu zeigen, was sie betrifft. Sie hat zugestimmt, meine Mätresse zu werden. Ich werde sie in meinem Haus in Bath unterbringen. Interessante Zeiten, nicht wahr, Jack."

„Verdammt sollst du sein, wenn ich das zulasse!"

Henri-Antoine verzog das Gesicht und sagte affektiert: „Ja, das werde ich wahrscheinlich sein. Aber bis dahin werde ich ein nettes Mädchen haben, zu dem ich nach Hause kommen kann, wenn ich auf dem Land bin!"

„Das werde ich nicht zulassen!"

„Was? Warum? Wach auf, Jack! Sie ist eine mittellose Waise, deren Familie bei meiner in Diensten stand. Das ist mehr, als die meisten Dienstboten vom Leben erwarten können. Keine Sorge. Ich werde mich um sie kümmern. Kleider. Firlefanz. Gelegentlich ein Ausflug in die Stadt." Er griente. „Solange sie tut, was ihr gesagt wird, und sie mir weiter gefällt …"

„Du bist ein selbstsüchtiger Mistkerl. Weißt du das?"

„Ja. Ich bin egoistisch. Und du hast es immer gewusst. Na und?"

„Sie ist Teddys beste Freundin, um Himmels willen!"

„Du heiratest Teddy. Ich mache Teddys beste Freundin zu meiner Mätresse. Das sind sich einander ausschließende Dinge. Wenn Teddy ihr schreiben möchte, habe ich nichts dagegen."

„Ich schon!"

„Und Teddy wird tun, was du sagst? Viel Glück dabei!"

Während Henri-Antoine ihm den Rücken zudrehte und die Hand bewegte, als wollte er ihn entlassen, machte Jack zwei lange Schritte, packte ihn am Hemd und drehte ihn um. Und bevor Henri-Antoine sich aus dem Griff losreißen konnte, packte Jack eine Handvoll seines Hemds von vorn und zog ihn an seine Brust. Die beiden Männer standen Nase an Nase und Auge in Auge.

Jacks Stimme war leise, bedrohlich und tonlos. „Wenn du einen Moment glaubst, dass ich zulassen werde, dass du dieses Mädchen in dein Bett nimmst, um deine egoistischen, fleischlichen Bedürfnisse zu befriedigen, hast du Matsch im Hirn."

„Das entscheidest aber nicht du, oder?"

„Wir sind nicht im Mittelalter. Nur, weil sie arm ist und keine Familie hat und ihre Vorfahren Vasallen der Herzöge von Roxton waren, betrachtest du sie als nur gut genug, um deine Konkubine zu sein? Schande über dich! Schande. Über. Dich."

„Bist du fertig mit deiner Moralpredigt?", erkundigte sich Henri-Antoine affektiert und verdrehte dazu noch die Augen und seufzte. Er täuschte vor, sich Sorgen um seine Kleidung zu machen und klagte: „Du hast die Fasern dieses Hemdes ruiniert und vielleicht die Hemdschnalle zerquetscht, die ein Geschenk der Geschäftsleitung von Burke's war als Anerkennung meiner *eifrigen* Schutzherrschaft."

Jacks Lippen kräuselten sich angewidert. „Du glaubst, es sei etwas, dessen du dich rühmen könntest, dass du der Sohn des Satyrs bist?! Nun, ich habe genug von dir. Und ich weiß nicht, warum wir noch streiten. Die Entscheidung ist gefallen. Sie wird kommen, um bei Teddy und mir zu leben. Und es gibt absolut verdammt nichts, was du dagegen tun könntest. Und wenn du sie nicht mit Respekt behandelst und akzeptierst, dass sie Teil *meiner* Familie ist, wirst du in Abbeywood nicht willkommen sein. Niemals."

Und als Jack ihn mit einem verächtlichen Stoß losließ und seine Hand weit öffnete, als ob er Henri-Antoine nicht länger auch nur berühren wollte, lächelte dieser in sich hinein und versetzte sich selbst den letzten, verbalen Schwertstreich.

„Nun. Gut. Jack Cavendish. Du schlauer Fuchs! Ich ziehe meinen Hut vor dir und verneige mich untertänigst vor deiner libidinösen Geschicklichkeit. Nicht eine, sondern *zwei* Jungfern, um dich nachts zu wärmen. Wer ist da der Satyr ..."

Jack schlug seinem besten Freund die Faust ins Gesicht.

EINUNDZWANZIG

Als die beiden besten Freunde sich schlugen und miteinander rangen, wurde das Cricketmatch aufgegeben. Spieler eilten herbei, um das Spektakel anzuschauen. Bald folgten ihnen Gäste und Familienmitglieder, die über das Feld heranschwärmten. Und während sich einige Ladys zurückhielten, damit sie nicht Zeugen des bestialischen Verhaltens der beiden Männer, die sich da an die Kehle gingen, werden müssten, versammelten sich die Gentlemen und jungen Männer, um sich den Cricketspielern anzuschließen, die einen engen Kreis um den Kampf gebildet hatten und bei jedem Schlag, Griff und Stoß ermutigend schrien.

An der Seitenlinie stand vergessen eine entsetzte Lisa, die rasch ihren Blick abgewendet hatte, als Jack den ersten, hässlichen Schlag geführt hatte und Blut aus Henri-Antoines Nase zu rinnen begann.

Der Kampf wurde schließlich durch Lord Strathsay, den Herzog von Roxton und Christopher Bryce beendet. Jack und Henri-Antoine wurden voneinander weggezerrt und auf den gegenüberliegenden Seiten des Kreises zurückgehalten; beider Atem ging schwer, Jack war noch immer kampfeslustig, Henri-Antoine stand mit gesenktem Kopf, während sein Blut ins Gras tropfte. Der Herzog wies die enttäuschten Cricketspieler, Zuschauer und erleichterten Familienmitglieder an, zu den Markisen zurückzukehren, wo der Nachmittagstee serviert werden sollte, bevor alle sich für das Diner und einen Musikabend umkleiden würden. Und mit der Hilfe seiner Armee von Dienstboten, die die Menge zerstreuten und auch eine Barriere zwischen Zuschauern und Kämpfern bildeten, verschwanden die Gäste bald über das Spielfeld hinweg, während sie alle über die erstaunlichen Ereignisse schwätzten, die zu der Auseinandersetzung zwischen dem Bräutigam und seinem Trauzeugen geführt hatten, und über den Kampf. Alle fragte sich, was dies für die bevorstehende Hochzeit bedeuten würde.

Als Teddy herbeikam, warf sie einen Blick auf Jacks blutige Hemdbrust und den Riss in seiner Lippe; zufrieden, dass er nicht ernsthaft verletzt war, wandte sie sich angewidert ab, um die verzweifelte Lisa in ihre Arme zu ziehen. Aus dem Trost von Teddys Umarmung heraus wagte Lisa es, Henri-Antoine einen Blick zuzuwerfen. Seine Hemdbrust war ebenfalls mit Blut bespritzt und Blut glänzte auch an seinen Nasenlöchern und um seinen Mund, der seltsam blau war, und an seiner Oberlippe war eine klaffende Wunde, die vor ihren Augen anzuschwellen schien.

Lisa, die sonst nicht beim Anblick von Blut oder Verletzungen oder Krankheiten schwach wurde und bei Krisen in Warners Krankenstation als gute Hilfe galt, reagierte merkwürdig empfindlich, als sie Henri-Antoines verletzte Lippe sah. Sie warf einen Blick auf seine aufgeplatzte Lippe und fiel in Ohnmacht, rutschte aus Teddys Armen und brach im Gras zusammen.

Lord Strathsay, der dem Herzog half, Henri-Antoine aufrecht zu halten, kam sofort herüber, um Teddy mit Lisa zu helfen. Er hob das Mädchen auf die Arme und schritt an der Seite seiner Nichte zu den Markisen, um Schatten und Erfrischungen zu bekommen, und wo er hoffte, seine Gräfin zu finden, die bekanntermaßen auch in Krisen einen kühlen Kopf behielt.

Und während Lisas Ohnmacht der Familie einen Schrecken einjagte, bildete sie eine notwendige Ablenkung für die Gäste, die noch herumliefen, da sie Henri-Antoine den Rücken zudrehten, um zuzuschauen, wie das Mädchen vom Earl weggetragen wurde, und sich daher des Zusammenbruchs seiner Lordschaft nicht bewusst waren. Henri-Antoine hatte sich zu seiner aufgeregten Mutter umgedreht, um ihr zu versichern, dass da nichts wäre, was Anlass zur Besorgnis gäbe, er wäre nicht schlimm verletzt. Aber die Herzogin glaubte ihm nicht. Sie war in einer Flut seidener Röcke und großer Aufregung herbeigeeilt, was bedeutete, dass sie in hastigem Französisch sprach, das niemand außer ihren Söhnen verstehen konnte. Sie forderte, dass beide jungen Männer sofort zum Großen Haus hinaufgebracht werden müssten, damit Roxtons Leibarzt sie untersuchen könnte. Henri-Antoine protestierte, dass dies unnötig wäre, als sein Körper plötzlich erstarrte, er bewusstlos wurde und nach vorn fiel.

Der Herzog fing ihn auf, bevor er direkt auf sein Gesicht fallen konnte, und legte ihn vor den Füßen seiner Mutter ins Gras, die sich neben ihn kniete und eine kühle Hand auf seine Stirn legte. Aber während der Herzog imstande gewesen war, den Fall seines Bruders abzufangen, gab es nichts, was er tun konnte, außer hilflos zuzusehen, wie Henri-Antoines ganzer Körper sich verkrampfte und vor ihnen wand. Und als Antonia kurz zu ihrem ältesten Sohn aufschaute, ließen ihre angstvollen Tränen auch in seinen eigenen Augen Tränen aufsteigen.

Es war der erste Anfall von Fallsucht, dessen Zeugen Mutter und Sohn seit über einem Jahrzehnt geworden waren. Und Antonia hatte geglaubt, auf eine solche Möglichkeit vorbereitet zu sein. Schließlich war sie sich bewusst, dass ihr jüngerer Sohn noch immer von seltenen Anfällen seines Leidens heimgesucht wurde, obwohl sie ihm die Würde ließ und vorgab, nichts davon zu ahnen. Diskrete Erkundigungen und regelmäßige, geheime Berichte von treuen Dienern hielten sie auf dem Laufenden. Welche Mutter würde nicht alle ihre Kinder gut im Auge behalten, aber vor allem einen Sohn, den sie von seiner Geburt bis zu seinem dreizehnten Lebensjahr bei so vielen Anfällen gepflegt hatte, dass sie, wann immer er eine Woche ohne einen solchen überstand, die schöne Illusion hegte, er könnte geheilt sein. Aber er war nicht geheilt und würde das auch nie sein. Und als sie ihn als fünfundzwanzigjährigen Mann in den Klauen einer solch unkontrollierbaren Krankheit sah, erkannte sie, dass sie vergessen hatte, wie erschreckend und entsetzlich ein so allesverzehrender Angriff auf Körper und Verstand des Leidenden war und welche Qual für seine ihn Liebenden, die nichts tun konnten, als seinem Leid und seiner Erniedrigung zuzuschauen.

Und während der Herzog von Roxton mit den Gallet-Brüdern konferierte, was zu tun wäre, nicht nur mit seinem Bruder, sondern auch mit seinem Neffen, fand der Herzog von Kinross endlich seine Frau. Er drängte sich durch die kleine Gruppe anhänglicher Diener, ließ sich bei ihr auf dem Rasen nieder und zog sie in seine Arme, um ihr etwas Trost zu spenden, während sie über ihren gequälten Sohn wachten.

Die Dinge schritten schnell voran, als vier von acht der zur Beschattung ihres Herrn angestellten Burschen herbeikamen, um sich um ihn zu kümmern. Henri-Antoines Kammerdiener und sein Haushofmeister Michel Gallet nahmen die Sache in die Hand und alle vom Herzog von Roxton bis zum Herzog von Kinross bis zu den Lakaien, die seine Lordschaft im Moment vor neugierigen Augen abschirmten, hatten sich ihrer Erfahrung und den Wünschen ihres Herrn zu fügen. Daher fand sich die Familie, ganz gleich wie widerwillig, bald auf dem Weg, sich den Gästen auf dem Rückweg zu den Markisen anzuschließen und Henri-Antoine der Obhut seiner Betreuer zu überlassen.

Als Jack versuchte, zu Henri-Antoine zu gelangen, schickten Kyte und Michel Gallet ihn fort, aber erst, nachdem Christopher Bryce sich seiner annahm, fügte er sich schließlich. Als er versuchte, bei seinem Onkel Roxton und der herzoglichen Cousine um Verzeihung zu bitten, waren beide nicht in der Stimmung dazu. Der Herzog befahl ihm zu gehen und sich zu säubern; er war eine Schande; es würde später am Abend Zeit genug sein, in der Ruhe der Bibliothek des Herzogs Erklärungen abzugeben.

Für Lady Mary, Christopher Bryce und ihre Familie endete der Tag hier. Jeder hielt es für das Beste, wenn die Mädchen nach Hause gebracht und früh zu Bett geschickt würden. Und während der Herzog und die Herzogin Verpflichtungen bei ihren Gästen hatten, beschlossen der Herzog und die Herzogin von Kinross, mit ihrer Tochter nach Crecy Hall zurückzukehren. Daher rollten drei Kutschen über die steinerne Hauptbrücke über den See für die kurze Fahrt entlang der Allee, die erwachsenen Insassen noch immer betrübt und fassungslos von dem, dessen Zeugen sie zwischen den beiden Männern geworden waren, die seit sechzehn Jahren die besten Freunde gewesen waren und sich so nahe gestanden hatten wie nur Brüder es konnten, ohne dass kaum je ein hartes Wort zwischen ihnen gefallen wäre.

Teddy und Lisa blieben auf der Rückfahrt zur Lodge stumm und auch, als sie später ins Bett gingen. Keine der beiden wollte zu Abend essen. Und daher wurden sie nach ihrem Bad zu Bett gebracht, jede mit einem Becher heißer Milch. Und während Christopher seine Söhne zudecken ging, saß Lady Mary eine Weile bei den Mädchen. Sie hatte Sophie-Kate mitgebracht, was Teddy ein wenig Trost brachte, da sie es liebte, ihre kleine Schwester an sich zu kuscheln. Aber trotzdem die Farbe wieder in Lisa Gesicht zurückgekehrt war und das Bad geholfen hatte, sie zu beruhigen, war sie von dem Vorgefallenen noch so angegriffen, dass sie erschöpft einschlief, ohne zu beten oder gute Nacht zu sagen.

Am nächsten Morgen war ihr Appetit noch nicht zurückgekehrt, als sie zum Frühstück nach unten ging, die letzte der Familie, die das tat, wo sie Teddy vorfand, die darauf bestand, dass sie eine Scheibe Toast und eine Tasse Tee zu sich nehmen müsste. Sie erfuhr, dass Mr. Bryce bereits für den Tag das Haus verlassen hatte, mit seinem ältesten Sohn David, um mit den anderen Gentlemen und den Jungen, die alt genug waren, um ohne Hilfe zu reiten, auf die Falkenjagd zu gehen. Onkel Roxton und Tante Deb hatten beschlossen, dass die Männer den Tag so weit wie möglich vom großen Haus entfernt verbringen würden, während die Damen im Haus bleiben und sich mit gemütlicheren Dingen beschäftigen würden: sticken, Aquarelle malen, in der langen Galerie spazieren gehen, ein Konzert genießen und zusehen, wie die Kinder ihre Tanzschritte und Musikstücke übten, die beim Hochzeitsfrühstück vorgeführt werden sollten. Natürlich gab es nicht viel, was das herzogliche Paar tun konnte, um den Klatsch über die außergewöhnliche Wendung der Ereignisse am Vortag aufzuhalten, aber während Deborah den Vorsitz über die Teekanne hatte, hielt sie ihre Ohren offen für jedes herabsetzende oder hetzerische Wort, und Lady Strathsay half ihr dabei.

„Und wir sollen den Tag hier verbringen und tun, was immer uns gefällt", sagte Teddy lebhaft. „Was eine nette Abwechslung sein wird."

„Du wünschst, du könntest auch bei der Falkenjagd sein, nicht wahr?", sagte Lisa lächelnd und knabberte an ihrem Toast.

Teddy schmunzelte. „Ja. Aber ich möchte den Tag auch mit dir verbringen, und mit Jack."

„Jack? Er ist nicht auf Falkenjagd gegangen?"

„Nein. Dieses Vergnügen wurde ihm verwehrt. Er muss sich bei dir entschuldigen für ..."

„Oh, Teddy, nein. Bitte", sagte Lisa mit einem schuldbewussten Stirnrunzeln. „Das könnte ich nicht ertragen. Ich müsste mich bei ihm entschuldigen ..."

„Unsinn! Außerdem hat er mir den allerschönsten Entschuldigungsbrief geschrieben." Mit einem selbstgefälligen Lächeln hielt Teddy ein gefaltetes Stück Papier hoch, dessen rotes Siegel erbrochen war. „Er wurde bei Morgengrauen abgegeben, also muss er die *ganze Nacht* damit verbracht haben, ihn zu verfassen. Und das war nach der Strafpredigt von Onkel Roxton, der ihn in seine Bibliothek zitiert hatte, was anscheinend die schlimmste Vorladung ist, die man bekommen kann. Es lässt die Herzen derer, die durch die ganze Bibliothek mit hunderten und aberhunderten von Büchern, die aus großer Höhe auf einen herabsehen, als ob sie Menschen im Gerichtssaal wären, entlang gehen müssen, ängstlich schlagen, während der Richter - das ist der Herzog - hinter seinem großen Schreibtisch sitzt, mit ungehaltenem Gesicht, und nur darauf wartet, einen für seine Vergehen auszuschimpfen. Das sagt Jack. Und es ist ihm nur einmal zuvor passiert, aber er sagt, diese Erfahrung bleibt einem erhalten, damit man hofft, dass es nie wieder geschieht!"

Lisa blinzelte. „Aber seine Gnaden scheint der liebenswürdigste aller Männer zu sein und ihre Gnaden ist auch sehr liebenswert. Man muss nicht lange in ihrer Gesellschaft sein, um zu sehen, dass sie einander sehr lieben und alle ihre Kinder gleichermaßen anbeten."

Teddys Augen strahlten.

„In der Familie wird jedenfalls viel Kuchen gebacken, soviel ist sicher!"

Lisa schnappte nach Luft, schlug eine Hand vor den Mund und konnte nicht umhin zu kichern. Als sie wieder zu Atem kam, sagte sie mit einem Lächeln: „Du bist das unartigste Mädchen, das ich kenne! Aber auch das liebste. Danke, dass du mich zum Lachen gebracht hast."

Teddy goss ihnen eine zweite Tasse Tee ein.

„Sehr gern geschehen. Ich freue mich, dich lächeln zu sehen, Lisa. Und du sollst dir keine Sorgen machen. Nichts von dem, was gestern geschah, ist deine Schuld. Jack hat mir nicht erzählt, was Harry zu dir gesagt hat, das ihn so wütend gemacht hat, aber wenn du dich mir anvertrauen willst ..."

„Vielen Dank. Ich möchte - ich möchte darüber - darüber noch nicht sprechen", gestand Lisa, verlor ihr Lächeln und streckte die Hand über den Tisch. Als Teddy sie ergriff und festhielt und verständnisvoll lächelte, lächelte sie zurück. „Lass uns zuerst unseren Tee trinken ..."

Sie war erleichtert, dass sie nicht gezwungen war, offen über Henri-Antoine zu sprechen, denn sie war sicher, dass sie es kaum zustande brächte, wenn sie es versuchte, oder in Tränen ausbrechen würde. Und obwohl sie verzweifelt gern gewusst hätte, ob er keinen größeren Schaden genommen hatte und in Sicherheit war, und wie es Jack ergangen war, fragte sie nicht wieder, weil die Wunde noch zu frisch war. Also fragte sie stattdessen:

„Ich hoffe, seine Gnaden war nicht zu hart zu Jack?"

„Jack nahm die Zurechtweisung entgegen und als er Onkel Roxton die Sache erst erklärt hatte, stimmten sie beide überein, dass, obwohl Jack mehr Zurückhaltung hätte zeigen müssen und Harry nicht hätte schlagen dürfen, er doch provoziert worden wäre. Und dies", verkündete Teddy und hielt wieder den Brief hoch und küsste ihn, bevor sie ihn in eine Tasche steckte, „ist so ziemlich der romantischste Brief, den Jack mir je geschrieben hat. Daher werde ich ihn für immer behalten. Und er hat alles erklärt und ich verzeihe ihm. In der Tat liebe ich ihn nur noch mehr dafür, wenn es möglich ist, weil er so ritterlich war."

„Er hat was? Was? Und du weißt es? Er hat alles in dem Brief erklärt?"

„Nein, Dummchen. Sein Brief handelt von uns. Die Erklärung hat er mir persönlich abgegeben, wie es sich gehört. Er ist hier. Wir haben zusammen gefrühstückt, bevor Papa mit David zum großen Haus aufbrach. Er ist draußen mit Luke, der furchtbar böse war, weil er zu klein ist, um mit seinem großen Bruder auf Falkenjagd zu gehen. Also sind Jack und Luke draußen und spielen mit dem Handkarren, Jack schiebt ihn den Hügel hinauf und dann setzen er und Luke sich hinein und rollen mit großer Geschwindigkeit herunter, und ich bin sicher, dass Mamas schöne Haare davon grau werden, ganz gleich, wie sehr sie lächelt und versucht, so zu tun, als hätte sie keine einzige Sorge auf der Welt."

„Weißt du, Teddy, dass deine Mutter nicht nur sehr schön, sondern auch die gelassenste Person ist, die ich je kennengelernt habe. Ich glaube nicht, dass irgendjemand oder etwas sie je aus der Fassung bringen könnte."

Teddy stand auf und schob ihren Stuhl an den Tisch. Lisa tat das Gleiche.

„Oh ja. Nein, nichts. Oh, außer Oma Strathsay. Aber *sie* bringt uns alle außer Fassung. Mama und ihre Brüder hatten die schrecklichste Kindheit, daher sagte sie, sie würde nie zulassen, dass ihre Kinder so behandelt würden." Teddy riss die Augen auf. „Stell dir vor, wenn du das kannst, stundenlang mit einem Buch auf dem Kopf dazusitzen, nur, um deinen Rücken gerade zu halten, und geschlagen zu werden, wenn du es hinunterfallen lässt. Kein Wunder, dass mein Onkel Dair aus dem Fenster des Schulzimmers geklettert ist!"

„Das hättest du auch gemacht, wenn du nur die Gelegenheit gehabt hättest!"

„Ja und ich wäre auch auf den Baum vor dem Fenstersims geklettert." Ihr Lächeln wurde überlegen. „Ich bin beim Bäumeklettern immer noch die Beste in der Familie. Komm. Wir brauchen frische Luft und Jack möchte dich sehen ..."

Sie hakten sich beieinander ein und dann führte Teddy Lisa durch den hinteren Teil des Hauses, durch die Küche, wo sie Silvia einen Kuss gab, durch den Küchengarten, wo sie Carlo zuwinkte, der im Gespräch mit dem Gärtner dort stand und eines der Küchenmädchen beim Ernten des Gemüses beaufsichtigte, und dann aus dem hinteren Gartentor hinaus zur anderen Seite der Steinmauer und einer Rasenfläche am Fuße eines kleinen Hügels, der einen natürlichen Sichtschutz bot. Von oben auf dem Hügel hatte man einen guten Blick in den ummauerten Garten der Gatehouse Lodge und in einer Richtung war das malerische Crecy Hall zu sehen, in der anderen das große Haus, das die ganze Landschaft beherrschte, in deren Mitte es stand.

Teddy und Lisa schlossen sich Lady Mary an, die eine Hand oben auf ihrem Strohhut hatte, um ihre Augen noch besser vor der Sonne zu schützen und mit zwei Gartenhelfern neben einem Heuhaufen stand. Ihre Aufmerksamkeit konzentrierte sich auf Jack und den vierjährigen Luke, die in einem hölzernen Wagen saßen, der große Hinterräder und kleinere Vorderräder hatte, an denen eine Reihe von Speichen fehlten. Und dem zerrupften Zustand des Heuhaufens nach zu urteilen, war dies nicht ihre erste oder dritte Fahrt den Hang herab, und wenn sie so weitermachten, bestand durchaus die Möglichkeit, dass der Wagen ganz auseinanderbrechen würde.

Jack hielt seine langen, gestiefelten Beine an beiden Seiten des

Wagens ausgestreckt und Luke saß im Schneidersitz, den Rücken an seinen Cousin gekuschelt und beide Hände fest um den hölzernen Rahmen geklammert. Jack hatte mit einer Hand die Kontrolle über den Zugbalken, sein anderer Arm war um Luke gelegt. Als Luke nickte, dass er bereit wäre, grub Jack seine Stiefelabsätze ins Gras und stieß sich mächtig ab, so dass der Wagen durch das Gewicht seines Körpers vorwärts katapultiert wurde. Er ratterte den Hügel hinab, seine Insassen klammerten sich fest, der Wind, der Luke ins Gesicht blies, zerrte seine schwarzen Locken aus seinen Augen und Jack lenkte, so gut er es bei der Geschwindigkeit und dem Wenigen, das er an Kontrolle hatte und mit nur seinen Füßen als Bremse, konnte.

Es war mehr Glück als Steuerung, das den Karren auf Kurs hielt, und wieder kam er ruckartig in dem fast zerstörten Heuhaufen zum Stehen. Beide Insassen waren von Heuhalmen bedeckt und lachten, Luke vor Aufregung und Jack vor Glück, einen weiteren Durchgang überlebt zu haben. Er seufzte hörbar vor Erleichterung, als Lady Mary bestätigte, dass dies in der Tat die letzte Karrenfahrt für den Tag gewesen wäre und Lukes wiederholte Bitten um nur noch eine weitere Abfahrt den Hügel hinab ignorierte. Seine Mutter blieb standhaft. Luke musste sich säubern lassen. Hatte er vergessen, dass er seine Mama, Sophie-Kate, Großmama Kate und Fran ins große Haus hinüberbegleiten sollte? Und das Beste von allem war, er würde laufen und mit seinen Cousins spielen können, vor allem mit den kleinen Zwillingen, Will und Tony, die im gleichen Alter waren. Und ja, Otto und David würden nicht dort sein, weil sie mit ihren Papas auf die Falkenjagd gegangen waren, daher bestand keine Gefahr, dass diese beiden Lausbuben den Jüngeren ihren Spaß verderben könnten.

„Ich frage mich, ob wir Zwillinge haben werden", sinnierte Jack, als er zuschaute, wie Luke vor seiner Mutter durch das Tor lief.

„Zwillinge? Ich hoffe nicht!", sagte Teddy mit ungläubigem Schnauben.

„Warum nicht? Onkel Roxton und Tante Deb haben zwei Mal Zwillinge und dein Onkel Dair und Tante Rory haben auch Zwillinge."

Teddy entfernte vorsichtig einen Heuhalm aus Jacks Haaren, aber dann gab sie ihm einen spielerischen Stoß.

„Nur, weil ich zwei Tanten habe, die Zwillinge haben, heißt das nicht, dass ich auch welche haben werde oder auch nur möchte. Wenn du Zwillinge haben willst, Sir John, dann bringst *du* sie zur Welt!"

„Wenn das hieße, dass du keine Schmerzen und Beschwerden zu ertragen hättest, würde ich das!", erklärte Jack energisch und zog sie an sich. Er küsste sie zuerst auf die Stirn, dann auf den Mund, beides mit ungewöhnlicher Vorsicht, da seine Unterlippe einen kleinen Riss hatte und geschwollen war und daher empfindlich auf jede Berührung reagierte. „Leider haben Männer in diesem Drama nur eine Nebenrolle und zwar als Wackelpudding."

Teddy lächelte in Jacks Augen, von denen eines Anzeichen eines Blutergusses zeigte. „Aber mein Wackelpudding ..."

Plötzlich wurden sie sich ihrer Umgebung wieder bewusst und Jack ließ Teddy los. Nicht nur, weil Lisa dort war, es war die Tatsache, dass die Situation des Vortags noch gelöst werden musste und sehr viel unausgesprochen geblieben war. In dem Moment, als Jack Teddy in seine Arme nahm, hatte Lisa sich abgewandt und war ein wenig weitergegangen, wo sie so getan hatte, als würde sie sich für das Gras interessieren, um dem Paar ein wenig Privatsphäre zu gönnen. Jetzt kamen sie zu ihr und da Teddy spürte, dass sie sich unbehaglich fühlte, sagte sie zu Lisa:

„Mach dir keine Gedanken wegen des blauen Auges oder dem Riss in Sir Johns Lippe. Und du darfst auf keinen Fall Mitleid mit ihm haben. Er hat das allein sich selbst zuzuschreiben."

„Theodora hat völlig recht", antwortete Jack gutmütig. Er verbeugte sich mit großer Höflichkeit vor Lisa. „Aber ich schulde Euch wegen meines Verhaltens, das nicht zu einem Gentleman passte, eine Entschuldigung. Der Streit, den ich mit Harry hatte, hätte nie zu einer Schlägerei werden dürfen, und niemals vor Publikum, und ganz bestimmt nicht vor Euch, Miss Crisp. Könnt Ihr mir verzeihen?"

Lisa nahm die Hand, die er ihr hinstreckte und schaute darauf hinab, wo sie sah, dass seine Knöchel aufgeschürft waren. Sie bedeckte seine Hand leicht mit ihrer und hielt sie etwas länger fest, um nach einem harten Schlucken zu sagen, während sie tapfer seinem besorgten Blick begegnete: „Ihr habt getan, was jeder Mann tun würde, der sich für einen Gentleman hält, um einer Frau zu helfen, die mit Worten angegriffen wird. Was den Kampf betrifft ..." Sie ließ seine Hand los und warf Teddy einen Blick zu, bevor sie mit einem traurigen Lächeln sagte: „Wie hättet Ihr anders reagieren können, wenn Ihr doch dazu gereizt wurdet?"

„Dazu gereizt?", wiederholte Teddy verwirrt, erhielt aber keine Chance, mehr zu sagen, als Jack darauf mit leuchtenden Augen ansprang:

„Genau das habe ich zu Onkel Roxton gesagt! Und ich sagte nicht, dass Harry mich provozierte, um die Schuld von mir abzuwenden. Ich sagte, dass ich, nachdem ich über den Kampf und darüber, was ihn ausgelöst hatte, nachgedacht hatte, überzeugt davon war, dass Harry mich zur Weißglut getrieben hat, bis es für mich unmöglich wurde, ihn *nicht* zu schlagen!"

„Ich habe auch darüber nachgedacht", überlegte Lisa. „Immer und immer wieder. Über alles. Und Eure körperliche Reaktion auf seine Worte war genau das, was er bezweckte ..."

„Und ich bin in seine Falle getreten! Umso dümmer von mir!"

„Warum würde Harry dich dazu provozieren *wollen*, ihn zu schlagen?", fragte Teddy verwirrt. „Das ist Unsinn. Ich weiß, dass er launisch und aufreizend sein kann und es gibt Zeiten, zu denen ich ihn überhaupt nicht verstehe, aber er war nie so unausstehlich, dass Sir John je den Wunsch gehabt hätte, ihn zu schlagen." Sie sah Jack an. „Du sagtest, dass er eine unfeine Bemerkung über Lisa gemacht hätte und dass dich das dazu provoziert hätte, auf ihn loszugehen." Dann sah sie Lisa an. „Und für uns auf dem Hügel sah es aus, als hättet ihr beide Streit ..." Sie schaute von Lisa zu Jack und wieder zurück und legte eine Hand auf Lisas Arm und fragte mit leiser Stimme: „Hat er - hat er dir einen unanständigen Antrag gemacht? Beim Diner wart ihr sehr freundlich zueinander, und vielleicht hat er einen völlig falschen Eindruck bekommen. Er flirtet gerne und du bist unglaublich hübsch und ..." Sie warf Jack einen Blick zu. „Das war es, nicht wahr?"

Aber Jack sah nicht Teddy an. Er wechselte einen Blick mit Lisa, der sie wissen ließ, dass ihm wohl bewusst war, dass nur sie der Grund für Harrys üble Laune gewesen war, aber dass er sie nicht verraten würde. Stattdessen hob er eine Hand und tat ratlos.

„Ich weiß nicht genau, was gesagt wurde", log er. „Mir gefiel einfach sein Ton und sein Verhalten nicht. Manchmal kann er unerträglich sein und stolziert herum, wie nur der Sohn eines Herzogs es kann! Miss Crisp ist derart aufgeblasene Arroganz nicht gewöhnt und sollte sie auch nicht ertragen müssen. Und Harry hat diese Gewohnheit, etwas gerade deshalb zu tun, um das Vergnügen zu haben, dir zuzusehen, wie du dich windest. Was für Leute, die ihn kennen, wie ich, gut und schön ist! Und ich habe immer versucht zu berücksichtigen, dass sein Leiden eine Rolle spielt bei ..."

„Krankheit kann nicht als Entschuldigung für Unhöflichkeit dienen", unterbrach Lisa ihn. „Das habe ich den Patienten der Krankenstation viele Male gesagt. Wenn sie Behandlung und Mitgefühl möchten, sollten sie rücksichtsvoll sein."

„Ich bezweifle nicht, dass Ihr Warners Patienten in Schach haltet, Miss Crisp", sagte Jack mit einem Lächeln, das einem Stirnrunzeln wich, als er hinzufügte: „Aber ich hätte Harry nie schlagen dürfen. Niemals. Ich fürchte, das hat einen seiner Anfälle ausgelöst und ..."

„Ich glaube nicht, dass es ihm gut tat, aber es hat mir Sicherheit nicht den Anfall ausgelöst", entgegnete Lisa. „Ich habe gründlich darüber nachgedacht und meine - wobei ich keine Expertin bin, ich kann nur aus Instinkt und Beobachtung folgern - dass ein Anfall unmittelbar bevorstand. Es war nur eine Frage des *wann*, nicht des *ob*. Daher solltet Ihr Euch nicht schuldig fühlen, weil Ihr denkt, dass Ihr ihn ausgelöst hättet. Ich glaube, er wusste, dass er im Anzug war. Euer Schlag hat wohl zweifellos den Anfall beschleunigt, aber er wäre ohnehin gekommen. Dass er Euch dazu provozierte, ihn zu schlagen, war eine Schande. Dass er Euch ihn schlagen ließ, obwohl er wusste, dass er den Beginn eines Anfalls erlebte, war unverzeihlich, aber - und Ihr kennt ihn viel besser als ich, Ihr könnte mich gerne berichtigen - ein solches Benehmen war äußerst untypisch für ihn."

Jack nickte und konnte ein aufsteigendes Lächeln nicht unterdrücken, obwohl er leicht zusammenzuckte, als seine Lippe ihm zur Erinnerung an seine Torheit plötzlich einen Stich versetzte. Er stimmte mit allem, was sie sagte, überein, da er ebenso wie sie wusste, was seinen besten Freund dazu getrieben hatte, auf so irrationale und selbstzerstörerische Weise zu handeln. Teddy wusste es noch nicht, obwohl sie spürte, dass es etwas gab, das weder Jack noch Lisa ihr verrieten.

„Wie klug du bist, Lisa", sagte sie verwundert. „Wenn du solche Bemerkungen machst, lässt es mich bedauern, dass Frauen mit Verstand keinen Beruf ergreifen können."

„Ja. Denn dann hätte ich Hoffnung, für mich selbst sorgen zu können, statt von den Almosen von Verwandten, die mich gar nicht wollen, und Freunden, die mich wollen, leben zu müssen. Was mich zu dem äußerst großzügigen und lieben Angebot bringt, dass ich bei euch leben soll, und ich bin so froh, dass ihr jetzt beide hier seid und ich mit euch darüber sprechen kann ..."

„Wir sind beide unabhängig voneinander auf diese Idee gekommen. Keiner von uns hat den anderen überredet. Und wir beide wünschen uns sehr, dass es wahr wird", versicherte Teddy ihr. „Nicht wahr, Sir John?"

„Ja."

Lisa nickte, konnte aber nicht verhindern, dass ihr Tränen in die Augen stiegen.

„Ich kann euch nicht sagen, wie viel mir euer Angebot bedeutet. Als ich meine Eltern verlor, wurde ich zu einer überflüssigen Last der Familie meines Vaters. Und darin liegt einige Wahrheit, nicht wahr? Sie kannten mich nicht, warum also sollten sie mich haben wollen? Und Freunde zu haben, die wollen, dass ich bei ihnen lebe, Teil ihrer Familie werde, bedeutet mir mehr, als ich euch überhaupt sagen kann. Aber ..." Sie trat vor und nahm Teddys Hände und sprach zu ihnen beiden: „Ich hoffe, ihr werdet verstehen, dass ich, wenn ich euer so wunderbares Angebot annehme, es nur tue, weil ich den Entschluss dazu freiwillig gefasst habe ..."

„Natürlich! Wir hatten nie vor, Euch zu zwingen, Miss Crisp", unterbrach Jack.

Lisa lächelte. „Das weiß ich, Sir John. Es wurde mit den besten Absichten gemacht."

„Obwohl wir es vielleicht etwas vorsichtiger hätten verkünden sollen. Oder es gar nicht ankündigen, ohne vorher mit Euch gesprochen zu haben ...?" Er warf Teddy einen Blick zu, sagte aber zu Lisa: „Ich glaube, Miss Crisp war nicht die Einzige, die von unserer Ankündigung vorgestern Abend aufgeschreckt wurde."

Lisa ertappte sich, wie sie rot wurde. „Ich sehe, dass Ihr es versteht."

Teddy schaute wieder zwischen Lisa und Jack hin und her. Sie war ratlos. „Du willst nicht bei uns wohnen?"

„Doch. Nur ..."

„Miss Crisp muss diese Entscheidung allein treffen", erklärte Jack und spürte, wie sein Gesicht heiß wurde, als er sie warnte. „Obwohl ich hoffe ... ich bin sicher, Ihr werdet ... Dass Ihr, wenn Ihr Eure Entscheidung trefft, nichts weniger annehmen werdet, als Ihr verdient, Miss Crisp."

Teddy nahm an, dass sie über Warners Krankenstation sprachen.

„Würdest du es vorziehen, weiter für die kranken Armen zu arbeiten, statt bei uns zu leben?"

„Ich liebe dich von ganzem Herzen, Teddy, und ich habe auch deine Familie lieben gelernt. Und ihr könnt euch beide sicher sein", fügte sie hinzu und hielt Jacks Blick fest, „dass die Entscheidung, die ich treffen werde, für alle die richtige sein wird." Sie lächelte Teddy an. „Aber *meine* Zukunft kann warten, bis *eure* Zukunft in aller Ordnung durch das Hochzeitsfrühstück und den Ball gesichert ist. Von weit unmittelbarerer Wichtigkeit ist es, das Verhältnis zwischen Euch, Sir John, und Lord Henri-Antoine wieder in Ordnung zu bringen. Und ich glaube, dabei könnte ich behilflich sein. Obwohl ich dazu Euch brauche, Sir John, damit Ihr mich zu ihm bringt."

„Ich wünschte, das wäre möglich, aber ich kann es nicht. Die einzigen Menschen, die seinen Aufenthaltsort kennen, sind sein Haushofmeister, sein Kammerdiener und die Burschen."

„Oh? Er ist nicht im großen Haus? Ich hatte angenommen, dass er eine Suite dort hätte ..."

„Stimmt. Aber dort ist er nicht. Und selbst, wenn er dort wäre, niemand kommt an Gallet, Kyte und den Burschen vorbei, bevor Harry nicht seine Erlaubnis gibt. Und ich meine *absolut* niemand", entschuldigte sich Jack. „Nicht der Herzog. Nicht seine Mutter. Und auch ich nicht in all den Jahren, seit ich ihn kenne. Sie sind alle bis zum Letzten loyal und man kann sie bedrohen, wie man will, sie rühren sich nicht vom Fleck. Erinnert mich an die Ergebenheit der Diener seines Vaters. Wenn sie die Wahl hatten, wären sie eher über glühende Kohlen gekrochen, als ihrem Herrn gegenüber illoyal zu sein."

„Ich würde es trotzdem gerne versuchen. Würdet Ihr mich zu Mr. Gallet bringen?"

„Das kann ich tun, aber ich fürchte, es wird Euch nichts helfen. Nach einem solchen Anfall braucht Harry ein paar Tage, um wieder ganz zur Besinnung zu kommen und bis dahin sehen wir ihn nicht ..."

„Ein paar Tage?" Teddy war entsetzt. „Er kann nicht - wir haben nicht - wir haben keine paar Tage! Die Hochzeit ist übermorgen."

„Dann müssen wir sehen, was wir tun können, um sicherzustellen, dass er es zur Zeremonie schafft", stellte Lisa fest.

Als sowohl Lisa als auch Teddy Jack erwartungsvoll anschauten, hob er die Hände und gab nach. „Na gut! Ich nehme Euch mit zu Gallet. Aber sagt mir nicht, dass ich Euch nicht wegen des Ergebnisses gewarnt hätte."

„Dann solltest du besser die glühenden Kohlen vorbereiten", sagte Teddy schneidend. Sie hatte keine Ahnung, was Lisa glaubte tun zu können oder warum sie in die Nähe eines Mannes gehen wollte, der sie übel beleidigt hatte, aber ihre Hochzeit war ihr erster Gedanke. Und wenn Lisa es schaffen konnte, Harry rechtzeitig in die Kirche zu bringen, war sie bereit, ihre beste Freundin alles tun zu lassen, um ihn dort an Jacks Seite zu bringen. „So oder so wird Gallet Lisa Harrys Aufenthaltsort verraten müssen, denn ich werde heiraten, mit oder ohne dich, Sir John Cavendish!"

Jack wollte seine Liebste nicht gerne darauf aufmerksam machen, dass sie ohne ihn kaum heiraten könnte. Stattdessen tat er, was ihm gesagt wurde, und eine Stunde später befanden er und Lisa sich im marmornen Vorzimmer von Lord Henri-Antoines Suite im Nordflügel des großen Hauses. Michel Gallets versteinertes Gesicht, als ein Lakai sie in den Salon führte, verriet ihm, dass er ebenso gut gleich nach einem Eimer glühender Kohlen hätte schicken können.

ZWEIUNDZWANZIG

Es war das erste Mal, dass Lisa sich im Inneren des Palastes des Herzogs von Roxton befand. Bislang hatten aller Veranstaltungen draußen oder in Crecy Hall stattgefunden und wäre die Situation beim Cricketmatch nicht so aus den Fugen geraten, wäre sie danach im Bankettsaal zum Diner gegangen. Aber ihr Interesse am Inneren des Palastes würde warten müssen. Was sie vor allem erfahren wollte, war Henri-Antoines Aufenthaltsort, obwohl sie eine Ahnung hatte, wo er sein könnte, jedoch konnte nur sein Haushofmeister dies bestätigen. Jack führte sie durch ein Labyrinth von weitläufigen, marmornen Gängen, eine breite, geschwungene Treppe hinauf und eine mit Parkett ausgelegte Galerie entlang, an deren Wänden zu viele Gemälde hingen, als dass man sie hätte zählen können. Ihr Gesamteindruck nach diesem kurzen Blick auf das Innere des großen Hauses war der von unvergleichlicher Pracht. Das palladianische Äußere war überwältigend, das Innere fast unvorstellbar.

Lord Henri-Antoines Suite war nicht anders. Und als ein Lakai sie in einen Salon führte, der in karmesinrotem Samt und Seide eingerichtet war, trafen sie dort auf einen Mann, der in großem Gegensatz zu seiner Umgebung in einen dunkelblauen Anzug gekleidet war, denselben Mann, der in Warners Krankenstation versucht hatte, Lisa auf die Straße hinaus und in Lord Henri-Antoines Kutsche zu locken. Wenn er überrascht war, sie zu sehen, zeigte er das nicht. Aber sie war überrascht, ihn zu sehen und sagte auf Französisch, bevor Jack Gelegenheit hatte, nach Harrys Aufenthaltsort zu fragen:

„Ihr habt einen Zwillingsbruder in Crecy Hall, nicht wahr?"

„Ja, Mademoiselle. Mein Bruder Marc ist Haushofmeister bei M'sieur le Duc et Mme la Duchesse de Kinross."

„Und Ihr habt eine ähnliche Stellung bei ihrem Sohn inne. Wie praktisch."

„Wie das?"

„Ich habe mich gefragt, wessen Augen Mme la Duchesse benutzt, um ein Auge auf ihren Sohn zu halten, und jetzt weiß ich es. Eure Augen, nicht wahr?"

„Ich kann weder bestätigen noch bestreiten, was Mademoiselle sagen. Was ich Euch sagen kann, ist, dass ich als Haushofmeister seiner Lordschaft für ihn und niemand anderen arbeite."

„Schaut, Gallet", warf Jack ein, der das Gefühl hatte, er sollte etwas beitragen, „Miss Crisp muss mit seiner Lordschaft sprechen. Wenn Ihr so freundlich wäret, sie zu ihm zu bringen, wäret Ihr uns gleich los."

Michel Gallet verbeugte sich respektvoll. „Ich bedauere sagen zu müssen, dass das nicht möglich ist, Sir."

„Ihr bedauert gar nichts. Ihr wollt einfach nicht!"

„Wie Ihr sagt, Sir", antwortete Michel Gallet und blieb standhaft.

Lisa suchte in einer Tasche und zog die Karte des Anwesens heraus, die man ihr auf der Kutschfahrt von Alston nach Trent gegeben hatte. Diese zeigte sie dem Haushofmeister, der einigermaßen verwirrt darauf schaute, mit einem Blick auf Jack, der das Gleiche tat.

„Wenn Ihr mir einen Moment schenken wollt, M'sieur Gallet. Ich habe diese Karte studiert, damit ich, wenn ich spazieren gehe, das tun kann, ohne darauf zurückgreifen zu müssen, obwohl ich sie in der Tasche behalte, sollte ich darauf nachsehen müssen. Und wisst Ihr, was mich am meisten überrascht hat?"

Der Haushofmeister schüttelte den Kopf. „Nein, Mademoiselle. Das weiß ich nicht."

„Es war die Anzahl von Zierschlösschen und Grotten in unmittelbarer Nähe des Haupthauses. Seht Ihr, wie viele es sind? Vielleicht gibt es in größerer Entfernung noch mehr, aber allein auf dieser Karte sind es acht. Die auf der Schwaneninsel darf man nicht betreten, aber die anderen stehen, wie ich vermute, Gästen und Besuchern des Parks gleichermaßen offen?"

„Ich gehe davon aus, dass dies der Fall ist, Mademoiselle", stimmte Michel Gallet zu.

„Ich war so fasziniert davon, dass ich Lady Marys Bruder, Mr. Fitzstuart, gefragt habe, ob er wüsste, warum es so viele wären, und er erzählte mir, dass die in nächster Nähe alle vom fünften Herzog erbaut worden wären. Er erinnerte sich daran, vor allem, weil er, sein Bruder und seine Schwester ihre Sommer hier verbrachten und diese kleinen Bauten im Freien hochgezogen wurden ...“

„Alle großen Landsitze verfügen über Pavillons und Grotten. Einige mehr als andere“, unterbrach der Haushofmeister kurzerhand. „Ich versichere Euch, daran ist nichts Überraschendes.“

„Nein?“, warf Jack ein, der plötzlich aufhorchte, da zum ersten Mal, seit sie den Salon betreten hatten, Michel Gallet unbehaglich wirkte. Er sah Lisa an. „Bitte, fahrt fort, Miss Crisp. Ich würde gerne hören, war Cousin Charles zu sagen hatte, denn ich habe meine Jugendjahre hier verbracht und bin überall mit seiner Lordschaft herumgelaufen, es gibt keinen Pavillon und keine Grotte, die wir nicht erforscht hätten.“ Er hustete in seine Faust. „Einschließlich der Schwaneninsel.“

„Das war mein zweiter Gedanke, als ich diese Karte studierte - dass Ihr, als der beste Freund seiner Lordschaft, diese Pavillons und Grotten gut kennen dürftet“, sagte Lisa. „Mr. Fitzstuart sagte mir, dass die Bauarbeiten an diesen speziellen Pavillons - den dem Haus am nächsten stehenden - alle begonnen wurden, als der zweite Sohn des fünften Herzogs ein kleiner Junge war und alle innerhalb von ein paar Jahren fertiggestellt wurden.“

„Euer zweiter Gedanke? Bitte, welcher war denn der erste?“, fragte Jack.

Lisa antwortete, ohne ihren Blick von dem Haushofmeister abzuwenden. „Dass M'sieur le Duc de Roxton ein Edelmann mit Weitsicht und Mitgefühl war und ein sehr liebevoller Vater ...“

„Das war er, Miss Crisp. Und Ihr habt das beim Betrachten dieser Karte erkannt?“, fragte Jack überrascht.

„Ja. Denn nur ein liebender Vater, der an die Bedürfnisse seines Sohnes dachte, würde solche kleinen Gebäude in der Landschaft errichten lassen, so dass sie leicht erreichbar waren. Er ließ sie so erbauen, dass sein Sohn die Sicherheit des Hauses verlassen und die weitere Umgebung erkunden konnte im Wissen, dass es immer einen Ort für ihn gäbe, an dem er sich sicher und fern von neugierigen Augen fühlen könnte. Ich bezweifle nicht, dass diese Plätze selbst interessant sind und von Familie, Gästen und Besuchern des Grundstücks besucht werden. Sie sind Orte, wo man sitzen und die Landschaft betrachten kann, um geschützt vor Sonne und Hitze, Regen und Wind Atem zu holen. Aber ihre Hauptfunktion war immer, dem zweiten Sohn des Herzogs eine Zuflucht zu gewähren. Ist das nicht so, M'sieur Gallet?“

Jack starrte Lisa mit etwas an, was fassungsloser Verblüfftheit nahekam. „Bei Jupiter, Miss Crisp! Ihr habt mir die Augen geöffnet. Ich habe nie viel darüber nachgedacht. Für mich waren sie nur Orte, die Harry und ich erforschen konnten. Wir haben sogar in ein paar von ihnen übernachtet. Jetzt komme ich mir wie ein Trottel vor!"

Lisa lächelte. „Oh, Ihr müsst Euch nicht dumm vorkommen, Sir John. Ihr sagtet selbst, dass Ihr den größten Teil Eures Lebens hier verbracht hättet und daher nie viel über all dies nachdenken musstet. Ich hingegen, die noch nie hier gewesen ist, finde alles faszinierend und muss über alles ausgiebig nachdenken." Sie hielt die Karte hoch. „Und Ihr habt keine solche Karte, nicht wahr?"

„Nein. Also?", sagte Jack zu dem Haushofmeister. „Wie sieht es aus? Miss Crisp hat recht, nicht wahr? In welchem dieser Pavillons hat sich Euer Herr vergraben?"

Lisa zeigte auf den in der Karte eingezeichneten Zierbau. „Ich würde zu vermuten wagen, dass es dieser ist, Sir John. Der sogenannte Tempel Vejovis. Mr. Fitzstuart sagt mir, dass Vejovis der römische Gott der Heilung sei. Und es ist das Bauwerk, das dem Ort, wo das Cricketmatch stattfand, am nächsten liegt." Sie warf dem Haushofmeister einen Blick zu und schaute dann wieder auf die Karte. „Und der Ersteller der Karte war so freundlich anzugeben, dass ein Teil dieses Tempels die Grotte Neptuns ist, von der Mr. Fitzstuart mir sagte, dass dort ein Tauchbecken wäre."

„Ja", bestätigte Jack nickend. „Es wird vom See gespeist. Wir sind dort nie geschwommen. Harry hasste den Platz, weil eine seiner frühen Behandlungen darin bestand, in dem verdammten Ding untergetaucht zu werden, als ob das Tauchen im eiskalten Wasser ihn hätte heilen können! Er sagte, er wäre fast ertrunken. Scheußliche Angelegenheit."

„Werdet Ihr mich dorthin führen?", fragte Lisa.

„Ihr glaubt, er sei dort, obwohl ich gerade sagte ..."

„Ja. Obwohl er das Tauchbecken als Kind gehasst haben mag - und wer kann es ihm verdenken - könnte ihm als Erwachsenem klar geworden sein, dass kalte Bäder bei vielen Krankheiten als gut für die Behandlung gelten."

„Wenn ich jetzt darüber nachdenke, er hat vor kurzem ein Zierschlösschen mit einem Tauchbecken im Garten seines Hauses in Bath bauen lassen. Mit einem Wasserfall und Wasser, das aus dem Fluss herangepumpt wird. Ich dachte, das wäre eine seiner extravaganten Verrücktheiten."

„Wie sein Spazierstock mit dem diamantenbesetzten Griff? Unnötig, aber zur Steigerung seines Ansehens? Aber habt Ihr Euch je überlegt, dass vielleicht dieser Spazierstock ebenso notwendig ist wie das Tauchbecken?" Sie schaute den Haushofmeister an und sah, dass sie seine volle Aufmerksamkeit genoss.

„Sein Spazierstock?" Jack runzelte die Stirn. „Und wozu soll er gut sein, Miss Crisp?"

„Sowohl, um ihm zu helfen, aufrecht zu bleiben, sollte er plötzlich von Symptomen seines Leidens befallen werden, als auch, um ihn zu benutzen, seinen Betreuern - seinen Burschen, wie er sie nennt - und Euch, M'sieur Gallet, ein Zeichen zu geben, sollte er sofortige Hilfe brauchen. Nicht wahr?"

„Bei Gott! Ihr kennt ihn gut!", verkündete Jack voller Bewunderung. Er wandte sich an den Haushofmeister. „Also Gallet. Wenn Ihr Miss Crisp nicht zu seiner Lordschaft bringt, werde ich es tun."

„Ich muss darauf hinweisen, dass es keine Garantie dafür gibt, dass seine Lordschaft Miss Crisp vorlassen wird. Oder dass die Burschen sie hineinlassen."

„Machen wir uns darüber Sorgen, wenn wir dort sind, ja?"

Michel Gallet stand wie eine Statue dort und Lisa hielt den Atem an in der Hoffnung, dass ihre Intuition sie nicht getrogen hatte. Aber was sie nicht wissen konnte, war, dass der Haushofmeister der Meinung war, wenn es eine Person gäbe, die sein Herr sehen wollte, es dieses Mädchen war, das vor ihm stand. Bei seinem ersten Besuch von Warners Krankenstation mit seinem Herrn hatte er sich gefragt, welcher Floh seiner Lordschaft ins Ohr gehüpft wäre, dass er ein solches Höllenloch von Krankenhaus besuchen wollte, und dann war sie da: saß mit ihrer Schreibschachtel in der Ecke, umringt von ungewaschenen, zerlumpten und von Krankheiten befallenen Armen, der Sonnenschein in einem sonst trostlosen Dasein. Und das lag nicht daran, dass sie beeindruckend schön war, obwohl sie das war, aber er hatte am Arm seines Herrn manche seltene Schönheit hängen sehen, hier in England wie auf dem Kontinent. Es lag daran, dass Miss Crisps Schönheit von innen heraus strahlte und das war seiner Meinung nach die seltenste Art der Schönheit. Und daher, in einer Zeitspanne, die nur Sekunden dauerte, auch wenn sie wie Minuten schien, bevor Lisa wieder atmen konnte, nickte der Haushofmeister zum Zeichen seines Einverständnisses.

„Aber ich nehme nur Miss Crisp mit, Sir John."

Jack entfernte sich ein paar Schritte von dem Haushofmeister und bedeutete Lisa, ihm zu folgen. Und als sie vor ihm stand, sagte er leise: „Wenn Ihr ohne meine Begleitung zum Pavillon geht und es herauskommt, dass ihr allein dort wart, kann ich euch nicht vor Klatsch schützen - oder vor Harry. Ich sage das mit dem tiefsten Respekt vor Euch und vor ihm."

„Das weiß ich. Und ich bin von Eurer Sorge um mein Wohlergehen zutiefst gerührt, aber Ihr - Ihr vor allem, als Henri-Antoines bester Freund - müsst unsere Gefühle füreinander kennen."

„Jetzt, ja", sagte er mit einem schnaubenden Lachen und Röte auf den Wangen, als er vorsichtig den Riss an seiner Lippe berührte. „Was ich nicht weiß, ist, was die Zukunft für jeden von Euch bereithält. Was ich mir wünsche, mag nicht sein, was geschieht, denn Harry ..."

„... ist der Bruder des Herzogs von Roxton und der Sohn eines Herzogs." Lisa lächelte. „Sorgt Euch nicht, Sir John. Ich bin vielleicht jung, aber wenn ich auch kein kaltes Herz haben mag, besitze ich doch einen kühlen Kopf. Ich weiß, wenn ich meinem Herzen folge, wird das Konsequenzen haben, und ich nehme sie in Kauf."

„Wie auch immer, Teddy und ich würden Euch nie aufgeben. Denkt daran."

Lisa küsste ihn impulsiv auf die Wange. „Vielen Dank. Ihr seid der netteste aller Männer und ich kann verstehen, dass Teddy Euch liebt. Jetzt müsst Ihr zu ihr zurückkehren, aber bitte sagt ihr noch nichts hiervon. Wenn sie ihre gute Meinung von mir ändern sollte, dann besser nach Eurer Hochzeit."

„Gut", stimmte Jack zu und fügte mit leiser Stimme kryptisch hinzu: „Es ist keine Klippe, aber ein italienischer Pavillon wird es auch tun."

„Ich habe es Euch gesagt. Morgen! Geht weg!"
Es war die plötzliche Helligkeit in einem sonst abgedunkelten Zimmer, die ihn geweckt hatte. In seinem halb wachen, halb schlafenden Zustand war er sich des Kommens und Gehens im unteren Stockwerk vage bewusst und es verlieh ihm ein Gefühl des Wohlbehagens. Die Burschen brachten Essen und Trinkwasser, Feuerholz, um den Ofen zu beheizen, säuberten den Raum und leerten aus, was auszuleeren war. Und wenn sie nicht herumräumten, kam und ging Kyte, nahm seine Kleider weg und ersetzte sie durch frische, was auch gut so war, da ihm nur noch das Hemd geblieben war. Aber im Bett zusammengerollt brauchte er nichts anderes ...

Doch trotz allen Kommens und Gehens unter ihm drang niemand in diesen Raum ein, den er als Schlafgemach benutzte. Dieser Pavillon war ein zweistöckiger Rundbau, ringsum waren Fenster angebracht und ein Paar zweiflüglige Türen, die auf einen schmalen Balkon führten. Von einigen Fenstern aus gab es einen Ausblick auf den Wald, von anderen über die gepflegten Gärten. Sein großes Himmelbett war in der Mitte unter dem Kuppeldach aufgestellt. An allen Fenstern waren die Gardinen zugezogen, um den Raum abzudunkeln, aber jemand hatte den Vorhang an einem Fenster zur Seite gezogen und auch das Fenster hochgeschoben, um frische Luft hereinzulassen.

Wenn es keinen Todesfall in der Familie gegeben hatte, konnte er sich keinen Grund für diesen Ungehorsam seiner Diener, ihn so zu stören, vorstellen. Und dieser erschreckende Gedanke veranlasste ihn, sich auf den Rücken zu drehen. Aber er drehte den Kopf auf dem Kissen nicht dem offenen Fenster zu, das Licht war zu grell, sondern blinzelte zu der gewölbten Decke mit dem Gemälde einer Nacht voller glitzernder Sterne hinauf. Er hob eine Hand nur zollbreit von der Bettdecke zum Zeichen, dass der Eindringling seine Erlaubnis hatte zu sprechen.

Als das Schweigen sich dehnte, blinzelte Henri-Antoine widerwillig ins Licht, was ihn wegen des Blutergusses um sein linkes Auge zusammenzucken ließ. Er war sicher, dass er Fieber haben musste. Dort stand die Silhouette einer Frau. Er zwinkerte. Mit Sicherheit halluzinierte er, aber vielleicht würde die Erscheinung wenigstens vernünftig sein.

„Das Licht tut weh ... Zieht den Vorhang vor. Besser. Jetzt geht."

Er zog sich das Laken über den Kopf, wandte der Erscheinung den Rücken zu und schloss die Augen.

Lisa kam zum Bett herüber.

„Ich warte unten. Aber ich gehe nicht weg."

Unter dem Laken entstand hektische Aktivität, dann wurde eine Hand hinausgestreckt.

„Nein! Nicht!"

„Nicht unten warten oder nicht weggehen?"

„Nicht ... Geht nicht weg ..." Die Hand klopfte auf die Bettdecke. „Bleibt."

Sie setzte sich auf den Rand der Matratze und ergriff seine Hand. Sie war überrascht, wie kalt er sich anfühlte. Allerdings gab es keinen Kamin und nachdem die Sonne abgehalten wurde, gab es nichts, um den Raum warmzuhalten. Es war ein herrlich sonniger Tag draußen, fast zu heiß, aber dieser Pavillon stand mitten im Gebüsch, am Rande eines Gehölzes, und bekam daher wenig direkten Sonnenschein zu sehen.

Sie schaute sich nach einer weiteren Decke um, konnte aber keine in der Nähe des Betts erkennen. Daher wollte sie aufstehen, um danach zu suchen, aber seine Finger schlossen sich fester um ihre.

„Bleibt."

„Das habe ich vor. Aber Euch ist kalt und Ihr braucht noch eine Decke. Vielleicht gibt es unten eine ..."

„Nein", kam die dumpfe Antwort. Er zog langsam das Bettlaken bis zum Kinn herunter und schielte sie an. „Ich brauche nicht ... ich brauche nur ... ich brauche nur - Euch, und Schlaf."

Sie presste ihre Lippen aufeinander, von seinem Geständnis überwältigt, und nickte, bevor sie seine Hand drückte und dann losließ. Diese Hand verschwand unter dem Laken und er drehte sich auf die Seite und wurde wieder ruhig. Ohne weiter darüber nachzudenken, kletterte sie auf das Bett und legte sich neben ihn auf die Bettdecke. Sie rutschte zur Seite, bis sie an seinen Rücken gedrückt dalag, schüttelte das Kissen auf und legte sich wieder hin. Und mit einer Hand auf seiner Schulter, ihrem Gesicht in seinem Nacken und ihren Körper um seinen, der von Kopf bis Fuß in das Laken gehüllt war, gewölbt, schloss sie die Augen. Sie lag dort eine ganze Weile, zufrieden und glücklich, bis sie in einen tiefen Schlaf fiel.

Als sie erwachte, war es mehrere Stunden später. Wenn er sich überhaupt bewegt hatte, war sie davon nicht gestört worden. Und da sie in der Nacht zuvor kaum geschlafen hatte, war sie nicht überrascht, dass es ihr nicht schwergefallen war, neben ihm einzuschlafen. Er war noch immer in das Laken gewickelt, aber es bedeckte nicht länger seinen Kopf. Er hatte einen Arm herausgezogen, oben aus der Decke, und sein schulterlanges Haar fiel in zerzauster Unordnung über sein Kissen. Sie hob sich auf einen Ellenbogen, um mit einem kurzen Blick festzustellen, ob er noch schliefe, und war überrascht, nicht wegen der dunklen Bartstoppeln auf seinem Kinn und den Wangen, sondern wegen der Prellung um sein Auge und des Risses in seiner Lippe, die nicht so geschwollen war, wie sie erwartet hatte.

Sie legte sich wieder zurück und zitterte, erkannte, dass sie jetzt fror und dass es ihr Fehler gewesen war, das Fenster angelehnt zu lassen. Sie stand auf, um es zu schließen, als ihre Bewegung ihn weckte.

„Kommt unter die Decke", sagte er schläfrig. „Kann uns beide wärmen." Als sie ein klein wenig zu lange zögerte, wachte er genug auf, um seinen Kopf zu drehen und zu sagen: „Ich bin nicht in einem Zustand, um Euch zu verführen. Ich bin schwach … und … wenn wir uns lieben, möchte ich - möchte ich im besten Zustand sein … für Euch … Ich sollte Euch warnen … Ich trage nur ein Hemd … und Ihr werdet es bald genug herausfinden: ich habe knochige Knie und harte, haarige Beine."

Lisa lächelte und errötete, aber bevor sie ihre Stiefeletten auszog, huschte sie rasch hinüber und schloss das Fenster. Auf Strümpfen richtete sie das Bettzeug neu, so dass sie leicht unter das Laken und die Decke schlüpfen konnte. Und nachdem sein Körper nicht länger von dem Laken gefangen war, wurde sie sich seiner Gestalt sehr bewusst. Sie drückte sich vorsichtig an seinen gebogenen Körper und kuschelte sich an ihn, und bald waren ihrer beider Beine gemütlich verschlungen.

Er schien wieder in den Schlaf geglitten zu sein, denn er war lange Zeit still, dann sagte er: „Ich muss mich ausruhen, oder die Kopfschmerzen bleiben zurück."

„Dann ruht Euch aus."

„Ihr geht nicht fort?"

„Nein."

„Es ist nicht ... es ist nicht Jacks großer Tag?"

„Nein. Die Hochzeit ist übermorgen."

„Ich dachte ..." Er seufzte. „Gut. Ich möchte sie nicht verpassen."

„Er möchte auch nicht, dass Ihr sie verpasst."

„Er verzeiht mir?"

„Ja."

„Er ist ein lieber Kerl."

„Ja. So wie Ihr."

„Nein, das bin ich nicht", brummte Henri-Antoine. Er zog ihren Arm weiter über seinen Körper, um sie näher heranzuziehen und Halt zu finden. „Ich bin ein Schuft und ein arroganter Trottel ... ich bin immer noch wütend auf Euch."

Lisa verbarg ein Lächeln hinter seinem Rücken und fürchtete, kichern zu müssen. Aber sie konnte das Lachen in ihrer Stimme nicht unterdrücken.

„Ja, ich sah, wie wütend Ihr auf mich wart, als Ihr Jack dazu aufstacheltet, Euch zu schlagen."

„Es macht Euch nichts aus, nicht wahr?"

„Dass Ihr Jack provoziert habt, Euch zu schlagen, und ihn dann zurückgeschlagen habt? Aber ganz sicher!"

„Nicht das, *Hexe*. Es macht Euch nichts aus, dass ich auf Euch böse bin."

„Überhaupt nichts."

„Ich habe versucht, Euch zu warnen."

Lisa legte ihre Wange zwischen seine Schulterblätter.

„Ja. Vielen Dank."

Es entstand eine längere Stille, bevor er sagte: „Es tut mir leid - alles tut mir leid - was ich gesagt habe ... ich habe nichts davon so gemeint. Es war abscheulich ... ich bin abscheulich ... Bei mir zu bleiben wäre Euer Ruin."

„Ich bin schon ruiniert, Mylord."

Bei dieser Äußerung löste er sich von ihr, indem er sich umdrehte, um sie anzusehen, und verlangte eine Erklärung von ihr. Ihre Erklärung war, ihn anzulächeln und sich zu fragen, wie es möglich war, dass er sogar unrasiert und zerzaust, mit einem blauen Auge und einem finsteren Stirnrunzeln noch der bestaussehende Mann war, den sie kannte. Er mochte anmaßend, arrogant, uneinsichtig und oft undurchschaubar sein, aber wie sie entdeckt hatte, war er auch großzügig, mitfühlend, loyal und liebevoll, und alles in allem der komplexeste Mensch, den sie je getroffen hatte, und sie liebte ihn. Sie war ganz sicher, dass sie sich fast bei ihrem ersten Zusammentreffen in ihn verliebt hatte. Sie glaubte an Schicksal, und das hatte sie ihm gesagt. Sie glaubte auch an Aufrichtigkeit, also sagte sie es offen heraus, warum auch nicht? Sie war hier bei ihm. Sie hatte zugestimmt, seine Mätresse zu werden und konnte es nicht erwarten, dass sie sich ein Haus und ein Bett teilen würden.

„Weil ich Euch liebe, Henri-Antoine."

Er schloss die Augen und drehte seinen Kopf auf dem Kissen, um unverwandt zu den Sternen aufzusehen, mit denen die Decke übersät war, und genoss die kostbaren, wenigen Sekunden, in denen er in ihrer Erklärung schwelgen konnte. Und dann fühlte er sich plötzlich berauscht, so wie er es gewesen war, als er sie unter der Eiche geküsst hatte. Er war so überwältigt von Glück, dass er grinste. Aber sein Grinsen ließ sie die Stirn runzeln und sich auf einen Ellenbogen stützen, um auf ihn hinabzuschauen.

„Ich bitte um Verzeihung, wenn ich etwas gesagt habe, was Euch wie einen Trottel grinsen lässt", gab sie mit einem Schmollen zurück und spielte die Gekränkte. „Wenn das die Art ist, wie seine Lordschaft auf eine Liebeserklärung reagiert, hat Jack vielleicht nicht hart genug zuge-schlagen, um Euch etwas Verstand einzuprügeln, wie ich gehofft hatte!"

Er lachte leise, wechselte zu seiner Muttersprache und sagte auf Französisch: „Aber *Ihr* seid der Dummkopf - *mein* schöner Dummkopf. Ihr gesteht, einen Mann zu lieben, der es bewerkstelligte, sich von seinem besten Freund schlagen zu lassen - um Euch zu beweisen, dass er der letzte Mann ist, mit dem Ihr Euer Leben verbringen solltet. Und das tut Ihr, wenn er so schwach wie ein Welpe ist und so wollköpfig wie ein Lamm, und daher nicht so antworten kann, wie Ihr es verdientet ... Sein größter Wunsch ist, Euch zu zeigen, dass er Euch begehrt, mit Körper und Seele ... Und da wundert Ihr Euch, warum ich lächle wie ein Hofnarr?"

„Wenn Ihr erwartet, dass ich für Eure missliche Lage Mitgefühl aufbringe ..."

„Oh nein! Ich bedauere die Eure!"

Sie schnappte nach Luft und lachte dann mit ihm zusammen. Und als sie in seine Augen hineinlächelte, nahm er sanft ihr Gesicht in seine schlanken Hände, um es näher an sich zu ziehen und sie zärtlich zu küssen.

„Ihr habt mich sehr glücklich gemacht, Miss Lisa Crisp."

„Und das macht mich glücklich."

Sie kuschelten sich wieder aneinander, diesmal sein Arm um sie gelegt und ihr Kopf auf seiner Brust, zufrieden ruhig und schweigen dazuliegen, lange genug, dass sie in einen Zustand zwischen schlafen und wachen absanken. Als er sprach, fragte Lisa sich, ob sie überhaupt geschlafen hatten.

„Ich möchte hierbleiben, mit Euch, für immer."

„Dann würden wir einen Eintrag in einem dieser Reiseführer über große Landsitze bekommen ..."

„Reiseführer? Über große Landsitze? Gibt es so etwas?"

„Wie sonst sollten gewöhnliche Leute erfahren, wie die Höhergestellten leben?"

„Ich hatte keine Ahnung."

„Das liegt daran, dass Ihr in einem ..."

„... in einem Reiseführer lebe?"

„Ja."

„Warum würden wir in einem so fesselnden Werk eingetragen werden?"

„Weil wir, wenn wir für immer hierblieben, schließlich sterben würden ..."

„Wie morbide Ihr seid."

„Ihr sagtet, für immer."

„Ja."

„Und wenn wir für immer hierblieben, würde unsere Skelette schließlich entdeckt werden, wie sie so zusammen liegen, wie wir es jetzt tun. Und eine solche Entdeckung wäre eines Eintrags in jedem Reiseführer würdig. Vielleicht als warnendes Beispiel für Liebende - oder in unserem Fall, zukünftige Liebende - dass es nie klug ist, für immer im Bett zu bleiben."

„Nicht klug? Ach verdammt! Wer möchte klug sein, wenn ich mit Euch im Bett liegen kann?"

Lisa seufzte und lächelte und küsste seine Brust. Plötzlich wurde sie nachdenklich. Vielleicht war es die Erwähnung von Tod und Sterben. Sie wollte etwas über seinen Vater wissen. Es war etwas, das er erwähnt und dann getan hatte, als sie sich in Lord Westbys Stadthaus um ihn gekümmert hatte. Es war zwischen ihnen unerwähnt geblieben, aber sie fragte sich, ob er jetzt mit ihr darüber sprechen würde, und über seinen Vater, den berühmten fünften Herzog.

„Wenn Ihr als Kind krank wart, war es Euer Vater, der sich um Euch kümmerte, denn in Lord Westbys Haus habt Ihr ..."

„Ja. Ich habe einen großen Teil meiner Kindheit auf einer Chaiselongue in meines Vaters Bibliotheken verbracht ..."

„Bibliotheken?"

„Hier. London. Paris. Meistens hier."

„Und er pflegte über Euer Haar zu streichen ..."

„Ganz gleich, was er tat, er ließ alles stehen und liegen, um nach einem meiner Anfälle bei mir zu sitzen ... er erzählte mir Geschichten aus seiner Jugend ... seine Stimme beruhigte mich ... ich höre sie noch in meinem Kopf ... er hatte diese Art zu sprechen - sie war fesselnd. Er war fesselnd. Und seine Stimme ... schwer zu beschreiben, aber wenn Ihr sie je gehört hättet, würdet Ihr sie nie vergessen haben ...“

„Wie Eure Stimme.“

„Meine? Unvergesslich?“

„Nein ...“

„Nein? Aber Ihr sagtet gerade ...“

„Eure Stimme ist - ist prachtvoll.“

Er schmunzelte. „Prachtvoll?“

„Ihr wisst das doch! Und ich habe es Euch bereits zuvor gesagt. Erinnert Ihr Euch nicht? Als Ihr mich in der Gerrard Street besuchtet und mir meine so wundervolle Schreiberkiste schenktet. Ich sagte, ich könnte Euch unaufhörlich lauschen, ganz gleich, welche Sprache Ihr sprächet.“ Sie lächelte keck. „Und Becky stimmt mir zu. In der Tat war sie die Erste, die heiße Schokolade erwähnte ...“

„Heiße Schokolade?“

„Eure Stimme. Weil sie so klingt. Eure Stimme klingt, wie heiße Schokolade schmeckt: geschmeidig und köstlich und - und ein kleines bisschen sündhaft.“

„Heiße Schokolade? Sündhaft?“

Er lachte ein kehliges Lachen und zog dann das Kissen über sein Gesicht und hielt es dort fest. Lisa fragte sich, was los war, bis sie spürte, wie sein ganzer Körper bebte und wusste, dass er vor Lachen bebte. Sie zog das Kissen fort und er blinzelte zu ihr auf und sie schaute errötend auf ihn hinab.

„Ich habe nicht übertrieben“, sagte sie ernst. „Oder - oder versucht, Euch zu - zu schmeicheln.“

„Gotte bewahre!“ Er zuckte bei dem Schmerz hinter seinen Augen zusammen und zog das Kissen aus ihren Händen, aber bevor er es hinter seinen Kopf zurücklegte, sagte er: „Ich habe vor Glück gelacht, *Hexe*. Ihr macht mich glücklich. Hört auf!“

Sie lächelte und beide legten sich wieder hin und schwiegen. Er überraschte sie mit dem Geständnis:

„Als Ihr mir bei Westby die Haare gestreichelt habt, dachte ich ... eine vorbeiblitzende Sekunde dachte ich, es wäre mein Vater ...“

„*Ne vous arrêtez pas, mon cher papa. Dis m'en plus.*“

„War das, was ich sagte: ‚Hör nicht auf, liebster Papa. Erzähle mir mehr.‘?“

„Ja, und jetzt verstehe ich, warum.“

„Ich - ich habe geheult wie ein Baby!“

„Weil Ihr erkanntet, dass ich nicht er war. Seiner Gefühle muss man sich nicht schämen. Ihr habt Euren Vater unermesslich geliebt. Es ist nur natürlich, dass Ihr noch um ihn trauert ... Und Ihr wart jung, als er starb, nicht wahr?"

„Er wurde direkt nach meinem neunten Geburtstag krank. Ich war zwölf, als er starb. Ich dachte - als Junge dachte ich - ich dachte, ich hätte ihn mit meiner Krankheit angesteckt."

„Oh nein! Ich hoffe, Eure Mutter, Euer Bruder, seine Ärzte haben Euch versichert, dass das nicht so war."

„Ich habe niemandem davon erzählt ... aber warum sollte ich das nicht denken? Viele Ärzte - die meine Eltern wegen meiner Krankheit konsultierten, der Leibarzt meines Vaters, in der Tat - warnten alle, dass die Fallsucht ansteckend wäre ..."

„Unsinn! Wenn das der Fall wäre, würde Eure gesamte Familie und alle Eure Diener sie bekommen haben und daran leiden. Und niemand sonst in der Familie hat sie, nicht wahr?"

„Nein ..."

„Womit es dann bewiesen ist! Oh, außer dem Vater Eurer Mutter. Aber Ihr habt Euch nicht bei ihm angesteckt, da er schon lange tot war, bevor Ihr geboren wurdet."

„Ah, aber bevor nicht das Gegenteil bewiesen ist, wird es Ärzte geben, die weiter glauben, dass wir ansteckend sind und sie werden fordern, uns aus der Gesellschaft fernzuhalten."

„Und es gibt auch Ärzte, die glauben, dass es eine Manifestation des Bösen wäre, ein Zeichen des Wahnsinns. Ich weiß das, weil Dr. Warner es mir bei einem seiner Vorträge morgens am Frühstückstisch erzählt hat. Er lehnt die Behauptung, dass die Fallsucht ansteckend oder ein Zeichen des Bösen wäre, heftig ab ..."

„Aus welchem Grund ich seine Forschungen und seine Anatomieschule fördern werde."

„... aber er widerspricht der Theorie nicht, die besagt, dass der Leidende, wenn er sich in den Klauen eines Anfalls befindet, einen Augenblick des Wahnsinns erlebt."

„Das könnte durchaus wahr sein. Ich weiß es nicht. Ich habe keine Erinnerungen daran." Er drehte seinen Kopf auf dem Kissen und suchte Lisas Blick. „Und weil ich es nicht weiß, wer will sagen, ob nicht in meinem Kopf ein Monster ist ..."

„Ich werde nicht zulassen, dass Ihr das glaubt!", sagte Lisa heftig und küsste ihn, um seine Worte zu ersticken. Sie lächelte, als er zusammenzuckte. „Verzeiht mit. Ich vergaß Eure verletzte Lippe. Aber da Ihr Euch das selbst zuzuschreiben habt, habe ich wenig Mitgefühl. Für den Jungen jedoch, ja, für ihn habe ich großes Mitgefühl. Der Tod eines

Elternteils, vor allem eines so geliebten wie Eures Vaters, ist eine zutiefst erschütternde Erfahrung. Obwohl der Tod meines Vaters eher Glück im Unglück war. Vielleicht war ich danach verwaist, aber ich musste nicht länger seine Trunkenheit ertragen. Mir war es lieber, im Armenhaus als mit ihm zu leben."

„Ich habe mich immer gefragt", sinnierte Henri-Antoine, nur halb im Scherz, „ob es ähnlich war, wie ins Armenhaus geschickt zu werden, als ich nach Eton gehen musste ..."

„Eine Schule für die Söhne des Adels wie ein - ein Armenhaus?" Lisa war empört. „Wenn Ihr das glaubt, lebt ihr in einer Märchenwelt! Ihr habt keine Ahnung, wie das Leben in einem Armenhaus aussieht."

„Nein. Stimmt. Aber Ihr, mein süßes Mädchen, habt keine Ahnung vom Leben in Eton. Ein brutaler Ort. Voller kleiner Tyrannen. An solchen Orten zusammen eingesperrte Jungen sind kleine Ungeheuer ... Und als Junge, der sich selbst für ein solches Ungeheuer hielt, wurde ich doch vor Angst fast um den Verstand gebracht. Es spielte keine Rolle, dass ein Arzt auf mich aufpasste; er wurde auch herumgeschubst. Ohne Jack hätte ich vielleicht nicht überlebt. Ein paar Monate habe ich es ausgehalten, dann rettete mein Vater mich. Das Experiment, mich so sein zu lassen wie andere Jungen meines Alters, war ein elender Fehlschlag."

„Ich kann mir nicht vorstellen, dass Ihr je wie andere Jungen wart, und ich sage das nicht im Hinblick auf Eure Krankheit. Ebenso, wie Ihr nicht wie andere Männer seid, vor allem nicht wie Eure Standesgenossen. Welcher andere Adlige denkt über Armenhäuser und Krankenstationen für die Armen nach und darüber, wie man die medizinische Wissenschaft am besten fördern kann, oder finanziert eine ganze Stiftung, die diese Arbeit unterstützt und bietet Stipendien für arme, aber ausgezeichnete Studenten ..."

„*Der Wert eines großen Erbes bemisst sich nicht danach, wie es erhalten wird, sondern danach, wie es ausgegeben wird.* Weise Worte, die mein Vater mir in einem Brief hinterließ für den Tag, als ich mein Erbe antrat, an meinem einundzwanzigsten Geburtstag ... Ich habe dröhnende Kopfschmerzen. Ich muss jetzt schlafen. Währenddessen denkt darüber nach, ob Ihr Euer Leben mit einem Mann verbringen wollt, der für immer ein Schwächling sein wird. Wenn ich aufwache und Ihr fort seid, werde ich Eure Entscheidung akzeptieren. Ich werde nicht zu Jack gehen und ihm die Nase einschlagen. Wenn Ihr bleibt - dann wird es kein Zurück mehr geben, für keinen von uns."

DREIUNDZWANZIG

Als er nach unten kam, war es später Nachmittag. Er fand den kleinen Tisch an einem der Fenster zum Diner gedeckt. Die Terrassentüren standen weit offen. Direkt hinter den Türen, wo der Weg sich nach rechts und links teilte, saßen die Burschen auf Schemeln im Schatten und spielten Karten. Er schaute zum Tisch zurück. Dort standen zwei Gedecke. Das ließ ihn hoffen, dass Lisa zu bleiben beschlossen hatte. Aber sie war nicht im Pavillon, der nur diesen einen Raum und den darüber hatte, also gab es kein Versteck für sie, wenn sie nur mit ihm spielen wollte. Es gab nur einen anderen Ort, an dem sie sein konnte, und dass die Burschen sich an der Weggabelung niedergelassen hatten, um Eindringlinge aufzuhalten, gab ihm die Antwort.

Er strich sich das Haar aus den Augen und ging in Hemd und bloßen Beinen nach draußen. Die Burschen setzten ihr Kartenspiel fort, als wäre er nicht dort. Schließlich waren sie Schatten und er musste selten mit ihnen sprechen. Doch diesmal kam er direkt auf sie zu, was sie sofort aufspringen ließ. Aber er bedeutete ihnen, sitzenzubleiben und erkundigte sich: „Ihr habt den Ofen am Brennen gehalten?"

„Ja, Mylord. Er sollte die Kälte inzwischen vertrieben haben."

Henri-Antoine nickte und zögerte. Zum ersten Mal in seinem Leben fühlte er sich unbehaglich und ihm fehlten die Worte, um mit seinen Burschen zu sprechen, mit ihnen, die überall mit ihm zusammen gewesen waren und daher seine Gewohnheiten genau kannten. Nichts davon hatte ihn in der Vergangenheit je gestört. Jetzt störte es ihn, wegen Lisa. Daher war es eine Erleichterung für ihn, als einer von ihnen nebenbei sagte: „Mr. Gallet wird bald mit dem Essen hier sein. Aber wir sollten Eurer Lordschaft sagen, dass wir, wenn wir meinten, es wäre noch Zeit, Euch in die Grotte schicken sollten."

„Und ist noch Zeit?"

Die Burschen sahen einander an, schauten dann zu Henri-Antoine und nickten. Erst, als er den Pfad hinabging, der sich durch das Gehölz bis zu Neptuns Grotte schlängelte, wagten sie es, hinter seinem Rücken zu grinsen. Sie wandten sich wieder ihrem Kartenspiel zu.

Er sah ihre abgelegte Kleidung, bevor er sie sah. Jedes Kleidungsstück war säuberlich gefaltet und der Stapel zu Füßen der weißen Marmorstatue einer Meerjungfrau platziert. Es war eine von Neptuns Töchtern, die am Rand des Tauchbeckens saß mit einem Krug, aus dessen Schnabel sie Wasser in das Becken goss. Lisa wurde von dieser Statue teilweise verdeckt, sie war bis zum Kinn im Wasser eingetaucht und hielt sich mit einer Hand am steinernen Beckenrand fest. Er war nicht sicher, ob ihre Schüchternheit sie sich verbergen ließ, oder ob sie Verstecken mit ihm spielte. Oder ob ihr überhaupt bewusst war, dass er sie gesehen hatte. Er vermutete, nicht. Und wäre sie eine der Frauen gewesen, mit denen er geschlafen hatte, hätte er sich gleich ausgezogen und wäre ins Wasser gesprungen, ohne auch nur darüber nachzudenken.

Er fragte sich, wie viel, wenn überhaupt etwas, sie während ihrer Zeit in Warners Krankenstation von männlicher Anatomie zu Gesicht bekommen hatte. Er wusste, dass sie in keiner möglichen medizinischen Lage prüde oder zimperlich sein würde. Aber da ging es um Patienten. Und dann erinnerte er sich, dass die Burschen gesagt hatten, sie sollten ihn in die Grotte schicken. Also erwartete sie ihn und war hier im Becken, nackt. Also gab es für ihn nur eins zu tun.

Er trat auf den Steinrand, wo die Stufen ins Wasser führten, wackelte mit seinen nackten Zehen und zog sein weißes Hemd über den Kopf, um es dann neben ihre Kleider fallen zu lassen. Als er nackt war, zählte er im Kopf bis fünf, damit sie überrascht blinzeln konnte, denn sie konnte nicht anders, als ihn in all seiner Pracht zu sehen, selbst wenn sie ihre Augen vor einem Anblick wie ihrem ersten, ihr zugewandten nackten Mann zukniff. Wenigstens war ihre Reaktion kein Aufschrei, Lachen oder Kichern gewesen. Er hoffte, ihre Augen wären weit offen. Dass sie ihn von seinen unordentlichen Haaren bis hinab zu seinen wackelnden Zehen genau betrachtete und dass ihr Blick auf allem dazwischen ruhte, ganz besonders auf allem dazwischen. Er war arrogant genug, um zu hoffen, dass seiner der erste nackte, männliche Körper war, den sie erblickte und eingebildet genug, um zu wissen, dass er ein bewundernswertes Äußeres hatte. Frühere Geliebte hatten seine Eitelkeit genährt, aber als Mitglied von Burke's hatte er genug von seinen Mitgliedern in jedem Sinne des Wortes gesehen, um sich in seiner Haut wohlzufühlen. Doch zu wissen, dass Lisa ihn beobachtete, ließ seine früheren Geliebten, Burke's und seine Eitelkeit unbedeutend werden; sie war das Einzige, das zählte.

Und gerade, als er ins Wasser steigen wollte, watete sie langsam hinter der Statue hervor und kam auf ihn zu. Und als sie vor ihm ankam, stellte sie sich auf die unterste Stufe und richtete sich auf. Das Wasser leckte an ihrem Nabel und die langen, nassen Strähnen ihres bis zu ihren Oberschenkeln reichenden Haars flossen um sie herum und klebten an ihren lieblichen Kurven und bildeten die einzige, verlockende Bedeckung ihrer Nacktheit. Sie war die lebende Personifikation von Botticellis Venus und ihre Schönheit machte ihn sprachlos. Und als sie scheu zu ihm auf lächelte und ihre Hand einladend ausstreckte, zögerte er nicht, sich ihr anzuschließen.

Den Rest des Tages und den nächsten blieben die Burschen wachsam, während Lisa und Henri-Antoine ihre Zeit zwischen dem Pavillon und dem Becken aufteilten, und sorgten dafür, dass die gemeinsame Zeit des Paares nicht von anderen unterbrochen wurde. Und es gab andere, die zu stören versuchten. Bei mehreren Gelegenheiten wurden Gäste aus dem großen Haus, sei es zu Fuß oder zu Pferd, von diesem Bereich des Geländes durch den Rauch aus dem Kamin des Heizofens angezogen. Es war, als ob die weißgraue Wolke, die in das Blau des Himmels aufstieg und alle Ankommenden begrüßte, ein Signal des Willkommens, wie die Wärme eines Kaminfeuers in einer kühlen Nacht.

Diese Gäste hofften, die Rotunde des Tempels von Vejovis besuchen und die Aussicht aus dem ersten Stock genießen zu können oder selbst zu sehen, wie der Ofen das Wasser des Tauchbeckens auf Badetemperatur erhitzte, und bestanden darauf, dass sie die Erlaubnis des Herzogs hätten, überall hinzugehen, wo es ihnen gefiele. Und es gefiele ihnen, das Innere ausgerechnet dieses Pavillons zu sehen und Neptuns Grotte besuchen zu dürfen. Ein Paar brachte sogar vor, dass es medizinisch notwendig wäre, dass sie im warmen Wasser des Beckens baden könnten. Das Wasser des Sees wäre zu kalt, obwohl es ein heißer Sommertag war und trotz der Tatsache, dass jedermann neben dem Bootshaus badete. Das Paar wollte sich nicht abweisen lassen. Ihm wurde äußerst höflich geraten, doch zum großen Haus zurückzugehen und zu diesem Zweck eine Badewanne zu benutzen. Die beiden gingen sehr zögerlich und mit der Drohung, diese Worte vor den Ohren seiner Gnaden zu wiederholen.

Und was war mit dem dringenden Bedürfnis, den Abtritt zu benutzen? Ein solcher war direkt hinter dem Pavillon, zwischen ihm und der Grotte, abgeschieden in dem Gehölz. Es war einer von vielen kleinen, aus Holz erbauten Abtritten, die überall verstreut auf dem Anwesen für die Bequemlichkeit der Gäste wie der Familie erbaut waren. Wieder ließen sich die Burschen nicht überzeugen, sie gingen sogar so weit vorzuschlagen, dass jeder der Tausenden von Bäumen auf dem Grundstück ein hervorragender Ersatz für einen Abtritt wäre, wo die Gentlemen sich sofort erleichtern könnten. Aber nicht hier, nicht an diesen Bäumen und in diesem Abtritt.

Die Burschen weigerten sich, sich durch irgendeine Bitte, Androhung von Strafen oder gar Gewalt beiseiteschieben zu lassen. Was lächerlich war, wenn man ihre Größe und Breite bedachte und den Umfang ihrer Muskeln an Oberarmen und Schenkeln. Alle vier sahen aus, als hätten sie die Kraft, eine Sänfte mitsamt ihrer Insassen allein und ohne jegliche Mühe anzuheben.

Und dann kam eine Gesellschaft junger Gentlemen und Ladys zu Pferd, die nicht überredet werden konnte, sich zu entfernen. Sie banden ihre Reittiere an, bestanden darauf, den Pavillon zu besichtigen und einen Blick auf Neptuns Grotte zu werfen, selbst, wenn sie nur einen Finger in das warme Wasser halten könnten. Und als sie höflich aber bestimmt fortgeschickt wurden, protestierten sie, indem sie vor den Burschen auf und ab spazierten und auf ihre Vorfahren, ihren Stammbaum und Verbindungen zu jedem mächtigen Politiker im Königreich verwiesen. Die Burschen sagten kein Wort und blieben ungerührt.

Und während die Burschen so von dieser edlen Gruppe verhöhnt und damit abgelenkt wurden, schlichen drei von ihnen auf die andere Seite des Pavillons, durch das Gehölz hinter dem Abtritt. Und indem sie sich duckten und leise durch das Gehölz bewegten, einen Hang überquerten, der sie unter das Niveau des Pavillons brachte, kamen sie unbemerkt und aufrecht auf einem Pfad an, der genau zum Eingang der Heizanlage führte, die direkt unter dem Becken lag.

Hier gratulierten die drei einander zu ihrem Erfolg, an Henri-Antoines Kolossen vorbeigekommen zu sein und sich genau dort wiederzufinden, wo sie gehofft hatten.

„Hört ihr das?!“, zischte Bully Knatchbull. „Ich wusste es doch! Jemand plantscht in diesem Becken herum!“

In der Tat konnte man das Geräusch von spritzendem Wasser hören und Gelächter, gefolgt von weiblichem Quietschen, mehr Gelächter und mehr Geplantsche.

„Nicht irgendjemand, Bully. Harry. Es ist Harry mit jemandem“, antwortete Seb Westby mit einem selbstzufriedenen, höhnischen Grinsen. „Kann niemand anders sein. Er geht nirgendwohin ohne diese Bären in seinem Rücken."

„War genauso, als wir im Ausland waren", bestätigte Bully. „Aber dort sagte er, sie wären zu unserem Schutz da, vor irgendwelchen Ausländern und so. Und wenn ich darüber nachdenke, waren sie ganz nützlich. Es gab ein oder zwei Vorfälle, wo sie ihn aufgehoben und nach Hause gebracht haben. Jack sagte, Harry wäre betrunken. In Rom passierte das wieder ... Verträgt keinen Schnaps, ja - Harry, meine ich, nicht Jack. Aber hier ... Wozu braucht Harry diese Bären in Treat? Wird ja wohl kaum ein Engländer ihn angreifen, oder?" Er schnaubte. „Oh, außer Jack! Hahaha—"

„Vergiss seine verdammten Bären und konzentriere dich auf das hier, Bully!"

„Ich weiß nicht, warum er nicht möchte, dass seine Batoni-Bruderschaft ein bisschen Spaß beim Plantschen in diesem Becken teilt. Scheint an so einem heißen Tag doch nur gerecht zu sein."

„Wir haben dir gesagt, warum, Randal", antwortete seine Schwester Violet ebenso entnervt wie Westby und mit einem Augenrollen in seine Richtung. „Er ist mit einer Frau zusammen. Und nach dem, was wir bei dem Cricketmatch gesehen haben, kennen wir alle ihren Namen ..."

„... und deinen! Er hat dich gemeines Miststück genannt, Vi", bemerkte Westby mit einem affektierten Heben seiner Augenbrauen. „Das ist schlimmer, als hätte er dich Hure genannt ... Entweder verabscheut er dich mehr, als ich dachte, oder seine Gefühle für diese Bettlerin sind stärker, als ich zunächst angenommen hatte ..."

„Es kommt nicht darauf an, was du denkst, Seb! Harry kann nicht herumlaufen und meine Schwester so beschimpfen und damit davonkommen. Und du auch nicht ..."

„Ich habe es doch nicht gesagt. Er war es."

„Was der Grund ist, aus dem wir hier sind, Randal", erklärte Violet. Sie schmollte und klimperte traurig mit ihren Wimpern in Richtung ihres Bruders, was Westby veranlasste, angesichts dieses Schauspiels die Augen zu verdrehen, und sie sagte: „Du willst doch, dass er sich für das entschuldigt, was er zu mir gesagt hat, nicht wahr? Er sollte dafür zahlen, oder nicht? Du kannst ihn doch nicht davonkommen lassen, wenn er mich so schrecklich beschimpft."

„Natürlich nicht, Vi. Aber - verdammt! Ich spioniere nicht gerne einem Kerl hinterher, wenn er mit einer Frau beschäftigt ist. Gehört sich nicht. Ich würde ihm viel lieber einfach gegenübertreten und ihn mit meinem Handschuh schlagen und Genugtuung verlangen ..."

„Wir sind in den Achtzigern, Bully. Nicht in den verdammten Vierzigern!", protestierte Westby. „Harry mag mit seinen geblümten Sachen und seinem diamantenbesetzten Stock und seinen verdammten Bären weibisch wirken, aber er würde dich bei einem Duell töten. Sieh dir nur an, was er Jacks Gesicht mit seiner Faust angetan hat! Nun, wenn du nicht deine Fäuste heben willst …"

„Und diese schöne Nase ruinieren lassen?", sagte Bully schnaubend. „Nicht um mein Leben!" Als seine Schwester ob seiner Feigheit nach Luft schnappte, fügte er finster hinzu: „Trotzdem. Er wird für das, was er gesagt hat, zahlen."

„Also machen wir es auf meine Weise", befahl Westby. „Wir überzeugen uns mit eigenen Augen, dass die Frau, mit der er zusammen ist, diese arme Waise ist und den Rest überlasst ihr mir." Er sah zu Violet. „Ich verspreche dir, am Ende des Balls wirst du deine Rache an ihm und an ihr haben, und ich auch."

„Du meinst, du wirst dafür sorgen, dass er sich bei Vi für das, was er gesagt hat, entschuldigt, Seb?", fragte Bully, den das Wort *Rache* nervös machte, weil er es überhaupt nicht mochte. „Und ich will nicht, dass dem Mädchen irgendein Schaden entsteht. Sie sieht doch nett aus, selbst wenn du sagst, sie - sie wäre eine - eine Hure."

„Sie ist eine Hure, Randal."

„Aber du hast keinen Beweis dafür, Vi", protestierte Bully.

„Deine Schwester war mit dem Waisenmädchen auf der Schule. Das Mädchen ist arm wie eine Bettlerin. Wenn sie auch nur über ein bisschen Verstand verfügt, den sie, wie man uns sagte, hat, warum sollte sie dann nicht das Beste aus diesem Besuch hier machen. Es ist ihre einzige Chance, sich einen gut ausgestatten Liebhaber zu schnappen."

„Und kaum einer ist so gut ausgestattet wie Harry …"

„He? Woher weißt du das, Vi?", wollte Bully wissen und wurde rot. „Seb und ich könnten das wissen, denn wir waren mit ihm auf der Grand Tour und Jungen teilen sich alle möglichen Unterkünfte und so etwas …"

„Das war eine Redensart, du Trottel!", zischte Seb. „Und wenn wir uns einen Blick gönnen …"

„Ach ja! Ja", murmelte Bully verlegen.

„… über diese Mauer", fuhr Seb fort, „wette ich, dass diese Bettlerin sich selbst vom Umfang von Harrys Vermögen überzeugt."

„Ich will dein Versprechen, dass ihr kein Schaden daraus entsteht", forderte Bully. „Ich mache bei all dem hier nicht mit oder schaue über diese Mauer, wenn du vorhast, sie in Schwierigkeiten zu bringen …"

„Sie wird nicht in mehr Schwierigkeiten geraten, als sie ohnehin schon steckt. Du hast mein Wort darauf", versicherte Westby ihm. „Aber Harry wird bekommen, was er verdient."

„Gut. Das ist fair."

„Dann ist das abgemacht. Können wir weitermachen, bevor wir entdeckt werden, oder sie wieder weg sind?" Als Bully nickte, drehte Seb sich zu Violet. „Du wolltest uns anführen, also geh voran ..."

„Du wirst nicht über diese Mauer sehen!", warnte Bully seine Schwester.

„Du bist so ein Hasenfuß, Randal Knatchbull", klagte Violet und streckte ihm die Zunge heraus. Und mit einer Hand an ihrem Strohhut duckte sie sich und bewegte sich durch das Gebüsch, um den Hang auf der anderen Seite des Beckens hinaufzusteigen.

Sie kamen direkt an einer niedrigen Sichtschutzmauer aus dem Laubwerk heraus, die die Badenden von dem Pfad abschirmte, der gewöhnlich von Dienstboten, die Holz brachten, um den Ofen zu beheizen, benutzt wurde. Aber als sie neben der Wand standen, war es leicht, über diese auf das Becken zu schauen. Alle drei sahen einander an, lauschten auf jedes Geräusch, das von der anderen Seite der Wand kam und einigten sich in leise geflüsterten Worten, dass sie es seltsam fanden, dass es plötzlich still geworden war und fragten sich, ob sie etwas länger warten sollten, bis die Badenden anderweitig beschäftigt wären. Woraufhin Westby mit einem hämischen Grinsen vermutete, dass gerade das der Fall wäre.

Das brachte die Entscheidung. Er und Bully schoben sofort ihre Köpfe über die Mauer, und als sie sie nicht sofort wieder einzogen, ergriff Violet die Gelegenheit, auch einen Blick hinüberzuwerfen. Ihr rasches Atemholen, das klang, als ob sie erstickte, blieb ungehört und daher unbeachtet.

„Mein Gott - es ist wieder ganz wie in Pompeji", murmelte Bully in sich hinein.

„Verirrt?", näselte eine Stimme hinter ihren Rücken.

Erschrocken fuhren alle drei herum und fanden sich unter dem scharfen Blick von niemand anderem als dem ihres Gastgebers, des höchstedlen Herzogs von Roxton.

DER HERZOG SAH ZU, WIE DIE DREI EINDRINGLINGE DEN PFAD zum Pavillon in der Begleitung eines der Betreuer seines Bruders hinaufgingen, und er hatte ein unangenehmes Gefühl in der Magengrube.

Während alle drei versucht hatten, ihm verwickelte Erklärungen für ihre unerlaubte Anwesenheit hier anzubieten, gab es nichts, was sie zur Verteidigung ihrer unanständigen Neugierde, einen Blick über die Mauer in die Grotte Neptuns zu tun, sagen konnten, und sie versuchten es auch gar nicht. Und da der Herzog es nicht erwähnte, war es, als wäre es nicht geschehen. Er hoffte, dass sein Missfallen und die Tatsache, dass Seb Westbys Vater gerade auf dem Landsitz angekommen war, ausreichen würde, um ihnen den Mund zu verschließen. Der Herzog von Oborne hielt die Kordel an der Geldbörse für den Lebensunterhalt seines Sohnes in der Hand und hatte daher großen Einfluss auf ihn. Ein Wort von Roxton in Obornes Ohr und die Drohung, dass Seb Westbys Schulden nicht bezahlt würden, könnte ausreichen, um dem jungen Mann den Mund zu verschließen.

Aber es wurden bereits zu viele Spekulationen und Andeutungen hinter flatternden Fächern und über gemeinsamen Schnupftabakdosen darüber ausgetauscht, was hinter den beiden Vorfällen beim Cricketmatch, an denen sein Bruder beteiligt gewesen war, steckte. Wenn irgendetwas davon die Grenzen seines Landsitzes verließ und den Weg in die Londoner Klatschblätter fand, würde es die Art von Skandal verursachen, die er verabscheute. Er hatte die letzten sechzehn Jahre damit verbracht, den Namen seiner Familie aus dem gemeinen Klatsch der Zeitungen herauszuhalten und hatte nicht vor, ihn von einem Mädchen in den Schmutz ziehen zu lassen, dessen Familie noch vor einer Generation zur Dienerschaft gehört hatte.

Wenn Henri-Antoine vorn in der Kapelle stehen würde, um bei der Zeremonie an Jacks Seite zu sein, würde das viel dazu beitragen, die Gerüchte zu ersticken, dass zwischen den Freunden Zwietracht bestünde. Dass es zwischen ihnen zu Handgreiflichkeiten gekommen war, konnte als Dummheit zwischen zwei jungen Männern abgetan werden, die für einen Augenblick die Beherrschung verloren hatten und ihre Meinungsverschiedenheit mit den Fäusten ausgetragen hatten. Zumindest wusste niemand mit Sicherheit, was den Kampf ausgelöst hatte. Aber dieser Vorfall machte dem Herzog keine großen Sorgen, da er wusste, dass Harrys und Jacks Freundschaft ein paar blaue Flecken überstehen würde.

Der andere Vorfall jedoch, der das Mädchen betraf ... Der, als sie und sein Bruder vor aller Augen gestritten und alle Anzeichen dafür erkennen lassen hatten, dass zwischen ihnen etwas war, etwas Unwillkommenes und Unerfreuliches - dieser Vorfall machte ihm große Sorgen. Was sollte er deswegen unternehmen? Was sollte er ihretwegen unternehmen? Und am wichtigsten, was sollte er wegen seines Bruders unternehmen?

Er wusste, dass Henri-Antoine kein Heiliger war. Es gab viele Frauen leichter Tugend, die in seinem Leben gekommen und gegangen waren. Es war bekannt, dass er erstklassige Bordelle besuchte, im Ausland jeder Art des Lasters gefrönt hatte und Mitglied bei Burke's war, was ihn persönlich anwiderte. Es war, als käme die trübe Vergangenheit ihres

Vaters zurück, um ihn heimzusuchen, jedenfalls empfand er es so. Die Geschichte des fünften Herzogs war so schmutzig gewesen, dass sie ihm sein ganzes Leben lang anhing, ohne Rücksicht darauf, dass er in seinen letzten dreißig Jahren ein hingebungsvoller Ehemann und Vater gewesen war. Er wollte nicht, dass seinem Bruder auf ewig ein solcher Ruf anhaften und auch nicht, dass er mit dem Namen seiner Familie verbunden sein sollte. Er tadelte sich selbst dafür, Henri-Antoine nur wegen seiner Krankheit so viel Spielraum gelassen zu haben, sich selbst in jeder Hinsicht zu verwöhnen. Wäre er vollkommen gesund gewesen, hätte er nie gezögert, den Neigungen seines Bruders selbst Grenzen zu setzen. Aber zur Verteidigung seines Bruders musste gesagt werden, dass er seine fleischlichen Gelüste so tief verborgen hatte, dass niemand in seiner Bekanntschaft, insbesondere nicht die Zeitungen, je Anlass gehabt hatten, ihn zu tadeln, weil er seinen guten Namen beschmutzt hätte.

Und nun dies! Er hätte nie ahnen können, dass sein Bruder wegen dieses Mädchens, dieser Lisa Crisp, die weder Familie, noch Vermögen, noch Beziehungen hatte, den Kopf verlieren würde. Er hatte entdeckt, dass ihr verschwenderischer Vater sich zu Tode getrunken hatte, dass sie Zeit in einem Armenhaus verbracht hatte und dass diese Verwandten, die Beziehungen besaßen, alle mit Handel befasst waren. Wenn das nicht ausreichte, um ihre niedere Herkunft zu beweisen, auf die man kaum stolz sein konnte, gab es eine weit erniedrigendere Beziehung - und diese beunruhigte ihn am meisten - nämlich, dass ihre Tante die Kammerfrau seiner Mutter gewesen war.

Wie konnte sein Bruder so tief gesunken sein, dass er seine fleischliche Begierde auf ein Mädchen richtete, das mit einer Kammerfrau verwandt war, die von seiner eigenen Familie beschäftigt worden war? Henri-Antoine hatte eine eindeutige Grenze überschritten, eine Grenze zwischen Herrschaft und Dienerschaft, die nie überschritten werden durfte. Und dem nach zu urteilen, was man ihm berichtet hatte, waren sein Bruder und dieses Mädchen weit über einen Flirt hinausgegangen. Jetzt waren sie in seinem Pavillon eingeschlossen unter völliger Missachtung seiner selbst, seiner Familie und ihren Gästen. Und indem sie das taten, machten sie ihm - einem hochgestellten Lord des Königreichs und dem Oberhaupt der Familie - und seiner Autorität eine lange Nase - hier, wo sein Wort Gesetz war.

Etwas musste unternommen werden, und zwar sofort.

Jedoch was genau er zu unternehmen gedachte, wusste er nicht mit Sicherheit. Sie abzufinden und sie ins Ausland zu schicken, kam ihm in den Sinn, aber das konnte bis nach dem Ball warten. Vordringlich war, Jack und Teddy mit dem geringsten Aufhebens und ohne Skandal zu verheiraten. Also bestand die erste Aufgabe darin, das Mädchen an diesem Nachmittag wieder in die Gatehouse Lodge zurückzubringen unter dem Vorwand, dass sie den letzten Tag und die Nacht in Treat verbracht hätte. Er hatte bereits das Gerücht ausgestreut, dass sie krank geworden und aus Angst vor Ansteckung im Haus isoliert worden wäre, falls es sich als Fieber herausstellen sollte. Sein Arzt und ein Diener waren eingeweiht.

Sobald das Mädchen wieder in der Lodge war, konnte sein Bruder seinen Pflichten bei Jack als Trauzeuge erfüllen. Nach dem, was der Haushofmeister seines Bruders ihm erzählte, hatte Henri-Antoine sich von seinem Anfall ausgezeichnet erholt und mit nur einem kleinen Bluterguss und einem Riss in seiner Lippe von dem Kampf gab es keine Entschuldigung, warum er den Abend nicht mit den jüngeren Gentlemen zur Vorbereitung der Hochzeit am nächsten Morgen verbringen sollte.

Mit all dem im Sinn drehte er sich zu Michel Gallet um, der ihn zu diesem abgelegenen Ort begleitet hatte, mit der ausdrücklichen Absicht, ihn über die letzten Entwicklungen im Pavillon auf dem Laufenden zu halten, und überreichte ihm ein gefaltetes Blatt Papier, das mit seinem herzoglichen Siegel verschlossen war.

„Gebt ihm dies sofort. Und es ist mir egal, ob Ihr sie stört. Dies muss heute erledigt werden. Am besten wird sie im Schutze der Dunkelheit weggebracht."

„Wenn Euer Gnaden darauf bestehen."

„Ihr seht ein Problem dabei voraus? Wenn dem so ist, kann ich Euch Männer schicken, um Euch zu helfen."

„Das wird nicht nötig sein, Euer Gnaden. Nur ..."

Der Herzog zog die Augenbrauen hoch und wartete.

Michel Gallet sah dem Herzog in die ungewöhnlich grünen Augen.

„Sie - Miss Crisp - sie ist nicht wie all die anderen."

„Nein. Die anderen kannten ihren Platz. Sie nicht, weil sie keinen Platz hat und ganz bestimmt hier nichts verloren hat. Wenn es sonst nichts gibt ..."

„Doch, Euer Gnaden." Als der Herzog nichts sagte, sondern ihn nur weiter fest ansah, schluckte der Haushofmeister, bevor er sprach. „Ich stehe seit fünf Jahren im Dienste seiner Lordschaft und denke daher, dass ich den Mann einschätzen kann ..."

„Gallet, Lord Henri-Antoine ist seit fünfundzwanzig Jahren mein Bruder, nicht seit fünf. Was immer Ihr glaubt, mir mitteilen zu müssen, glaubt mir, ist weder notwendig noch wünschenswert. Ich weiß Eure Loyalität zu ihm zu schätzen, aber ..."

„Verzeiht die Unterbrechung, Euer Gnaden, aber meine Loyalität galt immer der Familie, Eurer Familie, und daher Euch beiden. Und ich würde Euch ebenso wie seiner Lordschaft einen schlechten Dienst erweisen, wenn ich Euch nicht darauf aufmerksam machte, dass eine erzwungene Trennung von Miss Crisp und seiner Lordschaft aller Wahrscheinlichkeit nach zu einer nicht wieder gut zu machenden Entfremdung zwischen Euch und seiner Lordschaft führen wird."

„Seid nicht absurd! Brüder zerstreiten sich nicht wegen eines Frauenzimmers aus der Gosse!"

Michel Gallet richtete sich auf. „Ich bitte um Verzeihung, Euer Gnaden, aber ich würde Euch raten, nichts von dem gemeinen Klatsch zu glauben, der von bösartigen Leuten über Miss Crisp verbreitet wird."

Der Herzog machte einen Schritt auf den Haushofmeister zu, umklammerte mit seinen behandschuhten Händen seine Reitgerte und funkelte ihn finster an. „Ihr - Ihr *wagt* es - *mir* - einen Rat wegen dieses Mädchens zu geben?"

„Ja, Euer Gnaden. Miss Crisp ist arm, das ist unbestreitbar. Aber meiner Meinung nach ist sie eine achtbare junge Frau ..."

„Achtbar? *Achtbar?* Seid Ihr betrunken oder verrückt, Gallet? Wie könnt Ihr sie verteidigen, nach dem, was ..." Der Herzog deutete heftig mit seiner Reitgerte in die Richtung der Grotte Neptuns. „... nach dem, was dort vor sich geht? Achtbare junge Frauen benehmen sich nicht so wie sie es tut! Lieber Himmel! Ihr Benehmen ist - ist - beklagenswert. Die schlimmste Sorte Hure kennt ihren Platz besser als diese Schlampe!"

„So muss es für jeden aussehen, der Miss Crisp nicht kennt."

Der Herzog ließ die Hand, in der er die Reitgerte hielt, wieder an seiner Seite hinabfallen. „Und Ihr kennt sie?"

„Besser als jene, die versuchen, ihren Ruf zu zerstören ..."

„Oh Gott! Und Ihr seid der Meinung, dass sie noch einen Ruf hat, der es wert wäre, zerstört zu werden?" Der Herzog schnaubte voll Skepsis. Seine Wangen waren gerötet, er fand dieses Thema überaus peinlich. „Sie hätte an ihren Ruf denken sollen, bevor sie daran ging, meinem Bruder eine Falle zu stellen, in der er sich fangen sollte ..."

„Sie hat nichts dergleichen getan!", erwiderte Michel Gallet und fühlte sofort, wie sein Gesicht ob dieses gesellschaftlichen Fehlgriffs heiß wurde. „Verzeihung, Euer Gnaden. Aber das ist absolut nicht der Fall."

„Seid Ihr sicher, dass Ihr nicht einem schönen Gesicht auf den Leim gegangen seid?"

„Nein, Euer Gnaden", antwortete der Haushofmeister. „Miss Crisp ist eine Schönheit, aber sie ist auch ein schöner Mensch."

Der erste Impuls des Herzogs war es, darüber zu lachen, aber da der Haushofmeister ernst schien, widerstand er dem Drang. „Ihr Handeln scheint dagegen zu sprechen."

„Ihr Handeln ist das einer verliebten jungen Frau. Daher sind ihr die Folgen gleichgültig."

„Ihr seid ein solcher Romantiker, Gallet!"

„Ich bitte, widersprechen zu dürfen, Euer Gnaden", antwortete Michel Gallet und verbeugte sich respektvoll. „Mein Zwillingsbruder ist der romantische von uns beiden. Ich lege Euch nur meine Beobachtungen dar als jemand, der Miss Crisp kennengelernt hat und seine Lordschaft sehr gut kennt."

„In der Tat, Gallet?"

„Ja, Euer Gnaden."

Der Herzog hob eine Hand und kapitulierte. Es konnte nicht schaden zu fragen.

„Was würdet Ihr raten?"

Der Haushofmeister zögerte nicht mit seiner Antwort.

„Dass Ihr mir erlaubt, diesen Zustand zu ordnen. Ich werde dafür sorgen, dass Miss Crisp in die Gatehouse Lodge und seine Lordschaft in seine Räume zurückkehrt, alles rechtzeitig für die Zeremonie morgen."

„Und wenn ich es Euch nicht regeln lasse?"

„Dann, befürchte ich, Euer Gnaden, dass daraus eine Entfremdung zwischen Euch und seiner Lordschaft entstehen wird."

Michel Gallet hielt ihm die versiegelte Nachricht, die der Herzog ihm zuvor für seinen Herrn gegeben hatte, hin. Roxton sah sie an, nahm sie aber nicht sofort. Als er es schließlich tat und sie wieder in seine Tasche stopfte, wagte es der Haushofmeister, leicht aufzuatmen.

„Also sagt es mir, Gallet. Sagt mir den Grund, warum mein Bruder und ich uns wegen dieses Mädchens aus Soho zerstreiten sollten."

Michel Gallet hielt dem Blick des Herzogs stand und seine Stimme war fest und klar.

„Weil Lord Henri-Antoine sie von ganzem Herzen liebt."

VIERUNDZWANZIG

Sie lagen im Bett, in Kerzenschein gebadet. Ruhig, schweigend und zufrieden damit, einander von den gegenüberliegenden Seiten der Matratze zu betrachten. Lisa lehnte am Kopfteil, ihre Haare fielen über ihre bloßen Schultern, während Henri-Antoine sich am Bettpfosten auf einen Ellenbogen gestützt hatte. Zwischen ihnen lag ein Durcheinander aus Bettzeug und Kissen. Er hielt einen ihrer nackten Füße und sie spielte mit einer Handvoll ihrer langen Haare und wickelte eine Strähne um ihren Finger. Worte waren unnötig. Alles, was gesagt oder gefragt werden musste, war auf andere, weit deutlichere Weise übermittelt worden. Alle Zweifel und alles Zögern waren verflogen, ebenso wie alle Vorbehalte. Sie waren völlig entspannt und unglaublich glücklich, und das ließ sie dessentwegen, was gerade geschehen war, ein wenig Ehrfurcht empfinden. Dennoch fühlte er das Bedürfnis zu fragen, in Anbetracht des Anlasses.

Er zupfte sanft an ihrem Zeh. „Bist du - glücklich?"

Sie nickte und strahlte und fügte sicherheitshalber hinzu: „Sehr glücklich."

Und obwohl er durch ihre Reaktion erleichtert und überglücklich war, runzelte er doch bald die Stirn und fühlte sich plötzlich unbeholfen. „Ich habe nie zuvor gefragt ... Das war gedankenlos und arrogant ..."

„Oh? Ich stelle mir vor, dass es bei deinen früheren Geliebten nicht notwendig war, das zu tun. Hätte ich es dir sagen sollen?"

„Mir sagen?" Seine Oberlippe zuckte. Er küsste ihren Fuß. „Aber das hast du, mein Liebling, auf die bestmögliche Weise. Und jedes Mal. Es ist nur so, dass dies - im engsten Sinne des Begriffs - das erste Mal ist, dass wir uns geliebt haben. Und sein erstes Mal mit dir ..."

Sie musterte ihn neugierig. „Ich hoffe, er war nicht enttäuscht. Du hast ihn warten lassen."

Er ließ ihren Fuß los, setzte sich auf und strich sich das Haar aus den Augen. „Ent-*enttäuscht*? Wie kannst du das denken? Er findet, du seiest das wundervollste, göttlichste Geschöpf, dem Lust zu bereiten er je den Vorzug hatte. Du hast jedenfalls ihn - und mich - für jede andere verdorben."

„Gut!" Sie zog sich am Kopfteil hoch und kroch über die Decken zu seinem Ende des Bettes, um ihn zu küssen. Ihre blauen Augen funkelten und sie legte ihre Arme um seinen Hals. „Denn nachdem du mir jetzt all die köstlichen Zutaten gezeigt hast, die man braucht, um den wunder-vollsten Kuchen zu backen, stelle ich fest, dass ich es sehr genieße, mir dir zu backen. Und ganz sicher möchte ich nicht, dass du - oder er - je wieder einen Kuchen mit jemand anderem macht!"

Er strich ihr zärtlich die Haare aus den Augen. „Kuchen?"

Sie erklärte es ihm.

Sein Lachen war bis nach unten zu hören.

Michel Gallet hatte nicht das Herz, sie zu stören, aber er wusste, dass es sein musste.

DIE SONNE WAR NOCH NICHT AUFGEGANGEN, ALS LISA AUS DER Kutsche der Herzogin von Roxton stieg und von einem Mädchen mit verschlafenen Augen, das die Feuer wieder entzündete, in die Gatehouse Lodge eingelassen wurde. Sie ging auf Zehenspitzen die Treppe hinauf und war im oberen Stockwerk angekommen, als Lady Mary im Morgen-rock erschien, einen Kerzenleuchter in der Hand. Sie warf einen kurzen Blick auf Lisa und wenn auch ihr Gesichtsausdruck sich nicht änderte, wurde Lisa sich doch sehr bewusst, dass ihre Haltung auf jeden Fall anders war. Verschwunden war die Wärme in ihrer Stimme und ihr Benehmen war ausgesprochen kühl.

„Findet heute eine Hochzeit statt, Miss Crisp?"

Lisa knickste und hielt ihre Augen niedergeschlagen. „Ja, Mylady."

„Dann solltet Ihr besser ein paar Stunden ruhen. Ihr habt die große Aufgabe vor Euch, dafür zu sorgen, dass meine Tochter den schönsten Tag ihres Lebens hat."

„Ja, Mylady. Mylady, ich ..."

„Nein. Ich will nichts wissen und es interessiert mich auch nicht. Teddys Glück ist das Einzige, was zählt."

„Ja, Mylady.“

Als Lisa schließlich neben Teddy ins Bett geschlüpft war, lag sie dort, starrte zum Baldachin hinauf, ohne sich zu bewegen und hoffte, ihre Freundin nicht aufgeweckt zu haben, fragte sich, wie viel sie wusste und was sie ihr sagen sollte. Michel Gallet hatte ihr erklärt, was sie sagen sollte und sie fühlte sich bei dem Gedanken, dass der Herzog von Roxton sich hatte bemühen müssen, um in Umlauf zu bringen, dass sie ein Fieber gehabt hätte und bis zu dessen Abklingen im Haus isoliert gewesen wäre, gedemütigt. Denn, wenn er das getan hatte, wusste er auch alles andere. Und wenn der Herzog es wusste, dann auch Henri-Antoines Mutter ... So viel dazu, sich im Hintergrund zu halten, wie ihre Cousinen es von ihr verlangt hatten. Dennoch konnte sie nichts tun, um deren derzeitige Meinung von ihr zu ändern, noch wünschte sie das, wenn es bedeuten würde, nie diese Zeit mit Henri-Antoine verbracht zu haben. Sie empfand keine Reue. Jetzt wurde von ihr nur noch verlangt, den Rest des Tages herumzubringen, ohne einen Skandal zu verursachen oder etwas zu tun, das Teddys Glück schaden könnte.

„Du bist wieder da“, murmelte eine schläfrige Teddy und rutschte im Bett heran, um sich an Lisa zu schmiegen. „Geht es dir besser ...?“

„Ja. Ja. Viel besser.“

„Ich bin froh. Denn ich wäre sehr traurig gewesen, wenn du ausgerechnet an diesem Tag nicht hättest bei mir sein können.“

„Ich würde deine Hochzeit um nichts in der Welt verpassen wollen, Teddy. Du wirst die wunderschönste Braut sein ...“

„Und Sir John ein schöner Bräutigam.“

„Ja! Der schönste! Schlaf jetzt.“

Lisa drehte den Kopf auf dem Kissen zur Seite und versuchte zu schlafen.

Teddys Hochzeitskleid war aus blauer Seide, Mieder und Überkleid mit zarten, weißen Spitzenrüschen und mit *engageantes* an den Ellenbogen verziert; das Perlenhalsband um ihren Hals war ihr beim Frühstück von ihren Eltern als Geschenk überreicht worden. Auf blauen Bändern aufgezogene Perlen waren durch die Locken ihres feurigen Haares geflochten und Diamantspangen und Nadeln mit Perlenköpfen halfen, ihre Frisur zu befestigen. Lisa trug ein ähnliches Kleid in muschelrosa Seide, der Stoff ohne die Verzierung durch Spitzen, außer an den Ellenbogen, das Mieder war über ihren Brüsten so tief ausgeschnitten, dass ein durchsichtiges Fichu strategisch über ihrer *décolletage*

gekreuzt und mit einer großen Schleife in ihrem Rücken gebunden wurde. Bänder im gleichen Rosa schmückten ihr Haar, das ähnlich wie Teddys frisiert war, dicke Locken waren herausgezogen, um über eine Schulter zu fallen.

Die Mädchen und Christopher Bryce waren die Letzten, die die Gatehouse Lodge verließen, um sich zur Familienkapelle von Treat zu begeben. Und bis ihre Kutsche beim großen Haus ankam, saßen die Familie und die Gäste dort und warteten. Der Bräutigam und seine vier männlichen Begleiter waren am ungeduldigsten, Jack ging vor der Versammlung auf und ab, seine Hände ballten sich zusammen und öffneten sich wieder. Henri-Antoine, weit davon entfernt, ihm besänftigende Worte zu seiner Beruhigung zu gönnen, neckte seinen besten Freund gnadenlos, und die beiden scherzten bald in ihrer normalen Art miteinander, die Familie und Freunde lächeln und mit ihnen lachen ließ; niemand freute sich mehr über diese Versöhnung als die engste Familie.

Und dann war sie da, Teddy als wunderschöne Braut, die von ihrem stolzen Stiefpapa am Arm den Mittelgang der Kapelle entlang geführt wurde. Sie konnte nicht aufhören zu lächeln, und als Jack sich umdrehte und sie sah, konnte er ebenfalls nicht aufhören zu lächeln. Und als sie vorn ankam, um neben ihm vor dem Kaplan des Herzogs zu stehen, zuckte das Paar ein wenig vor Freude mit den Schultern, so glücklich waren beide. Der Brautstrauß wurde Lisa übergeben, um ihn während der Zeremonie zu halten, nachdem Christopher Bryce seinen Teil getan und Teddys Hand an Jack übergeben hatte.

Und während der Gottesdienst abgehalten wurde, der die Vereinigung zweier junger, offensichtlich verliebter Menschen feierte, entging es der Gemeinde nicht, dass dies eine höchst wünschenswerte dynastische Verbindung war. Sie verband zwei Zweige derselben Familie und stärkte den Stammbaum der Roxtons noch weiter. Theodora Charlotte Cavendish, ging als die neue Lady Cavendish den Gang entlang am Arm ihres Mannes, Sir John George Cavendish, ohne auch nur ihren eigenen Nachnamen ändern zu müssen.

Das frisch verheiratete Paar verließ die Kapelle, von weißen Rosenblättert überschüttet, die von den jungen Mädchen der Familie, gekleidet in ihre besten Seidenkleider, mit vollen Händen aus Körben geworfen wurden. Lisa folgte dem Paar und hinter ihr gingen die Trauzeugen, der Herzog und die Herzogin von Roxton und die Mutter und der Stiefpapa der Braut, dann der Rest der Gemeinde, der sich auf dem weitläufigen, mit schwarzem und weißem Marmor gepflasterten Hof zerstreute. Braut und Bräutigam waren von Gratulanten umringt, die ihre Glückwünsche anbringen wollten, während die kleineren Kinder endlich herumrennen durften, wobei sie von Ammen und Kindermädchen überwacht wurden, während die Armee livrierter Diener mit Tabletts voller Getränke ihr Bestes tat, diesen kleinen Persönlichkeiten, deren Kleidung oft der von ihren Eltern getragenen nachgeahmt war, auszuweichen.

Lisa, die sich an den äußeren Rand dieses Kreises aus Federn und Putz gedrängt fand, zog sich zurück und stellte sich neben einen der riesigen, mit kunstvoll beschnittenen Sträuchern bepflanzten Kübel, die außen um diesen Hof herum aufgestellt waren. Hier blieb sie als Zuschauerin und sah dem Kommen und Gehen der livrierten Diener zu; den kleinen Jungen, die zwischen den Erwachsenen hin und herliefen und einander jagten; den kleinen Mädchen in einer Schar auf der anderen Seite, die herumwirbelten, so dass ihre Seidenkleider flogen und ihre weißen Strümpfe sehen ließen, während sie die restlichen Rosenblätter über die Köpfe warfen, die dann auf ihre Haare fielen; und einer kleine Gruppe von Gästen, die miteinander lachten und schwatzten. Und in der Mitte von all dem eine strahlende Teddy mit Jack, die so glücklich waren, endlich ihr Eheleben beginnen zu dürfen, umringt von ihrer liebenden Familie und ihren Freunden.

Lisa hatte sie noch nie in einer Menschenmenge so allein gefühlt. Die Straßen Londons waren freundlicher als dies. Und während es Unsinn war zu denken, dass man sie absichtlich vergessen hätte, war es leicht für sie anzunehmen, dass man sie miede. Und während der ganzen Zeit, als sie allein bei dem Blumenkübel stand, sah sie aus ihrem Augenwinkel bewusst Henri-Antoine als einen in einer Gruppe junger Gentlemen neben einem Paar offener Terrassentüren stehen. Er war in einen rosa Anzug gekleidet, zusammenpassender Rock und Weste waren mit goldenen Fäden und Spangen übersät; ein rosa Band hielt seine Haare zusammen und er lehnte sich leicht auf seinen Gehstock mit dem diamantenbesetzten Griff. Ihr war nicht entgangen, dass Jack beschlossen hatte, einen ähnlichen Anzug in blauer Seide zu tragen, um sich Teddys Farbwahl anzupassen, so wie Henri-Antoines zu ihrem Kleid passte. Es war eingebildet zu glauben, dass dies Absicht wäre, aber die Romantikerin in ihr wollte es gerne denken und es ließ sie lächeln.

Jedoch wagte sie es nicht, in seine Richtung zu sehen, aus Angst, dass sie nicht fähig sein würde, ihre Gefühle zu verbergen, und da ihr Verdacht sich verstärkte, dass ihre Zeit im Pavillon, so versteckt der Platz auf dem Gelände auch war, nicht so geheim gehalten hatte werden können, wie sie gehofft hatte, war das Letzte, was sie wünschte, Aufmerksamkeit auf ihn oder sich oder auf sie beide zu lenken. Der Verdacht wurde zur Gewissheit und kalte Furcht ergriff sie, als sie zwischen Geplauder und Lachen ihren Namen auf der anderen Seite des Blumenkübels erwähnen hörte, und zwar von den *horribles*. Und während sie Taubheit vorschützen und weiter lächelte und die Vorgänge im Hof beobachten konnte, war es ihr jedoch nicht möglich, Gesprächsfetzen zu überhören, und sie war sich sicher, dass sie gerade für sie laut genug gesagt wurden: *Beide nackt; Straßenhure; nur eine neue Eroberung; geldgierige Putzmamsell; genau wie bei der Bäckerei von Chelsea; athanasianisches Frauenzimmer; Roxton wird sie vor dem Morgen wegschaffen...*

„Miss Crisp, ich dachte, Ihr hättet vielleicht gerne ein Glas Wein? Verzeiht, habe ich Euch erschreckt?"

Lisa schüttelte sich innerlich und schaute auf, um Jamie Fitzstuart-Banks neben sich zu finden. Er hielt zwei Gläser Wein in der Hand und sie nahm gerne eines entgegen und trank dankbar. Sie tat ihr Bestes, um die auf der anderen Seite des Blumenkübels Stehenden, die jetzt zweifellos auf der Hut waren und lauschten, da Jamie zu ihr gekommen war, zu ignorieren, drehte ihnen den Rücken zu und lächelte fröhlich.

„Vielen Dank. Überhaupt nicht. Ich war mit meinen Gedanken meilenweit entfernt. In London, in der Tat."

„Werdet Ihr bald in die Gerrard Street zurückkehren?"

„Ja. Ja. Ich nehme an, in ein oder zwei Tagen. Sobald eine Kutsche für mich bereitgestellt werden kann, um mich nach Alston zur Postkutsche zu bringen."

„Ich fahre morgen früh ab, nach Banks House. Vielleicht würdet Ihr gerne mit mir und der Familie meines Vaters nach London reisen?"

„Das ist sehr freundlich von Euch. Aber ich habe meine Begleiterin dabei ..."

„Es sind zwei Kutschen und Papa und ich reiten immer. Also genug Platz für Euch und Eure Begleiterin."

„Danke, aber ich möchte Lord und Lady Strathsay und ihren Kindern oder Euch nicht zur Last fallen."

„Es wäre überhaupt keine Last. In der Tat war es Papa, der den Vorschlag machte und meine Stiefmama stimmte zu", gab Jamie mit einem schuldbewussten Lächeln und rotwerdenden Wangen zu. „Also seht Ihr", sagte er entschuldigend, „Eure Reise ist schon arrangiert."

„Ich verstehe ...", antwortete Lisa und protestierte nicht weiter, obwohl sie fühlte, wie auch ihr die Röte in die Wangen stieg, da sie erkannte, dass ihre Rückfahrt nach London Gegenstand einer Besprechung innerhalb der Familie gewesen sein musste. Ihre Abreise wurde mit einem Minimum an Aufsehen und ohne den Schatten eines Skandals für den guten Namen aller bewirkt und ihre Trennung von Henri-Antoine konnte für alle Beteiligten nicht schnell genug kommen. „Dankt Euren Eltern bitte. Ich werde dafür sorgen, dass unsere Reisekisten heute Abend gepackt werden und wenn ein Diener geschickt werden könnte, um sie abzuholen und uns die Stunde zu nennen, wann wir am Morgen fertig sein sollen, wäre ich sehr dankbar."

Jamie verbeugte und entschuldigte sich bald und verschwand wieder in der Menge, nachdem er seinen Auftrag ausgeführt hatte; sie trank ihren Wein aus und sah sich nach einem Lakaien um, der ihr das leere Glas abnehmen könnte. Sie berichtigte ihre frühere Empfindung, dass sie sich noch nie in einer Menge so allein gefühlt hätte; dies war der Moment, in dem sie erfuhr, dass man sie als Peinlichkeit und von diesen fast mythischen Wesen in ihrem Märchenland als unerwünscht betrachtete; sie wünschte sich fast, dass die Herzogin von Kinross sich nicht die Mühe gegeben hätte, sie zu finden. Aber diesen Gedanken nahm sie rasch zurück, denn sie liebte Teddy und es war wundervoll, sie schließlich mit „ihrem Jack" verheiratet zu sehen. Sie bedauerte auch ihre Zeit mit Henri-Antoine nicht oder dass sie sich ihm hingegeben hatte. Sie würde diese wenigen mit ihm verbrachten Stunden für immer im Herzen tragen. Und gerade, als Tränen in ihren Augen aufsteigen wollten und sie sich wegen ihres Selbstmitleids tadelte, glitten kleine Finger in ihre Hand. Sie drehte sich zur Seite und sah, wie Elsie sie stirnrunzelnd musterte.

„Bist du traurig, Lisa?", fragte das kleine Mädchen ernst.

Lisa hockte sich hin und küsste Elsies Wangen.

„Danke, dass du mich gerettet hast. Ich habe mich ein kleines bisschen einsam gefühlt. Aber da du jetzt hier bist, geht es mir viel besser." Lisa bewunderte das wundervoll bedruckte Seidenkleid des Mädchens und die ihn ihre Haare geflochtenen Perlen und steckte sanft eine Diamantnadel wieder fest, die sich aus der Frisur gelöst hatte. „So. Dann verlierst du diese schöne Nadel nicht. Und du siehst in deinem Kleid wunderhübsch aus, Elsie."

„Du bist zu hübsch, um traurig zu sein, Lisa. Ich mag dein Haar mit diesen Bändern in den Locken. Henri-Antoine trägt auch Rosa. Hast du ihn gesehen? Möchtest du beim Frühstück an meinem Tisch sitzen?"

„Das würde ich sehr gerne, aber vielleicht hast du einen besonderen Platz an einem besonderen Tisch?"

Elsie schüttelte den Kopf und lächelte, dann flüsterte sie auf Französisch hinter vorgehaltener Hand in Lisas Ohr: „Ja, und dein Platz ist direkt neben meinem. Das hat Maman mir versprochen."

Lisa war aufrichtig überrascht und entzückt. „Das macht mich wirklich glücklich. Wir werden viel Spaß zusammen haben."

Elsie beugte ihre Schultern vor und hielt ihre Hände dicht vor ihrem Mieder und sie hätte wohl mehr gesagt, jedoch legte sich eine Hand sanft auf ihre Schulter und ließ sie sich umdrehen und aufschauen. Es war ihr älterer Bruder und sie sagte zu ihm: „Julian, das hier ist Lisa und sie sitzt beim Hochzeitsfrühstück neben mir. Das hat Maman mir versprochen.“

„Wie wundervoll, *ma petite*. Ich frage mich, ob du Miss Crisp und mir ein paar Minuten für eine Unterhaltung gewähren würdest?“, fragte der Herzog von Roxton auf Französisch und mit einem Lächeln, das seine Gesichtszüge weicher und ihn fast zugänglich erscheinen ließ. Es war deutlich zu sehen, dass er seine kleine Schwester sehr liebte. „Du wirst sie wiedersehen, da wir alle sehr bald in den Bankettsaal gehen. Sie wird dich dort finden. Du möchtest vielleicht zu Maman gehen und ihr sagen, dass es fast Zeit ist. Würdest du das für mich tun, *ma soeur chérie*?“ Er wartete, bis seine Schwester in die Menge davongehüpft war, bis er sich an Lisa wandte und im Plauderton sagte, wobei die Wärme aus seiner Stimme verschwunden war: „Ich bin froh, dass Ihr das Angebot eines Platzes in der Kutsche der Strathsays angenommen habt. Eure Rückfahrt nach London wird viel bequemer verlaufen als die Anreise.“

„Vielen Dank für Eure Rücksichtnahme, Euer Gnaden“, antwortete Lisa ruhig und hoffte, dass sie sich selbstsicherer anhörte, als sie sich fühlte. Wenigstens verursachten zitternde Knie kein Geräusch. „Und vielen Dank für die Erlaubnis, bei Teddys Hochzeit anwesend zu sein. Mein Aufenthalt hier hat mir Erinnerungen für ein ganzes Leben geschenkt.“

Daraufhin zog der Herzog eine Braue hoch, aber als Lisas Blick fest blieb und nichts in ihrem Verhalten darauf schließen ließ, dass sie unaufrichtig wäre, machte er keine Bemerkung, neigte nur den Kopf und ging, gerade als Teddy mit Jack im Schlepptau sich auf sie stürzte.

Sie umarmte Lisa, küsste sie auf die Wange und sagte, während sie ihre Hand ergriff: „Sir John und ich werden dir nicht erlauben, dich zwischen den Sträuchern zu verstecken. Komm! Wir gehen zum Frühstück hinein und du musst bei uns sitzen ...“

„Das würde ich gerne, aber ich habe Elsie versprochen ...“

„Oh? Dann darfst du sie nicht enttäuschen. Aber versprich mir, dass du bei uns sitzt, wenn der Pudding kommt. Ich bin sicher, dass Elsie dich dann gehen lassen wird. Sieht Sir Johns Auge heute nicht viel besser aus?“

„Viel besser. Und, Teddy ...“

Teddy sah sich um, nachdem sie ihren neuen Ehemann einen Kuss auf die Wange gegeben hatte und runzelte die Stirn, als sie sah, dass Lisa einen Knicks machte. „Lisa? Nein! Du hast vor mir keinen Knicks zu machen ...“

„Aber ich muss doch vor der Lady Cavendish knicksen. Nicht wahr, Sir John?"

„Das ist eine schöne Geste und jetzt bist du Lady Cavendish, meine Liebste."

„Saure Walnüsse kannst du haben!" Teddy schmollte. „Ich werde meine beste Freundin nicht vor mir knicksen lassen!"

„Saure ... *Walnüsse*?" Jack war überrascht. Diesen Ausdruck hatte er noch nie gehört.

Lisa lachte und legte rasch eine Hand auf den Mund, bevor sie sagte: „Ach, Teddy! Das habe ich dich seit Blacklands nicht mehr sagen hören."

„Ich habe dich das noch nie sagen hören", grummelte Jack und fühlte sich von dem Witz ausgeschlossen.

Teddys Augen glänzten und sie ließ Lisa es erklären. „Teddy benutzte diesen Ausdruck in der Schule immer, um ihren Unmut deutlich zu machen. Er ließ mich immer kichern, denn er ist recht harmlos und unsere Lehrer wussten nicht, was sie davon halten sollten."

„Papa hasst saure Walnüsse", erklärte Teddy. „Er versteht das. Sag das zu ihm und sieh, ob er nicht auch lacht."

„Das werde ich", stellte Jack nachdrücklich fest. „Ich werde es nebenbei während der Reden erwähnen." Er ergriff Teddys Hand, da alle sich zu den Terrassentüren begaben und sagte zu Lisa: „Ihr werdet Euch uns beim Kuchen anschließen, nicht wahr, Miss Crisp?"

„Auf keinen Fall!", sagte Teddy schnaubend und zog Jack fort, bevor er wusste, wie ihm geschah.

Lisa sah zu, wie die Menge es dem Brautpaar erlaubte, vor ihr durch die Tür zu gehen; ihre Laune hatte sich nach diesem kurzen Zwischenspiel sehr verbessert, Teddy hatte immer die Macht, sie sich wegen allem und allen besser fühlen zu lassen. Und als sie gerade beschlossen hatte, dass es an der Zeit für sie wäre, sich dem Gedränge anzuschließen, fühlte sie eine fast unmerkliche Berührung auf ihrem Rücken. Sie musste sich nicht umdrehen, um zu wissen, wer es war.

„Ich wünschte, wir würden zusammensitzen. Egal. Nach dem Ball sind meine Pflichten vorbei. Ich werde dich finden."

Lisas Lächeln blieb starr, sie reagierte nicht, machte aber einen kleinen Schritt, so dass seine Finger fest auf ihrem Rücken zu liegen kamen. Sie drehte ihren Kopf leicht nach rechts und sagte: „Ich habe die große Ehre, neben deiner Schwester sitzen zu dürfen."

„Ausgezeichnet. Elsie wird sich um dich kümmern. Und Roxton irrt sich. Die Strathsays werden morgen ohne dich abreisen."

„Es ist alles geregelt ..."

„Nur über meine Leiche! Du und ich - *wir* - haben andere Pläne. Gib Elsie einen Kuss von mir ...“

SEINEM WORT GETREU FAND HENRI-ANTOINE LISA IM BALLSAAL, nicht viele Minuten, nachdem das Streichorchester des Herzogs die Musik für den ersten Tanz des Abends, das Menuett, angestimmt hatte. Das Brautpaar betrat die Tanzfläche, aller Augen waren auf sie gerichtet. Sie absolvierten die komplizierten Schritte mühelos, wie ein Paar, das sein ganzes Leben lang gewöhnt war, sich in der Öffentlichkeit zu bewegen und nicht, wie Lisa wusste, wie Teddy in den Cotswolds versteckt, bis in die Fingerspitzen ein Wildfang. Aber Lisa wusste auch, dass Teddys Stiefpapa ein sehr gewandter Tänzer war, wie er in der Gate-house Lodge und auch jetzt bewies, als er mit Lady Mary die Tanzfläche des Ballsaals betrat, und er war es gewesen, der Teddy gelehrt hatte, das Menuett so fließend und elegant zu tanzen, als ob sie auf einer Wolke schwebte.

Lisa jedoch hatte nie in der Öffentlichkeit getanzt, nur in der Schule, als daher die Paare auf die Tanzfläche strömten und Henri-Antoine auf sie zu kam, durchfuhr sie ein Schrecken, dass er vorhätte, mit ihr zu tanzen. Das musste deutlich auf ihrem Gesicht zu lesen gewesen sein, denn er lächelte und zwinkerte und beugte sich vor, um ihr ins Ohr zu sagen: „Die Terrasse ist leer.“

„Ich dachte, du wolltest mich bitten, mit dir zu tanzen“, gestand Lisa mit einem erleichterten Lachen, als sie draußen waren.

Sie hatte ihre Hände auf das Geländer gelegt und schaute in den spätnachmittäglichen Himmel hinauf. Als er nicht antwortete, drehte sie sich um und entdeckte, dass er von ihr weggetreten war. Er verbeugte sich und streckte seine Hand aus. Sie schüttelte den Kopf.

„Nein. Das kann ich nicht. Ich habe seit meiner Schulzeit nicht getanzt ...“

„Keine Entschuldigung. Wir können die Musiker hier gut genug hören und sollte es dunkel werden, brennt hier genug Wachs, um St. Paul's zu erleuchten. Komm. Nimm meine Hand.“

„Ich bezweifle nicht, dass du schön tanzt, aber ich bin unbeholfen und ...“

„Du hast aber neulich Abend mit Cousin Charles und mit Jack getanzt, nicht wahr?“

„Ja. Aber ...“

„Wenn du es geschafft hast, mit Jacks zwei linken Füßen zu tanzen, kannst du auch mit mir tanzen.“

„Das war im Halbdunkel eines Speisezimmers. Dies hier - dies ist etwas völlig anderes."

„Ich habe dich nicht mit herausgenommen, um dir Verlegenheit in der Öffentlichkeit zu ersparen. Ich will dich ganz für mich haben."

„Das möchte ich auch."

Als sie ihre Hand in seine legte, wagte er es, sie an seine Lippen zu heben.

„Dann ignoriere die Welt auf der anderen Seite dieser Fenster. Höre der Musik zu und konzentriere dich auf mich, so wie ich mich auf dich."

Sie lächelte zittrig. „Ich würde nichts lieber tun, als die Welt zu vergessen und kann das tun, wenn wir allein beisammen sind und weil - und weil, abgesehen von Teddy, die ich so innig liebe wie eine Schwester, du alles bist, was mir wichtig ist. Aber du - du hast Familie und Verpflichtungen und Aufgaben zu erfüllen, und die Welt schaut zu und flüstert und wartet. Ich möchte nicht der Anlass für ... für Unannehmlichkeiten zwischen dir und deinem Bruder sein oder eine Peinlichkeit für deine Familie."

Er trat näher zu ihr, noch immer ihre Hand haltend, und seine Besorgnis ließ seine Stimme barsch klingen. „Peinlichkeit? Hat jemand etwas zu dir gesagt? Hat Roxton ..."

„Nein. Nein. Er war äußerst korrekt. Ich habe keinen Zweifel daran, dass er von uns weiß, aber er wurde nicht unhöflich. Doch hier sind andere, die auch davon wissen ..."

„Lass sie!", erwiderte er. „Meine Angelegenheiten gehen sie nichts an."

Sie berührte kurz seine Wange. „Es ist eine Sache, wenn wir uns ein Haus in Bath teilen, weit weg von der Welt, aber etwas völlig anderes, wenn du deine Mätresse unter den Augen deinesgleichen auf einem Ball vorführst. Nicht einmal der Prinz von Wales wagt es, das mit Mrs. Fitzherbert zu tun, obwohl das Gerücht geht, dass er mit ihr verheiratet wäre."

„Der Prinz ist ein kindischer Idiot", sagte Henri-Antoine. Er schaute sie böse an. „Glaubst du, dass ich dich so sehe? Als eine Mrs. Fitzherbert?"

„Du? Nein. Aber ich bezweifle, dass man sie je eine - eine *Straßenhure* und eine *geldgierige Putzmamsell* genannt hat. Ich habe keine Ahnung, was ein - ein *athanasianisches Frauenzimmer* sein soll."

Henri-Antoine wurde ganz ruhig. Lisa fragte sich, ob er sie gehört hatte, so sehr schien sein Blick in die Ferne gerichtet zu sein. Und dann sprach er; seine Stimme klang eisig. „Verzeih mir. Du hättest nie solchem Schmutz ausgesetzt werden dürfen. Damit werde ich mich noch befassen. Jetzt aber ..." Er schüttelte innerlich seinen Zorn ab, lächelte und verbeugte sich wieder vor ihr. „Die Musik lockt. Komm. Genießen wir eine Allemande ...“

Sie lächelte und knickste und reichte ihm wieder die Hand. Nachdem sie die Formalitäten, seine Verbeugung vor ihr und ihren Knicks vor ihm, absolviert hatten, reichten sie sich die Hände und tanzten bald auf der Terrasse auf und ab. Er war ungewöhnlich leichtfüßig und lenkte sie gekonnt durch die komplizierten Schritte, so dass, nachdem ihr erster Versuch voller falscher Schritte und Bewegungen gewesen war, über die sie beide lächelten und lachten, als sie weiterstolperten, ihr zweiter Tanz viel flüssiger lief und Lisa mit jeder Drehung und jedem Schritt mehr Selbstvertrauen gewann. Es dauerte nicht lange, bis sie beide lächelten und sich weniger auf die Schritte, sondern mehr aufeinander konzentrierten, nacheinander unter den erhobenen Armen des anderen hindurchgingen und zuerst Rücken an Rücken und dann Gesicht zu Gesicht tanzten, während ihre Finger die ganze Zeit verschränkt blieben. Sie waren so vertraut, wie ein Paar auf einer Tanzfläche sein konnte, ohne sich tatsächlich zu küssen. Und sie waren so in dieser Harmonie versunken und genossen ihr Zusammensein, dass es nicht lange dauerte, bis die kleine Anzahl von Leuten, die sie durch das Fenster beobachtete, zu einer Menge angewachsen war.

Erst als sie anhielten, um wieder zu Atem zu kommen und Henri-Antoine ging, um einen Diener mit einem Getränketablett zu suchen, zerstreute sich die Menge an den Fenstern zögernd. Lisa zog sich an das äußerste Ende des Geländers zurück, um auf Henri-Antoines Rückkehr zu warten, ihr vom Tanzen erhitztes Gesicht wurde von der Brise gekühlt, die vom See herüberwehte, dessen Oberfläche im Licht der sommerlichen Abenddämmerung glänzte. Mit Henri-Antoine zu tanzen hatte ihr Selbstvertrauen und ihr Glück zurückgebracht, so dass sie, als sie ein Zupfen an der Schleife in ihrem Rücken verspürte, die ihr Fichu befestigte, natürlich annahm, dass er mit den Gläsern Erfrischungen zurückgekommen wäre und sie verspielt auf sich aufmerksam machte.

Als ein zweites Zupfen die Schleife löste, drehte sie sie mit einem neckenden Tadel um, beschuldigte ihn, dass er sie entkleidete, und das Fichu öffnete sich dort, wo es sich über ihren Brüsten gekreuzt hatte und jetzt lose um ihre Schultern hing. Aber es war nicht Henri-Antoine. Es war Lord Westby.

Er war ihr so nahe, dass sie den Alkohol in seinem Atem riechen konnte und er kam noch näher. Und als sie versuchte, das Fichu aus seinen Fingern zu ziehen, schloss er sie zu einer Faust und riss das dünne Band weißer Gaze von ihrer Schulter, so dass ihre jetzt wogenden Brüste entblößt waren. Sie versuchte, die in ihr aufsteigende Panik zu unterdrücken und ihre Stimme fest klingen zu lassen.

„Mylord, mir ist kalt. Bitte gebt mir mein Fichu."

„Warum das? Ihr braucht es nicht. Jeder sollte Eure Äpfelchen sehen. Sie sind geradezu perfekt." Er hob seinen Blick von ihren Brüsten zu ihren Augen und lächelte lüstern. „In der Tat, jeder sollte Euch ganz sehen - so wie ich es getan habe. Und ich konnte Euch seither nicht sehen. Ihr seid ein so ansprechendes kleines Ding. Harry, der Glückliche, und jetzt ich ..."

„Ich sollte Euch warnen, Lord Henri-Antoine wird jeden Moment hier sein ..."

„Ich warte auf ihn. Es wird Zeit, dass er sich für meinen Gefallen revanchiert ..."

„Gefallen?", fragte sie, mit, wie sie hoffte, echter Neugier, da sie sich sagte, dass, wenn sie ihm nicht drohen konnte, sie ihn reden lassen sollte, damit Henri-Antoine kommen könnte, bevor Lord Westby die Chance erhielt, den Teufeln, welche auch immer ihn antreiben mochten, freien Lauf zu lassen. „Welcher Gefallen soll das sein, Mylord?"

„Es ist nur gerecht, wenn er Euch mit mir teilt. Ich habe meine Mätresse mit ihm geteilt ..."

„Aber ich möchte nicht geteilt werden. Darin liegt der Unterschied."

„Das ist kaum Eure Entscheidung, nicht wahr?", sagte er affektiert mit einem selbstgefälligen Lächeln und legte seine Hände auf beiden Seiten ihrer Hüften auf das Geländer, so dass sie gefangen war. Er beugte sich vor und versuchte, sie zu küssen, aber als sie rasch den Kopf abwandte, begnügte sie sich damit, an ihrem Hals zu schnuppern und ihr ins Ohr zu flüstern: „Wenn Ihr Euch wie eine Hure benehmt, seid Ihr eine Hure und Huren bekommen, was sie verdienen."

Lisa verzog ihr Gesicht und fühlte, wie ihr übel wurde, als seine Zunge an ihrem Ohr spielte. Sie versuchte, ihn wegzuschieben, aber er packte ihr Handgelenk und drückte zu. Trotz des Schmerzes und der Angst vor dem, was er als Nächstes tun könnte, war ihre Stimme klar, als sie tapfer zurückfauchte:

„Ich bin keine Hure und selbst wenn ich eine wäre, doch nicht *Eure* Hure! Und Ihr habt kein Recht, Euch einer Frau aufzuzwingen, Hure oder nicht!"

Sie riss ihre Hand los und stieß ihn mit aller Kraft mit beiden Händen vor die Brust. Überrascht und auf dem falschen Fuß erwischt taumelte Westby, erholte sich aber schnell und stürzte sich auf sie. Bevor Lisa mehr als ein paar Schritte gemacht hatte, packte er sie am Oberarm und zog sie in seine Arme, womit er ihre an ihre Seiten drückte.

„Machen wir ein Geschäft. Ich vergesse, dass Harry je Peggy gevögelt hat, wenn Ihr dort drüben zwischen den Büschen für mich auf die Knie geht. Und wenn Ihr nicht die Hure für mich spielt und tut, was ich will, erzähle ich Harry doch, dass Ihr es getan hättet. Er wird einem Batoni-Bruder eher Glauben schenken als ... *Heilige Maria Mutter Gottes!*" Er jaulte auf. „Was zum - *was zum Teufel!*"

Sofort stolperte er nach hinten und weg von ihr, eine Hand auf seinem Ohr, und fluchte heftig. Es war offensichtlich, dass er große Schmerzen hatte. Lisa konnte in nur anstarren und sich fragen, was geschehen war. Sie stieß einen tiefen Seufzer der Erleichterung aus.

Die Rettung war erschienen, in Form eines rauchenden Riesen von sechs Fuß, vier Zoll.

FÜNFUNDZWANZIG

Nachdem Henri-Antoine von der Terrasse zurück in den Ballsaal getreten war, fand er einen Lakaien mit einem Tablett voller Getränke, nahm sich zwei Gläser Champagner und war fast wieder bei den offenen Terrassentüren angekommen, als sein Bruder sich ihm in den Weg stellte. Er blinzelte ihn an und fragte sich, was los wäre. Roxton, heiter lächelnd, mochte so ruhig wirken wie der See, die edelsteinbesetzte Schnupftabakdose in der Hand, aber Henri-Antoine musste nur einen Blick in seine Augen werfen, die Augen, die denen ihrer Mutter so ähnelten, und wie ihre seine tiefsten Gefühle nicht verbergen konnten. Er sah wildschäumendes Wasser. Also dachte er sofort, dass mit einem seiner Neffen oder seiner Nichten etwas geschehen sein musste.

„Julian? Was gibt es?"

Der Herzog nahm seinem Bruder die Gläser ab und übergab sie dem livrierten Lakaien an seinem Ellenbogen, schickte dann den Diener fort.

„Bleib drinnen, Harry."

„W-warum? Was ist geschehen?"

„Mehr als genug. Euer privates Schauspiel hat das Feuer genährt, nachdem ich es fast gelöscht hatte. Oder glaubst du, ihr würdet unbemerkt bleiben? Die Hälfte meiner Gäste stand an den Fenstern."

Bei dem Wort *Schauspiel* wurden Henri-Antoines Augen trübe und seine Kiefermuskeln spannten sich an. Er sah zu, wie sein Bruder seinen Blick über den Ballsaal schweifen ließ und gnädig lächelte, während er sprach. Erst, als er ihn wieder anschaute, ließ Henri-Antoine sich zu einer Antwort herab.

„Behalte deine Bedenken für dich und höre auf, dich unnötig in meine Angelegenheiten zu mischen."

„Unnötig einmischen?" Henri-Antoine hatte die volle Aufmerksamkeit des Herzogs. „Alles ist meine Angelegenheit, Harry, insbesondere meine Familie - du, was hier vorgeht ..."

„Ich reise morgen ab, und sie kommt mit mir. Akzeptiere das!"

Henri-Antoine wollte um seinen Bruder herumgehen, aber der Herzog stellte sich ihm wieder in den Weg und sie stießen mit der Brust aneinander. Henri-Antoine trat zurück, ging aber nicht fort.

„Aus dem Weg!"

Der Herzog kam näher und tat sein Bestes, damit ihr Gespräch nicht gehört werden konnte. Er senkte seine Stimme zu einem zischenden Flüsterton.

„Du riskierst es, dich zu einem noch größeren Narren zu machen ..."

„Du bist der Narr, da du kein Vertrauen in mein Urteilsvermögen hast."

Der Herzog schnaubte ungläubig. „Urteilsvermögen?" Er musterte seinen Bruder von oben bis unten. „Aber du denkst gerade nicht mit deinem Gehirn, nicht wahr?"

Henri-Antoine kräuselte die Lippen. „Neidisch, weil ich das Menü kosten und mein Lieblingsgericht wählen durfte und du nicht?"

„Wie kannst du es wagen - *mein Gott*, wie kannst du es wagen, so zu mir zu sprechen ..."

„Hier geht es nicht um dich. Sondern um die Wahl."

„Wahl?"

„Meine. Zu leben, wie es mir gefällt und mit wem es mir gefällt."

„Das ist keine Wahl. Das ist Egoismus."

„Ja. Ich bin egoistisch. Ich darf es sein." Henri-Antoine betrachtete seinen Bruder mit etwas Mitgefühl. „Es tut mir leid, dass du nicht wählen konntest, wenn du heiraten solltest oder wie du dein Leben gestaltest."

„Habe ich mich je meiner Verantwortung entzogen? Habe ich je Deb, unsere Eltern, meine Kinder oder dich enttäuscht? Habe ich nicht mein Bestes getan, um den Besitz für Frederick und die Nachwelt zu erhalten?"

„Oh ja, Julian. Du bist ein vorbildlicher Herzog, ein wunderbarer Ehemann und Papa, ein guter Herr und ein weiser und umsichtiger Politiker. Alles, was du tust, ist lobenswert. Niemand hat je etwas anders gesagt; ich singe auf jeden Fall dein Lob."

„Vielen Dank. Weshalb mich, als deinen Bruder, deine Angelegenheiten durchaus etwas angeh..."

„Dennoch, wenn morgen alles den Bach hinunterginge - deine Ehe, dein Besitz, der Respekt und die Achtung, die die Familie, die Kinder, *jedermann* für dich empfindet - könntest du als ältester Sohn alle Schuld *meinem Vater* geben. Seb Westby macht seinen Vater für alles verantwortlich. Er kann das. Er ist der älteste Sohn. Ich kann das nicht. Meine Entscheidungen muss ich selbst treffen. Und meine eigenen Fehler machen."

Der Herzog warf einen weiteren Blick über seine Gäste, sah, wie seine Herzogin ihn vom anderen Ende des Raumes beobachtete, lächelte und verdrehte die Augen in ihre Richtung, um dann seinen Bruder wieder anzusehen. Er lächelte.

„Niemand ist stolzer auf dich als ich, Harry. Das Erbe, das *mon père* dir hinterließ, hättest du samt und sonders verschwenden können. Aber das hast du nicht. Du hast es gut verwendet. Was die Fournier-Stiftung in nur ein paar kurzen Jahren erreicht hat, könnte die medizinische Wissenschaft für immer verändern ..."

„Ja. Das wird sie. Du hast dich in diesen Teil meines Lebens nie eingemischt, also verzichte auch darauf, dich in mein Privatleben einzumischen."

Der Herzog öffnete seinen Mund, um etwas zu sagen und spürte dann jemanden neben sich, wo er, als er sich umschaute, seine Mutter vorfand, die mit einem breiten Lächeln herangerauscht war und mit einem bemalten Gouache-Fächer ihre *décolletage* befächelte.

„Julian, ich brauche dringend deine Aufmerksamkeit wegen etwas, das mich bereits seit einiger Zeit beunruhigt", verkündete sie auf Französisch. „Und das kann nicht warten. Also komme bitte mit mir." Sie legte einen Arm auf seinen und tat das gleiche bei Henri-Antoine. „Du auch, *mon chou*. Bei diesem aufgetretenen Problem brauche ich meine beiden Söhne."

Und ohne ein Wort des Protestes zog sie ihre Söhne in einen Vorraum ein paar Schritte hinter ihnen, der für Gäste bestimmt war, die sich fort vom Lärm ein wenig ausruhen wollten. Wie nicht überraschend, war er verlassen. Antonia hatte dafür gesorgt und zwei Lakaien standen am Eingang Wache, um sicherzustellen, dass niemand hineinging. Als die Tür den Lärm des Orchesters, der mit dem der Tanzenden und der Unterhaltung wetteiferte, aussperrte, schaute der Herzog seine Mutter verdutzt an.

„Maman, du suchst dir sicher immer den richtigen Moment aus. Was ist das für ein Problem ..."

„Du. Du bist das Problem, Julian."

Roxtons Gesicht wurde knallrot. Sein Gesicht trug den Ausdruck eines schuldbewussten Vierjährigen, den man mit den Fingern in der Erdbeermarmelade erwischt hat.

„Warum bin ich das Problem, wenn es doch Harry ist, der ...“

„Gib nicht deinem Bruder die Schuld.“

„Aber Maman!“ Der Herzog wischte sich verzweifelt mit der Hand über sein Gesicht.

Henri-Antoine fuhr zusammen. Hatte seine Gnaden wirklich wie ein Vierjähriger gejammert? Und dann sah er seine Mutter an, diese winzige Frau auf hohen Absätzen, die warnend zu ihrem großen, schmollenden, vierjährigen Sohn aufschaute, dass er sie nicht unterschätzen sollte, und sein Zorn verflog vor der Absurdität dieses Anblicks. Lachen sprudelte in ihm auf, bis seine Schultern bebten. Jetzt starrten seine Mutter und sein Bruder ihn an.

„Es ist - es ist - *wirklich* nicht Julians Schuld, Maman“, brachte er schließlich heraus.

„Vielen Dank, Harry“, räumte der Herzog ein, der durch dieses Zugeständnis und die gute Laune seines Bruders sehr besänftigt wurde.

„Das meiste, aber nicht alles.“

„Harry, wenn du nicht ...“

„Hört auf! Alle beide!“, verlangte Antonia. Sie schaute von einem zum anderen und zeigte mit dem Fächer auf sie. „Warum müssen solche Unterredungen immer zum ungünstigsten Zeitpunkt abgehalten werden? Hätte das nicht bis morgen warten können?“

„Anscheinend nicht. Harry reist am Morgen ab.“

Antonia zog überrascht die Brauen hoch und wartete darauf, dass ihr jüngerer Sohn ihr dies erklärte.

„Nach Bath.“

„In Martins Haus?“

„Ja. Obwohl wir aufhören sollten, es so zu nennen, nachdem es jetzt mir zugefallen ist.“

„Ja. Natürlich.“

„Und vor allem, weil Martin jetzt hier ist, bei *mon père*, wohin er gehört.“

„Er nimmt das Mädchen mit“, stellte der Herzog mürrisch fest.

„Lisa ist nicht *das Mädchen*, ebenso wie Martin nicht *dieser Diener* war“, berichtigte Henri-Antoine.

„Das kannst du nicht vergleichen!“

„Ich kann, und ich werde“, verkündete Henri-Antoine. „Martin mag der Kammerdiener meines Vaters gewesen sein, aber er war weit mehr als nur ein Diener, nicht wahr? Er war Zeit seines Lebens der Freund unserer Eltern. Er war dein Pate und Vertrauter. Er war ein Freund dieser Familie. Und vor allem war er ein achtbarer und ehrenwerter Gentleman. Ein Aristokrat in Gedanken, Worten und Taten, wenn nicht im Blut. Und wir alle liebten ihn.“

„Ja. Ja, das war er", stimmte Antonia leise zu. „Und du hast es sehr gut ausgedrückt, *mon fils chéri*. Er war ehrenwerter und edler als viele, die nur so geboren werden. Ihr braucht nicht weiter zu suchen, als bei euren nächsten Verwandten, um jemanden mit edlem Blut zu finden, der dem nicht gerecht wurde: mein Onkel, der Enkel eines Königs, war ein Schurke."

Roxton sah seinen Bruder an. „Und dieses Mädchen - diese Miss Crisp ... Was bedeutet sie dir, Harry?"

Henri-Antoine zögerte nicht mit seiner Antwort. „Lisa ist unvergleichlich."

Fassungsloses Schweigen breitete sich aus, bis der Herzog seine Stimme wiederfand.

„Und du, Maman? Was ist deine Meinung über dieses M... - über Miss Crisp?"

„Oh? Fragt endlich jemand auch mich, was ich denke?", neckte Antonia mit einem Zwinkern zu Henri-Antoine, obwohl der Herzog weiter unbehaglich und ängstlich dreinschaute. „Wenn mein Sohn sagt, dass sie unvergleichlich sei, dann glaube ich es. Also", fügte sie hinzu und schaute von einem Sohn zum anderen, „was soll mit Mlle Crisp geschehen?"

JONATHON, DER HERZOG VON KINROSS, KLEMMTE SEINEN Stumpen in den Mundwinkel und hob das weggeworfene Fichu von den Fliesen der Terrasse auf. Er schüttelte es leicht aus und untersuchte es rasch, wurde sich über seine Verwendung klar und lächelte dann Lisa an, als er es hochhielt und fröhlich sagte:

„Lasst uns das wieder festbinden und dann können wir uns ein wenig unterhalten."

Lisa, die Arme über ihrem tiefen Ausschnitt gekreuzt, sah entgeistert zu ihm auf. Hier war Elsies Papa, und beim Hochzeitsfrühstück, als sie neben Elsie gesessen hatte, waren an ihrem Ende des Tisches auch der Herzog und die Herzogin von Kinross platziert gewesen. Sie hatte beobachtet, wie Vater und Tochter einander anbeteten, ebenso wie der Herzog und die Herzogin. Und für sie war es wirklich eine Ehre gewesen, in ihrer Gesellschaft zu sitzen. Obwohl sie dankbar war, Elsie zu haben, da sie sich in so erhabenen Kreisen nicht in ihrem Element fühlte. Ihre de Crespigny-Cousinen würden mit Sicherheit neidisch sein und ihr wahrscheinlich nicht glauben. Andererseits würden sie ihr nicht viel von dem, was sie ihnen von ihrem Aufenthalt erzählen könnte, glauben. Und dieser letzte

Vorfall - Lord Westbys Versuch, sie zu verführen - ließ sie sich töricht und verlegen fühlen. So sehr, dass sie vor Erleichterung in Tränen ausbrach, als Kinross tröstend einen Arm um sie legte und ihre Schulter tätschelte.

„Ich würde auch weinen, wenn ein Idiot wie Westby mich betatscht hätte! Betrunkener Trottel! Kommt. Lasst mich Euer Fichu richten. Ich bin geradezu ein Fachmann für Damenkleider, vor allem für die, die Mademoiselle Yvette und Signorina Simonetta gehören. Elsie kann bezeugen, dass ich die beste Zofe bin, die diese beiden haben. So ist es besser! Ihr solltet lachen. Ihr würdet noch lauter lachen, wenn Ihr Elsie und ihren Papa erlebtet, wenn sie ihren Nachmittagstee einnehmen und mit ihren beiden Puppen Französisch oder Italienisch oder beides plappern!"

„Ich würde einen solchen Nachmittagstee genießen, Euer Gnaden", versicherte Lisa ihm mit einem feuchten Schnüffeln.

Sie ließ ihn ihr Fichu um ihre Schultern legen und sich hierhin und dorthin drehen und schließlich, als er die Schleife zu seiner Zufriedenheit gebunden hatte, dankte sie ihm und wollte mehr sagen, aber er trat zur Seite und verschwand wieder im Schatten, von wo eine Reihe stöhnender Laute und gemurmelter Drohungen seine Aufmerksamkeit erregten. Und als sie ein weiteres Aufjaulen, gefolgt von Flehen und Versprechungen, hörte, konnte sie ihren Ohren kaum glauben, am wenigsten ihren Augen, als Lord Westby aus der Dunkelheit gestolpert kam und vor den Fenstern entlanglief, der Schatten eines Mannes, vorgebeugt, eine Hand an seinem Ohr.

Kinross kam zu Lisa zurück, paffte seinen Stumpen und stieß dann Rauch zum Nachthimmel auf.

„Er wird weder Euch noch Harry wieder belästigen. Das hässliche Loch in seinem Ohr wird ihm eine gute Mahnung sein. Dass ich ihm drohte, ihn zu kastrieren, wenn er sich Euch je wieder nähern sollte, brachte die Entscheidung."

Lisa riss die Augen auf. „Ihr habt ihn mit dem Ende Eures Stumpens verbrannt?"

„Ich habe ihm ein Brandzeichen für gutes Benehmen verpasst. Er wird es ansehen und sich benehmen."

Lisa schnappte nach Luft und kicherte dann.

Kinross grinste. „Schon besser. Ihr habt ein hübsches Lachen und es steht Euch gut. Seid Ihr jetzt in der Verfassung für diese kleine Unterhaltung?"

Lisa nickte. „Ich fühle mich schon viel besser, Euer Gnaden. Also, ja. Obwohl ..." Sie schaute zu den offenen Terrassentüren hinüber. „Ich hatte erwartet, dass seine Lordschaft inzwischen zurück wäre ... Er ist gegangen, um Erfrischungen zu holen. Ich frage mich, was ihn aufgehalten hat - oder wer ..."

„Wer" war die richtige Frage. Kinross wusste es. Bevor seine Aufmerksamkeit von Westby abgelenkt wurde, als dieser auf die Terrasse herausgekommen war und Lisa belästigt hatte, hatte er Henri-Antoine durch die Fenster beobachtet. Seinen Bruder gesehen und dann Antonia, wie sie auf ihre Söhne zu gerauscht kam, bevor alle drei aus seinem Blickfeld verschwanden. Er brauchte nicht viel Fantasie, um zu erahnen, worüber sie sprachen - über dieses Mädchen, das hier vor ihm stand. Aber er täuschte Unwissen vor, mit einem Lächeln, das ebenso freundlich war wie zuvor.

„Vermutlich von dem ein oder anderen aufgehalten worden, der ein Wort mit ihm reden will. Ihr wisst, wie es bei dieser Art von Anlass ist - wenn ich darüber nachdenke, wisst Ihr es wohl nicht ... Ihr Glückliche! Aber vertraut mir. So viele Leute, die mir wegen irgendetwas das Ohr abkauen wollen." Er hob seinen Stumpen. „Weshalb ich hier heraus kam. Ich habe diese Dinger hier schon vor Jahren aufgegeben, also sagt meiner Frau nichts davon."

Lisa legte den Kopf schräg. „Irgendwie hege ich die Vermutung, dass Mme la Duchesse sich Eures Ausweichmanövers und Eurer Gewohnheiten durchaus bewusst ist, Euer Gnaden."

„Ha! Ich wusste schon beim ersten Mal, als ich Euch sah, dass Ihr Verstand besitzt. Das steht ganz deutlich auf Eurem Gesicht zu lesen und Ihr habt kluge Augen, genauso wie meine Frau. Außerdem hat Elsie einen Narren an Euch gefressen. Meine Tochter mag erst achteinhalb Jahre alt sein, aber sie hat einen alten Kopf auf ihren Schultern. Viel zu ernst für eine kleine Person, aber später wird ihr das zugutekommen, genau wie Euch. Insbesondere ..." Sein Lächeln wurde sentimental. „Insbesondere, wenn es darum geht, einen Partner zu wählen."

Lisas Lächeln verschwand und sie senkte ihren Blick. Sie war dankbar, dass sie am Geländer standen und nicht neben einer Wandlampe oder einem Kerzenleuchter und damit im Schein des Kerzenlichts, denn sie war sicher, dass ihr Gesicht rot geworden war.

„Die Sache daran, wenn man von einer intelligenten Frau geliebt wird", fuhr Kinross glatt fort, als ob er für Lisas plötzliches Unbehagen blind wäre, „ist, dass ich weiß, dass meine Frau mich liebt - um meinetwillen. Sie hat sich in einen offenherzigen, gradlinigen, dickköpfigen Kerl verliebt, der Narren nicht leiden kann und mehr Wert auf Mut, Treue und Freundschaft eines Mannes legt als auf die Art der Krone, die er auf seinem Kopf sitzen hat. Ich habe meinen Hermelin erst spät bekommen, und es macht mir nichts aus, Euch zu sagen, dass es mehr Ärger bedeutet, ein Herzog zu sein, als es wert ist. Und mein Herzogtum war keinen Pfifferling wert, bevor ich nicht mein als Kaufmann erworbenes Vermögen einbrachte.

„Aber meine Frau war eine Herzogin, als ich sie kennenlernte, und ihr Sohn ist Herzog und in jeder Hinsicht der mächtigste Lord des Königreichs, dem halb England gehört. Was ihren Verwandten und Freunden viel bedeutet, genauso wie den vielen Leuten, von denen sie umgeben sind. Also habe ich mich ins Familiengeschäft eingekauft, wenn man es so ausdrücken will. Ich lasse mich bei solchen Anlässen vorführen und spiele meine Rolle. Und ich lasse die Leute vor meinem Herzogtum katzbuckeln, wenn es mir passt oder wenn es sein muss. Aber ich verliere nie aus den Augen, wer ich bin, und meine Frau auch nicht."

Lisa fragte sich, worauf er mit dieser Predigt abzielte und hätte sich einen Tritt geben mögen, dass ihr bei seiner Erwähnung eines Partners nicht klar gewesen war, dass seine Geschichte direkt zu Henri-Antoine führte. Aber sie war so fasziniert von seiner Geschichte, dass sie ihre eigene schwierige Lage vergessen hatte. Als er schließlich Henri-Antoine im gleichen Atemzug erwähnte, hätte sie nicht überrascht sein sollen, war es aber, und fühlte wieder, wie sie errötete. Diesmal jedoch wandte sie ihren Blick nicht ab.

„Und da Ihr ein intelligentes Mädchen seid, werdet Ihr es nicht falsch verstehen oder zimperlich werden, wenn ich Euch sage, dass, wenn wir allein zusammen sind, wir einfach Jonathon und Antonia sind, ein Mann und eine Frau, die einander lieben und respektieren und die besten Freunde sind. Hermelin und Titel und alte Stammbäume bedeuten nur bei öffentlichen Anlässen etwas und dort gehören sie hin, wo die Leute mit langschwänzigen Perücken und Speichellecker wie Fliegen das Aas umschwärmen und sich an ihrer eigenen Wichtigkeit berauschen. Für ein Paar ist wichtig, dass man lebt, als ob solche Fallen nicht existierten; dass man ehrlich lebt, ohne Einmischung und Erwartungen von Familien und ihren Vorurteilen. Versteht Ihr, meine Liebe?"

„Ich denke schon, obwohl für mich …"

„Was sage ich? Natürlich versteht Ihr es!", verkündete er und unterbrach sie absichtlich, da er noch mehr zu sagen hatte und weil ihm bewusst war, dass nur wenig Zeit blieb. Henri-Antoine würde jeden Moment zurückkommen. Er zog an seinem Stumpen und atmete von ihr abgewandt aus. „Was mich zu der Familie bringt, in die ich hineingeheiratet habe. Ich kann Euch sagen - ich bin sicher, dass Ihr es versteht, weil Ihr keine von Ihnen seid - dass es nicht einfach ist, zu diesem Haufen zu gehören. Vielleicht haltet Ihr mich für frivol. Schließlich bin ich ein Herzog. Aber der erste Ehemann meiner Frau war der hochverehrte fünfte Herzog - Ihr habt von ihm gehört?"

„Ja, Euer Gnaden. Das habe ich. Meine Tante war viele Jahre die Kammerfrau von Mme la Duchesse ...“

„Das stimmt! Gabrielle! Wie konnte ich das vergessen?! Großartige Frau. Bei Elsies Geburt hätten wir nicht auf sie verzichten können. Und sie war auch bei der Geburt der beiden Jungen hier.“ Er lächelte verschmitzt. „Ich wette, sie hat die ein oder andere Geschichte über ihre Zeit hier zu erzählen ...“

„Geschichten, ja. Aber nichts Unpassendes oder etwas, das einen Vertrauensbruch darstellen würde. Sie ist - und war immer - sehr vorsichtig bei ihren Erzählungen. Und sie hütet ihre Erinnerungen.“

Kinross nickte, als wäre das selbstverständlich und kehrte zu seinem Gedankengang zurück. „Der fünfte Herzog hatte durchaus seine eigene Art, Miss Crisp. Ich auch. Die Leute akzeptieren mich, wie ich bin, oder auch nicht. Und das gefällt meiner Frau und die Familie weiß, wo ich stehe.“

„Das sehe ich. Und andernfalls hätte Mme la Duchesse sich nicht in Euch verliebt und Euch nicht geheiratet. Ich wage zu behaupten, dass sie sehr enttäuscht gewesen wäre, wenn Ihr Euch geändert hättet, nur um ihr oder ihrer Familie zu Gefallen zu sein.“

„Ganz genau! Und das bringt mich zu meinem Stiefsohn Henri-Antoine, obwohl wir alle, außer seiner Mutter, ihn Harry nennen. Er ist - er ist - kompliziert“, sinnierte Kinross, der so tat, als mustere er seinen Stumpen, dessen Aufmerksamkeit jedoch vor allem Lisa und ihren Reaktionen galt. „Er sieht nicht nur aus wie sein Vater, aber seine Mutter sagt mir, dass er auch dessen Temperament hätte. Er ist keiner dieser Burschen, die ihre Gefühle herausposaunen oder leicht ihre Gefühle zeigen, nicht einmal bei der Familie. Seine Krankheit hat ihn sehr verschlossen gemacht. Und ich schätze, aus gutem Grund. Es ist ein teuflischer Nachteil, damit leben zu müssen, dass man von einem Tag zum anderen nicht weiß, ob man von einem Anfall gepackt wird. Obwohl wir - seine Mutter und ich - vermuten, dass dieser letzte von ihm selbst herbeigeführt wurde ...“

„Euer Gnaden, ich ...“

„... und mehr über seinen emotionalen Zustand als über seine Gesundheit aussagte. Aber neben seiner Zurückgezogenheit von seinen Mitmenschen und seiner häufigen Unergründlichkeit ist er auch ...“

„... freundlich, großzügig, fürsorglich, schüchtern, höchst verschlossen und - und - liebevoll“, erklärte Lisa und nachdem sie den Mut aufgebracht hatte, ihre Meinung zu sagen, fügte sie obendrein noch hinzu: „Und ich - ich liebe ihn.“

„Ja, ich hatte den Eindruck, dass es sich so verhält.“

Sie schaute tapfer mit einem schwachen Lächeln zu ihm auf. „Ich fürchte, ich habe meinem Herzen erlaubt, meinen so alten Verstand zu beherrschen ...“

„Darf ich Euch einen Rat anbieten? Das ist, was ich Euch von Anfang an sagen wollte.“

„Mir ist jeder Ratschlag, den Ihr mir anbietet, willkommen, Euer Gnaden.“

„Seid Ihr selbst. Immer. Zweifelt nicht im Nachhinein. Entweder liebt er Euch, so, wie Ihr seid, oder überhaupt nicht. Und ich bin sicher, dass er Euch liebt, Miss Crisp. Kein Mann tanzt mit einer Frau auf die Art, wie Harry gerade mit Euch getanzt hat, wenn er sie nicht liebt! Dass Ihr einander liebt, ist offensichtlich. Und das ist alles, was zählt. Nicht seine Familie. Nicht seine Mutter. Und ganz bestimmt nicht sein Bruder. Und der Rest - uralte Ahnen, dieses Gemäuer hier, die Verwandten, die Gesellschaft - es ist am Ende doch alles unwichtig, nicht wahr?“

„Für mich und meine Gefühle für ihn, ganz bestimmt. Aber was ist mit meiner bescheidenen Herkunft? Ich sehe es nicht als beschämend an, arm zu sein. Darauf habe ich keinen Einfluss, nur darauf, mein Bestes zu tun und mir eine nützliche Beschäftigung zu suchen und zu versuchen, meiner Familie nicht zur Last zu fallen. Aber ich habe keine familiären Beziehungen, mit Sicherheit keine erwähnenswerten Vorfahren und selbst, wenn wir je einen Steinhaufen hatten, dann war er sicher nicht groß genug, um etwas Nützliches daraus zu bauen. Ich frage mich, ob das für ihn unwichtig ist ...?“

„Ha! Ich habe mein Vermögen auf dem Subkontinent gemacht und alles, was ich besaß, als ich anfing, war Selbstvertrauen, der Wille, hart zu arbeiten und einen guten Kopf fürs Geschäft. Manche Dinge lassen sich nicht in Pfund und Penny ausdrücken, oder, indem man ein Pergament studiert, um zu sehen, auf welchem Ast des Stammbaums man sitzt. Es sind oft die immateriellen Dinge, die am meisten bedeuten - mir jedenfalls. Dinge wie Ehre, Integrität, Intelligenz, Liebe, Güte, Treue, Großzügigkeit, Loyalität, ich könnte noch mehr aufzählen. Aber ich denke, ich habe meine Meinung deutlich genug gemacht, nicht wahr?“

„Ja, Euer Gnaden. Und vielen Dank.“

Er lächelte, tätschelte ihre Schulter und, beim Klang von Stimmen, richtete sich auf und drückte seinen Stumpen an der Sohle seines Schuhs aus. „Erinnert Euch daran, wenn die Zeit kommt, was ich darüber sagte, dass Ihr Ihr selbst sein sollt.“

Und als er über die Terrasse zum Ballsaal zurückging, fragte Lisa sich, was er mit „wenn die Zeit kommt“ meinte, aber sie würde sich sicher an seine Worte erinnern und sie würden ein Trost sein und ihr Kraft geben, wenn sie sie am meisten bräuchte. Inzwischen waren Teddy und Jack ihren Gästen entkommen, um sich ihr auf der Terrasse anzuschließen und Henri-Antoine kam ein paar Schritte hinter ihnen her, gefolgt von einem Diener, der ein Tablett mit Getränken trug.

„Hier bist du!", rief Teddy aus und eilte in einem Wirbelwind aus seidenen Röcken lächelnd auf Lisa zu. Sie umarmte Lisa. „Wir haben drinnen überall nach dir gesucht, nicht wahr, Sir John?"

„Überall. Dachten nicht daran, hier draußen zu suchen", gab Jack zu. „Bis Harry uns sagte, wo Ihr seid. Wenigstens hattet Ihr Kinross, um Euch Gesellschaft zu leisten." Er runzelte die Stirn. „Obwohl ich Seb hier herausschleichen sah, aber Onkel Charles und ich waren in ein Gespräch über seine Pläne vertieft, wenn er in diese neuen Vereinigten Staaten von Amerika geht, daher konnte ich nicht weg. Muss mich geirrt haben ..."

Henri-Antoine verteilte Champagnergläser und hob seines mit einem Zwinkern zu Lisa.

„Bevor ich auf die Neuvermählten anstoße, muss ich erst Eure Verzeihung für mein idiotisches Verhalten beim Cricketmatch erflehen, dessen Folgen noch deutlich sichtbar sind ..."

„Nein, Harry. Nein! Nicht heute Abend", sagte Jack fest. „Alles ist vergeben und vergessen. Um genau zu sein, ich hatte alles davon vergessen, bis Lady Fittleworth mich fragte, wie ich zu meinem blauen Auge gekommen wäre."

„Ich war sehr hilfreich und sagte, er wäre gegen eine Tür gerannt", erzählte Teddy ihnen schmunzelnd.

„Eine Tür! Hättest genauso gut sagen können, dass ich mich mit dem Bogen meiner Bratsche ins Auge gestochen hätte!"

Alle lachten, außer Jack.

Teddy küsste ihren Mann auf die Wange. „Das werde ich mir für das nächste Mal aufheben."

„Es wird kein nächstes Mal geben. Ich habe geschworen, nie mehr beste Freunde zu schlagen."

„Ich auch, Jack. Nie wieder." Henri-Antoine hob sein Glas. „Auf Sir John und Lady Cavendish. Ich wünsche Euch ein langes Leben, eine glückliche Ehe und jede Menge Kinder. Auf die besten Freunde, die dieser beste Freund haben kann."

Die anderen drei hoben zur Antwort ihre Gläser und nippten.

„Danke, Harry. Und ich möchte auf meine beste Freundin trinken", sagte Teddy, hob wieder ihr Glas und lächelte Lisa an. „Auf Lisa Crisp. Die beste Freundin, die ein Mädchen nur haben kann. Ich bin so glücklich, dass du in meinem - unseren - Leben bist."

Sie alle nippten wieder.

„Aber du kommst nicht, um bei uns zu leben, nicht wahr?", fügte Teddy wehmütig hinzu, den Blick noch auf Lisa gerichtet.

Lisa stiegen die Tränen in die Augen, sie schüttelte den Kopf. „Nein, Liebste. Das werde ich nicht. Aber - aber ich hoffe, ihr werdet mir erlauben, euch zu besuchen - euch beide ..."

„Ganz bestimmt! Wie die Umstände auch sein mögen", stellte Jack nachdrücklich fest, ohne Henri-Antoine anzusehen. „Würde Euch nie abweisen. Immer willkommen. Immer. Nicht wahr, Theodora?"

„Ja. Unter welchen Umständen auch immer", antwortete Teddy betrübt und drückte Lisas Arm. „Immer ..."

Als sie es auch vermied, Henri-Antoine anzusehen, fragte Lisa sich, ob Jack seiner Braut alles anvertraut hatte und was genau er ihr erzählt hatte. Es war kein gutes Zeichen, dass Teddy sie betrachtete, als würde sie zum Erhängen verurteilt oder als wäre ihr Hals für das Schafott bestimmt. Ein Augenblick unbehaglichen Schweigens zwischen den vieren folgte, bis Henri-Antoine in seine Faust hüstelte und leise sagte:

„Dies ist euer Tag, Teddy - Jack - daher möchte ich heute Abend nichts weiter sagen. Aber morgen - morgen hoffe ich, Euch beiden etwas zu sagen zu haben."

„Wir werden doch morgen noch hier sein, nicht wahr, Sir John?", antwortete Teddy, plötzlich wieder fröhlich und voller Eifer. „Wir reisen nicht vor übermorgen nach Bath ab. Wir haben morgen den ganzen Tag Zeit."

Jack sah Lisa an, dann Henri-Antoine und bemerkte, dass sie sich größte Mühe gaben, einander nicht anzuschauen. „Ja. Das stimmt. Den ganzen Tag morgen und die Nacht. Wir werden auch morgen Abend hier sein. Und wenn wir übermorgen abreisen, wird es nicht vor Mitte des Vormittags sein. So viel Zeit ..."

Teddy und Jack hofften, dass Henri-Antoines Ankündigung das war, was sie sich beide insgeheim wünschten und hören wollten, aber nicht hatten laut aussprechen wollen aus Angst, dass er nicht wahr werden könnte. Lisa hatte keine Ahnung, was diese Ankündigung sein könnte. Als Henri-Antoine sie ein paar Stunden später darüber aufklärte, war sie sprachlos. Das war nicht die Reaktion, auf die er gehofft hatte. Er blieb verwirrt zurück. Sie selbst todunglücklich.

SECHSUNDZWANZIG

Nicht lange nach den Trinksprüchen auf der Terrasse
entließ Henri-Antoine seine Burschen für den Abend, nahm Lisa bei der
Hand schlüpfte mit ihr vom Ball fort zu seiner Suite. Er führte sie durch
ein Labyrinth von Gängen, schlecht beleuchteten Hintertreppen und
Räumen, das sich endlos hinzuziehen schien. Die meisten Räume waren
irgendwie beleuchtet oder es brannte ein Feuer im Kamin, und wenn
keins von beiden der Fall war, gab es immer einen Diener oder ein
Zimmermädchen gerade um die Ecke, die ihren Pflichten nachkamen,
und die seine Lordschaft alles verschaffen konnte, was er wünschte.
Einmal fragte sie: „Sind wir noch im selben Haus oder in ein anderes
eingedrungen? Es geht hier ja endlos weiter!"

„Wenn du dich nicht auskennst, ja. Ich nehme den kürzesten Weg,
der möglich ist."

„Also ist deine Suite näher an Paris als an London?"

„Da könntest du recht haben. Sie ist so weit von allem entfernt, wie
ich es irgend einrichten konnte. Und sie könnte genauso gut in Frankreich liegen. Sie ist mit meinem eigenen Personal ausgestattet. Ich bringe
die Leute aus meinem Londoner Haus mit, selbst meinen Koch."

„Aber natürlich", murmelte Lisa und versuchte, ihre Überraschung
zu verbergen. „Wer sonst sollte in deiner eigenen Küche für dich kochen,
wenn nicht dein eigener Koch ..."

„Ganz genau, und ..." Er runzelte die Stirn und errötete. „Höre ich
da einen Hauch von Spott heraus, Miss Crisp?"

„Das hört sich nur so an, Mylord."

Er sagte nichts weiter, warf ihr aber einen Seitenblick zu, damit sie wusste, dass er ihre verspielte Keckheit bemerkt hatte, und dann ließ sie ihn wieder stehenbleiben, als sie gerade durch ein bestimmtes Zimmer gingen, das sie sich fragen ließ, ob sie in der Schatzkammer eines Schmugglers gelandet wären. Der Raum glitzerte vor Vergoldungen und Fäden aus goldenem Metall in den Bezügen der Möbel. Eine Wand war vom Boden bis zur Decke mit den größten Spiegeln bedeckt, die Lisa je gesehen hatte. Aber was sich dort im Kerzenschein spiegelte, als Henri-Antoine mit seinem Kerzenleuchter vorbeischritt, ließ Lisa die Augen aufreißen: Eine wahre Schatztruhe von Schmuckstücken, Schachteln, Gemälden, Möbeln, Leuchtern und verschiedenen Dingen, die alle durcheinander aufgestapelt waren, als ob diese Dinge nicht nur aus anderen Häusern, sondern auch aus anderen Jahrhunderten geraubt worden wären.

Dieser Monolith von Gebäude hielt an jeder Ecke eine Überraschung bereit, und jede Überraschung war überraschender als die vorige.

„Dies ist das Zimmer, das die Familie das Zimmer der Schuld der Ahnen nennt", erklärte Henri-Antoine. „Mein Neffe Freddy, der eines Tages - eines hoffentlich weit in der Zukunft liegenden Tages - der siebte Herzog sein wird, nennt den Raum: *Was sollen wir mit dem Kram machen, denn wir wollen ihn nicht haben, aber er ist seit Generationen in der Familie.*" Er fuhr mit dem Finger über einen Marmorsockel, der eine Tasse aus polierten Muscheln und Silber trug. Er trug eine Inschrift, aber Henri-Antoine las sie nicht laut vor. „Einige dieser Stücke sind noch aus der Zeit vor Königin Bess. Einiges davon gehört mir. Das meiste hat mein Bruder von unserem Vater geerbt, der es von seinem Vater erbte. Meine Mutter hat ein paar Stücke hier, die ihr von ihrer Großmutter, einer bösen, alten Hexe von einer Frau, hinterlassen wurden. Keiner von uns will dieses - dieses *Zeugs*, aber wir alle wissen nicht, was wir damit tun sollen."

„Wenn keiner von euch es will, nicht einmal dein Neffe, dann könnte es vielleicht einer besseren Verwendung zugeführt werden?", schlug Lisa vor und versuchte, so viel wie möglich von dieser Sammlung zu sehen.

„Wie zum Beispiel?"

„Ihr könntet eine Auktion veranstalten ..."

„Auktion?" Henri-Antoine war überrascht, aber Lisa hatte seine ganze Aufmerksamkeit. „Sprich weiter."

„Es mag andere Stücke geben, die dein Bruder oder deine Mutter oder andere Verwandte zu einer Auktion beitragen würden, von denen sie denken, dass sie überflüssig seien ..."

„Das würde den größten Teil dessen, was in diesem Haus ist, einschließen", scherzte Henri-Antoine. Er lächelte. „Aber sprich weiter."

„Ihr könntet einen Katalog drucken lassen, wie der, der die Sammlung der Herzogin von Portland bewarb, und alle Stücke aus diesem Raum und was sonst noch dazugegeben wird, auflisten."

„Ich weiß, dass Deb, meine Schwägerin, gerne dazu beitragen würde. Sie möchte schon seit Jahren etwas mit diesem Zeug anfangen. Aber mein Bruder ist sentimental. Ihn müsste man überzeugen."

„Es scheint eine solche Verschwendung zu sein, dass alles hier nutzlos herumsteht, vor allem, wenn niemand in der Familie es will, wenn es zu besseren Zwecken und zur Freude anderer genutzt werden könnte. Eine Menge Leute haben Objekte aus der Portland-Sammlung gekauft, und zweifellos haben diese Dinge seit Jahren Staub gesammelt."

„So wie Elsies Muschel."

„Ja. Genau wie Elsies Muschel. Und vielleicht würde dein Bruder der Idee aufgeschlossener gegenüberstehen, wenn es der Roxton-Katalog hieße?"

„Das könnte gut sein."

„Und wenn der Erlös einem sinnvollen Zweck zugeführt würde?"

„Das würde diesem Argument sicher bei ihm, seiner Herzogin und unserer Mutter Gewicht verleihen."

„Und welch besseren Zweck könnte es geben, als der, der dir am meisten am Herzen liegt: die Fournier-Stiftung für medizinische Forschung."

Er schmunzelte. „Du bist Gedankenleserin."

„Oh? Ich dachte, ich wäre eine Hexe."

Er stellte den Kerzenleuchter auf die nächste glatte Fläche, griff nach ihr und nahm sanft ihr Gesicht in seine Hände. Er küsste sie. „Du bist so klug. Kein Wunder, dass ich dich liebe. Komm", sagte er, schnappte sich den Kerzenleuchter und nahm sie an der Hand. „Meine Suite ist durch diese Tür und den Flur entlang."

Lisa folgte ihm stumm. Sie war von seiner Erklärung wie betäubt. Er hatte es zuvor gesagt, als sie sich jenes erste Mal liebten, aber später, als ihr Verstand und ihre Körper abgekühlt waren, hatte sie sich gefragt, ob sie richtig gehört hätte. Und jetzt hatte er es wieder gesagt, aber in einer so beiläufigen Weise, dass sie völlig verwirrt war. Daher maß sie seinen Worten keine große Bedeutung bei. Und als sie seine Räume betraten, war sie abgelenkt genug, um nicht weiter darüber zu grübeln. Denn dort auf dem Teppich vor einem Sofa stand ihre abgestoßene Reisekiste, und auf dem Deckel lag ihre Schreiberkiste aus Rosenholz in ihrer Stoffhülle.

„Wo ist Becky?", fragte sie und schaute sich um, als ob das Mädchen bei ihren Sachen zu finden sein müsste.

„Sie fährt mit den Strathsays nach London zurück ..."

„Aber ..."

„Wenn du sie zurückhaben willst, musst du an die Witwe Humphreys schreiben und ihrer Nichte eine Anstellung anbieten."

„Das hat sie dir gesagt?"

„Das hat sie meinem Haushofmeister gesagt."

Lisa wirkte plötzlich verlegen. „Ihre Tante wird ihr vielleicht nicht erlauben, bei jemandem wie mir in Stellung zu gehen."

„Jemandem wie dir?" Henri-Antoine war verwirrt. „Sie sollte sich glücklich schätzen. Die Witwe Humphreys kann bei ihren Kundinnen damit werben, dass ihre Nichte Näherin bei einer Lady ist. Ihr Geschäft wird über Nacht um das Dreifache wachsen." Er zog sie an sich und während er sie im Arm hielt, zog er die Schleife auf, die ihr Fichu hielt. „Du wirst eine echte Zofe brauchen", flüsterte er und tupfte einen Kuss auf die Biegung ihrer Kehle. „Eine, die sich gut auf die Pflege von Seide und Satin versteht ..."

Lisa hielt seine Hände fest, da sie sich plötzlich nicht mehr wohl fühlte, trat eine Schritt zurück und schaute sich in ihrer üppigen Umgebung um, was sie nicht getan hatte, als sie das erste Mal hier war, um mit seinem Haushofmeister zu sprechen: Samtvorhänge, hohe Decken, Gemälde von ausländischen Gebäuden in schweren, vergoldeten Rahmen, dicke Teppiche unter den Füßen und alles von den allerbesten Bienenwachskerzen in ein goldenes Licht getaucht. Sie kam sich dumm vor, weil ein Schauer der Panik sie überlief, als sie daran dachte, was auf der Terrasse mit Seb Westby passiert war und verbannte ihn schnell aus ihren Gedanken. Sie würde nicht zulassen, dass die Erinnerung an diesen Vorfall oder diesen betrunkenen Lüstling sich wieder in ihr Leben drängten, und zog Henri-Antoine wieder an sich.

Er hatte sofort seine Hände weggenommen und war auch zurückgetreten und hatte eine kleine Verbeugung vor ihr gemacht. Jetzt, als sie ihre Arme um seinen Hals legte, sagte er mit einem besorgten Stirnrunzeln und einem Blick in ihre Augen: „Ich hätte nicht voraussetzen dürfen ... Es war eine lange Nacht ... Du musst müde sein."

Durch die offene Tür erblickte sie ein ebenso üppig eingerichtetes und weitläufiges Schlafzimmer, das ein riesiges Himmelbett beherbergte; sie lächelte ihn an und sagte keck: „Ich bin überhaupt nicht müde. Aber ich frage mich, was seine Gnaden dazu sagen würde, dass ich unter seinem Dach bei dir wohne?"

„Meine Suite, mein Dach: das ist unsere Vereinbarung. Und dorthin gehörst du für immer, zu mir. Das ist alles, was zählt."

„Ich würde mir sehr gerne von seiner Lordschaft den Rest der Suite zeigen lassen ..."

Er küsste ihre Handfläche, hielt ihre Hand fest und führte sie in das Schlafzimmer, mit dessen Doppeltür er die Welt ausschloss.

SIE WAR IN SEINE ARME GEHÜLLT UND SANK IN EINEN glückseligen Schlaf, als er sich genug bewegte, um sie aufzuwecken. Sie war sofort wach und er schüttelte die Kissen für sie auf, und als sie an das geschnitzte Kopfteil gelehnt saß, schlüpfte er unter den Decken hervor. Er ging durch das Zimmer und verschwand im nächsten, von wo er mit ihrer Schreiberkiste zurückkam, wobei er sich nackt völlig unbefangen zu fühlen schien. Aber etwas an der Szene brachte Lisa dazu, in Kichern zu verfallen. Es war nicht sein Schopf zerzauster Haare, die ihm in die Augen fielen, so dass sie sich fragte, ob er überhaupt etwas sehen könnte. Oder seine Nacktheit, die prachtvoll und faszinierend war. Es war die Schreiberkiste aus Rosenholz. Eine Erinnerung blitzte vor ihren Augen auf, wie er sie ihr in der Gerrard Street überreichte, prachtvoll gekleidet, und wie formell er bei dieser Gelegenheit ihr gegenüber gewesen war. Und nun war er hier, nicht viele Wochen später, und brachte ihr das gleiche Schreibzeug, in seiner herrlichen Nacktheit. Und was sollte sie damit tun? Einen Brief schreiben? Zu dieser Stunde? Und an wen?

„Benötigt seine Lordschaft mitten in der Nacht eine Schreiberin?"

„Ich kann nicht schlafen, bevor ich nicht deine Antwort habe", sagte er, als er wieder neben sie unter die Decken schlüpfte, die Schreibschachtel auf der Bettdecke zwischen ihnen.

Sie hatte ihr Kichern unterdrückt, aber in ihren blauen Augen stand noch Fröhlichkeit.

„Du willst die Antwort diktieren und ich soll sie aufschreiben?"

Er schaute sie mit einer über seinem blauen Auge hochgezogenen Braue an.

„Witzig. Nein. An dieser Schreiberkiste ist mehr, als man auf den ersten Blick sieht, nicht wahr?"

Sie wusste es sofort. Ohne weiteren Hinweis öffnete sie die Schreibschachtel, die nicht verschlossen war, und klappte die rotlederne Schreiboberfläche auf, um das Fach darunter aufzudecken, drückte auf das Paneel, das die drei kleinen Schubladen verbarg, und entfernte es. Sie schaute zu Henri-Antoine auf.

„Du hast mir eine Nachricht hinterlassen?"

„Nachrichten."

Vor Freude schnappte sie ein wenig nach Luft.

„Wann? Wie? Ich kann mich nicht erinnern, dass du seit der Gerrard Street Zugang zu meiner Kiste gehabt hättest."

Er lächelte dünn. „Seine Lordschaft arbeitet auf geheimnisvolle Weise. Aber ich weiß, dass du es dabei nicht belassen wirst, also lass es mich dir sagen. Ich habe die Nachrichten geschrieben. Ich habe Michel sie verstecken lassen. Ich war anderweitig bei einer Hochzeit beschäftigt."

„Sie wurden heute Abend dort hineingelegt?"

„Heute. Ja."

„Und - wann hast du sie geschrieben?"

Henri-Antoine lehnte seine Schultern an den Berg aus Federkissen.

„Du bist keine Hexe. Du bist ein Großinquisitor!"

Sie kicherte. In Wahrheit war sie aufgeregt und ängstlich und dies waren ihre ersten geheimen Nachrichten. Sie holte tief Luft und fragte: „Welche Schublade soll ich zuerst öffnen?"

Er warf eine Hand hoch. „Das spielt keine Rolle. Nur auf deine Antwort kommt es an."

Sie zog leicht an dem kleinen Horngriff der linken Schublade und dort, in dem winzigen Fach lag ein winziges, gefaltetes Stück Papier. Darauf stand: *Versuche es in der dritten Schublade.* Sie faltete das Papier zusammen, legte es zurück und ließ die Schublade zugleiten, mit einem Blick unter ihren Wimpern hervor auf Henri-Antoine, der sie anschmunzelte. Also tat sie, was die Notiz sie angewiesen hatte und zog die rechte Schublade auf. Darin lag ein anderes Stück Papier, aber dieses Papier war um etwas herumgewickelt. Lisa wickelte es langsam aus, und was sie sah, ließ sie Henri-Antoine voll Erstaunen anschauen.

„Es ist ein Ring!"

„Wunderbar. Michel hat es geschafft, ihn dort hineinzulegen, ohne dass er aus dem Papier herausgerutscht ist. Das hätte eine Schatzsuche gebraucht, um ihn zu finden ..."

„Ist er echt? Ist er alt?"

„Du fragst, ob diese Diamanten und Saphire Straß sind? Nein, das sind sie nicht. Ja, sie sind echt. Ja, der Ring ist alt. Er muss ordentlich poliert werden. Die Letzte, die ihn trug, war meine Großmutter, Madeleine-Julie Salvan Hesham, die Marchioness von Alston, Tochter des Comte de Salvan und Mutter meines Vaters."

„Die Mutter deines Vaters?"

„Ja. Sie starb vor über fünfzig Jahren ..."

Lisa hielt den Ring zwischen Daumen und Zeigefinger und untersuchte ihn genau, drehte ihn im Kerzenlicht hin und her.

„Deine Großmutter hatte schlanke Finger."

Er lächelte. Typisch für sie, dass sie sich für die Anatomie der Trägerin interessierte anstatt für den Wert der Steine oder, was überraschender war, die Bedeutung dessen, was der Ring symbolisierte.

„Sie war fünfundvierzig, als sie starb. Natürlich besteht die Möglichkeit, dass ihre Finger noch schlanker waren, als sie heiratete, und dass der Ring inzwischen geändert wurde. Sie war erst sechzehn, als sie mit meinem Großvater durchbrannte."

„Durchbrannte? Wie - wie bist du zu dem Ring gekommen?"

„Ich sehe, dass der Großinquisitor wieder erwacht ist", murmelte er. „Mein Vater hinterließ ihn mir, zusammen mit einem Brief", erklärte er geduldig. „Ich habe den Brief heute Morgen zum ersten Mal geöffnet. Der Ring war in dem Päckchen."

„Ein Brief von deinem Vater?" Lisa war fasziniert. „Er hat dir einen Brief geschrieben, den du heute öffnen solltest?"

„Nicht genau heute. Diesen Brief sollte ich öffnen, wenn ich eine bestimmte Entscheidung in meinem Leben treffen würde."

„Hatte er dir nicht auch einen Brief hinterlassen, den du an deinem einundzwanzigsten Geburtstag öffnen solltest?"

„Ja."

„Wie wundervoll und weitsichtig von ihm! Er liebte dich sehr." Sie runzelte die Stirn, beugte sich zu ihm und küsste ihn auf den Mund, bevor sie ihm in die Augen schaute. „Ich kann mir vorstellen, dass es tiefe Gefühle bei dir ausgelöst hat, einen solchen Brief zu lesen ..."

Er hielt ihrem Blick stand. „Das war während dieser ganzen Woche so."

Sie küsste ihn erneut und drückte dann sanft ihre Lippen auf das blaue Auge. Sie hielt ihm schüchtern den Ring hin. „Willst du ihn mir anstecken?"

„Gerne. Zuerst solltest du aber in die mittlere und letzte Schublade schauen und mir deine Antwort geben."

„Oh ja! Ich Dummchen habe diese Schublade vergessen. Von kostbaren Steinen geblendet!"

„Geblendet von der Größe des *Ringfingers* meiner Großmutter."

Lisa lachte und lächelte noch, als sie die winzige, mittlere Schublade ihrer Schreibschachtel öffnete. Sie war nicht überrascht, darin ein drittes kleines Stück Papier versteckt zu finden. Sie zog es heraus, entfaltete es und lächelte Henri-Antoine an, bevor sie auch nur auf die Nachricht selbst blickte. Und dann ließ sie ihren Blick auf das Papier sinken, wo sie ein gemaltes Herz sah mit zwei Worten darin: Heirate mich.

Sie starrte auf das Herz und auf die Worte und holte tief Atem, dachte, sie könnte vor Glück keine Luft mehr bekommen. Es dauerte einen Moment, bevor sie ausatmete, die Nachricht mit zitternden Fingern zusammenfaltete und dann mit gesenktem Kopf dasaß, während ihr langes Haar über ihr Gesicht und ihre bloßen Arme fiel. Und dann kamen die Tränen und tropften auf das Papier und sie konnte sie nicht zurückhalten, versuchte es nicht einmal. Sie war unbeschreiblich glücklich, dass er so sehr liebte, dass er sie heiraten wollte, und sie fühlte sich unaussprechlich elend, weil sie ihn so sehr liebte, dass sie ihn abweisen musste.

Als sie schließlich in der Lage war, ihren Gefühlen Ausdruck zu verleihen und ihn darüber aufklärte, dass sie aus Glück weinte, überwältigt von dem Anlass und seiner Bedeutung, aber vor allem, weil sie ihm nicht die Antwort geben könnte, die er erwartete, war er fassungslos. Aber er war nicht böse oder traurig, nicht einmal enttäuscht. Er war merkwürdig taub. Er glaubte ihr, als sie ihm sagte, dass sie ihn liebte. Er glaubte ihr sogar, als sie ihm ernsthaft versicherte, dass sie die volle Absicht hätte, mit ihm als seine Geliebte zu leben und sie in jeder Hinsicht ein Paar sein würden. Aber er glaubte ihr nicht, als sie sagte, er könnte sie nicht heiraten. Es interessierte ihn, dass sie nicht sagte, sie könnte ihn nicht heiraten, sondern dass er sie nicht heiraten könnte. Was genau sollte das bedeuten? Welche Zweifel summten da in ihrem Kopf herum und wer hatte sie dort hineingepflanzt? Zwei und zwei ergaben nicht vier.

Vielleicht würde eine Nacht guten Schlafs einen neuen Blickwinkel und ein paar Antworten bringen. Mit diesem Gedanken entfernte er die Schreibschachtel vom Bett, legte den Ehering seiner Großmutter auf den Nachttisch neben den silbernen Kerzenleuchter und suchte ein sauberes, weißes Taschentuch für Lisa. Dann deckte er sie beide gut zu und löschte die Kerze. Aneinandergeschmiegt und stumm, doch jeder sich des anderen nur zu sehr bewusst, dauerte es lange, bis sie einschliefen.

LISA ERWACHTE IN DEM GROSSEN BETT, ALLEIN. SIE ERINNERTE sich daran, plötzlich gefroren zu haben. Henri-Antoine lag nicht länger neben ihr. Es war früh am Morgen. Vogelgesang war zu hören. Irgendwo weit weg eine geflüsterte Unterhaltung. Dann wurde es still. Sie hatte die ganze Nacht nicht gut geschlafen. Sie fragte sich, ob sie überhaupt geschlafen hatte. Sie war erschöpft. Sie fiel in einen tiefen Schlaf.

Für einen kurzen Moment glaubte sie sich wieder in ihrem schmalen Bett in der Gerrard Street. Doch sie war von dicken, mit den weichsten Daunen gefüllten Kissen umgeben und mit Laken aus dem feinsten Leinen zugedeckt und das Bett war riesengroß, der Betthimmel und die Vorhänge aus Samt. Die Gardinen, die die Fenster bedeckten, waren zurückgezogen worden und Licht strömte über den Teppich. Der Ring mit Diamanten und Saphiren, der einst der Marchioness von Alston gehört hatte, lag nicht neben dem Kerzenleuchter, und wo ihre Schreiberkiste aus Rosenholz am Ende des Bettes gestanden hatte, lag einer von Henri-Antoines Morgenröcken, dieser aus goldgelbem Seidendamast, und seine Ärmel waren aufgekrempelt.

Lisa warf die Decken zurück; und in den Morgenrock gekleidet, die Arme um ihren Körper geschlungen, folgte sie dem Licht zu einem geräumigen Ankleidezimmer, das mit einer Chaiselongue, einem Stuhl und einer Vitrine eingerichtet war. Stapel von Büchern säumten die Fensterbank. Ein Feuer glühte im Kamin. Und auf den Fliesen vor der Feuerstelle stand eine große, mit Leinen ausgekleidete Kupferwanne. Neben der Badewanne ein Stapel Handtücher und ein Kupfereimer. Durch eine offene Tür konnte sie in eine Kammer sehen, wo an Pfosten an der Wand prächtige Herrenröcke in Seide, Leinen und Baumwolle neben dazu passenden Westen hingen, und dort stand eine Reihe von Kleiderschränken aus Mahagoni.

Was sie am meisten überraschte, waren die Kleider, die auf der Chaiselongue unter dem Fensterbrett ausgebreitet waren. Es waren ihre eigenen. Ein Überkleid aus geblümter Baumwolle, dazu passende Unterröcke, eine hauchdünne Schürze, saubere Strümpfe und ein Hemd. Sie starrte diese Dinge immer noch an, als ein schmalschultriger Mann, gekleidet in einen schwarzen Rock und ebensolche Kniehosen, aus der Wäschekammer hereinkam und sich als Kyte, Kammerdiener seiner Lordschaft, vorstellte. Zwei männliche Diener, die Eimer mit heißem Wasser trugen, folgten ihm und hinter ihnen kam ein Dienstmädchen, das die Augen auf das Parkett gesenkt hielt.

„Guten Morgen, Ma'am", sagte Kyte fröhlich, als ob es alltäglich wäre, Lisa im Ankleidezimmer seines Herrn vorzufinden. Er verbeugte sich knapp. „Rose wird Euch bei Eurem Bad und beim Ankleiden behilflich sein und Euer Haar so frisieren, wie Ihr es mögt, während ich dafür sorge, dass Euer Frühstück im Alkoven des Salons serviert wird. Ich nehme an, heiße Schokolade, Toast und ein Ei werden Eure Zustimmung finden? Nach dem Frühstück werden die Burschen Euch in die Bibliothek seiner Gnaden begleiten."

Der Gedanke an Essen bereitete ihr Übelkeit. Vielleicht könnte sie die heiße Schokolade trinken. Was sie völlig den Appetit verlieren ließ, war die Erwähnung der Bibliothek. Und jedes Unbehagen, dass sie wegen ihrer Anwesenheit in Henri-Antoines Zimmer empfunden hatte, verschwand und wurde durch Besorgnis und Furcht ersetzt; sie hatte gehört, was es bedeutete, in die Bibliothek seiner Gnaden beordert zu werden. Die Erwähnung von Henri-Antoines Burschen machte sie neugierig.

„Die Burschen sollen mich begleiten?"

„M'sieur Gallet soll Euch hinführen. Die Burschen bilden Eure Eskorte."

„Eskorte?" Lisa empfand das Wort als bedrohlich.

„Ja, Ma'am."

Als Lisa weiter die Stirn runzelte, hielt Kyte es für das Beste, es ihr zu erklären. Er drückte dem Mädchen ein Handtuch, Haarbürste und Nadeln in die Hand und schickte sie zum Bad hinüber, um die Aufstellung eines Wandschirms zu überwachen, um sich dann mit demselben, unverbindlichen Lächeln wieder Lisa zuzuwenden.

„Seine Lordschaft hat Euch zwei der Burschen zugeteilt. Zu Eurem Schutz …"

„Verzeiht, Mr. Kyte …"

„Kyte, Ma'am. Einfach nur Kyte."

„Oh? Verzeiht, Kyte, aber ich verstehe nicht, warum ich hier im Hause seiner Gnaden Schutz brauchen sollte."

Das aufgesetzte Lächeln des Kammerdieners entgleiste leicht. Das Mädchen mochte in einen der Morgenröcke seines Herrn gewickelt sein und weiße, über den Knien befestigte Strümpfe tragen, aber er hätte wetten können, dass das alles war, was sie trug. Mit ihren langen Haaren, die ihr in üppiger Unordnung über die Schultern und den Rücken hinab fielen, sah sie jeden Zoll wie eine Geliebte nach einer verflossenen Nacht aus. Sie war jung und schön und er war nicht überrascht, dass sein Herr in sie vernarrt war. Jedoch war nichts Billiges an ihr oder ihrer Beziehung zu seinem Herrn. Michel Gallet hatte ihm im Vertrauen von den kleinen Nachrichten und dem Ring, die er in der Rosenholz-Schreibschachtel hinterlassen hatte, berichtet. Und da sie sich würdevoll benahm und völlig ungekünstelt war, behandelte er sie mit dem Respekt, von dem er dachte, dass sie ihn verdiente, und sagte höflich:

„Seine Lordschaft hält es für Euer Wohlbefinden und seinen Seelenfrieden für erforderlich, dass, wann immer Ihr aus dem Schutz seiner Suite tretet, die Burschen Euch jederzeit begleiten. Auf diese Weise könnt ihr Euch frei bewegen, ohne Sorge zu haben, dass Personen, mit denen Ihr nicht zu sprechen und keinen Kontakt zu haben wünscht, sich Euch nähern könnten. Ich versichere Euch, alle Dienstboten seiner Lordschaft sind äußerst diskret und loyal."

„Das würde ich nie bezweifeln, Kyte."

Der Kammerdiener verbeugte sich und hätte sich entfernt, aber Lisa hatte eine weitere Frage, nämlich nach dem Verbleib seines Herrn.

„Seine Lordschaft stand früh auf in der Absicht, einen Morgenritt zu unternehmen. Ich habe ihn für einen solchen Ausflug angekleidet. Jedoch hat er mich nicht über seine darauffolgenden Absichten informiert, M'sieur Gallet jedoch könnte Euch vielleicht die Antwort nach Eurem Frühstück geben."

Später, als der Haushofmeister ankam, um sie zur Bibliothek zu führen, stellte Lisa ihm die gleiche Frage. Er entschuldigte sich, dass er nicht in der Lage wäre, ihr den gegenwärtigen Aufenthaltsort seiner Lordschaft mitzuteilen. Jedoch war er in der Lage, über die Beschäftigung seines Herrn am frühen Morgen Bericht zu erstatten und schilderte sie Lisa unterhaltsam, während sie ihre heiße Schokolade austrank.

„Seine Lordschaft begab sich tatsächlich auf einen Ausritt", erzählte Michel ihr. „Aber zuerst kümmerte er sich um einige unerledigte Dinge bei den Ställen. Es scheint, dass er in der letzten Nacht befahl, eine Kutsche zur Abfahrt im ersten Morgengrauen bereitzustellen und Anweisung gab, Kisten und Habseligkeiten einer Reihe von Gästen zu packen und diese Gäste und ihr Personal bei Tagesanbruch an Bord dieser Kutsche zu bringen. Leider empfanden diese die Anweisung seiner Lordschaft als Scherz auf ihre Kosten und sie kümmerten sich alle nicht darum. Daher, während ihre Diener tatsächlich der Anweisung gemäß gehandelt und sich und die Kisten und Habseligkeiten ihrer Herrschaften wie befohlen an Bord der Kutsche verstaut hatten, waren die Gäste noch in ihren Betten, als sie bereits auf dem Weg zu den Ställen hätten sein sollen. Von diesem Umstand unbeeindruckt, ließ seine Lordschaft die Gäste holen, und als sie gegen die frühe Stunde und wegen dem, was sie als grobe Misshandlung bezeichneten, protestierten und sich weigerten, zu tun, was man ihnen befahl, wählte seine Lordschaft den einzigen Weg, der ihm verblieb."

„Was - was hat er getan, M'sieur Gallet?", fragte Lisa, die Schokoladentasse zwischen Untertasse und ihren geöffneten Lippen in der Schwebe haltend.

Die Mundwinkel des Haushofmeisters zuckten.

„Seine Lordschaft ließ die Burschen sie im Nachthemd in die Kutsche tragen. Und als die Frauen äußerst schrill protestierten, befahl seine Lordschaft den Burschen, sie sich über die Schulter zu werfen und, ganz gleich, ob sie traten und schrien, zu der wartenden Kutsche zu tragen ..."

„Es waren Frauen dabei?" Lisa stellte ihre Schokoladentasse ab und setzte sich aufrecht hin.

„Zwei Gentlemen und zwei Ladys. Ein Bruder und seine Schwester - die Knatchbulls - und Mr. Knatchbulls enger Freund, Lord Westby und Miss Knatchbulls Freundin, eine Miss Medway. Alle vier wurden anschließend in die Kutsche gepackt, ihre diversen Kleidungsstücke hinterhergeworfen, und die Kutsche fuhr unter einer Eskorte von Vorreitern mit dem Befehl ab, sie zum Swan zu bringen ..."

„... nach Alston?"

Die Erwähnung des örtlichen Gasthauses, wo sie und Becky von der Postkutsche abgesetzt worden waren, gab Lisa einen Hinweis darauf, warum Henri-Antoine die Kutsche an diesen bestimmten Ort und mit einer Eskorte geschickt hatte.

„Ja, Ma'am. Durch die Stadt kommt eine Reihe von Postkutschen, die Passagiere absetzen und aufnehmen, größtenteils Reisende, die nach London oder Southampton fahren."

Lisa stellte ihre Tasse weg und betupfte ihren Mund mit einer Leinenserviette, bevor sie ruhig fragte: „Was geschah in Alston, M'sieur Gallet?"

„Während die Knatchbulls, Lord Westby und Miss Medway im Swan Erfrischungen zu sich nahmen, fuhr ihre Kutsche ohne sie nach London ab ..."

„Nach London - *ohne sie?*"

„Ja, Ma'am. Ihre Dienerschaft und Habseligkeiten durften in der von seiner Lordschaft zur Verfügung gestellten Kutsche verbleiben, während die Herrschaften unter bewaffneter Eskorte zurückgehalten wurden, bis die Postkutsche ankam."

„Liebe Güte. Ich fürchte, sie werden ihre Reise in der normalen Postkutsche nicht genießen."

„Nein. Obwohl, wie einer der Burschen mir anvertraute, Mr. Knatchbull den Witz an dem Vorfall zu sehen geneigt war und gestand, dass sie alle den berechtigten Zorn seiner Lordschaft verdient hätten. Er war bereit, die Unannehmlichkeiten friedlich zu ertragen. Lord Westby war anderer Meinung und musste davon abgehalten werden, sich auf seinen Freund zu stürzen, dem er die ganze Schuld gab. Was die beiden Frauen angeht ... Sie brachen vor Selbstmitleid in lautes Schluchzen aus und nichts, was die Gentlemen sagten oder taten, konnte sie zum Schweigen bringen."

„Mir tun die unglücklichen Leute leid, die sich mit ihnen die ganze Strecke bis nach London die Kutsche teilen müssen ..."

„Seine Lordschaft hatte auch Mitgefühl mit den normalen Reisenden. Er gab der Kutsche, die die Diener und das Gepäck beförderte, Anweisung, fünf Meilen weiter an der Straße zu halten und auf die Ankunft der Postkutsche zu warten. Wo den Herrschaften dann erlaubt wurde, für den Rest ihrer Fahrt zu ihren Häusern in Westminster wieder in die Kutsche zu steigen ... Wenn Ihr Eure Schokolade ausgetrunken habt, Ma'am, ist es Zeit für uns zu gehen. Wir wollen doch seine Gnaden nicht warten lassen."

Lisa sah plötzlich krank aus, als ob sie ein Schafott besteigen müsste. Und als sie Michel Gallet durch ein Labyrinth aus Gängen und Räumen in anscheinend den entferntesten Winkel dieser palastartigen Ansammlung von Gebäuden folgte, zwei der Burschen in ihrem Rücken, fragte sie sich, ob sie ihre Eskorte wären, um sicherzustellen, dass sie nicht floh und in einem Versteck verschwand. Nach dem, was sie gesehen hatte, musste es eine Unzahl an Verstecken geben. Sie stellte sich vor, dass es eine ganze, andere Welt gab, die von der Dienerschaft bewohnt wurde, und konnte die livrierten Lakaien, an denen sie vorbeikamen, nicht mehr zählen. Und da sie keinen der Gäste sah, vermutete sie, dass sie auf einem Weg zur Bibliothek geführt wurde, der absichtlich die Gesellschaftsräume mied.

Schließlich kamen sie an einer zweiflügeligen, mit Intarsien verzierten Tür an, wo zwei Lakaien Wache standen. Hier verließ M'sieur Gallet sie mit einer Verbeugung und die beiden Burschen hinter ihr gingen zu einer Nische hinüber, um dort zu warten. Einer der dort stehenden Diener verschwand nach drinnen und kam länger als eine Minute nicht wieder heraus, dann mit der wenig überraschenden Nachricht, dass seine Gnaden bereit wäre, sie zu empfangen. Sobald sie drinnen angekommen wäre, sollte sie sich zum anderen Ende des Raumes begeben, nicht trödeln, geradeaus gehen und nicht vom Weg abweichen. Unter diesen Anweisungen wurde die Tür weit aufgehalten, sie trat ein und die Tür schloss sich hinter ihr, bevor sie mehr als vier Schritte gemacht hatte.

Sie bummelte nicht herum, aber sie konnte nicht widerstehen, sich fasziniert und ehrfürchtig umzuschauen. Sie war nie zuvor in einem ähnlichen Zimmer gewesen. Es sah aus, als wäre es von ebenso weitläufigem Format wie der Ballsaal, mit Bücherregalen, die vom Boden bis zur Decke reichten und in zwei Stockwerke geteilt waren, wobei ein schmaler Laufsteg an drei Seiten um den Raum herumführte, der über eine Wendeltreppe zu erreichen war. Die gewölbte Decke war mit einem blauen Himmel und weißen Wolken und bunten Szenen bemalt, aber sie hielt nicht an, um die Szenen oder die Figuren genauer zu betrachten, da sie fürchtete, sich dabei hätte den Hals zu verrenken. Es gab Sitzgruppen, Tische, die von Karten und großen Folianten und zusammengerollten Pergamenten bedeckt waren, Globen der Erde und des Himmels auf Podesten, Statuen und Marmorbüsten in Nischen, Orientteppiche, die über dem Parkett verstreut lagen, und entlang einer ganzen Wand Fenster, zwischen denen Gemälde hingen und deren Vorhänge an allen außer zwei Fenstern zugezogen waren, um das grelle Sommerlicht fernzuhalten.

Wie angewiesen hielt sie sich an den mittleren Gang, der die Bibliothek in zwei Teile teilte und bewegte sich auf das entgegengesetzte Ende des Raumes zu, den Rücken gerade aufgerichtet, den Kopf hoch erhoben und die Ellenbogen angelegt, die Hände unter ihrem Busen gefaltet. Und da sie den Herzog hinter einem riesigen Schreibtisch sitzen sehen konnte, konzentrierte sie sich darauf, ihren Blick geradeaus zu halten und nicht rechts oder links zu schauen; die Anordnung der Möbel, die Bücherregale und diversen Utensilien bildeten verschwommene Flecken am Rande ihres Blickfelds, unwesentlich und uninteressant.

Sie kam direkt auf den Schreibtisch zu, ihr Herz klopfte bis zum Hals, und sie versank in einen Knicks, als der Herzog sich aus seinem Stuhl erhob, um sie zu begrüßen. Sie war erstaunt, als er auf ihre Seite des breiten Schreibtischs herumkam und sie einlud, mit ihm zu einem Kamin zu gehen, der sich neben einer zweiten Wendeltreppe befand, die zu den schmalen Laufstegen und weiteren Bücherregalen führte. Hier stand eine Reihe bequemer Ohrensessel und zwei mit dem Rücken aneinander stehende, Sofas mit hohen Rückenlehnen, das eine mit Blick auf den Kamin, das andere zur Wendeltreppe zeigend. Der Herzog bedeutete Lisa, sich auf das vor dem Kamin stehende Sofa zu setzen. Das tat sie und fand das Polster hart. Sie entschied, dass dies das Sofa sein musste, auf das er seine Kinder setzte, wann immer er ihnen eine strenge Predigt über ihr Verhalten halten musste. Sie fragte sich, warum er sich nicht ihr gegenüber hinsetzte und ob er ihr im Stehen eine ähnlich strenge Predigt halten wollte. Und da kam jemand vor dem Sofa zu ihm, was sie aufschrecken ließ, denn sie hatte nicht bemerkt, dass sich noch jemand in der Bibliothek befand. Dies war der Grund gewesen, aus dem er stehenblieb.

Die Herzogin von Kinross war herangerauscht, um sich neben ihren Sohn zu stellen. Lisa schoss sofort vom Sofa auf und versank in derselben Bewegung in einem Knicks; ihr Herz schlug noch lauter bei dem Gedanken, dass sie nicht nur von Henri-Antoines Bruder, sondern auch von seiner Mutter befragt werden sollte. Ihr war furchtbar übel und sie war so nervös, dass sie sich fragte, ob sie sich gleich würde erbrechen müssen.

SIEBENUNDZWANZIG

Etwas früher, als Lisa zur Bibliothek geführt wurde,
hatten der Herzog und seine Mutter sich bereits dort verbarrikadiert,
mit grimmigen und besorgten Gesichtern.

„Wenn das hier richtig gemacht werden soll, musst du tun, was ich
gesagt habe", stellte der Herzog fest und schaute zu, wie seine Mutter
vor ihm auf und ab ging.

Antonia hob eine Hand und ging weiter hin und her. Roxton war
nach dem vorigen Tag müde und hatte nach der Hochzeitsfeier und dem
Ball gehofft, einen Morgen des Nichtstuns zu verbringen, den er nur mit
seiner Frau teilen wollte. Und nun dies ... Zu beobachten, wie seine
Mutter vor seinem Schreibtisch herumlief, ermüdete ihn nur noch mehr.
Wurde sie nie müde?

„Maman—"

„Ja. Ja. Natürlich werden wir es so machen, wie du gesagt hast,
Julian. Es ist nur ... es ist nur ..."

„... unangenehm. Für alle. Aber wir müssen an Harry denken ..."

„Ich denke nur an ihn." Sie begegnete dem Blick ihres Sohnes. „Sei
sanft mit ihr. Sie ist jung. Und all dies ..." Sie beschrieb mit einem Arm
einen weiten Bogen. „... all dies ist für unsere Freunde schon überwältigend,
stelle dir also vor, wie es für ein Mädchen ihrer Herkunft sein
muss. Unglaublich, ja?"

„Ich werde mich bemühen, so sanft zu sein, wie ich unter den gegebenen
Umständen sein kann."

Antonia war nicht überzeugt. „Das ist es, was mir Sorgen macht,
Julian. Die Umstände."

Roxton widerstand dem Drang, die Augen zu verdrehen. Er hob sein Gesäß von der Kante seines massiven Schreibtischs und richtete sich auf.

„Und was mir Sorgen macht, Maman, ist, dass du versuchen wirst, den Schlag zu mildern. Das wird in diesem Fall nicht funktionieren. Miss Crisp ist kein streunendes Kätzchen, das eine Schale Sahne braucht. Sie hat - nach allem, was ich höre - einen guten Verstand und ich werde sie auffordern, ihn zu benutzen, damit sie den Ernst ihrer Lage versteht. Das muss sie. Um unser aller willen."

Antonia rang die Hände, aber als sie nickte, seufzte Roxton erleichtert.

„Also musst du einer Einmischung ..."

„Einmischung?"

„... um Harrys willen widerstehen. Ich kenne dich. Du bist zu nett, zu gefühlsbetont. Du möchtest jeden glücklich sehen ..."

„Und was ist daran falsch?"

„Gar nichts. Ich liebe dich dafür. Aber es gibt Zeiten, in denen Nettigkeit nicht funktioniert. Bitte überlasse dies mir."

„Ich weiß nicht, wie du so - so - *ungerührt* sein kannst."

Roxton lachte bellend auf und schüttelte den Kopf.

„Und dies von einer Frau, die mit dem rätselhaftesten Edelmann seiner Zeit verheiratet war!"

Antonia schmollte. „Aber dein Vater war zu mir niemals so."

„Nein. Wohl nicht. Aber genau wie ihm fällt mir als Herzog die Aufgabe zu, die Planeten unserer Welt wieder in die richtige Position zu bringen. Also. Du wirst deine Rolle spielen und kein Wort sagen?"

Antonia nickte wieder. „Ja. Für Henri-Antoine. Es wird mir schwerfallen, aber ich werde es tun."

„Gut. Das ist alles, worum ich bitte. Dann sind wir alle einer Meinung." Roxton schaute über ihren Kopf hinweg zum Kamin. „Ich hoffe nur, ihr werdet es mir am Ende danken ..."

„Bitte setzt Euch, Miss Crisp", bemerkte der Herzog. Er wartete darauf, dass seine Mutter ihren Platz auf dem Sofa eingenommen hatte, warf dann die Schöße seines Rockes hoch und setzte sich neben sie. Sein Blick ruhte weiter auf Lisa. „Nachdem die Hochzeit jetzt vorbei ist und auch der Ball, frage ich mich, was Eure Pläne sind?"

„Meine Pläne, Euer Gnaden?"

„Ich nehme an, Ihr müsst darauf dringen, zur Gerrard Street und Euren Pflichten dort zurückzukehren. Ich bezweifle nicht, dass Dr. Warner Eure Hilfe vermisst hat. Und seine Patienten, die die Dienste eines Schreibers benötigen, müssen schon auf dem Bürgersteig Schlange stehen und auf Eure Rückkehr warten."

Lisa rutschte ein wenig auf dem Sofa vor, hielt aber ihren Rücken ganz gerade. Sie warf der Herzogin einen Blick zu und schaute dann den Herzog überrascht an.

„Ihr wisst von meinen Pflichten in der Krankenstation?"

„Ja." Der Herzog lächelte. Es war kein angenehmes Lächeln. „Ich weiß alles, was es über Euch zu wissen gibt, Miss Crisp."

Lisa legte neugierig den Kopf schräg. „Dann ... brauchen Euer Gnaden sicher nicht nach meinen Plänen zu fragen?"

Antonia hob ruckartig den Fächer vor ihren Mund, um ein Lächeln zu verbergen und räusperte sich, um ein Lachen zu unterdrücken und senkte rasch ihre Wimpern. Roxton ignorierte sie und tat sein Bestes, Lisas Frage zu ignorieren, obwohl er sie nicht für unverschämt hielt.

„Seid so freundlich, Miss Crisp."

„Sehr gerne, Euer Gnaden", antwortete sie ruhig, obwohl ihre Finger sich in ihrem Schoß verkrampften, das einzige Anzeichen von Nervosität. „Bei meiner Ankunft hier hatte ich durchaus die Absicht, in die Gerrard Street zurückzukehren und meine Pflichten wieder aufzunehmen, aber - aber die - *Umstände* haben sich geändert ..."

„... und daher wünscht Ihr nicht länger den kranken Armen beizustehen oder Briefe für die Armen zu schreiben ...?"

„Doch, aber ich hoffe, vielen mehr als nur denen, die Warners Krankenstation besuchen, zu helfen, indem ich mich an der Arbeit der Fournier-Stiftung beteilige ..."

„... von Bath aus. Um genauer zu sein, von einem Herrenhaus am Rande der Stadt aus?"

„J-ja, Euer Gnaden."

„Dem Haus meines Bruders, um genau zu sein."

„Ja, Euer Gnaden."

„Wo Ihr die Absicht habt zu leben und Euch an der Arbeit für die Fournier-Stiftung zu beteiligen? Und wie genau wollt Ihr das von Bath aus tun?"

„Das - das weiß ich noch nicht genau, Euer Gnaden. Die - die Einzelheiten müssen noch von seiner Lordschaft ausgearbeitet werden ..."

„Von meinem Bruder, mit dem Ihr Euch dieses Herrenhaus am Rande von Bath teilen wollt?"

Lisa wagte Antonia nicht anzusehen, hielt aber tapfer dem Blick des Herzogs stand.

„Ja, Euer Gnaden."

„Und Ihr beabsichtigt ausdrücklich, mit ihm in Sünde zu leben."

„Euer Gnaden, ich - ich ... Es mag für Euch so aussehen, als ob ...“

Der Herzog beugte sich vor. „Ich verstehe vollkommen, Miss Crisp. Ich bin ein welterfahrener Mann. Und in den hohen Kreisen, in denen ich lebe, ist das an der Tagesordnung. Man hat Euch ein weit besseres Leben angeboten und daher habt Ihr die kaltblütige Entscheidung getroffen, Eure Berufung von der Helferin in einer Krankenstation zur Prostituierten zu ändern.“

Lisa hätte nicht schockierter sein können, hätte er sie ins Gesicht geschlagen. Ihre Wangen wurden bleich und erröteten dann zutiefst.

„Eine - eine *Prostituierte*? Nein! Nein! Nein, Euer Gnaden. So ist es nicht ...“

„Und warum nicht?“, fuhr der Herzog unberührt fort, als ob sie nichts gesagt hätte. „Ihr seid sehr hübsch. Warum sollte ein einnehmendes kleines Ding von solcher Schönheit sich abschuften wollen, um den Armen, den Kranken und den Sterbenden zu helfen? Das dürfte der schnellste Weg sein, um Euer Aussehen zu ruinieren. Gott weiß, welche Krankheiten Ihr Euch in diesem Höllenloch einfangen könntet! Und wie könntet Ihr je hoffen, einem solchen Ort zu entrinnen, wenn nicht durch den - äh - Schutz eines wohlhabenden Gentlemans? Was für ein Glück, dass Ihr zufällig auf meinen Bruder gestoßen seid ...“

„So war es nicht. So bin ich nicht.“

„... den Ihr mit Euren eigenen, zarten Händen versorgt habt. Er war für Eure Hilfe dankbar und natürlich konnte er, als er Euch wiedersah, nicht umhin, Eure Schönheit zu bemerken. Er ist schließlich auch nur ein Mann. Habt Ihr da den Plan gefasst, ihn zu umgarnen? Wohl wissend, dass Ihr an der gleichen Hochzeit teilnehmen würdet? Ihr müsst geglaubt haben, dass Weihnachten und Ostern auf einen Tag fallen.“

„Verzeiht, Euer Gnaden, aber ich habe nichts dergleichen getan, wie seine Lordschaft zu *umgarnen*. Sehr lange wusste ich nicht einmal, wer er war. Ich wusste nur, dass es - dass es das *Schicksal* war, das uns beide zusammengebracht hatte ...“

„Schicksal?“ Der Herzog lachte spöttisch. „Kommt schon, Miss Crisp! Das gibt es doch nur in Märchen.“

„Verzeihung, Euer Gnaden, aber Treat ist wie ein Märchen für jemanden wie mich, und doch bin ich hier.“

Die Gesichtszüge des Herzogs verhärteten sich. „Ja. Ihr seid hier. Wie alt seid Ihr, Miss Crisp?“

Lisa holte tief Luft und wollte ihm schon sagen, dass er die Antwort auf diese Frage ebenso kannte wie die auf alle anderen Fragen. Aber sie vermutete, dass diese Fragen, ja, dieses ganze Gespräch, dazu diente, sie zu demütigen, damit sie es sich anders überlegte, nicht Henri-Antoines

Mätresse wurde und wieder in die Gerrard Street zurückkehrte. Was die Herzogin darüber und über sie dachte, konnte sie nur raten. Aber das wollte sie nicht, denn das würde sie nur noch trauriger machen, als sie bereits war. Am besten beantwortete sie seine Fragen und dann würde sie hoffentlich so bald wie möglich aus der Bibliothek fliehen können.

„Ich bin neunzehn Jahre alt, Euer Gnaden.“

„Neunzehn?“ Der Herzog wirkte aufrichtig überrascht, dann verzog er das Gesicht und wagte es, sie von Kopf bis Fuß zu mustern, als ob sie ein preisgekröntes Stutfohlen wäre, das er für einen Kauf im Auge hatte. „Neunzehn ... Dann nehme ich an, Ihr habt einige Jahre, um das schöne Haus am Stadtrand von Bath zu genießen. Aber ich würde nicht zu selbstzufrieden sein. Wenn Ihr meinen Rat hören wollt, ich an Eurer Stelle würde gelegentlich, am besten, wenn mein Bruder hier oder in London ist, in die Stadt gehen, um nach eventuellen Freiern zu schauen, die in der Lage wären, ihn zu ersetzen, wenn ...“

„Ihn zu ersetzen? Ich habe keine Absicht, ihn ...“

„Eure Absichten sind unwesentlich, Miss Crisp. Mein einziges Interesse gilt meinem Bruder. Er wird Eurer müde werden und sich dann etwas Jüngeres und Frischeres suchen, also solltet Ihr am besten einen klaren Kopf behalten und einen neuen Liebhaber in Reserve haben. Denn ich werde ihn nicht ermutigen, auch nur einen Penny mehr als nötig für Euch auszugeben.“ Er lächelte kurz. „Ich würde sagen, ein hübsches Mädchen wie Ihr, das ein paar Brocken Bildung hat, wird kein Problem haben, einen neuen Liebhaber anzuziehen ...“

Lisa sprang wütend auf die Beine. Es war der Ausdruck *ein paar Brocken Bildung*, der den Damm ihrer Toleranz und Rücksichtnahme brechen ließ. Sie konnte das Unhaltbare nicht verteidigen. Der Herzog mochte sie unter den Umständen als Prostituierte bezeichnen. Sie teilte Henri-Antoines Bett und hatte zugestimmt, seine Mätresse zu werden. Aber sie war stolz auf ihre Erziehung und an ihrer Schulzeit war nichts Zwielichtiges gewesen. Außerdem würde sie Blacklands nicht vor genau der Person verunglimpfen lassen, die maßgeblich dazu beigetragen hatte, dass sie eine gute Bildung erhielt.

„Bei allem Respekt, Euer Gnaden, ich habe nicht *ein paar Brocken Bildung*. Ich hatte eine ausgezeichnete Erziehung“, stellt Lisa selbstbewusst fest. „Blacklands war - *ist* - eine erstklassige Bildungseinrichtung für junge Damen und ich habe das, was angeboten wurde, gut genutzt.“ Sie traute sich, Antonia anzusprechen. „Bitte glaubt mir, Mme la Duchesse. Ich bin Euch auf ewig dankbar. Ich wünschte nur - ich wünschte nur - dass die Dinge sich anders entwickelt hätten ...“

„Setzt Euch, Miss Crisp“, forderte der Herzog müde. „Es ist ein bisschen zu spät dafür, dass Ihr Euch ein Ergebnis wünscht, das nicht nur meine Mutter enttäuscht, vor allem, da Ihr die ausdrückliche Absicht hegt, Eure Erziehung weiter zu vergeuden, indem Ihr die Hure eines Adligen werdet, unabhängig davon, dass es ihr Sohn ist, mit dem Ihr schlaft ..."

„Ich bin keine - keine Hure", stellte Lisa klar. „Ich bin die Mätresse seiner Lordschaft, da besteht ein Unterschied."

Sie nahm ihren Platz auf dem Sofa wieder ein und legte die Hände wieder in den Schoß. Aber sie konnte es nicht über sich bringen, den Herzog anzusehen und wagte es nicht einmal, der Herzogin einen Blick zuzuwerfen. Als das Schweigen andauerte, hielt sie ihren Kopf weiter gesenkt, den Blick auf die dünne Schürze, die ihre geblümten Röcke bedeckte, gerichtet. Schließlich sprach der Herzog und sie hörte einen Hauch von Bedauern heraus, was sie an den Rand der Tränen brachte ...

„Und doch, Miss Crisp, hat man Euch so viel mehr angeboten ..."

Daraufhin hob Lisa ihren Blick wieder, um den Herzog anzuschauen. Sie wusste, dass er auf Henri-Antoines Heiratsantrag anspielte, und sie war überrascht, dass er so bald danach davon wusste. Vielleicht war Henri-Antoine früh am Morgen mit dem Herzog ausgeritten und hatte sich zweifellos seinem Bruder anvertraut. Dies zu hören ließ Tränen über ihre Wangen laufen. Aber sie wischte sie schnell weg. Vielleicht hatte sie Bedauern aus seiner Stimme herausgehört, denn als sie ihm in die Augen sah, stand es dort. Oder war es Wunschdenken ihrerseits, dass er sie als Frau seines Bruders für akzeptabel hielt? Das hätte sie allerdings überrascht. Zweifellos lag es daran, dass der Herzog die Augen seiner Mutter hatte und daher den falschen Eindruck von Mitgefühl in ihm erweckte, das in ihren Augen deutlich zu lesen stand. Sie entschied, so zu tun, als wüsste sie nicht, was er meinte.

„Ich bitte um Verzeihung, Euer Gnaden?"

„Ihr habt den Heiratsantrag meines Bruders abgelehnt."

„Ja, Euer Gnaden."

„Darf ich - dürfen wir - erfahren, warum?"

„Der Antrag wurde unter Zwang gemacht ..."

„Zwang? Ihr meint, er hätte Euch nicht gefragt, wenn Ihr ihn nicht gezwungen hättet?"

„Nein, Euer Gnaden. Ich habe nichts dergleichen getan. Er hätte mich nicht fragen sollen, das ist alles."

„Und doch hat er das ... Warum, glaubt Ihr?"

Lisa zuckte mit den Schultern, den Blick auf die dünne Schürze gerichtet. Sie zupfte an einem Fädchen. Dann schluckte sie und sah auf. „Weil er - er ein Gentleman ist. Weil er gut und freundlich und liebevoll und nur ehrenhaft ist."

„Ich kann Euch nicht widersprechen. Aber das beantwortet nicht meine Frage, warum Ihr ihn abgewiesen habt."

Lisa schaute vom Herzog zur Herzogin und wieder zurück und lächelte traurig. „Mit Sicherheit kennt Ihr die Antwort, so wie Ihr die Antworten auf alle Fragen kanntet, die ihr mir gestellt habt."

„Ah, aber bei der Antwort auf diese Frage bin ich nicht ganz überzeugt. Ich muss es Euch selbst sagen hören."

Lisa sah ihn durch einen Schleier aus Tränen fest an. „Weil ich Henri-Antoine liebe - zu sehr - um ihn zu heiraten."

„Ich verstehe ... Ihr habt seinen Heiratsantrag um seinetwillen abgelehnt?"

Lisa nickte. Sie konnte nicht sprechen.

„Aber - wenn die Ehe mit Euch das ist, was er möchte ...?"

„Es ist nicht, was er möchte!", sagte sie hastig und schnüffelte. „Er möchte, dass wir in seinem Landhaus leben, wo wir in allem außer dem Namen nach Mann und Frau sein werden. Und ich bin bereit, das zu tun, weil ich ihn liebe und es uns beiden gefallen würde, und wenn wir nach London kommen, werde ich mit ihm in seinem Haus wohnen. Und von seinem Haus in London aus kann ich ihm bei der Fournier-Stiftung helfen. Ich werde Krankenstationen im Auftrag der Stiftung besuchen und niemand muss erfahren, wer ich bin oder in welcher Beziehung ich zu seiner Lordschaft stehe. Die Kuratoren der Stiftung sind schließlich anonym. Außerdem, wer unter den kranken Armen wird sich um meine Moral kümmern, wenn sie größere Probleme haben, die ihnen Sorgen bereiten, wie ihre nächste Mahlzeit oder wo sie genug Pennys für ihre nächste Arznei herbekommen? Und die Ärzte werden sich mit Sicherheit nicht um das Liebesleben seiner Lordschaft kümmern - jedenfalls haben sie das bis jetzt nicht getan - Verzeihung", fügt sie steif hinzu, als plötzlich ein schnaubendes Lachen ertönte. „Ich meine es ernst, Euer Gnaden."

„Niemand könnte Euch eines Geringeren beschuldigen, Miss Crisp."

„Ich versichere Euch, dass ich außer bei der Arbeit für die Fournier-Stiftung nicht mit ihm in der Öffentlichkeit zu sehen sein werde. Ich kann sehr diskret sein und werde alles tun, was ich kann, um ihn nicht in Verlegenheit zu bringen, ebenso wenig Euch oder Eure Familie. Aber ich werde mit ihm leben, ihn unterstützen, lieben und in jeder Hinsicht seine Frau sein."

Schließlich konnte Antonia nicht länger schweigen. Sie setzte sich jetzt auf. Ihre Stimme war leise und sehr sanft.

„Ihr könntet all dies und noch mehr tun, *ma petite*, und Euch nicht ruinieren, wenn Ihr meinen Sohn einfach heiraten würdet."

„Mme la Duchesse, in einer Ehe gibt es ... Erwartungen."

„Sicher können solche Erwartungen nur zu Eurem Vorteil sein, Miss Crisp?", sagte der Herzog. „Und wenn Ihr Bedenken habt, dass er sich in Zukunft eine Mätresse halten könnte, kann ich Euch versichern, dass die Männer meiner Familie eher dazu neigen, treu liebende Ehemänner zu sein. Wenn sie eine Partnerin finden, ist das für das ganze Leben."

„Oh, ich glaube Euch, Euer Gnaden. Und ich bin überzeugt von seiner Treue."

„Ja?"

„Ja. Weil ..." Sie lächelte errötend. „Ich glaube, er liebt mich ebenso wie ich ihn. Und das sage ich nicht aus Einbildung oder weil ich es mir nur wünsche. Ich glaube es von ganzem Herzen."

Der Herzog starrte sie voller Überraschung an und überraschte sich dann selbst, als er lächelte.

„Und ich glaube Euch, Miss Crisp. Daher befinde ich mich in einem Dilemma. Wenn Ihr ihn liebt und er Euch, und Ihr bereit seid, mit ihm als seine Mätresse zu leben, in einer Art, die im Wesentlichen wie eine Ehe ist, warum dann die Unbeständigkeit?"

„Unbeständigkeit?"

„Indem Ihr meinem Bruder nicht erlaubt, Eurer Verbindung die geistliche und rechtliche Form zu geben, die ihr zusteht?"

„Ich habe es Euch gesagt. Ich kann ihn nicht heiraten, um seinetwillen."

„Das habt Ihr bereits gesagt."

Lisa schaute zwischen Mutter und Sohn hin und her, zwischen ihren Brauen stand eine Falte.

„Ich dachte, vielleicht hätte Teddy ... dass Teddy es zumindest ihrer Mutter anvertraut hätte, und dass Lady Mary es Euch anvertraut haben könnte, Mme la Duchesse, und dass Ihr, Euer Gnaden, die Antwort auf diese Frage auch kennen würdet ... Die einfache Wahrheit ist, dass ich Lord Henri-Antoine keine vollwertige Frau sein kann."

Zum ersten Mal, seit Lisa auf dem Sofa Platz genommen hatte, schauten Mutter und Sohn einander an und waren beide verblüfft. Sie warteten darauf, dass Lisa sich weiter erklärte und der Herzog gestand: „Niemand hat einem von uns ein Wort gesagt. Also müssen wir annehmen, dass Teddy das ihr Anvertraute für sich behalten hat."

„Ich habe sie nicht darum gebeten, wir haben auch nicht viel darüber gesprochen. Aber es ist etwas, das sie über mich weiß, seit wir zusammen in der Schule waren. Sie erkundigte sich danach, als ich hier ankam, was nur natürlich war, weil es etwas ist, das bei Frauen nicht üblich ist, wenn sie ein bestimmtes Alter überschritten haben. Und ich habe Teddy gesagt, dass sich bei mir seit unserer Schulzeit nichts geändert hätte. Und seit meiner Zeit in der Krankenstation, wo ich Dr.

Warner konsultiert habe, der nie mein Vertrauen missbrauchen würde, weiß ich, dass ich damit nicht allein bin. Es gibt andere, aber Dr. Warner sagte mir, dass es nur wenige Frauen betrifft."

Der Herzog versuchte, den Sinn dieser Worte zu verstehen, war aber völlig verblüfft.

„Und das wäre, Miss Crisp?"

Es gab keine andere Möglichkeit, es auszudrücken, also fasste sich Lisa ein Herz und sprach es einfach aus. Sie hatte diesen Mangel an sich mit niemandem außer Dr. Warner offen besprochen und es überraschte sie, wie schwer es ihr fiel, dies offen auszusprechen.

„Ich kann keine Kinder haben, Euer Gnaden. Um genau zu sein, ich kann nicht empfangen. Ich bin unfruchtbar und werde das wahrscheinlich für den Rest meines Lebens bleiben."

Der Herzog war so schockiert, dass es schien, als ob ihm etwas Schweres auf den Kopf gefallen wäre und seinen Verstand benebeln würde. Er starrte Lisa an, als ob er ihr nicht glaubte und sie erwiderte seinen Blick mit Resignation und Trauer. Er war so berührt, dass er spürte, wie die Gefühle in ihm aufstiegen und er musste wegschauen. Lisa wiederrum sah, dass er aufrichtig betroffen war und hätte ihn gerne beruhigt; erst, als sie die Herzogin ansah und bemerkte, dass auch sie den Tränen nahe war, wurde sie schwach und musste nach ihrem Taschentuch greifen.

„Jetzt müsst Ihr beide einsehen, warum ich Henri-Antoine nicht heiraten kann. Ihr, Euer Gnaden, Ihr unter allen Männern versteht, dass ein solcher Mangel mich ungeeignet macht, seine Frau zu sein. Euren Bruder zu heiraten kommt nicht in Frage. Ich könnte ihm das nicht antun - ihm das Vatersein zu verweigern. Und ich war zu überwältigt, als er mich fragte, um ihm das anzuvertrauen. Aber ich werde es ihm erzählen. Das verspreche ich Euch."

„Seid Ihr sicher?", fragte der Herzog. „Ich will nicht neugierig sein. Ich - nur - liebe Güte. Ich weiß nicht, was ich sagen soll. Ich …"

„Ihr bedauert mich? Bitte, dafür besteht keine Notwendigkeit. Ich habe mich mit dieser Unzulänglichkeit abgefunden, sie akzeptiert, freue mich manchmal darüber …"

„Sich freuen?"

Lisa schaute die Herzogin an, die verständnisvoll lächelte.

„Ja, Euer Gnaden. An diesen bestimmten Tagen des Monats, wenn Frauen ihr Unwohlsein haben und ich nicht …"

„Ach ja! Ich verstehe. Ja. Ich verstehe …"

„Natürlich", unterbrach Lisa ihn, um ihm weitere Verlegenheit zu ersparen. „Welcher Ehemann würde das nicht? Und während es in der Schule andere gab, für die ihr monatliches Unwohlsein ein Fluch war, betete ich darum! Aber was ich mir immer wünschte und worum ich betete, trat nicht ein, daher fürchte ich, dass das nie der Fall sein wird."

Es war die Herzogin, die die Frage stellte.

„Glaubt Ihr nicht - da Ihr erst neunzehn seid - dass dies sich eines Tages noch ändern könnte?"

„Vielleicht, Mme la Duchesse. Ich kann mit der Hoffnung leben. Aber mit Hoffnung zu leben ist für Euren Sohn nicht genug, oder für irgendeinen Ehemann, nicht wahr? Jeder Ehemann hat das Recht, in einer Ehe Kinder zu erwarten. Niemand würde sich eine unfruchtbare Ehe wünschen. Das führt doch sicher zu gebrochenen Herzen? Und Ihr irrt Euch, Euer Gnaden", erklärte sie und sah wieder den Herzog an. „Ich glaube nicht, dass Henri-Antoine mich wegwerfen wird, ohne für mich zu sorgen. Aber wenn der Tag kommt, an dem er beschließt, dass er Kinder möchte, werde ich seine Wünsche akzeptieren. Es wird mir das Herz brechen, ihn zu verlieren, aber da ich ihn liebe, werde ich ihn dazu ermutigen zu heiraten und eine Familie zu haben. Ich hoffe nur, dass er mir zumindest erlauben wird, meine Arbeit für seine Stiftung fortzusetzen, an deren Zielen ich von ganzem Herzen interessiert bin. Nur durch den Fortschritt in der Medizin wird das Leben der Menschen schließlich besser werden." Sie lächelte und erinnerte sich an den Rat des Herzogs von Kinross, dass sie, wenn der Moment käme, sie sie selbst sein sollte, und fügte daher hinzu: „Ihr mögt meine Worte für die fantasievollen Vorstellungen einer Idealistin halten, aber das ist, was ich glaube, was ich fühle und was ich bin."

„Eure Überzeugungen sind nicht im Geringsten fantasievoll, *ma petite*", antwortete die Herzogin und stand vom Sofa auf zum Zeichen, dass, soweit es sie betraf, dieses Gespräch beendet war.

Der Herzog erhob sich, Lisa ebenso; sie lächelte und errötete und machte einen Knicks, bevor sie zu beiden sagte:

„Ich weiß nicht, ob ich je wieder Gelegenheit haben werde, in Eurer Gegenwart zu sein, denn ich denke, dass Henri-Antoine beabsichtigt, so bald wie möglich nach Bath abzureisen, wie es eingerichtet werden kann. Daher erlaubt mir, Euch beiden zu danken, dass ich hier sein durfte. Ich hoffe, meine Anwesenheit hat Euch keine zu große Verlegenheit oder gesellschaftliche Unannehmlichkeiten gebracht. Zumindest wird das in der Zukunft nicht wieder geschehen, denn ich werde, wie ich Euch bereits erklärte, äußerst diskret sein, und bin sicher, dass auch er es sein wird."

Der Herzog sah über seine Schulter und nickte einem Lakaien zu, der auf halben Weg zum Eingang in der Bibliothek Wache hielt, und Mutter und Sohn schauten schweigend zu, wie Lisa hinaus begleitet wurde, Rücken und Schultern so gerade wie in dem Moment, als sie die

Bibliothek betreten hatte. Dann standen sie da und wussten nicht, was sie sagen sollten. Das Gespräch war nicht so verlaufen, wie sie erwartet hatten und hatte doch ihre Erwartungen übertroffen. Und sie standen noch unter dem Schock von Lisas Enthüllungen. Beide fragten sich, wie Henri-Antoine auf solche Neuigkeiten reagieren würde. Ungeduldig wandte sich der Herzog dem Sofa zu, wo Lisa gesessen hatte.

„Tut mir leid, Harry. Ich weiß nicht, was ich sagen kann, was dir ein Trost sein würde."

Henri-Antoine kam leichtfüßig die Wendeltreppe herunter. Er küsste die Wange seiner Mutter und umarmte dann seinen Bruder.

„Kein Grund, sich zu entschuldigen. Und ich danke euch beiden. Miss Crisp hat ihr Schicksal und das meine besiegelt."

ACHTUNDZWANZIG

„Der Blick von hier aus ist bezaubernd", sagte Lisa im Plauderton, als Henri-Antoine sich zu ihr auf die Bank vor dem Mausoleum der Familie setzte. „Man kann bis nach Frankreich hinübersehen! Oder zumindest ist es das, wofür ich diesen blauen Dunst in der Ferne halte."

„Zumindest weißt du, wohin du schaust", antwortete er im gleichen Plauderton. „Wir hatten Familienmitglieder, die dachten, in dieser Richtung läge London und nach St. Paul's ausschauten und deshalb stritten."

Er übergab die Zügel seines Reittiers einem der beiden Burschen, die zu Pferd mit ihm gekommen waren und sich den Pfad hinab bewegten, wo sie hinter dem Gebäude verschwanden, um sich ihren Gefährten im Schatten anzuschließen. Er zog seine Handschuhe aus und stopfte sie in eine Tasche seiner Reitjacke, während er die ganze Zeit Lisa im Auge behielt, die ihn unter ihrem breitkrempigen Strohhut hervor beobachtete.

Dies war das erste Mal, dass sie sich sahen, seit Henri-Antoine sie früh am Morgen verlassen hatte, um auszureiten. Als Lisa aus der Bibliothek gekommen und in seine Suite zurückgekehrt war, hatte Michel Gallet ihr die Nachricht überbracht, dass seine Lordschaft sie hier, am Familienmausoleum, zu sehen wünschte. Eine Kutsche wurde geholt und mit zwei der Burschen wurde sie über die Steinbrücke zur anderen Seite des Sees gefahren. Wo der Weg sich teilte, ein Pfad in Richtung der Gatehouse Lodge und weiter nach Crecy Hall ging, nahm die Kutsche den anderen hinauf, um einen Hügel herum, der endlos nach oben zu führen schien. Auf seinem Gipfel stand ein palladianisches Mausoleum mit einem Kuppeldach und einem gläsernen Rundfenster.

Die Tür stand weit offen, aber Lisa wartete auf der Bank im Schatten und bewunderte die Landschaft. Und hier fand Henri-Antoine sie fünfzehn Minuten später.

Er setzte sich neben sie und sah auf eine Aussicht, die er so viele Male betrachtet hatte, seit er ein kleiner Junge war, dass er sicher war, er könnte eine Karte davon aus der Erinnerung zeichnen. Aber da dies das erste Mal war, dass er in Lisas Gesellschaft auf diese Landschaft schaute, gönnte er dem Augenblick, was ihm gebührte.

Sie hielten sich schweigend an den Händen, beide wollten über die vergangene Nacht sprechen, waren sich nur zu sehr bewusst, dass vieles noch zu sagen war, und bald. Doch sie genossen weiter den Sommertag mit seinem blauen Himmel und dem Hitzedunst, der über der Landschaft lag, und bewunderten die vor ihnen liegende Landschaft, wo das große Haus den Vordergrund beherrschte und weiter hinten Wälder und ein sich schlängelnder Fluss und ein sanft aufsteigender Flickenteppich aus Wiesen und Feldern lagen. Es tat so gut, still zu sein und nichts zu sagen oder zu tun, sich nur an der Hand zu halten. Und sie waren in der Gesellschaft des anderen glücklich, trotz der inneren Unruhe und Unsicherheit, die sie umgaben.

„Soll ich dir von den zwei glücklichsten Tagen meines Lebens erzählen und von einem dritten, der hoffentlich heute sein wird?", fragte er schließlich.

Sie nickte und lächelte, aber anstatt ja zu sagen, fragte sie: „Warum heute?"

„Typisch, dass du die schwierigere Möglichkeit wählst! Nein. Das kommt nicht zuerst."

„Dann erzähle mir von den beiden anderen Tagen."

Er drehte ihr Gesicht zu sich.

„Der erste Glückstag war der, an dem mein Neffe Frederick - Freddy - geboren wurde. Ich war neun Jahre alt. Es war der glücklichste Tag meines Lebens, weil das bedeutete, dass ich nicht länger der Erbe meines Bruders war. Dass, wenn mein Vater und auch mein Bruder stürben, nicht ich Herzog werden würde, sondern Freddy. Ich kann dir meine Erleichterung nicht beschreiben."

„Weil du dich des Titels unwürdig fühltest? Schließlich warst du ja nur ein kleiner Junge."

„Auch das, natürlich. Mein Vater war in mittleren Jahren, als Julian geboren wurde und ein alter Mann, als ich endlich ankam. Es bestand die begründete Befürchtung, dass er es nicht erleben würde, wenn mein Bruder Kinder bekäme, und daher nicht wissen würde, ob sein

Herzogtum nach ihm weiter bestehen könnte. Und da war ich, der zweite Sohn: immer kränklich, immer verwöhnt, eine ständige Sorge für meine Eltern, und der zweite in der Reihe der Erben eines Herzogtums ... Dann kam Freddy, was für jeden eine Erleichterung war, vor allem für meinen Vater."

„Und der zweite Glückstag?"

Henri-Antoine grinste. „Das war der Tag, an dem Deb Julian Zwillingssöhne bescherte, zwei Jahre, nachdem Freddy auf die Welt gekommen war. Nachdem also der Erbe des Herzogtums in zwei Jahren drei Söhne produziert hatte, war die Zukunft ohne Zweifel gesichert und sein zweiter Sohn war von allen Verpflichtungen befreit ..."

„Aber du hättest dich deiner Verantwortung und deinen Verpflichtungen nie entzogen, wenn sie dir auferlegt worden wären."

„Vielen Dank. Nein. Aber mit drei Neffen stand es mir jetzt frei, mein Leben so zu leben, wie es mir gefiel, nicht wie andere meinten, dass ich es müsste, so, wie mein Bruder es tun muss. Und indem ich an die vierte Stelle dieses Zweigs des Stammbaums rutschte, konnte ich aufatmen. Ich kann es nicht beweisen, aber ich bin sicher, dass die Geburt meiner drei Neffen geholfen hat, die Häufigkeit, wenn nicht die Schwere, meiner Anfälle zu verringern."

„Und der dritte Glückstag? Heute, sagtest du?"

„Ah, das hängt von dir ab", antwortete er, als er die Seidenschleife löste, die ihren Hut hielt. Er legte vorsichtig den Hut auf die Bank, stand auf und streckte die Hand aus. „Drinnen brauchst du ihn nicht. Ich möchte dir etwas zeigen - Nein! Zuerst sind die Vorstellungen an der Reihe."

Hand in Hand gingen sie in das Mausoleum hinein. Die eisernen Tore waren aufgeschlossen und eine der schweren, mit Messing eingelegten Flügeltüren stand einladend offen. Das Vestibül wurde von zwei brennenden Kerzen in aufwändigen Wandlampen beleuchtet und frische Blumen hingen aus Vasen auf beiden Seiten des Eingangs. In der Ecke stand ein Stuhl und daneben eine Mahagonischachtel, gefüllt mit Kerzen.

In dem höhlenartigen Inneren des Hauptraumes angekommen, ließ Lisa Henri-Antoines Hand los und ging weiter, fasziniert und begierig darauf, sich umzuschauen. Nicht nur der Boden aus italienischem Marmor wurde von oben durch die Sommersonne, die das riesige runde Glasfenster einließ, erstaunlich gut beleuchtet, sondern auch die bemalten Wände und die Denkmäler aus Marmor, die an längst verstorbene Vorfahren erinnerten. Der Hausmeister hatte in Abständen Kerzen in Wandleuchtern angezündet, zur Vorbereitung des Besuchs seiner Lordschaft. Dieser alte Herr kam aus dem Schatten hervor, verbeugte sich und ging schweigend zu seinem Stuhl im Vestibül zurück, wo er bleiben würde, bis man ihn brauchte oder bis es Zeit wäre, bei Sonnenuntergang die Kerzen zu löschen, wenn dann die Türen verschlossen und das Vorhängeschloss an die eisernen Tore gehängt würde.

„Das Mausoleum wird jeden Morgen geöffnet, wenn meine Mutter in Crecy Hall anwesend ist", erklärte Henri-Antoine ihr. „Sie besucht meinen Vater einmal in der Woche. Und es gibt Gelegenheiten während des Jahres, wenn es geöffnet ist, um Jahrestage zu feiern und natürlich an Tagen, wenn ein neuer Bewohner einzieht."

„Es ist ein schöner Ort ... so einladend ..."

„Ich nahm an, dass du das denken würdest. Das tue ich auch. Ich bin seit meiner Jugend immer wieder hierhergekommen. Zuerst war es kein glücklicher Ort, aus offensichtlichen Gründen. Aber meine Mutter findet großen Trost darin, Zeit mit meinem Vater zu verbringen, der ihr viel zu früh in ihrem Leben genommen wurde. Sie bringt Blumen und oft begleitet Kinross sie. Und wenn ich hier bin, halte ich oft auf meinen Ausritten hier an, um meinen Vater zu besuchen, und jetzt, da Martin - da Martin meinem Vater gefolgt ist, komme ich - komme ich auch ihn besuchen ..."

„Sind alle Herzöge von Roxton hier anwesend?", fragte Lisa im Plauderton, da sie das Stocken in Henri-Antoines Stimme bei der Erwähnung von Martin gehört hatte und daher hoffte, dass ihre Frage ihm helfen würde, sich wieder zu fassen.

Sie war weitergegangen, um sich direkt unter das Glasfenster zu stellen, sich vom Licht umhüllen zu lassen, und trat dann heran, um die mit klassischen Gestalten in weißen Gewändern und Kränzen, die Musikinstrumente trugen und in einer um den ganzen Innenraum nicht unterbrochenen, unendlichen Prozession tanzten, bemalten Wände zu bewundern. Diese Prozession schlängelte sich in die in die Wände eingelassenen Nischen hinein und wieder heraus; jede dieser Nischen wurde von einem brennenden Leuchter erhellt. Einige der Nischen waren leer, warteten noch auf ihren Bezug, während andere eine Marmorstatue ihres Bewohners enthielten, manche einen Mann und eine Frau, die sich auf polierten, mit eingravierten Namen und Daten verzierten Granitplatten zurücklehnten und unter denen der steinerne Sarkophag sich befand, in dem der Sarg ruhte, der die sterblichen Überreste des in Stein verewigten Ahnen enthielt.

„Sie sind alle hier", sagte Henri-Antoine schließlich, während er Lisa beobachtete und durch ihre Augen diesen ersten Besuch an der Ruhestätte seiner Ahnen genoss. „Außer meinem Großvater, dem Vater meines Vaters. Er starb, bevor er Herzog werden konnte, und da er den größten Teil seines Lebens in Frankreich verbrachte und eine Französin heiratete, ist er mit ihr in Paris begraben."

„Madeleine Julie Salvan Hesham, die Marchioness von Alston, deren Ring du - du mir geben wolltest?"

„Ja. Und alle Herzoginnen sind hier", fuhr er fort. „Und wenn ihre Zeit kommt, wird meine Mutter auch hier zur Ruhe gebettet werden, neben meinem Vater. Und wie er, wird sie im Mausoleum einen Sitz erhalten ..."

„Einen Sitz?"

„Komm. Ich zeige es dir."

„Was ist mit dem Herzog von Kinross?", fragte Lisa, ohne sich zu bewegen. Ihr gefiel die Vorstellung nicht, dass Elsies Papa aus der Familie ausgeschlossen werden könnte.

Henri-Antoine kam zu ihr und lächelte über ihren ernsten Gesichtsausdruck. Er verstand es sofort.

„Mein Vater war die Liebe ihres Lebens für meine Mutter, aber in diesem Leben, das sie jetzt ohne ihn hat, ist Kinross die Liebe ihres Lebens. Das Schicksal hat sie zweimal mit einer großen Liebe beschenkt."

„Sie verdient auch nichts weniger."

„Ja. Das finde ich auch."

„Und wird er - wird seine Gnaden von Kinross hier bei ihr einen Platz haben?"

Er hörte ihr Zögern und sein Lächeln wurde zu einem Grinsen.

„Was für eine Romantikerin du bist, Lisa Crisp!"

Sie schmollte. „Ich schäme mich nicht, dir zuzustimmen."

Er kniff ihr leicht in die Wange. „Und ich schäme mich nicht zuzugeben, dass ich froh bin, dass du es bist."

Sie lächelte. „Also. Sag es mir. Wird er einen Platz hier bei deiner Mutter haben?"

Ja. Aber nicht alles von ihm."

Lisa schrak zusammen, verwirrt durch seine kryptische Antwort, wie er erwartet hatte. Sie beugte sich vor und flüsterte. „Nicht alles von ihm? Oh! Welche Teile? Und was geschieht mit dem Rest von ihm?"

Henri-Antoine lachte laut auf und schüttelte den Kopf. Sein Lachen hallte wider und er legte seine Hand auf den Mund. „Liebe Güte! Sieh dir an, wozu du mich gebracht hast!"

Sie schmollte wieder, konnte aber ihr Lächeln nicht unterdrücken. „Du kannst niemandem außer dir selbst die Schuld an diesem Ausbruch geben. Du hast mich mit dieser Antwort geködert. Streite es nicht ab! Du wusstest, dass ich eine solche Frage stellen würde. Sicher hast du nicht erwartet, dass ich vorgeben würde, empört zu sein oder zimperlich?"

„Schuldig im Sinne der Anklage. Und mein Vater wäre sehr beeindruckt. Komm. Ich möchte dich ihm vorstellen - Ah! Zuerst, Kinross ... Sein Herz soll hier, mit meiner Mutter, begraben werden. Der Rest seiner sterblichen Hülle muss auf Leven Island begraben werden, einer Insel in der Mitte eines schottischen Lochs und die letzte Ruhestätte der Oberhäupter seines Clans und der Herzöge von Kinross."

„Wie romantisch", sagte Lisa mit einem Seufzer, zufrieden mit dieser Auskunft.

„Ich wusste, dass du das denken würdest. Andere schrecken zurück, wenn sie von der Sache mit dem Herz hören ..."

„Warum sollten sie? Es ist ja nicht, als würde man es ihm bei lebendigem Leib herausschneiden! Es ist eine wunderschöne, romantische Geste und ich verstehe, warum er diesen Teil seiner selbst hier bei deiner Mutter lassen möchte. Ich bin sicher, dass es deinen Vater nicht im Geringsten stört, denn seine Gnaden von Kinross liebt sie ebenso aus tiefstem Herzen, wie er es tat."

„Da bin ich auch sicher. Komm."

Er nahm ihre Hand und sie gingen hinüber und setzten sich auf eine Marmorbank, die in die Wand eingelassen war, direkt vor einem bestimmten Denkmal. Vasen mit weißen Rosen waren auf dem Boden und dem schweren, unteren Sockel aus rotem Marmor aufgestellt worden, eine Reihe von Kerzen brannte hell.

Eine lebensgroße, marmorne Statue eines Edelmannes, der auf einem hochlehnigen Stuhl saß, starrte in die Welt hinaus. Er war in Rock und Kniehosen gekleidet, über seine Brust zogen sich Band, Stern und Strumpfband des Ordens, und über seine Schultern war die Robe eines Herzogs gelegt, auf der er saß und die auf seine Schnallenschuhe fiel.

Lisa erkannte sofort, wer dieser Edelmann war und hatte keinen Zweifel daran, dass die Statue lebensecht war. Henri-Antoine war das lebende Abbild dieses Edelmannes, von der hohen Stirn über die Wangenknochen, bis zur großen Nase und dem kantigen Kinn. Die Ähnlichkeit war unheimlich. Wenn es an einem Punkt einen Unterschied gab, dann beim Mund des Edelmannes. Der Herzog hatte ein dünnlippiges, eher spöttisches Lächeln, während Henri-Antoine diesen ach so küssenswerten Mund besaß. Sie küsste ihn jetzt und sagte mit einem kecken Lächeln:

„Dein Vater ist ein ungemein schöner Mann."

Henri-Antoine ergriff ihre Hand und küsste ihre Finger, zu überwältigt von seinen Gefühlen, um sprechen zu können. Sie fragte sich, ob sie ihn gekränkt hatte, und ob er sie für unmanierlich hielt, weil sie ihn am Grab seines Vaters küsste, was dem fünften Herzog oder dem Anlass nicht den angemessenen Respekt zollte. Schließlich war dies ihr erster Besuch in einem Mausoleum und dies war die letzte Ruhestätte einer alten, adligen Familie und er der Sohn dieses Herzogs, der in die Welt hinausschaute, als gehörte sie ihm.

„Verzeih mir. Ich wollte nicht respektlos sein. Ich war nur so froh, ihn endlich kennenzulernen und zu sehen, dass du wirklich sein Abbild bist. Ich habe die Porträts in der Galerie noch nicht gesehen. Teddy sagt, es gäbe dort ein bestimmtes von deinen Eltern, nicht lange nach ihrer Heirat. Sie sagt, der Herzog wäre dir so ähnlich, oder sollte ich sagen, du bist ihm so ähnlich, dass sich jedes Mal auf ihren Armen die Härchen aufstellen, wenn sie das Porträt betrachtet ... Ich bezweifle nicht, dass er über die Ähnlichkeit erfreut wäre, aber er wäre noch stolzer auf die Art, wie du lebst und was du dir zu erreichen vorgenommen hast.“

„Kein Grund, dich zu entschuldigen“, murmelte er, noch immer ihre Hand haltend. „Er würde dich so gerne kennengelernt haben ...“ Er fasste sich und sagte mit klarerer Stimme: „Dass sein Porträt dazu führt, dass sich bei jungen Damen die Härchen auf den Armen sträuben, würde er äußerst amüsant gefunden haben. Ich finde es jedenfalls.“ Er lächelte und überraschte Lisa dann, als er zum Abbild seines Vaters sprach, auf Französisch. „*Mon père*, dies ist Lisa, das Mädchen, über das du mir in deinem Brief geschrieben hast. Ist sie nicht genau so, wie du sie mir beschrieben hast? Und noch schöner und klüger, als selbst du es hättest ahnen können ...“

Lisa starrte den fünften Herzog ehrfürchtig an. Schließlich fand sie ihre Stimme wieder.

„Er hat dir von - von *mir* erzählt - in einem Brief? Aber - aber er hat mich nie gesehen! Du warst erst ein Junge, als er starb. Er hätte meine Existenz nicht vorherahnen können. Wie kann das möglich sein?“

„Er musste dich nicht sehen. In seinem Brief beschrieb er das Mädchen, das ich heiraten würde, und dieses Mädchen bist du.“

„Vielleicht - vielleicht erzählte er dir von dem Mädchen, das dich liebt und mit dem du dir ein Haus auf dem Lande teilen wirst. Ist das nicht dasselbe?“

„Nein. Er hinterließ mir einen Brief, den ich öffnen sollte, im Falle ich in Betracht ziehe, aus Liebe zu heiraten. Hätte ich eine Vernunftehe geschlossen, eine, die nicht auf meinen Gefühlen basiert, wäre dieser Brief ungeöffnet und damit ungelesen geblieben.“

„Und du hast diesen Brief gestern gelesen, bevor du M'sieur Gallet diese Briefchen in meiner Schreibschachtel versteckten ließest?“

„Ja.“

„Und in diesem Brief war der Ring deiner Großmutter."

„Ihr Ehering. Ja."

„Aber wenn du den Brief nie geöffnet hättest, wäre ihr Ehering für immer verloren gewesen!"

„Nicht für immer. Zweifellos hätte ein Abkömmling irgendwann den Brief geöffnet und den Ring gefunden. Aber für mich verloren, ja."

„Er - er muss fest daran geglaubt haben, dass du aus Liebe heiraten würdest."

Henri-Antoine küsste wieder ihren Handrücken und lächelte. „Also jetzt weißt du es. Ich sehe ihm nicht nur ähnlich, ich habe auch ein ähnliches Temperament. Er heiratete aus Liebe, aus keinem anderen Grund. Und das ist der einzige Grund für mich zu heiraten. Was ist mit dir?"

„Mit mir? Ich - ich habe nie gedacht, dass ich heiraten würde ... ich habe davon geträumt. Welches Mädchen tut das nicht? Und natürlich habe ich davon geträumt, aus Liebe zu heiraten. Aber ich habe auch davon geträumt, einen Mann zu heiraten, der - der mich um meiner selbst willen lieben würde, und das ist der Stoff, aus dem Träume sind, nicht wahr?"

Henri-Antoine hielt seine Gesichtszüge vollkommen ruhig, obwohl seine Oberlippe leicht zuckte, als er fragte: „Dann wurden doch letzte Nacht sicher alle deine Träume wahr?"

Lisa nickte, so voller Aussichtslosigkeit, dass ihr dieses Zucken entging; sie hatte die Augen niedergeschlagen und ihre Schultern hingen herab. Sie schnüffelte. „Ich - ich hätte nie gedacht, dass das geschehen könnte. Ich - ich wurde überrascht. Ich war so verwirrt, dass ich nicht einmal vermutete, dass der Ring ein Ehering war." Sie schaute unter ihren Wimpern zu ihm auf. „Ich - ich möchte immer noch mit dir in deinem Haus auf dem Lande leben, auch wenn es in Sünde ist, und ohne Ehering."

„Aber ich möchte nicht mit dir in Sünde leben. Das kann ich nicht."

„Nein?", wiederholte Lisa leise. „Warum nicht? Ich dachte - ich dachte, wir hätten eine Vereinbarung ..." Sie schaute zum fünften Herzog hinauf. „Ist es wegen des Briefs, den dein Vater geschrieben hat? Wäre er nicht einverstanden?"

„Nein. Es liegt daran, dass ich dich liebe. Da. Ich habe es wieder gesagt und kann es wiederholen, bis du davon überzeugt bist. Und weil ich dich liebe, möchte ich dich heiraten und habe dich hierher, zu meinem Vater gebracht, um dich von meiner Aufrichtigkeit zu überzeugen."

Lisa sah ihm lächelnd in die Augen. „Ich liebe dich auch."

„Ja, das tust du. Und du hast es mir gesagt, von Beginn an aufrichtig. Ich bin der Langsame. Ich brauchte ein bisschen länger, bis mir klar wurde, dass ich - wie Jack es nennt - über den Abgrund in die Liebe zu dir gefallen bin."

Lisa schaute auf ihre verflochtenen Finger hinab und dann zu ihm auf. „Wenn wir einander lieben, können wir doch sicher in Sünde zusammenleben ..."

„... bis ich beschließe, jemand anderen zu heiraten ...?

Sie richtete sich hoffnungsvoll auf. „Ja. Das mag vielleicht nie geschehen, ich hoffe, dass es das nicht wird, aber wenn ich deine Mätresse wäre, würdest du immer noch frei sein zu heiraten und ..."

„Benimm dich nicht wie ein kleines Kind, Lisa!", forderte er schroff. „Ich liebe dich. Ich will dich heiraten. Ich biete dir den Ehering meiner Großmutter an und du wirfst mir alles ins Gesicht mit der Vorstellung, dass ich dich eines Tages verlassen und jemand anderen heiraten werde? Für was für eine Art Mann - nein, Ungeheuer - hältst du mich? Hältst du mich wirklich eines so abscheulichen Benehmens fähig? Dann liebst du mich überhaupt nicht!"

„Ich - ich glaube dir! Ich weiß, du würdest mich nie verlassen! Du bist kein Ungeheuer. Aber ich! Ich bin das Ungeheuer, weil - weil ich dir nicht geben kann, was du als Ehemann zu Recht erwarten darfst, und allein deshalb darfst du mich nicht heiraten!"

„Wenn du mir sagst, dass du mich nicht heiraten kannst, weil du mich nicht liebst, akzeptiere ich das. Aber wenn du mir sagen willst, dass du mich nicht heiraten kannst, weil du glaubst, unfruchtbar zu sein, ist das kein Grund, den ich akzeptiere. Das macht für mich keinen Unterschied. Ich liebe dich. Ich will dich heiraten - so, wie du bist."

Lisa setzte sich auf, ihre blauen Augen blinzelten Tränen fort und sah ihn verschreckt an. „Du - du *weißt* es?"

„Jetzt, ja. Ein solcher Umstand hätte einen anderen Mann schwankend machen können, aber ich bin nicht wie andere Männer. Und wenn ich auch um deinetwillen traurig bin, beunruhigt es mich doch nicht sehr, dass unsere Ehe kinderlos bleiben wird. Ich glaube, das Schicksal hat andere Pläne für uns." Er lächelte. „Ich habe eine viel größere Vision, und mit dir als Hilfe an meiner Seite hoffe ich, Großes erreichen zu können, nicht für eine Handvoll Kinder, sondern für tausende von Kindern und ihre Enkel. Dass wir durch die Macht der Wissenschaft die Medizin voranbringen und damit die Gesundheit der am meisten gefährdeten Bewohner dieses Landes verbessern können." Er hob die Schultern. „Und dann ist da diese Kleinigkeit, dass ich dir nicht erlauben werde, mir zu helfen, wenn du mich nicht heiratest ..."

„Du drohst mir?"

Er hob das Kinn. „Ja. Es ist das einzige Mittel, das mir noch bleibt."

Sie schaute zu dem Denkmal des fünften Herzogs und lächelte schief. „Dann muss es sein. *Er* macht mir keine Angst."

Henri-Antoines Kiefer klappte herab, dann lachte er herzlich. *„Mon Dieu.* Du bist das richtige Mädchen für mich!"

Sie kicherte und sagte dann ernst: „Und deine Familie, was wird sie denken ..."

„Meine Mutter und mein Bruder warten in dieser Minute darauf, dass wir uns ihnen bei dem Mittagsimbiss anschließen, damit mein Bruder der Familie eine formelle Ankündigung machen kann."

„*Ankündigung*? Dein Bruder und - und deine *Mutter*?"

„Du hast meinen Bruder kennengelernt. Was glaubst du, wie sehr er darauf bedacht ist, uns heiraten zu sehen, wenn die Alternative wäre, dass wir in Sünde zusammenleben? Und als ich sie verließ, veranlasste meine Mutter ihn gerade, einen Brief an Moore zu schreiben - er ist der Erzbischof von Canterbury - um eine Sonderlizenz zu beantragen. Wenn alles gut geht, werden wir verheiratet sein, bevor die Woche vorüber ist."

„Bevor die Woche vorüber ist?" Lisa war schwindelig, sie war glücklich und völlig verwirrt und alles zur selben Zeit. Sie wusste kaum, was sie sagen sollte. Als dann Henri-Antoine in einer Tasche kramte und den Ring seiner Großmutter hervorzog, sah sie ihn staunend an. „Du hast ihn mitgebracht."

„Ja. Und jetzt möchte ich gerne *grandmères* Ring an deinen Finger stecken, hier, vor meinem ehrwürdigen Vater, um unser Versprechen zu besiegeln. Wir können mit der Familie auf unsere Verlobung anstoßen und natürlich mit Teddy und Jack, die auch auf unsere Neuigkeiten warten."

Lisa streckte ihre Hand aus, er ließ den Diamant- und Saphirring auf ihren Finger gleiten und küsste er ihre Hand. Dann hob sie ihre Hand hoch und drehte sie hin und her und bewunderte den Ring, der erstaunlich gut auf ihren Finger passte.

„Wissen alle, dass wir hier sind und ich bin die Einzige, die hiervon überrascht ist?"

Er beugte sich herüber und küsste sie. „Für jemanden, der außergewöhnlich klug ist und sehr hellsichtig für die Bedürfnisse anderer, warst du bei deinen eigenen Wünschen ziemlich blind, mein Liebling."

„Was ich brauche, Mylord", hauchte sie und küsste ihn auch, „ist, dass du mich richtig küsst, um unsere Abmachung zu besiegeln - und dann werde ich wirklich glauben, dass dies mit mir geschieht."

Ein wenig später, als sie Luft holen mussten, erhob er sich und half ihr, dasselbe zu tun. Er trat vor und legte kurz seine Hand auf den Schuh seines Vaters, bevor er zurücktrat und sich elegant vor ihm verbeugte. Dann drehte er sich lächelnd wieder zu Lisa um und streckte ihr die Hand hin.

„Ich muss dir noch etwas zeigen, bevor wir zum Haus zurückkehren."

Sie gingen kein halbes Dutzend Schritte auf die zweiflügelige Tür zu, als er anhielt und sich zur Seite drehte, um in eine Nische zu sehen, wobei er dem durch das Rundfenster strömenden Licht den Rücken zukehrte. Lisa fragte sich, warum gerade diese Nische, denn in ihr gab es keine Denkmäler und Grabstätten uralter Vorfahren.

„Erinnerst du dich, im Pavillon, als du mir von den Reiseführern erzählt hast ..."

„... über große Landsitze? Die Besucher und Reisende benutzen, um etwas über die Familien und die Häuser des Adels zu erfahren? Natürlich."

„Und wie du sagtest, dass wir, wenn wir beschließen würden, für immer im Bett zu bleiben, schließlich zu Skeletten werden und man in einem Reiseführer über uns als eine Art von Kuriosität schreiben würde?"

Lisa kicherte. „Meine Güte. Habe ich das gesagt?"

„Ja. Und du sagtest, eine solche Entdeckung würde eines Eintrags in einem Reiseführer wert sein."

„Oh ja."

Er deutete auf die Nische. „Dies ist viel besser."

Lisa starrte die bemalte Wand an und den Platz, eine Nische, die groß genug für ein ansehnliches Denkmal war, zwei in einem, und sie schaute Henri-Antoine mit dem Hauch einer Ahnung an, konnte es jedoch kaum glauben und ließ es ihn daher weiter erklären.

„Hättest du mich abgewiesen, wäre das mein letztes Argument gewesen - meine wundervoll romantische Geste, eine, die du schließlich schätzen würdest - um dich von meinem aufrichtigen Wunsch, dich zu heiraten, zu überzeugen. Dies wird meine letzte Ruhestätte sein. Wenn die Zeit kommt, hoffentlich in ferner, ferner Zukunft, werde ich zum Rest meiner Familie hierher zurückkehren. Und wenn die Zeit kommt", fügte er hinzu, zog sie enger an sich, legte einen Arm um ihre Taille und küsste dann ihre Schläfe, „wirst du zu mir kommen. Und Lord und Lady Henri-Antoine Hesham, diese großen Wohltäter der Medizin, werden in Reiseführern vermerkt werden und nicht nur meine Familie wird kommen, um uns Respekt zu erweisen, sondern hoffentlich werden wir zu unseren Lebzeiten genug gute Werke verrichten, dass wir hin und wieder einen Besuch des ein oder anderen dankbaren Arztes erhalten. Auf jeden Fall werden wir hier zusammen sein, unser Denkmal ein irdisches Symbol für unsere ewige Liebe füreinander."

Lisa schaute durch einen Tränenschleier zu ihm auf, und als er sich ihr zuwandte, legte sie ihre Arme um seinen Hals. Sie war so glücklich. „Das ist allerdings eine wundervoll romantische Geste und ich liebe dich noch mehr, wenn das möglich ist. Ich dachte immer, Märchen wären nur das, Märchen, aber du hast mein Märchen wahr werden lassen.“

„Aber natürlich“, sagte er affektiert und blinzelte. „Meine Mutter ist schließlich eine berühmte gute Fee. Komm. Ich kann es nicht erwarten, der Familie meine zukünftige Frau vorzustellen ...“

EPILOGUE

Die elegante Stadtkutsche mit ihren vier Vorreitern fuhr vor Warners Krankenstation vor und zog sofort eine Menschenmenge an. Die auf dem Fußweg Gehenden blieben stehen, um zu schauen. Patienten, die die Krankenstation betraten, berichteten denen drinnen von der Ankunft und bald strömten die Kranken und weniger Kranken auf die Straße hinaus, um zu entdecken, wer in einem so teuren Wagen saß. Ein livrierter Diener sprang von seinem Sitz hinten auf der Kutsche und öffnete, nachdem er die Stufen heruntergeklappt hatte, den Schlag. Zwei der vier Vorreiter stiegen ab, sie waren so groß und breit, dass die Menge wortlos und nur mit einem Blick zurückwich.

Ein ganz in schwarz gekleideter Gentleman stieg aus der Kutsche aus. Er ging nicht zu dem Eingang, der von den kranken Armen benutzt wurde, sondern zu dem, der ausschließlich den privaten Patienten zur Verfügung stand. Er musste nicht klopfen. Die Tür stand offen und auf der Schwelle wartete der Butler der Warners darauf, die vornehmen Besucher im Namen seines Herrn zu begrüßen.

Im Sprechzimmer hatte sich eine Gruppe von Personen versammelt, um die erwarteten guten Neuigkeiten zu hören. Dennoch, trotz der Mittel, die die Krankenstation von der Fournier-Stiftung erhalten sollte, waren alle nervös und niemand mehr als der gute Doktor, der, die Hände auf dem Rücken, auf und ab schritt. Drei der Assistenten des Doktors lungerten im Korridor herum, der das Sprechzimmer mit der Krankenstation verband, in der Hoffnung, einen Blick auf die Besucher zu erhaschen, während zusammen mit Dr. Warner seine zwei konsultierenden Ärzte, der Anatomielehrer, Mrs. Warner und deren Schwester, Mrs. Cobban warteten.

Weniger als zwei Monate waren verstrichen, seit die Krankenstation von den Kuratoren der Fournier-Stiftung besichtigt worden war. Und bei dieser Gelegenheit war Dr. Warner gewarnt worden, dass er über die Bearbeitung seines Antrags bis frühestens im Spätherbst kein Wort zu erwarten hätte. Doch jetzt waren es die ersten Augusttage und ein Brief mit der Nachricht, dass sein Antrag bewilligt worden wäre, war eingetroffen. Nicht nur das, sondern die Gönner der Stiftung, die normalerweise zögerten, ihre Identität preiszugeben, wollten gerne zur frühestmöglichen Gelegenheit die Krankenstation besichtigen, da sie demnächst ins Ausland reisen würden; das edle Paar wollte seine Hochzeitsreise antreten.

Dr. Warner, Minette Warner, ihre Schwester, Henriette Cobban, die ganze Familie de Crespigny, die in der Krankenstation Arbeitenden und die regelmäßigen Patienten, wussten, warum Miss Lisa Crisp nicht von der Hochzeit ihrer besten Freundin auf dem Lande zurückgekehrt war. Sie hatte an den guten Doktor und seine Frau geschrieben und auch ihrer Tante de Crespigny einen Brief geschickt mit der Nachricht, dass sie und Lord Henri-Antoine Hesham mit einer Sonderlizenz in der Familienkapelle der Roxtons in Treat geheiratet hätten. Es war der erstaunlichste Klatsch über den Adel, den sie gehört hatten, seit die verwitwete Mutter seiner Lordschaft losgegangen war und einen zehn Jahre jüngeren Mann geheiratet hatte, und das war vor einem Jahrzehnt gewesen. Und nun dies! Wer hätte es für möglich gehalten. Schon gar nicht die de Crespiny-Schwestern. Und während sie die glückliche Schicksalswende ihrer Cousine widerwillig hinnehmen mussten, hatten sie ihr Bestes getan, sie zu ignorieren, als wäre nichts geschehen. Aber einen Besuch des edlen Paares konnten sie nicht ignorieren und Lord Henri-Antoine war entschlossen, dafür zu sorgen, dass sie seiner Frau alle Ehre erweisen würden.

Michel Gallet kam zur Kutsche zurück mit der Nachricht, dass alles bereit wäre. Und während die Burschen die Menge zurückhielten, stieg Lord Henri-Antoine aus der Kutsche aus, den diamantenbesetzten Stock in der Hand. Er drehte sich um und half seiner Frau, den festen Boden zu erreichen. Kaum hatte er jedoch ihren Arm in seinen gelegt, um den kurzen Weg ins Sprechzimmer zurückzulegen, als die Menge nach vorn drängte, um einen besseren Blick auf das Paar werfen zu können. Die Menschen waren besonders an der schönen, jungen Lady in ihrem Gewand aus grau-, rot- und gelbgestreiftem Satin interessiert; sie trug eine Perlenkette um ihren weißen Hals; und in einem verwegenen Winkel auf ihren hochfrisierten Locken saß ein schwarzer Filzhut, der

mit Federn und zu ihrem Kleid passenden Seidenblumen geschmückt
war. Mehr als nur ein paar trauten ihren Augen nicht, aber es stimmte,
und sie erkannten in dieser nach der letzten Mode gekleideten Dame
ihre Schreiberin aus ihrem früheren Leben. Großer Jubel erhob sich zur
Begrüßung. Dann noch einmal.

Das edle Paar blieb stehen. Die Lady hielt ihren Ehemann zurück,
während sie den Anwohnern der Gerrard Street und den Patienten von
Warners Krankenstation für ihre guten Wünsche dankte. Sie lächelte die
eifrigen, schmutzigen Gesichter der großäugigen Kinder und der grin-
senden Erwachsenen an, die sich alle freuten, dem Paar viele Jahre eheli-
chen Glücks zu wünschen. Ein letzter Jubelruf ertönte, als Henri-
Antoine und Lisa in dem Gebäude verschwanden, während die
Burschen auf den Eingangsstufen Wache hielten.

Drinnen begrüßte Dr. Warner seine geehrten Gäste mit einer
Verbeugung und einem Lächeln; er freute sich ehrlich für das Paar,
insbesondere aber für Lisa, der er befangen das Kompliment aussprach,
die schönste Braut zu sein, die er je gesehen hätte. Der Blick seiner Lordschaft schweifte durch den Raum und er bemerkte befriedigt den gebüh-
renden Gruß der de Crespigny-Schwestern, Mrs. Warner und Mrs.
Cobban, die in Anerkennung des höheren Standes ihrer Cousine als
Frau des zweiten Sohnes eines Herzogs und Schwägerin des Herzogs von
Roxton in einen angemessenen Knicks versanken.

Henri-Antoine lächelte, unfähig, seinen Stolz zu verbergen, als er
allen verkündete: „Erlaubt mir, meine Frau, Lady Henri-Antoine
Hesham, die Schutzherrin der Fournier-Stiftung, vorzustellen ...“

*Erkunden Sie die Orte, Dinge und Geschichte im Zusammenhang
mit* Der Sohn des Satyrs *auf Pinterest.*
www.pinterest.com/lucindabrant

*Entwurf des Covers - Kostüme, Schmuck, Models und Fotoshooting.
Sehen Sie, wie das Cover entstand.*
www.youtube.com/lucindabrantauthor
www.lucindabrant.com/blog/*satyrs-son-cover-reveal*

Die Roxton Familiensaga wird fortgesetzt mit
In Liebe: Die Roxton'sche Korrespondenz Band Eins.